KB260737

외국 국어교과서로 창의적 문화읽기

신지숙 · 이종한 · 한복희 · 정막래

제이엔씨

Publishing Company

저자약력

신지숙申智淑

1962년생. 한국외국어대학교 일본어과 졸업. 오사카대학 대학원 문학연구과 문학박사. 현 계명대학교 인문국제학대학 일본어문학전공 교수.

논문 및 저역서

마에다 아이 저·신지숙 역『문학텍스트입문』(제이앤씨, 2010).

'요시모토 다카아키(吉本隆明)『공동환상론』으로 조망한 아리시마 다케오(有島武郎)의「한 여자(或る女)」' (『일어일문학연구』85집, 2013) 외.

이종한李鍾漢

1959년생. 계명대학교 한문교육과 졸업. 서울대학교 대학원 중어중문학과 문학박사. 현 계명대학교 인문국제학대학 중국어문학전공 교수.

논문 및 저역서

『중국산문간사』(2007).『한유산문역주(韓愈散文譯注)』1-5 (2012: 2013년 대한민국학술원 우수학술도서) 외 다수.

한복희韓福姬

1955년생. 계명대학교 독어독문학과 졸업. 독일 괴팅엔대학교 독어독문학과 문학박사. 현 계명대학교 인문국제학대학 독일어문학전공 교수.

논문 및 저역서

도시풍경의 미학: 일상과 신화 - 되블린의 대도시소설『베를린 알렉산더광장』(『독일어문학』제37집, 2007); 발라흐의 드라마『버려진 아이 Der Findling』의 텍스트와 삽화작업 (『독일어문학』제49집, 2010) 외.

정막래鄭莫來

1966년생. 한국외국어대학교 러시아어과 졸업. 모스크바국립대학교 대학원 러시아문학과 문학박사. 현 계명대학교 인문국제학대학 러시아어문학전공 교수.

논문 및 저역서

『전함 팔라다1, 2(번역)』(2017).『토카레바 읽기』(2016).『러시아의 기초 교육』(2009) 외.

- 이 저서는 2016학년도 대한민국 교육부와 한국연구재단의 재원으로 대학인문역량강화사업(CORE)의 지원을 받아 수행된 연구임.

서 문

국제화시대이다. 해외여행뿐 아니라 학교나 기업에서도 외국인과의 소통은 더 이상 선택이 아니다. 외국인과의 소통 및 문제 해결을 위해서는 의사소통능력과 함께 탈자국문화적 사고에 기초한 창의적 능력이 요구된다. 이는 다양한 외국 문화에 대한 소양의 함양을 통해 가능하며 본 저서는 이러한 시대적 요청에 부합하는 내용으로 구성된다.

본서는 계명대학교 외국어문학부 문학전공교수 4명이 협력하여 전공 국가인 일본, 중국, 독일, 러시아의 초등, 중등 국어교과서를 텍스트로 문학작품의 문화 읽기를 시도하되 수동적 읽기가 아니라 창의적 읽기를 유도한다. 이는 문학작품의 저변에 흐르는 국가적 사회적 시대적 의미를 도출하는 심도 있는 사고의 함양으로 이어지리라 확신한다. 각국의 국어교과서를 텍스트로 하는 이유는 교과서에는 그 나라의 정체성과 문화를 대변하는 엄선된 작품들이 수록되어 있어 해당 국가의 문화전반에 대한 이해를 심화시키기에 매우 유효하기 때문이다. 또한 문학작품은 포스트모더니즘의 방법을 구사하여 창의적 읽기가 가능한 텍스트이기 때문이다. 국가별 집필에 있어서 합의된 사항은 다음과 같다.

첫째, 한글로 집필하되 인용문에는 원어를 병기
둘째, 외국어 전공 1학년 학생이나 외국어에 관심을 갖는 학생들의 흥미와 어학 능력 향상을 도모할 수 있도록 초등학교 교과서와 중학교 교과서를 텍스트로 선정
셋째, 문학을 통한 문화읽기라는 일관성은 유지하되 각국의 교과서 사정을 고려하여 다양성을 인정
넷째, 교과서가 의도하는 문학·문화 읽기에 그치는 것이 아니라 생각 나누기를 통해 창의적 사고를 함양할 수 있도록 창의적 읽기를 유도

본서를 통해 국제화시대를 살아나갈 미래세대가 각국 문화가 갖는 보편성과 다양성을 흥미롭게 인지하고 창의적으로 수용하는 능력을 배양시킬 수 있기를 바라며 이 책의 출판을 맡아 정성을 기울여주신 제이앤씨 관계자 여러분께 지면을 빌어 감사를 표한다.

차 례

중국편

일본편
雷門

외국 국어교과서로 창의적 문화읽기

I. 일본의 교육제도와 국어교과서

1. 전후 일본의 교육 개혁과 교육기본법

일본의 교육제도는 1945년 아시아태평양 패전 후 일대 개혁을 거쳐 현재에 이르고 있다. 전후 미군정에 의해 정치·경제·사회제도 전반에 대한 민주적인 '전후개혁'이 추진되는 가운데, 교육제도의 개혁도 이루어졌다. 무엇보다 중요한 것은 교육기본법의 제정이라 할 수 있다. 교육기본법은 교육의 근본이념이 제시되어 있는 모든 교육 관련 법령들이 준거해야 할 준칙으로서 1947년 3월 31일 공포·시행되었다. 민주주의 교육으로의 전환을 명시적으로 선언한 것이었다. 그 후 2006년 12월 15일에 개정되어 오늘에 이르고 있다.

새로운 일본국헌법 제26조는 "모든 국민은 법률이 정하는 바에 의하여 그 능력에 따라 교육 받을 권리를 갖는다."고 규정하고 있다. 이러한 신헌법의 이념에 기초해서 만들어진 교육기본법은 전전의 「교육칙어(教育勅語)」에 대신해서 전후 일본 교육의 기본 방침을 제시한 것으로, 천황제 국가주의 교육에서 민주주의 교육으로의 전환을 선언하는 의미를 내포하고 있었다. 전전의 교육 목적이 "충성스럽고 선량한 신민(臣民)"의 육성에 있었던 데 반해, 교육기본법에서는 제1조 '교육의 목적'으로 "교육은 인격의 완성을 목표로 하여, 평화적인 국가 및 사회의 형성자로서, 진리와 정의를 사랑하고, 개인의 가치를 존중하며, 근로와 책임을 중시하고 자주적 정신에 넘치는 심신 모두 건강한 국민의 육성을 꾀해야 한다"라고 새로운 이념을 제시했다.[1]

2006년 개정된 교육기본법은 개정 전과 비교해 구성이 계층화되고 구체화되었다. 개정 전은 전문(前文)과 12조로 구성되어 있었는데 개정 후는 4장 18조 구성이며 조(条)에 따라서는 다시 개조 식으로 하위구분이 되어 항목별로 제시되고 있다. 구체적인 장 구성을 보면, 제1장은 '교육의 목적 및 이념', 제2장은 '교육 실시에 관한 기본', 제3장은 '교육행정', 제4장은 '법령의 제정'에 관해서인데 국어교과서의 문학 작품과 관련하여 주목하고 싶은 부분은 제1장 제2조 '교육의 목표'이다. 제1 조인 '교육의 목적'은 앞에 인용한 개정 전 목적을 간결한 형태로 계승하고 있는 데 반해 교육의 목표는 긴 두 문장으로 표기되어 있던 개정 전과는 달리 다음과 같이 개조식으로 나열되어 있다. 문부과학성이 게시하고 있는 '개정 전후의 교육기본법의 비교'에는 주요 변경사항을 밑줄이나 테두리를 둘러 표시하고 있다. 그대로 인용하겠다.

제2조 교육은 그 목적을 실현하기 위해 학문의 자유를 존중하면서 다음에 게시하는 목표를 달성하도록 행해져야 한다.

1. 폭넓은 지식과 교양을 익혀 진리를 추구하는 태도를 기르며, 풍부한 정서와 도덕심을 배양함과 동시에 건강한 신체를 기를 것.
2. 개인의 가치를 존중하고, 그 능력을 신장하며 창의성을 배양하여 자주 및 자율의 정신을 양성함과 동시에, 직업 및 생활과의 관련을 중요시하고, 근로를 중시하는 태도를 기를 것.
3. 정의와 책임, 남녀의 평등, 자타에 대한 경애와 협력을 중시함과 동시에 공공의 정신에 기초하여 주체적으로 사회의 형성에 참가하며 그 발전에 기여하는 태도를 기를 것.
4. 생명을 존중하고 자연을 소중히 하며 환경보전에 기여하는 태도를 기를 것.
5. 전통과 문화를 존중하며 그것을 길러온 우리나라와 향토를 사랑함과 동시에 타국을 존중하고 국제사회의 평화와 발전에 기여하는 태도를 기를 것.

현재의 일본의 교육이 지향하는 인간상을 구체적으로 알 수 있는 부분이다. 이와 같은 교육 목표는 전 교과 과목 및 전 교육 활동을 통하여 달성되어야 하는 것이지만 이 목표를 구체적인 인물의 모습으로 재현하는 것은 국어교과서에 요구되는 하나의 역할일 것이다. 그렇다면 일본의 국어교과서에 수록된 문학 작품의 등장인물들은 게시된 목표의 항목들과 균형 있는 상응관계를 이루고 있을까 궁금해진다. 이 점은 Ⅲ장에서 살펴보도록 하자.

다음으로 주목하고 싶은 전후 교육 개혁은 9년 보통교육의 의무화와 교과서 제도의 개혁이다. 전후의 교육개혁은 미국 교육사절단의 권고 내용을 바탕으로 한 것이어서 미국의 영향을 강하게 받았다. 1947년에는 미국식 단선형 학제 6·3·3·4제가 도입되었으며, 의무교육이 기존의 6년에서 9년으로 연장되어 중학교까지 의무교육 대상에 포함되었다. 교육기본법에 제4조에 "국민은 그 보호하는 자녀에게 9년의 보통교육을 받게 할 의무를 진다."고 적시되었다. 한편 전전의 국정교과서가 폐지되고 교과서 검정제도가 도입되었다.

패전 직후 문부성, 현재의 문부과학성(文部科學省)은 교과서 내용 중 천황을 찬미하고 전쟁을 정당화한 부분에 먹을 칠해 사용하도록 한 일이 있다. 소위 '먹칠(済み塗り)' 교과서이다. 패전으로 인해 국가체제가 바뀌어 전전의 천황제이데올로기를 강조한 교육내용이 문제시되었으나 새로운 교과서를 만들 시간이 없었기 때문이다. 그 후 새 교과서를 어떻게 만들 것인가 하는 문제에 직면하여 채택된 것이 검정제도이다. 본래 검정제도는 교과서를 국가가 직접 통제하는 국정제도에 대신하는 것으로서, 교육민주화의 일환으로 만들어진 것이다. 따라서 검정제도는 신헌법 및 교육기본법의 정신에 합당한 교과서를 만들기 위한 제도라는 전제하에 개인의 사상이나 신조에는 간섭하지 않는다는 원칙이 함의되어 있었다. 그러나 이후 문부성의 검정이 강화됨에 따라 이 제도는 원래의 취지와는 다르게 교과서에 대한 국가통제를 상징하는 존재가 되어 갔다. 1965년에는 이에나가 사부로(家永三朗) 도쿄(東京)교육대학 명예교수가 자신이 집필한 고교용 일본사 교과서『신일본사』의 기술을 둘러싸고 문부성의 검정에 반발하여, 교과서 검정은 위법·위헌이라며 국가와 문부대신[2]을 상대로 소송을 제기했다. 이것이 제1차 소송이다. 이후 1967년의 제2차 소송, 1984년의 제3차 소송이 이어졌으며, 1997년 8월 제3차 소송의 최고재판소[3] 판결에 의해 종결되었다. 최고재판소는 검정제도 자체는 합헌이라고 하면서도 검정에 있어서의 재량권의 일탈(逸脫)을 인정하여 731부대나 남경대학살 등 몇 가지의 개별 검정의견에 대해서는 위헌이라고 판결하고 국가의 배상을 명령했다.[4]

2.

일본의 교육제도

일본의 교육제도는 12년간의 초등(소학교 6년) 및 중등교육(중학교 3년, 고등학교 3년), 고등교육으로 구분할 수 있다. 그리고 취학 전 교육기관으로는 유치원과 보육원이 있다. 일본의 기본학제는 한국의 학제와 같은 단선형의 6·3·3·4제를 채택하고 있다.

우선 유치원에서 대학까지의 전 학교의 재학생 수, 이른바 일본의 학교 교육인구를 살펴보면, 2015년 5월 1일 현재 1,900만 6천 명(남자 979만 7천 명, 여자 920만 9천 명)이며, 총 인구의 약 15%를 점하고 있다. 유치원의 원아 수는 168만 3천 명(남자 85만 4천 명, 여자 82만 9천 명)으로, 2014년보다 12만 6천 명 증가했다. 이것은 일본의 합계특수출생률[5]의 점진적 상승과 유치원의 제도적 확충에 따른 결과로 보인다. 의무교육 대상인 소학교(한국의 초등학교)와 중학교의 학생 수는 소학교의 아동 수가 654만 3천 명으로, 전년보다 약 5만 7천 명 감소하여, 1948년 조사 개시 이래 최저를 기록하였다. 중학교 학생 수는 346만 5천 명으로, 2014년에 비해 3만 9천 명 감소했다. 고등학교 학생 수는 331만 9천 명(남자 167만 1천 명, 여자 164만 8천 명)으로, 전년보다 1만 5천 명 감소했다. 대학 학생 수는 286만 명(남자 162만 8천 명, 여자 123만 2천 명)으로, 전년보다 약 5천 명 증가하여, 최근의 감소세가 증가세로 전환되었다. 또, 단기대학의 학생 수는 13만 3천 명으로, 지속적으로 감소하고 있다. [6](<표 1>참조)

〈표 1〉 학교 수 및 재학생 수 (2015년 5월 1일 현재)

구분	학교수(교)	재학생수(인)		
		계	남자	여자
유치원	13,617	1,683,584	854,654	828,930
소학교(초등학교)	20,601	6,543,104	3,347,296	3,195,808
중학교	10,484	3,465,215	1,772,818	1,692,397
고등학교	4,939	3,319,114	1,671,325	1,647,789
단기대학	346	132,681	15,220	117,461
대학교	779	2,860,210	1,628,342	1,231,868

* 자료: 문부과학성 『문부과학통계요람』(2016년 판)

　일본 교육법상의 학교는 다양하지만, 여기에서는 유치원, 소학교, 중학교, 고등학교, 대학교의 제도와 과정을 간략하게 살펴보기로 하자.

　첫째, 유치원 교육으로 일본에서는 3살부터 5살까지의 유아들이 유치원에 다니고 있으며 2015년 5월 기준으로 유치원의 총수는 13,617개로 이 중에서 국·공립 유치원이 34.8%, 사립유치원이 65.2%로 사립유치원의 수가 많다. 사립유치원의 내역을 보면 학교법인에서 설립한 것이 82.9%로 대다수를 차지하고 있다.

　유치원의 교육과정은 심신의 건강에 관한 영역, 사람과의 관계에 관한 영역, 주변 환경과의 관계에 관한 영역, 언어 발달에 관한 영역, 감성과 표현에 관한 영역 등 5대 영역으로 구성되어 있다. 이것은 지식중심의 학습보다는 유아들의 체험이나 주체적인 활동을 중심으로 한 유치원 본래의 모습을 찾으려고 하는 과정이라고 할 수 있다. 그러나 최근에는 학력사회라는 일본

교육의 속성이 유치원 교육에서도 표면화되어, 유치원에서 이미 소학교 2-3학년 정도 수준의 교육을 하는 소위 영재교육을 목표로 하는 사립유치원이 성행하고 있으며, 경쟁률도 치열하다.

둘째는 소학교와 중학교 교육이다. 한국의 초등학교 해당하는 일본의 소학교는 만 6세부터 12세까지의 아동들이 다니는 6년제 의무교육단계의 학교이다. 중학교는 3년제로써 역시 의무교육단계의 학교이기 때문에 일본의 의무교육단계는 9년제를 실시하고 있다고 보면 된다.[7] 유치원과 마찬가지로 1980년대 후반부터 현재까지 소학교 취학 아동의 수는 지속적으로 줄어들고 있는 추세이다. 이는 제1차 베이비붐 때 태어난 아동들이 성장하여 2세를 낳는 제2차 베이비붐 세대에서 핵가족현상이 가속화하고 있기 때문이다. 2015년도 소학교 재학생 수는 약 654만 명으로 과거 최저를 기록했으며, 1981년과 비교한다면 약 540만 명이 줄었다.

한편, 일본의 중학교 교육제도에서 한국과 다른 점은 여전히 사립중학교 입학시험제도가 남아 있다는 점이다. 현재 일본의 사립중학교 입학시험제도로 인해 소학교 4학년 이상이 되면 사립중학 입학시험을 대비하는 입시체제를 갖추는 학교가 있으며 사설학원에 다니는 소학교 학생들도 보편적이어서 일본 교육의 큰 문제점으로 등장하고 있다. 또한 기존의 중학교와 고등학교를 통합한 '중고일관교(中高一貫校)'가 존재하는데, 이것은 중학교에서 무시험 혹은 이와 비슷한 형태로 병설의 고등학교에 진학할 수 있는 시스템을 취하고 있는 학교를 말한다. 원래는 사립학교가 거의 대부분이었지만, 학생 개인의 능력에 맞는 교육을 하기 위해서는 중학교와 고등학교에서 완전히 다른 교육을 하기보다는 일관성이 있는 교육을 하는 쪽이 효과적이라는 생각이 대두하면서 공립의 '중고일관교'도 점차 증가하고 있다.

셋째, 일본의 고등학교에는 전일제(全日制), 정시제(定時制), 통신제(通信制) 등 세 가지 형태의 학교가 존재한다. 전일제는 주간제 일반 고등학교를 지칭하는 것이며, 정시제는 야간 또는 그 외 특별한 시간대나 계절에 수업을 행하는 과정이고, 통신제는 말 그대로 통신에 의한 교육을 행하고 있는 과정이다. 정시제와 통신제는 경제적인 사정 혹은 직업을 가지고 있어서 전일제 학교에 다니기 어려운 학생들을 대상으로 하는 학교이다. 고등학교 진학률은 2015년 98.5%였으며, 2015년 전체 고등학교 4,939개교 중에서 국·공립이 73.3%, 사립이 26.7%를 차지하고 있다. 현재 고등학교 입시제도는 공립학교의 경우 학구제[8]를 중심으로 비교적 입학하기 쉬운 입시제도를 채택하고 있는 반면, 국립부속학교와 사립학교의 입시경쟁은 치열해서 명문고에 진학하려는 일본의 중학생들은 과도한 입시경쟁에 시달리고 있다. 또한 고교 졸업생이 대학교·단기대학으로 진학하는 진학률은 2015년도 54.9%였으며, 남녀별로 보면, 남자 52.4%, 여자 57.3%이다.

넷째, 일본대학의 수학기간은 4년이고, 의과, 치과, 수의과의 경우는 6년이다. 일본에는 전국에 779개교의 정규대학교가 있으며 학사제도는 한국과 동일하다. 입학 시기는 매년 4월이며 국립대학의 통폐합에 의해 1995년 5월 현재 98개교였던 국립대학교는 2010년 86개교로 감소하였으며, 2015년 현재 공립대학교는 89개교, 사립대학교는 604개교로 77.5%를 차지하고 있다.

3. 일본 국어교과서 발행과 「개정 학습지도요령–살아가는 힘」

전술한 바와 같이 일본에서는 검인정교과서가 사용되고 있다. 민간 출판사가 만든 교과서 중 문부과학성의 검정을 합격 통과한 교과서가 사용되는 것이다. 교과서의 채택 권한은 공립학교의 경우 학교를 설치한 시정촌(市町村)이나 도도부현(都道府県)의 교육위원회에 있고 국립과 사립학교의 경우 교장에게 있다. 교과서의 검정, 채택, 사용의 주기는 원칙적으로 소학교(이하 초등학교로 명명) 및 중학교는 4년이며 고등학교는 1년이다. 예를 들어 2015년부터 사용이 개시된 현 초등학교 교과서는 2012년에 작성되어 2013년에 검정에 합격하고 2014년에 채택이 결정되어 2015년부터 사용이 개시되어 2018년까지 사용되는 것이다. 현재 사용되고 있는 중학교 교과서는 2016년부터 사용이 개시되었으므로 2019년까지 사용된다.[9]

일본의 학교교육에 있어서 지침이 되는 것이 교육을 관장하는 정부 부처인 문부과학성(文部科學省)이 고시(告示)하는 「학습지도요령」이라는 공문서이다. 초등학교 교육, 중학교 교육, 고등학교 교육을 대상으로 각 교과목별로 고시된다. 그리고 각 교과목에 대한 해설이 책자로 간행된다. 해설 책자에는 각 교과목에 대한 「학습지도요령」의 취지 및 요점과 함께 각 교과목의 목표와 내용이 학년별로 게시되고, 지도계획의 작성과 내용에 대해서도 게시된다. 일본 제도권 교육에서 개설되는 각 교과목의 목표와 내용 및 강조점을 들여다볼 수 있는 좋은 자료이다. 「학습지도요령」 및 「학습지도요령 해설」은 교과서 검인정의 기준이 되는 만큼 각 교과서 출판사의 편찬에도 지대한 영향을 미친다. 현행 「초등학교 학습지도요령」은 2008년 3월 28일에 고시되어 2011년부터 전면 실시되었다. 「중학교 학습지도요령」는 2008년에 고시되어 2012년부터 전면 실시되었다. 다음 개정은 초등학교는 2016년에 행해져 도교올림픽이 열리는 2020년부터 전면 실시될 예정이며, 중학교는 같은 2016년에 행해져 2021년부터 전면 실그럼 먼저 현행「학습지도요령」의 전체적인 방향성을 살펴보자.『초등학교 학습지도요령 해설 국어 편』11에 의하면 2008년에 개정된 현행「학습지도요령」의 방향성을 제시한 것은 문부과학대신의 요청에 따라 중앙교육심의회가 제시한「유치원, 초등학교, 중학교, 고등학교 및 특별지원학교의 학습지도요령 개선에 대하여」라는 답신이다. 이 답신은 21세기 '지식기반사회'의 변화에 대처하고 OECD의 PISA 조사 등을 통해 부각된 일본 아동들의 문제점12을 해결하기 위해 다음과 같은 일곱 가지의 기본적인 방향성을 제시했다.

① 개정교육기본법 등에 입각한 학습지도요령 개정
② '살아가는 힘'이라는 이념의 공유
③ 기초적·기본적인 지식·기능의 습득
④ 사고력·판단력·표현력 등의 육성
⑤ 확실한 학력을 확립하기 위해 필요한 수업시수의 확보
⑥ 학습의욕의 향상과 학습습관의 확립
⑦ 풍요로운 마음과 건강한 몸의 육성을 위한 지도의 충실 (1-2쪽)

「학습지도요령」 "개정의 경위"에 의하면「학습지도요령」 국어 교과목개정에 있어서는 ①③④⑦과 관련해 요청했다고 하는데 ③④은 주로 언어능력 육성과 관련시켜 설명하고 있는데 반해 ⑦은 문학 체험과 관련되는 지도로 설명되고 있다.

또 ⑦의 풍요로운 마음과 건강한 몸의 육성을 위한 지도의 충실에 대해서는 덕성 함양이나 체육의 충실 외에, 국어를 위시한 언어에 관한 능력의 중시나 체험활동의 충실을 통해 <u>타자, 사회, 자연·환경과 교섭하는 가운데 이들과 함께 살아가는 자신에 대한 자신감을 갖게 할 필요가 있다는</u> 제언이 이루어졌다. (2쪽, 밑줄 필자)

밑줄 부분은 문학 체험의 효용이기도 하지만 동시에 교재로 채택되는 문학 작품 내용의 조건으로도 읽힐 수 있는 내용이다. 인간, 사회, 자연과의 관계 속에서 살아가는 자신감을 불어넣어 줄 것을 요청하고 있다.

다음은「학습지도요령」 국어과의 주요 내용에 대하여 살펴보자. 중앙교육심의회 답신에 제시된 "개선의 기본 방침" 및 "개선의 구체적 사항"에 근거하여 개정한 초등학교 학습지도요령 국어과의 주요 내용은 다음과 같은 7가지 항목이다.

(1) 목표 및 내용의 구성 ①목표 ②내용의 구성의 개선

⑵ 학습과정의 명확화

⑶ 언어활동의 충실

⑷ 학습계통성의 중시

⑸ <u>전통적 언어문화에 관한 지도의 중시</u>

⑹ 독서활동의 충실

⑺ 문자지도 내용의 개선 (6-8쪽, 밑줄 필자)

(3)의 "언어활동"이란 교재를 통해 배운 기초적·기본적 지식·기능을 활용하여 과제를 탐구하는 아동 주체의 학습 활동을 말한다. 실제 생활에 필요한 기록, 설명, 보고, 소개, 감상, 토론 등의 활동이 포함된다. Ⅲ장에서 구체적으로 언급하겠다. (4)의 "학습계통성"이란 지도 내용이 학년 단계별로 확대, 심화되는 것을 가리킨다. 예를 들어 문학작품 읽기라면, 저학년 에서는 등장인물의 행동을 중심으로 상상력을 확대시켜 읽고, 중간학년인 3,4학년에서는 등 장인물의 성격·마음의 변화·정경에 대해 서술에 근거하여 상상하여 읽고, 고학년에서는 등장인물의 상호관계·심정·장면 묘사를 포착하여 읽는 식으로 계통을 세워 체계적으로 지도한다는 것이다. (1)과 (5)에 대해서는 고시된 「초등학교 학습지도요령 제2장 제1절 국어」 (이하 「초등 요령 국어」로 약칭) 본문을 통해 자세히 알아보자.

「초등 요령 국어」는 "제1 목표"와 "제2 각 학년의 목표 및 내용"으로 구성되어있으며, "제2 각 학년의 목표 및 내용"는 1,2학년 3,4학년, 5,6학년으로 두 학년씩 묶어서 기술되어 있다. 국어과의 목표를 살펴보자.

국어를 적절하게 표현하며 정확하게 이해하는 능력을 육성하고 전달하는 힘을 높임과 동시에, 사고력과 상상력 및 언어감각을 배양하고 국어에 대한 관심을 심화시켜 국어를 존중하는 태도를 기른다. (118쪽)

목표는 이전과 변경이 없다. 의사소통 능력과 함께 사고력과 상상력, 국어에 대한 존중이 목표로 제시되어 있다. 반면 내용의 구성에서는 변화가 있었다. 개정 전에는 "말하기·듣기", "쓰기", "읽기"의 3영역과 일본어의 특징, 규칙, 문자 등을 다루는 "언어사항"으로 구성되어 있었는데 개정 후는 "언어사항"이 "전통적인 언어문화와 국어의 특질에 관한 사항"으로 확대 변경되었다. "5) 전통적 언어문화에 관한 지도의 중시"가 내용 구성의 변경으로 이어진 것이다. 원문을 인용하여 살펴보자.

[전통적인 언어문화와 국어의 특질에 관한 사항]은 우리나라 역사 속에서 창조·계승되어온 전통

적인 언어문화를 친근히 하며 계승·발전시키는 태도를 기르는 것과 국어가 담당하는 역할과 특징에 대해 종합적인 지식을 갖추고 언어감각을 길러 실제 언어활동에 있어서 유기적으로 작동하는 능력을 기르는 것에 중점을 두고 구성되어 있다. / 언어문화란 우리나라의 역사 속에서 창조·계승되어온 문화적으로 높은 가치를 갖는 언어 그 자체 즉 문화로서의 언어, 또 그것들을 실제 생활에서 사용함으로서 형성되어온 문화적인 언어생활, 또 고대에서 현대까지 각 시대에 걸쳐 표현하고 수용되어온 다양한 언어예술과 예능 등을 폭 넓게 지칭한다. 이번 개정에서는 전통적인 언어문화를 저학년부터 접해 전 생애에 걸쳐 친근히 하는 태도를 중시한다. (7-8쪽)

"전통적인 언어문화" 구체적으로는 고전 문학과 고전 언어예능을 초등학교 국어과 내용에 포함시켜 저학년 때부터 접하게 하여 평생 전통적인 언어문화를 즐기는 태도를 육성하도록 지시하고 있다, 교육 없이는 한 나라의 언어문화 유산이 수용될 수도 계승 발전될 수 없으므로 당연해 보이는 주장이지만 초등학교 저학년부터 접하게 한다는 것에 '중시한다'는 말의 무게가 느껴진다.

미쓰무라도서 발행 교과서도 이를 충실히 반영하고 있다. 3학년 교과서부터 고전이 실린다. 3학년에는 운문에 한정되지만 고전 단가, 하이쿠가 <계절의 말> <소리 내어 즐기자> 등에 실려 있다.[13] 단가(短歌)는 5,7,5,7,7의 음수율을 갖는 31음절로 된 정형시이고 하이쿠(俳句)는 5.7.5의 음수율을 갖는 17음절의 정형시이다. 5학년부터는 고전 산문의 일부가 현대어역과 함께 실린다. <계절의 말>에「마쿠라노소시(枕草子)」가, 「소리 내어 즐기자 고전의 세계」에는「다케토리모노가타리(竹取物語)」「헤이케모노가타리(平家物語)」「쓰레즈레구사(徒然草)」「오쿠노호소미치(奥の細道)」와 함께 한문학인「논어(論語)」「춘효(春曉)」도 실려 있다. <고전과 친해지자>에는「우라시마타로(浦島太郎)」가 실려 있다. 6학년에는 전통 예능 교겐(狂言) 대본「감야마부시(柿山伏)」가 실려 있다. 「학습지도요령」의 고전 중시는 교과서에 그대로 반영되어 있는 것이다.

<table><tr><td>**4.**</td></tr></table>

일본 국어교과서의 국어 교육 영역과 문학 텍스트

일본 교과서 전체 시장에서 점유율이 가장 높은 것은 도쿄서적(東京書籍)이 발행하는 교과서이다. 그러나 국어교과서로 한정시키면 미쓰무라도서가 1위이다. 2011년/2015년 초등학교 국어 교과서의 점유율을 보면 미쓰무라도서(光村図書) 61.6%/60.9%, 도쿄서적(東書

書籍) 20.7%/21.8%, 교육출판(教育出版) 14.4%/14.5%, 학교도서(学校図書) 2.4%/1.9%, 산세이도(三省堂) 0.9%/0.8%이다[14]. 미쓰무라도서가 독보적인 점유율을 나타내고 있다. 따라서 미쓰무라도서의 국어교과서가 대표성을 갖는다고 판단하여 본서에서는 미쓰무라도서가 출판한 국어교과서를 텍스트로 한다.

미쓰무라도서 국어교과서는 국어교육의 영역을 다음의 4개 영역으로 구분하여 구성하고 있다. 말하기·듣기 영역, 쓰기영역, 읽기 영역, 그리고 "고토바(言葉)" 영역이다. "고토바" 영역이란 앞의 세 영역의 기본이 되는 낱말(言葉)과 문법 그리고 표현방법, 이 세 가지를 묶어서 한 영역으로 한 것이다. 일본의 고토바(言葉)는 한국어로는 말, 언어, 낱말 등으로 옮길 수 있는데 여기서는 언어가 가장 적절하다도 생각되므로 이후 고토바 영역은 언어 영역으로 표기하겠다. 중학교도 4개 영역이지만 각 학년마다 목차 바로 다음에 오는 <학습내용을 미리 보자>에서 각 영역의 하위구분이 명시된다. 말하기·듣기와 쓰기는 학습활동별로 구분된다. 예를 들어 1학년의 말하기·듣기의 학습활동은 발표·기본, 듣기, 이야기하기·소개, 함께 이야기하기, 토론, 보고로 구분되어 있다. 한편 읽기는 문학과 고전을 다루는 읽기와 설명·기록, 독서·정보를 다루는 읽기를 따로 게시하고 있다. 전자의 읽기는 문학과 고전(전통적인 언어문화)으로 분류한 뒤 문학은 다시 장르별로 구분한다. 한편 언어 영역은 문법, 어휘, 한자로 하위구분 된다. 15 그러나 초등학교에서는 하위 구분 없이 4개 영역만 명기된다.

문학 작품은 어느 영역에 가장 많이 실려 있을까? 물론 읽기 영역이다. 하지만 초등학교 교과서에서는 듣기 영역이라 할 수 있는 <듣고 즐기자> 코너도 문학 작품을 싣고 있다. 이 코너는 입에서 입으로 전해져온 민화를 주로 교재로 채택한다. 듣기라는 고래의 방법 또한 문학의 향수 방법으로 채택되고 있는 것이다. 외에 <책은 친구> 코너나 <부록>(2학년-4학년), 부록이 진화한 단계인 <학습을 넓히자>(5학년-6학년)에도 문학 작품이 실려 있다. 실린 영역이 다르듯 영역에 따라 작품을 다루는 방식도 조금은 차이가 있다. 읽기에 실린 산문 작품에는 바로 뒤에 작품을 분석하기 위한 언어활동이 행해진다. 가장 본격적으로 문학 교육이 행해지는 영역이라 할 수 있다. 반면 운문은 이미지를 떠올리며 낭송하는 등 분석보다 시를 즐기는 활동에 중점을 둔다. <듣고 즐기자> 코너는 "다른 사람에게 읽어준다" 등 작품을 즐길 수 있는 다른 방법이 언어활동으로 제시된다. <책은 친구> 코너는 자신의 생각이나 느낌, 즉 감상문을 쓰는 언어활동이 이뤄진다. <부록>에 실린 작품에는 선택할 수 있도록 언어활동이 주어진다. 예를 들어 각본이라면 역할을 나누어 읽는다든지 다른 작품과의 공통점을 찾는다든지 하는 식이다. 한편 중학교 교과서에서는 <읽기> 외에 <자료>에 근대작가의 소설이 실려 있다. 언어활동은 초등학교 활동을 계승·발전시키고 있어 「학습지도요령」에 제시된 대로 "학습계통성"이 중시되고 있다.

끝으로 문학 작품을 실고는 있지만 각 작품에 대한 학습활동이 부과되지 않는 2가지 코너에 대해 설명해두겠다. 먼저 2학년부터 실려 있는 언어 영역 <계절의 말>이다. 중학교에서는 <계절의 서표>로 코너 이름이 바뀐다. 봄, 여름, 가을, 겨울의 4코너가 실려 있다. 계절감을 돋우는 일러스트나 사진과 함께 각 계절의 풍물과 관련된 어휘들을 익히고 운문 작품들을 통하여 계절을 즐기게 하는 것이 주목적이다. 계절어(季語)가 필수인 하이쿠가 주요 채택 대상이 되는 이유이다. 따라서 작품의 주제는 계절의 정취로 통일된다. 또 다른 코너는 언어 영역 <소리 내어 즐기자>이다. 3학년부터 등장하는 코너인데 전술했듯이 고전작품이 실려 있다. 하지만 초등학교에 실린 고전 작품은 문부과학성의 「학습지도요령」에도 나와 있듯이 한 작품, 한 작품의 철저한 읽기 및 감상이 목적은 아니다. 교과서에 제시된 구체적인 목적, "소리 내어 읽으며 말의 느낌이나 울림을 즐깁시다. 마음에 드는 것은 암기하여 말해봅시다"를 보아도 알 수 있듯이 고전과 접하는 첫 단계로 음독, 암송을 통해 리듬감과 분위기를 즐기는 것을 당면 목표로 한다고 할 수 있다. 4학년 하권의 부록 「햐쿠닌잇슈를 즐기자(百人一首を楽しもう)」도 마찬가지이다.

본서에서는 미쓰무라도서 발행 일본 초등학교 및 중학교 국어교과서에 실린 문학작품 중 단독의 문학작품으로 언어활동이 이루어지는 작품을 주요 대상으로 그 속에 담긴 주제와 문화를 살펴보고자 한다. 왜냐하면 언어활동은 작품 속에 담긴 주제와 문화를 푸는 코드를 제공하기도 하기 때문이다. 이들 작품 외에 <계절의 말>에 소개된 작품은 일부 대상으로 하나 <소리 내어 즐기자>에 실린 고전작품은 제외하기로 한다.

외국 국어교과서로 창의적 문화읽기

 일본 국어교과서의 문학작품과
문화읽기[15]

1. 자연과의 관계-애니미즘의 상상력

1) 「왜냐면 왜냐면 할머니」

1학년 교과서 하권에 실린 사노 요코(佐野洋子, 1938-2010)의 동화 「왜냐면 왜냐면 할머니(だってだってのおばあさん」)에는 매우 귀여운 두 인물이 등장한다. 5살 먹은 남자아이 고양이와 98세의 할머니이다. 이 둘은 작은 집에서 주위에 작은 밭을 일구며 살고 있다. 고양이는 매일 낚시를 하러 나간다. 하지만 할머니는 현관 의자에서 콩깍지를 까거나 졸면서 시간을 보낸다. 함께 낚시를 가자고 해도 할머니는 거절한다. "왜냐면 나는 98세인걸. 할머니가 낚시하는 건 안 어울려.(だって、わたしは 九十八だもの。九十八の おばあさんが さかなつりを したら、にあわないわ。)"(『국어1 하 친구』, 106쪽)[16]라는 것이 이유이다. 그런데 99세가 되는 생일날 할머니는 5살이 되어 버린다. 할머니가 손수 생일케이크를 만들고 고양이는 양초를 사러 갔는데 들고 오다 강에 빠뜨려 5자루만 남은 것이다. 할머니는 케이크에 꽂은 양초를 세며 이제 5살이 되었다고 자축한다. 고양이는 나랑 같은 5살이 되었다고 축하한다. 다음날 할머니의 말은 "왜냐면 나는 5살이니까…(だって、わたしは 五さいだもの。…)"(117쪽)로 바뀌게 되고 94년 만에 고양이를 따라 들로 나간다. 즐거운 도전의 연속이다. 돌아오는 길에 할머니는 "왜 일찌감치 5살이 안 됐을까? 내년 생일에도 초는 5자루만 사다줘.(ねえ、わ

たし、どうしてまえから 五さいにならなかったのかしら。らいねんの おたんじょう日にも、ろうそく 五本、かって 来ておくれ。)"(120-121쪽)라고 부탁한다. 말과 생각이 행동을 바꾸고 사람을 바꾼다는 내용이다. 진취적이고 긍정적인 말과 생각의 중요성을 일깨워주는 작품으로 재미와 교훈을 함께 내포한 작품이다.

그런데 흥미로운 것은 동물 묘사 방법이 이솝 우화의 의인법은 물론 일본 보은담의 동물 묘사와도 다르다는 점이다. 즉 이솝 우화처럼 등장인물 전체가 동물이고 그 동물들이 인간처럼 생각하고 행동하는 것이 아니다. 또 개성 없는 이름 없는 동물이 보은의 행동을 하는 것도 아니다. 만약 이 작품에 그림이 없고 고양이 나이가 조금 더 많다면 고양이라는 별명의 소년과 할머니 사이에 벌어지는 이야기로 읽을 수도 있을 것 같다. 할머니의 사실적인 삶에 완전히 소년으로 인간화한 고양이가 함께 하는 리얼리즘과 메르헨의 융합이다. 물론 리얼리티를 담보하려면 고양이와 함께 사는 할머니의 상상의 세계로 읽을 수도 있겠지만 그런 의도는 아닐 것이다. 어린이들은 사람과 동물의 공생을 무리 없이 받아들일 것이며 그 점 또한 이 작품이 시사하는 바일 수 있다. 그리고 이 배경에는 인간과 동물을 소유주와 소유물이라는 개념이 아니라 등가적 존재, 함께 사는 존재로 받아들이는 애니미즘적인 사고가 깔려있다고 생각된다.

2) 「무당벌레」와 「들녘노래」

이런 사고는 가와사키 히로시(川崎 洋, 1930-2004)의 동시 「무당벌레(てんとうむし)」의 기법 및 주제와도 통한다.

> 한 마리라도 / 무당벌레란다 / 작아도 / 코끼리와 같은 목숨을 / 하나 갖고 있어 / 나를 보면 / 안녕하고 인사해줘 / 그럼 나도 / 무당벌레 말로 / 안녕이라고 인사할게 / 네게는 안 들리겠지만
> いっぴきでも / てんとうむしだよ / ちいさくても / ぞうとおなじいのちを / いっこもって いる / ぼくを みつけたら / こんにちはっていってね / そしたらぼくも / てんとうむしのことばで / こんにちはっていうから / きみにはきこえないけど　　　　　　　　　　　　　　　　　　　　　　　(『1 하』, 64-65쪽)

생명존중을 노래하는 시이다. 다만 시의 화자는 인간이 아니라 무당벌레이다. 무당벌레가 인간에게 동물의 생명은 크기에 관계없이 같은 가치를 갖고 있음을 또 자신을 무시하지 말고 인사해달라는 메시지를 전하고 있는 시이다. 인간과 무당벌레가 같은 생물로서 서로 존중해야 함을 가르치는 것이다. 역시 애니미즘의 세계이다.

『국어4 하』에 실린 [시를 즐기자]는 색다른 구조를 갖고 있다. 제목은 구도 나오코(工藤直子, 1935-)의 시집명 「들녘 노래(のはらうた)」를 그대로 사용하며 이런 머리말로 시작한다.

"들녘에는 많은 주민이 있습니다. …시인 구도 나오코 씨가 들녘 친구들의 소리를 보내주었
습니다. 당신은 누구와 친구가 되고 싶습니까? 어느 시가 좋습니까?" 이어서 구도 나오코의 4
편의 시가 각각의 지은이의 이름- 성별을 확실히 알 수 있는 이름과 함께 실려 있다. 중학교 1
학년 교과서에도 같은 시집으로부터 역시 지은이의 성별이 알 수 있는 4편의 시가 실려 있다.
8편의 시의 지은이는 달팽이, 부엉이, 들장미, 강아지, 민들레, 사마귀, 들국화, 느티나무이다.
이 중 '들장미 메구미(のはらめぐみ 주: 여자 이름)' 지음 「꽃 피어나나(はなひらく)」와 '사마
귀 류지(かまきり りゅうじ 주: 남자 이름)' 지음 「나는 사마귀(おれはかまきり)」를 읽어 보자.

　　　はなびらと / はなびらと / はなびらの　あいだに / のはらの　わらいごえを / すこしずつ / すこしずつ
/ すこしずつためて / ちいさな　ばらのつぼみが / ほんのりと / ほんのりと / ほんのりと　めをさまし //
はなひらく
　　　꽃잎과 / 꽃잎과 /꽃잎 사이에 / 들녘의 웃음소리를 / 조금씩 / 조금씩 /조금씩 모아 / 작은 장미
봉오리가 / 살포시 / 살포시 / 살포시 잠에서 깨어나 // 꽃이 피어난다 　　　　　　　　(『4하』, 71쪽)

　　　와우! 여름이다 / 난 기운이 넘친다고 / 너무 다가오지 마 / 내 마음도 낫도 / 두근두근할 정도로
/ 빛나고 있거든 // 와우! 덥다 / 난 열심히 할 거야 / 타오르는 태양 빛을 받으며 / 갈고리 다리를
쳐드는 내 모습 / 가슴이 설레도록 / 멋지다니까
　　　おう　なつだぜ / おれは　げんきだぜ / あまりちかよるな / おれのこころも　かまも / どきどきするほど
/ ひかってるぜ // おう　あついぜ / おれは　がんばるぜ / もえる　ひをあびて / かまを　ふりかざす すがた
/ わくわくするほど / きまってるぜ 　　　　　　　　　　　　　　　　　　　　　　　(『중1』, 15쪽)

　　　"들장미 메구미"는 자신이 피어나는 것은 들녘 친구들의 웃음소리가 조금씩 꽃잎 사이에
쌓여 잠들어 있는 꽃봉오리가 깨어나는 거라고 노래하고 있다. 꽃봉오리가 점점 부풀어 올라
꽃망울이 터져 피어나는 모습을 다소곳하며 행복하게 해석하고 있다. 하지만 역으로 웃음소
리가 없다면 봉오리는 피어나지 못하게 되므로 수동성이 엿보이기도 한다. 내발적인 개화는
아니다. 한편 사마귀 류지의 시는 자아긍정, 자신감, 의욕이 하늘을 찌를 듯하다. 2편의 시적
화자의 자기표현에는, 메구미=여성·다소곳한 아름다움·수동적 행복/류지=남성·힘과
자존감·능동성 이라는 이미지가 작동하고 있음을 알 수 있다. 사마귀가 남성성의 이미지로
채택된 데는 사마귀가 육식성 곤충이라는 것도 관계가 있을 것 같다. 「들녘노래」의 나머지 6
편의 시에도 젠더 이미지를 읽어낼 수 있다. 6편의 시인의 풀네임과 주제를 살펴보자. 달팽이
덴키치(かたつむり でんきち)-나날의 놀라움, 부엉이 겐조(ふくろう げんぞう)-어둠 속에서 빛
을 발하는 별, 강아지 겐키치(こいぬ けんきち)-지구를 차며 달리는 강아지, 민들레 하루카(た

んぽぽ はるか)-꽃필 날을 꿈꾸며 날아가는 민들레 씨, 들국화 미치코(のぎく みちこ)-누군가에게 이름을 불린 것 같아 돌아보는 들국화, 느티나무 다이사쿠(けやき だいだく)-많은 새를 심장으로 품고 있어 당당하게 살아갈 수 있는 느티나무. 6명의 시인의 성별을 일본어를 몰라도 감별할 수 있을 것 같다. 민들레 하루카와 들국화 미치코만 여자이름이고 나머지 4명은 남자 이름이다. 시 속의 1인칭 대명사도 그와 호응한다. 여자는 와타시(わたし), 남자는 보쿠, 오레, 와시(ぼく,おれ,わし)를 사용하고 있다. 「들녘노래」의 시에는 자연을 의인화하는 일정한 코드가 있음을 느낄 수 있다.

그렇다면 자연물을 지은이로 설정하는 이런 수법에는 어떤 효과가 있을까? 첫째 자연물에 감정이입할 것이 요구됨으로서 상상력과 감각이 계발된다는 점을 생각할 수 있다. 둘째 여러 자연물을 시인의 반열에 세움으로서 그런 자연물이 인간과 등가적 존재임이 암시된다는 점을 지적할 수 있다. 후자는 공시적 문맥에서 보면 자연과의 공생을 중시하는 현대적 메시지로 해석될 수 있지만 필자는 애니미즘이라는 일본의 전통적인 토양을 저류하는 복류수(伏流水)의 분출로 생각된다. 동시, 동화 등 어린이를 대상으로 하는 문학 텍스트에서 의인화란 국경을 넘는 보편적인 수사법일 것이다. 동, 식물 나아가 무기물의 의인화도 어린이들의 상상력은 충분히 수용하며 즐기기 때문이다. 어른들에게 동물을 의인화한 우화란 흥미롭게 도덕을 가르칠 수 있는 고마운 수사법이기도 한다. 하지만 일본 교과서에 실린 작품의 의인화는 알레고리 이상의 위와 같은 의미를 지닌다.

3) 「여우 곤」

일본인들의 기억에 가장 남아 있는 국어교재 1위는 무엇일까? 4학년 하권에 실린, 니미 난키치(新美南吉, 1913-1943)의 「여우 곤(ごんぎつね)」이란 작품이다[17]. 1932년 아동잡지 『빨간 새(赤い鳥)』 1월호에 발표된 작품으로 1956년 대일본도서가 발행한 교과서에 처음 수록된 후 인기 장수 교재로 자리를 굳혀 2011년 발행교과서는 5종 전부 이 작품을 수록하고 있다.[18] 내용을 요약하면 장난꾸러기 꼬마 여우 곤이 사죄하는 마음으로 농부 효주에게 착한 일을 시작했는데 결국은 효주의 총에 맞고 그때서야 곤의 선행이 알려진다는 이야기이다.

좀 더 구체적으로 줄거리를 살펴보자. 산 속에 혼자 사는 곤은 늘 마을에 나가 이것저것 장난을 치곤 한다. 하루는 효주(兵十)가 애써 잡아 놓은 물고기를 강에 던지다가 들켜 뱀장어가 목에 감긴 채 줄행랑을 친다. 며칠 후 효주의 집에서 장례행렬이 나간다. 곤은 효주가 어머니를 먹이려고 뱀장어를 잡았던 것이라 추측하며 장난친 것을 후회한다. 이튿날부터 곤은 효주 집에 몰래 먹을 것을 던져 넣는다. 첫날은 정어리 이튿날부터는 밤을. 그런데 보름달이 환한 어느 날 밤, 마을에 놀러나간 곤은 효주와 또 다른 농부 사스케가 염불회가 열리는 이웃집으로 걸어가며 나누는 대화를 엿듣게 된다. 효주는 어머니가 죽은 후 이상하게 매일 집에 먹을 것이 놓여 있다는 이야기를 한다. 효주의 말을 들은 사스케는 그건 틀림없이 외톨이가 된 너를 불쌍히 여긴 가미(神)가 은혜를 베푸는 것이니 가미에게 감사하라고 한다. 곤은 자신의 행위가 인지되지 않아 감사받지 못한다는 사실에 불만을 느낀다. 그러나 이튿날도 곤은 밤을 가지고 효주 집 뒷문으로 들어간다. 그때 헛간에 있던 효주가 곤을 보게 되고 뱀장어를 훔쳐가더니 또 장난을 치려 왔다고 생각한다. 헛간에 걸려 있던 총에 화약을 채워 문을 나가는 곤을 쏜 후 다가가 문득 토방 쪽을 보니 밤이 잔뜩 놓여 있다.

> "어!" / 하고 효주는 놀라 곤에게 시선을 떨구었습니다. / "곤 너였냐? 매일 밤을 갖다놓은 건?" / 축 처진 곤은 눈을 감은 채 끄덕였습니다. / 효주는 총을 툭 떨어트렸습니다. 총구에서는 파란 연기가 가늘게 피어오르고 있었습니다.
> 「おや。」／と、兵十はびっくりして、ごんに目を落としました。／「ごん、おまえだったのか、いつも、くりをくれたのは。」／ごんは、ぐったりと目をつぶったまま、うなずきました。／兵十は、火なわじゅうをばたりと取り落としました。青いけむりが、まだつつ口から細く出ていました。　　　　　　　(『4 하』, 24-25쪽)

비극의 여운을 남기는 인상적인 결말이다. 물론 곤이 한 일임을 효주가 알게 되었고 총을 떨어트릴 정도로 효주가 망연자실한다는 결말이므로 곤 입장에서 보면 완전한 불통, 완전한 비극은 아니다.

하지만 미쓰무라 국어교과서로 공부하는 학생에게는 자연스럽게 또 강렬하게 감정이입이 되는 최초의 교과서 비극일 것이라 생각된다.[19] 결말이 충격적이며 또 곤이 다른 교재 속에 등장하는 의인화된 동물과 달리 미화되어 있지 않기 때문이다. 즉 곤은 「저녁놀(ゆうやけ)」(『1 상』)의 꼬마 여우나, 「너구리의 물레(たぬきの糸車)」(『1 하』)의 너구리, 또는 「모키치의 고양이(茂吉の猫)」(11년 발행 『4 상』)의 고양이처럼 사랑스럽고 기특하기만 한 것도, 작은 물고기 「스이미(スイミー)」(『2 하』)처럼 훌륭하기만 한 것도 아니다. 장난기가 심하지만 상대방의 상황을 상상하며 뉘우칠 줄 알고 잘못을 갚기 위한 속죄 행위(つぐない)를 하는가하면 자신의 호의 및 선행이 인지되지 못하자 불만스러워 한다. 여우 몸에 평범한 인간 마음을 가진 존재이다. 이런 너무나 인간적인 여우를 통해 무엇을 가르치려는 것일까? 관계 맺기이다. 이어지는 언어활동은 곤과 효주의 행동과 심정(気持)을 통해 인물상을 파악하고 둘의 관계의 변화에 주목하여 하여, 최종적으로는 "곤의 속죄의 심정은 효주에게 전달된 걸까?(「ごん」の

つぐないの気持は「兵十」にとどいたのだろうか。）"(27쪽)라는 질문에 수렴시키려 한다. 관계 맺기는 표현- 여기서는 행동을 통해 마음을 전달하는 데서부터 시작된다는 것을 가르치려는 의도이다.

하지만 언어활동에는 언급되지 않고 있지만 이 작품 공간 속에는 속죄와 관계 맺기 사이에 거리가 존재한다. 즉 곤의 행위는 속죄이냐 아니면 동정이냐 아니면 애정이냐의 문제이다. 처음 정어리를 던져 넣었을 때의 효주는 자신의 행위를 속죄(つぐない)라고 분명하게 의식한다. "곤은 뱀장어에 대한 속죄로 우선 하나 좋을 일을 했다고 생각했습니다.(ごんは、うなぎのつぐないに、まず一つ、いいことをしたと思いました。）"(18쪽)그러나 곤은 의식하지 못하고 있지만 이미 이 시점부터 자신과 같은 외톨이가 되어버린 효주에 대한 측은지심도 작용하고 있다. 정어리를 던져 넣기 전 혼자 쌀을 씻고 있는 효주를 헛간 뒤에서 지켜보던 곤은 "'효주도 나랑 같은 외톨이인가.'(「おれと同じ、ひとりぼっちの兵十か。」)"(16-17쪽)라고 생각했고, 때마침 정어리 장수가 행상을 오자 틈을 엿보아 대여섯 마리 훔쳐 효주의 집 뒷문 안에 던져 넣은 것이다. 이튿날 산에서 밤을 잔뜩 주어 갔을 때는 효주의 얼굴에 생긴 상처를 보고 "'가엾게도 효주는 정어리 장사에게 얻어맞아 저런 상처까지 입었구나.'(「かわいそうに兵十は、いわし屋にぶんなぐられて、あんなきずまでつけられたのか。」)"(18-19쪽)하고 생각한다. 본의와는 다르게 상처를 입힌 효주를 보며 가엾다고 생각한다. 이후 매일 매일, 밤을 때로는 송이버섯까지 갖다 놓는 것이다. 그러나 어느 사인엔가 속죄와 동정은 거의 애정에 가까운 감정으로 바뀐 것 같다. 효주와 사스케의 대화를 들은 곤의 심정이다.

곤은, "헤 이거 재미없네."하고 생각했습니다. "내가 밤이랑 송이버섯을 갖다 주는 건데 그런 나한테는 감사하지 않고 가미(神)에게 감사를 하면 나는 수지가 안 맞네."

ごんは、「へえ、こいつはつまらないな。」と思いました。「おれがくりや松たけを持ってきってやるのに、そのおれにはお礼を言わないで、神様にお礼を言うんじゃあ、おれは引き合わないな」

(『4 하』, 23쪽)

이 내면의 독백을 문자 그대로 해석해보자. 속죄의 행위가 목적이었다면 그 대상인 효주가 알아주지 않는 것에 대해 불만이 있을 수는 있지만 감사를 못 받는다는 불만은 있을 수 없다. 아니 속죄의식이라면 일본어에서 은혜의 수수(授受)를 의미하는 주다(やる)를 사용할 수 없다. 즉 어느 사이엔가 곤의 속죄의식은 자신이 효주를 기쁘게 하기 위한 착한 일을 하고 있다는 의식으로 바뀐 것으로 해석할 수 있다. 그러나 만약 자신의 선함을 드러내고 감사 받기만을 위한 선행이라면 이 말은 들은 다음 날도 효주의 집에 밤을 갖고 가는 것을 해석할 수는 없다.

즉 곤은 자신과 같은 처지의 효주에게 동정에서 시작된 호의 어쩌면 형제애[20]에 가까운 사랑의 마음으로 밤을 나르고 있는 것이고 그것이 상대방에게 전달되어 특별한 관계 맺기로 이어지기를 바라고 있던 것이다. 친해지기를 원하는 사람에게 자신의 호의가 전달되지 않는 것은 누구나 '재미없는 일'이다. 효주와 사스케의 대화를 들은 곤의 질투어린 독백에는 속죄로 시작한 곤의 행동이 관계 맺기의 욕구로 바뀌었음이 노정되어 있다. 그러므로 비록 효주의 총에 목숨을 잃게 되지만 망연자실 한 효주의 손에서 툭하고 총이 떨어진 순간은 계속 외톨이였던 곤이 관계 맺기에 성공한 달리 말하면 유사가족을 갖게 된 순간일 수도 있다.

　물론 초등학생이 여기까지 분석적으로 이해하려면 교사의 도움이 필요할 것이다. 하지만 곤과 효주의 관계의 변화를 노트에 쓰게 하면서 곤의 심정의 변화를 무시한 채 '속죄의 심정'으로 단순화시키는 것은 작품 논리에 합당하지 않다.

　이 작품과 이 작품에 대한 일본인들의 애착에서 읽어낼 수 있는 일본의 문화는 애니미즘의 상상력과 함께 '호간비이키(判官贔屓)'로 불리는 일본인들의 정서이다. 호간은 역사상의 인물인 미나모토노 요시쓰네(源義経, 1159-1189)의 관직명이며 비이키(びいき)는 '편들다'의 명사형 '히이키(ひいき)'가 호간에 이어지면서 유성음화한 것이다. 요시쓰네는 1185년부터 시작된 일본 최초의 무사정권 가마쿠라막부(鎌倉幕府)을 건립한 미나모토노 요리토모(源頼朝, 1149-1199)의 이복동생이다. 적수인 헤이케(平家)가문을 무찌르고 막부 건립에 혁혁한 공을 세웠으나 결국 요리토모 주위의 경계심으로 인해 형에 의해 처단되고 마는 기구한 운명의 장수이다. 이후 문학 작품 등을 통해 그 존재가 미화되며 일본인들의 약자 편들기 감성을 자극하는 인물이 되었다.

4) 「다이조 할아버지와 기러기」

　5학년 교과서에 실린 무쿠 하토주(椋鳩十, 1905-1987)의 「다이조 할아버지와 기러기(大造じいさんとガン)」에는 인간 못지않은 훌륭한 기러기가 등장한다. 주네트의 용어[21]를 쓰자면, 이 작품은 서두에 배치된 겉 이야기와 이어지는 1장에서 4장까지의 속 이야기로 구성되는데 동물이 등장하는 이전의 작품과 극명하게 다른 점은 의인화하지 않은 동물이라는 점이다. 겉 이야기에서 서술자는 이 이야기는 지인과 멧돼지 사냥을 가서 다이조 할아버지 집에 묵었을 때 화롯가에서 할아버지에게 직접 들은 이야기를 토대로 쓴 것이라고 소개하고 있다. 이어지는 속 이야기는 겉 이야기의 서사시점으로부터 35, 6년 전의 사건이다. 그러나 속 이야기의 서술자는 사건과 서술 행위가 마치 동시에 진행되는 것처럼 1장과 3장에서 '올해도'로 서술

을 시작한다. 장별로 서사내용을 살펴보자.

다이조 할아버지는 잔세쓰(残雪)라고 이름 붙인 두령이 이끄는 기러기 떼가 오게 되면서부터 기러기 사냥에 계속 실패하고 있다. 주의 깊고 영리한 잔세쓰 때문이라 생각하여 "분하게(いまいましく)"(116쪽) 생각한 할아버지는 올해 비책을 마련했다. 기러기가 찾아오는 습지에 말뚝을 박고 우렁이를 미끼로 단 낚시 바늘을 도처에 매 둔 것이다. 그러나 첫날 딱 한 마리 걸렸을 뿐 이튿날부터는 줄을 부리로 당겨 확인한 듯 한 마리도 안 걸려든다. 여기까지가 1장이다. 2장은 그 다음 해의 실패담이다. 우렁이를 5가마니나 준비하여 며칠이나 뿌려 놓고 안심시킨 후 밤에 오두막을 짓고 그 안에서 새벽을 기다렸다. 하지만 막 엽총을 쏘기 직전 잔세쓰가 어제 없던 오두막을 경계한 듯 방향을 바꾼다. 3장은 그 다음 해인 올해이다. 2년 전 잡은 기러기는 할아버지에게 완전히 길들여져 있다. 먹이를 주던 할아버지는 이 기러기를 미끼로 사냥을 할까 생각한다. 먼저 날아오른 동류의 뒤를 좇아가는 기러기의 습성을 이용하려는 것이다. 오두막에 들어가 새벽을 기다리니 먹이를 찾아 기러기가 날아든다. 잔세쓰가 무리를 인도한 곳은 오두막으로부터 엽총의 사정거리를 3배나 벗어난 곳이었다. 드디어 휘파람으로 길들인 기러기를 불러들이려는 순간 기러기 떼가 돌연 날아오른다. 매가 기러기 떼를 습격한 것이다. 잔세쓰의 지휘 하에 모든 기러기가 재빠르게 날아오르는데 할아버지에게 길들여진 기러기만 뒤쳐져 매의 공격을 받는다. 그러나 그 때 잔세쓰가 하늘을 가로질러 온다. 할아버지는 이때다 싶어 엽총을 겨눈다.

> 다이조 할아버지는 총을 어깨에 딱 대고 잔세쓰를 겨냥했습니다. 하지만, 무슨 생각인지 총을 다시 내려놓았습니다. / 잔세쓰의 눈에는 인간도 매도 없었습니다. 구해야 하는 동료의 모습이 있을 뿐이었습니다.
> 大造じいさんは、ぐっとじゅうをかたに当て、残雪をねらいました。が、なんと思ったか、再びじゅうを下ろしてしまいました。 / 残雪の目には、人間もハヤブサもありませんでした。ただ、救わねばならぬ仲間のすがたがあるだけでした。　　　　　　　　　　　　　　　　　　　（『5』, 127쪽）

잔세쓰의 숭고한 행동에 감동하여 할아버지는 총을 거두었지만 공격을 받은 매는 잔세쓰의 가슴을 공격하고 두 마리는 엉켜 지면에 떨어진다. 할아버지가 다가가자 매는 도망간다. 축 처져 있던 잔세쓰는 "제2의 무서운 적(第二のおそろしい敵)"(128쪽)의 접근을 느끼자 혼신의 힘을 다해 고개를 들고 정면으로 할아버지를 노려본다. 가슴은 피로 물들어 있다.

> 새라고는 하지만 그것은 정말이지 두령다운, 당당한 태도로 보였습니다. / 다이조 할아버지가 손을 뻗혀도 잔세쓰는 이제 파득거리지도 않습니다. 마지막 때인 것을 감지하고 적어도 두령으로서

의 위엄을 지키겠다고 노력하는 것 같기도 했습니다. / 다이조 할아버지는 깊은 감동에 휩싸여 일개 새를 보고 있다는 생각이 들지 않았습니다.

　それは、鳥とはいえ、いかにも頭領らしい、堂々たる態度のようでありました。/ 大造じいさんが手をのばしても、残雪は、もうじたばたさわぎませんでした。それは、最後の時を感じて、せめて頭領としてのいげんをきずつけまいと努力しているようでもありました。/ 大造じいさんは、強く心を打たれて、ただの鳥に対しているような気がしませんでした。

(『5』, 128-129쪽)

잔세쓰의 당당한 위엄에 감동한 할아버지에게 잔세쓰는 새 이상의 존재로 보인다. 이듬해 봄 우리 문을 열고 건강해진 잔세쓰를 날려 보내며 할아버지는 이렇게 말한다. "'어이, 기러기 영웅아, 너 같은 위인을 나는 비겁한 방법으로 해치우고 싶지는 않아. 어이 올 겨울도 친구들을 데리고 습지에 오라고. 그리고 우리 당당하게 다시 겨루어보자고.'(おういい、ガンの英雄よ。おまえみたいなえらぶつを、おれは、ひきょうなやり方でやっつけたかあないぞ。なあ、おい、今年の冬も、仲間を連れてぬま地にやって来いよ。そうして、おれたちは、また堂々と戦おうじゃないか。)"(131쪽). 잔설이 날아간 북쪽 하늘을 하염없이 바라보는 할아버지 모습을 그리며 작품은 끝난다.

이 작품의 주인공은 잔세쓰일까? 다이조 할아버지일까? 시점 인물, 성장하는 인물이 주인공이다, 라는 관점에서 보면 다이조 할아버지가 주인공이다. 잔세쓰는 1,2장에서는 주의 깊은 리더십, 영리한 리더십을 3장에서는 헌신적인 리더십을 보여주지만 변화한다고는 볼 수 없다. 반면 잔세쓰를 보는 할아버지의 시선은 변화하고 있기 때문이다. "꽤 영리한 녀석(なかなか利口なやつ)"(116쪽)→ "그래 봤자 새(たがが鳥)"(118쪽)→ "보통의 새(ただの鳥)"가 아님(129쪽)→ "기러기 영웅(ガンの英雄)"(131쪽), "훌륭한 인물(えらぶつ)"(131쪽)로 바뀐다. 감정 또한 "분하다(いまいましく)"(116쪽)에서 "깊은 감동에 휩싸이다(強く心打たれる)"(129쪽) 로 바뀌고 있다. 그러나 할아버지의 변화는 잔세쓰의 존재가치에 대한 생각의 변화이며 이것이 그대로 이 작품의 메시지인 것도 확실하다. 인간보다 하등한 포획의 대상에서 정정당당히 겨루어 보고 싶은 '훌륭한 존재'로 잔세쓰의 가치가 변화하고 있는 것이다. 한편 유리 로트만(Yuri M Lotman)의 토폴로지 이론에 의하면 주인공은 경계를 넘나드는 존재이다.22 경계를 넘나드는 존재인 잔세쓰와 그를 자신과 대등한 존재로 받아들이는 다이조 할아버지가 나란히 병기되는 이 작품의 제목은 둘의 등가적 관계를 표상하는 기호로 읽어야 한다.

전술했듯이 미쓰무라 국어교과서의 시나 동화, 민화에 등장하는 동물들은 조지오엘 「동물농장」의 동물과도 이솝우화의 동물과도 다르다. 인간을 비난하는 동물은 『국어3 하』에 실린 인도 민담 「호랑이와 할아버지(とらとおじいさん)」에 나오는 소가 유일하며 동물이 인간세

계의 알레고리로 그려진 것은 『국어2 상』 「스이미」 정도이다. 그 외의 작품의 동물들은 인간과의 친밀한 관계 속에 이미 살고 있거나, 인간과의 관계를 지향하거나, 공생을 주장한다. 인간과 동등한 존재로 의인화된 동물과 인간과의 교감을 유사가족 관계처럼 그리는 것은 미쓰무라 국어교과서 문학교재의 특징의 하나이다. 이런 점에서 볼 때 「다이조 할아버지와 기러기」는 동물을 의인화하지 않았다는 점과 공생이 직접적인 테마가 아니라는 점에서는 매우 독특한 작품이다. 그러나 잔세쓰에 대한 할아버지의 시각은 결국 정정당당하게 겨루고 싶은 존재로 바뀌고 있어 동물을 인간과 동등한 존재로 보는 시선은 이 작품에서도 발견된다. 결국 리얼리즘과 메르헨으로 구사하는 수법은 달라도 동물과 인간을 동등하게 보는 낭만적 애니미즘의 가치관은 변함이 없음을 알 수 있다.

5) 자연에의 숭경 「바다의 목숨」

6학년 교과서 속에서 자연의 위상은 숭경의 대상으로 승격된다. 다테마쓰 와헤이(立松和平, 1947-2010)의 「바다의 목숨(海の命)」에는 그런 자연의 위상이 잘 표상되어 있다. 이 작품은 스토리라인으로 보면 소년 다이치가 훌륭한 어부로 성장하는 일종의 성장소설이다. 줄거리를 살펴보자. 선조대대로 바다에서 살아온 다이치의 꿈은 어부가 되어 아버지와 함께 고기잡이를 나가는 것이었다. 아버지는 마을 최고의 잠수 어부로 2미터 넘는 물고기를 잡아도 자랑하는 일 없이 "바다가 주는 은혜(海の恵み)"(『6』, 202쪽)라고 말하는 사람이었다. 그 아버지가 '구에(くえ)'라 불리는 대형 바리과 물고기를 잡아 올리려다 밧줄에 몸이 감겨 바다에서 죽는다. 어머니와 단 둘이 남겨진 다이치. 중학교를 졸업하자 줄낚시 전문인 요키치(与吉) 노인의 제자가 된다. "천 마리 중 한 마리면 돼. 천 마리 중 한 마리만 잡으면 계속 이 바다에서 살아갈 수 있어(千びきに一ぴきでいいんだ。千びきいるうち一ぴきをつれば、ずっとこの海で生きていけるよ。)"(204쪽)라는 것이 요키치의 가르침이었다. 어느덧 세월은 흘러 다이치는 요키치가 인정하는 마을 제일의 어부가 되고 요키치도 세상을 떠난다. 다이치는 아버지가 죽은 여울에 잠수를 시작하고 마침내 꿈꾸던 거대 구에를 만난다. 하지만 갈등 끝에 다이치는 구에를 죽은 아버지로, 이 바다의 목숨으로 생각하고 작살을 거둔다. 이후 다이치는 행복한 가정을 일구고 어부로 평생 살아간다. 하지만 거대 구에를 잡지 않은 일은 아무에게도 말하지 않았다.

이 작품에 그려진 다이치의 자립의 서사에는 몇 가지 모티브가 계층적으로 구조화되어 있다. 맨 위층은 성장의 모티브이다. 아버지를 바다에서 잃은 소년이 마을 노인의 지도하에 마

을 최고의 어부로 성장하는 이야기, 이것이 가장 표면적인 모티브이다. 성장의 모티브를 떠받치는 두 번째 모티브는 최고를 지향하는 프로의식이다. 세 번째는 모티브는 아버지의 목숨을 앗아간 존재에 대한 복수이다. '복수(敵討ち)'는 에도시대에 공적으로 인정된 행위였으며 역사적 사건에 취재한『추신구라(忠臣蔵)』나 모리 오가이(森鴎外, 1862-1922)의 역사소설 등 여러 문학 작품에 그려진 전통적 모티브이다. 그러나 이 세 번째 모티브는 네 번째 모티브 앞에서 미끄러지고 후퇴한다. 다이치가 구에를 단념하는 과정을 살펴보자.

어머니가 슬픔과 불안으로 매일 바라보는 바다가 이제 마을 제일의 늠름한 어부가 된 다이치에게는 "자유로운 세계(自由な世界)"(206쪽)이다. 때가 왔다고 판단한 다이치는 "아버지의 바다(父の海)"(206쪽) 즉 아버지가 죽은 여울에 잠수하고 마침내 해초로 가려진 구멍 깊숙한 곳에서 150킬로를 충분히 넘을 대형 구에를 발견한다.

> 흥분하면서도 다이치는 침착했다. 이것이 내가 찾아 헤매던 환상의 물고기, 마을 제일의 잠수 어부였던 아버지를 무찌른 이 여울의 주인일지도 모른다. 다이치는 콧등을 향해 작살을 겨누지만 구에는 움직이려 들지 않는다. 그 상태로 시간이 흘렀다. 다이치는 영원히 여기에 있을 수 있을 것 같은 기분이 들었다. 그러나 숨을 참을 수 없어 다시 물위로 올라간다.
> 　興奮していながら、太一は冷静だった。これが自分が追い求めてきたまぼろしの魚、村一番のもぐり漁師だった父を破った瀬の主なのかもしれない。太一は鼻づらに向かってもりをつき出すのだが、クエは動こうとはしない。そうしたままで時間が過ぎた。太一は永遠にここにいられるような気さえした。しかし、息が苦しくなって、またうかんでいく。　　　　　　　　　　　　　　　　　　　　　　　（『6』, 207-209쪽）

숨을 쉬고 다시 돌아온 다이치를 구에는 여전히 온화한 눈으로 바라볼 뿐 움직이려 들지 않는다. "자신에게 찔려 죽고 싶어 한다(自分に殺されたがっているのだ)"(210쪽)라고 생각될 정도였다. 이때까지 많은 물고기를 죽이면서 느끼지 못했던 감정에 다이치는 당혹한다. 하지만 죽이지 않으면 어부로서는 실격이라는 생각 또한 떨칠 수 없다.

> 이 물고기를 잡지 않으면 진정한 의미에서 제몫을 하는 어부는 되지 못하는 거야, 라고 다이치는 울상이 지으며 생각한다. / 물속에서 다이치는 입 꼬리를 올려 미소를 띠운다. 입에서 은 거품이 날아간다. 작살을 아래로 거두고 구에를 향해 다시 한 번 웃음을 지었다. / "아버지 여기 계셨어요? 또 만나러 올게요." / 이렇게 생각함으로 다이치는 여울의 주인을 죽이지 않을 수 있었다. 큰 물고기는 이 바다의 목숨이라고 생각되었다.
> 　この魚をとらなければ、本当の一人前の漁師にはなれないのだと、太一は泣きそうになりながら思う。/ 水の中で太一はふっとほほえみ、口から銀のあぶくを出した。もりの刃先を足の方にどけ、クエに向かってもう一度えがおを作った。/「おとう、ここにおられたのですか。また会いに来ますから。」/ こう思うこと

によって、太一は瀬の主を殺さないで済んだのだ。大魚はこの海の命だと思えた。　　　　(210-211쪽)

　이 작품의 핵심 모티브의 하나인 네 번째 모티브가 드러나는 구절이다. 자신의 갈등에 종지부를 찍는 다이치의 논리는 거대 구에=아버지, 거대 구에=바다의 목숨이라는 조금 황당한 것이다. 단번에는 이해가 되지 않는다. 화자가 다이치의 내면의 갈등을 프로의식의 문제로 축소시키어 자각시키고 있기 때문이다. 그러나 이 논리를 이해하기 위해서는 화자가 감추고 있는 또 다른 갈등 즉 복수의 모티브를 전경화시켜야 한다. 다이치는 거대 구에를 발견했을 때 "아버지를 무찌른(父を破った)" 이 여울의 주인일지도 모른다고 생각했다. 그렇다면 그 구에를 무찌르지 않은 것은 아버지의 복수를 포기하는, 아들의 도리를 저버리는 것이며 어머니의 슬픔을 짊어지지 않고 방치하는 것이다. 그렇기에 다이치 자신에게는 거대 구에=아버지라는 명제가 성립되어야 구에를 죽이지 않아도 되는 명분이 서는 것이다. 이 논리적 비약을 단숨에 성립시키는 것이 일본의 전통적인 애니미즘의 상상력인 것이다. 거대 구에를 아버지로 해석하는 다이치의 내면을 화자는 직접화법으로 보고한다. 이 논리의 비약이 다이치에게는 중요한 것임을 강조하기 위함이다. 구에를 아버지로, 바다의 목숨으로 상상하자 자연-인간에게 자신의 생명을 아낌없이 주는 자연에 대한 숭경과 아버지에 대한 효도의 길항은 일순에 해소된다. 이 작품 속에서 다이치가 느낀 구에는 「다이조 할아버지와 기러기」(『5』)의 기러기를 넘어선다. 동료를 위해 죽음을 불사하는 고귀한 인격적 존재를 넘어 인간을 위해 자신을 희생하는 숭고한 존재로 자연은 승격한다. 이후 다이치는 결혼하여 네 아이의 아버지가 되고 어머니의 여생도 행복했으며 평생 요키치에게 배운 "천 마리 중 한 마리"를 실천하며 산다.

　이 작품 뒤에 이어지는 언어활동은 "인물들의 삶의 방식에 대해 생각하자(人物の生き方について話し合おう)"(212쪽)이다. 인물들이 다이치에게 어떤 영향을 주었는지를 찾아내고 아버지, 요키치, 다이치의 삶의 방식에 대해 생각하게 한다. 다이치의 삶과 아버지의 삶을 비교하게 하는 것이다. 이 비교를 통해 아버지와는 다른 결정을 한 다이치, 즉 프로정신과 그것이 가져올 수 있는 명예보다 자연에 대한 숭경을 우선하는 선택을 한 다이치를 부각시키려는 것이다. 마지막에는 다이치가 "거대 구에를 바위 구멍에서 발견했지만 작살을 던지지 않은 일은 물론 평생 아무에게도 말하지 않았다.(巨大なクエを岩の穴で見かけたのにもりを打たなかったことは、もちろん太一は生涯だれにも話さなかった。)"(211쪽)라는 결말에 주의하게 한다. "물론"이라는 말이 들어가는 것을 보면 당연한 귀결이라는 뉘앙스이다. 학생들은 어떤 대답을 할까? 이 작품에 나오는 다른 인물들의 태도도 참고가 되는 어떤 미덕일 것 같다.

　이상 일본 국어교과서에 실린 문학 작품 중 애니미즘의 상상력이 작동하고 있는 작품들을 살펴보았다. 물론 다른 차원에서 자연을 그리고 있는 작품들도 있다. 국어교과서에 그려진 자연의 다양한 층위를 정리해보면 다음과 같다.

> 가) 물질적 가치를 갖는 자연
> 나) 정서적 가치를 갖는 자연
> 다) 사색적 가치를 갖는 자연
> 라) 동반자적 가치를 갖는 자연
> 마) 인격적 가치를 갖는 자연
> 바) 숭경의 대상으로서의 자연

가)는 자연의 섭리에 따라 작동하며 인간의 물질적 필요를 채워주는 자연이며, 나)는 인간 삶의 정서적, 상상적 대상이 되어 인간의 삶을 풍요롭게 해주는 자연이다. 다)는 인간 삶의 철학적 사색의 힌트를 주는 대상이며, 라)는 인간의 몸, 혹은 인간의 지능을 가지고 가족과 같이 생활하는 존재이다. 마)는 숭고한 인격을 갖고 인간에게 교훈을 주는 존재이며, 바)는 인간을 위해 희생하기에 경외해야 할 존재로의 자연이다. 「다이조 할아버지와 기러기」는 가)에서 마)로 전환하고 「바다의 목숨」는 가)에서 바)로 전환한다. 전자의 전환의 계기가 관찰이라면 후자의 전환의 계기는 애니미즘의 상상력이다.

1. 구도 나오코 「들녘노래」의 시에는 자연을 의인화하는 일정한 코드가 있음을 발견할 수 있다. 평소 접한 일본문화도 참고하며 일본사회의 젠더에 대해 생각하는 바를 서로 이야기해보자.

2. 「여우 곤」의 마지막 장면에서 곤이 인간의 말을 한다면 효주에게 어떤 말을 할 것 같은지 서로 이야기해보자.(*부록참고: 「여우 곤」 전문번역)

3. 다음은 「바다의 목숨」의 결말부이다. "다이치는 거대 구에를 바위 구멍에서 발견했지만 작살을 던지지 않은 일은 물론 평생 아무에게도 말하지 않았다." 이 결말에서 미덕을 읽어낸다면 어떤 미덕일지 이야기해보자.

4. 「바다의 목숨」에서 "이치닌마에(一人前)" 제 몫을 함이라는 말이 나왔다. 소속 사회에서 정규의 구성원으로 인정받는 것, 또는 기술·예능 등이 그 분야의 인간으로 통용될 정도가 되었다는 뜻이다. 다이치의 기준은 무엇이었나? 자신은 무엇이 기준이라고 생각하는지 이야기해보자.

2.

살아가는 힘

1) 지혜와 자족

(1) 「세 장의 부적」과 「12간지의 시작」

2008년 개정된 「학습지도요령」의 기본 방향성의 하나로 중앙교육심의회는 '살아가는 힘'이라는 개념의 공유를 제창했다. 그렇다면 국어교과서에 실린 작품 속에서는 구체적으로 그려지는 살아가는 힘은 무엇일까? 차례로 살펴보자. 먼저 지혜와 자족이다.

2학년 교과서에 나오는 민화, 세타 데이지(瀬田貞二, 1916-1979) 「세 장의 부적(三まいのおふだ)」은 "들으면서 즐기자"가 학습 목표이다. 듣기라는 방법으로 문학을 감상하게 하는 교재이다. 화창한 봄날 절의 동자가 벚꽃을 따러 가고 싶다고 주지스님을 조른다. 산에는 산 할멈이 있으니 가지 말라고 해도 듣지 않는 동자. 스님은 할 수 없어 위급할 때 사용하라며 세 장의 부적을 주어서 보낸다. 산에 들어간 동자는 할멈에게 먹힐 위험에 처하지만 '열심히 생각하고' 부적을 지혜롭게 사용하여 절까지 도망쳐온다. 따라온 할멈은 동자를 안 내놓으면 스님부터 잡아먹겠다고 으름장을 놓는다. 스님은 침착하다. 실력을 겨루어 진 쪽이 먹히자는 제안을 하며 자만하는 할멈에게 콩알로 못 변하면 잡아먹겠다고 도발한다. 할멈은 여 보란 듯이 콩알로 변하고 스님은 곧바로 콩알을 먹어버린다. 어떤 위급한 상황에서도 잘 생각하고 지혜롭게 대처하면 위기를 벗어나고 문제를 해결할 수 있다는 내용이다. 생각이 힘, 지혜가 살아가는 힘이라는 주제이다.

같은 2학년에 나오는 다니 신스케(谷真介, 1935-)의 「12간지의 시작(十二支のはじまり)」역시 지혜가 주제이다. 옛날 어느 연말에 가미사마(일본 신도의 신: 필자 주)가 동물들을 소집하여 말한다. 설날 아침에 신년 인사를 하러 오라고. 빨리 오는 순서대로 12등까지 1년씩 동물의 왕으로 임명해 인간 세계를 지키게 하겠다고 한다. 가는 날을 잊어버린 고양이가 쥐에게 가서 물으니 정월 2일이라고 거짓말을 한다. 초하루 날 걸음이 느린 소는 동트기 전부터 집을 나선다. 그를 본 쥐가 소 등에 올라타지만 소는 전혀 모른다. 어전에 도착하니 너무 일러 아직 문이 닫혀 있다. 쥐는 따뜻한 소 등에서 한잠을 잔다. 이윽고 문이 열리고 기뻐하며 들어가려는 소의 등 위에서 "'아차차. 1등은 나야. 실례.'(「おっとっと。 一番のりはわたしだよ。 しつれい。 」)"(『2 하』, 132쪽) 하며 쥐가 뛰어내린다. 소는 화도 내지 않고 "'뭘, 1등 안 해도 12등 안에 들면 되지.'(「なあに。一番にならなくても、十二番までに入ればいいんだ。」)"(132쪽)하며 느긋하다. 호랑이, 토끼 등이 차례로 도착한다. 열두 동물은 정월 상을 대접받고 쥐에겐 왕관이 씌워진다. 다음 날 아침 문전에 도착한 고양이는 아무도 없는 것을 의아해한다. 문지기에게 물으니 "'모두 모인 건 어제야. 무슨 잠꼬대를 하는 거냐. 집에 가서 세수나 해라.'(「みんながあつまったのは、きのうだよ。何をねぼけているんだね。うちへ帰って、顔でもあらいなさい。」)"(137쪽) 라며 놀린다. 고양이는 그제야 쥐에게 속은 것을 알게 된다. 쥐가 날짜를 2일이라고 알려준 것이다. 12간지의 유래, 견원지간의 유래, 얼굴을 씻는 고양이 동작의 유래 등이 재미있게 그려져 웃음을 자아낸다. 흥미로운 것은 소의 존재이다. 1등을 한 쥐에 주목하면 작고 약해도 지혜를 쓰면 성공할 수 있다는 지혜를 강조하는 주제가 되지만 소의 모습에 주목하면 최선을 다하고 결과에 만족하며 자족하는 사람 또한 행복을 누린다는 메시지가 된다. 이 근저에는 1868년 메이지유신까지 지속된 신분제 사회 속에서 자신의 분수를 지키는 것이 미덕으로 여겨진 오랜 전통이 있다. 천황을 정점으로 하는 국체는 늘 유지되었고 권력의 이동은 아래에서 위로의 혁명이 아니라 좌에서 우로의 쟁탈의 역사였기 때문이다.

(2) 「나와 새와 방울」과 「나는 나」

자족은 시 속에서도 노래된다. 3학년 교과서에 실린 가네코 미스즈(金子みすゞ, 1903-1930)의 시, 「나와 새와 방울 (わたしと小鳥とすずと)」을 살펴보자.

> 내가 양팔을 벌려도, / 하늘을 잠시도 날 순 없지만, / 날 수 있는 작은 새는 나처럼, / 지면을 빨린 달리진 못해. // 내가 몸을 흔들어도, / 예쁜 소리는 나지 않지만, / 울리는 저 방울은 나처럼 / 많은 노래를 알지는 못해. // 방울과 작은 새, 그리고 나, 모두 다르지만 모두 좋아.
>
> わたしが両手をひろげても、 / お空はちっともとべないが、 / とべる小鳥はわたしのように、 / 地面をはやくははしれない。 //
>
> わたしがからだをゆすっても、 / きれいな音はでないけど、 / あの鳴るすずはわたしのように、 / たくさんうたは知らないよ。 //
>
> すずと、小鳥と、それからわたし、 / みんなちがって、 / みんないい　　　　　　　　　　　　(『3 상』, 104-105쪽)

앞에서 살펴본 「무당벌레」를 연상하게 하는 시이다. 인간과 무당벌레가 같은 생물로서 서로 존중해야 함을 무당벌레의 시점에서 노래한 시였다. 동물과의 공생을 추구하는 것은 미쓰무라 국어교과서의 문학 작품을 관통하는 특징이기도 했다. 「나와 새와 방울」이 특별한 점은 방울이라는 무생물에게까지 세계관이 넓어졌다는 점과, 다름을 잘하는 것의 다름으로 포착하여 모두를 칭찬하는 결말로 이끌어 존재에 대한 긍정이 보다 적극적으로 표출된 점이다. 다름의 긍정은 차별을 막을 수 있다는 점에서 간접적으로는 인권을 존중하는 휴머니즘의 교육에도 일조하는 시라고 할 수 있을 것이다.

(3) 「닌나지의 한 법사」와 「다카세부네」

지혜와 자족의 테마는 중학교 교과서의 문학 작품에서도 찾아볼 수 있다. 초등학교에서는 분위기를 느끼는 정도로만 다루어졌던 고전 산문문학이 중학교 교과서에는 부분 발췌이지만 정독의 대상으로 분석적으로 다루어진다. 2학년 교과서에 실린 일본 3대 고전수필의 하나인 「쓰레즈레구사(徒然草)」의 본문을 살펴보자. 신심이 깊고 성실하지만 지혜롭다고는 할 수 없는 한 승려의 일화가 소개된다. 원문은 고문이여서 생략한다.

> 닌나지의 한 법사, 나이가 들도록 이와시미즈(岩淸水)신사를 참배하지 않은 것이 마음에 걸려 어느 날 결심을 하고 아무도 동반하지 않고 스스로 걸어 참배를 갔다. 고쿠라쿠지(極楽寺), 고라신사(高良神社) 등을 참배하고 아 이런 거구나, 하며 돌아왔다. / 그런데 친구를 만나 "오래 동안 마음에 두고 있던 일을 겨우 이루었네. 소문에 듣던 것보다 한층 엄숙하더구먼. 그런데 말이네, 참배객들이 모두 산 쪽으로 올라가던데, 무슨 일이 있었던 건지 알고 싶었지만, 신사에 참배하는 것이 본래의 목적이니 산 쪽은 보지 않았네."라고 말했다고 한다. / 작은 일이라도 그 길의 선도자가 있으면 고마운 것이다.
>
> (『중2』, 142-143쪽)

법사는 어처구니없는 실수를 한 것이다. 정작 법사가 정성을 들여 참배하려고 했던 이와시미즈신사[23]는 산 위에 있었는데 그걸 모르고 산기슭에 위치한 부속 절과 부속 신사만을 참배하고 돌아온 것이다. 참배를 와서 한눈을 파는 것을 옳지 않다고 생각에만 사로잡혀 의문이 들면서도 질문을 하지 않아 착각을 바로잡을 기회를 놓친 것이다(교과서에는 이해를 돕기 위해 각주에 세 건물의 위치를 나타낸 작은 그림이 실려 있다).

「쓰레즈레구사(徒然草)」는 14세기에 요시다 겐코(吉田兼行) 법사가 쓴 수필집으로 세상은 무상하기 때문에 더욱 가치가 있다고 하는 적극적인 무상관을 담고 있다. 일본 중세시대의 무상관을 대표하는 작품이기도 하지만 여러 가지 삶의 지혜를 담고 있기도 하다. 겐고는 출가한 승려이었지만 대인관계의 폭이 넓고 포용력 있는 사고방식의 지식인이어서, 어떤 신분의 사람이든지 배울 바가 있으면 존경하고 인정하는 데 인색하지 않았기 때문이다. 물론 그 반대의 경우도 가차 없이 반면교사로 삼는다. 이 글이 그에 해당한다. 법사가 있었던 닌나지는 교토(京都)시 우쿄쿠에 있는 진언종 오무로파(御室派)의 총본산이므로 권위 있는 절이라 할 수

있다. 더욱이 나이도 지긋하여 지혜로울 법한 법사가 엉뚱한 실수를 한 것이다. 아니 그렇기 때문에 더욱 자신의 생각에서 빠져나오지 못한 것임을 겐고는 암암리에 시사하고 있는 것일지도 모른다. 겐고는 마지막에 완곡하게 법사를 비평하고 있다. 인간은 누구라고 그릇된 착각에 사로잡히는 우를 범할 수 있으므로 작은 일이라도 그 길의 선도자에게 정보과 조언을 구하는 자세가 중요하다는 것이다. 이런 자세는 현대 일본인들의 실제 사회생활에서도 중요시 여겨진다. 소위 '호오레엔소오(ほうれんそう)'라고 말해지는 사회생활의 기본자세이다. 표기법에 맞지 않지만 일부러 장음까지 썼는데 호오레엔소오는 일본어로 시금치란 뜻이지만 여기서는 각각 호오코쿠(ほうこく 보고), 레엔라쿠(れんらく 연락), 소오다안(そうだん 의논)의 어두 두 음절을 따서 합한 조어이다. 사회에서 일을 할 때는 관계자 특히 선배, 상사가 되겠지만 보고하고 연락하고 의논하여 조언을 구하는 것이 기본이라는 것이다. 그런 의사소통 속에서 지혜가 창출된다는 것일 것이다. 이것은 다른 면에서 보면 화합을 중요시여기는 일본의 문화와도 관계가 있을 것 같다. '와쇼쿠(和食)' '와후쿠(和服)' '와시쓰(和室)' '와시키(和式)' 등등 일본인들은 일본식이라는 것을 나타낼 때 화합을 뜻하는 '와(和)'를 사용한다. 하나로 뭉쳐지는 화합이란 보고하고 연락하고 의논하는 가운데 형성되어 갈 것이기 때문이다. 그러나 집단의 화합, 단결을 중시하는 문화가 지나치면 폐해를 나을 수도 있다. 일본에서는 회의, 결정 등이 불협화음 없이 진행되도록 사전에 조율하고 어느 정도의 양해를 구해두는 '네마와시(根回し)'라는 사전교섭이 왕왕 행해진다. 해외 비지니스에서도 'NEMAWASI'로 통한다고 한다. 그러나 모두가 합의한, 이라는 미명하에 무책임체제가 조장되고 신속한 대처가 늦어져 비즈니스기회를 놓치는 등 폐해가 발생하고 있다고 지적하는 목소리도 있다.

한편, 중학교 교과서에서 자족을 테마로 하는 작품은 일본 근대문학의 거두인 모리 오가이(森鴎外. 1862-1922)의 소설 「다카세부네(高瀬舟)」이다. 「다카세부네」는 안락사와 '족함을 알다(足るを知る)' 즉 자족의 문제를 다룬 소설로 유명하다. 작품의 시대배경은 도쿠가와(德川) 막부가 지배한 에도시대(1603-1868)이다. 동생과 함께 어려서 고아가 된 기스케(喜助)는 극빈한 생활 속에서도 성실하게 살아왔다. 그런데 동생이 병에 걸리고 만다. 가망이 없다고 생각한 동생은 형을 편하게 해주고 싶어 면도칼로 자살을 시도하는데 면도칼이 미끄러져 명이 끊어지지를 않는다. 집에 돌아와 이 참상을 본 기스케. 결국 동생의 소원대로 목에서 면도칼을 빼어준다. 살인죄를 언도받은 기스케가 다카세부네, 즉 유배지로 호송하는 배에 오른다. 그런데 호송하는 관리 쇼베(庄兵衛)의 눈에 비친 기스케의 모습은 이전의 죄인들의 비참했던 모습과는 너무도 다르다. 묵묵히 달을 올려다보고 있는데 그 얼굴이 맑고 눈에는 옅은 광채가 있다. 이리 보아도 저리 보아도 즐겁게 보이는 것이다. 너무나 이상하여 무슨 생각을 하느냐고 물으니 기스케는 "빙긋(にっこり)"(『중3』, 83쪽) 웃은 후 이야기한다. 교토에서 편하게 산 사람들에게는 유배를 가는 것이 슬픈 일이겠지요, 하지만 어딜 가도 자신이 해온 것 같은 고생은 없을 터인데 유배지라고는 하지만 자신에게 있을 장소가 생긴 것이 감사하고, 옥에 들어온 후 아무 일도 안 하는데 밥을 먹여주시니 황송하고, 게다가 나라에서 200문의 돈까지 주셔서 평생 처음으로 이런 돈을 품에 품어 보게 됐으며 이 돈을 밑천으로 섬에서 일을 시작하는 게 기대된다는 것이다.

쇼베는 기스케를 자신과 비교해본다. 물론 돈의 자릿수는 다르지만 자신 또한 봉급을 다 지출하며 저금 없이 가족을 부양하고 있다는 점에서는 기스케와 다를 것이 없는데 둘 사이에는 커다란 간격이 존재함을 느낀다.

> 도대체 이 간격은 어디에서 생겨난 것일까? 단지 표면만 보고, 그것은 기스케에게는 딸린 식구가 없지만 이쪽은 있기 때문이라고 해버리면 그 뿐이다. 그러나 그것은 거짓말이다. 설령 내가 홀몸이라 해도 아마도 기스케 같은 마음을 갖지는 못할 것 같다. 그 뿌리는 더 깊은 곳에 있는 것 같다. / 쇼베는 멍하니 사람의 일생에 대해 생각해보았다. 사람은 몸에 병이 있으면 이 병이 없었으면 하고 바란다. 그날그날의 양식이 없으면 먹고 살 수 있었으면 하고 바란다. 만일에 대비한 저축이 없으면 조금이라도 저축이 있었으면 하고 바란다. 저축이 있으면 또 그 저축이 더 많았으면 하고 바란다. 이와 같이 그 다음은, 그 다음은, 하고 생각해보면 사람은 어디까지 가야 멈출 수가 있을지 알 수가 없다. 그런데, 멈출 수 있음을, 지금 내 눈 앞에서 보여주고 있는 것이 이 기스케다, 라고 쇼베는 깨달았다. / 쇼베는 새삼 경이의 눈을 부릅뜨고 기스케를 보았다. 이 때 쇼베는 하늘을 올려다보고 있는 기스케의 머리에서 후광이 비치는 듯이 느꼈다.
> いったいこの懸隔はどうして生じて来るだろう。ただうわべだけを見て、それは喜助には身に係累がないのに、こっちにはあるからだと言ってしまえばそれまでである。しかしそれはうそである。よしや自分が独り者であったとしても、どうも喜助のような心持ちにはなられそうにない。この根底はもっと深いところにあるようだと、庄兵衛は思った。 / 庄兵衛はただ漠然と、人の一生というようなことを思ってみた。人は身に病があると、この病がなかったらと思う。その日その日の食がないと、食ってゆかれたらと思う。万一の時に備える蓄えがないと、少しでも蓄えがあったらと思う。蓄えがあっても、またその蓄えがもっと多かったらと思う。かくのごとくに先から先へと考えてみれば、人はどこまで行って踏み止まることができるものやらわからない。それを今、目の前で踏み止まって見せてくれるのがこの喜助だと、庄兵衛は気がついた。 / 庄兵衛は今さらのように驚異の目をみはって喜助を見た。このとき庄兵衛は、空を仰いでいる喜助の頭から毫光が差すように思った。　　　　　　　　　　　　　　　　　　　（『중 3』, 86쪽)

쇼베는 기스케의 "욕심 없음, 만족할 줄 하는 마음(慾のないこと、足ることを知つてゐること)"(85쪽)에 탄복하며 자신도 모르게 "기스케 씨.(喜助さん。)"(87쪽)라고 부르게 된다. 신분과 상황에 맞지 않게 기스케에게 씨라는 경칭을 붙인 것과 후광 운운하는 데서 기스케에 대한 존경의 마음을 읽어낼 수 있다. 인간의 삶의 진실을 추구하는 근대문학에 있어서도 자족은 여전히 미덕 그것도 인간이 갖기 힘든 미덕으로 인식되고 있는 것을 알 수 있다. 이후 서사는 안락사의 문제로 이행한다. 쇼베는 어쩌다 사람을 죽이게 됐는지 연유를 기스케에게 묻게 되고 상세하며 조리 있는 기스케의 이야기를 들으며 강한 의문을 품게 된다. 자살하려고 찔렀는데 명이 안 끊어져 너무 고통스럽다, 칼을 뽑으면 죽을 수 있을 테니 뽑아 달라, 라는 동생의 말을 따랐으니 살인이라고 한다. 하지만 그냥 두어도 어차피 죽을 사람을 "고통에서 구해주려고(苦から救ってやろうと思って)"(89쪽) 한 행동을 과연 살인이라고 할 수 있는 것인가, 하는 의문이다. 여러 생각 끝에 결국 자기보다 위 사람의 판단 즉 오소리티의 판단에 따르는 수밖에 없다는 결론에 이른다. 그러면서도 의문은 남아 왠지 당장이라고 재판관(町奉行)에게 물어보고 싶은 마음이다. 침묵 속의 두 사람을 태운 배는 검은 수면 위를 미끄러져 가며 작품은 끝난다.

　이 작품은 자족과 안락사의 문제가 주요 테마이지만, 일본인의 처세술이라는 각도에서 보면 쇼베의 결론 즉 권위에 따른다는 것도 짚고 넘어갈 필요가 있다. 일본에는 "긴 상대에게는 휘감겨라(長い物には巻かれろ)"라는 말이 있다. 윗사람이나 세력이 강한 상대와는 다투지 말고 그에 따르는 것이 상책이라는 뜻이다. 쇼베 역시 이 처세술에 따르는 인물인 것이다. 따라서 역사물 속의 인물인 쇼베가 갖는 근대성은 쇼베의 의문 속에 있다고 할 수 있다. 근대문학은 봉건적인 가치관에 개인주의로 대항하는 지점에 존립하기 때문이다. 그러나 시대가 바뀌어 현대가 되어도 여전히 오소리티에 따른다는 처세술은 살아남아 있다. 이것은 일본의 사회집단이 공통의 자격을 갖는 사람들의 횡적인 연결을 중시하는 사회가 아니라 같은 "장(場)"에 속해 있음을 중시하는 "종적" 즉 서열적인 구조의 사회라는 것과도 깊은 관계가 있다.[24]

2) 상상력과 자신감

(1) 「첫눈 오는 날」

　국어교과서 공간 속에서 지혜, 자족과 함께 살아가는 힘, 문제 해결의 방법으로 중요시되는 것이 상상력이다. 대표적인 작품을 살펴보자. 4학년 하권에 실린 아와 나오코(安房直子, 1943-1993)의 「첫눈 오는 날(初雪のふる日)」이 좋을 것 같다. 민속적 모티브를 잘 살린 매력적인 메르헨으로 첫눈 오는 날, 소녀가 눈 토끼들이 줄지어 달리는 이계(異界)로 빠져들었다가 할머니로부터 들은 지혜와 상상력을 구사하여 그 행렬에서 빠져나오는 이야기이다. 민속학에서 갑작스런 행방불명을 뜻하는 '가미카쿠시(神隠し)'를 소재로 한 작품이다. 미야자키 하야오 감독의 애니메이션 <센과 치히로의 행방불명(千と千尋の神隠し)>을 연상해도 좋을 것 같다. 이야기는 다음의 5단계로 진행된다. 1 현실에서 이계로 이행하는 단계. 2 이계로 들어왔음을 자각하는 단계. 3 현실로의 귀환을 시도하나 곤란에 부닥치는 단계. 4 할머니의 교훈에 자신의 지혜를 더하여 귀환에 성공하는 단계. 5 집으로 돌아가게 되는 마지막 부분이다.

소녀를 이계로 유혹한 것은 마을 외길 위에 한 없이 이어지는 원, 아이들이 오랫말놀이를 할 때 그리는 원이다. 그 원을 발견하고 안에 폴짝 뛰어들자 이상하게 소녀의 몸을 가벼워지고 고무공처럼 튀어 오른다. 하지만 처음에는 현실과의 교류가 가능했다. 담배 가게 아주머니는 소녀를 보고 "'어유 씩씩하네!' (「おや元気がいいねえ。」)"(『4 하』, 106쪽)라고 말을 건네고 개도 소녀를 보고 짖는다. 마을 정류장까지 오자 눈이 내리기 시작한다. 볼이 빨개지고 땀범벅이 되도록 달려도 원은 계속 이어지는데 하늘은 어두워지고 바람도 차가워지며 눈보라가 휘몰아칠 것 같다. "'그만 돌아갈까.' (「もう帰ろうかな。」)"(107쪽)라고 중얼거린 바로 그 때 소녀는 자신이 이상한 세계에 들어와 있음을 자각하게 된다. "'한 발, 두 발, 통통통.' (「かた足、両足、とんとんとん。」)"(107쪽) 라는 소리가 뒤에서 들려오고 자신의 앞뒤로 토끼의 행렬이 한 없이 이어져 있다. 토끼에게 어디로 가느냐고 묻자 이런 대답이 돌아온다. "'어디든지, 어디든지, 세계 끝까지. 우린 모두 눈을 내리게 하는 눈 토끼니까요.' (「どこまでも、どこまでも、世界の果てまで。わたしたちはみんな、雪をふらせる雪うさぎですからね。」)"(108쪽). 소녀는 가슴이 덜컥했다. 언젠가 할머니에게 들은 무서운 이야기가 생각났기 때문이다. 첫눈 오는 날은 북쪽에서 눈을 내리는 흰 토끼들이 한꺼번에 온다, 그 행렬에 휩쓸려 들어가면 세계 끝까지 가서 마지막에는 작은 눈덩이가 되어 버린다고 들은 것이다. 그런데 지금 자신이 "그 토끼들에게 채여 가는 중(さらわれてゆくところ)"(109쪽)인 것이다.

소녀는 큰일 났다며 멈추려고 한다. 하지만 뒤의 토끼가 "'멈추면 안 돼. 뒤가 막혀. 한 발, 두 발, 통통통.' (「止まっちゃいけない。後がつかえる。かた足、両足、とんとんとん。」)" (110쪽)라고 하자 소녀의 몸은 다시 고무공처럼 튀어 오르며 원을 따라 전진한다. 소녀는 할머니에게 들은 이야기를 열심히 생각했다. 딱 한 사람, 쑥 주문을 외워 살아서 돌아온 아이가 있다는 것이 생각났다. 자신도 해보리라고 생각하고 열심히 봄의 광경을 상상하며 쑥 주문을 외우려고 하자 토끼들의 합창이 시작된다. "우리들 모두 눈 토끼 / 눈을 내리는 눈 토끼 / 토끼의 흰색은 눈의 흰색 / 한 발, 두 발, 통통통 (ぼくたちみんな雪うさぎ / 雪をふらせる雪うさぎ / うさぎの白は、雪の白 / かた足、両足、とんとんとん)"(111쪽) 귀를 막아도 합창소리는 점점 커지고 그 소리에 빨려 들어가 쑥 주문을 외울 수가 없다. 토끼와 소녀의 행렬은 전나무 숲을 지나고 언 호수를 지나고 와본 적도 없는 먼 곳까지 왔다. 그러나 사람들은 아무도 토끼 행렬과 소녀를 알아보지 못 하고 "'아아, 첫눈이다!' (「ああ、初雪だ。」)"(112쪽)라며 잰 걸음으로 지나쳐간다.

이어지는 4단계. 소녀의 환상 속에 할머니가 조력자로 등장한다. 이미 세상을 떠난 할머니일 것이다. 작품 속에 할머니가 죽었다는 말은 나오지 않으나 주위에 도와줄 사람이라고는 아무도 없는 절체절명의 위기에서 구원을 요청하는 대상, 또 그에 부응하는 대상이라면 일본문화 속에서는 신불(神仏)이든지 적어도 저 세상으로 간 사자(死者)라고 보는 것이 타당할 것이기 때문이다. 소녀는 팔다리가 얼어붙어가는 가운데 마음속으로 "'할머니 살려줘요———.' (「あばあちゃん、助けて———」。)"(113쪽) 라고 부르짖는다. 그 때 막 발을 넣은 원 속에 이파리 하나가 떨어져 있다. 안쪽에 흰 솜털이 가득 붙어 있는 쑥 잎이었다. 가슴에 대자 누군가의 응원이 느껴졌다. 눈 아래 땅 속에서 봄을 기다리는 많은 풀씨의 응원이었다.

> 많은 작은 것들이 소리를 합하여 힘내 힘내라고 말하는 듯했습니다. / 그렇습니다. / 그것은 눈 아래 있는, 많은 풀씨의 소리였습니다. 지금 땅 속에서 가만히 추위를 견디고 있는 풀씨의 입김이 한 장의 이파리을 통해 소녀의 가슴에 전해져 온 것이었습니다. / "힘내, 힘내."
> たくさんの小さいものたちが、声をそろえて、がんばれがんばれと言っているように思えてきました。 / そうです。それは、雪の下にいる、たくさんの草の種のいぶきが、一まいの葉を通して、女の子のむねに伝わってきたものでした。 / 「がんばれ、がんばれ」　　　　　　　　　　　　　　　　　　(『4 하』, 114쪽)

"그렇습니다." 이하를 읽으면, 자연을 의인화하여 자신의 응원군으로 만드는 소녀의 상상력은 화자에 의해서도 그대로 지지되고 있는 것을 알 수 있다. 상상력으로 소환한 할머니가 준 쑥 잎을 든 소녀는 지혜로운 수수께끼를 생각해 내고 그를 계기로 토끼들은 봄노래를 부르게 된다. "토끼의 흰색은 봄의 색깔 / 쑥 이파리의 뒷면 색깔 / 한 발 두 발 통통통(うさぎの白は、春の色 / よおぎの葉っぱのうらの色 / かた足、両足、とんとんとん)"(116쪽) 그 노랫소리에 발을 맞추어 나아가자 꽃냄새, 새소리가 들리는 듯하고, 봄 햇살이 쏟아지는 쑥 벌판에서 오랏말놀이를 하는 듯한 기분이 들었다. 몸이 따뜻해지고 볼도 살포시 장밋빛이 되었다. 소녀는 눈을 감고 크게 숨을 들이키고는 "'쑥, 쑥, 봄 쑥.' (「よもぎ、よもぎ、春のよもぎ。」)"(117쪽) 라고 열심히 소리쳤다. 정신이 들고 보니 소녀는 모르는 마을의 모르는 길을 달리고 있었다. 토끼도, 원도, 쑥 잎도 사라지고 없다. "'아아 살았다!' (「ああ、助かった。」)"(118쪽) 생각한 순간 다리가 더 이상 움직이지 않았다. 소녀 주위를 마을 사람들이 둘러싼다. 주소를 듣고는 믿어지지 않는다는 표정을 짓는다. 산을 몇 개나 넘어서 먼 곳에 온 것이다. 그 때 한 노인이 "'이 아이는 필시 흰 토끼에게 채여 갈 뻔한 거야.' (「この子は、きっと、白うさぎにさらわれそうになっ

たのだ。」)”(118쪽)라고 말한다. 소녀는 마을 사람들의 호의로 식당에서 따뜻한 것을 먹고 버스로 귀가하게 된다.

이 작품에는 몇 가지 모티브가 섞여 있다. 첫째 일본 민속에 전해져 오는 가미카쿠시(神隱し)적 요소, 둘째 할머니로 나타난 모성에 대한 동경, 셋째 자연의 정령들이 응원한다는 애니미즘 적 상상력, 넷째 성장소설에 요구되는 역경극복의 용기와 지혜이다. 특히 넷째 역경극복의 모티브에는 이 모든 모티브가 녹아 있다고 할 수 있다. 할머니의 말을 열심히 생각하는 소녀의 태도(1)와 죽은 할머니가 자신을 도와줄 거라는 애정에 대한 신뢰(2), 자연을 의인화하여 자신의 편으로 만드는 상상력(3), 거기에 자신의 힘으로 생각해낸 지혜(4)가 합하여 가미카쿠시로부터의 귀환을 성공시켰기 때문이다. 부연하자면 (1)은 문화가 ‘어린 피조물’에게 전승되기 위한 기본요건이며25. (2)에는 모성동경과 죽은 자에 대한 일본인 특유의 상상력이 믹스되어 있고 (3),(4) 애니미즘의 상상력과 지혜는 국어교과서가 ‘살아가는 힘’으로 강조하는 요소이다. 작품에는 집으로 돌아온 후의 소녀의 모습은 그려져 있지 않다. 하지만 주인공 소녀가 이계 체험이라는 환상을 통해 자신에게 내재하는 힘을 확인한 것은 이후의 삶에 자신감으로 이어질 것은 상상하기 어렵지 않다.

(2) 「나는 강」

「첫눈 오는 날」의 소녀가 획득했을 자신감. 그 자신감 또한 교과서가 의도적으로 학생들에게 고취시키고자 하는 ‘살아가는 힘’의 하나이다. ‘자신감의 결여, 자신의 장래에 대한 불안감’이 OECD의 PISA 조사를 통해 일본 아동들의 과제로 지적되었기 때문이다. 지혜, 자족, 상상력 다음으로 강조되고 있다고 할 수 있다. 앞에서 인용한 「나는 사마귀(おれはかまきり)」라는 동시, 여성 시인 구도 나오코(工藤直子)가 남성 화자 ‘사마귀 류지(かまきりりゅうじ)’를 가장한 시도 자신감을 노래하고 있었고 살펴볼 사카다 히로오(坂田寛夫, 1925-2005)의 시 「나는 강(ぼくは川)」도 의인화된 강을 통해 성장과 자신감을 노래하는 시이다.

> 서서히 넓어지며 / 키가 커가며 / 흙과 모래를 적시고 / 구부러지고 넘실거리고 용솟음치며 / 멈춰라 해도 멈추지 않는 / 나는 강 / 새 빨간 달에 몸부림쳤고 / 사막 속에 목이 말랐고 / 그래도 구름의 모습 비추며 / 물고기의 비늘을 빛나게 하며 / 새 날을 향해 용솟음친다 / 새 날을 향해 용솟음친다
>
> じわじわひろがり / 背をのばし / 土と砂とをうるおして / くねってうねってほとばしり / とまれと言っても もうとまらない / ぼくは川 　真っ赤な月にのたうったり / 砂漠のなかに渇いたり / それでも雲の影うかべ / さかなのうろこを光らせ / あたらしい日へほとばしる / あたらしい日へほとばしる　　　(『4 상』, 104-105쪽)

수원에서 시작된 작은 물줄기가 여러 환경을 통과하며 생명을 품는 거대한 강으로 성장해 가는 모습을 그리고 있다. 반복되는 결구에는 웅숭깊은 자신감이 느껴진다. 표면적으로는 강이 갖는 확장성을 노래한 시이지만 학생들은 이런 강의 모습에서 성장을 위한 삶의 태도를 배울 것이다. 계속 흐르는 끈기, 사막을 견디는 인내, 용솟음치는 용기, 다른 존재를 품는 도량, 자신에 대한 믿음 등이다. 의인화된 강은 인간의 성장이라는 알레고리의 표징이라 할 수 있다.

3) 쾌감

(1) 〈계절의 서표〉

지혜와 자족, 상상력 이 세 가지는 문제 해결의 방법으로서의 '살아가는 힘'이라면 일상적인 삶의 힘으로 가장 빈번히 그려지는 것은 쾌감이다. 삶 속에서의 쾌감을 즐기는 것이 살아가는 기본적인 힘, 삶의 원동력이라고 생각하는 것이다. 쾌감 중에서 미쓰무라 국어교과서에 가장 빈번하게 등장하는 것은 계절의 변화 속에서 자연이 가져다주는 즐거움이다. 인간의 상상력이 이 즐거움을 증폭시키기도 한다. 앞에서 언급한 바대로 "인간 삶의 정서적, 상상적 대상이 되어 인간의 삶을 풍요롭게 해주는 자연"이 선사하는 쾌감이다.

각 계절이 주는 쾌감을 중학교 교과서 <계절의 서표>에 실린 운문 작품을 통해 살펴보자. 먼저 봄을 노래하는 시와 단가(短歌)를 한 수씩. 전통 시가인 단가는 5,7,5,7,7의 음수율을 갖는 정형시여서 리듬을 살려서 옮기겠다.

> 벚꽃 벚꽃 벚꽃, / 들도 산도 마을도, / 둘러보는 곳마다, / 안갠가, 구름인가, / 아침 해에 빛나네. / 벚꽃 벚꽃 벚꽃, / 벚꽃이 만발.
> さくら さくら、/ 野山も、里も、/ 見わたす かぎり、/ かすみか、雲か、/ 朝日に におう。/ さくら さくら、/ 花さかり。　　　　　　　작자 미상「벚꽃 벚꽃(さくらさくら)」(『중1』, 35쪽)

> 세상 어디도 차라리 벚꽃이 없었더라면 / 봄을 맞는 마음은 평온했을 터인데
> 世の中に絶えて桜のなかりせば春の心はのどけからまし
> 　　　　　　　아리와라노 나리히라(在原業平)의 단가 (『중3』, 31쪽)

일본인들에게 봄이 안겨주는 가장 큰 선물은 벚꽃일 것이다. 봄이 되면 일기 예보에서 벚꽃 전선의 이동을 예보할 정도로 벚꽃 사랑이 남다르다. 벚꽃 사랑은 역사가 깊다. 위의 단가를 지은 나리히라(825-880)는 고대의 노래 잘하는 6명의 가인 소위 육가선(六歌仙)의 한 명이다. 봄이 될 때마다 그의 마음을 뒤흔들어 놓는 것이 벚꽃이라는 것이다. 일본인에게 벚꽃은

살아 있다는 기쁨 그 자체인 것 같다. 내년에도 살아 있을 수 있을까, 하는 것은 일본인들은 내년에도 벚꽃을 볼 수 있을까, 라는 말로 표현하기도 한다. 또 개화시기가 대학 입시발표와 시기가 겹치는 것도 있어 "벚꽃 피다(サクラサク)"는 합격을 나타내는 전보문구로 쓰였다. 반대로 불합격은 "벚꽃지다(サクラチル)"로 통보했다. 일본에 법으로 정해진 공식 국화는 없지만 벚꽃이 일본인에게 삶의 기쁨을 상징하는 코드인 것은 분명하다.

다음은 여름이 주는 쾌감을 시와 하이쿠(俳句)로 살펴보자. 전통시가인 하이쿠는 5,7,5의 음수율을 갖는 세계에서 가장 짧은 정형시이다. 역시 음수율을 살려서 옮기겠다.

산에 오르니 / 바다는 하늘까지 올라온다. / 산사태가 나듯이 / 새 잎으로 푸르른 산. / 아래쪽에서 조용히 / 뻐꾸기가 울고 있다. / 바람에 휘날리며 / 높은 곳에 서니 / 누구라도 자연히 / 세계가 넓음을 생각한다.
山にのぼると / 海は天まであがってくる。 / なだれおちるような / 若葉みどりのなか。 / 下の方で しずかに / かっこうがないている / 風に吹かれて / 高いところにたつと / だれでもしぜんに / 世界のひろさをかんがえる。
　　　　　　　　　　　　　　　　오노 도자부로(小野十三郎) 「산꼭대기에서(山頂から)」(『중1』, 94쪽)

여름날 강을 건너는 기쁨이여 손에는 조리
夏河を越すうれしさよ手に草履　　　　　요사 부손(与謝蕪村)의 하이쿠(『중3』, 100쪽)

땀 흘리며 올라왔을 산꼭대기. 시원한 바람이 기다리고 있다. 정상에서 바라본 바다와 여름 산의 풍광은 시인의 마음까지 탁 트이게 한다. 넓어진 것은 세계만이 아닐 것이다. 여름이 주는 해방감, 그 쾌감이 잘 그려져 있다. 두 번째로 소개한 부손(1716-1784)의 하이쿠는 한편의 스냅 사진 같다. 여름날에 땀을 흘리며 길을 가는 나그네를 떠올려보자. 그 때 앞에 나타난 시원한 강. 조리를 벗어 들고 찬 물에 발을 적시며 강을 건넌다. 어떨까! 여름날 우리가 느낄 수 있는 쾌감을 단순하면서도 선열하게 회화적으로 그리고 있다. 부손은 에도시대(1603-1868) 중기의 하이쿠 시인(俳人)이지만 그가 그린 여름날의 쾌감은 현대에도 손색이 없다.

하이쿠는 전통 정형시이지만 현대에도 많은 일본인들에 의해 감상되고 창작되고 있다. 물론 단가도 여전히 사랑을 받고 있지만 창작에 참여하는 인구를 보면 하이쿠가 단가 이상의 인기를 누리고 있다. 양쪽 다 고어(文語)를 사용하지만 형식이 단가보다 하이쿠가 단순하다는 것이 주요 원인일 것 같다. 하지만 하이쿠는 계절어(季語)가 반드시 그리고 딱 하나만 들어가야 한다는 규칙이 있어 그리 만만한 것도 아니다. 작은 것을 사랑하는 일본인의 취향과 하이쿠가 갖는 시각적 이미지, 감각적 표현이 삶속에서의 감각적인 즐거움을 중시하는 일본인의 가치관과 합치하는 것 또한 인기의 한 원인이라 생각된다.

다음은 일본인들이 느끼는 가을의 즐거움을 살펴보자. 소개하는 첫 번째 시는 메이지 시대 이후 근대시대 학생들이 학교에서 배우는 노래였던 창가(唱歌)[26]로도 유명한 시이다. 두 번째 시는 단가와는 조금 형식이 다른 일본 고대의 정형시 세도카(旋頭歌)이다.

가을날 석양빛에 / 반짝이는 산 단풍 / 짙은 빛 연한 빛깔 / 셀 수 없이 많은데 / 소나무 색 입히는 / 담쟁이와 단풍은, / 산기슭 산자락을 / 수놓는 무늬

秋の夕日に / 照る山紅葉 ，/ 濃いも薄いも / 数ある中に，/ 松をいろどる / 楓や蔦は，/ 山のふもとの / 裾模様。
　　　　　　　　　　　　　다카노 다쓰유키(高野辰之)「단풍(紅葉)」(『중1』, 138쪽)

萩の花 尾花葛花 なでしこが花 をみなへし また藤袴 朝顔が花
싸리꽃 억새꽃칡꽃 패랭이꽃에 여랑화 등골나물꽃 또 도라지꽃
　　　　　　　　　　　　　야마노우에노 오쿠라(山上憶良)의 단가(『중2』, 130쪽)

첫 시는 가을 산의 모습을 밝게 노래하고 있다. 온 산의 단풍이 석양을 받아 빛나고 있다. 잡목림인 듯 산기슭에는 소나무와 그것을 타고 올라가는 붉은 담쟁이와 단풍나무가 어우러져 기모노(着物) 아랫자락을 수놓은 무늬와 같이 펼쳐진다. 단풍으로 물든 산이 화려한 기모노에 비유되고 있다. 우리나라와 마찬가지로 일본도 가을은 단풍놀이(紅葉狩り)의 계절이다. 단풍은 옛날부터 일본인들에게 가을의 기쁨을 안겨준 소재이다. "싸리꽃"으로 시작하는 두 번째 시는 일본인들의 입에 흔히 회자되는 '가을의 일곱 풀(秋の七草)'의 유래가 된 시이다. 마지막 꽃인 '아사가오가하나(朝貌が花)'에 대해서는 나팔꽃(あさがお), 무궁화꽃(むくげ), 메꽃(ひるがお) 등의 설도 있지만 도라지꽃이 유력하다. 일본에는 '봄의 일곱 풀(春の七草)'로 일컬어지는 풀도 있다. 봄이 되면 지금도 그 풀을 뜯어 죽을 끓여 먹거나 한다. 반면 가을의 일곱 풀은 생활 속에서 사용하는 용도는 아니었다. 감상의 대상이었다. 일본인들은 가을 들꽃들이 피어 있는 들녘을 '꽃들(花野)'이라 부르며 산책하며 감상하고 또 단가나 하이쿠를 읊으며 즐겼다. 일본어에는 눈으로 보며 즐긴다는 의미의 단어인 '메데루(愛でる)'란 말이 있다. 메(目)는 눈이란 뜻이므로 한자의 의미와 합하여 눈으로 보며 사랑한다는 뜻이 된다. 사랑하는 방법은 여러 가지 있겠지만 감각적인 즐거움을 중요시하는 일본인의 태도가 잘 드러나 있는 말이라는 생각이 든다.

여기서 잠시 일본 고유의 노래인 와카(和歌)에 대해 살펴보자. 앞에서 단가는 5,7,5,7,7의 음수율을 갖는다고 했다. 그런데 가을의 일곱 풀을 노래한 두 번째 시를 세어 보면 5,7,7,5,7,7의 음수율을 갖는다. 이런 형식의 와카를 '처음으로 되돌아온다'라고 해서 세도카(旋頭歌)라고 한다. 단가와 세도카, 장가(長歌) 등 고대부터 일본에서 지어진 정형시를 통칭하여 와카라

고 한다. 와(和)는 일본을 나타내므로 와카(和歌)는 일본 노래하는 뜻이 된다. 이 와카들을 모아놓은 가집이 와카집이다. 그렇다면 일본에서 가장 오래된 와카집은 무엇일까? 8세기 후반에 성립한 『만요슈(万葉集)』이다. 『만요슈』에는 약4,500수 와카가 수록되어 있는데 단가가 9할을 차지한다. 고대부터 와카의 중심을 단가였음을 알 수 있다. 현대에서는 단가 외의 다른 형식은 살아남지 않아 와카(和歌)=단가(短歌)라는 등식이 성립하게 되었다. 가을의 일곱 풀을 노래한 세도카도 『만요수』가 출전이며 이 세도카를 읊은 야마노우에 오쿠라(663?-733?)는 『만요슈(万葉集)』를 대표하는 가인의 한 사람이다. 음수율에 대해 첨언하자면 와카의 기본 리듬이 5,7조는 일본인들에게 매우 기분 좋은 리듬감을 준다. 산문에 있어서도 5,7조를 잘 구사하여 아름다운 문장을 남긴 사람들이 있다. 예를 들면 근대에 들어와 일본의 셰익스피어로 평가되기도 했던 에도시대의 인형극 조루리(淨瑠璃)의 각본가 지카마쓰 몬자에몬(近松門左衛門, 1653-1724)이다. 일본판 「로미오와 줄리엣」이라 할 수 있는 그의 대표작 「소네자키신주(曾根崎心中)」는 엄청난 흥행 기록을 남겼는데 문장 또한 5,7조의 음수율을 구사한 기교적이고 아름다운 문체로 평가받고 있다.

　그럼 끝으로 겨울의 즐거움을 노래한 시를 살펴보자. 근대 작가의 단가와 시이다.

　　길을 걷다가 어린 아이의 옆을 지나가는데 감귤의 향이 났다 겨울이 다시 온다
　　街をゆき子供の傍通る時蜜柑の香せり冬がまた来る
　　　　　　　　　　　　　　　　　　　　기노시타 리겐(木下利玄)의 단가(『중2』, 190쪽)

　　오리온은 노옾게 노래해 / 이슬이랑 서리를 내린다, / 아안드로메다의 구름은 / 물고기의 입 같은
　　모양새
　　オリオンは高く うたひ / つゆとしもとを / おとす、 / アンドロメダの / くもは / さかなのくちの / かたち。
　　　　　　　미야자와 겐지(宮沢賢次) 「별이 도는 노래(星めぐりの歌)」로부터(『중 1』, 200쪽)

　첫 단가는 찬 겨울이 상큼하고 따뜻한 겨울로 바뀌는 듯한 단가이다. 겨울 거리에서 느끼는 감정을 노래하고 있지만 배경으로 고타쓰(こたつ)에 가족이 둘러앉아 감귤을 까먹은 일본 가정의 겨울 정경이 연상되기 때문이다. 일본 주거에서는 양식 방에는 보통 카펫을 깔고 일본전통 방(和室)에는 다타미(畳)를 깔기 때문에 우리나라와 같은 온돌은 없다. 마루 난방 즉 '유카시타단보 (床下暖房)'라고 해서 마루 밑에 난방을 하는 집도 요즘은 있지만 아직도 겨울철의 일반적인 난방방법은 고타쓰와 에어컨이다. 고타쓰는 낮은 탁자 안쪽에 전구를 달아 그 열기를 이용하는 난방기구인데 열기가 빠져나가지 않게 이불 같은 것으로 탁자에 덮고 위에 상판을 얹어 사용한다. 고타쓰 안에 식구들이 다리를 넣고 둘러 앉아 고타쓰 위에 놓아둔 감귤을

먹는 풍경이 일본 가정의 전형적인 겨울정경이다. 감귤 향이 밴 것을 보면 이 단가의 어린이도 집에서 귤을 잔뜩 까먹은 것이겠지. 어른과 함께 외출했을 이 어린 아이 옆의 어른에게서도 실은 귤 향기가 났을 지도 모른다. 또 한 가지 따뜻함을 느끼게 하는 것은 "어린 아이의 옆을 지나가는데"라는 구절이다. 신영복 선생의 수필에도 나오지만 겨울은 여름과 달리 사람이 바로 옆에 있는 것이, 또 그 온기가 싫지 않게 되는 계절이다. 여름이라면 스쳐지나가는 사람에게서 나는 냄새까지 맡을 수 있을 정도의 거리는 생리적으로 피하며 걷기 쉽다. 겨울은 추운 계절이다. 하지만 그렇기에 사람의 온기가 고마운, 고타쓰와 감귤이 주는 상큼함과 따뜻함이 기대되는 계절인 것이다.

두 번째 시는 일본의 국민시인이라 할 수 있는 미야자와 겐지(宮沢賢次, 1896-1933)가 작사·작곡한 「별이 도는 노래」[27]로부터의 발췌이다. 사람에게 즐거움은 주는 자연은 지상에만 있는 것이 아니다. 중학교 시절 광물채집과 별자리에 몰두했다고 하는 시인은[28] 7,3의 음수율로 절묘하게 별자리를 노래하며 밤하늘의 환상적인 이미지를 펼쳐준다. 이 노래는 겐지가 가족에게 들려준 동화 「쌍둥이 별(双子の星)」(1918년)에 처음 등장하는 노래인데 「은하철도의 밤(銀河鉄道の夜)」[29]에도 쌍둥이 별 이야기와 이 노래 명칭은 등장한다. 노래의 전문을 읽어보자. 7.3조를 살려 옮겼다.

　　붉은색 눈동자의 저언갈 / 독수리의 펼쳐진 두 날개 / 푸른색 눈동자의 작은 개 / 빛을 발하는 뱀의 똬아리 //
　　오리온은 노옾게 노래해 / 이슬이랑 서리를 내린다 / 안드로메다아의 구름은 / 물고기의 입 같은 모양새 //
　　큰 곰 발을 북으로 향하여 / 하나 둘 셋 넷 다섯 뻗은 곳 / 작은 곰의 이마의 위쪽은 / 도는 하늘 별들의 기준점
　　あかいめだまの さそり / ひろげた鷲の つばさ / あをいめだまの 小いぬ、 / ひかりのへびの とぐろ。//
　　オリオンは高く うたひ / つゆとしもとを おとす、 / アンドロメダの くもは / さかなのくちの かたち。//
　　大ぐまのあしを きたに / 五つのばした ところ。 / 小熊のひたい の うへは / そらのめぐりの めあて。

9개의 별자리가 등장한다. 전갈자리, 독수리자리, 작은개자리, 뱀자리, 오리온자리, 안드로메다자리, 큰곰자리. 작은곰자리, 그리고 큰곰자리에서 찾는 북극성이 "도는 하늘 별들의 중심점"로 노래되고 있다. 서양의 별자리를 기본으로 하고 있다. 하지만 이 노래는 관찰에만 의거한 과학이 아니라 겐지의 재해석, 상상력이 가미된 문학이다. 상상력이 발휘되고 있는 부분들이 눈에 띈다. 먼저 오리온 등 6개는 겨울별자리이지만 전갈과 독수리, 뱀자리는 여름 별자리라는 점. 즉 상상의 세계에서만 이 별자리들이 우리 앞에 함께 펼쳐질 수 있는 것이다. 또 큰

곰자리에서 북극성을 찾는 방법도, 북극성이 작은곰의 이마 위에 있다는 것도 별자리 상식과는 다르다. 별자리에서는 북극성은 작은곰자리의 꼬리에 위치하는데 겐지는 하늘 별자리의 기준점을 이루는 별을 작은 곰이 올려다보는 위치에 있다고 보고 있는 것이다. 즉 자신의 독특한 관찰법과 상상적 해석에 의거하고 있는 것이다. 물론 과학에 의거한 부분도 많다. 먼저 이 별자리들이 일본이 위치한 지구의 북반구에서 볼 수 있는 별자리들이란 점이다. 또 교과서에 인용된 "오리온은 노옳게 노래해 이슬이랑 서리를 내린다"라는 시구도 과학에 의거한 공상이라 할 수 있다. 오리온은 대표적인 겨울별자리로 오리온자리가 높게 떠오를 무렵은 그것을 관찰하는 망원경 렌즈엔 이슬과 서리가 달라붙는다고 한다.[30] 그렇다면 도는 주체는 무엇일까? 「은하철도의 밤」처럼 인간 누군가가 별을 여행하는 것일까? 「쌍둥이 별(双子の星)」에 의거한다면 "하늘별이 도는 노래(空の星めぐりの歌)" 라는 구가 나오므로 하늘 별 전체가 돈다, 라고 해석해야 할 것이다. 물론 실제 도는 것은 지구가 자전축을 중심으로 도는 것이지만 말이다. 판타지이지만 과학적인 사고가 깔려 있는 것이 겐지의 판타지의 특징이다.

오리온이 이슬과 서리를 내린다는 시구 때문에 이 노래가 <계절의 서표> 겨울 편에 수록된 것이지만 이 시에는 자연을 대하는 인간의 두 자세가 교차되고 있다. 과학 즉 지적 관찰의 대상으로서의 자연과 상상 내지 공상 즉 감성의 대상으로서의 자연이다. 과학적, 지적탐구는 우리에게 물질적, 실질적 유익을 가져다준다. 물론 그 반대의 파괴를 가져다주기도 하지만. 반면 감성적 대상으로서의 자연은 우리의 감성, 상상력을 자극하여 실존하지 않지만 경험 가능한 환상적인 쾌감을 제공하는 것이다. 과학이 발달하여 우주여행이 더 이상 공상이 아니게 된 현대이다. 자연이 고대 시대처럼 왕성한 신화를 만들어내지는 못한다. 그 자리를 SF소설, SF영화가 메운다. 그러나 애니미즘적 사고가 내장된 신도라는 전통종교에 익숙한 일본인들은 모든 것이 살아 있다는 상상력에 쉽게 이끌려 들어간다. 일본의 문화풍토에서는 왕성한 자연과의 교감이 여전히 숨 쉬고 있는 것이다. 미야자키 하야오 감독의 ≪옆집 도토로(隣のととろ)≫는 그런 일본의 문화풍토에서 탄생한 것이다. 일본인에게 자연은 여전히 인간 삶의 주요한 기쁨의 계기로 자리 잡고 있다.

(2) 「운이 좋은 사냥꾼」과 「땅」

미쓰무라 국어교과서에는 자연이 주는 쾌감 이외에도 율동이 주는 쾌감(「주먹밥 데굴데굴(おむすびころりん)」, 『1 하』, 68-73쪽) 등 신체가 느끼는 감각적인 쾌감을 그린 작품이 있다. 그런가 하면 공상이 주는 쾌감(「고래구름(くじらぐも)」, 『1 하』, 4-13쪽), 창작이 주는 쾌감(「원숭이가 배를 그렸습니다.(おさるが ふねを かきました)」, 『1 하』, 133쪽), 반전의 쾌감(「운이 좋은 사냥꾼(まのいいりょうし」,『1 하』, 128-131쪽), 유머가 주는 쾌감(「구름(雲)」,『5』, 176쪽), 발견과 표현이 주는 쾌감(「땅(土)」,『5』, 177쪽) 등 지적인 쾌감을 그린 작품도 많다[31]. 이 중에서 민담「운이 좋은 사냥꾼」과 시「땅」을 살펴보도록 하자.

민담 연구자인 이나다 가즈코(稲田和子)와 쓰쓰이 에쓰코(筒井悦子)가 글로 옮긴「운이 좋은 사냥군」은 거짓말을 잘 하는 사냥군 백일이(百一つあん)가 주인공이다. 오리를 잡으러 산속 늪지에 들어가 총을 한 발 쐈는데 오리 15마리에, 새우와 미꾸라지와 잡어를 합하여 5되, 멧돼지 1마리, 마 25줄기, 게다가 꿩알까지 10개 수확해서 집에 돌아왔다는 이야기이다. 하지만 백 중 하나 정도가 참말이기 때문에 백일이라고 불린다고 백일이의 이름 설명이 서두에 나와 있어 이 이야기 또한 전부 거짓말일 수 있다는 반전이 가능한 구조이다. 거짓말이란 장치를 이용하여 이야기를 즐기게 하는 오락성이 강한 이야기로 반전의 즐거움 준다.

다음은 미요시 다쓰지(三好達治)의 시「땅(土)」이다.

> 개미가 / 나비 날개를 끌고 간다 / 아아 / 요트 같다
> 蟻が / 蝶の羽をひいて行く / ああ / ヨットのやうだ　　　　　　　(『5』, 177쪽)

땅을 보다가 발견한 자연의 작은 영위를 직유법을 사용하여 유쾌하게 포착하고 있다. 작다고는 해도 자연의 치열한 현장이지만 시인은 서정적이라기보다는 이지적인 관찰력, 밝고 경쾌한 감각으로 포착하고 있다. 전통적으로『마쿠라노소시(枕草子)』적인 감각이라 할 수 있겠다. 같은 현상이라도 어떻게 보고 어떻게 표현하느냐에 따라 유쾌해질 수도 불쾌해질 수도 있다. "아아 / 요트 같다"는 두 행이 시의 분위기를 바꾸어놓는다. 수사법이 부리는 마술을 보는 듯하다.

이상 일본인들이 삶 속에서 어떤 쾌감들을 느끼며 살고 있는지 교과서에 실린 운문 작품을 통해 살펴보았다. 일본인의 삶 속에서 쾌감이 중시된다는 것은 교과서의 문맥을 떠나면 이미 지적된 바 있다. 미국의 인류학자 루스 베네딕트는『국화와 칼』에서 일본인은 신분제 속에서 의무를 다하는 것이 요구됨과 동시에 그 신분에 맞는 생활의 즐거움을 누리는 것 '오관의 쾌락을 허용하는 이중성을 보여준다'고 간파한 바 있다.[32] 일본에서는, 근대화가 본격적으로 추진되기 시작한 메이지유신(1868년) 전 즉 에도(江戸)시대(1603년-1867년)에 이미 도시의 상인들을 중심으로 일반서민이 향락적인 문화를 꽃 피운 바 있다. 히로스에 다모쓰(広末保)는 에도의 공창인 요시와라 유곽(遊郭)과 가부키 연극이 허락된 세 곳 즉 에도삼좌(江戸三座)를 '악의 장소'라 하며 정치의 중심지인 에도성(江戸城)에 대해 또 하나의 중심을 형성하고 있다고 말하고 있다.[33]

1. 「12간지의 시작」 이야기를 우리나라 교과서에 수록한다고 하면 소와 쥐의 대화를 바꾸고 싶은지, 그렇다면 어떻게 바꾸고 싶은지 자신의 생각을 서로 이야기해보자.
2. 「닌나지의 한 법사」에서 우리나라에서도 '호오레엔소오' 즉 보고, 연락, 의논은 중요한가? 중요하다면 잘 할 수 있는 방법을 서로 이야기해보자.
3. 「다카세부네」의 기스케의 삶의 태도에 대한 자신의 생각을 이야기해보자. (* 부록참고: 전문번역)
4. "긴 상대에게는 말려라(長い物には巻かれろ)"라는 말은 윗사람이나 세력이 강한 상대와는 다투지 말고 그에 따르는 것이 상책이라는 뜻의 처세술이라고 했다. 이 체세술과 「여우곤」 분석에서 나온 "호간비이키(判官贔屓)" 즉 약자나 패자를 동정하는 심리와는 어떤 관계가 있을지 이야기해보자.
5. 「첫눈 오는 날」과 <계절의 서표>에 실린 작품 등 상상력과 쾌감을 다룬 작품 중에서 가장 흥미롭게 읽은 작품에 대해 이야기해보자.

3.

가족과 공동체를 위한 가치

1) 자상함 「떡 나무」

일본어를 잘 몰라도 '야사시이(優しい)'라는 일본어를 알고 있는 한국 사람은 많을 것 같다. '자상하다'라는 말이다. 한자가 '쉬울 이(易)'로 바뀌면 발음은 같아도 '쉽다(易しい)'는 뜻이 된다. 상대방의 입장이 되어 상대방을 배려하는 말이나 행동을 취하는 이 자상함 '야사시이'는 일본인들이 개인적인 인간관계 속에서 매우 소중히 여기는 가치이다. 미쓰무라 교과서에도 이 가치를 체현하는 인물이 매우 많이 등장한다. 대표적인 작품을 살펴보자. 3학년 하권에 실린 이토 류스케(斎藤隆介)의 「떡 나무(モチモチの木)」는 겁쟁이 아이가 할아버지에 대한 애정 때문에 용기를 발휘하는 이야기이다.

고개 위 오두막집에 할아버지와 단 둘이 살고 있는 마메타는 밤에 소변이 마려우면 꼭 할아버지를 깨운다. 할아버지는 나무라지 않고 다섯 살이나 먹은 마메타를 안고 나가 소변을 누여준다. 밤에 혼자 변소를 못 가는 이유는 오두막 바로 앞에 있는 떡나무 때문이다. 가을이면 나무가 떨어뜨리는 열매로 할아버지가 맛있는 떡을 만들어주기 때문에 마메타 자신이 떡나무라 이름을 붙였다. 하지만 가지가 흐트러진 머리카락 모습을 하고 있어 밤이면 나무가 두 손을 들고 달려들 것만 같아서이다. 오늘은 11월 20일 밤. 한밤중에 떡나무에 불이 켜진다는 날이다. 그것은 용기 있는 아이만 혼자서 볼 수 있는 광경으로 할아버지도, 아버지도 보았다고 한다. 할아버지에게 그 얘기를 들은 마메타는 "'……그럼 난 도저히 안 되겠네…….' (——それじゃあ、おらは、とってもだめだ——。)"(『3 하』, 108쪽)라고 조그만 소리로 울먹인다. 용기를 낼 수 없어 일치감지 포기하고 잠든 그날 밤 사건이 일어난다. 할아버지가 한밤중에 복통을 일으킨 것이다. 놀란 마메타는 의사를 불러야 한다는 일심에 무서운 한밤중이지만 문을 박차고 뛰어나가 맨발로 의사 집까지 달려간다. 할아버지 의사에게 업혀 오두막을 향해 비탈길을 오를 때 마침 첫눈이 내린다. 그리고 오두막에 들어갈 때 마메타는 떡나무에 불이 켜진 것을 본다. 떡나무 가지 사이로 달빛과 별빛이 비치고 그 빛을 받은 첫눈이 불처럼 밝은 것이다. 이튿 날 의사가 돌아간 후 몸이 좋아진 할아버지가 마메타를 칭찬한다, 용기 있는 아이라고. 하지만 그날 밤도 마메타는 소변 때문에 할아버지를 깨운다. 이 작품의 주제는 할아버지의 칭찬의 말에 잘 나타나 있다.

"너는 산의 가미사마의 축제를 본 거야. 떡나무에 불이 켜졌잖아. 너는 밤에 혼자서 의사선생님을 부르러 갈 정도로 용기가 있는 아이니까 말이다. 스스로 겁쟁이라고 생각하지 마라. 사람이란 자상함만 있으면 해야 할 일은 꼭 하는 법이다. 그럴 보고 다른 사람은 깜짝 놀라는 거지. 하, 하, 하."
「おまえは、山の神様の祭りを見たんだ。モチモチの木には、灯がついたんだ。おまえは、一人で、夜道を医者様よびに行けるほど、勇気のある子どもだったんだからな。自分で自分を弱虫だなんて思うな。人間、やさしさえあれば、やらなきゃならねことは、きっとやるもんだ。それを見て、他人がびっくらするわけよ。は、は、は。」
(『3 하』, 114—115쪽)

남을 위할 줄 아는 자상함(やさしさ)이 인간에게는 가장 중요한 것이며 그것이 용기의 모태이기도 하다는 것이다.

2) 헌신 「돌배」

앞에서 계절이 주는 쾌감을 노래한 시 중에 「별이 도는 노래」라는 시가 있었다. 일본의 국민시인 미야자와 겐지(宮沢賢治 1896-1933)의 시였다. 그의 시 중에서 특히 유명한 것이 "비에도 지지 않고 / 바람에도 지지 않고(アメニモマケズ / カゼニモマケズ)"로 시작하는 시이다. 일본 국민이라면 한 소절쯤은 다 암송하고 있을 시로, 타인을 위한 강인한 삶에의 의지를 노래하고 있다. 그 시와도 주제가 통하는 그의 동화 「돌배(やまなし)」가 6학년 교과서에 아름다운 삽화와 함께 실려 있다. 작품은 작은 계곡 강바닥에 사는 어린 게 형제의 일상, 즉 5월의 하루와 12월의 하루를 담아내고 있다. 각각의 하루의 삶 속에 서로 다른 식물(食物)이 등장하여 서로 다른 반응을 게 형제에게 일으킨다. 5월에 등장하는 식물(食物)은 게 형제 위를 헤엄쳐 다니는 물고기이다. 그 자신도 작은 물고기를 잡아먹는 포식자이지만 또 다른 포식자 즉 하늘을 나는 물총새의 식물(食物)이 되고 만다. 이 광경은 어린 게 형제에게 죽음에 대한 공포라는 반응을 일으킨다. 반면 12월에는 돌배가 스스로 물속에 풍덩 떨어져 게 형제와 아버지에게 향기로운 냄새를 선사하며 내일의 아름다운 음식을 기대하게 한다. 집으로 돌아가는 그들의 마음을 비쳐내듯 강물은 금강석처럼 반짝인다.

부자 게 세 마리는 자신들의 구멍으로 돌아갔습니다. / 물결은 점점 희푸른 불길을 타오르게 하며 출렁입니다. 그것은 마치 금강석 가루를 뿜어내고 있는 것처럼도 보였습니다.
親子のかには三びき、自分らのあなに帰っていきます。/ 波は、いよいよ青白いほのおをゆらゆらと上げました。それはまた、金剛石の粉をはいているようでした。
(『6』, 118쪽)

살생의 현장에서 충격을 받고 자신에게도 그런 일이 닥치지 않을까 죽음을 두려워하는 게 형제이지만 그들에게도 먹을 것은 필요하다. 누가 거품이 더 크냐를 겨루는 두 형제의 모습을 보면 그들 또한 성장을 욕망하고 있기 때문이다. 그런 그들에게 살생을 동반하지 않는 평화로운 더구나 향기로운 식물이 풍덩하고 떨어진 것이다. 이와 같이 이 작품은 타자의 생명을 앗아가며 살아가는 이기적인 동물의 삶과 자신의 열매를 양식으로 선사하는 식물 돌배의 이타적, 자기희생적 삶을 대비시켜 후자의 아름다움을 돋보이게 하고 있다. 하지만 여기에서 끝나는 것이 아니다. 이 작품의 서두와 말미를 읽을 때 이 작품 자체는 내포 독자를 향한 메시지이기 때문이다.

> 작은 강의 바닥을 비쳐낸 두 장의 푸른 환등입니다.
> 小さな川の底を写した、二枚の青い幻灯です。　　　　　　　　　　　　　(108쪽)
> 나의 환등은 이것으로 끝입니다.
> 私の幻灯は、これでおしまいであります。　　　　　　　　　　　　　　(118쪽)

　위의 서두와 말미 사이에 환등이 비쳐낸 5월과 12월의 하루가 그려지고 있다. 이 작품의 내포독자는 물론 이 작품을 읽는 인간이며 그 자신은 어린 게에게 물총새 이상으로 무시무시한, 자연계에 군림하는 최종적인 포식자임을 의식하지 않을 수 없다. 이것은 국어교과서에 담긴 애니미즘의 상상력이 수렴하는 최종적인 문제제기라고 생각된다. 지구상에 사는 생태공동체를 위한 헌신을 이 작품은 조용히 호소하는 듯하다.

1. 「돌배」에 나오는 여러 삶의 방식에 대한 비평을 나누어보자.

2. 자상함과 헌신 외에 공동체에 필요한 가치가 있다면 무엇일지 이야기 해보자.

3. 가족 외에 자신이 소속감을 느끼는 공동체가 있다면 어떤 공동체이며 왜인지 이야기해보자.

4

사회적 이상

1) 전통적 가치의 존중

(1) 장인정신 「설피 속의 가미사마」

문학 작품이란 필터를 통해서 볼 때 미쓰무라 국어교과서가 중요시하는 사회문화는 전통과 평화의 중시이다. 먼저 일본 사회가 함께 공유할 가치로서 장인정신을 예찬한다. 5학년 교과서에 실린 스기 미키코(杉みき子)의 「설피 속의 가미사마(わらぐつの中の神様)」라는 작품이다. 미쓰무라도서 발행 국어교과서에서 삼대가 함께 사는 대가족이 등장하는 최초의 작품으로[34] 서사차원에서 보면 속 이야기 속에 두 겹 속 이야기가 삽입되는 구조이다. 여기서의 가미사마는 일본 고유 종교 신도(神道)의 신이다.

눈이 펑펑 내리는 겨울밤, 식사를 끝낸 마사에(マサエ)의 집. 아버지는 오늘 숙직이라 돌아오시지 않고 할아버지는 대중목욕탕에 가셨다. 내일은 마사에가 학교에서 스키를 타는 날인데 아직 스키구두가 축축하다. 오늘도 늦게까지 근처 언덕에서 스키를 탄 것이다. 걱정하는 마사에에게 할머니는 안 마르면 짚으로 만든 설피를 신고 가라고 권한다. 하지만 마사에는 보기 흉하다, 아무도 안 신는다 등의 이유를 대며 싫다고 한다. 그러자 할머니는 설피의 장점을 열거하며, "설피속에는 가미사마가 계시거든.(わらぐつの中には神様がいなさるでね。)"(『5』, 202쪽)이라고 말한다. 마사에는 "미신"이라고 다시 맞서지만 할머니는 "거짓말 아닌 진짜이야기(正真正銘、ほんとの話)"(203쪽)라며 이야기를 시작한다. 속 이야기의 인물이 들려주는 이야기 즉 두 겹 속이야기가 시작된다. 설거지를 끝낸 어머니도 고타쓰로 들어와 함께 듣는다.

할머니의 이야기는 오미쓰라는 아가씨의 이야기였다. 오미쓰는 특별히 예쁜 것은 아니지만 튼튼하고 착하고 부지런하여 마을 사람들에게 사랑을 받는 아가씨였다고 한다. 오미쓰는 아침장이 설 때마다 시장에 야채를 팔러 나갔는데 어느 날 신발가게에서 너무나 마음에 드는 나막신을 발견한다. 빨간 가죽이 덮인 눈 올 때 신는 나막신이었다. 부모님을 조를 수도 없는 형편이어서 스스로 돈을 모으기로 했다. 아버지 어깨너머 본 대로 설피를 열심히 만들어 야채 옆에 놓았다. 신는 사람을 생각해 정성들여 튼튼하게 만들었지만 도무지 볼품이 없다. 아무도 사려고 하지 않는다. 그런데 목수로 보이는 한 젊은이가 그 설피를, 그것도 장이 설 때마다 계속 사준다. 고맙지만 볼품이 없어서 미안하다고 하는 오미쓰에게 청년은 진지한 얼굴로 이렇게 말한다.

> "짚으로 장화를 만들어 본 적은 없지만 나도 장인이니까 일을 잘 하는지 못 하는지는 알아. 일을 잘한다는 건 겉모양으로 정해지는 게 아니야. 사용하는 사람 편에 서서 사용하기 쉽도록, 튼튼해서 오래 가도록 만드는 것이 정말로 일을 잘 하는 거지. 나야 아직 애송이지만 머잖아 꼭 그런 일을 할 수 있는 목수가 되고 싶어."
>
> 「おれは、わらぐつをこさえたことはないけども、おれだって職人だから、仕事のよしあしは分かるつもりだ。いい仕事ってのは、見かけで決まるもんじゃない。使う人の身になって、使いやすく、じょうぶで長もちするように作るのが、ほんとのいい仕事ってもんだ。おれなんか、まだわかぞうだけど、今にきっと、そんな仕事のできる、いい大工になりたいと思ってるんだ。」　　　　　　　　　（『5』, 214쪽）

비슷한 나이인데 믿음직스럽고 훌륭하다고 감동하는 오미쓰에게 청년은 더 놀랄 말을 한다. 우리 집에 와서 쭉 나한테 설피를 만들어주지 않겠냐고 말한 것이다. 청혼인 것을 겨우 이해한 오미쓰는 볼이 빨개진다. 회상 이야기는 여기서 끝나고 작품은 속 이야기 차원으로 돌아와, 작품 공간은 현재의 마사에의 집으로 되돌아온다.

이어지는 할머니, 어머니와의 문답을 통해 마사에는 오미쓰가 할머니인 것을 알게 되고 할머니의 지시대로 벽장 안의 상자를 꺼내와 열어보니 이야기 속에 나온 예쁜 나막신이 들어 있다. 시집온 할머니에게 할아버지가 사준 것인데 아끼다보니 신을 기회를 잃은 채 보관해 왔다고 한다. 이윽고 현관에서 나막신의 눈을 터는 소리가 들려온다. 마사에는 나막신을 가슴에 안고 할아버지를 맞으러 나간다.

이 작품의 중요한 테마는 작품 속 현재로 돌아온 후 할머니가 전하는 목수 청년의 말에 그대로 나타나 있다.

> "……그 다음에, 목수 청년이 말했단다. 사용하는 사람 편에 서서 정성을 들여 만든 것에는 가미사마가 들어 있는 것과 같은 거다, 그것을 만든 사람도 가미사마와 같은 거다. 아가씨가 와주면 가미사마처럼 소중히 할 거야, 라고. 어떠냐? 좋은 이야기지?"
>
> 「——それから、わかい大工さんは言ったのさ。使う人の身になって、心をこめて作ったものには、神様が入っているのと同じこんだ。それを作った人も、神様とおんなじだ。おまんが来てくれたら、神様みたいに大事にするつもりだよ、ってね。どうだい。いい話だろ。」　　　　　（『5』, 216쪽）

밑줄 부분의 전반부 "사용하는 사람 편에 서서 정성을 들여 만든"다는 일본이 중요시해 온 장인정신의 내용이고 후반부 "가미사마가 들어 있는 것과 같다"는 그런 장인정신에 대한 평가라고 할 수 있다. 장인정신에 의식적인 목수 청년과 달리 오미쓰에게는 그런 자각은 전혀 없었다. 그러나 오미쓰의 품성 자체가 그런 설피를 만들었다고 하는 것이 작품 속 논리이다. 설피가 만들어지는 과정을 보면 설피는, 특별히 예쁜 것은 아니지만 튼튼하고 착하고 부지런하여 마을 사람에게 사랑 받는 오미쓰의 성품과 겹쳐진다.

> 아버지가 만드는 것을 보고 있으면 쉽게 되는 것 같은데 자신이 해보니 좀처럼 생각대로 되지를 않습니다. 하지만 오미쓰는 조금 볼품이 없더라도 신는 사람이 신기 편하게, 따뜻하게, 조금이라도 오래 신을 수 있게 정성을 들여 꼼꼼하게 짚을 엮어갔습니다.
> お父さんの作るのを見ていると、たやすくできるようですが、自分でやってみると、なかなか思うようにはいきません。でも、おみつさんは、少しくらい格好が悪くても、はく人がはきやすいように、あったかいように、少しでも長もちするようにと、心をこめて、しっかりしっかり、わらを編んでいきました。

(『5』, 208쪽)

설피는 오미쓰의 품성 그 자체이며 목수 청년이 오미쓰에게 구혼한 것은 설피에 나타난 오미쓰의 장인정신적인 품성에 구혼한 것이라 할 수 있다. 장인정신이 두 사람을 맺어주었으며 그 정신의 뿌리에는 타인을 생각하는 배려심이 있다는 것이다. 물건에는 만든 이의 품성이 깃들어 있고 그러므로 물건은 혼, 바로 신이라는 등식이 성립하는 것이다. 제조업 국가를 표방하는 일본의 장인정신 이데올로기가 이 작품을 저류하고 있다.

그런데 이런 장인정신의 선양만이 목적이라면 반드시 대가족이 필요한 것은 아니다. 또 옛날 청춘남녀의 질박한 고백도 필요 없을 것이다. 대가족을 설정한 데는 또 다른 의도가 있다고 생각된다. 전통을 둘러싼 과거에 대한 향수와 미래에 대한 기대이다. 과거란 가정이 전통적 가치를 이어가는 교육의 장으로 기능했던 과거를 말한다.

작품 속에서 아버지가 당직이 필요한 직업인 것을 보면 할아버지의 목수 일을 아버지는 이어받지 않았다. 마사에가 설피를 무시하는 것을 보면 설피 만들기도 대를 잇지는 못한 것 같다. 지방 마을에서도 더 이상 가정을 통해 장인정신이 실제적으로 대물림되는 일은 일반적이지 않은 것이다. 현대의 가정 넓게는 현대 사회에서 장인정신이라는 전통적인 가치관이 다음 세대로 계승될 수 있는 하나의 방법은 상상력을 자극하여 공감을 이끌어 내는 스토리텔링의 방법이다. 이야기를 통해서 가치관이 전수되고, 세대 간에 가치가 공유되면 이번에는 그 가치관이 가족 구성원의 연대감, 애정, 결속을 더욱 공고히 하는 효과를 가져 온다. 신을 기회를 놓쳤다는 할머니의 나막신을 보며 마사에는 이렇게 말한다.

"음, 하지만 할아버지가 할머니를 위해서 부지런히 일해서 사준 거니 이 눈 나막신 속에도 가미사마가 있을 지도 모르겠네."

(『5』, 218쪽)

틀림없이 그렇다, 그래서 넣어둔 거라고 할머니는 맞장구를 친다. 설피 속의 신을 미신이라 무시하던 마사에의 마음에 변화가 일어났음을 알 수 있다. 또 할아버지가 돌아오자 나막신을 안고 큰 소리로 인사를 하며 맞으려 나가는 마사에의 행동에는 할아버지, 할머니에 대한 따뜻한 애정도 느껴진다. 나막신은 마사에에게도 소중한 물건이 된 것이다. 세대 간의 가치관의 전수가 세대 간의 애정 또한 강화시키고 있는 것을 알 수 있다.

작품 속에서 스토리텔링에 의한 가치관의 계승이 이뤄진 데는 이 작품의 낯설게 하기 전략도 한 몫 하고 있다. 마사에는 할머니의 회상 이야기를 모르는 사람, 옛날에 이 마을에 살았던 한 여성의 이야기로 듣고 있다. 처음부터 조부모의 이야기로 알았다면 익숙한 사람들의 이야기인 만큼 신선함도 감동적인 충격도 엷어졌을 수 있다. 그들이 자신의 할머니, 할아버지인 것을 나중에 알았기에 할머니, 할아버지의 존재감이 새롭게 부각되고 새로운 히어로가 될 수 있는 것이다.

필자는 앞에서 대가족이란 설정에는 '가정이 전통적 가치를 이어가는 교육의 장으로 기능했던 과거'에 대한 향수가 있다고 서술했다. 도시화된 현대 일본은 부모와 자식의 2대로 이뤄진 핵 가정이 보편화되었다. 그러나 전통적인 가치관이 가정 속에서 제대로 계승되기 위해서는 그 가치의 체현자이며 이야기꾼인 조부모가 필요하다. 급변하는 시대를 살며 전통을 계승하지 않은 아버지, 어머니는 이미 전통을 계승시킬 적임자가 아니기 때문이다. 전술한 「첫눈 오는 날」(『4 하』)에서도 눈 토끼 이야기와 그 행렬로부터의 귀환 방법은 할머니를 통해 전승되고 있었다. 교과서는 대가족이라는 상상속의 가족 공간을 제공할 수 있는 장이다. 교과서를 통해 일본인은 가상적인 대가족의 장에 들어갈 수 있으며 그 가정 속에서 전통적 가치관이 교육되고 전수된다. 「설피 속의 가미사마」는 바로 그런 장이라고 생각된다.

(2) 이상적인 남성상 「사탕」

다음에는 숨을 멎게 하는 남성이 등장하는 작품이다. 「여우 곤」의 작가 니미 난키치(新美南吉)의 「사탕(あめだま)」이란 작품으로 5학년 교과서에 실려 있다. 주인공은 제목으로는 연상하기 힘들지만 무사이다. 따뜻한 봄 날 강을 건너는 나룻배에 한 어머니가 어린 두 아이를 데리고 탄다. 배가 떠나려는 순간 한 무사가 허겁지겁 올라탄다. 무사는 배 한 가운데 떡 버티

고 앉더니 이윽고 졸기 시작한다. "검은 수염을 기른 강해 보이는(黒いひげを生やして強そう
な)"(『5』, 15쪽) 무사가 꾸벅꾸벅 조는 모습에 아이들은 웃기 시작하지만 어머니는 조용히 하
라고 주의를 준다. 잠을 깨우면 무사가 화를 낼까 두려운 것이다. 그러나 잠시 후 아이들은 어
머니에게 사탕을 달라고 조르고 사탕이 하나밖에 안 남은 것을 보자 서로 달라며 떼를 쓴다.
어느 사인엔가 무사가 눈을 뜨고 그 모습을 지켜보고 있다. 칼을 빼어 아이들 편으로 다가온
다. 잠을 깨운 아이들에게 화가 난 무사가 아이들을 칼로 베려 한다고 생각한 어머니는 얼굴이
새파랗게 되어 자신의 몸으로 두 아이 앞을 가로막는다. 하지만 무사의 입에서 나온 말은 의외
였다.

> "사탕을 내놓아라." / 라고 무사가 말했습니다. / 어머니는 벌벌 떨며 사탕을 내밀었습니다. /
> 무사는 그것을 뱃전에 놓고 칼로 딱 둘로 쪼갰습니다. / 그리고 /"자아." / 하고 두 아이에게 나누어주
> 었습니다. / 그리고는 본래의 자리로 다시 돌아가 꾸벅꾸벅 졸기 시작했습니다.
> 「あめ玉をだせ。」と、 / さむらいは言いました。 / お母さんは、おそるおそるあめ玉を差し出しました。
> / さむらいはそれを舟のへりにのせ、刀でぱちんと二つにわりました。 / そして、 / 「そおれ。」 / と、二人
> の子どもに分けてやりました。 / それから、また元の所に帰って。こっくりこっくりねむり始めました。
>
> (『5』, 18쪽)

작품도 칼로 쓱 자른 듯 여기서 끝난다. "능력 있는 매는 발톱을 숨긴다(能ある鷹は爪を隠
す)"는 일본 속담을 생각나게 하는 이야기이다. 짧은 이야기 속에 기대의 배반이라는 웃음의
원리가 잘 작동하고 있다. 칼을 찬 무서운 무사가 헐레벌떡 뛰어와 배를 타는가 하면 꾸벅꾸벅
조는 허술함을 보인다. 잠시 후 강자와 약자의 구도 속에 순간적으로 긴장이 고조되더니 어이
없이 해소된다. 무사가 보여주는 무뚝뚝함과 자상함의 격차도 봄날과 어울린다. 「여우 곤」과
는 대조적으로 따뜻한 유머와 반전을 담고 있는 작품이다. 그러나 결말을 읽은 독자의 머릿속
에 떠오르는 것은 무사의 칼솜씨에 압도당한 모자의 휘둥그레진 눈이다. 무사는 다시 졸기 시
작하지만 작품 속 아이들도 작품을 읽는 학생들도 더 이상 웃을 수 없다. 웃음을 압도하는 충
격에 가까운 감동 때문이다. 이 새로운 긴장을 수반하는 감동이 최종적으로 수렴하는 지점은
이상적인 옛 남성상 더 좁혀 말하면 옛 아버지상일 것이다. 무뚝뚝하고 감정을 표현하지는 않
지만 자신의 일에 한해서는 철저하고 유능하며 숨은 배려심도 있는 그런 남성상, 아버지상 말
이다. 작품 속 등장인물이 어머니와 두 아이 그리고 남자 무사라는 것도 이런 해석을 가능하게
하는 설정이다. 남학생들에게 이 작품은 좋았던 옛 시절(古き良き時代の)의 이상적인 남성상
을 심어주는 교재가 될 수 있다.

2) 평화 「지이창의 그림자놀이」

일본 국어교과서에 반드시 들어가는 교재가 있다. 소위 '평화교재'라고 불리는 교재이다. 초등학교에는 아만 기미코(あまんきみこ, 1931-)의 「지이창의 그림자놀이(ちいちゃんのかげおくり)」와 이마니시 스케유키(今西祐行, 1923-2004)의 「꽃 하나(一つの花)」가 각각 3학년 하권과 4학년 상권에 들어가 있다. 두 작품 다 전쟁의 비극을 피해자의 시선에서 서정적으로 그린 작품이다.

「지이창의 그림자놀이」를 살펴보자. 전쟁은 지이창의 아버지를 전쟁터로 소집하고, 공습으로 집을 불태우고, 지이창을 미아로 만들고, 돌아오지 않는 가족, 아마 이미 세상을 떠난 것으로 보이는 가족을 기다리게 하고, 결국 불탄 집터에서 어린 지이창의 목숨을 앗아간다. 숨을 거두기 직전 지이창은 후들거리는 다리로 서서 가족과 함께 했던 그림자놀이를 한다. 하늘에 네 사람의 그림자가 보이자 지이창은 이렇게 생각한다.

> "틀림없이 여긴 하늘 위야." 지이창은 생각했습니다. / "아아, 나, 배가 고파서 몸이 가벼워져 하늘에 떠오른 거구나." / 그 때 저쪽에서 아버지와 어머니와 오빠가 웃으며 걸어오는 것이 보였습니다. "뭐야. 모두 이런 데 있으니까 안 온 거구나." / 지이창은 반짝반짝 웃었습니다. / 여름이 시작되는 어느 아침, 이렇게 작은 여자 아이의 목숨이 하늘로 사라졌습니다.
>
> 「きっと、ここ、空の上よ。」と、ちいちゃんは思いました。 /「ああ、あたし、おなかがすいて軽くなったから、ういたのね。」/ そのとき、向こうから、お父さんとお母さんとお兄ちゃんが、わらいながら歩いてくるのが見えました。 /「なあんだ。みんな、こんな所にいたから、来なかったのね。」/ ちいちゃんは、きらきらわらいだしました。わらいながら、花ばたけの中を走りだしました。 / 夏のはじめのある朝、こうして、小さな女の子の命が、空にきえました。　　　　　　　　　　　　　　　　　　　(『3 하』, 20-21쪽)

죽음의 순간까지 천진난만함을 잃지 않는 아이의 모습을 통하여 전쟁의 비극을 완곡하게 고발하고 있다. 다섯 장면으로 이뤄진 이 작품의 마지막 장면은 수십 년이 흐른 현대의 모습. 지이창이 혼자 죽어간 곳, 그곳이 지금은 작은 공원이 되어 아이들이 "반짝반짝(きらきら)"(21쪽) 웃으며 놀고 있다. 전쟁의 비극을 현대의 평화와 대비시켜 학생들에게 안도감을 느끼게 함과 동시에 평화의 소중함을 느끼게 하려는 결말이라 생각된다. 그러나 학생들은 과연 어느 쪽에 감정을 이입할까? 전쟁은 타인의 비극으로 치부될 우려가 있다.

이 작품은 전쟁의 비극과 슬픔을 가능한 한 아름답게 그리려고 한다. 작품 속에 독자가 분노를 퍼부을 악인은 없다. 도리어 전쟁 속에서도 사람들의 선의가 그려진다. 미아가 된 지이창을 안고서 도망가주는 아저씨, 불탄 집터에 혼자 있는 지이창에게 "'엄마랑 오빠랑 여기로 돌

아오니?’ (「お母ちゃんたち、ここに帰ってくるの。」)”(17쪽)라고 묻고서야 그곳을 떠나는 동네 아주머니. 비판적인 말은 “‘몸이 약한 얘들 아버지까지 전쟁터에 가야 한다니.’ (「体の 弱いお父さんまで、いくさに行かなければならないたんて。」)”(12쪽)라는 지이창 어머니의 작은 혼잣말이 유일하다. 누가, 왜 전쟁을 일으켰는지, 적은 누구인지는 가려진 채 전쟁터에 싸우러 가야만 하는, 피난을 가야만 하는, 그리고는 죽어가야만 하는 사람들의 딱한 처지만이 그려져 있다. 이 작품 속에 악이 있다면 그것은 몰인격체인 전쟁뿐이다. 즉 전쟁이라는 악이 횡행한 것에 대한 반성도 적극적인 고발도 아니다. 따라서 이어지는 언어활동에서도 각 장면을 정리하는 항목으로 “때(時)”, “장소(場所)”, “사건(出来事)”. “마음을 울린 문장(心を打たれた文)”과 함께 “잃어버린 것(失われたもの)”을 찾게 한다. 상실의 슬픔을 부각시키는 ‘평화교재’이다. 초등학교 국어 공간 속에 그려진 역사에 대한 기억은 지그문트 바우만의 용어 ‘세습적 희생자 의식’을 지적할 수 있다.

1. 「설피 속의 가미사마」를 참고로 장인정신의 핵심은 무엇일지 이야기해보자.
2. 「사탕」의 남성상과 최근의 일본에서 화제가 되고 있는 '초식남자(草食男子/草食系男子)'[35] 에 대한 자신의 생각을 이야기해보자.
3. 「지이창의 그림자놀이」가 평화교재로서 어떤 효과가 있을지 또 전쟁에 대한 기억을 국가 간에 어떻게 계승하면 좋을지 이야기해보자.

1 　전후 일본의 교육 개혁과 개정 전 교육기본법 및 교육제도에 관한 것은 다음 문헌을 참고, 정리한 후 수정 보완한 것임. 한국외국어대학교 일본연구소 편, 『교양으로 읽는 일본사회와 문화』, 서울: 제이앤씨, 2006. 184-195쪽

2 　문부대신(文部大臣)은 한국의 교육부장관에 해당한다.

3 　최고재판소는 한국의 대법원에 해당한다.

4 　이에나가(家永)교과서재판은 제1차 소송에서 최고재판소 판결까지 32년이 걸렸기 때문에 '가장 긴 민사소송'으로 기네스북에서 인정을 받았다.

5 　합계특수출생률이란, 한 명의 여성이 평생에 평균 몇 명의 아이를 낳는가를 나타내는 수치로, 일본의 경우 2005년 1.26으로 최저를 기록한 후 최근 점진적으로 상승하고 있으며 2015년 1.46을 기록했다.

6 　文部科学省, 『文部科学統計要覧』(2016年版) 참조.

7 　2015년 일본의 10,484개 중학교 중, 공립중학교 91.9% 국립중학교 0.7% 사립중학교 7.4%이며, 소학교 성적 우수자가 대부분 사립중학교에 몰리는 현상이 문제시되고 있다.

8 　학구제란 통학구역제도(通学区域制度)의 약칭으로, 수험생이 지원할 수 있는 학교가 살고 있는 장소에 의해 결정되는 것을 말한다. 일반적으로 소·중학교에서는 1학구 1교제이지만, 고교는 1학구에 복수의 고교가 있어 그 중에서 자신이 지원하고 싶은 학교를 선택하여 진학할 수 있다.

9 　「(2015年4月)平成26年度教科用図書検定結果の概要」에 첨부된 파일 「(参考)教科書の検定・採択・使用の周期」에 의함. http://www.mext.go.jp/a_menu/shotou/kyoukasho/kentei/1356470.htm

10 　「1916년(平成 28 年) 8月 26日 中央教育審議会教育課程部会資料3」 www.mext.go.jp/b_menu/shingi/.../1376580_3.pdf

11 　文部科学省, 『小学校学習指導要領 解説 国語編』, 東京: 東洋館出版社, 2006. 이후 『해설 국어 편』으로 약칭함, 「학습지도요령」 관련 인용은 이 책자가 출전이며 이하 페이지만 기록하겠다.

12 　"①사고력·판단력·표현력 등을 묻는 독해력이나 서술식 문제, 지식·기능을 활용하는 문제에 과제가 있음 ②독해력에서 성적분포의 분산이 확대되고 있으며 그 배경에는 가정에서의 학습시간 등의 학습의욕, 학습습관·생활습관에 과제가 보임 ③자신에 대한 자신감의 결여 및 스스로의 장래에 대한 불안, 체력의 저하 등의 과제가 보임" 『해설 국어 편』, 1쪽.

13 　지세한 것은 다음 논문을 참조 바람. 졸저, 「일본초등학교 3학년 국어교과서 문학교재의 특징- 테마 분석을 중심으로-」, 『일본어문학』, 69, 2015, 142-143쪽.

14 　内外教育編集部編, 「2011年度小学校教科書採択状況文科省まとめ」, 『内外教育』, 6045, 東京: 時事通信社, 2010.12.17, 10-11쪽. 内外教育編集部編, 「15年度小学校教科書採択状況-文科省まとめ」, 『データで読む 2014~2015調査・統計解説集』, 東京: 時事通信社, 2015.5.15., 37쪽.

15 　일본편 Ⅱ의 내용에서, 초등학교 1학년부터 5학년까지의 작품 중, 2011년 미쓰무라도서 발행 교과서에도 수록되어 있는 작품에 관한 분석은 다음의 논문의 내용을 발췌, 개고한 것임. 졸고, 「일본초등학교 1학년 국어교과서 의 구성과 문학작품 교재의 특징」, 『일본연구』, 60호, 2014, 141-157쪽. 졸고, 「일본초등학교 2학년 국어교과서 문학교재의 특징 -테마를 중심으로-」, 『일본언어문화』, 27집, 2014, 675-691쪽. 졸고, 「일본초등학교 3학년 국어교과서 문학교재의 특징 -테마 분석을 중심으로 -」, 『일본어문학』, 69집, 2015, 141-162쪽. 졸고, 「일본초등학교 4학년 국어교과서 문학교재의 특징 -테마를 중심으로-」, 『일본연구』, 64호, 2015, 169-196쪽. 졸고, 「일본초등학교 5학년 국어교과서 문학교재의 특징 -테마를 중심으로-」, 『일어일문학연구』, 96집 2권, 2016, 227-257쪽. 졸고, 「일본 초등학교 국어교과서 문학 공간 속의 젠더 이미지」, 『일본연구』, 68호, 2016, 209-231쪽.

16 　이하 사용하는 일본 국어교과서 텍스트이다. 초등학교 국어교과서: 甲斐睦朗ほか編, 『こくご一上 かざぐ

るま』~『国語六 創造』, 東京: 光村図書出版, 2016. 중학교 국어교과서: 甲斐睦朗ほか編, 『国語1』~『国語3』, 東京: 光村図書出版, 2016. 이하 출전 표기는 초등학교는 『1 하』와 같이 학년과 상, 하권만 표기하고 중학교는 『중1』, 『중2』, 『중3』으로 표기하며 한 작품 속에서 계속 인용하는 경우는 쪽수만 표기하겠다.

17 "한 검색 사이트가 행한 앙케트 조사에 의하면 일본 성인의 추억에 가장 남아 있는 국어 교재 1위는 「여우 곤(ごんぎつね)」, 2위는 「삿갓 지장(かさこじぞう)」, 3위는 「주먹밥 대굴대굴(おむすびころりん)」, 4위는 「커다란 순무(大きなかぶ)」, 5위는 「스호의 흰 말(スーホーの白い馬)」이라고 한다." 二宮皓ほか, 『こんなに違う!世界の国語教科書』, メディアファクトリー新書002, 2010, 10쪽.

18 東書文庫蔵書検索으로 조사함. 1949년 이후의 小・中学校 国語教科書에 대해서 게재 작품명, 저자명으로 검색 가능함. http://www.tosho-bunko.jp/search/(검색일: 2015.4.30)

19 学研教育出版編 『다시 한 번 읽고 싶은 교과서의 눈물 나는 명작(もう一度読みたい教科書の泣ける名作)』(2013))의 표지를 장식하면서 필두에 실려 있는 것도 이를 증명하는 듯하다.

20 곤의 성별이 적시되어 있지는 않지만 처음 발표될 때의 제목이 「곤여우(権狐)」이고 작품 속에서 곤이 남성 일인칭 대명사 '와시(わし)', '오레(おれ)'를 사용하고 있어 수컷으로 보는 것이 타당할 것 같다.

21 주네트는 소설 서사에서의 서술 차원을 세 가지로 나눈다. 서사의 바깥 테두리를 이루고 있는 서사 행위 차원을 겉 이야기라 부른다. 이 겉 이야기 차원과는 다른, 그 내부의 차원에서 구체적으로 전개되는 서사는 속 이야기, 일차 서사라 한다. 만약 속 이야기의 등장인물이 또 다른 이야기를 들려준다면 그 이야기는 두 겹 속 이야기 즉 이차 서사가 된다. 제라르 주네트, 『서사 담론』, 권영택 역, 서울: 교보문고, 1992, 218-220쪽.

22 마에다 아이(前田愛) 저, 『문학 텍스트 입문』, 신지숙 역, 2010, 서울: 제이앤씨, 101쪽.

23 이와시미즈하치만구(石清水八幡宮)는 하치만신(八幡神)을 제신으로 하는 신사로 일본 황실이 선조에게 제사를 올리는 두 신사 소위 이소종묘(二所宗廟) 중 하나이므로 매우 격이 높은 신사이다. 가장 격이 높은 것은 일본 황실의 선조신인 아마테라스 오미카미(天照大神)를 제신으로 하는 이세신궁(伊勢神宮)이다. 이와시미즈의 본궁은 규슈(九州) 오이타(大分)현에 있는 우사하치만구(宇佐八幡宮) 현 우사신궁(宇佐神宮)이다. 교토에 가까운 관계로 이와시미즈가 황실종묘로 지정된 것으로 이와시미즈하치만구＝우사신궁이므로 사실은 종묘신사는 세 곳으로 보아야 한다고 한다. 하치만신은 오진천황(応神天皇)을 主座로 하고 左右에 히메가미(比売神), 진구 황후(神功皇后)를 배치하여 삼좌(三座)를 일체(一体)의 신으로 제사한다. 하치만신사는 일본 전국에 4만 넘게 존재한다. '구(宮)'는 신사(神社)와 같은 뜻이다. 다음 사이트를 참조함. 神社と古事記 http://www.buccyake-koji ki.com/archives/1045455576.html 검색일: 2017.1.4.

24 中根千枝, 『タテ社会の人間関係』, 講談社現代新書 105, 東京: 講談社, 1967, 1-189쪽. 참조.

25 루스 배네딕트는 『문화의 유형』에서 개인의 경험과 신념에는 자라면서 익히게 되는 관습, 문화가 주요한 역할을 수행함을 강조한다. "출생의 순간부터 그가 태어난 장소의 관습이 그의 경험과 행동을 형성한다. 말을 할 줄 알게 되면 그는 문화의 어린 피조물이 된다. 자라서 그 문화의 활동에 참여할 능력이 생기게 되면 문화의 습성이 자신의 습성으로, 문화의 신앙이 자신의 신앙으로 되고, 또한 그 문화에서 도저히 존재할 수 없다고 생각하는 것은 자신도 그렇게 생각하게 된다." 루스 베네딕트(Ruth, Benedict), 『문화의 패턴』. 김열규 역. 서울: 까치, 1993, 16쪽. 또 『국화와 칼』 12장 「어린아이는 배운다」에서는 문화-여기서는 일본문화의 핵심가치와 처세술이 가정교육을 통해 구성원에게 학습됨을 설명하고 있다. 루스 베네딕트(Ruth, Benedict), 『국화와 칼』, 김윤식・오인석 역, 서울: 을유문화사, 2007, 335-388쪽.

26 메이지 학제 이후 1941년까지 학교교육에서의 음악 교과목의 명칭. 또 그 학습 활동이나 가곡을 말함.

27 이 노래의 주선율은 일본인에게 친숙한 5음 음계로 구성되어 있어 BGM이나 여러 파생작품의 테마곡으로 사용되고 있다. 여러 사람의 노래가 유튜브에 공개되어 있다. 예를 들면, 「宮沢賢治・星めぐりの歌・遊

佐未森」You Tube. 검색일: 2017.1.17.

28　山内修編,『年表作家読本 宮沢賢治』, 東京: 河出書房新社, 1989, 26-27쪽.

29　「은하철도의 밤(銀河鉄道の夜)」은 마쓰모토 레이지(松本零士, 1938-) 작 만화 ≪은하철도 999≫에 영감을 준 겐지의 동화이다.

30　"観測していてオリオン座が高くのぼると、望遠鏡に露や霜がびっしり張り付きます。望遠鏡をカイロ等で温めなければ観測できません。"「プリオシン海岸」http://pliocena.com/index.html　검색일: 2017.1.17.

31　2011년 발행 미쓰무라 초등 국어교과서로 보면 1학년에서 6학년까지 총 72편의 문학 작품 중 약 20편의 주제가 쾌감이다. 총 작품 수는 고전 작품과 <계절의 말>에 실린 운문 작품은 제외한 숫자이다.

32　제9장 「인정의 세계」 참조 요망. 루스 베네딕트, 『국화와 칼』, 239쪽.

33　마에다 아이, 『문학 텍스트 입문』, 48쪽.

34　물론 가정을 배경으로 한 이야기는 저학년에도 있었다. 「언제나 언제나 정말 좋아해」(1 하)는 가정을 배경으로 소년과 애완동물의 관계를 그리고 있고, 「나는 언니」(2 하)는 부모는 등장하지 않지만 자매관계에서의 언니다움을 다루고 있고, 「떡 나무」(3 하)는 겁쟁이 손주가 유일한 가족인 할아버지를 위해 용기를 내는 이야기였다. 「첫눈 오는 날」도 할머니로부터 들은 이야기가 현재 소녀가 당면한 위기와 해결의 배경이 되고 있어 가정이 원경에 존재한다. 그러나 삼 대가 함께 사는 대가족이 등장하여 세대 간 교류가 그려지는 것은 이 작품이 최초이다.

35　'초식남자'라는 말은 신조어로 칼럼니스트 후카사와 마키(深澤真紀)가 2006년 『일경비지니스(日経ビジネス)』의 온라인 판에 연재한 「U35남자 마케팅 도감(U35男子マーケティング図鑑)」에서 처음 사용했다. 그 후 2008년 오사카부립대학 교수 모리오카 마사히로(森岡正博)가 『초식계남자의 연애학(草食系男子の恋愛学)』을 간행하여 베스트셀러가 되었다. 모리오카는 '초식계남자'를, "마음이 자상하고 남성다움에 얽매이지 않으며 연애에 탐욕적이지 않고 상처받거나 상처 주는 것을 피하고 싶어 하는 남자(心が優しく、男性らしさに縛られておらず、恋愛にガツガツせず、傷ついたり傷つけたりすることが苦手な男子のこと)"라고 정의했다. 이 신조어는 2009년 신조어・유행어대상 탑텐을 수상했다.

중국편

외국 국어교과서로 창의적 문화읽기

I. 중국의 교육제도와 어문교과서

1. 중국의 교육제도

    1912년에 중국은 신해혁명을 통해 청나라 왕조의 통치를 종식시키고, 동아시아 최초의 공화정인 중화민국을 탄생시키며 근대국가로 발돋움하기 시작한다. 이에 앞서 1898년에 캉유웨이(康有爲, 1858-1927)와 량치차오(梁啓超, 1873-1929) 등이 중심이 되어 전개한 '변법자강운동'을 통해 서양을 본받아 근대적인 개혁의 필요성을 주장한 바 있다. 그 중에는 과거제도를 폐지하고 근대적인 교육을 실시해야 한다는 주장도 담겨 있다. 과거고시는 중국에서 수나라 때부터 시작되어 청나라의 광서제 31년(1905)에 공식 폐지되기까지 1,300여 년간 중국의 교육과 인재 선발을 좌지우지한 제도다.

    1919년에 5·4운동이 일어나 반제국과 반봉건의 기치 아래 중국에는 사회 전반에 걸쳐 거센 개혁의 비바람이 몰아친다. 1840년 영국과의 아편전쟁에서 패하고도 정신을 차리지 못하던 청나라 왕조는 1894년 청일전쟁에서 일본에게마저 패하자 엄청난 충격 속에 본격적인 개혁의 소용돌이로 휘말려 들어가게 된다. 중국은 격동의 근현대사에서 신해혁명을 거쳐 5·4신문화운동에 이르기까지 서양의 선진 과학기술과 제도를 도입하면서, 수천 년 지속되어 온 중화의 자존심인 자신들의 전통에 대해서 심각하게 회의하고 부정하는 과정을 경험하게 된다. 그 가운데에 일상생활에서 쓰는 언어와 동떨어진 문어체의 문언문(文言文)[2]을 구어체의 백화문(白話文)으로 바꾸는 운동도 중요한 개혁 과제의 하나로 포함된다.

그 후 중일전쟁과 국공간의 내전을 거치면서 1949년에 공산당 일당 독재의 중화인민공화국이 탄생한다. 수천 년 지속되어 온 역대 왕조는 물론 자본주의적 성격의 중화민국과도 전혀 다른 성격의 사회주의 정권이 들어선 것이다. 국공내전에서 패한 국민당 정권은 타이완으로 건너가 중화민국이라는 국호 하에 오늘에 이르고 있다. 보통 중국이란 용어는 왕조 시대를 포함해 중국 전체를 가리키는 말로 오래전부터 쓰여 왔지만, 우리가 여기서 국가 이름으로 말하는 중국은 중화인민공화국을 지칭한다.3

중화인민공화국은 자신을 '신화(新華)' 곧 '신중국'이라고 부르면서 '구중국'의 잔재를 청산하고 건국 초기부터 새로운 국가 건설에 박차를 가한다. 새로운 인민의 정부를 건설함에 있어 언어와 문자 교육을 강화해 문맹을 퇴치하는 것은 가장 필수적인 조치의 하나다. 이는 전통적인 중국 왕조 시대에 도성의 국자감을 위시한 관학과 지방의 각 행정단위에 설치한 관립 학교 및 서원 등의 사학기관을 통해 교육 수혜자를 소수 엘리트 집단에 한정해 난해한 문언문으로 교육하고, 그런 인재들을 과거고시를 통해 국가 경영에 참여하는 관리로 선발함으로써 문해력(文解力)이 곧 권력이 되어 온 수천 년의 전통과는 전혀 다른 접근 방식이다.

중국은 건국 이후 지속적인 교육개혁을 추진해왔는데, 현행 교육제도의 기본 골자는 1978년 개혁·개방의 신시기 이후에 확립된다. 중국 개혁·개방의 주역인 덩샤오핑(鄧小平, 1904-1997)은 1983년에 "교육은 현대화를 향해, 세계를 향해, 미래를 향해 나아가야 한다.(敎育要面向現代化, 面向世界, 面向未來.)"4고 주창하였는데, 이것이 향후 중국 교육의 개혁과 발전 방향의 지표가 된다. 1985년 5월 27일 중국공산당 중앙위원회에서 「교육체제 개혁에 관한 결정(關于敎育體制改革的決定)」을 공포하면서, 중국 전역에 걸쳐 점차적으로 9년제 의무교육을 실시한다고 선언한다. 그리고 1986년 9년제 「의무교육법」이 제정되고, 그에 따른 교육과정이 1988년에 공포된다. 이 교육과정은 다시 1992년에 초·중등학교 9년간의 교육을 일관하는 9년 의무교육 전일제 초등학교와 중학교의 교육과정 계획으로 개정·공포된다.5 개혁·개방의 큰 흐름 속에서 사회주의적 인간형을 만드는 데 치중하던 종전의 교육을 실용적인 과학기술과 전문기술 교육을 발전시키는 방향으로 전환한 것이다. 이로써 중등교육에서는 직접 기술교육을 발전시키고, 고등교육에서는 문과교육의 재건, 중점대학(重點大學)6의 육성, 대학의 자주성 인정, 전원 기숙사 생활에 학비면제라는 기존제도를 고치는 등의 개혁안을 마련한다.

먼저 중국의 교육제도와 관련해 교육 관리 및 지원 체제를 보면, 국무원 산하 교육부에서 전체 교육의 총괄적 기획을 담당하면서 전국 단위의 교육 관련 업무를 조정하고 관리한다. 각 직할시에는 교육위원회가, 각 성(省)과 자치구에는 교육청이, 각 지방의 시·구·현에는 상응하는 교육국 또는 교육판공실이 설치되어 해당 행정 단위의 교육 관련 업무를 주관하고 있다. 특히 21세기에 들어와 이들 각 교육행정기관은 교육을 우선적으로 발전시켜야 할 전략적 지위에 올려놓고 과학과 교육을 통해 국가를 부흥시키는 중앙정부의 전략적 방침에 따라, 교육제도 전반에 대한 부단한 개혁의 심화, 소질 교육의 강화, 지속적인 9년제 의무교육의 확대 보급, 청장년 문맹의 퇴치를 주요 업무로 수행하고 있다. 아울러 이를 위한 교육투자도 대폭 늘려가고 있다.

현재 중국의 교육은 취학전교육, 초등교육, 중등교육, 고등교육의 4단계로 나뉜다.

'취학전교육(學前教育)'은 만 3세에서 5세 사이의 아동이 '유치원(幼兒園)'에서 받는 교육과정이다. 2015년 기준 약 22만 3,700개의 유치원에 약 4,265만 명의 원생이 재학하고 있다. 유치원은 보통 민간에서 운영하는데, 경제가 발달한 대도시와 중형도시에서는 이미 수요를 만족시키고 있다. 농촌에도 유치원 보급이 지속적으로 추진되고 있어, 일부 지방 소도시와 시골에도 기본적으로 취학전 1년 교육이 실시되고 있다.

'초등교육'은 만 6세에서 11세 사이의 '초등학생(小學生)'이 받는 교육과정이다. 2015년 기준 19만여 개의 초등학교에 9,700여만 명의 학생이 재학하고 있다. 이밖에 성인을 대상으로 하는 14,758개의 초등학교가 있는데, 그중에 1만여 '문맹퇴치반(掃盲班)'이 운영되고 있는 점이 이채롭다. 이는 보통교육을 받지 못해 글을 모르는 장년 및 노년층이 사회 구성원으로서의 소통 능력을 갖추도록 배려하는 조치다. 초등교육은 보통 지방정부에서 운영하지만 개인이나 민간단체에서 설립한 학교도 일부 존재한다.

'중등교육'은 만 12세에서 17세 사이의 중·고등학생들이 받는 교육과정으로, '중학교(初中, 初級中學)'와 일반계 '고등학교(高中, 高級中學)' 및 '실업계고등학교(職業高中)'·'중등전문학교(中專, 中等專業學校)' 등으로 이루어져 있다. 2015년 기준 5만 2천여 개 중학교에 4,300만여 명의 학생과, 약 2만 5천개 고등학교에 4천여만 명의 학생이 재학 중이다. 중등학교는 보통 지방정부에서 운영한다.

'고등교육'은 '전문대학생(專科生)'과 '일반대학생(本科生)' 및 '대학원생(研究生)'이 받는 교육과정이다. 고등교육을 실시하는 기관으로는 4년제 '대학교·(단과)대학(本科院校)7' 및 2-3년제 '전문대학(專科院校)'이 있는데, 학생교육과 학문연구 및 사회봉사의 3대 기능을 수행한다. 2015년 기준 2,560개 대학에 2,600여만 명의 대학생이 재학 중인데, 4년제 대학과 2-3년제 전문대학이 대략 반반 정도를 차지한다. 792개 대학 및 연구기관에 대학원 과정이 개설되어 있는데, 2015년 기준 약 159만여 명의 석사과정 재학생과 약 33만 명의 박사과정 재학생이 있다. 특히 중국 정부는 21세기를 목전에 두고 고등교육의 발전과 개혁을 촉진하기 위해 제9차 경제개발 5개년 계획기간(1996-2000) 중에 전국에 100여개 중점대학과 중점학과를 육성하는 소위 '221공정'이라는 국가 프로젝트를 내놓은 바 있다.

이상의 교육단계를 좀 더 자세하게 나누어 학교와 학생 수를 도표화하면 다음과 같다. 이 도표는 중국 교육부 홈페이지의 통계 수치[8]를 근거로 필자가 정리한 것이다.

〈2015년 중국의 학교 및 학생 통계〉(2016.10.26)

			학교 수 (개)	학생 수(명)		
				졸업생	입학생	재학생
고등 교육 (高等 教育)	대학원	일반대학원 연구기관	(575) (217)	박사과정 53,778 석사과정 497,744	박사과정 74,416 석사과정 570,639	박사과정 326,687 석사과정 1,584,719
		소계	(792)	551,522	645,055	1,911,406
	대학	일반대학	1,219	3,585,940	3,894,184	15,766,848
		전문대학	1,341	3,222,926	3,484,311	10,486,120
		소계	2,560	6,808,866	7,378,495	26,252,968
	성인 대학	일반대학		962,495	1,014,675	2,793,354
		전문대학	292	1,400,098	1,352,780	3,565,998
		소계		2,362,593	2,367,455	6,359,352
	기타사립고등교육기관		(813)	-	-	-
	소계		2,852	-	-	-
중등 교육 (中等 教育)	고등 학교	일반계 보통고등학교	6,628	5,280,238	5,169,187	15,558,531
		일반계 중고일관학교	5,538	2,474,229	2,514,294	7,423,958
		일반계 12년일관학교	1,074	222,068	282,585	761,503
		일반계 성인고등학교	503	61,968	-	65,913
		일반계 소계	13,743	8,038,503	7,966,066	23,809,905
		실업계 보통실업계고교	3,456	2,367,455	2,599,455	7,327,076
		실업계 성인실업계고교	1,294	805,105	646,759	1,626,741
		실업계 직업고등학교	3,907	1,560,094	1,551,960	4,398,597
		실업계 기술공업고교	2,545	946,179	1,214,316	3,214,610
		실업계 기타직업학교	(486)	-	-	-
		실업계 소계	11,202	5,678,833	6,012,490	16,567,024
		소계	24,945	13,717,336	13,978,556	40,376,929
	중학교	일반 보통중학교	37,217	10,293,001	10,119,141	31,033,176
		일반 9년일관제학교	15,166	1,754,445	1,917,472	5,696,085
		일반 12년일관제학교	-	247,610	276,595	827,060
		일반 중고일관학교	-	1,878,861	1,795,261	5,558,098
		일반 직업중학교	22	2,024	1,773	5,081
		일반 소계	52,405	14,175,941	14,110,242	43,119,500
		성인중학교	1,071	366,496	-	337,012
		소계	53,476	14,542,437	14,110,242	43,456,512
	소계		78,421	28,259,773	28,088,798	83,833,441
초등 교육	일반 초등	보통초등학교	190,525	12,833,772	15,549,242	86,931,676

(初等 教育)	학교	9년일관제학교		1,406,554	1,591,648	9,132,151
		12년일관제학교		132,191	149,539	858,004
		소계		14,372,517	17,290,429	96,921,831
	성인초등학교 (문맹퇴치반)		14,758	959,217		948,158
			(10,747)	(447,541)		474,805
	소계		205,283	15,331,734	17,290,429	97,869,989
취학전교육(學前教育)			223,683	15,902,605	20,088,467	42,648,284
비행청소년선도학교(工讀學校)9			86	4,141	3,811	7,920
특수교육(特殊教育)			2,053	52,899	83,314	442,223

이밖에 우리나라의 '평생교육(繼續教育)'에 해당하는 학력 미인정 중등직업교육과정 및 고등교육과정이 있는데, 2015년 기준 전체 이수자가 5,816,613명이고 등록인원은 52,873,698명에 달한다. 이중에서 중등직업교육과정에는 49,090,747명의 이수자와 45,615,292명의 등록인원, 고등교육과정에는 9,075,383명의 이수자와 7,258,406명의 등록인원이 있다.[10]

중국의 학제는 우리나라와 마찬가지로 6-3-3-4제 곧 초등교육 6년, 중등교육 과정인 중학교 3년과 고등학교 3년, 고등교육 4년을 기본 골격으로 하고 있다. 다만 중국은 워낙 국토가 광대하고 다양한 민족이 함께 사는 다민족 국가로, 지역 또는 도시와 농촌 간의 편차와 소득 격차가 커기 때문에 일부 다른 학제도 존재한다. 즉, 5-3-3-4제의 과도학제를 운영하는 경우도 있고, 한 학교에서 초등학교와 중학교 과정을 합친 9년 일관의 9-3-4제, 중등과정인 중학교와 고등학교 6년을 합친 6-6-4제, 초등학교부터 고등학교까지 12년을 일관한 12-4제도 소수이지만 존재한다. 또한 특정 기간 동안 초·중등 과정을 10년으로 단축해 5-5-4제와 5-3-2-4제를 실시한 때도 있다. 이 중 초등교육 6년과 중학교 3년이 1986년부터 의무교육과정으로 되어 전 국민 대상 보통교육을 실시하고 있다.

2. 초·중등 어문교과서의 편찬과 체제

전 국민을 대상으로 근대식 보통 교육을 실시함에 있어 어문은 가장 기본적이고 중요한 핵심 과목이라고 할 것이다. 특히 중국은 광대한 국토에 56개의 다민족으로 구성된 세계 최대의 인구가 모여 사는데다가, 외국어와 다를 바 없는 7대 방언이 존재하고 난해한 한자를 서사 문자로 쓰고 있기 때문에 언어·문자 정책이 매우 어렵고도 중요한 국정 과제다. 이에 중국 정부는 그 기초 정지 작업의 일환으로 건국 초기부터 한자의 간화(簡化)와 이체자(異體字)[11]의 정리를 통한 문자의 표준화, 한어(漢語)[12] 병음방안(拼音方案)의 보급을 통한 발음의 표준화, 보통화의 보급을 3대 정책 기조로 추진한 바 있다.[13]

우선 여기서 우리나라와 일본 등지에서 그냥 '국어'라고 부르는 것과 달리 중국에서 '어문(語文)'이란 용어를 쓰고 있는 점에 대해 짚고 넘어갈 필요가 있다. '국어(國語)'는 1909년 청나라에서 처음으로 중국어의 공식 이름으로 명명된 것으로, 5·4신문화운동 시기를 거쳐 1930년대 중화민국 교육부에 의해 구어체 현대 표준중국어를 가리키는 용어로 정착된 뒤 지금은 타이완에서 사용되고 있다. 중국에서는 1949년에 이를 '보통화(普通話)'라고 고치고 1955년부터 전국적으로 널리 사용하기 시작한다. 반면에 '국문(國文)'은 문언문으로 된 고전문학을 포함한 중국문학, 나아가 중국문화를 가리키는 용어다. 중국에서 국어가 아니라 어문이란 용어를 쓰는 것은 이런 역사와 문어체 문장이 차지하는 비중이 큰 문화적 전통과 무관하지 않다. 이 점과 관련해 중국에서 의무교육과정의 어문 교과목 수업 시수가 타교과목에 비해 2-6배에 달하는 까닭을, 어문에 내재되어 있는 언어·문화적 가치와 도구 교과로서의 실용성 이외에 어려운 중국 언어·문자의 특색 때문이라고 풀이한 것[14]은 적절한 진단이라고 할 것이다.

중국은 중화인민공화국 건국 이후 60여 년간 여러 차례에 걸쳐 어문교과서 개편을 단행해 왔다. 개편 과정에 대해서 상세하게 언급하려면 많은 지면을 할애해야 할 터이므로, 여기서는 중국에서 9년 의무교육제가 실시 정착되는 시점을 전후로 크게 양분해서 간략히 소개한다.[15]

건국 초기인 1950년에 중국은 인민교육출판사를 초·중등 교과서의 편찬과 발행을 담당하는 단일창구로 지정하고, 거기서 출간된 교과서를 전국의 학교에 일괄 보급하기 시작한다. 그 후 당해 출판사는 교육부 또는 국가교육위원회[16]에서 제정한 「교육대강(教學大綱)」에 따라 초·중·고 교과서를 편찬·발행해 전국 교육현장에 공급한다. 이것이 중국에서 통일된 요강에 따라 통일된 국정 교과서를 편찬·발행·공급한 조치로 이런 독점은 1988년까지 지속된다. 물론 그 과정에서 학제의 변화와 정치적 요구에 따라 우여곡절을 거치면서 여러 차례의 개편 작업이 있었지만, 교과서의 편찬과 심사를 동일 기관에서 담당하고 그 교과서를 전국 초·중·고 학생들의 통일된 교재로 제공하는 국가 독점의 방침은 기본적으로 지속된다.

이 국정 교과서에 근본적인 변화의 바람이 일어난 것은 1986년 「의무교육법」의 제정 공포와 함께 그해 4월 14일에 '전국초중고교재검인정위원회(全國中小學教材審定委員會)'가 정식 발족하면서부터다. 당해 위원회는 그해 9월에 북경에서 열린 회의에서 교과서 편찬과 검인정 작업 주체를 분리시키는 개혁안을 내놓는다. 그 후 1988년 8월에 국가교육위원회에서 「9년제 의무교육 교재편찬 기획방안(九年制義務教育教材編寫規劃方案)」을 발표한다.

그 골자는 통일된 기본 요구와 검인정의 전제 하에 교과서 편찬의 다양화를 점진적으로 실시함으로써 각 지역과 각급별 학교의 수요에 부응한다는 것이다. 이에 인민교육출판사를 포함해 10여개 단위 또는 지역에서 편찬·발행한 각종 교과서가 1989년에 실험을 거쳐 1993년 9월 무렵에는 초·중·고 교육현장에서 정식으로 사용되기에 이른다. 이제 초·중등 교육과정의 교과서가 국가기관에 의해 일방적으로 편찬되고 교사와 학생들에게 전달되는 시스템에서 벗어나, 각 교과서 간에 독자와 시장 확보를 위한 경쟁 체제로 접어들게 된 것이다. 물론 이들 교과서가 완전히 독자적으로 편찬된 것은 아니다. 기본적으로는 1992년 8월에 발표한 「9년 의무교육 전일제 초등·중학 교육계획(시험 시행)(九年義務敎育全日制小學·初級中學敎學計劃(試行))」의 지침에 근거해 편찬한 것이다. 그 결과 본문의 선택 역시 위 지침에 명시된 기본 목록을 바탕으로 하고 있기에 상당히 유사하다.

중국의 어문교과서 편찬은 21세기에 들어와 진일보한다. 교육부에서 제시하는 일률적인 '교육대강'이 완화되고, 교과서 편찬 단위와 교육현장의 자율성이 한층 강화되는 쪽으로 진화한다. 교육부에서 2001년 6월에 「국가 기초교육과정 개혁 지도요강(國家基礎敎育課程改革指導綱要)」을 마련하고 그해 8월 그것에 기초해 「의무교육 과정표준(課程標準) 실험초고(實驗稿)」를 반포한 이후, 2008년까지 총 84개 출판사에서 개발한 교과서가 검인정을 받아 실험 지역 교육현장에 투입된다. 특히 2001년 10월부터 초·중·고 교과서 공개 입찰 방식이 도입되어 여러 지역의 교수 및 교육 전문가와 현장의 교사들이 다양한 경로를 통해 교과서 개발에 경쟁적으로 참여하는 구도가 형성된다. 이런 분위기 아래에서 나온 교과서들은 학생 개개인의 소질과 특징에 부합하는 학습방식의 변화에 주목하고 현실생활과 밀접하게 연관되는 내용을 강화한다. 또한 학생 자습용과 교사 지침용 및 전자판 등 다양한 형태의 교과서를 발행할 뿐 아니라, 참고서와 각종 시청각 멀티미디어 교보재도 함께 제공함으로써 시장에서 우위를 점하기 위한 경쟁이 본격화한다.

이런 다양한 경쟁 구도 하에서 현재 중국에는 '교육대강 교과서', '과정표준 전국 실험교과서', '과정표준 지역 실험교과서' 등이 공존하고 있다. '교육대강'이 중앙정부의 교육지침에 따라 전국에 획일적으로 하달된 것임에 비해 '과정표준'은 지방정부 단위에서도 교육과정을 제정해 시행할 수 있도록 하는 것이라는 점에서 교육현장의 자율성과 다양성이 훨씬 더 많이 보장된다. 이를테면, '교육대강'에서는 교과서를 금과옥조로 따라야 할 규범으로 보지만, '과정표준'에서는 교과서도 많은 교재 중의 하나로 간주할 뿐이다. 그 결과 교사들이 교과서 내용 중에서 자신과 학생의 요구 및 개별 학교와 지역의 특성에 부합하는 부분을 골라 학습할 수 있는 자율성이 대폭 신장된다. 어문 과정의 수업도 교실 내에 한정되지 않고 다양한 교실 밖

과외활동과 견학 등이 강화된다.

어문교과서의 체제는 학년별 상·하책으로 나뉘어 기본적으로 동일한 틀을 갖추고 있다. 한 책별로 모든 단원의 구성 요소를 포함해 학습이 완결되도록 설계된다. 즉, 본문을 읽고 그 본문과 관련된 여러 학습활동을 종합적으로 수행하도록 되어 있는 것이다. 본문 체제는 「의무교육 어문 과정표준(義務敎育語文課程標準)」(2011년)[17]에 명시된 학습 목표와 내용에 따라 구성된 바, 어문 교과목의 학습 내용은 '한자 익히기(識字)'와 '한자 쓰기(寫字)', '읽기(閱讀)', '글쓰기(寫作)', '구어교제(口語交際: 말하기 및 듣기)', '종합학습(綜合性學習)'의 다섯 부류로 구성된다. 그리고 '학습단계(學段)'[18]에 따라 학습 내용과 목표를 명시하고 있다.

1학습단계의 교과서는 기본적으로 8개 대단원 하에 4개의 소단원으로 구성된다. 대단원의 내용은 국가·민족·정치, 위인·역사이야기, 민간전설·동화·우화, 우정·성장·삶, 자연·과학, 사회·문화 등 6개 정도의 큰 범주로 분류할 수 있다. 각 범주별 주제는 국가와 민족에 대한 애국주의, 삶의 지혜, 찬란한 중국문명을 위시한 동서고금의 문화 이해, 자연보호 및 과학기술에 대한 이해 등으로 다양하게 나타난다.

소단원은 앞에 간략한 소개 내용이 들어 있고 말미에 연습문제가 붙어 있다. 연습문제는 소단원마다 조금씩 차이가 있긴 하지만, 기본적으로는 한자 및 어휘 학습, 낭송, 감상 및 본문 쓰기 등이 포함되고, 해당 소단원과 관련 있는 주제에 대한 작문과 토론이 선택과제로 주어져 있다. 특기할 것은 '글쓰기(寫作)' 교육인데 학생 개개인이 선택해 쓰도록 한다. 즉, 학습한 내용 중에서 특별히 인상적이거나 감동적인 부분을 학생들 스스로 선택해 쓰도록 하는 것이다. 이는 글쓰기 연습뿐만 아니라, 문장 감상 능력과 이해도를 동시에 측정하고 향상시킬 수 있다는 점에서 유용하다. 글쓰기는 또한 1학습단계에서는 '말하는 것을 글로 쓰기(寫話)' 수준을 요구하고, 2학습단계 이상에서는 '습작(習作)'이라 하여 본격적인 글쓰기 연습으로 들어가도록 한다.

매 단원의 말미에는 '어문동산(語文園地)'이 따로 있는데, 주제 토론과 글쓰기를 연습하도록 내용이 구성되어 있다. 또한 '나의 발견(我的發現)'이라는 제목 하에, 학습한 내용을 토대로 자신이 발견한 것을 서로 이야기하는 대화체의 글이 실려 있다. 이는 해당 단원에 대한 이해를 도울 뿐만 아니라, 학생들이 그 글에 근거해 자신이 발견한 부분을 발표하도록 함으로써 사고력을 키우는 데 도움이 되리라 본다. '어문동산'은 인민교육출판사의 초등어문교과서에서 특기할 만한 부분으로, '종합학습'에 해당된다고 할 수 있다. 「과정표준」에 명시된 '종합학습'의 목표는 학습한 내용을 삶과 연계시키도록 하는 데 중점을 둔다. 때문에 학생들 스스로 흥미로운 것에 대해 문제를 제기하고 이를 함께 토론하며, 학교와 개인의 삶을 연계해 개인의 경험을 발표할 수 있도록 학습 내용을 구성한다.

3학습단계에 이르게 되면, '어문동산'이 '구어교제'와 '습작'이란 용어로 구체화된다. 말하기 및 듣기와 습작을 명시하고 있는 것은 토론과 주제별 글쓰기가 한층 더 중시되고 있음을 보여주는 것이다. 또, '회고(回顧)'·'확장(拓展)'이라는 제목 하에 토론과 주제별 글쓰기 및 문장 읽기를 유도하고 있다. 이는 모두 '종합학습'의 일환이라 볼 수 있다. 1학년 하책부터 수록하고 있는 '본문 선독(選讀課文)'도 인민교육출판사의 초등 어문교과서에서 특기할 부분이다. 다양한 주제의 산문과 시를 8-10편 모아놓은 것으로, 「과정표준」에 규정한 읽기학습의 내용 및 목표 기준을 달성하기 위한 것으로 보인다.[19]

학습단계에 상관없이 모든 교과서의 마지막에 '신출 한자표(生字表)'를 정리해두고 있다. 신출 한자는 발음과 성조를 병기한 것과 병기하지 않은 것으로 나누어 정리해 학생들의 한자 학습을 돕고 있다. 이것은 교과서 본문에 나오는 글자 중 학생들이 반드시 알아야 하는 한자를 정리한 것으로 「과정표준」의 지침을 반영하는 것이다. 「과정표준」에 따르면, 9년의 의무교육과정을 통해 학생들은 3,500자 내외의 상용한자를 읽고 쓸 줄 알아야 한다. 따라서 학습단계별로 습득해야 하는 한자 분량을 규정[20]하고 상용한자를 부록으로 제시하고 있다.

중등과정인 4학습단계는 대체로 6단원으로 구성되는데, 6개의 단원은 인간과 개인, 인간과 자연, 인간과 사회 등 크게 3가지 내용 범주로 나누어진다. 학년에 따라 4-5개의 본문으로 구성된다. 매 단원은 해당 단원에 대한 간단한 소개와 본문 및 연습으로 되어 있다. 연습은 해당 본문에 대한 연습과 매 단원을 포괄하는 연습으로 나뉜다. 해당 본문에 대한 연습은 본문과 관련해 토론, 글쓰기, 낭송, 표현 수법 등을 분석하도록 구성되어 있다. 매 단원 말미의 연습은 단원별 주제에 대한 작문과 토론이다.

4학습단계에 들어오면 '종합학습'이라는 부분을 명시적으로 언급하고 있는데, 주제에 따른 문장 읽기와 토론 및 작문으로 구성되어 있다. 예컨대, 7학년 상책의 2단원 말미에 실린 '종합학습'은 '친구가 먼 곳에서 오다(有朋自遠方來[21])'라는 제목 하에, 우정의 의미에 대해 설명하고 관련 중국 명문을 수록하고 있다. 학생들은 이를 읽고 자신의 경험에 비추어 토론과 글쓰기를 한다. 또 과외 '고전시사암송(古詩詞背誦)'과 '명저 읽기 안내(名著導讀)'를 중등 어문교과서 제일 마지막에 배치하고 있다.[22] 전자는 해당 학기에 암송해야 하는 고전 시와 사 작품 10편으로 이루어지고, 후자는 국내외 산문이나 소설 중에서 발췌한 명문 1-2편으로 구성된다.

중국 어문교과서의 편찬 체제에서 나타나는 두드러지는 특징의 하나는 본문과 추천 시문에 대한 낭독[23] 및 암송[24] 학습을 갈수록 더 강조한다는 점이다. 이는 분석을 통한 이해를 중시하던 서양적 학습 이론을 추수하던 단계에서 벗어나, 중국의 전통적인 학습 방법에 대한 재평가와 자각에서 나온 것으로 보인다. 그 다음으로, 교과서 본문에 상세한 주석을 달고 있다는 점도 큰 특징이라고 할 수 있다. 주석에서 반드시 알아야 하는 글자나 어휘에 대한 뜻풀이뿐만 아니라, 특정 어구의 언어적 관습과 거기에 얽힌 사회적·역사적 배경 지식 및 이야기를 함께 설명해 본문에 대한 이해를 돕는다. 이는 한자와 중국어라는 언어·문자 습득은 물론 그와 관련한 다양한 배경 지식에 대한 학습도 함께 중시하는 중국 어문교육의 특징을 반영하는 것이라고 하겠다. 마지막으로 글쓰기 교육과 관련해, 실제 존재하는 것에 근거하는 설명 및 서술이나 묘사보다 무에서 유를 창조하는 서정 및 의론이나 상상을 중시하고 있는데, 이 또한 어문교육이 실용적인 교제의 도구로서보다 창조적인 능력을 강조하는 방향으로 발전하고 있음을 시사한다.

종합적으로 볼 때, 중국의 초·중등 어문교과서는 「과정표준」에서 제시한 학습단계별 교육 내용에 맞추어, 한자 습득과 읽기 능력 향상 및 토론과 의사표현 능력을 종합적으로 키울 수 있도록 설계되어 있다. 우선 읽기 능력을 증진하기 위해 본문 이외의 다양한 문장을 추가로 수록하고 있는데, 이때 특히 중국 고전명문을 많이 포함해 학생들의 고문 학습 능력 및 중국 고전문학에 대한 이해를 제고하고 있다. 이는 학생들에게 자국 문학에 대한 자부심을 고취할 수 있다는 점에서도 긍정적이라 할 것이다. 다음으로 학생들의 의사표현 능력을 향상시키기 위해, 연습문제를 구어연습과 글쓰기로 세분화해 배열하고 있다. 구어연습은 다시 낭독과 말하기(토론)로 나누어 진행하며, 글자 수와 주제를 명시해 습작을 하도록 한다. 토론과 글쓰기는 개인의 생각을 조리 있게 드러내는 가장 효과적인 방식으로, 이를 통해 학생들은 논리적으로 사고하고 전달하는 방식을 배운다. 이는 모국어를 활용한 의사소통 능력 함양이라는 어문교육의 가장 기본적인 목적을 잘 반영하는 것이라고 하겠다.

3. 초·중등 어문교과서의 성격과 교육목표

중국은 건국 초기부터 국가 통일 교과서를 사용하던 시기까지 대체적으로 계획경제 하의 교조적인 지침에 따라 획일적인 교육을 실시한다. 이때 어문교육은 언어·문자 해독을 통한 의사소통 능력 향상과 다른 교과목 학습의 도구적 성격에 치중한다. 이런 경향은 1990년대 말이른바 '어문교육 대토론'을 거치면서 변화하게 된다. 1997년 11월부터『북경문학』과『중국청년보』등 잡지를 중심으로 전개된 이 대토론은 19세기 말부터 20세기 말까지 100년간 누적된 중국 어문교육의 잘못된 편향[25]에 대한 문제 제기에서 시작해, 중국 교육제도 내에서 어문이라는 교과목을 어떻게 규정할 것인지로 구체화된다. 이로부터 어문교육의 목표, 교과서 및 교육방법의 문제까지 토론과 비판의 대상으로 떠오르게 된다.

토론 과정에서 가장 주목할 점은 어문교육의 성격에 관한 것이다. 즉, 어문을 의사소통을 위한 '도구'의 측면에서 규정할 것인지, '인문'의 측면에서 규정할 것인지가 관건적 문제가 된다. 이 토론을 거치면서 어문교육에 '인문'의 개념이 부각되는데, 이로써 교과서에 수록하는 본문의 선정기준으로 논쟁이 확대되어간다. '도구'로서의 성격을 중시하게 될 때, 교과서에 수록하는 문학 텍스트의 선정 기준은 문학사적인 의미나 문학성보다는 학생들의 언어 능력을 제고시킬 수 있는 이른바 '모범'적인 글이 우선시된다. 이때 '모범'이란 시대에 따라 어떤 정치적 이데올로기를 충실하게 반영하는 글이 될 수도 있고, 설명문이나 논설문 같은 체재별 충실도에 엄격한 글이 될 수도 있다. 하지만 '인문'의 개념에서 판단한다면 글 속에 내재된 문학성 내지 정신을 보다 더 중시하게 되고, 학습을 통해 학생들의 감수성이나 상상력 등을 키울 수 있는 텍스트를 선정하게 된다. 즉, '어문'의 성격 규정이 교과서에 수록하는 문학텍스트를 결정짓는 핵심인 것이다. 전국 주요대학 중문과 교수들도 이 토론에 적극적으로 참여하게 되는데, 1990년대 초 중국 문화예술계의 주요 담론이었던 '인문정신'을 제기하고 그것에 관한 논쟁을 주도했던 왕샤오밍(王曉明, 1955-) 교수를 비롯한 저명한 중국문학 연구자들이 그 중심에 서서, 중국 어문교육의 편향을 비판하고 인문정신 교육의 중요성을 강조한다.[26]

이 토론을 거친 후 2000년에 발표된 9년 의무교육 전일제 초등학교와 중학교 어문「교육대강(敎學大綱)」에서는 어문을 교제를 위한 가장 중요한 도구이자 인류문화의 중요한 부분이라고 규정함으로써, 어문교육의 성격을 인문 교육으로 전환할 것임을 시사한다. 그 변화는 교과서에 수록해야 하는 '기본목록'의 변화에서 나타나는 바, 고전문학의 비율이 확연하게 증가한다. 이는 어문교육이 인문, 정전(正典), 민족문화 등의 개념을 중시하는 쪽으로 전환되었음을 설명하는 것이다. 2004년 인민교육출판사에서 편찬해 출판한 어문교과서를 보면, 기존 교과서에 비해 고전문학의 비중이 현저하게 확대되었고, 소위 '영도자의 문장'이 감소하였음을 알 수 있다. 그 결과 문학사적으로 의미는 있지만 교과서에 수록된 적이 없었던 작가들, 또는 1980년대-90년대 이후 중시된 작가들의 작품도 새로이 등장한다.

이런 관점은 2001년판「과정표준」에 들어오면 더욱 두드러진다. 일례로 해당「초등학교 어문 과정표준」을 보면 세 가지 진일보한 특징이 읽힌다.[27] 첫째, 학생의 어문 소양을 전면적으로 향상시키고 어문교육의 인문성과 실천성을 중점적으로 강조한다. 둘째, 자주적이고 협조하며 탐구하는 학습방식을 적극적으로 제창하고, 종합적인 학습이 학생의 주동적 탐구와 단결 협동 및 창조성 개발에 미치는 중요성을 강조한다. 셋째, 어문 과정이 현실에 뿌리를 두고 어문 학습의 활용 영역을 확대하며 각기 다른 지역과 학교 및 학생의 수요를 만족시키고, 아울러 사회의 요구에 부응해 끊임없는 자아 조절과 새로운 발전을 추구해야 한다.

요컨대 2000년대 이후 중국 어문교육은 기존의 언어교육 및 사상교육을 위한 '도구'로서의 성격에서 탈피해, 문화적인 소양과 감성 및 창의적이고 주동적인 인성을 배양하는 '인문'교육으로 전환하고 있음을 보여준다. 이런 목적 달성을 위해 학습방식도 교실 내에서 교사 주도로 일방적으로 지식을 전달하던 데서 벗어나 학습자 주도의 다양한 학습 형태를 추구해, 급변하는 현대 사회에 탄력적으로 적응할 수 있는 능동적이고 창의적인 인재를 양성하는 방향으로 진화하고 있음을 알 수 있다.

이런 맥락에서 가장 최근인 2011년에 중국 교육부가 제정해 발표한 「과정표준」에 따르면, 중국의 어문 교육과정의 목표는 교류와 소통, 동서고금의 문화 이해와 문화적인 소양의 제고 및 정신적인 성장으로 요약된다. 이를 좀 더 구체적으로 살펴보면, 우선 사상적인 면에서 애국주의와 집단주의 및 사회주의를 이해하고 창조적이면서 협력할 줄 아는 정신을 키움으로써 적극적인 인생관과 올바른 세계관 및 가치관을 배양하는 것이다. 문화적인 측면에서는 중국전통 문화에 대한 이해와 당대 문화에 대한 관심을 제고하고 다양한 문화를 존중하도록 하는 것이다. 언어적인 측면으로는 중국의 언어·문자를 소중히 여기고 어문 학습에 대한 자신감을 키우며, 양호한 어문 학습 능력을 습득할 수 있도록 하는 것이다. 종합적으로 보자면, 다양한 지문의 학습을 통해 언어 해독 능력을 키우고, 사회적인 교류와 소통에 문제가 없도록 하며, 중국문화 및 세계문화에 대한 이해를 높일 수 있도록 하는 것이다. 이를 구체적으로 실현하기 위해 각 단원별 주제를 설정하고 이에 부합하는 지문을 수록하고 있다.

II. 중국 어문교과서의 문학작품과 문화읽기

　이 책에서는 인민교육출판사에서 간행한 2013년도 '의무교육 과정표준실험교과서(義務敎育課程標準實驗敎科書)' 곧 초등학교와 중학교 『어문(語文)』 교과서를 내용 분석 대상으로 한다. 이는 당해 출판사가 1950년부터 국정 교과서의 편찬과 발행을 맡아왔고, 거기서 출간된 어문교과서가 검인정제로 바뀐 이후에도 전국적으로 가장 많이 사용되고 있기 때문이다. 그리고 중국의 학제에서 1986년부터 초등학교와 중학교의 9년 과정이 1986년부터 의무교육으로 법제화되어 중국 국민이면 누구든지 사회적 신분이나 경제적 지위에 관계없이 보편적으로 받는 교육과정이기 때문에, 중국인들의 문화 인식의 수준을 가장 잘 가늠할 수 있기 때문이다. 그리고 여기서 예시하는 작품은 2011년도에 출간한 교과서에도 실려 있는 작품을 우선적으로 하면서, 내용의 대표성과 작자의 지명도 등도 함께 염두에 둔다. 지면의 제한으로 인해 길이가 긴 작품은 일부만 발췌해 소개한다.

1

인간과 국가: 애국과 우국

「과정표준」에서는 어문교육의 10가지 목표를 제시하고 있는데, 그 첫 번째를 "애국주의 · 집단주의 · 사회주의 사상 도덕과 건강한 심미성을 배양하고, 개성을 발전시키며, 창조정신과 협동정신을 배양시켜 적극적인 인생태도와 정확한 세계관 · 가치관을 점진적으로 형성시킨다. (培養愛國主義、集體主義、社會主義思想道德和健康的審美情趣, 發展個性, 培養創新精神和合作精神, 逐步形成積極的人生態度和正確的世界觀、價値觀.)"에 두고 있다. 중국에서 애국주의 교육의 필요성은 1990년대부터 대두되었다.[28] 이는 1989년 6·4천안문사태와 무관하지 않은 바, 애국주의 의식의 고취를 통한 사회 단결과 안정 등이 요구되었을 것이다. 1990년 장쩌민(江澤民, 1926-) 주석은 애국주의 전통의 계승과 발양을 호소하는 연설을 하면서, 애국주의 교육을 통해 전체 국민, 특히 청소년들이 중국의 역사, 특히 근대 이후의 역사를 배우고 이해해 실천에 옮기도록 해야 한다는 점을 강조한다. 이어 1994년 중국정부는 「애국주의 교육 실시요강(愛國主義敎育實施綱要)」을 공포하고 애국주의 교육에 대해 구체적인 사업을 진행한다.[29] 이 요강에서는 애국주의가 집단주의 및 사회주의와 더불어 사상교육의 삼위일체로서 '중국적 특색을 지닌 사회주의' 건설 과정에 유기적으로 연관되어 있음을 명확하게 밝힌다. 또한 그것을 제일 앞부분에 놓음으로써 애국주의 교육이 사회주의 교육보다도 중요함을 간접적으로 시사한다. 1997년 장쩌민은 다시금 애국주의 교육을 강조하는 연설을 하는데, 이때 그는 "사회주의가 있어야만 중국을 구하고 발전시킬 수 있으며, 애국주의와 사회주의는 통일적이다. (只有社會主義才能救中國、才能發展中國, 愛國主義與社會主義是統一的.)"고 하면서, 애국주의와 사회주의를 일체화한다. 즉, 중국에서 애국주의 교육은 사회주의 체제를 유지하고 강화하며 국가를 발전시키기 위한 가장 기본적인 동력으로 간주되고 있다.

애국에 관한 주제는 초등학교와 중학교 교과서에서 상당히 많은 내용을 차지한다. 여기에서는 설명문을 제외한 문학작품을 대상으로 하여 애국주의 내용이 어떻게 나타나고 있는지 살펴보도록 하자.

1) 나라의 발전이 곧 개인의 발전

누군가 묻는다. 왜 공부하는가? 왜 공부하는가에 대한 개인의 대답은 개인의 가치관과 사회인식을 이해할 수 있는 중요한 잣대일 뿐만 아니라 그가 속한 공동체의 인식을 가늠할 수 있는 하나의 방법이기도 하다. 왜 공부하는가에 대한 서양인과 동양인의 인식을 보여주는 흥미로운 다큐멘터리가 있었다. 서양인은 개인문제를 답했고, 동양인은 가족 나아가 사회와 국가를 얘기했다. 동양에서도 한국, 중국, 일본의 답이 조금씩 달랐다. 「중화의 굴기를 위해 공부한다(为中华之崛起而读书30)」는 바로 이 질문에 대한 중국인의 기대 지평을 보여주는 글이다. 4학년 1학기 교과서에 수록된 작품으로, 천즈(陳沚, 1901-1978)가 저우언라이(周恩來, 1898-1976) 중국 총리의 어린 시절에 관한 이야기를 가지고 쓴 글이다.

12살이던 저우언라이가 중국 동북지방에 갔을 때, 그는 큰아버지로부터 "중화민족이 힘이 없어"라는 말을 듣고 이해하지 못한다. 그러다 조계지에 가서 한 중국 여인이 모욕당하는 장면을 보게 된다.

거리거리가 온통 유흥주점 등의 네온사인으로 번쩍이고 있었다. 북적거리기가 이루 말할 수 없는데, 노랑머리에 흰 피부와 커다란 코를 가진 외국인들과 기세등등한 순경들뿐이었다. 저우언라이와 그의 동학이 사방을 둘러보고 있을 때, 돌연 경찰서 앞에 많은 사람들이 모여서 큰 소리로 뭔가 떠들고 있는 것을 발견했다. 그들도 급히 달려갔는데, 남루한 옷을 입은 한 여인이 울면서 뭔가를 호소하고 있었고, 키 큰 서양인 한 명이 의기양양하게 한 쪽에 서 있는 것을 보았다. 원래는 이 여인의 가족이 그 서양인이 운전하는 차에 치여 사망했고, 중국 경찰국이 그녀를 위해 이 서양인을 처벌해줄 것을 기대했다는 것이다. 그런데 중국 경찰은 이 서양인을 처벌하지 않았을 뿐만 아니라 오히려 이 여인을 한바탕 나무랐다는 것이다. 둘러서서 구경하는 중국인들은 모두 주먹을 불끈 쥐었지만, 그러나 외국 조계지에서 누가 감히 어떻게 하겠는가? 그저 그 불행한 여인을 위로하는 수밖에 없었다. 이때 저우언라이는 큰아버지가 얘기한 "중화민족이 힘이 없어"라는 말의 의미를 진정으로 체득할 수 있었다.

一条条街道灯红酒绿, 热闹非凡, 街道两旁行走的大多是黄头发、白皮肤、大鼻子的外国人和耀武扬威的巡警. 正当周恩来和同学左顾右盼时, 忽然发现巡警局门前围着一群人, 正大声吵嚷着什么. 他们急忙奔了过去, 只见人群中有个衣衫褴褛的妇女正在哭诉着什么, 一个大个子洋人则得意扬扬地站在一旁. 一问才知道, 这个妇女的亲人被洋人的汽车轧死了, 她原指望中国的巡警局能给她撑腰, 惩处这个洋人. 谁知中国巡警不但不惩处肇事的洋人, 反而把她训斥了一通. 围观的中国人都紧握着拳头. 但是, 在外国租界地里, 谁又敢怎么样呢? 只能劝劝那个不幸的妇女. 这时周恩来才真正体会到伯父说的"中华不振"的含义.

(『4-상』31, 122쪽)

이 일이 있은 뒤 친구들은 저우언라이가 항상 혼자 뭔가를 골똘히 생각하는 모습만을 보게 된다. 그러던 어느 수업 시간, 선생님은 학생들에게 왜 공부하는지를 질문한다. 명예와 이익을 얻기 위해, 돈을 벌기 위해, 관료가 되기 위해, 먹고 살기 위해 …… 앞 다퉈 대답하는 학생들 틈에 가만히 있는 저우언라이를 본 선생님은 그를 지명한다. "중화민족의 굴기를 위해 공부합니다." 열 두서너 살 밖에 되지 않는 소년의 입에서 나온 이 당차고 결연한 대답에 선생님은 순간 감격한다.

이처럼 어린 시절 국가와 민족의 부흥을 자신의 이상으로 삼았던 저우언라이는 일평생 중국민족을 위해 혼신의 힘을 다한다. 중국 인민해방군 창건자 중의 한 사람으로 이름을 올리고, 중화인민공화국이 건국된 후에는 첫 번째 총리가 된다. 1976년 1월 8일 그가 사망한 후 천안문광장은 한동안 그를 애도하는 물결로 넘쳐났다. 지금까지도 그는 중국근현대사에서 가장 존경받는 인물로 중국인들의 마음속에 새겨져 있다. 이 이야기는 학생들이 개인의 영역과 국가민족의 영역을 동일선상에 놓고 바라보는 눈을 가질 수 있도록 교육한다. 다시 말해서 개인의 평안한 삶 내지 성공적인 삶이 국가 민족의 흥망성쇠와 밀접한 연관을 갖고 있음을 현실적으로 깨닫게 해주는 것이다.

2) 나라 지키는 데는 나이가 없다

전란 중에 나라를 지킨 12살 소년에 관한 이야기가 있다. 4학년 2학기 교과서에 실린 「어린 영웅 위라이(小英雄雨来)」란 작품이다. 관화(管樺, 1922-2002)가 쓴 중편소설로, 원 제목은 「위라이는 죽지 않았다(雨来没有死)」이다. 중일전쟁 시기 위라이라는 한 소년이 혁명당원을 보호하기 위해 적과 다툰 이야기다. 위라이는 친구들과 즐겁게 놀면서 하루하루를 보낸다. 위라이의 부모는 그를 야간학교에 보내기로 한다. 어느 날 위라이의 집에 리 아저씨가 급히 들어온다. 그는 커다란 물통을 치우고 구멍 안으로 들어간다. 위라이는 그가 구멍 안으로 들어가자 다시 커다란 물통을 제자리로 옮겨 구멍을 막는다. 그때 뒤에서 일본군이 위라이를 부르고, 위라이는 멈추라는 그들의 말을 무시한 채 나는 듯이 도망쳐 나무 위로 기어 올라간다. 그러나 결국 일본군에 붙잡히고 만다. 일본군 대장은 묶인 그의 팔을 풀어주며, 누가 그의 집으로 들어오는 것을 보지 못했는지 묻는다. 위라이는 아무 것도 보지 못했다고 시치미를 뗀다. 일본군 대장은 그에게 사탕도 주고 금가락지도 주면서 구슬렸지만 위라이는 전혀 흔들리지 않는다. 화가 난 일본군 대장은 위라이의 얼굴을 세게 때린다. 맞아서 귀가 윙윙거리고 코피가 흘렀지만 위라이는 입술을 앙다물고 아무것도 보지 못했다고 강하게 얘기한다. 한 방울 한 방울 흘러내리는 피가 위라이의 교과서에 적혀 있는 문장을 적신다. "우리는 중국인입니다. 우리는 우리 조국을 사랑합니다. (我们是中国人, 我们爱自己的祖国.)" 위라이가 어떤 회유나 폭력에도 꿈쩍하지 않자, 군관은 화가 나서 그를 끌고 나가 총으로 쏴죽이라고 명령한다. 얼마 후 마을엔 총성이 울린다. 리 아저씨와 마을 사람들은 위라이를 찾으러 강가로 달려간다.

위라이의 시체는커녕 핏방울 하나 발견하지 못한다.

모두 강가에 멍하니 서 있다. 환상하는 조용하고, 강물은 소용돌이를 일으키며 콸콸 아래로 흘러가고 있다. 벌레들은 풀집 속에서 울고 있다. 누군가가 말한다. "일본군인 놈들이 위라이를 강물 속으로 던져버려서 떠내려갔을 거야!"

모두 강가를 따라 아래로 내려가면서 찾는다. 그때 갑자기 티에터우가 외친다. "아! 위라이다! 위라이다!" 우거진 갈대수풀 사이 수면 위로 조그마한 머리통이 올라온 것이다.

"일본군인 놈들 갔어요?" 어린 오리처럼 머리 위의 물을 털고, 손으로 눈과 코를 닦으며, 갈대를 치우면서 강가에 있는 사람들에게 묻고 있는 위라이.

"아!" 모두 기뻐 소리 지른다. "위라이는 죽지 않았어! 위라이는 죽지 않았어!"

원래 총성이 울리기 전에 위라이는 일본군인 놈들이 잠깐 방심한 틈을 타서 물속으로 뛰어들었던 것이다. 일본군인 놈들이 허둥지둥 물속으로 총을 발사했지만, 우리의 어린 영웅 위라이는 이미 물속에서 먼 곳으로 수영해 가버렸던 것이다.

到了河沿, 别说尸首, 连一滴血也没看见.

大家呆呆地在河沿上立着. 还乡河静静的, 河水打着漩涡哗哗地向下流去. 虫子在草窝里叫着. 不知谁说: "也许鬼子把雨来扔在河里, 冲走了!

大家就顺着河岸向下找. 突然铁头叫起来: "啊! 雨来! 雨来!

在芦苇丛里, 水面上露出个小脑袋来. 雨来还是像小鸭子一样抖着头上的水, 用手抹一下眼睛和鼻子, 扒着芦苇, 向岸上的人问道: "鬼子走了？"

"啊!大家都高兴得叫起来, "雨来没有死! 雨来没有死!

原来枪响以前, 雨来就趁鬼子不防备, 一头扎到河里去. 鬼子慌忙向水里打枪, 可是我们的小英雄雨来已经从水底游到远处去了.　　　　　　　　　　　　　　　　　　　（『4-하』, 68-69쪽)

"기개는 나이에 달려 있지 않아. (有志不在年高.)" 사람들은 위라이의 기개를 칭송하며 나이와 기개가 비례하지 않다는 것을 새삼 인식한다. 용감하고 기지에 찬 위라이는 다른 사람의 목숨뿐 아니라, 자신의 목숨도 구한 것이다. 그가 그렇게 할 수 있었던 바탕은 "우리는 중국인입니다. 우리는 우리 조국을 사랑합니다."라는 수업시간에 배운 글귀 덕분이다.

3) 국토 예찬과 보위

태산(泰山)은 해발 1,545m에 불과하지만 중국의 대표적 명산인 오악 중에서도 으뜸가는 산으로 손꼽힌다. 진시황(秦始皇) 이후 역대 제왕들이 흙을 쌓아 제단을 만들어 하늘과 산천에 제사 드리는 이른바 봉선(封禪)의 의식을 올리는 신령스런 산으로 추앙되었다. 지금은 유네스코 세계문화유산과 세계자연유산으로 지정되어 중국인들의 가슴 속에 자랑스러운 조국강산의 으뜸으로 각인되어 있기도 하다.

　‘시성(詩聖)’으로 불리는 중국의 가장 위대한 시인 두보(杜甫, 712-770)는 젊은 시절인 24살 때(735) 진사과 고시에 응시했으나 낙방하고 만다. 시인은 그 이듬해(736)에 조국 산천 유람 길에 나서 옛날 제(齊)와 조(趙) 지역을 유람하던 중 태산을 지날 때 「태산을 바라보며(望岳)」[32] 라는 시를 읊조린다. 중학교 2학년 1학기 교과서에 실려 있다.

태산은 대체 어떠한가 하니	岱宗夫如何,
제나라와 노나라에 걸쳐 푸르러 끝이 없다	齐鲁青未了.
대자연은 신령하고 **빼어난** 기운 모아놓고	造化钟神秀,
산의 남면과 북면은 아침과 저녁을 갈라놓았다	阴阳割昏晓.
피어오르는 층계구름에 흉금이 확 트이고	荡胸生层云,
눈을 크게 뜨니 돌아가는 새가 들어온다	决眦入归鸟.
반드시 산 맨 꼭대기에 높이 올라서	会当凌绝顶,
뭇 산들이 작은 것을 굽어보리라	一览众山小.　　　　(『8-상』, 179-180쪽)

　1-2구절은 멀리서 바라보았을 때의 산의 색깔을, 3-4구절은 가까이서 바라보았을 때의 산의 형세를, 5-6구절은 세밀하게 살펴본 산의 경물을, 7-8구절은 산꼭대기에 올라 눈이 닿는 데까지 다 바라보겠다는 시인의 다짐을 읊고 있다. 그리고 처음부터 여섯째 구절까지가 모두 실제 상황을 서술한 반면에, 마지막 두 구절은 상상의 나래를 펴서 마음속의 바람을 묘사한 것으로 “태산에 올라 천하를 작다고 여긴 (登泰山而小天下)”[33] 공자(孔子, BC 551-BC 479)의 말을 탈바꿈시켜, 시인의 탁 트인 흉금과 웅대한 포부를 표현한 것이다. 당나라는 중국 역사상 가장 강성하고 문화가 꽃핀 왕조 중의 하나다. 특히 그런 당나라가 한창 욱일승천하는 기상으로 뻗어나던 시절에 중국의 많은 사대부와 문인들은 ‘장유(壯遊)’ 또는 ‘만유(漫遊)’라 불리는 자유로운 천하 유람을 하면서, 풍부한 문화유산과 장대한 조국산천을 두루 둘러보며 명망 높고 학식 있는 인사들과 교제함으로써 안목을 넓히고 자신의 기개를 펼치는 풍조가 성행했다. 이 시는 현존하는 두보 초기의 작품으로, 태산의 웅장하고 빼어난 경치를 예찬하는 가운데 청년 시인의 기백과 비범한 포부 및 시적 재능이 잘 표현되어 있다.

　“어진 사람은 산을 좋아하고 지혜로운 사람은 물을 좋아한다. (仁者樂山, 知者樂水.)”[34]라는 공자의 말처럼, 사람은 산과 물을 바라보면서 그 속성을 본받음으로써 심성을 닦고 호연지기를 기르며, 자연의 이법에 따라 순리적으로 살아가는 지혜와 덕성을 배양한다. 두보가 산을 노래했다면 현대 시인은 물을 예찬한다. 황하(黃河)는 중국에서 두 번째로 긴 강으로, 전체 길이가 5,464㎞에 이른다. 중국의 역사는 이 황하를 다스리는 역사라고 할 만큼 중국인의 생활과 밀접한 관계가 있다. 황하는 막대한 전력 공급의 원천이 되어 유역을 공업 도시로 성장시키는

데 크게 공헌하고, 중·하류에서는 밀, 잡곡 등을 생산하며 목화도 재배한다. 더군다나 중·하류 유역은 찬란한 중국 고대문명의 발상지로 많은 유적이 있다. 때문에 황하는 중국인에게 마음의 고향 또는 어머니 강으로 일컬어지기도 한다.

　　1938년 일본과의 전쟁이 한창 치열하던 때, 중국의 국토는 여기저기 생채기를 입는다. 일본군은 중국의 동북지방을 점령한 뒤 북경을 지나 계속해서 남하한다. 중국인들의 삶은 지칠 대로 지쳐 있다. 이때 시인은 황하에 이른다. 엄청난 위용을 뽐내며 줄기차게 흐르는 황하를 보면서 「황하송(黃河頌)」을 읊는다.

<table>
<tr><td>아! 황하여!</td><td>啊! 黄河!</td></tr>
<tr><td>너는 중화민족의 요람!</td><td>你是中华民族的摇篮!</td></tr>
<tr><td>오천년 오랜 나라의 문화가</td><td>五千年的古国文化,</td></tr>
<tr><td>바로 여기에서 발원하였다.</td><td>从你这儿发源;</td></tr>
<tr><td>많고 많은 영웅의 이야기</td><td>多少英雄的故事,</td></tr>
<tr><td>바로 너의 곁에서　펼쳐졌지!</td><td>在你的身边扮演!</td></tr>
<tr><td>아! 황하여!</td><td>啊! 黄河!</td></tr>
<tr><td>너는 위대하고 굳세게</td><td>你伟大坚强,</td></tr>
<tr><td>거인처럼 아시아의 평원에 출현하여</td><td>像一个巨人出现在亚洲平原之上,</td></tr>
<tr><td>너의 그 영웅적인 기백으로</td><td>用你那英雄的体魄,</td></tr>
<tr><td>우리 민족의 보호벽을 축성하였다.</td><td>筑成我们民族的屏障.</td></tr>
<tr><td>아! 황하여!</td><td>啊! 黄河!</td></tr>
<tr><td>너는 일사천리로</td><td>你一泻万丈,</td></tr>
<tr><td>위풍당당하게 흐르며</td><td>浩浩荡荡,</td></tr>
<tr><td>남북 양안을 향해</td><td>向南北两岸</td></tr>
<tr><td>천만가지 무쇠팔을 내뻗는다.</td><td>伸出千万条铁的臂膀.</td></tr>
<tr><td>우리 민족의 위대한 정신</td><td>我们民族的伟大精神,</td></tr>
<tr><td>너의 젖줄 속에서</td><td>将要在你的哺育下,</td></tr>
<tr><td>떨쳐 일어나 자라리라!</td><td>发扬滋长!</td></tr>
<tr><td>우리 조국의 영웅적인 아들딸들</td><td>我们祖国的英雄儿女,</td></tr>
<tr><td>너를 본받아 배워</td><td>将要学习你的榜样,</td></tr>
<tr><td>너와 같이 위대하고 굳세리라!</td><td>像你一样的伟大坚强!</td></tr>
<tr><td>너와 같이 위대하고 굳세리라!</td><td>像你一样的伟大坚强!　　　（『7-하』, 45-46쪽）</td></tr>
</table>

　　이 작품은 중학교 1학년 2학기 교과서에 실린 것으로 저명 시인 광웨이란(光未然, 1913-2002)이 지은 「황하대합창(黃河大合唱)」이란 연작시의 두 번째 악장이다. 시인이 보는 황하는 중화민족의 요람이고 보호벽이며 강인한 무쇠팔과 같은 존재다. 시인은 중국문명을 배태하고

성장시킨 발상지로서 황하의 역사적·문화적 가치와 군사적인 보호벽으로서의 지리적 가치를 되새기면서, 황하에 대한 예찬을 통해 민족적인 자긍감과 자신감을 고취한다. 황하와 같은 위대하고 굳센 기개를 본받아 조국을 지킬 것임을 다짐하고 있는 것이다. 물은 늘 자신을 낮추고 모든 것을 포용하며 흘러가는 부드러운 존재이지만, 밀가루나 시멘트를 한데 응집시켜 단단한 반죽과 콘크리트를 만들어내는 강인함이 있을 뿐만 아니라, 한 방울 한 방울 모여 쌓이면 배를 전복시키고 제방을 허무는 무서운 힘을 가지기도 한다.

4) 국가와 민족에 대한 책임 각성

「후지노선생(藤野先生)」은 중학교 2학년 2학기 교과서의 '인생궤적(人生軌跡)'이라는 단원에 실려 있다. 이 단원은 루쉰(魯迅, 1881-1936)의 일생에서 잊을 수 없는 사건을 서술한 작품을 골라 묶어놓은 글로 구성되어 있다. 이 글은 작자가 일본 센다이(仙臺)의학전문학교에서 유학하던 시절 만났던 스승인 후지노 겐쿠로(藤野嚴九郎, 1874-1945) 교수를 추억하며 쓴 산문이다. 학교에서 처음 후지노선생을 만난 이후 교수이자 학자로서 그의 모습이 어떠했는지, 지금 작자의 삶에 후지노선생이 어떤 영향을 끼치고 있는지를 담담하게 서술하고 있다.

> 그러나 어찌된 연유인지, 나는 지금도 자주 그가 생각난다. 내가 스승이라고 생각하는 사람 중에서 그는 나를 가장 감격케 하고, 가장 나를 격려해주신 분이다. 나는 자주 생각한다. 나에 대한 그 분의 열렬한 기대와 끈기 있는 가르침, 그것은 작게 말하자면 중국을 위해서다. 중국에 새로운 의학이 생겨나기를 기대하신 것이다. 크게 말하자면 학문을 위해서다. 새로운 의학이 중국에 전해지기를 기대하신 것이다. 내 관점과 내 마음에서, 그 분은 위대한 인격자다. 그의 이름을 아는 사람이 비록 적다할지라도
> 선생님이 첨삭을 해준 강의록을 나는 3권의 두꺼운 책으로 매어, 오래도록 보관하려고 소중히 간수해 두었다. 그런데 7년 전 이사하는 도중에 책 상자 하나가 부서져서 그 안의 책들이 반절이나 없어졌는데, 불행히도 그 강의록도 잊어버렸다. 찾아달라고 운송회사 측에 독촉을 했으나 회답이 없었다. 그러나 그의 사진만은 지금도 북경에서 머무른 집의 동쪽 벽에, 책상과 마주 보게 걸어 놓았다.
> 但不知怎地, 我总还时时记起他, 在我所认为我师的之中, 他是最使我感激, 给我鼓励的一个. 有时我常常想：他的对于我的热心的希望, 不倦的教诲, 小而言之, 是为中国, 就是希望中国有新的医学；大而言之, 是为学术, 就是希望新的医学传到中国去. 他的性格, 在我的眼里和心里是伟大的, 虽然他的姓名并不为许多人所知道.
> 他所改正的讲义, 我曾经订成三厚本, 收藏着的, 将作为永久的纪念. 不幸七年前迁居的时候, 中途毁坏了一口书箱, 失去半箱书, 恰巧这讲义也遗失在内了. 责成运送局去找寻, 寂无回信. 只有他的照相至今还挂在我北京寓居的东墙上, 书桌对面. (『8-하』, 10쪽)

덩치만 클 뿐 속빈 강정인 허약한 나라의 가난한 유학생이었던 청년 루쉰의 시선에서, 후지

노선생은 자신의 조국을 침략한 적대국 '일본' 사람인 후지노가 아니다. '일본'이라는 그의 국적은 루쉰이라는 한 중국인 학생을 아끼고 격려하고 지지하는 의학자로서 그의 모습에 가려진다. 루쉰은 자신에 대한 후지노선생의 이러한 관심과 사랑이 낙후한 중국의 발전을 기대하는 마음과 학문에 대한 열정 때문이라고 본다. 이러한 후지노선생을 루쉰은 '위대한 인격자'로 기억한다. 후지노선생에 대한 루쉰의 존경심은 그가 후지노선생의 사진을 벽에 걸어두고 있는 것에서도 나타난다. 그리고 그는 매일 저녁 후지노선생의 사진을 보면서 국가와 민족에 대한 '양심'을 돌이킨다.

> 저녁마다 일에 지쳐서 게으름을 피우고 싶어질 때, 고개를 들어 등불 밑에서 검고 야윈 그의 얼굴을, 당장에라도 가락을 붙인 어조로 말을 할 것 같은 모습을 보노라면, 나는 곧 양심이 되살아나게 되고 용기도 생긴다. 그러면 담배 한 대를 피우고, "정인 군자인양 하는 위선자"들이 싫어하고 미워할 문장을 다시 쓰게 된다.
> 每当夜间疲倦, 正想偷懒时, 仰面在灯光中瞥见他黑瘦的面貌, 似乎正要说出抑扬顿挫的话来, 便使我忽又良心发现, 而且增加勇气了, 于是点上一枝烟, 再继续写些为"正人君子"之流所深恶痛疾的文字.
> (『8-하』, 10-11쪽)

후지노선생을 통해 청년 루쉰이 어떻게 국가와 민족에 대한 '양심' 즉 애국심을 재차 각성하고, 어떻게 애국할 것인지에 대한 방법을 찾았는지에 초점이 맞춰져 있다. 후지노선생이 루쉰의 애국심을 북돋아주는 이른바 조력자로 그 역할이 규정되는 것은 이 작품이 애국청년 루쉰의 성장기로 읽히는 것과 맞물려 있다. 또 교안에서 이 작품의 교육목표가 루쉰의 애국주의에 대한 이해로 설정되면서, 이른바 '환등기사건'이 가장 중요한 핵심으로 자리 잡게 된다. 그가 센다이의학전문학교에 입학한 1904년은 러일전쟁이 일어난 해다. 2학년 때 그는 수업시간에 중국인이 러시아군의 첩자라는 죄목으로 붙잡혀 처형을 당하는데 그것을 멍하니 구경하는 중국인들의 모습이 담긴 환등기를 보게 된다. 환호하는 동기들 옆에서 루쉰은 중국인들에게 시급한 것은 육체적인 질병이 아니라 정신적인 질병을 고치는 일임을 깨닫고, 의학에서 문학으로 진로를 바꾸기로 결심한다.

> 2학년에는 세균학 수업이 있어서 세균의 형태는 환등기를 이용해 비춰 보았는데, 수업이 일단락을 지었는데도 종이 울리지 않으면, 슬라이드를 방영해 주었다. 물론 일본이 러시아와의 전쟁에서 이긴 장면뿐이었다. 그런데 화면에 중국인이 끼어 있었다. 러시아군의 스파이라 하여 일본군에 체포되어 총살되는 장면이었다. 그 광경을 에워싸고 구경하고 있는 군중도 중국인들이었다. 또 한 사람, 교실에는 내가 있었다. "만세!" 우레 같은 박수와 환호였다.
> 슬라이드가 한 장 한 장 넘어갈 때마다 언제나 환호성이 솟았으나, 이때의 환호성처럼 귀에 따갑게

들린 것은 없었다. 뒤에 중국에 돌아간 뒤에도, 죄인들이 총살당하는 것을 태평스레 구경하는 사람들이 으레 취한 듯이 갈채를 보내는 것을 보았다. — 아, 구제할 방법이 없구나! 그러나 그때, 그 장소에서 내 생각은 달라졌다. 2학년이 끝날 때 나는 후지노선생을 찾아가, 의학 공부를 그만두고 센다이를 떠나겠다고 말씀드렸다.

第二年添教霉菌学, 细菌的形状是全用电影来显示的, 一段落已完而还没有到下课的时候, 便影几片时事的片子, 自然都是日本战胜俄国的情形. 但偏有中国人夹在里边 : 给俄国人做侦探, 被日本军捕获, 要枪毙了, 围着看的也是一群中国人 ; 在讲堂里的还有一个我. "万岁!"他们都拍掌欢呼起来.

这种欢呼, 是每看一片都有的, 但在我, 这一声却特别听得刺耳. 此后回到中国来, 我看见那些闲看枪毙犯人的人们, 他们也何尝不酒醉似的喝彩, 一呜呼, 无法可想! 但在那时那地, 我的意见却变化了. 到第二学年的终结, 我便去寻藤野先生, 告诉他我将不学医学, 并且离开这仙台.　　　　　　　(『8-하』, 8-9쪽)

이른바 이 '환등기사건'은 루쉰의 애국주의를 설명할 때 반드시 언급되는 배경이다. 루쉰이 의학 대신 문학을 선택하게 된 이유, 이것은 바로 애국주의자 루쉰의 형상을 만드는 가장 중요한 본질이다. 이로부터 「후지노선생」은 두 가지 인물 층위를 갖게 된다. 위대한 인격자로서 후지노선생과 애국주의자로서 루쉰의 모습이다. 전자가 후지노선생을 서술한 작자 루쉰의 시점에 근거하고 있다면, 후자는 독자(중국)가 루쉰을 서술하는 시점이다. 그리고 「후지노선생」은 너무도 당연하게 독자=중국이 서술하는 시점에서 학생들에게 읽혀지면서, 청년 루쉰을 통한 애국의식 고취라는 교육목표를 달성하고 있는 것이다.

5) 우국의 충정

전란으로 뒤죽박죽이 되어 나라가 정상적인 모습을 상실했을 때 우환의식에 바탕을 둔 우국의 정서를 토로한 작품이 있다. 중학교 2학년 1학기 교과서에 실린 두보의 「봄날에 멀리 바라보며(春望)」[35]란 시다.

도성이 깨어져 산과 강만 의구하고	国破山河在,
성안에 봄이 왔으나 초목만 우거졌다	城春草木深
시세를 느끼니 꽃을 봐도 눈물 쏟아지고	感时花溅泪,
이별을 한탄하니 새소리에도 가슴 놀란다	恨别鸟惊心.
봉홧불이 삼월에도 이어지니	烽火连三月,
집에서 온 편지는 만금의 값어치	家书抵万金.
흰머리는 긁을수록 더욱 짧아져	白头搔更短,
도무지 비녀조차 못 이길 지경	浑欲不胜簪. (『8-상』, 180쪽)

이 시는 두보가 46살이던 해(757) 3월에 수도 장안에서 지은 오언율시다. 당나라 현종 천보 14년(755)에 하북 지방에서 봉기한 안녹산(安祿山, 703-757)의 반군은 순식간에 중원을 초토화하고 파죽지세로 낙양과 장안 등 당나라의 두 수도를 함락시킨다. 이 시는 그 이듬해 (756) 7월에 시인이 부주(鄜州)란 곳에 처자를 남겨두고, 영무(靈武)에서 즉위한 숙종에게로 달려가다가 반군에 포로로 잡혀 장안으로 압송되어 와 연금 생활을 하던 중에, 봄을 맞이해 높은 곳에 올라가 멀리 바라보면서 감회를 읊은 것이다. 춥고 긴 겨울이 지나고 봄이 오면 겨우내 기지개 켜면서 소생의 환희에 젖기 마련이건만, 전란으로 폐허가 된 수도 장안성의 분위기는 잡초만 무성할 뿐 봄나들이하는 인적조차 없는 황량한 모습 그대로다. 이 시에서 압권은 3-4구절이다. 전란의 참상으로 말미암아 평소에 사람에게 기쁨과 즐거움을 주던 꽃과 새소리마저도 시인으로 하여금 눈물 흘리게 하고 가슴을 놀라게 할 정도로 비정상적인 상태에 놓여 있음을 나타낸다. 도성이 망가져 나라가 온통 제대로 작동되지 않던 까닭에 그 속에서 살아가는 사람들의 심리도 정상적인 상태가 아닌 것이다.

당나라는 현종 초기에 개원(713-742)의 치세를 이루며 태평성대를 구가하였지만, 천보 (742-755) 시대로 넘어와 왕의 총애를 받던 양귀비 일가가 국정을 농단하면서 급속도로 기울기 시작한다. 이런 틈을 헤집고 북방의 군벌 세력인 안녹산과 사사명(史思明, 703-761) 등이 당나라의 기틀을 뒤흔드는 대전란을 일으킨 것이다. 이 안사의 난은 9년간 지속되어 대량 살육의 대재앙을 초래한다. 시인은 이 전쟁 기간에 당시 인구의 70% 가까이가 도륙당한 인류 역사상 최악의 킬링필드 현장을 몸소 체험하면서 그 전란을 전후한 몇 십 년간의 역사를 사실적으로 잘 그려내었기 때문에, 그때 쓴 시는 '시로 쓴 역사(詩史)'로 불린다. 전란 통에 가장 비참한 존재는 힘없는 민초들로, 뿔뿔이 흩어져 가족의 안위조차 알지 못하고 지내기 일쑤다. 이 시는 이런 상황에서 궁금한 가족 소식을 애타게 그리는 시인의 비애와 상처 입은 국가에 대한 우환의 정서가 침울한 분위기 속에서 곡절하고 은밀하게 표현되어 있다.

중국은 한나라가 멸망한 뒤 위(魏)·촉(蜀)·오(吳)의 삼국으로 분열된다. 유비(劉備, 161-223)는 왕실의 후예로서 한나라의 옛 영광을 회복하고자 촉한(蜀漢)을 세우지만, 당시 국력은 위나라와 오나라에 비해 열세다. 유비는 뜻을 이루지 못한 채 위나라가 차지하고 있는 북방 중원 땅을 수복하라는 유언을 남기고 병사한다. 유비의 지극 정성에 감복해 벼슬길에 나왔던 제갈공명(諸葛孔明, 181-234)은 선제의 유지를 잊지 않는다. 이에 227년 한중(漢中) 땅에 군대를 주둔하고, 북으로 위나라를 정벌하러 가는 군대를 출정하기에 앞서 제2대 황제인 유선(劉禪, 207-271)에게 「출사표(出師表)」를 올린다. 중학교 3학년 1학기 교과서에 실린 이 글의 전반부에서 노승상은 "현명한 신하를 가까이하고 소인을 멀리한 것이 전한이 흥하고 융성한 까닭이고, 소인을 가까이하고 현명한 신하를 멀리한 것이 후한이 기울어 무너진 까닭입니다. (亲贤臣, 远小人, 此先汉所以兴隆也 ; 亲小人, 远贤臣, 此后汉所以倾颓也.)"라고 역설하면서 현명한 충신들을 가까이하고 간신배들을 멀리할 것을 간곡히 타이른다. 여기서는 자신의 심경과 책무를 밝힌 후반부의 감동적인 대목을 보자.

신은 본래 평범한 백성으로 남양 땅에서 몸소 경작하였습니다. 간신히 어지러운 세상에서 생명을 보전하고 제후에게 알려져 영달하기를 바라지 않았습니다. 선제께서는 신을 천하고 비루하다 여기지 않으시고 외람되게도 몸소 몸을 낮추시고 세 번씩이나 초가집으로 신을 찾아오셔서 신에게 지금의 당면한 일을 물으셨습니다. 이로 말미암아 감격해 마침내 선제를 위해 진력하겠다고 승낙하였습니다. 훗날 전쟁에서 져서 국운이 기울어짐을 당해, 패전한 시기에 중임을 받고 위급하고 어려운 가운데서 명령을 받들어, 그때로부터 지금까지 21년이 흘렀습니다.

선제께서는 신이 신중함을 아시고 임종하실 적에 신에게 큰일을 맡기셨습니다. 명령을 받은 뒤로 이른 아침부터 밤늦게까지 걱정하고 탄식하기를, 당부하신 일이 제대로 되지 않아 선제의 명철하심을 손상시킬까봐 두려워하였습니다. 따라서 5월에 노수(瀘水: 지금 金沙江)를 건너 남방을 정벌하기 위해 불모지까지 깊숙이 들어갔습니다. 지금 남방이 이미 평정되고 무기와 장비도 이미 충분히 갖추어져 있습니다. 마땅히 삼군을 격려해 통솔하고 북으로 가서 중원을 평정해 보잘것없는 능력을 다 바쳐서, 간교하고 흉악한 무리를 제거하고 한나라 왕실을 일으켜 회복해 옛 도읍지로 돌아가야 할 것입니다. 이것이 신이 선제의 은혜에 보답하고 폐하에게 충성을 바칠 직분이옵니다.

臣本布衣, 躬耕于南阳, 苟全性命于乱世, 不求闻达于诸侯. 先帝不以臣卑鄙, 猥自枉屈, 三顾臣于草庐之中, 咨臣以当世之事, 由是感激, 遂许先帝以驱驰. 后值倾覆, 受任于败军之际, 奉命于危难之间 : 尔来二十有一年矣.

先帝知臣谨慎, 故临崩寄臣以大事也. 受命以来, 夙夜忧叹, 恐托付不效, 以伤先帝之明 ; 故五月渡泸, 深入不毛. 今南方已定, 兵甲已足, 当奖率三军, 北定中原, 庶竭驽钝, 攘除奸凶, 兴复汉室, 还于旧都. 此臣所以报先帝而忠陛下之职分也. (『9-상』, 201쪽)

제갈공명은 남양(南陽)에 은거하며 때를 기다리고 있을 때, 유비가 저 유명한 삼고초려(三顧草廬)의 지극한 공을 들여 초빙하자 그의 부름에 응한다. 유비를 도와 촉한을 건국한 뒤 승상에 올라 국정을 보좌한다. 유비가 통일 대업을 완성하지 못하고 눈을 감으면서 국가 대사의 전권을 제갈공명에게 맡기고, 후계자인 아들 유선에게는 아비를 섬기듯 승상을 섬기라고까지 유촉한다. 제갈공명의 전략은 남방을 우선 안정시킨 뒤, 동쪽 오의 손권(孫權, 182-252)과 연합해 북방의 위나라를 정벌함으로써 한나라 왕실 회복의 대업을 완수하는 것이다. 남방을 우선 안정시키기 위해서 그곳 소수민족의 우두머리인 맹획(孟獲)을 '칠금칠종(七擒七縱)' 곧 일곱 번 사로잡아 일곱 번 풀어줌으로써 마음으로 복종시킨 일은 잘 알려진 유명한 이야기다. 그 후 군비를 착실히 갖추고 장정에 오름에 있어서, 북벌이야말로 자신이 선제 유비의 특별한 대우에 보답하고 유선에게 충성을 바칠 직분임을 간곡한 언어로 피력한 것이다.

「출사표」는 '군대를 출정하며 임금에게 올리는 표문'이라는 뜻이다. 군대 출정의 표문이지만 내용의 핵심을 젊은 황제 유선에게 간곡히 타이르는 데 두고 있다. 자신이 승상부를 비운 사이에 아둔한 유선이 간신배들의 아첨에 빠져 국정을 그르칠까봐 염려하는 노승상의 충정이 언표에 넘쳐흐른다. 「출사표」는 중국은 물론 우리나라 후세의 애국지사들에게 깊은 영향을 끼쳐, 이 글을 읽고 눈물을 흘리지 않는 사람은 충신이 아니라는 말이 나왔을 정도다.[36]

앞에 예시한 두보의 시와 제갈공명의 표문이 전쟁이라는 국가 위기 상황에서 나라를 걱정하는 마음을 노래한 것이라면, 관직에 있든 없든 자나 깨나 나라 걱정을 우선시하는 것이 지식인의 책무임을 아름다운 기문(記文)으로 서술한 글이 있다. 바로 중학교 2학년 2학기 교과서에 실린, 송(宋)나라 초기의 관료 겸 문인인 범중엄(范仲淹, 989-1052)이 쓴 「악양루기(岳阳楼记)」[37]다. 그는 가난한 집안 출신으로 생활의 온갖 어려움을 감내하고 힘들게 공부해 27세(1015) 때 진사에 급제한 뒤 관리의 길로 들어선다. 10여 년 동안 지방 관리를 역임하면서, 매사에 걸쳐 직언을 피하지 않는 강직한 입장을 견지하고 이상적 관료정치의 포부를 키워나간다. 55세 때(1043) 부재상급인 참지정사에 올라 법의 테두리 내에서 숙정 작업을 요구하고, 유능한 인재의 선발과 엄정한 정령의 집행 및 농업생산의 향상과 부국강병을 기조로 하는 10개 항목의 정치개혁 주장을 건의한다.

이 작품은 그가 참지정사에서 물러난 뒤 등주(鄧州)의 행정장관으로 좌천되어 있던 시절인 58세(1046)에 지은 것이다. 같은 해(1015)에 과거에 합격한 동년(同年)진사로 정치적 행보를 같이한 친구 등종량(滕宗諒)이 악주(岳州)의 행정장관으로 있을 때, 지역 명물인 악양루를 보수하고 그 경과를 기술해달라는 부탁을 받고 지어준 글이다. 그는 서두에 이 글을 짓게 된 동기를 서술한 뒤, 악양루가 서 있는 동정호 주변의 빼어난 경치를 중점적으로 묘사한다. 그리고는 이 누각에 올라 경치를 바라보는 이들의 희비쌍곡선을 주변 경관의 변화와 긴밀하게 연관 지어 아름다운 언어로 형용한다. 즉, 실의에 빠진 사람이 애꿎은 장마 비가 여러 달 부슬부슬 내려 음산할 때, 이 누각에 오르면 눈에 보이는 것 모두가 쓸쓸하게 느껴질 뿐이어서 슬픔에 북받치게 될 것이다. 반면에 벼슬길이 순탄한 사람이 화창한 봄날 그림 같은 풍광이 펼쳐 있을 때, 이 누각에 오르면 득의양양 기뻐 날뛰게 될 것이다. 하지만 작자는 이 두 유형과는 전혀 다른 마음자리를 가진 사람이 되어야 한다며 이렇게 서술한다.

아아! 내가 일찍이 옛날 어진 사람의 마음을 탐구해보니 혹 앞의 두 가지 경우와 달랐다. 무엇 때문에 그런가? 외물의 아름다움 때문에 기뻐하지 않고 자기의 불행 때문에 슬퍼하지도 않아서,

조정의 높은 자리에 앉으면 백성을 걱정하고 강호의 먼 곳에 머무르면 임금을 걱정한다. 이는 나아가 벼슬해도 걱정하고 관직에서 물러나도 걱정하니, 그렇다면 어느 때에 즐거워하는가? 그들은 반드시 말한다. "천하 사람들이 걱정하기에 앞서서 걱정하고, 천하 사람들이 즐거워하고 난 뒤에 즐거워한다." 아! 이런 사람이 아니면 내가 누구에게 귀의하겠는가?

嗟夫! 予尝求古仁人之心, 或异二者之为, 何哉? 不以物喜, 不以己悲；居庙堂之高则忧其民；处江湖之远则忧其君, 是进亦忧, 退亦忧. 然则何时而乐耶? 其必曰"先天下之忧而忧, 后天下之乐而乐"乎. 噫! 微斯人, 吾谁与归?

(『8-하』, 198-199쪽)

보통 사람들은 자신의 처지나 주변 환경에 따라 좌절해 상심하기도 하고 득의양양 기뻐 날뛰기도 하면서 감정의 기복이 심하지만, 어진 사람은 이 두 가지 경우와 달리 외부 환경으로 인해 희비가 좌우되지 않는다. 관직에 있을 때는 백성들을 걱정하고, 물러나 초야에 묻혀 있을 때는 임금을 걱정한다. "옛날 어진 사람"은 "뜻 있는 선비와 어진 사람은 살기 위해 인(仁)을 해치는 일이 없고, 자신의 목숨을 바쳐 인을 이룬다. (志士仁人, 無求生以害仁, 有殺身以成仁)."[38]고 한 공자의 말에서 나온 것이다. 모름지기 제대로 배운 사람이라면 옛날 어진 사람들의 높은 기개를 본받아 "천하 사람들이 걱정하기에 앞서서 걱정하고, 천하 사람들이 즐거워하고 난 뒤에 즐거워하는" 경지에 이르러야 한다고 힘주어 말한다. 작자가 경치 묘사를 통해 자신의 심정을 기탁해 토로한 정치 포부는 지방관으로 귀양살이하는 자신을 독려하는 채찍인 동시에, 같은 운명에 놓인 친구를 격려하고 고무시키는 동정의 발로이기도 하다.

이 작품에 형상화된 바, 온 천하를 경륜하는 일을 자기의 임무로 생각하고 "걱정은 먼저하고 즐거움은 뒤에 누리는(先憂後樂)" 사대부들의 정신세계는 유가적 문인 관료의 회포와 의지를 대표하는 것으로, 후대 지식인들의 인생관에 깊은 영향을 끼친다. 나아가 이러한 정신세계는 자기의 사리사욕을 버리고 공익을 추구하는 기개, 사회적 책임감의 자각, 통절한 우환의식, 강렬한 사회 개혁 신념 등으로 규정지을 수 있는 중국 지식인들의 집단적 문화의식의 형성에도 크게 기여한다. "걱정은 먼저하고 즐거움은 뒤에 누리는" 고매한 의식은 지식인들의 자기 수양의 준칙이자 인격과 도덕의 완성을 추구하는 가치 지향으로 자리매김한다.

1. '지금/여기' 곧 21세기 대한민국 국민으로서 우리에게 애국은 어떤 의미인가?
2. 역사상 국난에 즈음해 나타난 인간 삶의 다양한 유형에 대해 조사하고 그에 대한 나의 의견을 피력해보자.
3. 애국과 개인의 자유가 모순되거나 양립하기 어려운 상황을 상정한 뒤, 그 문제에 대한 나의 의견을 피력하고 그 근거에 대해 이야기해보자.
4. 지나친 애국주의 주입 교육이 초래할 수 있는 문제점에 대해 이야기해보자.

인간과 사회: 인정과 의리

인간은 사회적 동물이다. 사람은 사회와 담을 쌓고 홀로 살 수가 없다. 요사이 혼밥족이니 혼술족이니 혼설족이니 하면서 이웃과 격리된 채 혼자 생활하는 사람들이 날이 갈수록 늘어가는 세상이지만, 어차피 사람은 다른 사람들과 만나 사회를 구성하고 살아갈 수밖에 없지 않을까. 사람들이 모여 사는 사회가 제대로 돌아가려면 구성원 개개인이 사람답게 살고 올바르게 살아야 할 것이다. 사회의 구성원들이 각자의 양심에 따라 서로 간에 정을 나누며 사람 냄새나게 살고, 스스로 마땅히 지켜야 할 떳떳한 도리를 다하며 살아갈 때 그 사회는 정녕 사람 살만한 세상이 될 것이다.

인정이 있고 의리가 통하는 사회는 일찍이 공자가 주창한 인의(仁義) 도덕이 구현되는 세상이다. 인(仁)은 사람다운 덕목을 총칭하는 유교사상의 중심 개념이다. '인(仁)'자는 본래 문자 그대로 '두 사람(二人)'을 가리키는 것으로, 사람과 사람이 서로 '사랑한다'는 뜻을 지닌다. 불쌍한 사회적 약자를 보고 측은하게 여겨 정을 나누고자 하는 마음은 인애(仁愛)의 대표적 발로다. 나아가 이는 모든 인간관계 속에서 마땅히 해야 할 사람다운 도리로, 서로 아끼고 사랑하며 협력하는 인간의 덕목을 총칭한다. 부모와 자식, 남편과 아내, 친구와 친구, 임금과 신하, 어른과 어린이 등 이른바 오륜 외에 스승과 제자, 상사와 부하, 직장 동료, 길가다 마주치는 사람 등 수많은 대인관계 속에는 인간으로서 지켜야 할 도리가 있다. 그 총체적 개념이 인(仁)이다.

'의(義)'는 천하의 마땅한 이치로 공정한 도리와 합리적인 기준 내지 정직한 행위 따위를 뜻한다. 불의한 것을 보면 부끄러워하고 악한 것을 보면 미워하는 것이 의로운 마음의 발동이다. 좁은 의미에서 구분해 말하면 인(仁)이 개인의 수양과 결부되어 마땅히 지켜야 할 인간적인 도리를 가리키고, 의(義)는 국가나 사회의 일원으로서 마땅히 지켜야 할 공적인 도리라는 측면이 두드러진다. 모든 구성원들이 보편적인 인간애에 바탕을 둔 서로 사랑하는 마음을 지니고, 용기와 신념에 따라 정의가 통하는 사회를 구현해나간다면 그 사회는 사람 살만한 세상이 될 것이다.

중국의 의무교육과정『어문』교과서에서는 이런 전통적 정신 가치와 미덕을 다양한 모습으로 그려놓고 있다.

1) 몸으로 보인 아버지의 사랑

세상에는 수많은 사랑이 있다. 어떤 사랑은 희미해 보이기도 하고 어떤 사랑은 유난히 무겁게 다가오기도 한다. 우정도 넓은 범주의 사랑이라고 할 수 있는 바, 인간과 인간을 연결하는 가장 중요한 고리는 사랑이라 할 수 있다. 사랑이라는 단어와 연결되는 수많은 키워드들이 있을 것이다. 그 중 가장 큰 글자로 큰 자리를 차지하는 것은 '부모'일 것이며, 그 안에서도 '어머니'일 것이다. 수많은 문학과 영화 및 드라마들이 어머니의 사랑을 이야기한다. 이와 달리 「뒷모습(背影)」은 아버지에 대한 회고를 통해 아버지의 사랑을 서술하고 있다. 이 작품은 중학교 2학년 1학기 교과서의 '사랑'에 관한 주제로 묶여 있는 작품 중 하나로, 중국현대문학사에서 유명한 작가 겸 평론가인 주쯔칭(朱自淸, 1898-1948)이 1925년에 발표한 산문이다.

작품의 배경은 1925년으로 당시 북경에서 공부하던 작자가 할머니의 장례를 치르기 위해 고향집에 돌아왔다가, 장례를 마친 후 다시 북경으로 돌아가는 길에 아버지와 헤어질 때 생긴 일을 회고한 글이다. 작품의 첫머리는 할머니의 죽음과 아버지의 갑작스러운 실직에 따른 집안의 변화와 그런 변화를 마주한 작자의 착잡한 심경에 대한 묘사에서 시작된다. 작자의 착잡한 심경은 그의 '눈물'을 통해 반영된다. 아버지와 함께 장례를 마치고, 집안을 정리한 후 이들 부자는 함께 고향을 떠난다. 그리고 남경(南京) 포구에서 아버지와 아들은 헤어지게 된다. 혼자 아들을 보내는 것이 마음이 놓이지 않으셨던 아버지는 기차역까지 아들을 배웅한다. 짐이 많았던 아들의 수고로움이 염려스러웠던 아버지는 짐꾼을 찾고, 아들 대신 짐꾼과 가격을 흥정한다. 가격을 흥정하는 아버지가 아들의 눈에는 바보스럽게 보이지만, 아버지는 아랑곳없이 짐꾼과 흥정을 끝내고 짐꾼의 도움으로 기차 안에 짐을 무사히 실어 올린다. 그런데도 아버지는 차마 발길을 돌리지 못하고, 기차 안에 들어와 자리를 잡아주면서 오랜 시간 기차를 타야 할 아들을 걱정하고 몸조심할 것을 신신당부한다. 그리고 동행하는 심부름꾼에게도 아들을 부탁한다. 아들은 속으로 아버지의 그러한 행동을 비웃는다. 오로지 돈만 아는 사람들에게 그런 부탁을 하는 아버지가 바보같이 보였던 것이다. 북경을 한두 번 오간 것도 아니고 나이도 스물이 넘었는데, 여전히 자신을 어린 아이처럼 보는 아버지의 모습도 아들에겐 우습기만 했던 것이다. 그만 가시라는 아들의 말에도 여전히 발길을 떼지 못하는 아버지의 눈에 철길 바깥에서 귤을 팔고 있는 상인들이 들어온다. 그리고 아버지는 귤을 사오시겠다며 만류하는 아들을 뿌리치고 철길을 건너간다.

아버지가 검정색 작은 모자를 쓰고 검정색 마고자에 짙은 청색 솜두루마기를 입고서 뒤뚱거리며 철도 길에 이르러 천천히 몸을 내밀고 내려가시는 게 보였는데, 아직은 어려워 보이지 않았다. 그러나

아버지가 철도를 건너서 저쪽 플랫폼으로 올라가는 것은 쉬운 일이 아니었다. 아버지는 두 손으로 위쪽을 잡고 두 다리를 다시 위쪽으로 움츠렸다. 아버지의 뚱뚱한 몸이 왼쪽으로 조금 기울어졌는데, 몹시 애쓰는 모습이었다. 이때 나는 아버지의 뒷모습을 보았다. 나의 눈에서 눈물이 바로 흘러내렸다. 아버지나 다른 사람이 볼까봐 나는 얼른 눈물을 닦았다. 내가 다시 밖을 봤을 때 아버지는 이미 주홍색의 귤을 사서 안고, 다시 돌아오고 있었다. 철로를 건널 때, 아버지는 먼저 귤을 바닥에 내려놓고 천천히 기어 내려와서 다시 귤을 안고 걸어 오셨다. 이쪽으로 왔을 때 나는 얼른 가서 아버지를 부축했다. 아버지는 나와 함께 기차에 올라 와서는 귤을 몽땅 외투에 쏟아 놓으셨다. 그리고는 마음이 홀가분하다는 듯이 툭툭 옷을 털었다. 잠시 후 아버지가 말씀하셨다. "간다, 도착하거든 편지하거라." 나는 아버지가 걸어 나가는 것을 바라보았다. 아버지는 몇 발자국 걸으시다가 뒤돌아서 나를 보고는 "들어가라, 안에 아무도 없는데."라고 말씀하셨다. 아버지의 뒷모습이 지나다니는 사람들 속으로 섞여들어 더 이상 찾을 수 없게 되었을 때, 나는 들어와 자리에 앉았다. 눈물이 다시 흘러내렸다.

　　我看见他戴着黑布小帽, 穿着黑布大马褂, 深青布棉袍, 蹒跚地走到铁道边, 慢慢探身下去, 尚不大难. 可是他穿过铁道, 要爬上那边月台, 就不容易了. 他用两手攀着上面, 两脚再向上缩; 他肥胖的身子向左微倾, 显出努力的样子. 这时我看见他的背影, 我的泪很快地流下来了. 我赶紧拭干了泪. 怕他看见, 也怕别人看见. 我再向外看时, 他已抱了朱红的橘子往回走了. 过铁道时, 他先将橘子散放在地上, 自己慢慢爬下, 再抱起橘子走. 到这边时, 我赶紧去搀他. 他和我走到车上, 将橘子一股脑儿放在我的皮大衣上. 于是扑扑衣上的泥土, 心里很轻松似的. 过一会儿说："我走了, 到那边来信!" 我望着他走出去. 他走了几步, 回过头看见我, 说："进去吧, 里边没人." 等他的背影混入来来往往的人里, 再找不着了, 我便进来坐下, 我的眼泪又来了.　　　　　　　　　　　　　　　　　　　　　　　　(『8-상』, 62-63쪽)

아버지와 헤어져 북경으로 돌아온 뒤 작자는 한참동안 아버지를 뵙지 못한다. 그리고 아버지로부터 몸이 좀 불편하다는 편지를 받는다. 편지를 읽으면서 화자는 아버지의 '뒷모습'을 떠올리며 또 다시 눈물을 흘린다. 인용한 문장에서 나타나듯, 이 작품은 화자의 눈에 비친 아버지의 '뒷모습'에 대한 세심한 묘사를 통해 말로 형언하기 어려운 아들에 대한 아버지의 사랑을 아주 절실하게 표현한 글이다. '뒷모습'을 통해 아들에 대한 아버지의 사랑이 보인다면, 아들의 '눈물'에서는 아버지에 대한 아들의 감정이 읽혀진다. 작품에서 작자의 눈물은 모두 네 번 보인다. 장례를 치르기 위해 내려가 아버지를 만났을 때, 귤을 사러가는 아버지의 뒷모습을 보았을 때, 귤을 사다주고 떠나는 아버지의 뒷모습을 보았을 때, 그리고 마지막으로 편지를 받았을 때다. 첫 번째 눈물은 할머니의 죽음과 맞물려 어수선한 집안 풍경과 실직한 아버지의 쇠미해진 모습이 겹쳐지면서, 이에 대한 아들의 슬픔을 반영한 것이라 할 수 있다. 이에 비해 이후 세 번의 눈물은 아버지에 대한 연민과 감사와 미안함이 층층으로 섞인 눈물이다. 자신을 애써 배웅해준 아버지와 그런 아버지에 대해 은근히 불만스러움을 가졌던 자신에 대한 자책이기도 하다.

이로 보자면, 이 작품은 단지 아버지의 사랑을 전하는 것을 넘어 아버지에 대한 아들의 마음을 함께 담고 있는 것이라 할 수 있다. 부자간의 사랑을 그려낸 흔치 않은 수작이다. 지금 떠오르는 뒷모습이 있는가? 그 뒷모습이 나에겐 어떤 의미인가?

2) 나의 가장 큰 스승 어머니

여기 스물세 살에 청상과부가 된 어머니가 있다. 그때 아들은 두 살도 되지 않았다. 어머니는 이 아들을 홀로 키운다. 자신은 학교 근처에도 가본 적이 없지만, 온갖 노력을 기울여 아들을 학교에 보낸다. 그 후 아들은 미국으로 유학가고 어머니는 혼자 집안을 지킨다. 친척들이 그녀를 챙길 리가 없다. 어머니가 져야 할 부담이 결코 가볍지가 않다. 그러나 어머니는 일언반구 군소리 없이 가지고 있는 패물을 저당 잡혀 생활을 유지한다. 마침 이때 친척 중에 집안이 기울어『도서집성(圖書集成)』이란 책을 헐값에 팔고자 했던 사람이 있다. 어머니는 아들이 이 책을 꼭 갖고 싶어 하는 것을 알고, 돈을 빌려다 책을 산다.

삶을 돌아볼 때 나에게 가장 많은 영향을 끼친 사람이 누구일까? 부모님일 수도 있고, 형제자매 중 누군가일 수도 있고, 선생님일 수도 있고, 어떤 위대한 인물일 수도 있다. 중국현대문학의 탄생에 지대한 공헌을 한 위대한 학자 겸 작가인 후스(胡適, 1891-1962) 선생은 그 질문에 이렇게 답할 것이다. 어머니라고. 패물을 저당 잡혀 가며 생계를 유지하면서도 아들을 위해 돈을 빌려 책을 산 그 어머니. 중학교 2학년 2학기 교과서에 실린「나의 어머니(我的母亲)」는 바로 그러한 어머니, 펑순띠(馮順弟, 1873-1918) 여사에 대한 이야기다. 어머니에 대한 애련한 추억의 조각을 구체적인 사례 중심으로 서술해 1930년에 발표한 자전체 산문이다.

아들 후스가 기억하는 어머니는 자애로운 어머니와 엄한 아버지의 1인 2역을 완벽하게 수행하신 분이다. 눈병이 걸렸을 때 혓바닥으로 핥아주면 된다는 얘기를 듣고 밤새도록 아들의 병든 눈을 핥는다. 이런 자애로운 어머니지만 일단 아들이 잘못을 범하면 단호하고 엄하게 훈육한다. 작은 잘못을 저질렀을 때는 아들이 아침에 일어났을 때 훈계를 한다. 그러나 아들은 어머니가 도대체 얼마나 오랫동안 자기가 자는 옆에서 일어나길 기다리고 있었는지 알지 못한다. 큰 잘못을 범하면 주변이 다 조용해지는 밤이 될 때를 기다렸다가 문을 잠그고 벌을 준다. 아무리 심한 벌을 받아도 소리 내어 우는 것은 결코 용납하지 않는다. 이처럼 그녀는 한 번도 다른 사람 앞에서 자식을 욕하거나 때린 적이 없다. 어머니는 결코 자신의 화풀이로 아들을 혼내거나 다른 사람에게 보이려고 아들을 나무라지 않는다. 열일곱이란 어린 나이에 재취로 들어와 스물 셋에 남편을 떠나보낸 어머니는 가족친지들이 아무리 무례하게 굴어도, 인내하고 너그럽게 대함으로써 갈등이나 분쟁의 여지를 최소화하고자 노력한다. 이런 어머니에 대해 아들은 가장 인자하고 가장 온화하게 다른 사람을 대하는 분이며, 다른 사람에게 상처 주는 말을 단 한마디도 하지 않는 분이라고 단언한다. 그렇다고 그저 온순하지만은 않다. 친척 어른 중 한 명에게 심한 모욕을 당했을 때 어머니는 집안 어르신들을 다 모셔놓고, 시비를 가려 결국 그 사람으로부터 사죄를 받아내기도 한다.

후스 선생은 어머니가 겪어온 삶에 대해 자신의 그 우둔한 글재주로는 만분의 일도 써낼 수 없다고 고백한다. 그러나 이러한 고생스러운 삶 가운데에서 그 어머니가 아들에게 보여준 것은 관용과 선량과 인내와 온화함과 강인함이다. 이러한 어머니 밑에서 아들은 9년을 보내고 열네 살에 집을 떠난다. 어머니를 떠난 열네 살 이후로, 어느 누구도 그의 삶에 관여한 적이 없다. 때문에 후스는 마지막 단락에서 이렇게 고백하며 3,000여자에 달하는 긴 글을 마무리한다.

> 나는 어머니의 가르침을 받으며 소년시절을 보냈기에 어머니의 영향을 너무 많이 받았다. 나는 열네 살(실제로는 단지 열두 살 이삼 개월) 때 어머니 곁을 떠났다. 이 넓은 세상의 수많은 인파 속에서 홀로 섞여 살 때 나를 단속해준 사람은 아무도 없었다. 만약 내가 조금이라도 좋은 성격을 배웠다면, 만약 내가 조금이라도 다른 사람을 온화하게 대하고 교제하는 태도를 배웠다면, 만약 내가 다른 사람을 너그러이 용서하고 입장을 바꾸어 상대방을 이해할 줄 안다면, 나는 이 모든 것을 다 내 자애로운 어머니에게 감사해야 한다.
>
> 我在我母亲的教训之下度过了少年时代, 受了她的极大极深的影响. 我14岁(其实只有12岁零两三个月)就离开她了. 在这广漠的人海里独自混了二十多年, 没有一个人管束过我. 如果我学得了一丝一毫的好脾气, 如果我学得了一点点待人接物的和气, 如果我能宽恕人, 体谅人—我都得感谢我的慈母.
>
> (『8-하』, 19-20쪽)

몸이 약했던 탓에 다른 아이들처럼 또래들과 밖에서 뛰놀면서 평범한 아이로서의 어린 시절을 보내지 못했던 후스는 자신의 어린 시절에 대해 아쉬움을 토로하기도 했다. 그러나 그는 어머니로부터 사람이 되는 법을 배웠다는 것을 확신한다. 그 어머니는 글자 한 자 모르는 분이었지만, '신교(身教)' 곧 '몸소 자신의 삶과 행동으로 아들을 교육'한 것이다.

이 글에 나타난 어머니는 이상적인 어머니의 품성을 모두 갖추고 있다. 희생, 헌신, 인내, 겸양, 강인함 등등. 여기서 특히 중요한 것은 그 어머니의 품성과 삶의 방식이 아들에게 자양분이 되었다는 데 있다. 아들의 고백대로 그가 가진 좋은 성품, 타인을 대하는 겸허한 태도가 모두 어머니가 몸으로 가르쳐준 것이라는 점은 부인할 수 없는 사실이기 때문이다.

3) 이별의 정

부모형제와 친척 이외에 인간과 인간이 맺는 가장 보편적인 대인관계의 하나가 친구일 것이다. 친구를 떠올리면 어떤 그림이 연상되는가. 첫 만남의 기쁨과 설렘, 함께 했던 시간과 장소들, 이별의 아픔 …… 등등. 친구는 태어나면서부터 주어지는 것이 아니라 자신이 의식적으로 선택할 수 있는 대상이다. 해서 친구를 보면 그 사람을 알 수 있다고 한다. 초등학교 4학년 1학기 교과서에서는 우정이라는 이름으로 이별에 관한 고전 시 두 편을 소개하고 있다. 여기서는 「원이를 안서로 보내며(送元二使安西)」라는 시를 보기로 한다. 왕유가 벗과 이별하며 술을 권하는 장면을 노래한 칠언절구로, 「위성곡(渭城曲)」 또는 「양관삼첩(阳关三叠)」으로 불리기도 한다.

위성의 아침 비가 먼지를 적시니	渭城朝雨浥轻尘,
객사에 버드나무는 푸른빛이 새롭구나	客舍青青柳色新.
그대에게 한 잔 술 다시 권하니	劝君更尽一杯酒,
서쪽으로 양관을 나서면 친구가 없다네	西出阳关无故人.　　　（『4-상』, 101쪽)

원이는 왕유(王维, 701-761)의 벗인 원상(元常)이다. 집안에서 둘째였기 때문에 '원이'라고 불렸다. 그가 가야 하는 안서는 당나라 때 안서도호부를 가리키는데, 지금 신장위구르자치구에 있는 지역이다. 수도 장안 교외의 위성에서 안서까지는 장장 3,000여km나 되는 멀고먼 길이다. 유일한 교통수단이 말인 시절, 말을 타고 가장 빨리 간다 해도 반년이 훌쩍 넘게 걸린다. 시인은 이런 먼 길을 가야 하는 친구에게 재차 술을 권하며 자신의 슬픈 마음을 전달한다. 여기에는 또 힘든 길을 가야 할 친구를 조금이라도 더 붙잡아 두고 싶은 안타까움도 담겨져 있다.

앞 두 구절은 송별하는 시간과 장소 그리고 분위기를 묘사하고 있다. 뒤 두 구절은 친구를 떠나보내는 시인의 입에서 거의 무의식적으로 흘러나온 권주사로, 진지하고 강렬한 석별의 정을 압축적으로 표현한다. 특히 세 번째 구절의 "갱(更)"이 바로 이러한 시인의 아쉬움과 슬픔을 가장 잘 대변하고 있다. 자신을 돌아보고 주변을 살펴보자. 먼 길을 떠날 때 술잔 건네며 석별의 정을 노래해줄 친구가 있는가.

"군자는 다른 사람을 송별할 때 말로써 선물을 하고, 보통 사람은 재물로 선물을 한다. (君子赠人以言, 庶人赠人以财.)"39는 말이 있다. 학문과 교양을 갖춘 사람은 다른 사람을 송별할 때 보통 사람들이 재물을 주는 것과 달리 격려의 메시지를 담은 글을 써준다는 뜻이다. 여기서는 중학교 2학년 2학기 교과서에 실린 송렴(宋濂, 1310-1381)의 「동양 마생 송별사(送东

阳马生序)」를 보기로 한다. 동양은 지금 절강성 동양현이다. 마생은 동향의 후학인 마군칙 (馬君則)이란 젊은이다. 동향의 후학인 태학생(太學生)이므로 마생이라고 부른 것이다.

송렴은 집이 가난한 탓에 어려서부터 남의 책을 빌려 읽었는데, 빌려온 책을 제때에 돌려주기 위해 얼마나 애썼는지를 이렇게 서술하고 있다.

> 나는 어려서부터 글공부를 매우 좋아했다. 하지만 집안이 가난해 책을 구해 볼 수가 없었으므로, 매번 장서가에게 책을 빌려 손수 직접 베껴 쓴 뒤 날수를 계산해 반납했다. 날씨가 대단히 추워 벼루의 먹물이 얼어붙고 손가락이 잘 펴지지 않아도 베껴 쓰기를 게을리 하지 않았다. 베껴 쓰기가 끝나면 곧장 달려가 책을 돌려주었는데, 감히 조금이라도 약속 기일을 넘기지 않았다.
> 余幼时即嗜学. 家贫, 无从致书以观, 每假借于藏书之家, 手自笔录, 计日以还. 天大寒, 砚冰坚, 手指 不可屈伸, 弗之怠. 录毕, 走送之, 不敢稍逾约.　　　　　　　　　　　　　　　　(『8-하』, 177쪽)

날씨가 추워 먹물이 얼어붙고 쉴 틈도 없이 책을 베끼느라 잠시 손을 펼 겨를도 없었지만, 빌린 책의 반환 약속 시한을 한 번이라도 어긴 적이 없다. 그 덕에 주위의 장서가들이 너나 할 것 없이 책을 빌려주어 수많은 책을 읽어볼 수 있게 된다. 이렇게 열심히 많은 책을 섭렵한 그는 성년이 되자 성현의 말씀을 흠모하던 중, 스승을 통해 미심쩍은 부분을 물어 배우지 못하는 점을 안타깝게 생각한다. 동향에 명망 있는 선배 학자가 있다는 소식을 듣고는 백 리 길을 멀다않고 대번에 달려간다. 스승을 찾아 배우려는 마음이 지극해 어떠한 어려움이 있더라도 두려워하지 않는다.

> 내가 스승을 좇아 배울 때에 책 상자를 등에 짊어지고 신을 끌며 깊은 산과 큰 계곡으로 들어갔다. 지독한 추위와 매서운 바람 속에 큰 눈이 몇 자나 되도록 내려 발의 피부가 얼어터지는 것도 몰랐다. 객사로 돌아오면 사지가 뻣뻣이 굳어 움직일 수조차 없었다. 시중드는 사람이 더운 물을 가져다가 씻어주고 이불을 덮어주어 한참이 지난 뒤에야 온몸이 풀려 따뜻해졌다.
> 当余之从师也, 负箧曳屣, 行深山巨谷中, 穷冬烈风, 大雪深数尺, 足肤皲裂而不知. 至舍, 四支僵劲不 能动, 媵人持汤沃灌, 以衾拥覆, 久而乃和.　　　　　　　　　　　　　　　(『8-하』, 179쪽)

그때 함께 배우던 동학들은 자신과는 전혀 다른 처지의 부잣집 자제들이다. 비단 수놓은 옷에 진귀한 장식이 들어간 모자와 백옥 허리띠에, 왼쪽에는 칼을 차고 오른쪽에는 향주머니를 꽂고 있다. 그는 하루 식사도 두 끼를 근근이 때우고 남루한 옷을 걸친 채 그들 사이에 끼어 있었지만 부러운 생각은 조금도 들지 않는다. 자기가 하고 싶은 공부를 하고 있는데, 먹고 입는 것이 무에가 대수이겠는가! 이 글은 이처럼 상세하고 생생한 필치로 작자 자신이 소년 시절에 온갖 어려움을 어떻게 극복하고 각고의 노력을 기울여 공부했는지의 경력을 있는 그대로 서술한다. 함께 공부한 동학들과 대비시켜 서술함으로써 더욱 생생하게 와 닿도록 하고 있다.

송렴은 주원장(朱元璋, 1328-1398)이 명나라를 세우는데 일조를 한 개국공신으로 연로해 1377년에 고향으로 돌아와 있던 중, 부름을 받고 황제를 알현하려고 당시 명나라 수도인 남경에 가 있을 때 마군칙의 예방을 받고 이 글은 써준다. 작자는 이 글에서 자기가 어려서부터 겸허하게 가르침을 구하고 각고의 노력으로 학문을 한 경력을 통해, 마군칙을 포함한 국자감의 태학생들이 아주 좋은 학습 환경을 소중히 여겨 한 눈 팔지 말고 전념해야만 학문에 진보가 있을 것이라고 격려한다. 작자는 어려서부터 심혈을 기울여 애쓰는 자만이 진정으로 학문할 줄 아는 사람이라고 여긴다. 학문의 성취에 있어 배우는 사람의 주관적인 노력이 타고난 자질이나 환경보다 훨씬 더 중요하다는 점을 강조하고 있는 것이다. 입에 발린 공치사나 가식적인 이야기가 아니라, 꾸밈없이 자신의 솔직한 경험을 가지고 먼 후학에게 해준 격려의 말이기에 훨씬 더 감동적이다. 어른다운 풍모와 대가의 법도가 느껴진다. 본받을 만한 어른이 보이지 않고, 금수저니 은수저니 하는 경박한 세태에 경종을 울리는 이야기가 아닌가.

4) 인품이 향기로운 집

어떤 집에 살면 행복할까? 고루거각 크고 웅장한 집이나 고대광실 높고 넓은 저택에 살면 행복해질까? 아니 그 이전에 어떤 집이 좋은 집인가? 당나라 때 유우석(劉禹錫, 772-842)은 어떤 것이 좋은 집인지를 보여주는 글을 남기고 있다. 그는 22세(793) 때 진사에 급제하고, 그 이듬해 박학굉사과에 합격해 감찰어사 등의 관직을 맡으며 엘리트 코스를 거친다. 그러던 중 34세(805) 때 국가 재정과 염철(鹽鐵) 사건을 다루는 둔전원외랑(屯田員外郎)의 직책으로, 유종원(柳宗元, 773-819) 등과 함께 왕숙문(王叔文) 일파의 개혁정치 그룹에 가담한다. 역사에서 이른바 '영정혁신(永貞革新)'으로 불리는 개혁 정치에 핵심 멤버로 깊숙이 관여하다가, 왕숙문이 1년도 채 안 되어 바로 실각하면서 낭주(朗州) 사마(司馬)라는 이름뿐인 자리로 좌천된다. 10년 세월을 썩힌 뒤 44세 때 수도 장안으로 복귀하긴 했으나, 시를 지어 권세가를 헐뜯었다는 데 연루되어 또 연주(連州)의 행정장관으로 좌천된다. 그 뒤 지방 행정장관직을 전전하다가 만년이 되어서야 겨우 중앙정계로 복귀한다. 당시 권력의 핵심에서 활약하다 아무 할 일 없는 한직과 지방관을 두루 거치며 파란만장한 삶을 산 그였기에 어떤 자세로 인생을 살았는지 자못 관심이 간다. 이제 그가 쓴 81자에 불과한 짤막한 글로 중학교 2학년 1학기 교과서에 실린 「누실명(陋室铭)」40을 보자.

산의 참다운 가치는 높은 데 있지 않고, 신선이 있으면 유명해진다.

물의 참다운 가치는 깊은 데 있지 않고, 용이 있으면 신령해진다.

이곳은 누추한 집이지만, 오직 나의 덕이 향기롭다.

이끼 흔적이 섬돌에 올라 초록을 띠고, 풀빛이 드리운 발에 들어와 푸르다.

담소 나누는 이 중에 대학자들이 있고, 오가는 이 중에 보통 남정네는 없다.

흰 나무로 만든 거문고를 타고, 귀중한 불교의 경전을 읽을 수 있으니

관현악기가 귀를 어지럽히지도, 공문서가 몸을 수고롭게 하지도 않는다.

남양 제갈공명의 집이요, 서촉 양자운의 정자다.

공자께서 "무슨 누추할 것이 있느냐?"고 하셨다.

山不在高, 有仙则名. 水不在深, 有龙则灵. 斯是陋室, 惟吾德馨. 苔痕上阶绿, 草色入帘青. 谈笑有鸿儒, 往来无白丁. 可以调素琴, 阅金经. 无丝竹之乱耳, 无案牍之劳形. 南阳诸葛庐, 西蜀子云亭. 孔子云 : "何陋之有?"

(『8-상』, 168-169쪽)

산은 높아서가 아니라 신선이 살아서 유명하고 물은 깊어서가 아니라 용이 있어서 신령해지듯이, 사람 사는 집도 아무리 누추하더라도 향기로운 사람이 살면 좋은 집이다. '형(馨)'은 '향기롭다'는 뜻으로, 옛날에 사람의 인품과 덕성을 형용하는 말로 자주 쓰인 글자다. 이 집에는 많은 사람들이 드나든 적이 없어, 집 주위에 초록색 이끼와 청색 풀들이 가득 나 있다. 인적이 드물고 환경이 외진 곳이지만, 학문이 깊고 인품이 고상해 이야기가 통하는 사람은 찾아온다. 물론 시정 부호들이나 속물들은 얼씬 거리지도 않는다. 청탁을 받아줄 만한 자리에 있지도 않고, 청탁해봤자 아무 소용도 없기 때문이다.

향기 나는 사람은 어떻게 사는가? 아무런 화려한 장식 없이 백목으로 만든 거문고를 타며 예술의 세계로 빠져든다. 번쩍번쩍 빛나는 고가의 악기들을 벌려놓고 고관대작들의 집안에서나 울려 퍼지는 춤과 음악 소리 따위와는 거리가 멀다. 그리고 조용히 자리에 앉아 불경41을 읽으며 때를 기다린다. 공무에 바빠 왜 사는지도 모르며 허겁지겁 하루하루 개미 쳇바퀴 돌듯이 사는 것과는 전혀 다른 삶이다. 이런 사람이 살고 있으니 겉으로는 보잘것없는 누추한 집이지만, 남양 제갈공명의 집과 서촉 양자운의 정자나 진배없다. 남양은 제갈공명이 은거해 있다가 촉한의 승상으로 발탁된 삼고초려(三顧草廬)의 고사가 얽힌 곳이다. 서촉은 그곳에 있던 초현당(草玄堂)이라는 집에서 양웅(揚雄, BC 53-AD 18: 子雲은 그의 字)이 ≪태현(太玄)≫이라는 명저를 저술한 땅이다. 양웅은 한나라 때 성도 사람으로 학문을 좋아한 학자인 동시에 부(賦) 짓기에 뛰어난 문인이기도 하다. 욕심이 적어서 부귀에 급급하거나 빈천에 안달하지 않는 삶을 살았다는 사람이다. 유우석은 이 두 옛 현인의 삶을 본받아 살고 있음을 시사한다. 비록 겉으로는 보잘것없는 곳이지만, 이곳에서 수양하며 때를 기다리다가 행여 성군을 만나

게 되면 세상에 나가 경륜을 펼칠 것이고, 그렇지 않으면 후세에 전해질 불후의 명작을 쓸 것이다. 꿈과 이상을 품은 군자가 사는데 어떻게 누추할 수 있는가?[42]

'명(銘)'은 본래 기물이나 비석 또는 누각 등에 새겨 자신을 경계하거나 공덕을 찬양하는 의미를 담는 문장 양식의 하나다. 유우석은 이 글을 자기 집 앞의 비석에 새겨놓고 좌우명(座右銘)으로 삼으며 살았다고 한다. 자신의 상관이 좌천되어 온 그의 처지를 업신여기며 여러 차례에 걸쳐 갈수록 더 좁은 집에서 살도록 했지만, 조금도 개의치 않고 만족하며 살았다는 이야기도 전해진다. 요컨대 이 글은 자신의 누추한 집에 대한 구체적인 묘사를 통해 영리를 돌보지 않고 자기 세계를 지키는 작자의 결백한 개성과, 속세의 권세가들과 한 패거리가 되어 야합하지 않는 고매한 인품 및 정신세계를 잘 표현하고 있다. 산이 이름이 나고 물이 신령해지는 연유에서 시작해, 주변 경치와 그 속에 머무르는 인물들의 탈속적인 모습 및 고상한 생활 정취를 산뜻하게 묘사함으로써, 누추하지만 향기 가득한 천국과 같은 자신의 거처를 선명하게 각인시킨다.

빈손으로 왔다 빈손으로 가는 인생, 물질의 풍요가 행복과 불행을 가르는 기준은 아닐 것이다. 어렵고 힘들더라도 자신이 놓인 처지에 의기소침하지 않을 뿐 아니라, 더군다나 때를 기다리며 예술과 문학의 세계에서 노니는 유우석의 안빈낙도하는 인생이 떳떳하고 당당하며 고귀하고 아름답게 느껴진다. 그가 사는 집은 참 향기로운 집임을 공감한다. 이와 같은 삶을 사는 사람이 많을 때 그런 사회는 사람 살 만한 천국이 아니겠는가.

5) 군자의 마음자리와 풍모

세상에는 각양각색의 사람들이 저마다의 삶을 살고 있다. 다양한 삶이 한데 어울려 하나의 공동체를 형성하고, 나아가 사회와 국가를 이룬다. 구성원들이 서로의 다른 점을 인정하고 존중하며 각자의 삶을 즐길 때, 그 사회는 건전하고 사람 살만한 세상으로 자리 잡게 될 것이다. 이런 세상을 만들기 위해서는 상식이 통하고 정의가 불의를 통제하는 기본 원칙이 작동해야 한다. 따라서 공동체 내지 사회의 구성원으로서 각자가 어떤 마음자리와 풍모를 가지고 사는지는 매우 중요하다. 중국고전문학에서는 인격의 완성자로서의 군자의 마음자리와 풍모를 향기로운 화초에 비유해 묘사한 작품이 매우 많다. 흔히 사군자로 불리는 매화·난초·국화·대나무가 그 대표적인 것이지만, 주돈이(周敦頤, 1017-1073)는 연꽃을 끌어와 군자를 비유적으로 묘사한다.[43] 주돈이는 송(宋)나라 초의 유명한 철학자 겸 관료다. 그는 성리학의 창시자로, 조정에서 고관을 지낸 외삼촌 정향(鄭向)의 천거로 벼슬길에 들어 약 30년간에 걸쳐 여러 지방의 관리를 역임한 바도 있다. 이제 중학교 2학년 1학기 교과서에 실린 그의 맛깔스러운 「연꽃을 사랑함에 대하여(愛蓮说)」[44]라는 글의 전문을 보자.

> 수중과 육지 초목의 꽃 중에는 사랑할 만한 것이 매우 많다. 진나라의 도연명은 홀로 국화를 사랑하였고, 당나라 이후로 세상 사람들은 모란을 몹시 사랑했다. 나는 연이 진흙에서 나왔어도 그것에 물들지 않고, 맑은 잔잔한 물결에 씻겨 청결하되 요염하지 않으며, 가운데는 통하고 밖은 곧으며, 넝쿨이 엉키지도 않고 가지도 치지 않으며, 향기가 멀리 퍼질수록 더욱 맑아서 우뚝하니 말쑥하게 서 있으니, 멀리서 살펴볼 수는 있어도 가까이 가서 가지고 놀 수는 없는 것을 홀로 사랑한다.
>
> 나는 말한다. 국화는 꽃 중에서 은둔하는 것이요, 모란은 꽃 중의 부귀한 것이요, 연은 꽃 중의 군자다운 것이다. 아! 국화를 애호하는 것은 도연명 뒤에 들어 본 적이 드물다. 연꽃을 애호하는 것에 나와 함께할 사람은 누구인가? 모란을 애호하는 사람이 많은 것은 당연하다!
>
> 水陆草木之花, 可爱者甚蕃. 晋陶渊明独爱菊；自李唐来, 世人盛爱牡丹；予独爱莲之出淤泥而不染, 濯清涟而不妖, 中通外直, 不蔓不枝, 香远益清, 亭亭净植, 可远观而不可亵玩焉.
>
> 予谓菊, 花之隐逸者也；牡丹, 花之富贵者也；莲, 花之君子者也. 噫! 菊之爱, 陶后鲜有闻；莲之爱, 同予者何人? 牡丹之爱, 宜乎众矣! (『8-상』, 169-170쪽)

육지와 물속에서 자라는 꽃 중에서 사람들이 애호하는 것은 무수히 많다. 그중에서 진나라 도연명은 국화를 좋아했고, 당나라 사람들은 모란을 좋아했다. 작자는 유독 연꽃을 좋아한다. 그 이유는 이렇다. 연은 진흙 속에서 자라 피어 나와도 거기에 물들지 않으며, 바람이 불어 맑은 잔물결이 씻긴 모습이 매우 청결하지만 요염한 자태는 결코 아니며, 속이 비어 있어도 겉모습이 쭉 곧으며, 덩굴을 뻗지도 가지를 치지도 않으며, 향기가 멀리 퍼질수록 더욱 맑으며, 우뚝하니 말쑥한 모습으로 꼿꼿이 서 있으며, 멀리서 바라볼 수는 있어도 가까이 다가가서 만지작거리며 놀 수는 없기 때문이다. 이는 각기 세상에 물들어 더럽혀지지 않으며, 자신의 청결함을 지키고 세상에 아첨하지 않으며, 마음이 통달하고 행동이 올곧으며, 이리저리 얽히고설켜 권세에 아부해 영달을 추구하지 않으며, 가까이에 있을 때는 요란스럽다가도 멀어지면 그만인 천박한 속물들과 달리 은근하고 깊은 품격과 위풍당당한 모습의 소유자임을 형용한다.

연과 연꽃의 모습과 속성을 하나도 놓치지 않고 세밀하게 살펴 군자의 마음자리와 풍모 내지 품격에 비유한 관찰력이 놀랍다. 이 글은 작자가 47세(1063)에 남강군(南康郡)에서 벼슬살이하던 시절, 집에 연못을 파고 연을 심은 뒤 '애련지(愛蓮池)'라고 이름 붙이고 살던 때 지은 것으로 알려져 있다. 매일 이 연못에 나와 연꽃을 살피면서 연꽃처럼 청결하고 품위 있게 살려고 다짐했을 것으로 짐작된다. 작자는 이처럼 연꽃을 가까이하고 살면서 연꽃이 가진 특성을 관찰한 뒤, 은둔 선비의 꽃인 국화와 부귀를 상징하는 모란과 달리 군자의 꽃이라고 결론

내린다. 그리고는 마지막에 당시 세상을 살아가는 세 유형의 인간에 대한 평가를 덧붙인다. 도연명처럼 혼탁한 세상을 피해 은둔지사로 사는 사람은 어차피 얼마 없고, 권력자에게 아부하며 부귀공명을 추구하는 소인배들은 도처에 가득하니 말이다. 이 혼탁한 세상에 섞여 살면서도 연꽃처럼 거기에 물들지 않고 고결하게 지조를 지키면서 살아갈, 나와 뜻을 같이하는 사람들이 과연 몇이나 있을까? 작자의 개탄이 진한 여운을 남긴다. 여기서 연꽃은 바로 작자 자신의 화신이다. 자신은 관직이 비록 높지 않고 세속에 몸담고 있지만 마음은 속세를 초월해 있음을 내비침으로써, 세속의 명성과 이익을 쫓기에 급급한 속물들에 대한 풍자를 은연중에 담아낸다. 그 근저에는 사회 기풍이 날로 퇴락해 대부분의 사람들은 속세의 티끌에 물들고 마는 데 대한 울분과 우려가 깔려 있다.

요컨대 이 작품은 도학자의 강의식 설교가 아니라 물상에 대한 구체적이고 핍진한 묘사와 비유와 의인법 등 다양한 예술적 수법을 활용해 119자 밖에 안 되는 짧막한 글로 자신의 인생관과 가치관을 담담하게 토로했다는 점에서, 주돈이 산문 중 가장 뛰어난 명작으로 지금도 인구에 회자되고 있다. 이 글에서 형상화된 군자상은 사대부 지식인들이 혼탁한 세상을 살아가면서 견지해야 할 수양과 처신의 모범적 가치 지향으로 자리매김 되어 후대에 지대한 영향을 끼쳤다.

우리가 살아가는 세상에 이런 군자의 마음자리와 풍모를 가진 사람이 많아진다면 그 사회는 공정하고 정의로워지지 않을까. '군자(君子)'는 본래 '높은 관직 또는 임금의 자리에 있는 사람'을 가리켰으나, 뒤에 '교양과 학식 및 덕성을 겸비한 인격자'로 전통 유교 사회의 이상적 인간상을 뜻하는 말로 확대되었다. 지덕을 겸비한 사람이 높은 벼슬을 맡아 솔선수범하며 백성을 사랑하는 마음으로 정치를 하는 것이 유교의 이상이었기 때문에, 군자는 이 두 가지 뜻을 동시에 갖고 있는 것이다. 시쳇말로 표현하면 군자는 '훌륭한 지도자' 또는 '모범적인 사회지도층 인사'라는 뜻이 된다.

중국문화는 윤리형의 관계의 문화라고 한다. 지성보다는 덕성을 더 중시한다. 지성을 경시한다는 뜻이 아니라, 재주는 뛰어나지만 덕이 모자라는 '재승덕박(才勝德薄)'을 경계한다는 말이다. 서양문화가 상대적으로 지성을 더 중시해 '철인(哲人)'을 우위에 두는 반면에, 중국의 전통문화에서는 지성과 덕성을 겸비한 '현인(賢人)'을 내세운다. 중국문화의 형성에 가장 유력한 이념적 근거를 제공한 유교사상은 개인적으로 부단한 도덕적 수양을 통해, 떳떳하고 정의롭게 다른 사람을 다스리는 '수기치인(修己治人)'을 정치 이상으로 삼기 때문에 그런 표상으로서 군자를 존중하고 추앙하는 것이다. 공자는 그런 군자로서의 정치 지도자는 "백성의 수가 적은 것을 걱정하지 않고 균등하지 못한 것을 걱정하며, 나라가 가난한 것을 걱정하지 않고 편안하지 못한 것을 걱정한다. (不患寡而患不均, 不患貧而患不安)"고 하면서, "부가 균등하면 가난한 사람이 없고, 서로가 화합하면 모자라는 일이 없고, 평안하면 나라나 집안이 기울어지는 법이 없다. (均無貧, 和无寡, 安无傾.)[45]"고 설파했다.

인간과 사회라는 주제와 관련해 중국 전통문화에서 소중한 가치로 여기는 군자에 대해 살펴보면서 우리가 사회의 한 구성원으로서 '어떻게 사는 것이 옳은 것인가?'라는 물음이 머릿속에서 떠나지 않는다. 누구나 피할 없는 죽음이라는 종착역을 달려가는 것이 인간 존재의 숙명임을 생각할진댄, 참삶에 대한 성찰과 반추는 우리를 깨어 있게 하지 않을까. 그리고 일련의 물음들이 꼬리에 꼬리를 물고 일어난다. '지금 내가 살고 있는 것은 잘 사는 것인가?' '아니라면 어떻게 살아야 하나?' '그런데 어떻게 사는 것이 잘 사는 것인가?' '또한 잘 산다는 것은 무엇인가?'

'우리 사회는 제대로 굴러가고 있는 것인가?'라는 물음에 생각이 미치면 언뜻 답이 떠오르지 않는다. 끊임없이 반복되는 각종 사고와 그에 대한 우리 사회의 미숙한 대응이 도마에 오르고, 우리나라의 행복지수가 OECD 국가 중 하위권을 맴돈 지 오래되었을 뿐 아니라, 우울증과 자살률은 세계 최고 수준으로 높아졌다고 하니 말이다. 그리하여 급기야 공동체적 연대의식이나 유대감은 바닥으로 떨어지고 각자도생의 시대가 되고 말았다는 진단이 나오는 지경에 이르렀다.[46] 이런 시점에도 절망하고 있을 수만은 없지 않을까. 인근 나라 중국의 의무교육과정『어문』교과서에 살린 군자의 마음자리와 풍모를 예찬한 글의 메시지를 되새기면서, '어떻게 사는 것이 옳은 것인가?'라는 물음을 진지하게 되묻고 진지하게 성찰해야 하지 않을까 한다.

1. 부모, 친구, 스승, 동료 등 자기의 삶에 가장 큰 영향을 끼친 사람은 누구이며, 어떤 근거로 그렇게 생각하지에 대해 이야기해보자.

2. 부모와 자식 간은 가장 가까우면서도 가장 상처를 많이 주기도 하는 관계라고 한다. 부모의 사랑을 절실하게 느껴본 경험과 부모로부터 들은 상처가 된 말을 되새기면서, 현대적인 바람직한 부모와 자식의 관계 맺기에 대해 이야기해보자.

3. 저마다의 이익 추구에 혈안이 되어 인륜 도덕은커녕 법과 질서마저도 대수롭지 않게 여기는 각종 사회 현상과 분위기를 보면서 어떤 느낌이 들며, 이와 관련해 고대 군자의 마음자리와 풍모는 어떤 의미로 나에게 다가오는가?

4. 한 공동체 또는 사회가 바람직하게 작동하기 위해 필요한 인간관계와 도덕규범 및 사회질서 등에 대해 이야기해보자.

3

인간과 삶: 더불어 살기와 개인의 성장

1) 솔직한 감정을 전하라

초등학교 4학년 1학기 동화 단원에 아동문학 작가인 뤼리나(呂麗娜, 1977-)가 지은 「나무인형 이야기(小木偶的故事)」란 작품이 실려 있다. 표정의 변화가 없는 나무인형에 관한 이야기다. 한 늙은 목수가 웃는 얼굴의 조그만 나무인형을 만든다. 그 목수는 "웃음은 아주 중요한 것이고, 웃지 못하는 사람은 즐거운 나날을 지낼 수 없다"는 신념의 소유자다. 그러나 뜻밖에도 웃는 얼굴은 이 나무인형에게 즐거움을 가져다주지 못한다.

"놔라! 놔!" 어린 붉은 여우가 죽기 살기로 발버둥을 친다.
"왜 싸우는 거야!" 경찰관 옷을 입은 곰이 다가와서 그들을 갈라놓는다.
"경찰아저씨, 쟤가 내 가방을 훔쳐갔어요!" 어린 붉은 여우가 얼굴도 붉히지 않고 뻔뻔하게 거짓말을 한다.
"그건 제 거예요, 제 거라고요, 제 거요!" 나무인형이 비명을 지르듯 외친다.
경찰복을 입은 곰이 붉은 여우를 보니 얼굴이 분노로 가득하다. 그런데 나무인형을 보니 나무인형은 웃는 표정이다.
경찰복을 입은 곰은 나무인형을 들어 올리더니 그를 멀찌감치 던져버린다.
나무인형은 억울하다. 그러나 무슨 방법이 있겠어? 늙은 목수는 단지 그에게 한 가지 표정만을 만들어 주었는걸요, 바로 웃음이요!
나무인형은 갑자기 머리가 아프다. 별 수 없이 머리를 움켜잡고 주저앉는다.
새끼 토끼가 다가오더니 다정하게 묻는다. "왜 그래?"
"머리가 아파." 나무인형은 고개를 들고 웃으면서 대답한다.
"헤헤, 전혀 진짜 같지 않은 걸! 봐봐, 나처럼 이래야지." 새끼 토끼는 입술을 깨물고 고통스러운 표정을 지으면서 폴짝폴짝 뛰어가 버린다.
할머니 한 분이 다가온다. "애야, 어디 아프니?"
"머리가 아파요." 나무인형은 여전히 웃는 표정이다.
"정말 꼴불견이군, 나무인형조차 거짓말하는 걸 배우다니!" 할머니는 투덜거리며 가버린다.
나무인형의 두통은 갈수록 심해진다. 지금 그는 자기가 머리 없는 나무인형이길 간절히 바란다.
이때 파란코를 가진 마녀가 다가온다. 그녀는 공기 속에 담긴 상심의 냄새를 맡을 줄 안다.
"머리 아프구나, 그렇지?" 마녀가 묻는다.
"응, 게다가 갈수록 심해." 나무인형은 가련하게 대답한다.
"네가 상심이 되는데도 울지 못하기 때문에 머리가 아픈 거야."

어린 마녀는 그녀의 마술지팡이를 나무인형의 머리에 한 번 갖다 댄다.

"앙—" 나무인형은 대성통곡하기 시작한다.

차츰차츰 나무인형은 상심이 가시고, 두통도 사라지기 시작한다.

"나무인형아, 사람의 모든 표정을 너에게 줄게." 어린 마녀는 나무인형의 머리에 마술지팡이를 몇 번 갖다 댄다.

이제 나무인형은 울 수도 있고, 웃을 수도 있고, 화를 낼 수도 있고, 다른 사람에게 동정과 관심을 표현할 수도 있게 된다.

늙은 목수가 한 말은 틀리지 않다. 웃음은 아주 중요한 것이다. 그러나 단지 웃을 줄만 안다면 그것은 분명 아주 모자라는 것이다!

"放开! 放开!" 小红狐拼命挣扎.

"吵什么!" 一只穿警服的熊过来把他们分开.

"报告警官, 他抢我的包!" 小红狐撒谎一点儿都不脸红.

"那是我的, 我的, 我的!" 小木偶尖叫.

穿警服的熊看看小红狐, 小红狐满脸的愤怒；再看看小木偶, 小木偶一副笑嘻嘻的表情.

穿警服的熊拎起小木偶, 把他扔出去好远.

小木偶委屈极了! 可是有什么法呢? 老木匠只给了他一种表情, 那就是笑!

小木偶突然觉得脑袋很疼, 只好抱着脑袋蹲下来.

一只小兔子走过来, 温柔地问 : "你怎么啦?"

"脑袋疼." 小木偶抬起头, 笑嘻嘻地回答.

"嘻嘻. 装得一点儿都不像! 你瞧, 应该像我这样." 小兔子龇牙咧嘴地做了个痛苦的表情, 蹦蹦跳跳地走开了.

一个老婆婆走过来 : "小木头人, 你病了吗?"

"脑袋很疼." 小木偶还是一副笑嘻嘻的表情.

"真不像话, 连小木头人都学着撒谎!" 老婆婆嘟嘟囔囔地走开了.

小木偶的头疼得越来越厉害了. 现在, 他真希望自己还是一段没有脑袋的木头!

蓝鼻子小女巫就在这时候赶来了. 她能用鼻子闻出空气中的伤心味儿.

"你头疼, 是吗?" 小女巫问.

"是, 而且越来越疼了." 小木偶可怜巴巴地说.

"那是因为你很伤心, 却不会哭."

小女巫用她的魔杖在小木偶的脑袋上点了一下.

"哇——" 小木偶放声大哭起来.

慢慢地, 小木偶不再伤心了, 脑袋也不疼了.

"小木偶, 我把人类所有的表情都送给你" 蓝鼻子小女巫说完, 又用魔杖在小木偶的脑袋上点了几下.

现在, 小木偶会哭, 会笑, 会生气, 会着急, 也会向别人表示同情和关心了.

老木匠说得没错, 笑是很重要的. 不过, 要是只会笑, 那可是远远不够的! （『4-상』, 55-57쪽）

삶에서 웃음은 매우 중요하다. 그러나 「나무인형 이야기」가 보여주듯, 웃음만으로 사람에게 즐거움을 주지는 못한다. 왜 그러한가. 사람의 삶이란 즐거움뿐만 아니라 고통과 슬픔도 있기 때문이다. 즐거운 것 외에 고통스럽고 아픈 것도 경험해야 삶이 비로소 완전해질 수 있음을 보여준다. 또한 「나무인형 이야기」는 우리가 진실한 감정으로 삶을 마주해야 함을 알려준다. 나무인형이 당한 억울함은 그가 자신의 감정을 제대로 표현하지 못했기 때문이다. 그가 사람이 하는 모든 표정을 갖게 되면서 그의 삶이 어떻게 변했을지 충분히 유추 가능하다. 우리는 왕왕 '아닌 척' 감정을 숨기기도 한다. 내 감정을 숨기는 것이 타인에 대한 배려 또는 좀 더 수월하게 상황을 넘기는 방편이 될 수도 있다. 하지만 그것이 반드시 올바른 방법이라고 할 수는 없다. 「나무인형 이야기」는 사람의 삶에 있어서 솔직한 감정 표현을 통한 진정한 소통이 중요하다는 점과 함께, 각기 다른 상황에서 다른 방식으로 삶을 대해야 한다는 것을 가르쳐 주고 있다고 하겠다.

2) 실패 없는 성공은 없다

초등학교 6학년 2학기 교과서에 실린 「이마에 접시 쌓는 곡예놀이 소년(頂碗少年)」이란 작품이 있다. 서커스 공연 중 일어난 일에 대해 서술한 산문으로, '頂碗'은 '그릇을 이마에 쌓아 놓고 균형을 잡는 곡예 종목의 일종'이다. 작자인 자오리훙(趙麗宏, 1951-)은 서커스 공연에서 이마에 접시 쌓는 곡예놀이 소년을 보게 된다. 어른의 어깨 위에 올라 서 있는 소년, 그 소년의 임무는 이마 위에 접시를 쌓는 것이다.

> 흔들리는 다른 사람의 몸 위에 서서 평형을 유지하기란 어렵다. 소년의 머리 위에 있는 그릇이 심하게 흔들린다. 힘껏 몸을 돌린 순간, 그 커다란 접시가 갑자기 머리 위에서 떨어져버린다. 이 생각지도 못한 실수에 모든 관중들이 놀라서 멍해진다. 무대 위에서는 전혀 허둥대지 않는다. 이마에 접시 쌓는 곡예놀이 소년은 미안해하며 미소를 지은 채 관중들에게 깊이 허리 숙여 인사한다.
> 站在别人晃动着的身体上, 很难再保持平衡, 他头顶上的碗, 摇晃得厉害起来. 在一个大幅度转身的刹那间, 那一大摞碗突然从他头上掉了下来! 这意想不到的失误, 让所有的观众都惊呆了. 台上, 并没有慌乱. 顶碗的少年歉疚地微笑着, 不失风度地向观众鞠了一躬.　　　　　　(『6-하』, 12쪽)

관중들에게 공손하게 인사를 한 후 다시 시도를 하지만, 접시는 또 떨어지고 만다. 소년은 멍해져서 어찌할 바를 모른다. 하지만 다시 침착해져서 관중들에게 허리 숙여 인사를 하고 세 번째로 이마에 접시 쌓기를 시도한다. 마침내 소년은 접시를 쌓는 데 성공하고 관중들은 우레와 같은 박수로 그의 꺾이지 않은 용기와 도전에 격려를 보낸다.

삶에서 누구나 실패를 경험하기 마련이다. 앞이 막막하고 어떻게 해야 할지 모르는 순간순

간들이 있다. 다시 시도하는 것조차 두려운 순간들이 있다. 이러한 상황에서 사람은 두 가지 갈래에 놓인다. 포기하거나 다시 시도하거나. 위 이야기는 실패한 후 막막함과 두려움 속에서 다시 시도하여 결국 성공한 소년의 이야기를 통해, 용감하게 도전하는 것의 아름다움과 감동을 전한다. 소년은 무대를 내려올 수도 있었다. 그러나 그는 내려오지 않는다. 내려오는 대신 다시 하고 다시 실패하고 다시 또 한다. 그리고 마침내 성공한다. 만약 그가 중간에 내려왔더라면, 실패의 쓴 맛을 또 경험하지 않았을 것이고, 관중들의 수군거림 속에서 당혹감을 느끼지 않아도 되었을 것이다. 그러나 성공의 기쁨과 격려의 박수도 없었을 것이다.

주목할 것은 두 번째로 접시를 떨어뜨린 다음이다. 두 번째로 접시를 떨어뜨렸을 때 소년은 멍하니 서서 어찌할 바를 모른다. 관중들은 실패한 소년에게 그만두라고 함성을 지른다. 그때 한 노인이 소년에게 다가간다.

관중 가운에 어떤 사람이 큰 소리로 외친다. "됐다, 더 이상 하지 마라, 다음 프로그램으로 넘어가!" 많은 사람들이 여기에 호응하여 고함을 지르기 시작한다. 왜소하고 다부진 백발노인 한 명이 무대 뒤쪽에서 조명 아래로 걸어 나온다. 그의 손에는 금테를 두르고 붉은 꽃 장식이 된 하얀 그릇이 들려 있다. 그는 소년 앞으로 걸어간다. 얼굴엔 조금도 탓하는 표정이 없이 미소를 띠고 있다. 그는 손에 든 그릇을 소년에게 건네주고, 소년의 어깨를 어루만지면서 가볍게 한 번 흔든다. 낮은 목소리로 뭔가를 얘기한다. 소년은 차분해진다. 손에 새 그릇을 받아들고 다시 또 관중들에게 깊숙이 허리를 숙여 인사한다. 세 번째로 음악이 울린다! 장내는 숨소리 하나 들리지 않을 정도로 조용하다. 여자 관객들 중에서는 아예 손으로 눈을 가리는 사람도 있다.

观众中有人在大声地喊："行了, 不要再来了, 演下一个节目吧!" 好多人附和着喊起来. 一位矮小结实的白发老者从后台走到灯光下, 他的手里, 依然是一摞金边红花白瓷碗. 他走到少年面前, 脸上微笑着, 并无责怪的神色. 他把手中的碗交给少年, 然后抚摩着少年的肩胛, 轻轻摇撼了一下, 嘴里低声说了一句什么. 少年镇静下来, 手捧着新碗, 又深深地向观众鞠了一躬. 音乐第三次奏响了! 场子里静得没有一丝声息. 有一些女观众, 索性用手捂住了眼睛.　　　　　　　　　　　　　　　(『6-하』, 13쪽)

노인이 건네주고 간 접시를 받아든 소년은 마침내 이마에 접시 쌓기에 성공한다. 그리고 관중들은 우레와 같은 박수로 소년의 용기와 도전에 박수를 보낸다. 소년을 대하는 노인의 태도는 실패를 바라보는 주변의 시선에 대한 문제와 관련해 생각할 공간을 제시한다. 두려움에 질려 있는 소년이 다시 도전할 수 있었던 가장 큰 이유는 노인의 미소와 손길 덕분이다. 이 글은 실패는 누구나 할 수 있다는 열린 마음, 실패한 사람이 가질 두려움과 막막함을 품어줄 넉넉한 마음이 결국 도전과 성공을 이끌어내는 자양분이자 원동력이라는 것을 가르쳐주고 있다. 작중 백발노인은 이런 역할을 수행함으로써 노소가 함께 살아가는 아름다운 삶의 모습을 선사한다.

3) 체면이 아닌 내실을 기하는 삶

초등학교 5학년 1학기 교과서에 실린 「땅콩(落花生)」이란 작품이 있다. 타이완 출신의 쉬띠산(許地山, 1894-1941) 선생이 쓴 산문이다. 어린 시절, 작자와 형제들이 땅콩을 심어 가꾸고 수확을 한 경험담이다. 작자에게 더 인상 깊었던 것은 수확의 기쁨보다 땅콩에 대한 아버지의 이야기다.

> 땅콩 열매는 땅속에 열리지. 복숭아나 석류나 사과처럼 높다란 가지 위에 선연한 색깔의 과실을 맺어서 사람들이 따고 싶은 마음을 갖게 하지는 않아. 봐라, 땅콩은 얼마나 키가 작니. 다 자랐어도 그게 열매가 열렸는지 안 열렸는지는 바로 분별할 수 없어, 땅을 파야만 알 수 있어.
>
> 它的果实埋在地里, 不像桃子、石榴、苹果那样, 把鲜红嫩绿的果实高高地挂在枝头上, 使人一见就生爱慕之心. 你们看它矮矮地长在地上, 等到成熟了, 也不能立刻分辨出来它有没有果实, 必须挖起来才知道.
>
> (『5-상』, 66쪽)

복숭아나 석류나 사과에 비해 땅콩은 한마디로 볼품이 없다. 그러나 겉모습은 볼품없을지언정, 땅콩은 인간에게 유용한 식물이다. 아버지가 땅콩을 통해 아이들에게 전달하고 싶은 이야기가 바로 여기에 있다.

> 아버지가 이어서 말씀하신다. "그러니 너희들도 땅콩과 같은 사람이 되어야 한다. 땅콩을 봐라, 겉모습은 볼품없지만 아주 유용하잖니."
>
> 내가 말한다. "인간이란 유용한 사람이 되어야지, 체면만 따지면서 다른 사람에게 아무 쓸모도 없는 사람이 되어서는 안 된다는 거죠."
>
> 아버지가 말씀하신다. "그래. 이게 너희들에 대한 나의 희망이란다."
>
> 父亲接下去说："所以你们要像花生, 它虽然不好看, 可是很有用."
>
> 我说："那么, 人要做有用的人, 不要做只讲体面, 而对别人没有好处的人."
>
> 父亲说："对. 这是我对你们的希望."
>
> (『5-상』, 66쪽)

열매를 땅속에 품고 있음은 자신을 드러내지 않는 겸손함이기도 하다. 즉, 겉으로 자랑하지 않는 겸손함과 내적인 충실함이다. 겉으로는 화려하고 좋아보여도 타인과 사회에 유익이 없으면 의미가 없다는 것이다. 이는 곧 허풍선처럼 겉보기 체면만을 중시하고 내실을 기하지 않는 것에 대한 비판이기도 하다. 이 글은 땅콩이라는 사물을 빌려 인간사의 이치를 가르쳐 준다. 달리 말하면, 개인의 명예나 이익이 아닌, 사회와 인류에 유익한 삶에 대한 가르침을 전달하고 있다.

쉬띠산 선생은 '낙화생(落華生)'이라는 필명으로도 많이 알려져 있는데, 이는 땅콩의 중국어인 '落花生[47]'과 발음이 같기 때문이다. 기실 '華'자와 '花'자는 '꽃'이란 뜻으로 서로 통용되던 글자이기도 하다. 쉬띠산 선생이 왜 이 필명을 즐겨 사용했는지에 대한 이유가 바로 여기에 있다. 어릴 적 아버지의 가르침대로 겉을 추구하는 사람이 아닌, 내실 있고 쓸고 있는 사람이 되자는 의미인 것이다.

4) 아는 것과 드러내는 것의 사이

회사에서 상사가 부하직원들에게 질문을 한다. 질문이 떨어지기가 무섭게 대답을 하는 사람도 있을 것이고, 아는 듯 모르는 듯한 표정으로 상사가 얘기해 주길 기다리다 상사가 하는 말을 열심히 받아 적는 사람도 있을 것이고, 질문 내용도 이해하지 못하고 멍하니 앉아 있는 사람도 있을 것이다. 상사는 마음속으로 어떤 직원을 가장 좋아할까. 나라면 누구를 내 옆에 둘까?「양수의 죽음(杨修之死)」은 이 문제에 대해 사색의 여지를 제공한다. 이 작품은 중국 고전소설인『삼국연의』의 한 부분으로, 중학교 3학년 1학기 교과서의 고전소설을 모아놓은 단원에 실려 있다.[48] 기록에 의하면, 양수(楊修, 175-219)는 조조(曹操, 155-220)의 모사로, 재능과 학식이 매우 뛰어난 인물이라고 한다. 「양수의 죽음」은 당대 뛰어난 모사가로 이름을 날렸던 양수에 얽힌 이야기를 풀어놓은 것이다.

어느 날 조조가 양수를 시켜 정원을 꾸미도록 했다. 다 꾸며진 정원을 돌아보러 온 조조는 정원의 문으로 들어가려다 문 위에 "活(활)"이란 한 글자만을 써놓고 돌아가 버린다. 의아해하는 사람들을 보며 양수가 답을 준다. "'門(문)' 위에 '活'을 더했으니, '闊(활)'자입니다. 승상께선 정원 문이 너무 넓은 것을 싫어하신 겁니다. (门内添活字, 乃阔字也. 丞相嫌园门阔耳.)" 그리고는 문을 없애라고 지시한다. 이 얘기를 전해들은 조조는 웃었지만 속으로는 그를 꺼려한다. 한번은 어떤 사람이 조조에게 연유 한 상자를 보내자, 조조는 상자 위에 "一合酥(일합소)"라는 세 글자만 써서 책상에 놓아둔다. 이번에도 양수는 숟가락으로 떠서 사람들에게 나눠주어 다 먹게 한다. 조조가 그 까닭은 묻자, 양수는 '合'은 '人'·'一'·'口'로 이루어진 글자이니 '일합'은 곧 "한 사람에 한 입(一人一口)"이라는 뜻이라고 풀이한다. 조조는 웃으며 좋아했지만 속으로는 그를 심히 싫어한다.

그런데 양수는 조조의 아들 조식(曹植, 192-232)의 편에서 보좌하고 있었다. 조조가 아들 조비(曹丕, 187-226)와 조식의 재주를 시험해보기 위해 두 아들을 궁 밖으로 나가게 한다. 동시에 문지기에게는 절대 궁궐 문을 열어주지 말라고 명한다. 조비는 문지기가 문을 열어주지 않자 돌아간다. 그러나 조식은 왕의 명을 받고 나가는데 만약 가로막는 자가 있다면 목을 베는 것이 옳다는 양수의 건의를 듣고 그대로 시행한다. 결과를 전해들은 조조는 조식이 더 능력이 있다고 여겼지만, 후에 양수가 가르쳐준 것임을 알고는 크게 화를 내며 조식을 좋아하지 않게 된다.

그러던 중 양수가 마침내 죽임을 당하게 되는 결정적인 사건이 발생한다. 조조는 유비와 서로 한중(漢中)을 차지하기 위해 치열하게 다툼을 벌였는데, 연이은 전투에서 조조는 유비에게 계속 패하였고 설상가상으로 식량도 다 떨어져가고 있었다. 어느 날 저녁, 밥상에 닭갈비(鷄肋)로 만든 음식이 올라 왔다. 마침 그 때 한 장군이 들어와 암호를 무엇으로 할 것인지를 묻는다. 조조는 아무 설명도 없이 "계륵(鷄肋)"이란 말만 반복한다. 이를 전해들은 장수와 병사들은 무슨 뜻인지 의아해 하는데, 양수는 계륵이라는 두 글자를 보고 수행하는 군사에게 행장을 꾸려 돌아갈 준비를 하도록 시킨다. 하후돈(夏侯惇)이 전해 듣고 깜짝 놀라 그 까닭을 묻는다.

> 양수가 대답한다. "오늘 밤 암호를 보고 승상은 곧 퇴각 명령을 내리실줄 알았지요. 계륵은 먹기엔 고기가 없고, 버리기엔 맛이 있지요. 진격해도 승리하기 어렵고 병사를 물리면 웃음거리가 될 겁니다. 여기 있어봤자 아무 이익도 없으니 일찌감치 돌아가는 게 낫지요. 내일 승상이 철수를 명할 겁니다. 그때 가서 황망하지 않게 미리 행장을 꾸려둔 것이지요." 하후돈은 "공은 정말 위나라 왕의 심중을 꿰고 계시는군요!" 하고 역시 행장을 꾸린다. 그러자 군영의 모든 장수들이 다 돌아갈 준비를 한다.
> 修曰：“以今夜号令, 便知魏王不日将退兵归也：鸡肋者, 食之无肉, 弃之有味. 今进不能胜, 退恐人笑, 在此无益, 不如早归：来日魏王必班师矣. 故先收拾行装, 免得临行慌乱.”夏侯惇曰：“公真知魏王肺腑也!”遂亦收拾行装. 于是寨中诸将, 无不准备归计.　　　　　　　　　　　　　　　　(『9-상』, 149쪽)

그날 밤 조조는 병사와 장수들이 철수 준비를 하는 것을 발견하고 무슨 일인지 묻는다. 이유를 알게 된 조조는 크게 화를 내며, 병사들의 마음을 어지럽혔다는 이유로 양수를 참수할 것을 명한다. 양수의 죽음을 어떻게 보아야 할까? 표면적으로 볼 때, 양수는 뛰어난 판단력과 식견을 가진 사람이다. 그런데 아이러니하게도 이러한 그의 뛰어남이 죽음을 초래하는 단초가 된다. 흥미로운 것은 양수에 대한 조조의 대응방식이다. 주지하듯이 조조와 양수는 주종관계다. 조조는 뛰어난 부하를 둔 주군인 것이다. 부하 양수의 뛰어남에 대해, 조조는 좋아하고 겉으로는 칭찬을 한다. 그러나 그 이면에는 그 뛰어남을 수용하지 못했던 조조의 감정이 은폐되어 있다. 때문에 양수의 죽음을 놓고 지도자로서 조조의 자질을 문제 삼기도 한다. 그러나 조조는 재능 있는 사람을 아끼고 중용했던 정치가로도 알려져 있다. 때문에 그가 양수의 뛰어난 재능을 알아보지 못하거나 수용하지 못할 정도의 인물은 아니었을 것이다. 한 걸음 뒤로 물러나 살펴본다면, 혹 양수는 상사의 질문에 곧바로 대답을 하는 첫 번째 직원 같은 사람은 아니었을까. 의도하는 바는 아니었겠지만, 이것이 혹 오만에까지 이르러 주변 사람들을 멸시하지는 않았을까. 조조가 양수를 참수한 것은 재주를 과신한 나머지 너무 앞서 가며 잘난 체하는 것에 대한 경고일 수도 있다. 본문 내용에도 양수는 "사람됨이 자기 재주를 믿고 방종해 여러 차례 조조가 꺼리는 것을 범했다. (为人恃才放旷, 数犯曹操之忌.)"라는 대목이 있다.

5) 인생은 나그네

중국은 흔히 시의 나라라고 한다. 중국인들은 자기네 선조들이 이룩한 시문학의 성취를 큰 긍지로 여긴다. 의무교육과정에서 시 교육은 초등학교 1학년 1학기『어문』교과서부터 등장한다. 6학년까지 초등학교 전 과정의 교과서에 시는 기본적으로 두 수씩은 꼭 들어 있다. 그 배치 또한 일정한 기준이 있어 보인다. 초등학교 과정인 만큼 우선 길이가 길거나 난해한 작품은 실려 있지 않다. 한 작품의 글자 수가 20자와 28자에 불과해, 중국고전시에서 가장 길이가 짧은 오언절구와 칠언절구가 절대 다수를 차지한다. 중학교 과정에 들어가면 시보다는 길이가 긴 산문 장르의 작품이 더 많이 실려 있다. 물론 중학교 과정에 실린 산문 작품은 고등학교 과정에 비하면 길이가 길지 않은 단편 소품들이 대부분이다.

초등학교 1학년 교과서에서부터 시가 실리는 것이 온당할까에 대한 지적도 없지 않다. 시가 가장 정제된 문학양식의 하나로 짧은 길이에 많은 의미를 농축하고 깊은 여운을 남기기에 초등학생들이 그 전모를 제대로 이해하기란 어렵기 때문이다. 그러나 이런 우려는 크게 문제될 것이 없을 성싶다. 초등학교 저학년 교과서에 등장하는 시는 시의 문학성을 배우기보다 글자를 익히는 과정 속에 들어 있다. 낭독하고 암송하는 가운데 자연스럽게 거기에 들어 있는 한자를 익히도록 설계되어 있는 것이다. 매우 적절한 한자 교육 방법이라 생각한다. 한자는 매 글자마다 의미적 요소 이외에 성조를 가지고 있기에 암송을 통한 교육이 더욱 효과적이다. 이런 맥락에서 시를 암송하게 함으로써, 소리의 변화와 반복을 체험하는 훈련을 통해 머리보다는 신체로 느끼도록 하는 어문교육을 긍정적으로 평가한 것은 타당하다고 생각된다.[49]

사람은 모두 자기가 태어난 고향이 있다. 자기 고향을 한 번도 벗어나지 않고 살다가 생을 마치는 사람도 없지 않지만, 대부분의 사람들은 여러 가지 사유로 고향을 떠나 나그네 신세가 된다. 그래서 인생은 나그네라고 한다. 중국이란 나라는 워낙 땅이 넓은데다가 예전에는 교통편이 발달하지 못했기 때문에, 한 번 길을 나서면 몇 달 또는 몇 년이 되기 십상이다. 고향 떠난 나그네는 일정 기간이 지나면 향수에 젖기 마련. 고향에 두고 온 가족과 고향 산천이 가장 눈에 밟힌다. 중국고전시가에서 이런 향수를 노래한 작품은 부지기수다. 초등학교 1학년 1학기

교과서에 실린 낭만시인 이백(李白, 701-762)의 「고요한 밤의 생각(静夜思)」처럼 객지에서의 향수를 노래한 작품이 대다수다.

여기서는 오랫동안 객지 생활을 하다가 고향으로 돌아왔을 때의 심정을 노래한 작품을 살펴보기로 한다. 당나라 초기의 시인 하지장(賀知章, 659-744)이 지은 「고향에 돌아와 아무렇게나 쓰다(回乡偶书)」라는 칠언절구 시가 그것이다. 하지장은 37세의 나이(695)로 진사과에 장원 급제한 뒤 줄곧 수도 장안에서 여러 요직을 역임한다. 조정의 신임이 두터워 만년 86세(744) 때 늙고 병든 점을 들어 고향으로 돌아가 도사가 되기를 청하자, 현종 황제가 직접 시를 지어주고 황태자가 송별연을 열어주기도 했다고 한다. 진사과에 급제하기 이전에 고향을 떠났을 터이므로, 고향을 떠난 지 이미 50여년의 세월이 흘러간 것이다. 그는 86살의 고령에 노구를 이끌고 고향인 월주(越州)로 돌아온다. 50여년 만에 돌아온 고향이기에 만감이 교차했을 것이다. 이 시는 바로 그때의 심정을 노래한 것이다. 이 시를 남긴 뒤 얼마 안 있어 그는 세상을 떠난다. 본래 두 수로 되어 있는데, 초등학교 2학년 1학기 교과서에 실린 것은 그 첫 번째 작품이다.

어릴 적에 집을 떠났다가 늙어서 돌아오니 　　少小离家老大回,
내 고향 말씨는 그대로이건만 살쩍만 세었다 　　乡音无改鬓毛衰.
아이들 나를 보고는 알아보지 못하고 　　儿童相见不相识,
웃으며 손님은 어디에서 오셨느냐고 묻는다 　　笑问客从何处来.　　　　(『2-상』, 115쪽)

고향 마을에 막 도착했을 때의 심경을 노래하면서 우선 자기 자신을 익숙하면서도 낯선 환경 속에 들여놓는다. 아무리 오랜 세월이 흘러도 고향의 구수한 사투리는 변하지 않았다. 그렇지만 몸은 세월의 연륜을 이기지 못하고 이미 쇠해 온통 백발이었을 터 살쩍마저 세어버렸다. 고향을 떠날 때는 청운의 꿈을 품은 활기찬 젊은이였지만, 지금 돌아온 모습은 영락없는 노인, 어찌 감개가 없을 손가! 변치 않은 자신의 고향 말씨로 변해버린 노쇠한 모습을 더욱 돋보이게 함으로써, 자신은 고향을 잊지 않고 돌아왔건만 고향 사람들은 과연 나를 알아볼 수 있을까라는 의문이 마음속에 일어나게 한다. 아니나 다를까. 다음 구절에서 바로 길가에서 놀고 있는 마을 아이들의 물음이 날아온다. 시인은 본래 이 마을 사람이었지만 개구쟁이 아이들에게는 그저 낯선 객에 불과하다. 특별히 의도가 있어 물어 본 것도 아니다. 웬 낯선 할아버지가 마을에 나타나셨기에 호기심이 발동해 그냥 한 번 물어 본 것에 불과하다. 하지만 천진난만한 아이들이 별 뜻 없이 불쑥 던진 이 한 마디가 시인에게는 큰 파장을 일으키며 가슴을 파고든다. 젊은 시절 청춘의 홍안은 온데간데없고 영락해버린 자신의 모습과, 원래 주인이었던 자신이 객으로 바뀌어버린 현실이 너무 서글프다. 물음만 있을 뿐 답은 무의미하다. 무한한 여운과 구성진 슬픔만이 끊이지 않고 전해질 뿐이다.

아이들이 시에 등장해 물음을 던지는 장면이 이 시의 매력이요 의미심장한 부분이다. 나이 많은 사람들이었다면 시인의 존재를 알아봤을 수도 있을 터, 시적 긴장은 아예 성립할 수 없는 것이다. 시인은 고향을 떠나 객지에서 반백년 이상을 보냈기에, 고향에서 자신의 시계는 어린 시절에 멈춰져 있다. 오랜만에 돌아온 고향에서 활기차게 놀고 있는 개구쟁이 아이들에게 먼저 시선이 가는 것은 이 때문이 아닐까. 게다가 극과 극은 통하는 법. 인생의 노경이 동심의 세계와 매우 자연스럽게 조우함으로써, 이 시는 단절과 소통이 공존하는 생활의 한 장면을 매우 자연스럽게 연출한다. 아이들이 신나게 놀다 던지는 질문으로 시인 내심의 슬픔을 묘사해 희비쌍곡선이 교직하고 있는 점도 이 시의 또 다른 맛이다.

초등학교 2학년 1학기 교과서에 실려 있는 만큼 의미적 요소보다는 시를 암송하는 가운데 글자를 익히도록 하는 것이 최우선 목표다. 그때는 무슨 뜻인지도 모르고 그냥 통째로 외웠지만 일생을 두고 잊히지 않는다. 철이 들고 나이가 들어가면서 몸에 저장된 시적 여운을 되새기며 숨겨진 의미를 깨쳐도 결코 늦지 않다. 어릴 때 리듬감이 좋은 시 작품을 암송함으로써, 우선은 자연스럽게 한자를 익히고 미래의 지적 재산을 몸에 축적시키는 것은 매우 의미 있고 효과적인 어문교육 방법이라 생각한다.

1. 겉으로 보기에는 화려해보여도 실속 없는 삶도 있고 그 반대의 경우도 있다. 나는 어떤 삶을 살고 싶은가?

2. 내가 어떤 조직을 책임지고 있는 대표자라면 성실하고 신용 있는 사람과 재주가 뛰어난 사람 가운데서 누구와 함께 일하겠는가? 이와 관련해 다양한 경우의 수를 상정하고 어떤 사람과 함께 할지에 대해 이야기해보자.

3. 여행이나 객지생활 등에서 경험한 구체적 사례를 통해 나에게 고향은 어떤 의미인지 이야기해보고, 고향에 대한 애정과 지역감정은 어떤 관계에 있는지 생각해보자.

4. 인간과 자연: 자연 경외와 자연에 살기

1) 생명과 생명의 관계 맺기

중국 광동성 계림 양삭에 대용수(大榕樹) 곧 '뱅골보리수'라는 나무가 있다. 이 나무는 매년 수많은 줄기를 뻗어내고, 그 가지가 땅속에 닿아 다시 또 새로운 줄기를 만들어낸다. 이렇게 끊임없이 자라고 또 자라, 키가 17m에 나무가 차지하는 면적만 자그마치 약 3,200평에 달한다. 1,500여년이나 되었다는 이 나무가 있는 공원은 매년 수십 만 명의 관광객들이 찾는 대표적인 관광 명소로 자리 잡았다.

1933년 빠진(巴金, 1904-2005)은 친구를 만나러 갔다가 이 나무를 구경하게 된다. 이 나무는 '신수(神樹)'로도 불리고, 둥지를 트고 있는 새들이 많아서 '새의 천국'으로도 불린다. 저녁을 먹고 나서 친구들과 배를 저어 나무 가까이까지 가게 된 빠진은 눈앞에 펼쳐진 거대한 모습에 감탄을 금치 못하며, 「새의 천국(鸟的天堂)」이란 글에서 이렇게 읊는다.

> 우리들이 탄 배가 점점 나무 가까이로 다가갔다. 나는 그것의 진면목을 볼 기회가 생겼다. 정말 커다란 나무로 그 줄기를 셀 수조차 없다. 줄기에서 또 새로운 줄기가 나와서 땅바닥에까지 내려오는데, 그게 땅속까지 뻗어 있다. 어떤 줄기는 물가에 닿아 있어서, 멀리서 보면 커다란 나무 한 그루가 물위에 누워 있는 것 같다. 뱅골보리수가 마침 무성하게 자라난 시기다. 마치 온 생명력을 우리에게 다 내보이는 것 같다. 수많은 짙푸른 나뭇잎들이 조금의 틈새도 없이 켜켜이 쌓여 있다. 그 푸르디푸른 잎사귀들이 우리들의 눈을 환하게 비춰준다. 이파리 하나하나에 전부 다 새로운 생명이 파르르 떨고 있는 것 같다. 이 아름다운 남국의 나무여!
>
> 我们的船渐渐逼近榕树了. 我有机会看清它的真面目, 真是一株大树, 枝干的树木不可计数. 枝上又生根, 有许多根直垂到地上, 伸进泥土里. 一部分的树枝垂到水面, 从远处看, 就像一棵大树躺在水上一样. 榕树正在茂盛的时期, 好像把它的全部生命力展示给我们看. 那么多的绿叶, 一簇堆在另一簇上面, 不留一点缝隙. 翠绿的颜色, 明亮地照耀着我们的眼睛, 似乎每一片树叶上都有一个新的生命在颤动, 这美丽的南国的树!
>
> (『4-상』, 10쪽)

하지만 저녁이어서 새들은 보지 못하고 발길을 돌려야 했다. 다음날 아침 빠진은 다시 이 나무를 보러 간다. 아침에 만난 나무는 저녁 어스름에 보았던 것과는 다른 풍경을 그에게 선사한다.

> 처음에는 주변이 조용하다. 그러다 갑자기 새가 지저귀는 소리가 들린다. 우리들이 손바닥을 한 번 치자, 커다란 새 한 마리가 날아오르는 것이 보인다. 이어서 두 번째, 세 번째 새가 보인다. 우리들은

계속해서 박수를 친다. 나무가 갑자기 소란스러워진다. 사방에서 새의 지저귀는 소리가 들리고, 새의 그림자로 사방이 다 채워진다. 큰 녀석, 작은 녀석, 알록달록한 녀석, 검은 녀석. 어떤 녀석은 나뭇가지 위에서 지저귀고, 어떤 녀석은 날아오르고, 어떤 녀석은 날개를 파닥거리고 있다.

起初周围是静寂的. 后来忽然起了一声鸟叫. 我们把手一拍, 便看见一只大鸟飞了起来, 接着又看见第二只, 第三只. 我们继续拍掌, 树上就变得热闹了. 到处都是鸟声, 到处都是鸟影. 大的, 小的, 花的, 黑的, 有的站在枝上叫, 有的飞起来, 有的在扑翅膀. (『4-상』, 12쪽)

초등학교 4학년 1학기 교과서에 실린 이 산문에서 빠진이 전달하고 있는 대용수의 가장 큰 특징은 생명력이다. 1,500여 년간 끊임없이 자라면서 만들어낸 무성한 가지와 푸르른 잎이 상징하는 위대한 생명력, 자연이 부여할 수 있는 가장 왕성한 생명력을 상징한다. 작은 틈새 하나 없이 켜켜이 쌓인 푸르디푸른 이파리와 땅속까지 뻗어 내려가 다시 또 새로운 줄기를 잉태하는 가지, 이들을 품고 있는 이 나무는 생명에 대한 경외심마저 일으킨다. 중요한 것은 대용수가 자신이 부여받은 그 생명력을 다른 생명을 잉태하고 보호하는 동력으로 삼고 있는 데 있다. 크고 작은 다양하고 수많은 새들의 집으로서, 대용수는 생명 탄생과 성장의 공간이다. 빠진이 묘사하고 있는 새들의 날갯짓과 지저귐은 새들이 이 나무 위에서 즐겁고 자유롭고 행복하다는 것을 보여준다. 이 나무가 진정 새들의 천국인 것이다. 그런데 나무가 또 다른 생명을 잉태하고 보호하는 순간, 그로부터 자라난 생명이 이 나무에게 활력을 덧댄다. 새들이 나타나기 전, 작자는 나무의 주변을 "정적(静寂)"이라는 어휘를 통해 설명한다. 새들의 날갯짓과 지저귐은 일순간 조용한 주변을 활기차게 만들어 주고 있는 것이다. 다양한 크기와 모양새로 나무에 또 다른 색을 입혀주고 있는 것이다.

이로 보자면 이 산문은 두 가지 층위에서 읽힌다. 하나는 대용수라는 거목을 통해 보여주는 자연의 신비 내지 위대함이다. 이를 통해 자연과 생명을 아끼고 존중해야 한다는 가장 표층적인 의미를 드러낸다. 다른 하나는 대용수라는 나무와 새를 통해 보여주는 생명과 생명의 관계 맺기, 이것이 내포하는 원리다. 달리 말하면, 상호관계가 만들어내는 선순환의 원리와 그 의미다. 수많은 새들에게 자신의 가지를 내주고 있기에, 이들의 관계는 대용수의 일방적인 베풀기로 읽혀질 수 있다. 하지만 대용수가 새를 품음으로써, 그것은 새의 천국이라는 이름을 얻게 된다. 새의 천국이라는 이름은 이 나무에 자유롭고 행복하고 즐거운 공간이라는 이미지를 덧입힌다. 또한 사람들이 많이 찾는 공간이 되기도 했다. 빠진은 이 나무에 처음 갔을 때 "새의 천국이라는데 새가 한 마리도 없네. (鸟的天堂里没有一只鸟.)"라는 말로 새를 보지 못한 아쉬움을 표했다. 그리고 다음날 아침 다시 나무 밑에 배를 대고 기다렸다. 새를 보기 위함이었다. 빠진은 그 아침 나무가 주는 또 다른 풍경에 감동한다. 온갖 새들이 함께하는 아침의 나무는 고요한 저녁나절의 나무와는 또 다른 느낌으로 그에게 다가왔던 것이다. 함께함으로써 선함이 배가 되는 삶의 원리가 자연이 내포하는 선순환의 원리이자 가치일 것이다.

2) 자연 경외가 인간 경외

인간과 자연은 어떤 관계일까. 일찍이 인류는 자연을 정복의 대상으로 규정한 바 있다. 과학기술의 발전은 인간이 자연을 보다 효과적으로 개척하고 정복할 수 있도록 돕는다. 과학 기술이라는 도구를 들고 인간은 자연의 깊숙한 곳까지 들어가 문명이라는 이름으로 자연을 재구성해나간다. 그런데 오히려 상상하지도 못한 여러 문제들이 발생하고 있다. 점점 물에 잠겨서 언젠가는 없어질 수도 있다는 섬나라, 빙하가 녹아서 살 곳이 점점 줄어들고 있는 북극곰들, 쩍쩍 갈라진 땅바닥, 인간의 예측을 뛰어넘는 집중 폭우와 폭설과 지진들……

「자연 경외하기(敬畏自然)」는 옌춘요유(嚴春友, 1959-)가 지은 「대자연의 지혜(大自然的智慧)」에서 뽑은 글이다. 이 작품은 자연의 변화 앞에서 어떻게 해야 할 것인지에 대해 서술한 의론성 산문으로, 중학교 2학년 2학기 교과서에 실려 있다. 이 글의 중점은 자연과 인간의 관계다. 작자는 인간이 자연을 정복할 수 있다는 명제를 부정한다. 정복 대신 작자가 선택한 어휘는 경외와 애호다. 왜 그러한가. 이에 대해 작자는 먼저 인류와 자연의 지혜를 비교하면서, 인류의 지혜가 자연에 훨씬 미치지 못하다고 선을 긋는다. 우주가 모든 만물의 창조주체이기 때문에 그러하다. 인간도 우주가 창조한 생명체의 하나다. 때문에 인간의 지혜는 우주에 속하는 지혜일뿐이다. 다음으로, 작자는 인간 이외의 생명체에 대한 존중을 주문한다. 작자는 인간과의 이해관계가 어떤지를 떠나, 모든 생명체는 다 자연이 창조한 정교한 예술품이라고 본다. 따라서 인간 이외의 생명체 역시 인간과 동등한 존재로 그 가치를 인정하고 존중해야 한다는 것이다.

우리는 더 이상 우주의 다른 부분을 단지 우리가 정복해야 하는 대상으로만 여겨서는 안 된다. 더 이상 다른 생물들을 우리의 맛있는 먹을거리로만 여겨서도 안 된다. 우리는 그것들을 우리와 평등한 생명체이고, 우주의 지혜로운 창조물이며 우주의 아름다움을 보여주는 것이라고 여겨야 한다. 마치 우리 자신을 경외하는 것처럼 그것들을 경외해야 한다. 그것들을 경외하는 것은 바로 우주를 경외하는 것이고 자연을 경외하는 것이며 우리 자신을 경외하는 것이다.

我们再也不应该把宇宙的其他部分看作只是我们征服的对象, 再也不应该把其他生物仅仅看作我们的美味佳肴, 而首先应该把它们看作是与我们平等的生命, 看作是宇宙智慧的创造物, 看作是宇宙之美的展示者, 首先应该敬畏它们就像敬畏我们自己一样. 敬畏它们, 就是敬畏宇宙, 敬畏自然, 就是敬畏我们自己.

(『8-하』, 89쪽)

이 글에서 작자가 얘기하는 자연에 대한 '경외'는 두 가지 의미를 지닌다. 하나는 모든 생명체를 인류와 동등하게 보고, 인간이 자신을 경외하듯 자연을 경외하라는 의미다. 다른 하나는 인간에 대한 경외다. 작자는 자연을 경외하는 것이 곧 우리 자신을 경외하는 것이라고 한다. 이는 자연의 일부로서 인간의 존재 의미에서 출발한다. 자연을 경외하는 것은 곧 생명을 경외하는 것이고 자연을 아끼고 사랑하는 것이다. 이는 곧 인류가 살아가는 공간을 아끼고 사랑한다는 것이기에, 자연을 경외하는 게 곧 인간 경외인 것이다. 자연과 인간의 관계를 정복이 아닌 경외와 애호로 설정하는 이유는 오늘날 인간이 맞닥뜨리고 있는 모든 자연재해의 문제가 인간이 자연을 정복의 대상으로 보고 접근하는 과정에서 발생했다고 보기 때문이다. 이로 보자면, 자연의 위대함을 알고 자연을 경외함으로써 자연과 조화로운 관계를 설정하는 것이 인류가 나아가야 할 길이 된다. 자연과 함께 살아야 할 인간이 혹 자연을 너무 학대하고 있는 것은 아닌가. 지구 곳곳에서 흔히 볼 수 있는 자연재해와 기후변화 현상은 인간의 학대 앞에서 더 이상 견디기 어렵다는 자연의 신호일지도 모른다.

3) 산수의 아름다움에 취해

중국문학사에서 위진남북조 시대에 문인들은 인간 세상에서 등을 돌리고 그들의 시선을 산수 자연으로 옮겨간다. 오랜 전란과 분열의 혼돈과 소용돌이 속에서 급변하는 인간의 무상한 삶보다는 늘 조화로운 모습으로 아름다움을 간직하고 있는 산수 자연이 훨씬 더 매력적인 묘사의 대상으로 떠오른 것이다. 당시 문인들은 혼탁한 정치 현실에 관심을 두기보다는, 변함없는 산수 자연과 벗하며 산수의 아름다움을 화려한 언어로 묘사하는 재미에 빠져들게 된 것이다. 운문 장르에서 산수시가 시대문학을 대표하는 위치에 올랐을 뿐 아니라, 산문 영역에서도 산수를 묘사하는 비중이 갈수록 늘어간다. 이런 경향은 남조 시대로 들어가면 더욱 극명해진다. 이 시기에는 산문 장르의 한 별종이라고 할 수 있는 변문(騈文)이라는 장식적인 문학 양식이 문단을 지배해, 대구(對句)의 방식으로 4글자 또는 6글자 길이의 구절을 기계적으로 반복하고, 문학적 관습인 전고(典故)의 사용을 금과옥조로 여기며, 아름다운 언어를 조직적으로 늘어놓고 과장적으로 묘사하는 수법이 최고조에 달한다. 그리하여 눈부시도록 아름답고 다채로운 산수의 모습이 매우 세밀하고 생생하게 묘사되어 독자로 하여금 몸이 그 안에 빠져 있는 것과 같은 느낌을 주기까지 한다.

중학교 2학년 1학기와 2학기 교과서에 각각 이를 대표하는 도홍경(陶弘景, 452-536)의 「사중서에게 답하는 편지(答谢中书书)」와 오균(吴均, 469-520)의 「주원사에게 보내는 편지(与

朱元思书)」두 편이 실려 있다. 이 두 작품은 변문적 요소를 지니고 있으면서도 전고의 사용은 눈에 띄지 않아 신선한 느낌을 주기도 한다. 여기서는 「사중서에게 답하는 편지」를 보기로 한다.

> 산천의 아름다움은 옛날부터 사람들이 모두 말하기 좋아하였습니다. 높은 봉우리는 구름 속으로 치솟아 들고, 맑은 시냇물은 바닥이 들여다보입니다. 양쪽 강가에 우뚝 솟은 석벽 위에는 오색 빛이 번갈아 비칩니다. 푸른 숲과 비취빛 대나무는 사계절 내내 푸른 모습을 하고 있습니다. 아침 안개가 막 흩어지려 할 때 원숭이와 새들은 어지럽게 웁니다. 석양이 막 지려할 때 물속 깊이 숨어 있던 물고기는 다투어 뛰어 오릅니다. 이곳은 실로 인간 세상의 선경입니다. 강락 이후로 이 산천의 기묘함을 깨달을 수 있었던 이 아무도 없었습니다.
>
> 山川之美, 古来共谈. 高峰入云, 清流见底. 两岸石壁, 五色交辉. 青林翠竹, 四时俱备. 晓雾将歇, 猿鸟乱鸣 ; 夕日欲颓, 沈鳞竞跃, 实是欲界之仙都, 自康乐以来, 未复有能与其奇者.　　　(『8-상』, 194-195쪽)

도홍경은 어려서부터 도 닦기를 좋아하여 10살 때 이미 갈홍(葛洪, 284-364)이란 도사의 『신선전(神仙傳)』을 읽고 연구할 정도였다고 한다. 벼슬을 하긴 했지만 이내 내던지고 산속으로 들어가 은거하여 약초를 캐고 신선을 찾아다녔다. 양나라 무제가 나라에 일이 있을 때마다 찾아가 자문을 구했다고 한다. 그는 이처럼 산중에 은거하면서도 나라에 중대사가 있을 때 참여하여 '산중재상(山中宰相)'[50]으로 불린다. 사중서는 도홍경의 친구로 사미(謝微) 또는 사징(謝徵, 500-536)이라고 하는 사람인데, 일찍이 조정의 기밀문서를 취급하는 중서성의 홍려(鴻臚)라는 관직을 역임한 적이 있기 때문에 이렇게 불렸다.

전문이 불과 68자밖에 되지 않는 짤막한 글 속에, 사계절, 아침과 저녁, 산천의 풀과 나무, 새와 짐승에 이르기까지 두루 보고 느낀 점을 한 폭의 그림처럼 담아내고 있다. 한 편의 '산수시(山水詩)'요 한 폭의 '산수화(山水畫)'라 해도 손색이 없다. 산수의 경치 중에 구름을 뚫고 치솟은 산봉우리와 밑바닥이 환히 들여다보이는 맑은 물, 온갖 색깔이 뒤섞인 강가 양안의 우뚝 솟은 낭떠러지, 사계절 변치 않는 검푸른 숲과 대나무, 이른 아침에 원숭이와 새들이 잠에서 깨어나 마음껏 울부짖는 소리, 황혼녘에 물속의 물고기가 뛰어오르기 시합을 하듯 힘차게 놀고 있는 모습들을 중점적으로 묘사한다. 고요한 가운데 생명이 약동하는 정중동과 아름다운 색채미 등 청각과 시각을 두루 동원하여 산수의 아름다움을 잘 표현하고 있는 것이다. 작자는 이러한 산수의 아름다움에 흠뻑 취하여, 이곳이 마치 '인간 세상(欲界)'에 존재하는 선경(仙境)과 같다고 예찬한다. 산수 묘사 가운데 자신의 견해를 자연스럽게 드러낸 것이다. 이처럼 아름다운 산수는 번거롭고 속된 홍진 세상과는 다른 세계라 마치 신선이 노니는 선경과 다를 바 없다는 말이다. 마지막에 작자는 이런 깨달음에 이른 사람은 강락 이후 자신 밖에 없다는 도도한 자부심을 은연중에 덧붙인다. 강락은 동진(東晉)의 명사요 대표적 시인인 사령운

(謝靈運, 385-433)을 가리킨다. 집안이 당시의 명문 귀족인 진군사씨(陳郡謝氏)로 강락공
(康樂公)이라는 작위를 세습했기 때문에 이렇게 불렸다. 사령운은 중국문학사에서 산수시의
기풍을 처음 연 작가로 추앙받는 인물이다.

이 글은 서간문이면서 산수의 경치 묘사를 위주로 하고 있다는 점이 특이하다. 이는 당시의
시대사조 및 문학 기풍과 밀접한 관계가 있다. 중국문학사에서 위진남북조(196-589)는 흔히
유미주의 또는 예술지상주의로 불리는 귀족문학 시기다. 이 시기는 남북 분단에다가 수많은
왕조가 명멸한 매우 혼란스러운 국면이어서 정치적, 사회적, 민족적 갈등이 첨예하게 드러난
다. 이런 불안한 시기에 문인들은 현실 정치에 참여해 자신의 이상을 실현하기보다는 산림으
로 숨어들어 자연의 아름다움 속에서 정신적 위로와 해탈을 추구하는 경향이 두드러지게 나
타난다. 따라서 서간문 속에서도 산수의 아름다움을 묘사함으로써 자신이 애호하는 것을 밝
히고, 그것을 통해 친구의 안부를 묻는 것으로 삼는 경향이 등장한 것이다. 중국에서 서간문
은 본래 공문서에서 출발한다. 이것이 한나라 때에 개인 간의 생각과 감정을 교환하는 교제수
단으로 전환해, 개인의 인생과 성격 및 사회상을 담아내기 시작한다. 그 후 위진남북조 시대
에 들어와 서간문의 내용이 정치와 문학을 논하고 교분이나 정취를 서술하며, 여행과 경치를
기술하고, 문답을 주고받는 등의 광범위한 범주로 대폭 확대된다. 특히 이때에 문학을 담론하
고 경치를 묘사하는 서간문이 등장한 것은 주목할 만한 대목이다. 게다가 언어의 조탁과 수식
을 중시해 서간문이 실용문의 울타리를 벗어나 예술성이 풍부한 문학 창작물로 발전하기에
이른다.[51]

4) 전원생활

의식주 곧 옷과 음식과 집은 인간 생활의 가장 기본적인 물적 요소다. 중국에서 집의 형태는
지역과 기후, 종교와 민족 등에 따라 매우 다양하다. 집 자체도 사람의 삶에 있어서 중요하지
만, 어떤 곳에 집을 짓고 사느냐는 더욱 중요한 문제다. 공자는 일찍이 "어진 마을에 사는 것이
좋다. (里仁爲美.[52])"고 하면서 어진 기풍이 있는 동네에 사는 것이 중요하다는 뜻을 말했고,
'맹모삼천지교(孟母三遷之教)'라고 맹자 어머니는 자식 교육을 위해 사는 곳을 세 차례나 옮
겼다고 한다.

생계를 위해서, 자식 교육을 위해서, 노후의 안락한 삶을 위해서, 자신이 추구하는 이상을
실현하기 위해서 등등, 여러 가지 이유로 우리는 살 곳을 택하게 된다. 인류문명사에서 도시
의 형성은 문명의 발전에 획기적인 의미를 가진다. 도시가 형성되기 위해서는 충분한 인구와
생산량의 기초 위에 물자의 교역과 질서 유지 및 그에 따른 제반 시설과 제도 또는 법규 등을

갖추어야 하기 때문이다. 인류의 역사는 도시 형성의 역사라고 해도 과언이 아닐 것이다. 도시 문명이 발달할수록 필시 더 많은 인구를 끌어들이기 때문에 번화함을 넘어 매우 복잡하고 혼란스럽게 되어 인간 삶의 질을 떨어뜨리기도 한다. 게기에다가 정치적, 사회적 요소까지 덧붙여져 도회의 삶에 염증을 느끼고 흙냄새 나는 전원으로 돌아가고픈 욕구가 생기게 된다.

중국문학에서 도회의 번잡한 삶을 내던지고 전원으로 돌아가 살면서 위대한 시문을 남긴 작가가 있다. 바로 도연명(陶淵明, 365?-427)[53]이란 동진 말기의 문인으로, 시와 산문에 걸쳐 두루 매우 독보적인 문학적 성취를 이룬 사람이다. 그는 본래 몰락한 관료 지주 가정에서 태어나 어릴 때부터 가정 형편이 이미 궁핍했다. 20살 무렵 가족의 호구지책을 위해 벼슬길로 발을 들여놓은 뒤, 몇 차례 말단 관직을 역임했지만 재직 기간은 모두 얼마 되지 않는다. 벼슬과 은거를 번갈아 하던 동안에 가정생활은 늘 곤경에 빠지곤 한다. 39세 때는 가정의 생계를 유지하기 위해 몸소 농사일에 손대기도 하지만 자급하기엔 턱없이 모자란다. 부득이한 상황에서 그는 하는 수 없이 80여 일 동안 팽택현령(彭澤縣令)을 지내기도 하였지만, 타고난 품성이 관직에 얽매여 사는 것이 부자연스러웠던 데다가 "다섯 말의 쌀 때문에 허리를 굽혀 정성스럽게 향리의 소인배를 섬길 수 없다. (不能爲五斗米折腰, 拳拳事鄕里小人邪.)"[54]며, 41세 때 관료사회와 결별하고 농촌으로 돌아와 노동에도 참여하면서 생을 마칠 때까지 그렇게 산다.[55] 집에서 기거하는 동안 집안의 화재 등으로 말미암아, 때로는 생활이 극도로 궁핍해 걸식을 면치 못하는 지경까지 이르기도 한다. 이런 와중에서도 그는 현실과 타협하지 않고 관직에 나오라는 부름에 일절 응하지 않은 채, 줄곧 농촌에서 생활하면서 천고에 빛나는 주옥같은 전원시(田園詩)와 산문 등을 써낸다.

중학교 2학년 2학기 교과서에 도연명의 「음주(饮酒)」시가 한 수 실려 있다. 중학생들에게 술을 권하는 것은 결코 아닐 터, 어떤 의미에서 이런 제목의 시가 중학교 교과서에 등장하는 것일까? 본래 이 시는 모두 20수로 되어 있지만, 교과서에 실린 작품은 그 다섯 번째 수다.

사람들이 사는 곳에 오두막집 지었건만	结庐在人境,
수레와 말의 시끄러운 소리 없다	而无车马喧.
어찌 그럴 수 있느냐고 묻는데	问君何能尔?
마음이 머니 땅은 절로 외지다오	心远地自偏.
동쪽 울타리 밑에서 국화를 따는데	采菊东篱下,
문득 멀리 남산이 눈에 들어온다	悠然见南山.
산 기운은 황혼녘에 아름다워	山气日夕佳,
나는 새들은 짝지어 둥지로 돌아온다	飞鸟相与还.
이 가운데에 참뜻이 있으나	此中有真意,

분별하려 해도 이미 말을 잊는다   欲辨已忘言.   (『8-하』, 207-208쪽)

작품 어디에도 술 이야기는 없다. 다만 이 시의 앞에 붙인 서문에 한가롭게 사느라고 즐거운 일이 적던 차에 좋은 술이 생기면 긴 밤에 흠뻑 마시고 취해 시를 썼다고 하는 내용이 보인다. 그는 그렇게 쓴 시가 순서도 없이 뒤죽박죽 쌓이자, 친구에게 청서하도록 부탁해 즐겁게 웃을 거리로 삼았다고 실토한다.

자연스러움을 좋아하는 도연명에게 거드름피우는 상관들이 득실대고 의전 절차나 따지며, 부정부패가 만연하고 허위와 아첨이 난무하는 관료 세계가 생리적으로 맞지 않는다. 그는 그런 현실을 떠나 농촌의 전원생활로 돌아왔지만, 그렇다고 사람들이 살지 않는 외딴 곳에 깊숙이 숨어 살지는 않는다. 다른 사람들이 사는 곳에 집을 짓고 산다. 그렇지만 수레나 말의 시끄러운 소리는 들리지 않는다. 수레나 말의 시끄러운 소리란 권세 있는 사람에게 청탁하거나 빌붙으려고 그 집 앞이 문전성시를 이루는 것을 가리킨다. 시인도 본래 귀족의 후손이었지만 그런 속물들과는 교제를 하지 않았다는 뜻이다. 어찌 그것이 가능한가? "심원지자편(心远地自偏)" 곧 정신적으로 부귀공명을 추구하는 세계와 단절하고 나니 자기가 사는 곳이 어디에 있든 속세로부터 멀리 떨어진 외진 공간이 된다는 것이다. 시인은 이곳에서 국화를 딴다. 국화는 꽃잎이 말라붙을지언정 떨어지지 않는 꼿꼿한 지조의 상징이다. 마음 가는 대로 국화를 따다가 무의식중에 고개를 들어보니 멀리 남산이 눈에 들어온다. 시인의 시선이 자연스럽게 산과 조우하는 장면이다. 산은 고요하고 한적하며 자유로움의 상징이다. 비바람이 몰아쳐도 끄떡하지 않고 본연의 모습을 지키며 그대로 서 있는 존재 아닌가. 이제 시인은 산과 자연스럽게 하나가 된 것이다. 시인의 눈에 들어온 남산에는 있을 듯 없을 듯 산기운이 맴돌고 있는데, 황혼녘이 되자 형언할 수 없이 더욱 아름답다. 저녁이 되었기에 나는 새들도 이제 둥지로 돌아갈 때다. 새는 혼자가 아니다. 자웅상의(雌雄相依) 짝을 지어 돌아간다. 평화롭고 조화로운 자연의 본 모습 그대로다. 부귀공명을 추구하기 위해 생명을 좀먹으며 안달하고 불안해하는 인간의 모습과는 확연히 다른 세계다. 시인은 이런 자연 속에 완전히 동화되어 생명 본연의 아름다운 세계로 들어간다. 바로 이런 세계에서 생명의 참뜻을 마음으로는 깨달을 수 있지만 그것을 말로 전할 수는 없다. 사람과 자연이 하나가 되는 조화로운 생명의 세계를 몸으로 느낄 뿐 인간의 논리적 언어로는 표현할 수 없다는 것이다.

정녕 곱씹을수록 깊은 맛이 나는 시다. 어려운 글자나 난해한 전고 따위는 찾아볼 수 없지만 의미심장해 깊은 여운을 남긴다. 복잡하고 바빠 허둥지둥 살아가는 우리의 인생살이에서 잠시 모든 일과 고민 다 내려놓고 음미할 만하지 않는가!

5) 이상향

현실적으로는 아무데도 존재하지 않는 이상의 나라 또는 이상향(理想鄕)을 가리키는 뜻인 ‘유토피아(utopia)’란 말이 있다. 주지하듯이 이 말은 본래 토머스 모어(Thomas More, 1478-1535)의 동명의 저서 이름에서 연유한 것이다. 중국고전문학 작품 중에 근대의 대표적 지식인의 한 사람인 량치차오(梁啓超, 1873-1929)에 의해 “동양 세계의 유토피아(東方世界的烏托邦)”로 불린 작품이 있다. 바로 중학교 2학년 1학기 교과서에 실린 도연명의 「도화원기(桃花源记)」다. 300여 글자로 된 이 글은 중국고전산문 중에서 가장 오랫동안 널리 읽히고 암송된 작품의 하나다.

이 작품은 무릉(武陵)이란 고을에 사는 어부의 행적을 실마리로 하여 소설 같은 수법으로 어부가 도화원을 발견하게 되는 경과, 어부가 도화원 내에서 보고들은 가정 중심의 농촌생활 환경과 순박한 사회기풍, 집으로 돌아와 다시 그곳을 찾으려다 길을 잃고 마는 이야기를 펼쳐 낸다. 어부는 생업인 물고기 잡는 일에 집중하다가 그만 배가 계곡을 따라 얼마만큼 왔는지도 잊어버린다. 방향을 잃고 어리둥절하던 차에 눈앞에 펼쳐진 복숭아나무숲을 발견하고, 향기로운 풀과 떨어진 복숭아꽃이 흩날리는 아름다운 경치에 빨려들어 마법에 이끌리듯 계속 배를 저어 나간다. 그러다가 홀연 복숭아나무숲이 끝나는 지점인 계곡 물의 발원지에서 산을 하나 발견한다. 어부는 그 산에 있는 작은 동굴에서 뭔가 심상치 않은 빛이 번쩍이는 것을 보고, 한 사람이 겨우 지나갈 정도의 좁은 동굴 입구를 통해 도화원이라는 별천지에 발을 들여놓는 다. 어부의 눈에 비친 도화원 내의 평화로운 모습은 마치 한 폭의 그림과 같다.

> 땅은 평탄하고 넓으며 집들은 가지런하게 늘어서 있고, 비옥한 논밭, 아름다운 연못, 뽕나무와 대나무 같은 것들도 있다. 밭 사이로 난 작은 길은 사방으로 통하고, 닭 우는 소리와 개 짖는 소리가 엇갈려 들려온다. 그 사이를 오가며 경작하고 있는 남녀의 옷차림이 다 바깥세상 사람들과 꼭 같다. 누런 머리의 노인이나 머리를 늘어뜨린 어린이가 다 유쾌하게 저마다 즐거워하고 있다.
> 土地平旷, 屋舍俨然, 有良田美池桑竹之属. 阡陌交通, 鸡犬相闻. 其中往来种作, 男女衣着, 悉如外人. 黄发垂髫, 并怡然自乐.　　　　　　　　　　　　　　　　　　　　　　（『8-상』, 165쪽）

마을 사람들은 어부를 보자 몹시 놀라며 어디에서 왔는지 묻는다. 어부가 사실대로 상세하게 대답해주자, 그를 초대해 술상을 차리고 닭을 잡아 대접한다. 마을 사람들은 다들 몰려와 이것저것 물어본 뒤 이렇게 말한다.

> 전대에 선조들이 진나라 때의 난리를 피해 처자식과 마을 사람들을 데리고 세상과 단절된 이곳에

왔다가 그 후 다시는 나가지 않아 마침내 바깥세상 사람들과 왕래가 끊어졌다고 한다. 그들은 어부에게 지금이 어느 왕조인가 묻는데, 한나라가 있었다는 것조차 모르거늘 위진에 대해서는 더 말할 필요가 없다. 어부가 그들에게 자기가 들어 알고 있는 것을 일일이 자세히 말해주자 모두들 탄식하고 놀랄 뿐이다. 마을의 다른 사람들도 각각 자기네 집에 초대해 술과 음식을 대접한다. 어부는 그곳에서 며칠을 묵은 뒤에 마을 사람들과 작별하고 그곳을 떠난다. 마을 사람들은 그에게 "우리가 있는 이곳을 바깥사람들에게 말할 필요는 없습니다." 하고 당부한다.

先世避秦时乱, 率妻子邑人来此绝境, 不复出焉, 遂与外人间隔. 问今是何世, 乃不知有汉, 无论魏晋. 此人一一为具言所闻, 皆叹惋. 余人各复延至其家, 皆出酒食. 停数日, 辞去. 此中人语云 : "不足为外人道也."

(『8-상』, 165쪽)

어부는 도화원에서 나온 뒤에 자기 배를 찾아 원래의 길을 따라 돌아가면서 곳곳에 표시를 해둔다. 고을 태수를 찾아가 자기가 이번에 경험한 특별한 별천지에 대해 아뢴다. 태수는 즉시 사람을 파견해 그를 따라 그곳을 찾아가도록 하지만, 도중에서 그만 방향을 잃고 다시는 그 길을 찾지 못한다. 유자기(劉子驥)라는 고상한 선비가 이 소식을 듣고 찾아가려고 계획하다가 뜻을 이루지 못하고 병으로 죽는다. 그러자 도화원 가는 길을 묻는 사람이 다시는 나오지 않는다. 이 글은 이렇게 끝난다.

도화원은 실제 존재하는 곳이 아니라 작자의 허구에서 나온 세상 밖의 선경이지만, 매우 사실적으로 그려내고 있기 때문에, 거기에 등장하는 사람과 일이 모두 실제 있는 인물과 사건처럼 느껴진다. 한 어부가 우연히 도화원에 들어가 보고 들은 것을 모티브로 풀어낸 매우 간단한 줄거리에 불과하지만 사람을 황홀한 경지로 끌어들이는 매력이 있다. 도연명이 짤막한 이 글에서 그려낸 이상적인 사회상은 군림하거나 억압하는 자도 없고, 세금 착취나 명예 추구와 아귀다툼도 없으며, 전란은 물론이거니와 사람들끼리 서로 싸우는 소리는 전혀 들리지 않는다. 모두 아름다운 전원 속에서 함께 노동하며 서로 화목하고 자유롭고 평등하게 지내고, 진솔하게 손님 접대하기 좋아하며 순박하게 살아간다. 이 '세상 밖의 도원(世外桃源)' 또는 '무릉도원(武陵桃源)'으로 불리는 곳은 어지러운 시대를 살아가는 사람들의 정신적 안식처일 터, 정녕 안정되고 행복한 생활을 갈망하는 사람들의 아름다운 바람을 반영한 것이라고 하겠다.

이 작품에서 도연명이 그린 도화원이라는 이상향은 좀 특별한 점이 있다. 혼란한 세상을 피해 도화원이라는 격리된 별천지로 들어가 사는 무리들이지만, 신선이 아니라 그저 평범한 보통사람들이란 점이다. 아니 그들은 바깥세상 사람들보다 더 순박하고 진솔한 천성을 갖고 있다. 신분의 귀천도 없이 남녀가 다함께 노동하며, 어린이와 노인들까지 아무도 소외되지 않고 모두 저마다의 삶을 즐겁게 살고 있다. 푸근한 자연의 품에 안겨 보통사람으로 평화롭고 행복하게 사는 모습 그대로다. 이 점은 다른 대부분의 신선 이야기가 불로장생의 세계나 진귀한 보물 따위를 현란한 언어로 묘사하고 있는 것과 전혀 다른 대목이다. 이런 점에서 도연명이 그린 이상향으로서의 유토피아는 '아무데도 존재하지 않는 세상'이라기보다는, 중국 '어디엔가 있을 것만 같은 아주 소박한 곳'이라고 할 수 있으리라.[56] 도화원 일대는 일찍부터 개발되어 문화가 꽤나 발달한 지역으로 알려진 바, 전국 시대 사공자의 한 사람인 초나라의 춘신군(春申君, BC 314-BC 223)이 이곳에 봉해져 예의가 있는 곳으로 다스렸다고 전해진다. 게다가 이 일대는 물산과 먹을 양식이 풍부해 진나라 때 피난 장소로 알려진 곳이기도 하다. 어쨌든 도연명은 이런 역사·지리적 사실을 참고로 삼고 거기에다 자신의 상상력을 가미해 이 글을 썼을 것으로 짐작된다. 사상적인 면에서 살피자면, 도화원은 유가(儒家)에서 주장하는 '대동세계(大同世界)'[57]의 이상과 도가(道家)에서 찬미하는 '소국과민(小國寡民)'[58]의 정치이상이 함께 실현되어 있는 공간으로 보인다. 도연명이 이런 생각을 하게 된 것은 여러 해 동안 직접 농사일을 하고 가난하게 산 체험과 밀접한 관계가 있다고 할 것이다. 요컨대 도연명이 전원으로 돌아온 뒤에 마음속에 품은 이상은 혼자만 고고하게 잘 사는 것이 아니라 평범한 사람들이 화목한 공동체를 이루고 행복하게 살아가는 세상을 구현하는 것이다.

1. 인간의 삶에 있어서 자연은 어떤 의미인가? 인간이 자연을 정복하거나 보호할 수 있는가? 특히 생명존중과 생태적 관점에서 접근해보자.

2. 전원주택을 마련하거나 귀농 또는 귀촌을 하는 사람들이 증가하는 추세에 있고, 그런 사람들 중에는 젊은 청년들도 상당수 포함되어 있다고 한다. 그 이유는 무엇이고, 특히 청년들이 어떤 사전준비와 마음가짐이 있어야 성공적으로 전원이나 농촌에 안착할 수 있을까?

3. 우리가 살고 있는 세상에 '세외도원'이나 '무릉도원'과 같은 곳이 현실적으로 많이 존재할 수는 없을 테다. 다만 우리의 마음속에 이런 세계를 만들 수는 있지 않을까. 우리가 어떤 마음가짐으로 살아간다면 이 세상을 이상향으로 만들 수 있을까?

1   중국 인명을 표기함에 있어 근대 이후는 중국식 발음으로 적되, 근대 이전은 이미 익숙해진 우리식 한자음으로 표기한다.

2   우리나라에서는 이를 '한문(漢文)'이라고 부르는데, 중국에서는 '고문(古文)' 또는 '고대한어(古代漢語)'라고도 한다.

3   실제 중국이 정식 국가 명칭으로 등장한 것은 신해혁명 이후 1912년에 출범한 중화민국이 최초로 그리 오래되지 않았다. 중국의 근대식 교육제도를 전면적으로 알아보기 위해서는 타이완과 홍콩 및 마카오까지 두루 살펴야 하겠지만, 여기서는 중화인민공화국에 한정해 다루기로 한다.

4   이는 덩샤오핑이 1983년 10월 1일 국경절에 북경경산학교(北京景山學校)를 시찰할 때 써준 제사(題詞)인데, 참고로 이 학교는 초·중등 12년 과정을 한데 묶어 교육하는 곳으로 1977년에 전국 중점학교, 1978년에 북경시 중점학교로 선정된 바 있는 명문교다.

5   구자억, 『현대 중국교육의 심층적 이해』, 서울: 문음사, 1998, 148-151쪽.

6   국가에서 중점 지원해 세계 수준의 일류대학 반열로 끌어올리려는 대학을 가리킨다.

7   중국에서 4년제 일반대학 중에서 종합대학은 '대학(大學)', 단과대학은 '학원(學院)'으로 부른다.

8   이는 중국 교육부의 「2015년 교육통계 수치(2015年教育統計數據)」에 올라와 있는 전국 단위의 「각급별 학교수·교직원·전임교원 현황(各級各類學校校數、教職工、專任教師情況)」과 「각급별 학력인정 과정 학생 현황(各級各類學歷教育學生情況)」의 두 자료에 근거해, 용어를 우리식으로 옮기고 학교와 학생 수를 발췌해 재구성한 것이다.

9   '비행청소년선도학교(工讀學校, Correctional Work-Study Schools)'는 경미한 범법 행위 또는 범죄 행위를 한 만 13세에서 17세까지의 미성년자를 대상으로 교육하는 학교로 수업연한은 2년이다.

10   이 통계 수치는 중국 교육부 홈페이지의 2015년 「각급별 학력 미인정 과정 학생 현황(各級各類學歷教育學生情況)」에 근거한 것이다.

11   뜻과 음은 같은데 형체가 다른 글자를 가리킨다.

12   한어는 중국에서 중국어를 지칭하는 용어다.

13   허성도, 「중국의 국어 정책에 대하여」, 『세계의 언어정책』, 서울: 태학사, 1993, 41-63쪽.

14   박철완, 「중국 중학교 어문 교과서에 대하여」, 『한국어문교육』 9집, 2000, 168쪽.

15   이에 대한 자세한 과정은 스오우(石鷗)·리신(李新), 「신중국 60년의 초중고 교재 건설 탐구 분석(新中國60年中小學教材建設之探析)」, 『호남사범대학교육과학학보(湖南師範大學教育科學學報)』 8권 5기, 2009, 5-9쪽 참조. 이 논문에서는 크게 건국 후 17년 시기(1949-1966), 문화대혁명 시기(1966-1976), 개혁개방 시기(1976-2009)의 3기로 나누었지만, 문혁 기간은 제대로 된 교과서 발행이라기보다는 정치사상 구호와 선전이 난무했던 특수한 시기이므로 제외해도 무방하리라 생각된다.

16   '국가교육위원회(國家教育委員會)'는 1985년에서 1998년까지 14년간 교육부를 대체해 중국의 전체 교육행정을 총괄한 부서다.

17   이하 「과정표준」이라 약칭한다.

18   1(1-2학년), 2(3-4학년), 3(5-6학년), 4(7-9학년)의 네 학습단계로 나뉘어져 있는데, 1-3학습단계가 초등학교 과정이고, 4학습단계가 중학교 과정에 해당한다.

19   본 「과정표준」에서는 읽기 능력 향상을 위해 다양한 지문 읽기를 활용해야 한다고 명시하고 있는 바, 9년의 의무교육과정을 통해 240편의 우수한 시문을 암송해야 하며 읽기 분량은 400만자보다 적어서는 안 된다고 규정한다. 이를 위해 학습단계별로 기준이 제시되어 있다. 즉, 1단계는 우수 시문 50편 암송과 본문 외 읽기 5만자, 2단계는 우수 시문 50편 암송과 본문 외 읽기 40만자, 3단계는 60편의 시문 암송과 본문 외 읽기 100만자, 4단계는 80편의 시문 암송과 본문 외 읽기 260만자가 그것이다. 특히 고전 시문의 경우

에는 해당 학습단계에서 암송하고 읽어야 하는 추천 작품 목록을 부록으로 명시해 놓고 있다. 이를 통해 읽기 능력의 향상뿐만 아니라 중국고전 명문에 대한 학생들의 이해력과 감상력을 함께 배양시키고자 한다.

20 습득해야 하는 한자는 읽을 줄 알아야 하는 것과 쓸 줄 알아야 하는 것으로 구분해 규정하고 있다. 학습단계별로 1단계는 각각 1,600자와 800자, 2단계는 2,500자와 1,600자, 3단계는 3,000자와 2,500자다. 4단계는 3,500자를 모두 읽고 쓸 줄 알아야 한다.

21 주지하듯이 이는 『논어(論語)』 첫 장에 나오는 글귀다.

22 2016년 이전 판본에서는 6단원의 말미에만 중국고전문학 읽기를 수록했다. 그러나 2016년 신판 7학년 상책에서는 3단원 이후에도 이를 추가하고 있다. 이는 중국 고전명문 학습을 강화하기 위한 조치로 보인다.

23 낭독 교육을 중시하는 것은 중학교 1학년 1학기 교과서(12쪽)에 '낭독의 장점(朗讀的好處)'이라는 글을 수록한 것에서도 알 수 있다. 낭독을 통해 기억하기 쉽고 본문을 더 깊이 이해할 수 있으며, 낭독 과정 중 사색과 개인의 느낌을 개입시킬 수 있기 때문에 더 생생하고 피부에 와 닿는 독해 학습이 가능하다고 할 수 있다.

24 암송 교육을 중시하는 것은 중학교 2학년 2학기 교과서(167쪽)에 '암송 학습(學習背誦)'이라는 글을 수록하고 있는 데서도 잘 드러난다. 암송이 중국의 교육 전통임을 지적하면서, 암송을 통해 글 속의 내용을 자신의 피와 살로 체화할 수 있음을 강조한다.

25 한쥔(韓軍)은 「100년 중국 어문교육의 10대 편향─1990년대 어문교육 대토론에 대한 전면적 회답(百年中國語文教育十大偏失─對九十年代語文教育大討論的全面回答)」이란 글에서 이를 정리한 있다. 이 글은 http://www.being.org.cn/cla/bainian2.htm에 올라와 있다.

26 김태연, 「90년대 이후 중학 어문 교과서의 변화와 문학 경전 질서의 재편성」, 『중국문학』66집, 161-162쪽.

27 「교육대강」과 「과정표준」의 차이에 대한 자세한 비교는 저우훼이샤(周慧霞)의 「어문 과정표준과 어문 교육 대강 비교(語文課程標準與語文教學大綱比較)」, 『산동교육(山東教育)』2002년 7호, 30쪽 참조.

28 윤휘탁, 「중국의 애국주의와 역사교육」, 『중국사연구』18집, 2002, 275쪽.

29 같은 글, 275-276쪽.

30 『어문(語文)』교과서 수록 작품을 인용하여 설명하는 경우에 한해 제목과 해당 내용을 교과서에 실린 대로 중국식 간체자로 표기한다. 이하 동일하다.

31 『4-상』은 초등학교 4학년 1학기 『어문(語文)』교과서 상책(上册)을 가리킨다. 이하 동일한 방식으로 줄여 표기한다.

32 이 시의 번역과 설명은 필자의 『두보시선』, 대구: 계명대출판부, 2012, 19-20쪽 내용 참조.

33 『맹자(孟子)·진심상(盡心上)』편에 나오는 말이다.

34 『논어(論語)·옹야(雍也)』편에 나오는 말이다.

35 이 시의 번역과 설명은 필자의 『두보시선』, 대구: 계명대출판부, 2012, 26-27쪽 내용 참조.

36 인간의 '지극한 정서(至情)'를 담은 것으로 알려진 중국의 3대 명문이 있다. 바로 이 제갈공명의 「출사표」, 진(晉)나라 이밀(李密)의 「진정표(陳情表)」, 당(唐)나라 한유(韓愈)의 「제십이랑문(祭十二郎文)」이 바로 그것이다. 각각 충(忠), 효(孝), 자(慈) 곧 '신하의 임금에 대한 충정', '자식의 부모에 대한 효성', '윗사람의 아랫사람에 대한 자애로운 정'을 가장 잘 표현한 명작으로 손꼽는다.

37 이 작품의 번역과 설명은 필자의 『당송산문선』, 대구: 계명대출판부, 2003, 89-99쪽 내용 참조.

38 『논어·위령공(衛靈公)』편에 나오는 말이다.

39 이 말은 『순자(荀子)·대략(大略)』편에 안자(晏子)가 증자(曾子)를 송별할 때 한 말로 적혀 있다.

40 이 작품의 번역과 설명은 필자의 『당송산문선』, 대구: 계명대출판부, 2003, 59-65쪽 내용 참조.

41 교과서 주석에 '불경'이라고 되어 있는데, 유우석이 불교에 정통한 사람이므로 타당한 풀이라 할 수 있다. 다

만 일설에는 유가 '성현의 경전'을 가리킨다는 견해도 있다.

42 『논어·자한(子罕)』편에 "공자께서 구이(九夷)의 땅에 사시고자 하자 혹자가 말하기를 '누추하니 그 점을 어떻게 하겠습니까?'라고 하자, 공자께서 말씀하시기를 '군자가 산다면 무슨 누추할 것이 있느냐?' (子欲居九夷. 或曰: '陋, 如之何?' 子曰: '君子居之, 何陋之有?')"고 대답한 데서 따온 말이다.

43 주돈이 이전에 전국(戰國) 시대 굴원(屈原, BC 340-BC 278)이 일찍이 연꽃을 군자의 모습에 비유한 바 있다. 굴원은 유명한 「이소(離騷)」라는 작품에서 "마름 잎사귀 마름질해 웃옷을 만들고, 연꽃을 모아 아래치마로 삼는다. (制芰荷以爲衣兮, 集芙蓉以爲裳.)"고 하여 연꽃으로 자신의 군자다운 고결함을 비유했다.

44 이 작품의 번역과 설명은 필자의『당송산문선』, 대구: 계명대출판부, 2003, 137-142쪽 내용 참조.

45 이 부분은『논어·계씨(季氏)』편에 나오는 말이다. 」

46 김난도 외,『트렌드 코리아 2017』, 서울: 미래의창, 2016.

47 '落花生'은 '꽃이 떨어진 뒤 생긴다.'는 뜻이다. 땅콩은 꽃이 떨어진 뒤 땅속에서 열매를 맺는 식물이다. 그래서 중국어로 땅콩은 '落花生'이라고 한다. 이 식물은 대략 15세기 말에서 16세기 초에 중국으로 전해진 것으로 알려져 있다.

48 『9-상』에는 특히 중국고전소설을 텍스트로 모아놓고 있는데, 우리가 보통『삼국지(三國誌)』라고 하는『삼국연의(三國演義)』외에『수호전(水滸傳)』과『유림외사(儒林外史)』와『홍루몽(紅樓夢)』에서 일부 내용을 발췌해 수록하고 있다. 이렇게 중국고전문학 작품의 일부를 어문교과서에 수록하는 것은 학생들의 정서 함양이라는 어문교육의 목적을 달성하기 위한 방편이다. 특히 중국고전문학을 텍스트로 선정한 것은 중국 정전에 대한 학생들의 이해를 돕고자 위기 위한 것이다.

49 류준필, 「중국 소학어문교과서의 한시 교육과 그 특성」,『중국문학』54집, 2008, 297-298쪽.

50 자세한 내용은『남사(南史)·은일전(隱逸傳)』에 실린 그의 전기 참조.

51 중국 서간문의 간략한 발전 과정에 대해서는 필자의『한유 서간문』, 서울: 지식을만드는지식, 2010, 11-16쪽 참조.

52 『논어·이인(里仁)』편에 나오는 말이다.

53 본명이 도잠(陶潛)이란 설도 있지만, 통상 도연명으로 많이 알려져 있고 교과서에도 도연명으로 되어 있어 그대로 쓴다.

54 『진서(晉書)·도잠전(陶潛傳)』에 나오는 말이다. 오두미는 당시 '현령의 봉록'으로 '변변치 않은 관리의 봉급'을 가리킨다.

55 도연명이 전원으로 돌아온 그 이듬해에 쓴 시와 산문이 중·고교『어문』교과서에 실려 있다. 즉,「전원으로 돌아와 살며(归园田居)」라는 제목의 다섯 수로 된 시의 셋째 수가 중학교 2학년 1학기 교과서 206쪽에, 그리고 유명한「귀거래혜사(归去来兮辞)」란 산문 작품은 고등학교 3학년 필수 5의 25-27쪽에 실려 있다.

56 중국의 호남성(湖南省)에는 실제로 '도원'이나 '무릉'이라는 지명이 있다. 즉, 상덕시(常德市) 도원현(桃源縣)의 도화원풍경구(桃花源風景區)와 장가계시(張家界市)의 무릉원풍경명승구(武陵源風景名勝區)가 그것이다. 실제 중국 남방에서 자연풍경이 아름다운 지역으로 '세외도원(世外桃源)'이라는 별칭을 가진 곳은 비일비재하다.

57 '大同'은『예기(禮記)·예운(禮運)』편에 나오는 말로, 재물을 공유하고 즐거운 마음으로 모두 함께 노동하며, 노인과 어린이는 너나 차별 없이 경로와 사랑을 받으며, 도적도 없고 문을 닫을 필요도 없는 이상사회를 가리킨다.

58 '小國寡民'은 '작은 나라 적은 백성'이라는 뜻으로, 노자(老子)가 그린 이상사회 내지 이상국가를 말한다. 『노자(老子)』80장에 보면 그곳에서는 온갖 문명의 이기가 있어도 쓰지 못하게 되고, 생명을 중히 여겨 멀리 떠나가는 일도 없고, 배와 수레가 있어도 타고 갈 곳이 없으며, 갑옷과 군대가 있어도 쓸 곳이 없다고 한다.

외국 국어교과서로 창의적 문화읽기

독일편
BEER

외국 국어교과서로 창의적 문화읽기

1. 독일의 학교와 교육제도

독일에서는 16개 연방주의 문화주권이 인정되므로 독일의 학교제도와 대학은 해당 연방주가 전반적인 권한과 독립적인 관할권을 가진다. 이 때문에 지역별로 교육제도, 커리큘럼과 학교형태가 상이하며, 이로 인해 교육제도의 명칭도 부분적으로 유사하거나 상이할 수도 있지만 독일의 교육제도는 근본적으로 모든 연방주에 적용되는 기본적 틀을 가지고 있다. 이에 따라 16개 연방주의 책임 장관들로 구성되는 교육문화장관회의 (KMK)는 각 연방주의 교육과정과 취득자격이 상호일치하거나 비교 가능하도록 조율하는 역할을 한다.

독일의 교육제도는 이원화 학제의 특징을 가지며, 초등교육과정, 중등교육과정 I 및 중등교육단계 II,[1] 고등교육과정의 3단계로 구분된다. 독일의 <u>초등교육과정</u>은 초등학교인 '그룬트슐레 (Grundschule)'[2]에서 시작된다. 대부분의 연방주에서는 유치원과 예비학교를 거쳐 6세에 그룬트슐레에 입학한다. 독일의 초등교육과정은 일반적으로 4년제이다.

<u>중등교육과정 I</u>은 진학모색단계와 '하우프트슐레 (Hauptschule)', '레알슐레 (Realschule)', '김나지움 (Gymnasium)'의 하급과정으로 구분되는 중학교의 전 단계 혹은 고등학교의 중간단계까지를 포함한다. 이 교육과정은 중급교육과정이수자격인 '미틀러레 라이페 (mittlere Reife)'의 취득으로 완료되며, 하우프트슐레의 경우는 '미틀러레 라이페'의 취득과 더불어 교육과정을 졸업하게 된다. 중급교육과정이수자격 '미틀러레 라이페'를 취득하면 김나지움 상급과정에

들어갈 수 있는 자격이 주어진다. 중등교육과정 II는 이른바 중등교육의 상급과정을 말한다. 김나지움의 상급과정과 직업교육제도3가 포함된다. 중등교육과정 II의 과정을 이수하면 '아비투어 (Abitur)' 혹은 '파흐아비투어 (Fachabitur)'를 취득할 수 있다. 고등교육과정인 대학에 진학하기 위해서는 대학입학자격인 '아비투어' 혹은 '파흐아비투어'를 취득해야한다. 고등교육과정은 대학교에서 이루어지는 전공교육으로서 약 400개의 대학에서 이루어진다. 대부분의 독일 대학은 국립이지만, 사립 혹은 교회재단에서 운영하는 대학들도 있다.

독일의 중등교육과정 I이 이루어지는 학교형태들 중 하우프트슐레(5-9/10학년, 중급교육과정이수자격 취득)는 초, 중학교 과정이었던 '폴크스슐레(국민학교 Volksschule)'의 상급과정에서 발전된 교육과정으로서 1964년 이후 현재의 틀로 자리 잡게 되었다. 하우프트슐레는 처음부터 직업교육을 준비하는 실업학교의 과정으로 만들어졌기 때문에 중등교육과정 I의 다른 교육기관에 비해 실습 및 방법지향적인 교육으로 구성된다. 레알슐레(5-10학년, 중급교육과정이수자격 취득)는 프로이센의 중학교인 '미텔슐레 (Mittels chule)'를 모델로 고안되었으며, 초등학교 '폴크스슐레(국민학교)'와 김나지움의 중간단계로서 교양교육을 확장한 학교형태이다. 초기에는 계층 상승을 원하는 다수의 서민중산층 학생들이 레알슐레에 지원했다. 레알슐레를 졸업하면 다양한 직업교육훈련을 위한 직종에 종사할 수도 있지만, 파흐아비투어 자격을 취득할 수 있는 파흐오버슐레(전문고등학교 Fachoberschule)나 일반대학 입학자격이 주어지는 직업김나지움이나 파흐김나지움(전문김나지움)에 들어갈 수도 있다. 전체적으로 레알슐레는 직업교육을 지향하면서 동시에 대학입학의 길도 열려있는 혼합적 형태의 학교에 해당된다. 김나지움(5-12/13학년, 대학입학자격 취득)은 대학입학자격을 취득하는 가장 빠른 과정이자 각종 직업교육이나 응용학문대학, 일반대학으로 직행할 수 있는 학교형태이다. 김나지움은 학생의 학업성과를 지속적으로 검토하고 성과가 낮은 학생은 적합한 다른 교육과정으로 보낼 수 있는 선별적 학교형태이다. 이상 언급한 중등교육기관인 하우프트슐레, 레알슐레 그리고 김나지움의 세 유형의 학교는 각각 독립적으로 운영되기도 하지만, 두 개 혹은 세 개 유형을 통합해 학생들의 교육과정 전환을 용이하게 해 주는 '게잠트슐레(종합학교 Gesamtschule)'의 유형으로도 운영된다. 김나지움을 제외한 학교유형의 명칭은 연방주에 따라 상이하다.

문학교육의 목표는 다양한 방식으로 제시될 수 있다. 즉 어떤 영역에 그 중점을 두느냐에 따라 교육목표는 달라질 수 있다는 뜻이다. 보편적 교양의 차원에 초점을 맞춘다면 목표는 해당 전문분야의 교양을 쌓는 것이 될 것이다. 대표적 예를 독일 연방주 니더작센(Niedersachsen) 문화교육부의 커리큘럼지침에서 찾아볼 수 있겠다.

국어수업은 근본적으로 초등, 중등, 고등학생들의 언어적, 문학적 그리고 매체적 교육에 기여한다. 텍스트와 매체들을 학습하고 언어적 행위에 대한 성찰을 통해 학생들은 스스로 이해하는 능력과 상대방을 이해시키는 능력을 향상시킨다. 이러한 능력들은 학생들이 세계를 파악하고 자신의 입장들과 가치관을 올바르게 수용하는데 도움이 된다. 이로써 국어 교과목은 학생들의 인격형성에 기여하게 된다.

Der Deutschunterricht leistet einen wesentlichen Beitrag zur sprachlichen, literarischen und medialen Bildung der Schülerinnen und Schüler. In der Auseinandersetzung mit Texten und Medien und in der Reflexion sprachlichen Handelns entwickeln sie Verstehens- und Verständigungskompetenzen, die ihnen helfen, die Welt zu erfassen und eigene Positionen und Werthaltungen begründet einzunehmen. Das Fach Deutsch trägt damit zur Persönlichkeitsbildung der Schülerinnen und Schüler bei.[4]

니더작센주 문화교육부의 커리큘럼지침에 나타나듯이 국어수업이 목표하는 바는 교양개념으로 집약된다. 여기서 교양은 기본적으로 문학과 언어 그리고 기타 매체와 연관되어있으며 언어능력, 즉 자국어능력을 향상시키는 것을 의미하지만, 궁극적으로는 "인간교육 Menschenbildung"이라는 인성학적인 차원까지도 포함하고 있음을 알 수 있다. 또한 인성의 함양으로서 교양은 사회학적 측면에서는 각각의 해당 시대와 긴밀히 연관되며 학생들 개개인이 사회적 적응력을 습득하고 그것을 발달시키는 기능까지도 포괄하게 된다.[5]

"문학을 통한 교육", 즉 문학을 매개체로 한 교육은 일차적으로 인격형성과 성격형성의 중요요소로서 간주된다. 전통적인 교양개념의 의미에서 보자면 학교교육에서 문학을 다루는 것은 예를 들어 가치관교육의 맥락에서 인간형성에 기여한다. 즉 문학은 인간에게 사회로의 참여를 가능하게 해 주며, 그가 몸담고 있는 사회적 환경의 가치관들을 인지함을 통해 소통적으로 행동하고 환경 속에 사회적으로 적응할 수 있는 능력을 가진 주체로 만들어 준다.[6] 따라서 "문학을 통한 교육"이라는 목표를 달성하기 위한 한 가지 좋은 예는 "상호문화간의 문학교육 die interkulturelle Literaturdidaktik"이다.[7] 이 문화상호적 문학교육에서 중요한 점은 다른 문화권 사람들의 세계상과 가치관들을 알게 되고 이해하게 됨으로써 다른 문화에 대한 관용을 가진 개인을 양성한다는 것이다. 아울러 비판력도 이러한 맥락에서 언급될 수 있다. 특히 비판적 교육이 활발했던 70년대의 국어교육에서는 민주주의와 현존의 사회적 정치적 상황들을 성찰하고 이해할 수 있는 능력을 양성하는 요소로서 비판력을 이해했다.

"동기유발 Motivation"이나 "인간형성 Personalisation"과 같은 기본적 목표들은 대부분 초등학교에서, "특정 문화에의 적응 Enkulturation"과 미학적 감수성함양을 위한 "문학적 교양 literarische Bildung"과 같은 목표들은 중, 고등학교의 문학수업에서 제시된다. 그러나 각각의 목표들이 특정 단계의 학교교육에만 국한된다는 뜻은 아니다. 위에 언급된 문학교육의 모든 목표들은 모든 학교교육의 국어수업에 제시되고 있다. 다만 학교와 학년에 따라 각 목표들의 비중과 강도가 다르며 이에 따른 분배가 상이할 뿐이다.

지금까지 언급한 것을 종합해 보면(<표1> 참조) 국어교과목을 통한 문학교육은 크게 두 부분으로 나눌 수 있다. 하나는 "문학을 위한 교육"이며 다른 하나는 "문학을 통한 교육"이다. 전자 "문학을 위한 교육"은 초등교육과정에서 주로 이루어지는 바, 초등국어교과서에서 다루어지는 문학은 일차적으로 학생들의 읽기능력을 교육함으로써 책 읽는 즐거움과 독서에의 동기유발 나아가 독서하는 습관을 갖게 하는 것을 목표로 한다. 그런 후 문학적 텍스트들을 제대로 이해하고 작품들에 분석적으로 접근할 수 있도록 해당 지식들을 전달하는 것이 "문학을 위한 교육"의 근본적 목표라고 할 수 있다. 여기서 획득된 능력들은 문학적 교양을 획득하는 전제가 된다. 문학적 교양의 주된 요소인 미학적 감성, 즉 예술작품의 세련된 언어의 품격을 인지하고 문학적 텍스트를 즐길 줄 아는 능력을 발달시키는 것이다.

〈표1〉 문학수업의 목표

동기유발	능력, 지식	문학적 교양
- 책 읽는 즐거움 - 책 읽는 습관	- 문학사 - 문학 장르 - 작품분석	- 미학적 감수성 - 예술작품의 가치인식

문학을 위한 교육
↕
문학을 통한 교육

인간형성	가치관교육, 비판력	사회적 동참으로서 특정문화에의 적응
- 인격형성/성격형성	- 민주주의 교육	- 사회성을 가진 주체

특히 중, 고등학교의 국어교과서에서 문학을 문학사조적 내지 시대사적 맥락에서 다루는 것은 전문적인 지식뿐만 아니라 인문학적 보편교양을 위한 매우 중요한 교육적 내용으로 자리 잡는다. 이로써 교과서에 실리는 문학작품들이 지니는 가치는 자연스럽게 부각된다. 이런 문학작품들은 무엇보다도 교양함양과 역사의식의 고취 그리고 시대에 따른 문화이해라는 새로운 의식을 배경으로 더욱 그 가치를 인정받고 있는바, 이는 문학작품이 현시적 문제들을 해결하기 위한 정치적 메시지를 전달하는 매체로 이용된다거나 혹은 문학이 지니는 교육적 가치만을 주장하는 것보다 훨씬 더 강한 설득력을 지닌다고 할 수 있다. 문학이란 개인들에게 역사적 문제들을 직간접적으로 접할 수 있는 새로운 통로들을 계속 열어주며 이로써 개인적 접근은 동시에 보편적 성격을 띠게 된다. 즉 이야기 속에 내재되어있는 시대사적 주제와 이와 관련된 보편적인 인간실존의 문제들을 제시함으로써 현재시점과 각 개인의 개별적이며 사적인 차원을 넘어 과거와 현재, 개인과 인류가 서로 유기적으로 연결되어있음을 인식하는 역사의식을 고취시킨다. 나아가서 문화적 이해와 포용력을 향상시키고 궁극적으로는 휴머니즘적 차원의 인식을 할 수 있는 통로를 열어준다. 바로 이것이 문학의 교육적 목표라고 할 수 있다. 문학은 보편적인 모국어교육을 목표로 하는 국어교과목을 통해 각 나라의 초, 중, 고등학교의 국어교과서에 수록된 문학작품들을 매개로 그 기능을 성공적으로 수행하고 있다.

3. 독일 국어교과서의 구성과 문학작품

독일의 초, 중, 고등교과서[8]는 원칙적으로 독일의 교육제도에 따른 학교의 단계와 유형에 따라 구분된다. 여기서는 초등교육과정인 초등학교(Grundschule)와 중등교육과정 I인 김나지움 진학준비과정에서 김나지움 하급과정과 중등교육과정 II인 김나지움 상급과정으로 이어지는 학교유형을 기반으로, 초등학교 1학년에서 4학년 과정의 국어교과서와 읽기교과서, 초등학교 5, 6학년 과정인 김나지움 진학준비과정의 국어교과서 그리고 중학교 1학년에서 3학년과정인 김나지움 하급과정(7-9학년)의 국어교과서의 구성과 내용을 개괄적으로 알아보고자 한다. 그런 후 문학작품이 다루어지는 학습영역을 중점적으로 분석해 봄으로써 본론에서 연구하게 될 국어교과서에서의 문학의 유형과 내용 그리고 문화사적 의미를 위한 선제적 윤곽과 체계를 제시하게 될 것이다.

1) 초등학교 국어교과서 (1-4학년)

독일 초등학교 국어교과서는 2학년 과정부터 편성되며, 읽기이해를 위한 문학텍스트도 2학년에서 4학년의 교육과정에서 제시된다. 1학년을 위한 국어교과서는 알파벳 익히기와 필기체 쓰기연습 그리고 발음연습을 병행한 소리 내서 읽는 연습으로 대체된다.

2학년에서 4학년 국어교과서9의 구성은 1) 철자, 음가, 어휘, 문장구조를 학습하는 국어이해 영역('Sprache untersuchen')10, 2) 바르게 쓰기 영역('Richtig schreiben')11, 3) 문장쓰기 영역('Schreiben/Texte verfassen')12과 4)읽기이해/텍스트이해 영역('Lesen /Umgang mit Texten')13의 네 학습영역으로 나누어진다. 독일 국어교육에서 특이한 점은 국어교과서 외에도 4)항목의 읽기이해 학습을 위한 읽기교과서14가 추가로 사용된다는 점이다. 초등학교 국어교과서에 제시된 문학작품의 기능과 의미를 파악하기 위해서는 다양한 텍스트를 다루는 읽기교과서의 전체적 구성을 학년별로 살펴볼 필요가 있다.(<표2> 참조)

2학년에서 4학년의 읽기교과서의 목차를 비교해 보면, 모든 학년에 걸쳐 공통적으로 나타나는 주제는 가을, 겨울, 봄, 여름 사계절15을 중심으로 한 자연의 변화(학습단원 '가을에', '겨울에', '봄에', '여름에' 참조)와 학교생활(학습단원 '학교에서')과 사회적 공동생활(학습단원 '더불어 살기' 참조)이다. 그밖에 각 학년에 따라 제목은 다르지만 유사한 내용을 다루는 주제들로 구성되어있다.(2학년: '우리가 사는 곳과 다른 곳'; 3학년: '옛날과 오늘', '자연의 흔적을 따라'; 4학년: '우리나라 방방곡곡', '우리들의 세계' 참조) 초등학교 하급생들에게 중요한 것은 아이들의 삶을 구성하고 동반하는 자연과 환경에 대한 정보와 인식이며 취학과 더불어 시작된 학교라는 새로운 환경에서의 공동생활과 새롭게 접하게 되는 사람들과의 사회적 내지 개인적 교류와 소통이라는 사실이다.

읽기교과서의 구성은 또다시 2, 3학년의 교과서와 초등학교 최종학년인 4학년의 교과서에서 차별화된다. 2학년과 3학년의 교과서에서는 '동화시간', '내 마음에 들어요', '동물과 함께 살기'라는 공통된 학습단원이 나타난다. 이에 반해 4학년 읽기교과서에는 단원 '진기한 것, 재미있는 것'과 '매체와 더불어 살기'의 심화주제가 추가적으로 구성된다. 그밖에 공통적으로 나타나는 학습단원 '도서관에서'와 '무서운 것, 흥미진진한 것'(2학년), '책, 책들...'(3학년), '탐정소설 애독자, 유령소설 팬'(4학년)에서는 도서관의 기능과 그 이용방법 등 독서를 위한 기본적 지식의 습득과 국어교과목이 책 읽는 즐거움을 병행한다는 사실을 내포함으로써 읽기이해를 위한 교과서로서의 특징을 잘 나타내고 있다.

〈표2〉 국어읽기교과서 『Lesefreunde 2, 3, 4』 목차 비교

목 차 (학습단원)	『Lesefreunde 2』	『Lesefreunde 3』	『Lesefreunde 4』
학교에서 In der Schule	7-28	7-26	7-24
가을에 Im Herbst	29-44	27-40	25-36
나의 소망과 꿈들 Meine Wünsche und Träume			37-50
더불어 살기 Miteinander leben	45-60	41-54	51-66
동화시간 Märchenzeit	61-76	55-70	
겨울에 Im Winter	77-90	71-86	67-82
동물과 사람 Von Tieren un Menschen			83-96
내 마음에 들어요 Das tut mir gut	91-104	87-100	
우리나라 방방곡곡 Kreuz und quer durch unser Land			97-110
옛날과 오늘 Früher und heute		101-112	
진기한 것, 재미있는 것 Seltsames und Interessantes			111-124
봄에 Im Frühling	105-118	113-124	125-138
자연의 흔적을 따라 Der Natur auf der Spur		125-138	
우리가 사는 세계 Unsere Welt			139-152
알고 있었니? Wusstest du schon?		139-152	
동물과 함께 살기 Mit Tieren leben	119-132	153-166	
우리가 사는 곳과 다른 곳 Bei uns und anderswo	133-146		
도서관에서 In der Bibliothek	147-160		
매체와 더불어 살기 Mit Medien leben			153-166
책, 책들 ... Bücher, Bücher ...		167-180	
무서운 것, 흥미진진한 것 Unheimliches und Spannendes	161-172		
탐정소설 애독자, 유령소설 팬 Für Krimiliebhaber und Gruselfans			167-180
여름에 Im Sommer	173-186	181-194	181-192
용어, 해답, 색인, 출처 Fachbegriffe, Lösungen, Inhalt nach abc, Quellen	187-191	195-199	193-199

2) 초등학교 국어교과서 (5-6학년)

앞서 언급했듯이 초등학교 국어과목에서 사용하는 교과서에는 읽기텍스트의 이해를 병행하는 읽기교과서가 별도로 사용되고 있다. 이에 반해 초등학교 5, 6학년 과정인 김나지움 진학준비과정과 중학교 1학년에서 3학년과정인 김나지움 하급과정(7-9학년) 그리고 고등학교 1학년에서 3학년과정인 김나지움 상급과정(10-12학년)에서는 국어교과목의 교과서는 "국어교과서 (Deutschbuch)" 하나로 통일된다.

초등학교 5, 6학년의 국어교과서 『Deutschbuch 5』와 『Deutschbuch 6』의 목차를 비교해 보

면(<표3> 참조) 학습과정의 구성과 내용이 일치하고 있음을 알 수 있다. 제1장에서 제4장에서는 설명, 보고하기, 묘사하기, 재미나게 이야기하기, 대화와 토론하기 등 말하기학습이 중점적으로 이루어진다. 제5장에서 제8장에서는 문학텍스트를 이용하여 읽기이해학습이 이루어진다. 읽기이해를 위한 문학텍스트들은 재미있고 진기한 내용을 다루는 단편들과 초등학교 하급과정에서도 즐겨 다루어지는 민담(5학년), 전설(6학년), 우화(6학년) 등 설화문학과 청소년문학(5학년) 그리고 공통적으로 계절과 자연을 주제로 한 시 텍스트들로 구성되어있다. 제9장에서는 연극이라는 장르를 통해 대화라는 말하기학습을 실행한다. 제10장에서는 신문기사나 청소년월간지 같은 시사적 텍스트를 이용해 읽기이해학습이 이루어진다. 제11장에서는 TV 등 영상매체를 이용한 국어학습이 이루어진다. 제12장에서 제14장까지는 어휘, 문장, 정서법 등 문법과 올바른 쓰기학습이 이루어진다. 마지막 제15장에서는 국어교과목의 성공적 학습을 위한 개인적 내지 협업적 학습방식(5학년)과 국어교과목과 다른 교과목과의 연관성 내지 활용가능성(6학년)에 대한 교육내용이 수록되어있다. 본 연구에서는 제5장에서 제8장에 수록되어있는 읽기이해교육을 위한 문학텍스트들이 분석대상으로서 본론에서 중점적으로 다루어질 것이다.

〈표3〉 국어교과서 『Deutschbuch 5, 6』 목차 비교

단원	Deutschbuch 5	쪽수	Deutschbuch 6	쪽수
1	Unsere Schule Sich und andere informieren	13	Freundschaft Erzählen und gestalten	13
2	Meinungen vertreten Gespräche untersuchen	33	Strittige Themen in der Diskussion Argumentieren und überzeugen	35
3	Das glaubst du nicht! spannend erzählen	53	Was ist passiert? Berichten	55
4	Tiere als Freunde Beschreiben	75	In Bewegung Beschreiben	75
5	Von Narren, Zauberern und Kobolden Lustige u. spannende Geschichte lesen/verstehen	91	Kaum zu glauben! Unglaubliche Geschichten lesen/verstehen	95
6	Es war einmal ... Märchen untersuchen und schreiben	115	Helden, Zauberinnen, Ungeheuer Sagen untersuchen und erzählen	115
7	Leseratten und Bücherwürmer Jugendbücher lesen und vorstellen	137	Tiere, die wie Menschen handeln Fabeln lesen und verfassen	137
8	Rot leuchten die Johannisbeeren Gedichte im Jahreskreis untersuchen/vortragen/gestalten	159	Spiele mit der Nacht Gedichte verstehen/gestalten	153
9	Theater spielen Dialoge in Szene setzen	175	"Konrad oder ..." Wir spielen Theater	169
10	Bedrohte Lebensräume Jugendzeitschriften u. Sachtexte untersuchen	187	Alte und neue Weltwunder Sachtexte untersuchen	185
11	Das Fernsehen unter der Lupe Medien bewusst nutzen	207	"Emil und die Detektive" Medien vergleichen	203
12	Gammatiktraining	221	Gammatiktraining	223
13	Gammatiktraining	265	Gammatiktraining	251
14	Rechtschreibtraining	287	Rechtschreibtraining	275
15	Allein und gemeinsam Erfolgreich lernen	319	Über das Fach hinaus	307

 외국 국어교과서로 창의적 문화읽기

3) 중학교 국어교과서 (7-9학년)

앞서 초등학교 5, 6학년의 국어교과서의 목차비교에서 나타나듯이, 중학교, 즉 김나지움하급과정(7-9학년)의 국어교과서 『Deutschbuch 7』, 『Deutschbuch 8』, 『Deutschbuch 9』에서도 학습과정의 구성과 내용이 서로 유기적으로 연결되어 있음을 알 수 있다.(<표4> 참조) 즉 초등학교 상급교육과정부터는 국어교과서가 언어교육에 있어서 주요 영역인 쓰기, 말하기, 듣기, 읽기이해의 네 영역으로 구성된다.

전 학년 공통적으로 제1장에서 제4장에서는 보고, 묘사, 설명 등 글쓰기학습과 이야기하기, 토론하기 등의 구두발표학습이 중점적으로 이루어진다. 본 연구의 대상인 문학텍스트는 읽기이해학습이 이루어지는 제5장에서 제8장에서 집중적으로 다루어진다. 읽기이해를 위한 문학텍스트들은 초등학교에서와는 달리 문학의 주요장르인 단편, 중편, 장편소설과 시 텍스트 그리고 드라마로 구성되어있다. 제9장에서는 중학교 전 학년 공통으로 신문기사 등 다양한 언론매체의 시사적 텍스트가 다루어진다.

중학교 1학년 교과서 『Deutschbuch 7』의 경우 제10장에서는 다양한 형식의 광고텍스트가 다루어지는 반면에, 『Deutschbuch 8』과 『Deutschbuch 9』에서는 소설과 영화의 비교 및 이해가 학습의 중심을 이룬다. 제11장에서 제14장까지는 문법과 정서법 등 어학능력 관련 교육내용을 담고 있다. 『Deutschbuch 7』과 『Deutschbuch 8』의 마지막 제15장에서는 국어교과목의 성공적 학습을 위한 개인별 내지 협업적 학습방식(7학년)과 학습전략(8학년)에 대한 교육내용이 수록되어있다.

〈표4〉 국어교과서 『Deutschbuch 7, 8, 9』 목차 비교

단원	Deutschbuch 7	쪽수	Deutschbuch 8	쪽수	Deutschbuch 9	쪽수
1	Wer bin ich, wer will ich sein	13	Helden und Vorbilder	15	Anders leben	15
2	Respekt u. Benehmen	35	Digitale Medien nutzen	39	Konsum: Was brauche ich wirklich?	37
3	China	51	Zukunftvisionen	61	Was will ich werden?	57
4	Drauβen unterwegs	73	Mit allen Sinnen	81	Begegnungen Kreatives Schreiben	77
5	**Jugendroman** Lesen und verstehen	89	"Die Falkennovelle" Eine **Novelle** kennenlernen	95	Ferne Welten Science-Fiction u. Utopien	95
6	Clevere Typen Alte/neue **Erzählungen**	111	Momentaufnahmen **Kurzgeschichten** lesen/verstehen	113	Beziehungen **Kurze Geschichten** erschlieβen	117
7	"Mit Erstaunen und mit Grauen": **Balladen** untersuchen u. vortragen	135	Natur, Liebe, Politik **Gedichten** untersuchen	139	In der Groβstadt: Songs u. **Gedichte** untersuchen/vortragen	141

1. 초등학교 국어교과서 (1-4학년)

초등학교 국어교과서에서 문학작품을 다루는 부분은 "읽기 Lesen"영역이다. 국어교육의 "읽기"영역은 첫 단계로서 글자 읽는 방법을 익히는 과정으로 이루어지며, 이 과정이 속행되고 완성되는 두 번째 단계에서는 "읽기능력의 차별화 Differenzierung der Lesefähigkeit"[16]가 이루어진다. 초등학교 1학년 교육과정의 경우, 차후 2학년에서 4학년의 과정의 "읽기", 즉 "텍스트이해하기 Texte verstehen"를 위해서 알파벳, 어휘 및 기본적 문장구성을 배우는 과정이기 때문에 문학작품을 이용한 "읽기"영역의 학습은 생략된다. 따라서 초등교육과정을 위한 문학작품은 일반적으로 2학년 국어교과서부터 다루게 되며, 본장의 연구주제인 초등 국어교과서의 문학작품 속에서 문화읽기 역시 2학년부터 4학년의 국어교과서, 특히 별도로 읽기이해를 위해 사용되는 읽기교과서를 대상으로 한다.

1) 공부하는 즐거움

초등국어교과서에 실린 문학작품의 일차적인 역할은 글자를 배워가는 학생들에게 책 읽는 재미를 통해 학교에서의 공부, 즉 배우는 즐거움을 습득토록 하는 것이다. 이를 위해 읽기연습과 더불어 재미있는 낱말놀이와 함께 노래 부르고 낭독할 수 있는 운문텍스트가 선택된다.

이러한 텍스트들은 이차적으로는 일상의 문제들을 반영하는 도구의 역할도 한다. 교과서의 운문텍스트들은 일상적인 구어체표현과는 달리 적합한 어휘사용과 명확한 표상대비를 통해 학생들이 일상에서 겪는 문제들을 좀 더 가깝게 대할 수 있도록 만든다. 이런 문제들을 문학작품 속에서 접함으로써 문제들에 대해 서로 대화를 나누게 되고 숙고하게 됨으로써 더불어 사는 사람들과 자연에 대한 교감과 생명체에 대한 귀중함을 인식하는 계기가 된다. 또한 관습과 관행에 의해 일상에 스며들어있는 다양한 형태의 차별주의에 대한 새로운 시각과 반성의 계기를 마련해 주며 나아가 삶과 사회생활에 있어서 올바르고 그릇된 것에 대한 윤리적 가치관의 지평선을 확장시키는 역할을 해 준다.

초등학교 하급생들의 국어교과서 속 문학작품의 일차적 목표가 읽기를 통해 글을 배우는 즐거움이란 점을 감안할 때, 시와 같은 운율이 있는 짧은 텍스트를 학생 전원이 외워서 함께 낭송하는 방법으로 학습하는 것이 효과적이다. 여기서 중요한 것은 작품의 주제와 상황에 대한 이해가 선행되어야한다는 것이다. 그래야지만 텍스트를 외우고 낭송할 때의 어조와 소리의 강약이 제대로 표현될 수 있기 때문이며, 이를 통해 학생들은 시들을 외워서 낭송할 수 있다는 사실에 큰 즐거움과 재미를 느끼게 될 것이기 때문이다.

대표적 예로서 초등학교 3학년 읽기교과서에 실린 곳프리트 헤롤트 (Gottfried Herold)의 「책 읽는 즐거움 Lesevergnügen」이라는 시를 살펴보자.17

「책 읽는 즐거움 Lesevergnügen」

책읽기는 재미있다. /	Lesen macht Spaß. /
더욱이 독서는 / 도움이 된다. /	Es hilft / Sogar, wenn man /
우리가 외로울 때나 /	Einsam ist oder /
혹시라도 / 어떤 / 정말로 /	Vielleicht / Einen / Richtigen /
큰 근심이 있을 때. /	Großen Kummer hat. /
그러나 조금이라도 / 연습이 없다면/	Nur ohne etwas / Übung /
그것은 / 즉시 /	Gelingt / Es /
이루어지지 않는다. //	Nicht sofort. //18

"책읽기가 재미있다"는 첫 행에 이어서 2행-8행에서는 단순히 독서의 즐거움과 재미만을 강조하지 않고 외로움을 달래주고, 큰 걱정과 근심이 있을 때 위로와 힘이 된다는 독서의 또 다른 기능과 의미를 언급하고 있다. 그러나 마지막 9행-13행에서는 이러한 독서의 이로움도 읽기연습과 노력 없이는 아무 도움이 되지 않는다는 교훈적 내용으로 끝맺고 있다. 각 시행의

첫 음 13개의 철자(L E S E V E R G N Ü G E N)를 합치면 시 제목인 "책 읽는 즐거움 Lesevergnügen"이 되도록 시행을 배치함으로써 언어형식적인 면에서도 학생들이 시를 낭송할 때 즐거움과 재미를 느끼게 해 주고 있다.

그밖에도 읽기수업과 관련하여 재미나게 어휘를 배울 수 있도록 시형식의 각운에 맞추어 함께 낭송할 수 있는 텍스트를 수록하고 있다. 대표적 예로 3학년 교과서에서 '동물과 더불어 살기'의 주제에 관련된 모니카 젝-아그테 (Monika Seck-Agthe)의 「뻔뻔스러운 돼지 Das freche Schwein」이야기에 곁들여 삽입된 「수다놀이 Klatschspiel」를 들 수 있다. 이야기 속 무례한 돼지는 시 속에서 정겨운 놀이친구로 묘사된다.

> 공처럼 둥근 돼지 – 돼지 – 돼지.
> 돼지는 원한다네. 더욱 날씬해지길 – 지길 – 지길.
> 돼지는 더 이상 잔뜩 먹지 않아. 잔뜩 – 잔뜩 – 잔뜩.
> 날씬해졌는데 또한 아주 지쳤어. 지쳐 – 지쳐 – 지쳐.
> 돼지야, 그러니까 차라리 둥글이 낫겠다. 둥글 – 둥글 – 둥글.
> 둥글지 않으면 개와 똑같아지잖아. 개 – 개 – 개.
> Ein kugelrundes Schwein – Schwein – Schwein,
> das wollt gern dünner sein – sein – sein.
> Es fraß sich nicht mehr satt – satt – satt,
> wurd dünn und auch ganz matt – matt – matt.
> Drum Schwein, bleib lieber rund – rund – rund,
> sonst gleichst du einem Hund – Hund – Hund.[19]

총 6행의 시는 두 행씩 짝을 지어 각운을 맞추고 있다. 1행과 2행은 각운 – ein을, 3행과 4행은 – att, 그리고 5행과 6행은 – und의 각운을 살리고 있다. 이로써 주제에 대한 이해뿐만 아니라 표현에 적합한 어휘들을 말놀이와 더불어 재미있게 익힐 수 있으며 결국 책 읽는 즐거움으로 이어지게 된다.

그러나 초등학교 1학년과정에서 배운 언어능력을 바탕으로 텍스트읽기를 시작한 2학년 교과서의 경우에는 학교공부와 생활에 대한 흥미와 즐거움을 북돋아주는 텍스트들이 다수를 차지하는데, 하인리히 호프만 폰 팔러스레벤 (Heinrich Hoffmann von Fallersleben)의 「학교 가는 길 Der Weg zur Schule」이 대표적 예이다.

> 겨울에, 모든 것이 꽁꽁 언다면, / 겨울에, 눈이 내린다면, /
> 그러면 학교 가는 길이 / 정말이지 훨씬 더 멀어지지. //

그런데 뻐꾸기가 울게 되면, 그러면 봄이 여기에 온 것이니까. /
그러면 학교 가는 길은 / 정말이지 훨씬 더 가까워지지. //
그러나 공부하는 것을 좋아하는 사람, / 그에겐 어떤 길도 멀지 않아. /
봄에도 겨울에도 / 나는 학교 가는 것이 좋아. //
Im Winter, wenn es frieret, / im Winter, wenn es schneit, /
dann ist der Weg zur Schule / fürwahr noch mal so weit. //
Und wenn der Kuckuck rufet, / dann ist der Frühling da; /
dann ist der Weg zur Schule / fürwahr noch mal so nah. //
Wer aber gerne lernet, / dem ist kein Weg zu fern. /
Im Frühling wie im Winter / geh ich zur Schule gern. //[20]

2) 자연과 계절

초등학교 2, 3, 4학년의 국어교과서에 실리는 상당부분의 문학텍스트는 자연과 계절에 관련된 시들이다.[21] 아울러 자연과 계절의 변화에 상응하는 일상을 통해 삶의 양상과 관습들이 문학작품에서 소개되고 있다. 독일에서 1학기가 시작되는 시기가 8월 말에서 9월 초이기 때문에 자연과 계절에 관련된 단원은 가을, 겨울, 봄, 여름의 순서로 구성된다.

가을에 관련된 시 텍스트는 현대작가 게 비들린스키 (Georg Bydlinski)의 「가을 Herbst」(2학년), 독일 비더마이어작가 에두아르트 뫼리케 (Eduard Mörike)의 「9월의 아침 Septembermorgen」(3학년)과 낭만주의 작가 요젭 폰 아이헨도르프 (Jesef von Eichendorff)의 「이제 가을이 왔구나 Es ist nun der Herbst gekommen」(4학년)로 구성되어 있다. 세편의 시 모두 가을의 다양한 정경을 묘사하고 있다. 2학년교과서에서는 "나무들은 이제 잎들이 필요하지 않아. / 벌거벗은 가지들은 이제 새들을 안고 있네. Die Bäume brauchen ihr Laub nicht mehr. / Die kahlen Äste tragen jetzt Vögel."[22]라고 낙엽이 진 가을나무의 모습을 묘사하며, 3학년교과서의 시 「9월의 아침」에서는 안개가 걷힌 후의 황금빛 풍광을 묘사하고 있다. "안개 속에서 세상이 아직 자고 있고, / 숲과 초원도 꿈을 꾸고 있구나. / 베일이 걷히면, 너는 보게 될 거야. / 파란하늘이 그대로 드러나고, / 부드러운 세상이 가을빛으로 / 따뜻한 황금물결과 함께 흐르는 것을. Im Nebel ruht noch die Welt, / noch träumen Wald und Wiesen: / Bald siehst du, wenn der Schleier fällt, / den blauen Himmel unverstellt, / herbstkräftig die gedämpfte Welt / in warmem Golde fließen.//"[23] 4학년교과서에 실린 아이헨도르프의 시에서도 여름을 마무리하고 겨울을 준비하는 가을의 모습이 묘사된다.

이제 가을이 왔다. / 아름다운 여름옷을 /
들과 밭이 빼앗겨버렸고 / 잎들도 흩어져 버렸구나. /
마음 나쁜 겨울바람에 대비해 / 가을은 따뜻하고 부드럽게 /
화려한 잎들로 대지를 덮어준다. / 대지는 벌써 나른해져 잠자리에 든다. //
Es ist nun der Herbst gekommen / hat das schöne Sommerkleid /
von den Feldern weggenommen / und die Blätter ausgestreut. /
Vor dem bösen Winterwinde / deckt er warm und sachte zu /
mit dem bunten Laub die Gründe, / die schon müde gehn zur Ruh.[24]

봄과 여름의 자연을 예쁜 옷으로 꾸며주었던 대지가 힘든 겨울을 편안히 보내기를 소망하며 가을은 화려한 색으로 물든 낙엽들을 덮어주며 대지에게 보답한다. 서로 도우며 놀라운 자연의 순환과 결실을 만들어내는 계절의 모습을 통해 학생들은 우리인간들도 자연의 일부이며, 인간들의 삶 역시 자연의 순리에 따를 때 가장 아름답고 바람직한 형태로 발전될 수 있음을 알게 된다.

이상 세편의 시에서 공통적으로 나타나는 요소는 가을과 자연이 의인화되어 묘사된다는 점이다. 우리를 둘러싸고 있는 자연과 그 현상들이 인간과 유기적 내지 사회적 관계를 맺고 있는 생명체로서, 우리 삶속의 동등하고 친숙한 구성원으로서 묘사되고 있다.

3) 더불어 사는 세상

인간들이 지구라는 세계 공동체 안에서, 작게는 국가와 지역이라는 사회공동체 안에서 서로를 이해하고 배려하면서 상부상조하면서 살아가야한다는 사고는 미래의 주도적 사회구성원인 어린아이들의 사회성 함양과 개인적 가치관 형성에 중요한 교육적 요소가 된다. 그 때문에 자연과 계절의 주제를 다룬 단원과 함께 초등학교 2학년에서 4학년까지의 교과서에는 공통적으로 '더불어 살기 Miteinander leben'의 단원이 들어있다.[25]

2학년교과서에서는 "더불어 살기"의 주제가 학생들이 가장 밀접한 관계를 맺으며 살아가는 가정이라는 공동체를 중심으로 다루어진다. 키르스텐 보이에 (Kirsten Boie)의 「파울레의 집에는 많은 것이 달라요 Manches ist bei Paule anders」[26]에서는 다음과 같이 파울레의 가족이야기가 시작된다. "다른 아이들의 집에는 모든 것이 아주 간단하다. 아이들은 한 여자의 배속에서 자란 후 태어난다. 그리고 그 여자는 아이를 집으로 데리고 오고, 그러면 그 여자는 아이의 엄마가 된다. 그리고 운이 좋으면 대부분 아빠가 있고, 어쩌면 형제자매들도 있을 것이고, 어쩌면 애완견도 있을 것이다. Bei anderen Kindern ist alles ganz einfach. Sie wachsen bei einer Frau im Bauch, und dann werden sie geboren, und die Frau nimmt sie mit nach Hause, und die ist dann auch ihre Mutter. Und wenn sie Glück haben, sind da meistens noch ein Vater und vielleicht auch Geschwister und ganz vielleicht sogar ein Hund." 그러나 파울레의 집은 다른 아이들의 집과는 모든 것이 다르다. 그에게는 형제자매도 없고 오래 전부터 기르고 싶은 애완견도 없다. 물론 파울레에게는 아빠 엄마가 있다. 그렇다면 파울레의 가정이 특별히 다른 이유는 무엇일까. "물론 파울레는 엄마와 아빠가 있지만, 부모님도 다른 아이들의 가정과는 다르다. 그의 부모님은 파울레가 아주 조그만 애기였을 때 고아원에서 데리고 왔다. 엄마의 배속에서가 아니라. Natürlich hat Paule Mama und Papa. Die sind auch nicht so wie bei anderen Kindern. Sie haben Paule aus einem Heim geholt, als er ganz winzig war, nicht aus Mamas Bauch." 어느날 파울레와 아빠는 축구를 하며 함께 시간을 보낸다. 잠시 쉬면서 아빠가 말한다. "너는 복둥이야. 축구하는 것을 좋아하지 않는 사내아이가 우리에게 왔다고 상상해 보아라! Du warst ein Glücksgriff. Stell dir vor, sie hätten uns einen Jungen gegeben, der nicht Fußball spielen mag!" 또한 여자아이가 아니라서 다행이라는 파울레의 말에 아빠는 축구를 좋아하는 여자아이들도 있으니까 여자아이도 좋아한다고 말하면서 언젠가 축구를 할 줄 아는 딸을 반드시 입양할 거라고 대답한다. 한국가정에서의 입양현실은 현실적으로 많은 사회적 관습적 제약과 사람들의 인식부족과 편견들로 인해 어려움을 겪고 있다. 독일과 다른 서구의 나라에서처럼 입양이 상부상조하고 더불어 사는 사회의 보편적 삶의 형태라는 사실과 입양아의 상황도 결코 결핍이나 열등이 아니라 조금 다를 뿐이라는 사고의 변화가 필요하다. 이 이야기에서는 입양가정이 숨겨야하고 조심스럽게 언급해야하는 사회적 터부가 아니라는 사실을 강조하고 있다. 축구를 좋아하는 딸을 꼭 입양하고싶다는 아빠에게는 자신의 자녀가 친자식이냐 입양아냐의 사실은 언급조차할 필요가 없는 문제이기 때문이다.

2학년교과서에 소개되는 또 다른 "더불어 살기"의 주제는 가정공동체에서의 형제자매간의 관계이다. 이와 관련한 문학텍스트의 읽기이해를 통해 학생들은 자신들의 생각과 감정 그리고 인간 상호간의 관계에 대한 이해와 감수성을 표현할 기회를 가질 수 있으며, 텍스트에 대한 자신의 견해를 발전시키고, 나아가 다른 학생들과 텍스트내용에 대해 각자의 경험과 의견을 나눌 수 있을 것이다. 만프레드 마이 (Manfred Mai)의 「안나와 아기 Anna und das Baby」에서는 어린 남매간의 유대감과 교감이 표현되고 있다.

> 안나는 숙제를 다 했다. / 엄마한테 숙제한 것을 보이고 싶다. / 그러나 엄마는 소파에 누워 잠이 들었다. / 안나는 자기 방으로 돌아간다. / 그녀는 독서책장을 넘겨본다. / 그러나 지금은 책을 읽을

수 없다. / 집안이 너무 조용하다. / 무서울 정도로 조용하다. / 안나는 책을 덮고 / 엄마와 아빠의 / 침실로 살며시 들어간다. / 거기에 파비안의 침대가 있다. / 파비안은 깨어있다. / 안나는 부드럽게 / 그의 작은 두 손을 쓰다듬는다. / 그리고 집게손가락을 내민다. / 그러면 파비안은 그 손가락을 꼭 잡는다. / 안나는 속삭인다. / "나는 안나야. 너의 누나란다." / "우리는 틀림없이 곧 / 사이좋게 지내게 될 거야. / 너는 언제나 그렇게 / 소리 지르지만 않으면 된단다. / 안 그러면 나는 화낼 거야." / 파비안이 안나를 바라본다. / 그의 커다란 두 눈으로. //

Anna ist mit den Schularbeiten fertig. / Sie will sie Mama zeigen. / Aber Mama liegt auf dem Sofa und schläft. / Anna geht zurück in ihr Zimmer. / Sie blättert in ihrem Lesebuch, / aber sie kann jetzt nicht lesen. / Es ist so still im Haus. / Unheimlich still. / Anna legt das Buch weg / und schleicht ins Schlafzimmer / von Mutti und Papa. / Dort steht Fabians Wiege. / Fabian ist wach. / Anna streicht sacht / über seine kleinen Hände. / Dann gibt sie ihm den Zeigefinger, / und Fabian hält ihn fest. / "Ich bin Anna, deine Schwester", / flüstert Anna. / "Wir werden uns bestimmt bald / gut vertragen. / Du darfst nur nicht immer / so viel schreien. / Sonst werde ich böse." / Fabian guckt Anna / mit seinen großen Augen an. //[27]

가정 내에서의 형제자매간의 관계 역시 사회 일반적 인간관계와 마찬가지로 크고 작은 갈등들과 관련되어있다. 일상적으로 경험하는 갈등과 불협화음은 단순히 하나의 문제로서 끝나지 않고 상대방의 입장에서 이해하고 배려하려는 구성원들의 노력과 해결과정을 통해 긍정적 방향으로 나아갈 수 있다. 학생들이 가정의 일상에서 실제로 경험했을 상황을 문학작품을 통해 간접적으로 경험함으로써 각자의 개인적 주관적 상황을 좀 더 객관적 관점에서 관찰하고 숙고해 볼 수 있는 기회가 될 것이다. 이와 관련된 대표적 텍스트는 2학년교과서에 수록된 레기나 슈봐르쯔 (Regina Schwarz)의 「내 여동생과 나 Meine Schwester und ich」와 브리기테 라압 (Brigitte Raab)의 「이제 새 남동생을 데려올 거야 Jetzt hol ich mir einen neuen Bruder」이다. 시 텍스트 「내 여동생과 나」에서는 자신과는 여러 면에서 다른 여동생 때문에 항상 피해를 본다고 생각하는 오빠의 억울한 심정이 표현되고 있다.

그녀는 잘하고, / 나는 못한다. /
그녀는 가족들에게 / 항상 올바르게 행동한다. /
나는 다르게 하고, / 그녀는 이렇게 한다. /
나는 가족들을 화나게 하고, / 그녀는 가족들을 기쁘게 한다. //
그녀는 조용하고, / 나는 시끄럽다. /
그리고 그녀를 때리는 사람, / 그 사람은 나다. //
내가 아니라고 말하면, / 그녀는 그렇다고 말한다. /
그리고 누가 착한 사람인가는 / 당연히 명백하다. //

항상 그녀이다. / 한 번도 내가 아니다. /
그래서 나는 묻는다. / 누가 나를 좋아하지? //
Sie macht's gut, / ich mach's schlecht. /
Sie macht's euch / immer recht. //
Ich mach's anders, / sie macht's so, /
ich mach euch zornig, / sie euch froh. //
Sie ist leise, / ich bin laut, /
und ich bin es, / der sie haut. //
Sag ich nein, / sagt sie ja, /
und wer lieb ist, / ist doch klar. //
Immer sie, / niemals ich. /
Und ich frag: / Wer mag mich? //[28]

연이어지는 산문텍스트 「이제 새 남동생을 데려올 거야」에서는 놀이를 훼방하는 짓궂은 남동생으로 인해 차라리 새 동생으로 바꾸고 싶은 누나의 심정이 표현되고 있다.

> 화요일 날 내 남동생이 모래놀이터 안에 만들어놓은 내 케이크를 짓밟아버렸다. 나는 그 케이크를 온갖 장식으로 아주 예쁘게 꾸며놨었다. 내 동생이 말하기를 "모래놀이터가 네 것이 아니잖아. 나도 놀 자리가 필요하단 말이야." 그 말에 나는 화가 나서 거의 폭발할 지경이었다. 나는 소리쳤다. "너 정말 못됐어. 이제 나는 새로운 남동생을 데려올 거야."
>
> Am Dienstag hat mein Bruder meine Kuchen im Sandkasten zertrampelt. Dabei hatte ich sie so schön verziert. Er sagte: "Der Sandkasten gehört dir nicht alleine. Ich will auch Platz zum Spielen haben." Da bin ich fast vor Wut geplatzt. "Du bist gemein", habe ich geschimpft. "Jetzt hole ich mir einen neuen Bruder."[29]

가족 안에서 더불어 살기의 주제는 초등학교 교과서 안에서 부모와 자녀들, 조부모와 손자손녀 간의 관계로 확장된다. 2학년교과서에 실린 산문텍스트 「평일엄마-일요일아빠 Alltagsmutter-Sonntagsvater」[30]에서는 부모와의 관계, 구체적으로 이혼한 부모와 자식들 간의 관계와 삶의 모습이 소개되고 있다. 3학년 교과서에 실린 산문텍스트 「할머니는 기억하지 못하신다 Oma kann sich nicht erinnern」에서는 조부모와의 추억과 그들에 대한 관계가 세월의 흐름에 따라 변화될 수밖에 없는 현실을 보여줌으로써 이에 대한 어린 학생들의 인식과 이해를 돕고자 하는 목표를 가진다.

2학년부터 4학년교과서에 공통으로 들어있는 학습단원 '더불어 살기'에서 전달하고자 하는 총체적 주제를 파악하기 위해 단원이 시작되는 첫 페이지에 실린 텍스트를 비교해 보자. 2

학년 읽기교과서에는 라이너 쿤쩨 (Rainer Kunze)의 「일요일아침의 박새 Die Sonntagmorge
nmeise」가 소개된다.

박새가 지붕을 쪼았어.
그래?
박새가 나를 깨웠지.
그러고는?
그래서 나는 눈을 떴지.
그래서 이젠?
이제 나는 여기에 있어.
넌 어떻게 할 건데?
네 침대에 누워도 되니?

Die Meise hat aufs Dach gepickt.
So?
Die Meise hat mich wachgepickt.
Und dann?
Dann habe ich mich wachgeblickt.
Und nun?
Nun bin ich hier.
Was wirst du tun?
Darf ich ins Bett zu dir?[31]

3학년 교과서에 소개되는 레기나 슈봐르츠 (Regina Schwarz)의 「너에게 필요한 사람 Wen
du brauchst」은 인간과 인간과의 더불어 살기를 주제로 하고 있다. 사회공동체에서 함께 살아
가는 사람들을 편파적 이해관계나 기회주의적 기성사회의 사고방식으로부터 자유로운 어린
아이의 시각에서 서술하고 있다. 삶에서 필요한 사람은 나와 너에게 관심을 가져주고 즐거움
을 선사하고 함께 꿈을 꾸며 힘이 되어주고 희로애락의 일상을 함께 해 줄 그런 사람이며 종국
적으로는 서로에 대한 믿음과 선의를 가지고 교류하고 소통할 수 있는 그런 사람이다.

입 맞추고 숨바꼭질 함께 할 사람
재미난 장난거리를 생각해 낼 사람
무지개를 함께 찾으러갈 사람과
땅위에 꿋꿋이 함께 서 있어줄 사람
고함칠 때와 조용히 있을 때 함께 해 줄 사람
웃거나 울 때 함께 있어줄 사람
어떤 경우에도 나를 좋아해줄 사람
오늘도 내일도 그리고 날마다.
Einen zum Küssen und Augenzubinden,
einen zum lustige-Streiche-erfinden,
Einen zum Regenbogen-suchen-gehn
und einen zum fest-auf-dem-Boden-stehn.
Einen zum Brüllen, zum Leisesein einen,
einen zum Lachen und einen zum Weinen.
Auf jeden Fall einen, der dich mag,

heute und morgen und jeden Tag.[32]

4학년 읽기교과서에는 단원 "더불어 살기"가 에르빈 크로쉐 (Erwin Grosche)의 시로 시작
된다.

> 낯선 것은 여전히 낯선 것
> 인사하고 접촉하고 마음을 열지 않는다면.
> 나는 너를 좋아하고, 넌 나를 좋아해.
> 우리는 같은 별에 살고 있으니까.
> Das Fremde bleibt so lange fremd
> bis es begrüßt berührt bekennt.
> Ich hab dich gern, du hast mich gern
> wir leben auf dem gleichen Stern.[33]

여기서는 2, 3학년 교과서의 문학텍스트에서 시사된 개인의 삶의 터전인 가족과 이웃, 친구
와 지인들과 소통하고 교류하는 지역사회공동체를 넘어서 범민족적, 범국가적, 세계시민적
차원으로까지 "더불어 사는 삶"의 범위가 확대되고 있다. 지구라는 별에서 함께 살고 있는 하
나의 가족이라는 세계시민적 사고를 통해 글로벌화가 가속되는 현대사회에서 다른 인종과
문화에 대한 이해와 관용이 더 나은 미래의 삶을 위해 중요한 교육적 요소로서 부각되어있다.

1. 마이의 시 「안나와 아기」에서 안나는 요람에 누워있는 남동생아기를 바라보면서 어떤 생각을 할까? 시에 묘사된 광경을 떠올리며 안나의 입장에서 각자의 생각을 말해보자.
2. 남매간의 갈등을 다루는 「내 여동생과 나」와 「이제 새 남동생을 데려올 거야」를 읽고 실제 자신이 겪은 경험과 비교해 보자. 여러분은 형제자매들과 어떻게 지내고 있는가?
3. 산문텍스트 「평일엄마-일요일아빠」를 읽고 아이들의 입장에서 느낀 점을 서로 이야기해 보자. 왜 모리츠는 새로 이사한 집에서 아빠가 슬플 거라고 생각하는가? (*수업유인물 참고)

4) 동물과 더불어 살기

　동물을 주제로 하는 문학텍스트 역시 초등학교 국어교과서에서 많은 부분을 차지한다. 이
는 동물을 소재로 하는 이야기가 아동도서 내지 청소년도서 시장에서 다른 어떤 소재보다도
월등히 많은 비중을 차지한다는 사실과 연관된다. 예를 들어 아동들에게 상당한 인기를 누리
는 판타지소재보다도 동물소재는 더 많은 부분을 차지한다. 이러한 동물주제에 대한 선호현
상은 인성학적이며 성장 심리적 관점에서 설명될 수 있는 바, 어린 독자들의 자연적인 선천적
관심에 기인한다고 할 수 있다. 따라서 국어교과서에서는 이러한 어린아이들의 관심을 파악
하여 적합한 읽기텍스트를 올바른 방향으로 이끌어가는 것이 중요하다. 이 방향은 문학적 장
르에 의해서가 아니라 현실적 상황에 의해 규정된다. 즉 현실에서 실제적으로 이루어지는 아
이들과 동물과의 관계를 다룬 주제들을 발췌해서 삽화작업을 병행한 동물이야기로 만들어야
한다는 것이다. 여기서 삽화들 (Illustrationen)은 교과서를 장식하는 단순한 장식물이 아니라
해당 주제에 나름의 고유한 관점들을 가능하게 해 준다. 이러한 점은 또한 문학의 본질이기도
하며 교과서에 실린 문학텍스트의 기능이기도 하다.

　동물주제를 통해 다룰 수 있는 논제들은 다양하다. 애완동물 기르는 방법, 동물과 함께 사
는 방법, 보상으로서 동물에 대한 사랑, 멸종위기동물의 구조, 동물보호(불법사냥금지, 집단
사육금지, 동물학대금지 등), 동물에 대한 두려움, 상품 내지 장식품으로서 동물, 유기동물들,
식용동물의 사육방식, 실험용 동물, 기능성 동물의 사육, 동물원의 동물과 서커스단의 동물
등의 주제를 들 수 있겠다.

　초등학교 교과서의 문학작품은 우선 어린 학생들에게 책 읽는 즐거움을 습득케 하는 차원
에서 리듬감이 있는 짧고 간결한 시들이 채택되며 이를 통해 동물학대나 차별주의 등에 반대
하는 중요한 주제들이 언급된다. 시 텍스트의 내용은 주로 아이들이 일상에서 경험하는 현실
적 문제들로 이루어진다. 이 주제에 관련된 예로서 에리히 프리트 (Erich Fried)의 시 「웃을 일
이 아니야! Humorlos!」를 들 수 있다.

> 사내아이들이 / 팔매질한다. / 재미로. /
> 돌을 가지고 / 개구리를 향해. //
> 개구리들은 / 죽는다. / 정말로. //
> Die Jungen / Werfen / Zum Spaß /
> Mit Steinen / Nach Fröschen. //
> Die Frösche / Sterben / Im Ernst. //[34]

이 짧고 간결한 시 안에는 가벼운 장난의 재미와 생사의 심각한 문제가 모순적으로 대비되고 있다. 아이들의 놀이에서 이러한 학대는 얼마나 쉽게 이루어지고 있는가? 또한 다른 이의 고통으로부터 얼마나 당연하게 재미를 얻어내고 즐기고 있는가? 개구리에게 돌팔매질하는 장난은 예기치 않게 심각한 결과를 가져오는 한낱 "어리석은" 장난이 아니라 처음부터 목표가 분명한 장난이다. 그밖에도 "재미로 zum Spaß"라는 제3행의 의미는, 생명체를 돌로 때려 죽이는 어린 사내아이들의 행위가 오로지 사디즘적인 자기만족에 기인한다는 것을 의미한다. 가령 아이들은 개구리를 잡아서 특별한 미식가요리를 만드는 식당에 판다든가 혹은 학교의 과학시간에 실험용으로 사용한다든가하는 다른 목적을 위해 행한 것이 아니기 때문이다. 장난에서 아이들은 강자가 자신을 방어할 수 없는 약자를 학대하고 죽임으로써 재미를 느낀다는 것이다. 장난치는 아이들은 재미있을지 모르지만 개구리들은 재미를 느낄 수 없다. 자연적 죽음이 아닌 학대에 의한 죽음 앞에서 개구리들은 아이들의 재미에 호응할 수가 없다. 그래서 시 제목 "웃을 일이 아니야!"가 말해 주듯이 개구리들에게는 그냥 장난으로 웃어넘길 일이 아니라 영문도 모르고 죽어야 하는 생사의 위급한 상황이 되는 것이다.

인간의 공격성이 어디에 근거하는지, 즉 타고난 것인지 사회적 환경에서 후천적으로 습득된 것인지 혹은 양자 모두가 원인이 되는지의 여부와는 상관없이 이러한 공격성은 항상 존재하며 일상적인 현상으로 나타나고 있다. 그렇기 때문에 이러한 공격적 언행 내지 성향을 없애려는 노력은 사회적 의식에 대한 교육과 사회적 태도를 실제로 훈련하기 위한 교육 그리고 강도 높은 계몽활동 등을 통해 일상 속에서 끊임없이 이루어져야 한다. 따라서 초등국어교과서의 읽기학습에 동물학대, 생명체에 대한 공격적 행동이라는 진지한 주제를 짧은 시의 형식을 통해 제시한다는 것은 읽기이해라는 국어 학습적 측면에서 뿐만 아니라 인성교육학적 측면에서도 효과적인 방법이다.

초등학교 3학년 읽기교과서에 소개되는 모니카 젝-아그테 (Monika Seck-Agthe)의 시 「뻔뻔한 돼지 Das freche Schwein」[35]에서는 더불어 살기에 갈등을 겪고 있는 두더지와 돼지를 등장시킴으로서 인간사회에서 겪을 수 있는 이웃 간의 갈등, 사회 속 갑과 을의 불평등하고 비인간적 관계를 동물들을 통해 간접적으로 시사하고 있다. 첨부된 삽화에는 몸집이 거대한 돼지가 두더지의 작은집 전체를 차지하고 누워있고 돼지의 앞발 하나보다도 작은 두더지는 집에서 쫓겨 난 채 지붕에서 신문을 읽고 있다. 두더지 톰은 매일 밤 자신의 집에서 쫓겨나는 신세이다. 뚱뚱하고 뻔뻔한 늙은 돼지가 밤마다 두더지 집에 무작정 쳐들어오기 때문이다. 아늑하고 따뜻한 집을 빼앗긴 두더지는 바깥에서 추위에 떨어야 한다. 두더지는 항의해 본다. "이집은 내 집이야! 내가 돈을 내고 산거라고! / 게다가 칠까지 내가 직접 했어. Dies Haus ist meins!

Ich hab's bezahlt! / Und auch noch selber angemalt." 그러나 아무 소용이 없다. 돼지는 뻔뻔할 뿐만 아니라 힘까지 셌기 때문이다. 두더지 톰은 지붕으로 올라가 신문을 읽으면서 버티려고 애쓴다. 그러나 돼지는 아랑곳하지 않고 두더지를 윽박지른다. "'신문 좀 읽어봐!' 돼지는 마구 두더지에게 호통을 친다. / '무슨 기사가 났니? 빨리 말해봐. 좀!' Lies vor! So herrscht das Schwein ihn an / 'Was ist passiert? Nun sag schon, Mann!'" 내심 몹시 화가 나지만 두더지는 겁이 나서 한마디 대꾸도 못한 채 신문을 읽어줄 수밖에 없다. 두더지는 사이좋게 함께 사는 사회를 소망한다.

> 이 삶은 더 아름다울 수 있을 텐데.
> 그러나 오직 이 돼지만 없다면.
> Das Leben könne schöner sein,
> jedoch nur ohne dieses Schwein.[36]

초등학교 2학년 교과서에 실린 또 다른 문학텍스트를 살펴보면, 학습단원 '동물과 더불어 살기'의 첫 페이지에 소녀가 커다란 곰을 포옹하고 있는 삽화와 더불어 다음과 같은 프란츠 뷔트캄프 (Frantz Wittkamp)의 짧은 시가 소개된다.

> 이 지구에, 내 옆에 / 크고 검은 동물이 앉아 있어요. /
> 때로 내 뺨을 핥아 줘요. / 우리는 이미 오래 전부터 친구니까요. //
> Auf der Erde neben mir / sitzt das große schwarze Tier, /
> Manchmal leckt es meine Wange, /
> denn wir kennen uns schon lange. //[37]

이미 첫 행에서 지구라는 공통적 삶의 공간이 제시되고 나의 이웃이라는 아주 근접한 공간으로 집약된다. 삽화에서 알 수 있듯이, 야생이나 동물원에서 인간과 분리되어 살고 있는 몸집이 우람한 검은 곰이 어린 소녀와 다정하게 포옹하고 있다. 야생동물까지도 지구라는 공동체 안에서는 인간의 오랜 친구이며 가족과 같은 존재이기 때문이다.

1. 에리히 프리트의 시 「웃을 일이 아니야!」를 읽고 느낀 점을 말해보자. 어릴 적 유사한 경험을 서로 이야기해 보자.
2. 더불어 살기에 어려움을 겪고 있는 두더지와 돼지의 이야기 「뻔뻔한 돼지」를 읽고 느낀 점을 말해보자. 주변에서 직 간접적으로 겪은 유사한 경험(갑과 을의 관계)을 서로 이야기해 보자.

5) 삶의 지혜와 긍정적 사고

초등학교 2학년과 3학년 읽기교과서에 공통으로 들어있는 교육내용은 민담, 즉 옛날이야기 텍스트들이다. 민담텍스트들은 대부분 한국의 아동들에게도 익숙한 그림형제 (Brüder Grimm)의 민담들로 구성되어있다. 그림민담들은 독일의 어린이들 역시 취학 전부터 부모님이나 조부모님 등 기타 가족 구성원들로부터 혹은 유치원에서 들어서 익히 알고 있는 작품들이다. 학생들에게 이미 익숙한 문학작품을 통해 국어교육에서 지향하는 학습목표는 단순히 권선징악이라는 옳고 그른 것의 구별과 인지를 넘어서 어린 학생들이 실제로 경험하는 현재의 삶에서 동일한 상황에 처하게 되었을 때 현명하게 대처하고 합당하게 행동하는 지혜를 습득하게 하는 것이다.

예를 들면, 2학년 읽기교과서에 그림민담 「빨간 모자 Rotkäppchen」가 소개된다. 연이어 만프레드 마이 (Manfred Mai)가 각색한 「빨간 모자」가 소개되고 있다. 마이의 「빨간 모자」 역시 그림형제의 민담원본과 거의 동일한 내용으로 시작된다. 엄마가 소녀에게 커피와 케이크를 챙겨주면서 할머니께 갖다드리라고 심부름을 시킨다. 당연히 엄마는 아이에게 도중에서 한눈팔지 말고 해가 지기 전에 돌아올 것을 당부한다. 그리고 소녀는 길을 나서게 되고 도중에서 늑대를 만나게 된다. 늑대와 만나는 장면부터 마이의 「빨간 모자」는 원본의 내용과는 다른 반전을 준비하고 있다.

> 소녀가 한참을 걸어갔을 때 갑자기 늑대가 나타났습니다. "너 어디 가니?"라고 늑대가 물었습니다. "할머니 댁에" 빨간 모자가 대답했습니다. "할머니가 어디 사시니?" 이 질문에 빨간 모자는 오래 망설이지 않고 말했습니다. "큰 떡갈나무 있는 곳까지 가면 오른편 숲가에 작은 집이 있어. 그 집에 우리 할머니가 살고 계신단다." 늑대는 재빨리 그곳으로 떠났습니다. 그러나 빨간 모자는 노래를 부르며 다른 쪽 길로 갔습니다. 왜냐하면 숲가 작은 집에는 실제로는 사냥꾼이 살고 있었기 때문입니다.
>
> Als es ein ganzes Stück gegangen war, kam plötzlich der Wolf. "Wohin gehst du?", fragte er. "Zu meiner Großmutter", antwortete Rotkäppchen. "Wo wohnt deine Großmutter?" Rotkäppchen überlegte nicht lange und sagte: "Du musst bis zu der großen Eiche laufen. Dann siehst du rechts ein kleines Haus am Waldrand. Da wohnt sie, meine Großmutter." Der Wolf lief schnell davon. Rotkäppchen aber ging singend in die andere Richtung, denn in dem kleinen Haus am Waldrand wohnte in Wirklichkeit der Jäger.[38]

이 이야기에 등장하는 빨간 모자는 이미 그림민담의 내용을 통해 늑대가 저지를 악행을 알고 있었다. 그래서 나쁜 늑대에게 할머니 집을 가르쳐주지 않고 사냥꾼의 집을 알려줌으로써 지혜롭게 대처할 수 있었다. 이러한 내용의 변화를 통해 학생들은 스스로 그림민담의 주제적

핵심을 다시금 파악하게 되며, 나아가 실제 생활에서 접하게 되는 문제의 다양한 해결가능성까지도 숙고하는 계기를 마련한다.

3학년교과서에서는 일시적 편의와 욕심으로 인해 큰 사고를 당하는 염소들의 이야기 「두 마리 염소 Die beiden Ziegen」가 소개된다. 두 마리 염소가 깊은 강물위에 놓인 외나무다리에서 만났다. 한쪽 염소가 반대편 염소에게 길을 비키라고 소리친다. 반대편 염소도 "내가 먼저 다리 위에 왔다. 네가 뒤로 물러가라. 내가 건너갈 수 있게! Ich war zuerst auf der Brücke. Geh du zurück und lass mich hinüber!"[39]라고 외친다. 그러나 상대방도 똑같이 맞서며 양보할 생각이 전혀 없다. 서로 험한 말이 오가고 급기야 몸싸움으로 이어지는 상황이 되었다. 염소들은 머리의 뿔을 내뻗으며 서로를 향해 내달렸다. 서로 충돌하는 순간 두 염소는 모두 외나무다리에서 떨어져 깊은 물속에 빠져버렸다. 개인적 욕심에 앞서 타인을 배려하지 않으며, 조금이라도 손해를 보는 상황에서는 결코 양보하지 않으려는 사람들에게 주는 교훈은, 사소한 일에 쓸데없는 욕심을 부리면 결국 큰 손해를 면하지 못하게 된다는 사실이다.

이에 반해 초등학교 4학년 읽기교과서에서는 요한 페터 헤벨 (Johann Peter Hebel)의 「이상한 나들이 Seltsamer Spazierritt」[40]를 통해 사회공동체 안에서 현명하게 더불어 사는 방식은 때론 상황에 맞추어 융통성을 발휘해야함을 알려주고 있다.

이야기의 내용은 다음과 같다. 한 남자가 당나귀를 타고 집으로 가고 있었는데, 어린 아들은 당나귀 옆에서 걸어가고 있었다. 지나가던 행인이 이 광경을 보고 다음과 같이 말한다. "아버지가 당나귀를 타고가고 아들을 걷게 하는 것은 옳은 일이 아니오. 당신이 더 강한 신체를 가지고 있습니다. Das ist nicht recht, Vater, dass Ihr reitet und lasst Euren Sohn laufen. Ihr habt stärkere Glieder." 그래서 아버지는 당나귀에서 내려서 아들을 타고 가도록 했다. 그런데 또 다른 행인이 오더니 다음과 같이 말한다. "아이야, 네가 당나귀를 타고가고 네 아버지를 걸어가시게 하는 것은 옳은 일이 아니야. 너는 더 젊은 다리를 가지고 있지 않느냐! Das ist nicht recht, Bursche, dass du reitest und lässt deinen Vater zu Fuß gehen: Du hast jüngere Beine!" 그래서 두 사람은 모두 당나귀를 타고 한참을 가고 있었다. 그때 세 번째 행인이 와서는 다음과 같이 말한다. "이 무슨 몰상식한 일이오. 두 사람이 연약한 동물을 타고 가다니! 당신네 두 사람을 끌어내려야겠소! Was für ein Unv erstand; zwei Kerle auf einem schwachen Tier! Man sollte euch beide hinabjagen!" 그래서 두 사람은 당나귀에서 내려 모두 당나귀와 함께 걸어갔다. 오른쪽에는 아버지가, 왼쪽에는 아들이, 그리고 가운데는 당나귀가. 그때 네 번째 행인이 오더니 다음과 같이 말한다. "당신들은 이상한 사람들이오. 둘만 걸어가도 충분하지 않소? 당신들 중 한명이 당나귀를 타고 간다면 더 낫지 않겠소? Ihr seid wunderliche Gesellen. Ist's nicht genug, wenn zwei zu Fuß gehen? Geht's nicht leichter, wenn einer von euch reitet?"

그러나 여기서 네 번째 행인의 충고에 따라 행동한다면, 즉 한사람이 당나귀를 타고 간다면 상황은 또 다시 처음의 상태로 돌아가게 된다. 한사람씩 타는 것도, 두 사람이 모두 걸어가는 것도 옳은 일이 아니며, 더구나 두 사람이 모두 약한 동물을 타고 가는 것도 합당하지 않은 일임을 이미 경험한 바이다. 이제 이야기는 네 명의 행인이 준 충고를 모두 감안한 완전히 다른 해결책을 보여준다.

> 그때 아버지는 당나귀의 앞다리를 한데 묶었고, 아들은 당나귀의 뒷다리를 한데 묶었다. 그런 다음 당나귀의 묶은 다리를 굵직한 나무막대에 끼워서 어깨에 메고 집으로 갔다.
> Da band der Vater dem Esel die vorderen Beine zusammen, und der Sohn band ihm die hinteren Beine zusammen; dann zogen sie einen starken Baumpfahl durch und trugen den Esel auf der Schulter heim.[41]

결국 두 사람이 무거운 당나귀를 메고 간다는 이야기의 결말은 상식적 차원에서도 지혜로운 해결방법이 아님을 즉각적으로 알 수 있다. 학생들은 이 이야기를 통해 모든 사람의 의견을 모두 감안하고 배려하는 것만이 언제나 최상의 방법 내지 해결책이 될 수 없다는 사실을 알게 된다. 객관적 상황과 개인적 여건에 따라 탄력적으로 더 중요한 것과 우선적 요소들을 분별하고 판단할 줄 알아야 함을 깨닫게 된다. 이야기는 다음과 같은 교훈으로 끝맺는다. "일을 모든 사람에게 합당하게 하려고 한다면 이런 상황에까지 이르게 될 수 있다. So weit kann's kommen, wenn man es allen Leuten recht machen will."

4학년 읽기교과서에 실린 또 다른 텍스트에서는 계획이나 의도와는 달리 만족스럽지 못한 결과를 가져왔을 때 낙심하거나 부정적으로만 판단하여 포기해 버릴 것이 아니라 긍정적 사고를 통해 지혜롭고 생산적 방향으로 상황을 전환할 수 있다는 메시지를 전해준다. 물 항아리를 머리에 이고 가는 한 아프리카 여인의 삽화와 함께 「물방울 Wassertropfen」이라는 제목의 텍스트가 실려 있다. 항아리의 여러 군데서 물이 떨어지고 있다. 마을여인네들은 매일 강가로 내려가 커다란 흙 항아리로 물을 길어온다. 마을에는 우물이 없기 때문이다. 어느 날 아침 한 여인이 나비 한 마리에 정신이 팔려 그만 넘어지게 되고 그 바람에 항아리에 금이 가게 된다. 집에 다른 항아리도 없었고 새 항아리를 살 돈도 없었기 때문에 그 여인은 급한 대로 수건으로 항아리를 감아서 사용하기로 했다. 그러나 소용이 없었다. 갈라진 틈으로 물은 계속 새어나왔기 때문이다. 그녀가 집에 도착했을 때 항아리의 물은 절반밖에 남아있지 않았다. 그녀는 자신을 책망한다. 왜 조심하지 못했는지, 다른 사람들은 많은 물을 가져 오는데 자신에게 왜 이런 불행한 일이 있어났는지. 그녀를 아무 쓸모없는 사람이라고 하신 어머니 말씀이 옳다고까지 생각하게 된다. 그러나 며칠 뒤 여인들이 또 다시 물을 길러갔을 때 길가에는 초록색 풀들과 형용색색 작은 꽃들이 아름답게 피어있었다. 다른 여인네들은 낙심하여 풀이 죽어있는 여인에게 말합니다. "네가 떨어뜨린 물방울 덕분이야. [...] 그 물방울들이 먼지 나는 흙길을 꽃들로 꾸며주었구나. Das waren deine Wassertropfen. [...] Sie haben den staubigen Weg zum Blühen gebracht."[42] 한 여인에게 일어난 불행한 일이 다른 이에게는 좋은 일이 될 수 있다는 사실, 즉 하나의 국한된 관점이나 상황에서 봤을 때 부정적인 것이 다른 관점에서, 혹은 더 포괄적이고 보편적 관점에서는 일방적이고 절대적인 결과가 될 수 없음을 알려주고 있다. 텍스트 아래에 첨부된 삽화는 사막처럼 메마른 땅위 좁은 길을 따라 다양한 모양의 예쁜 꽃들이 피어있는 풍경을 그리고 있다.

1. 마이의 「빨간모자」의 결말을 읽고 느낀 점을 말해보자.("그러나 빨간 모자는 노래를 부르며 다른 쪽 길로 갔습니다. 왜냐하면 숲가 작은 집에는 실제로 사냥꾼이 살고 있었기 때문입니다.")
2. 「이상한 나들이」에서 작가가 전달하고자하는 메시지는 무엇인가?
3. 「물방울」에서 여인이 겪은 일이 자신에게 일어났다고 상상해보자. 두 날의 다른 상황에서 느낌 점을 일기형식의 메모로 표현해 보자.

6) 지구와 환경

우리들이 살고 있는 지구의 보호와 그 환경문제는 대부분 3학년과 4학년 교과서의 문학텍스트를 통해 시사되고 있다.[43] 3학년 읽기교과서의 학습단원 '자연의 흔적을 따라'의 표지를 장식하는 크리스티네 부스타 (Christine Busta)의 시 「표제 시 Merkvers」는 지구보호에 대한 인식을 핵심적 내용으로 다루고 있다. 이로써 이 단원이 의도하는 교육적 목표는 단순히 자연을 탐색하고 그에 대한 정보를 얻는 차원을 넘어서 학생들로 하여금 이면에 숨어있는 문제들을 인지하고 그 해결과 개선에 대한 인식을 갖도록 하는 것이다. "우리가 우주여행에서 볼 수 있었던 가장 아름다운 것은 / 푸른 별 지구였다. / 지구는 우리가 살 수 있는 곳. 그러나 상처입기 쉬운 곳. Das Schönste, was uns die Raumfahrt zeigte, / war die Erde als blauer Stern. / Er ist bewohnbar. Aber verletzlich. //"[44]

3학년교과서의 학습단원 '자연의 흔적을 따라'에서는 지구보호 내지 환경보호라는 핵심 주제 하에 "나무", "물", "지구온난화" 그리고 "기후보존"의 네 개의 소주제들이 다루어진다. 주제 "나무"와 관련된 소단원 '나무 형제 Bruder Baum'[45]는 시와 산문텍스트들로 구성된다. 제목에서 나무를 가족구성원인 "형제"로 지칭하는 이유는 첨부된 텍스트들의 내용과 주제를 통해 드러나고 있다. 첫 번째 텍스트인 오이겐 로트 (Eugen Roth)의 시 「나무 Der Baum」에서는 오늘날 여러 가지 이유와 목적으로 이용되고 훼손되는 나무벌목에 대한 경각심을 주고 있다.

> 아름다운 나무를 베어버리는 것은
> 채 15분도 걸리지 않는다.
> 감탄할 정도로 멋진 나무를 키우는 데는
> 100년이나 걸린다는 것을 유념해야한다.
> Zu fällen einen schönen Baum,
> brauchts eine Viertelstunde kaum.
> Zu wachsen bis man ihn bewundert,
> braucht er, bedenkt es, ein Jahrhundert.[46]

연이어지는 시 「단풍나무형제 Bruder Ahorn」에서는 나무 역시 우리 인간처럼 살아있는 생명체라는 사실을 "심장의 박동"이라는 표현을 통해 부각시키고 있다. "나는 귀를 대어본다. / 단풍나무 잎사귀에. 나는 들을 수 있어. / 박동하는 것을, 단풍나무의 심장이. Ich lege mein Ohr / an den Ahorn, fast hör ich / es schlagen, sein Herz."[47]

소단원 '나무형제'안에는 시 텍스트와 함께 산문텍스트도 수록된다. 러시아의 문호 톨스토이 (Leo Tolstoi)의 「사과나무 Der Apfelbaum」의 내용은 다음과 같다. 한 노인이 어린 사과나무들을 심는다. 사람들이 그 광경을 보고 한심한 듯 웃으면서, 그 나무들이 열매를 맺으려면 수년이 걸릴 것이고 노인자신은 그 열매를 먹어보지도 못할 것인데, 왜 사과나무들을 심는지 노인에게 묻는다. "이 나무들을 왜 심습니까? 그것들이 열매를 맺으려면 수년이 걸릴 텐데요. 당신은 이 나무에서 열리는 사과는 먹지보지도 못할 것이오. Warum pflanzt du diese Bäume? Viele Jahre werden vergehen, bis sie Früchte tragen, und du selbst wirst von diesen Bäumen keine Äpfel mehr essen können." 노인은 다음과 같이 대답한다. "내가 손수 사과들을 수확하지는 못 할 것이오. 그러나 수년이 지나서 다른 이들이 이들 나무에 열린 사과들을 먹게 될 때 그들은 나에게 감사하게 될 것이오. Ich selbst werde keine ernten. Aber wenn nach vielen Jahren andere die Äpfel von diesen Bäumen essen, werden sie mir dankbar sein."[48] 노인의 대답은, 오늘날 만연되어있는 자신의 안위와 이익에만 우선적으로 초점이 맞춰져 있는 이기주의, 현세주의, 기회주의에 대한 경고로서 미래 지향적이고 대승적인 사고와 가치관에 대한 메시지를 전달해 주고 있다. 개인의 삶의 가치가 개인과 개인이 속한 공간과 현재에 국한되지 않고 세계라는 넓은 공간으로, 후세대의 인류를 위한 미래의 시간으로까지 확장되고 있다. 거시적 차원에서 보면 지구라는 한 공간에서 이 시대를 살아가고 있는 인간들의 역사적 사명과 중요성이 부각되고 있다.

연이어 등장하는 "물" 주제에서는 다양한 시들이 수록된다. 곳프리트 헤롤트 (Gottfried Herold)의 「예를 들어 강 Zum Beispiel der Fluss」에서는 강이 의인화되어 마음씨 좋은 사람으로 표현된다. 언제나 강은 묵묵히 인내심을 발휘하여 크고 작은 배들을 무사히 목적지로 데려다준다. 그러면서도 대가를 바라거나 보수를 요구하지도 않으며 왜 이 일을 해야 하는지 불평도 하지 않는다. 그냥 강은 말없이 최선을 다할 뿐이다.[49] 함께 수록된 오스트리아의 유명한 건축가 프리덴스라이히 훈데르트봐써 (Friedensreich Hundert wasser)의 「그리젤바흐 시 Grieselbach Gedicht」에서는 인위적인 개발과 구조 및 용도변경으로 인해 야기되는 자연의 파괴에 대한 메시지를 전하고 있다.

> 물아, 너무 빨리 흘러 가지마라. / 우리 곁에 더 오래 머물러 줘. /
> 나무들과 초원들과 저지대를 통해서, /
> 네가 항상 흐르듯이. 물아, 그것이 잘하는 거야. /
> 네가 스스로 알아서 흐르는 그 길이 / 가장 멋진 길이란다. //
> Wasser, rinne nicht so schnell davon, / bleibe länger bei uns. /
> Durch Bäume, durch Wiesen, durch Auen, /

wie du, Wasser, fließt, ist es gut. /

Der Weg, den du ganz von selbst nimmst, /

ist der schönste Weg. //[50]

연이어지는 시 「물 Das Wasser」[51]은 자연의 대순환의 중심에 있는 물을 서술하고 있다. 하늘로부터 내린 비는 대지를 적셔주고, 길 위의 돌들과 꽃과 풀들을 적셔준다. 아침이 되어 태양이 일을 시작하면 그의 큰 입을 벌려 물을 빨아들인다. 그러면 물은 다시 하늘로 올라가 이리저리 뒹굴면서 돌아다니다가 커다란 먹구름을 만나 또다시 비가 되어 땅으로 떨어진다. 그리고 태양이 다시 비를 빨아들이고 그것이 다시 큰 구름으로 되고 또다시 비를 쏟아내게 된다는 내용을 담고 있다. 다음에 소개되는 독일의 문호 괴테 (Johann Wolfgang von Goethe, 1749-1832)의 시 「물방울 Das Wassertröpfchen」에서도 학생들로 하여금 사소한 작은 물방울 하나하나가 지니는 의미와 우리 인간들의 삶에 미치는 영향을 다시 한 번 생각해 볼 수 있는 계기를 마련해 준다.

물방울이 땅위로 떨어져야 하고, /
어린 꽃들을 적셔줘야 하고, /
샘물과 함께 뭉쳐야 하고, /
어린 물고기도 기쁘게 해 주고, /
냇물에서는 방아도 찧어주고, /
강물에서는 배들도 띄어줘야 한다. /
그리고 바다들이 어디에 존재하겠어. /
애초에 이 물방울이 없었더라면. //
Tröpflein muss zur Erde fallen, /
muss das zarte Blümchen netzen, /
muss mit Quellen weiter wallen, /
muss das Fischlein auch ergötzen, /
muss im Bach die Mühle schlagen, /
muss im Strom die Schiffe tragen. /
Und wo wären denn die Meere, /
wenn nicht erst das Tröpflein wäre. //[52]

‘물’주제에 연이어 3학년교과서에는 “지구온난화 Erderwärmung”의 문제가 다루어진다. 소제목으로서 “지구온난화의 주원인들은 무엇인가? Was verursacht hauptsächlich die Erderwärmung?”[53]라는 질문이 제시된다. 지구온난화란 지구의 온도가 상승하는 것을 의미한다는 개념정의에 이어 인간들이 만들어내는 온실가스(이산화탄소와 메탄)가 지구온난화의 주원인이며 이산화탄소증가의 주범이 "산업(44%)", "건물의 난방(31%)", "교통(22%)" 그리고 "농업(3%)"임을 밝히고 있다. 그리고 연이어 "지구온난화는 인간들에게 어떤 결과를 가져다주는가? Welche Folgen hat die Erderwärmung für die Menschen"라는 질문을 소제목으로 제시함으로써 지구온난화가 미칠 심각한 문제들, 즉 빙하가 녹고, 북극곰이 사라지고, 세계 곳곳에 홍수와 가뭄이 증가하며, 사막화가 심화되고 이로 인해 사람들이 기근에 허덕이고, 백년설이 녹고 강이 마르고, 이미 몇몇 지역에서는 물 부족 현상을 겪으며 식수가 고갈되는 등의 환경문제들에 대해 언급하고 있다.

이러한 교과서의 구성을 통해 앞서 다룬 "나무"와 "물"을 주제로 한 문학텍스트의 의미와 교육적 효과가 부각되고 있다. 연이어 제시되는 주제 "좋은 일을 위한 홍보포스터 Werbeplakate für eine gute Sache"에서는[54] 지금까지 학습에서 얻어진 환경에 대한 인식을 실생활에 적용할 수 있는 방안을 제시함으로써 교육효과를 높이고 있다. 첨부된 포스터삽화에는 "우리가 우리들의 환경을 구한다 Wir retten unsere Umwelt"라는 홍보문구와 함께 다 녹아버린 얼음조각을 타고 태양이 작열하는 바다 위를 떠다니고 있는 흰곰의 모습을 보여준다. 하늘에는 쥐 한 마리가 백열전등을 타고 로켓처럼 날아가고 있다. 또한 이 포스터는 기후보존을 위한 운동이며, 구체적으로 학생들로 하여금 기후보존에 대한 의식과 북극곰에 대한 관심을 일깨우고, 지구온난화와 기타 기후변화들에 대응하기 위한 중요한 정보들을 얻을 수 있는 사이트(www.co2maus.de)도 알려줌으로써, 학생들이 학습을 통해 얻은 문제의식과 그 해결의지를 실행에 옮길 수 있도록 실제적이고 구체적인 정보를 제공하고 있다. 또한 "CO2는 이산화탄소의 화학기호입니다. CO2 ist die chemische Formel für Kohlendioxid."라는 구름말의 삽입을 통해 재미나게 학습하는 부수적인 효과도 올린다.

4학년의 교과서에서는 지구보존의 주제가 "전쟁"과 "평화"의 문제로 넘어간다.[55] 여기서는 안네테 헤어쪽 (Annette Herzog)의 산문텍스트 「전쟁 Krieg」[56]이 소개된다. 소녀 잔야 Sanja는 집과 정원 등 그녀의 모든 소중한 것들, 인형, 장난감과 놀이터였던 살구나무의 꽃잎들까지 파괴하는 무서운 전쟁의 꿈을 자주 꾼다. 꿈속에서 그녀는 두려움에 떨며 피신을 해야 한다. 전쟁이야기에 이어서 "... 그리고 평화 ... und Frieden"라는 제목 하에 평생 동안 평화를 위해 예술 활동을 한 화가 피카소 (Pablo Picasso, 1881-1973)가 소개된다.[57] 평화의 상징인 비둘기를 모티브로 한 그의 수많은 작품 중에서 1949년 파리에서 열렸던 세계평화회의를 기념하여 그렸던 그림 <평화의 비둘기 Friedenstaube>와 <비둘기를 안고 있는 아이 Kind mit Taube>(1901)와 함께 올리버 벤센 (Oliver Behnssen)의 시 「평화 Frieden」를 제시함으로써 그림과 시 텍스트에 담겨있는 공통의 메시지를 전하고 있다.

사람들이 좋아하는 / 고양이에게 / 평상시 하는 것처럼 //
너는 비둘기를 / 너의 품속에 / 꼭 안아주렴. //
비둘기의 작은 머리를 / 부드럽게 쓰다듬어 주렴. /
별을 쓰다듬어주듯이 /
비둘기의 두려움에 찬 해맑간 두 눈을. //
Wie man es sonst nur / mit einer Katze tut, / die man lieb hat: //
Du hast die Taube / in deinem Arm /
dir eng an die Brust gedrückt, //
streichst ihr sanft / über den kleinen Kopf, /
die ängstlichen, hellwachen Augen /
als streicheltest du einen Stern. //[58]

1. 나무주제의 소단원의 제목을 "나무 형제"라고 한 이유는 무엇일까?

2. 물 주제를 다룬 텍스트를 통해 어떤 새로운 정보와 인식을 얻게 되었는가?

3. 지구온난화가 우리의 삶에 미치는 영향은 무엇인가?

4. 지구와 환경보존의 주제 하에 전쟁과 평화를 언급한 이유는 무엇인가?

초등학교(김나지움 진학모색과정) 교과서 (5-6학년)

초등학교 교육과정에서 문학작품을 이용한 "읽기"영역의 학습이 2학년에서 4학년의 국어 교과목에서 다루어지며, 이 또한 국어교과서와는 별도로 읽기이해를 위해 사용되는 읽기교 과서를 통해 이루어지고 있음을 확인했다. 이에 반해 독일의 김나지움 진학모색과정인 초등 학교 5, 6학년의 국어교과서의 경우에는 "읽기이해"를 위한 읽기교과서가 별도로 사용되지 않고 국어교과서의 학습단원들 속에 편입된다. 양 교과서에서는 공통적으로 제5장에서 제8 장까지 문학텍스트를 이용하여 읽기이해학습이 이루어진다. 읽기교과서의 거의 모든 학습단원 에 다양한 장르의 문학텍스트가 삽입되어있는 초등학교 하급과정(2-4학년)과는 달리, 상급과정 5, 6학년의 국어교과서에 나타나는 특징적 요소는, 읽기이해를 위한 문학텍스트들이 재미있고 진 기한 내용을 다루는 익살과 해학적 내용을 다루는 "악동이야기 Schelmengeschichten/Schwank" (5 학년)와 초등학교 하급과정에서도 꾸준히 다루고 있는 "민담 Märchen" (5학년), "전설 Sagen" (6학 년), "우화 Fabeln" (6학년) 등 설화문학으로 집중되고 있으며 또한 언어 형식적 내지 주제적 특징 등 문학적 이론도 다루고 있다는 점이다. 이에 반해 계절과 자연을 주제로 한 시 텍스트들은 초등학교 2학년에서 6학년까지 모든 국어교과서에서 공통적으로 다루어지고 있다.

1) 책 읽는 즐거움과 언어놀이

"책 읽는 즐거움"이라는 주제는 초등학교 상급학년의 교과서에서도 국어교육을 위한 학습 주제의 하나로서 자리한다. 이러한 목적으로 삽입되는 문학텍스트들은 대부분 "소리시 Lautgedicht"들이다. 여기서는 시 텍스트의 특성인 각운과 음절의 반복, 새로운 복합명사의 조합 등의 형식을 이용해 시 낭송의 묘미를 살리고 있다.

5학년 국어교과서의 시 장르를 학습하는 단원의 표지에 실린 아르네 라우텐베르크 (Arne Rautenberg)의 시를 예로 들어보자.

봄 / 보름 / 보을 / 보울 /
여옴 / **여름** / 여을 / 여울 /
가옴 / 가름 / **가을** / 가울 /
겨옴 / 겨름 / 겨을 / **겨울**

frühling / frühmer / frühbst / frühter /
somling / sommer / sombst / somter /
herling / hermer / herbst / herter /
winling / winmer / winbst / winter[59]

사계절 "봄 Frühling", "여름 Sommer", "가을 Herbst", "겨울 Winter"의 명사들을 이용해 새로운 조합의 다양한 어휘들을 만들고 있으며, 낱말의 마지막 음절인 -ling, -mer, -bst, -ter의 순서로 반복되는 각운과 사계절의 첫 철자인 f-, s-, h-, w-의 두운이 4행씩 동일한 철자로 반복되거나(예를 들어 "frühling/frühmer/frühbst/frühter"[1-4행]) 네 번째 행마다 한 번씩 번갈아 나타남(예: "frühling[1행]/somling[5행]/herling[9행]/winling[13행]")으로써 순환적으로 되풀이되고 있다. 이 시가 수록되어있는 학습단원 8 "구즈베리가 붉게 빛난다 Rot leuchten die Johannisbeeren"에서는 문학텍스트 중에서도 계절의 변화와 모습을 주제로 한 시들을 그 대상으로 하고 있다. 따라서 소리시를 외워서 낭송하는 재미와 더불어 시 장르의 특성을 학습 내용을 하고 있다. 이러한 학습내용을 바탕으로 학생들은 교과서에서 다루는 시에서 시형식의 특징들을 찾아내며, 나아가 교과서의 시가 "정상적인" 시와 다른 점들도 구별하는 연습을 한다. 예를 들어, 독일어에서 언제나 대문자로 시작하는 명사들이 이 시에서는 모두 소문자로 표기되어 있다는 점이 눈에 띄는 차이점이다.

동일한 단원에 실린 에른스트 얀들 (Ernst Jandl)의 시 「시골에서 auf dem land」 역시 소리시로서 읽는 재미와 더불어 낭독 시 발음연습뿐만 아니라 첫 음절의 반복을 통해 연상되는 시골과 관련된 단어를 찾을 수 있고 또한 해당 명사의 복수형까지도 도출해 내는 학습효과를 얻을 수 있다.

소소소소소소소소소들 / 으음음음음음음음음메 //
돼지지지지지지지지지들 / 꿀우우우우우우우우울 //
개애애애애애애애애애들 / 멍어어어어어어어어엉 //
고양이이이이이이이이이들 / 끄러러러러러러러러러렁 //
거위위위위위위위위들 / 꽤에에에에에에에에엑 //
염소소소소소소소소소들 / 메에에에에에에에에맴 //
꿀벌벌벌벌벌벌벌벌들 / 부우우우우우우우웅 //
귀뚜라미라미라미라미라미라미라미라미들 / 찌르르르르르르르르륵 //
개구리구리구리구리구리구리구리구리들 / 개골골골골골골골골 //
버얼얼얼얼얼얼얼얼벌 / 윙잉잉잉잉잉잉잉잉윙 //
새애애애애애애애애들 / 째애애애애애애애액 //

rininininininininDER / brüllüllüllüllüllüllüllüllEN //
schweineineineineineineineinE / grunununununununununZEN //
hunununununununununDE / bellellellellellellellellEN //
katatatatatatatatER / schnurrurrurrurrurrurrurrurrEN //
gänänänänänänänSE / schnattattattattattattattattERN //
ziegiegiegiegiegiegiegEN / meckeckeckeckeckeckeckeckERN //
bienienienienienienienEN /
summummummummummummummEN //
grillillillillillillillillEN / ziririririririririrPEN //
fröschöschöschöschöschöschöschE / quakakakakakakakakEN //
hummummummummummummmELN /
brummummummummummummmEN //
vögögögögögögögögEL / zwitschitschitschitschitschitschERN//[60]

이 시에서는 동물의 울음소리들(예를 들어 "꿀꿀 grunzen", "윙윙 summen", "찌륵 찌륵 zirpen", "쨱쨱 zwitschern")을 언어적으로 모방하고 있다. 학생들은 얀들의 시를 학습한 후, 시골의 풍경을 상상하며 또 다른 동물들과 곤충들을 예로 나름의 시를 창작해 볼 수 있다. 이러한 학습과정을 통해 학생들은 의성어에 대한 폭넓은 어휘력을 익힐 수 있는 기회를 가진다. 학생들의 개별적 시 창작을 통해 창의력과 상상력을 도출하기 위해 미완성의 시 「동해의 여름날 sommertag an der ostsee」이 제시되고 있다. 시의 무대와 소재는 시골에서 바다로 옮겨진다.

파도도도도도도도도도들 / 쏴아아아아아아아아악 //
깃발발발발발발발발들 / 펄러러러러러러러러러럭 //
갈매기기기기기기기기기들 / 까아아아아아아아아악 //
wellellellellellellellellEN/
rauschauschauschauschauschauschauschEN//
fahnahnahnahnahnahnahnEN / flattattattattattattattERN //
möwöwöwöwöwöwöwöwEN /
kreischeischeischeischeischeischeischEN //[61]

책 읽는 즐거움을 배가시키는 "소리시 Lautgedicht"와 더불어 6학년 교과서에는 시행과 단어배열 등 시형식의 시각적 효과를 통해 시의 의미를 전달하는 "그림시 Bildgedicht"들이 소개된다. 크리스티안 모르겐슈테른 (Christian Morgenstern)의 「깔때기들 Die Trichter」[62]은 밤중에 일어나는 이상한 일들을 이야기하고 있다. 시의 제목처럼 깔때기모양으로 여덟 개의 시행이 점점 좁아지면서(짧아지면서) 전개된다.

두 개의 깔때기가 밤을 지나서 걸어간다.
그들 몸통의 좁은 수직통로를 통해서
하얀 달빛이 흐른다.
고요하고 유쾌하게
그 깔때기들의
숲길위로
기타 등
등
Zwei Trichter wandeln durch die Nacht.
Durch ihres Rumpfs verengten Schacht
Fließt weißes Mondlicht
still und heiter
auf ihren
Waldweg
u. s.
w.

　"그림시"를 이해하기 위해서 우선 다음과 같은 질문을 통해 접근해볼 수 있다. 형식적인 면에서 깔때기모양의 시행배치가 시의 내용에 미치는 영향은 무엇일까? 깔때기의 형상은 시의 내용과 주제를 파악하는데 도움을 주는가? 깔때기로 상징되는 것은 무엇인가? 이 시에서 깔때기가 사람으로서 묘사된다면, 해당되는 텍스트의 부분을 찾아보자. 그림시 형식으로 쓴 「깔때기들」을 기존의 시 형식대로 각운에 맞추어 다시 써 보자.

두 개의 깔때기가 밤을 지나서 걸어간다.
그들 몸통의 좁은 수직통로를 통해서
하얀 달빛이 고요하고 유쾌하게 흐른다.
그들의 숲길위로 기타 등등
Zwei Trichter wandeln durch die Nacht.
Durch ihres Rumpfs verengten Schacht
Fließt weißes Mondlicht still und heiter
auf ihren Waldweg u. s. w.(= und so weiter)

　각운에 맞추어 쓴 시는 이제 4행으로 이루어지며, 연이어지는 1행과 2행, 3행과 4행이 서로 같은 운율(-acht, -acht, -eiter, -eiter)을 가지는 '짝운 Paarreim'(a,a,b,b,)의 형식이 된다. 하나의 시를 서로 다른 형식으로 쓴 두 시, 즉 그림시와 각운을 맞춘 시를 비교해 보면 각각의 형식이 가지는 장점을 알 수 있다. 그림시가 깔때기 형상의 형식을 통해 시의 상황에 몰입하여 내용을 이해하는데 도움을 준다면, 각운을 맞추어 쓴 시의 경우는 각운의 리듬감을 통해 시낭송의 즐거움을 얻을 수 있으며 아울러 시의 전체적 운율을 타고 내용에 몰입할 수 있다.

2) 계절과 자연

우리들의 일상에서 나날이 경험하고 함께 살아가는 자연과 그 다양한 변화에 대한 인지능력과 교감은 문학작품을 통해 학생들에게 중재되어야 할 초등교육과정의 주요학습주제 중 하나이다. 김나지움진학모색과정인 초등 5, 6학년 과정에서는 자연과 계절의 변화를 주제로 하는 시들이 수록된 학습단원에서는 시 감상과 내용적 분석과 더불어 시 장르의 형식적 특징에 대한 학습이 이루어진다.[63]

5학년 국어교과서에서 시 장르를 학습하는 단원에 첫 번째 작품으로 수록된 하인리히 자이델 (Heinrich Seidel)의 시 「순환 Kreislauf」은 사계절의 순환을 표현하고 있다.

> 3월에 첫 종달새가 지저귀면 /
> 오, 얼마나 사랑스럽고 희망차게 울리는가! //
> 귀기우려라! 장미덩굴 속 꾀꼬리의 소리 /
> 오, 너 봄날은 얼마나 금빛 찬란한가! //
> 꾀꼬리가 앵두나무에서 소리친다. /
> 이제 여름이구나. 방금 봄이었는데. //
> 아, 곧 가을꽃밭의 향기가 불어오고, /
> 그러면 두루미가 공중 높이 울어대겠지. //
> 단지 조금만 있으면, 호수가 경직되고, /
> 까마귀들은 눈 위를 날며 울어댄다. //
> 오, 얼마나 사랑스럽고 희망차게 울리는가. /
> 3월에 첫 종달새가 지저귀면! //
> Wenn im März die erste Lerche singt – /
> O wie hold verheißungsvoll das klingt! //
> Horch! die Nachtigall im Rosenhag – /
> O wie golden bist du Frühlingstag! //
> Der Pirol ruft aus dem Kirschenbaum – /
> Sommer ist's und war doch Frühling kaum. //
> Ach wie bald weht Herbstresedaduft, /
> Und der Kranich ruft aus hoher Luft. //
> Nur ein Weilchen noch, dann starrt der See, /

Und die Krähen krächzen über'm Schnee! //
O wie hold verheißungsvoll das klingt, /
Wenn im März die erste Lerche singt! //[64]

학생들은 우선 각자 시를 읽어본 후, 시의 내용과 제목과의 연관성을 설명한다. 형식적 면에서 시는 6연으로 구성되어있으며 각 연마다 2행씩 총 12행으로 되어있다. 연과 행의 구분이 형식상 어떤 특징을 가지고 있는지 그리고 내용과 어떤 연관성을 가지고 있는지도 파악한다. 동일한 학습단원의 164쪽에 제시된 시형식의 특징들을 학습함으로써 학생들은 시의 운율, 즉 각운이 a, a, b, b, c, c ...(singt, klingt, -hag, -tag, -baum, kaum, -duft, Luft, See, Schnee, klingt, singt)의 "짝운 Paarreim"의 형식을 가지고 있음을 알게 된다.[65] 내용면에서 봄에 대한 기쁨과 기다림을 담고 있는 제1연과 제6연이 형식면에서도 수미상관을 이루고 있음을 알 수 있다. 행의 위치만 서로 바뀌었을 뿐 동일한 문장이 반복되고 있다. "순환"이라는 제목에 상응하게 제2연에서 제5연까지는 계절의 순서에 따라 봄, 여름, 가을, 겨울의 순환과 이에 따른 풍경의 변화를 노래하고 있다.

연이어지는 시는 데틀레프 폰 릴리엔크론 (Detlev von Liliencron)의 「가을 Herbst」이다. 여기서 학생들은 이미 익힌 시 장르의 형식들을 활용하여 시를 분석하고 내용과 주제를 이해하는 학습을 한다.

과꽃이 벌써 정원에 피었다. / 햇살은 더 약해졌다. /
꽃들은 죽음을 (*기다리고*), / 서리의 (*단두용 도끼*)로. //
짙은 갈색으로 이미 (*목초지*)는 어두워지고,/ 잎들은 (*대기*)를 타며 몸을 떤다./
그리고 숲과 (*초원*)이 / 꼼짝 않고 푸른 (*향기*) 속에 누워있다. //
(*정원울타리*)가에 복숭아 / (*겨울피난*) 떠나는 두루미 /
가을의 기쁨, 가을의 (*슬픔*) / 시든 장미들, 익은 (*열매들*). //
Astern blühen schon im Garten. / Schwächer trifft der Sonnenpfeil. /
Blumen, die den Tod (*erwarten*), / Durch des Frostes (*Henkerbeil*). //
Brauner dunkelt längst die (*Weide*), / Blätter zittern durch die (*Luft*)./
Und es liegen Wald und (*Heide*) / Unbewegt in blauem (*Duft*). //
Pfirsich an der (*Gartenmauer*), / Kranich auf der (*Winterflucht*). /
Herbstes Freuden, Herbstes (*Trauer*),/Welke Rosen, reife (*Frucht*).//[66]

시의 각운을 형성하는 단어(명사 혹은 동사)들이 생략되어있다. 빈칸에 들어갈 열 개의 단어(대기 Luft / 초원 Heide / 기다리다 erwarten / 열매 Frucht / 슬픔 Trauer / 겨울피난

Winterflucht / 향기 Duft / 단두용 도끼 Henkerbeil / 목초지 Weide / 정원울타리 Gartenmauer)
는 별도의 보기로 제시되고 있다. 학생들을 시의 내용적 문맥을 고려하면서 각운에 맞추어 적
합한 어휘를 선택할 수 있다. 시는 총 3연으로 이루어져 있으며 각 연은 네 개의 행으로 구성된
다. 학생들은 첫 번째 연의 제1행과 제2행의 각운(Garten /Sonnenpfeil)을 참고하여 각 연을 이
루는 네 행의 운율이 a, b, a, b의 "교차운 Kreuzreim"의 형식을 가지고 있음을 파악함으로써
시 형식에 대한 이해가 적합한 어휘를 찾는데 도움이 될 수 있다. 내용 주제적 측면에서도, 계
절 가을이 인간에게 주는 기쁨과 슬픔이 시에서는 어떠한 어휘수단과 표현법을 통해 묘사되
고 있는가에 대해 서로 의견을 나누어 봄으로써 국어어휘에 대한 정확한 이해와 해당어휘의
외연과 언어감각을 높일 수 있다. 또한 학생들이 가을과 관련된 다양한 어휘들을 사용하여 시
「가을」을 개작해 보는 연습도 병행함으로써 가을에 대한 학생 개개인의 주관적 감성을 언어
로 표현할 기회를 가지게 될 것이다.

3) 삶의 교훈과 지혜

초등학교 상급과정에서는 삶의 교훈과 지혜를 위한 학습주제가 설화문학의 형식들인 민담
Volksmärchen, 전설 Sagen, 우화 Fabeln를 예로 이루어지고 있다. 교과서에서는 민담텍스트
와 더불어 독일민담의 대표적 수집가이며 작가인 그림형제, 야콥 그림 (Jacob Grimm,
1785-1863)과 빌헬름 그림 (Wilhelm Grimm, 1786-1859)에 대해 소개되고 있다.[67] 이로써 학
생들은 어릴 때부터 듣고 읽어서 익히 알고 있는 그림민담들의 발생시기와 유래과정 그리고
그림형제의 민담과의 관계 및 그들의 문학사적 업적에 대한 정보를 얻게 된다. 수많은 민담들
이 오래 전부터 입에서 입으로 이야기되어 전해졌기 때문에 작가뿐만 아니라 민담의 발생 시
기도 정확하게 알 수가 없다. 이렇게 전승된 민담들은 거의 모든 나라에서 찾아볼 수 있으며,
사람들이 많이 모이는 장터나 음식점, 주막과 주로 가정에서 이야기되어 전해졌다. 약 200년
전인 19세기 초반에 작가들과 학자들이 전승민담들을 수집하기 시작했는데, 독일의 대표적
수집가로는 그림형제를 들 수 있다. 그들은 이야기꾼들로부터 들은 민담들을 수집하여 글로
옮겨 적었으며, 가능한 많은 어린이들이 이 아름다운 이야기들을 듣고 읽을 수 있도록 하기 위
해서 1812년 민담모음집『어린이와 가정을 위한 민담 Kinder- und Hausmärchen』을 발표한
다. 200편 이상의 민담이 수록된 이 민담집은 세계적으로 가장 유명한 민담모음집이며 현재
140개 외국어로 번역되었다. 방대한 전승민담의 수집이외에도 그림형제의 문학적 업적은,
필사된 구전민담의 불충분한 구성의 흐름과 극히 짧은 내용, 단순한 언어들을 수정보완하고

전체적인 문체를 통일하여[68] 하나의 완성된 문학작품으로 탄생시켰다는 점이다.

그림민담의 대표적 예로 「개구리왕자 혹은 불굴의 하인리히 Der Froschkönig oder der eiserne Heinrich」(1837)가 소개된다.[69] 이 민담이 수록된 단원의 소주제는 '다양한 민담개작 비교하기 Verschiedene Märchenfassungen vergleichen'이다. 학습단원의 소주제를 통해 알 수 있듯이 주된 학습내용은 시대의 변화에 따른 생활상, 가치관의 변화에 따른 다양한 개작민담들과 원본그림민담을 비교하면서 변화된 내용과 그 원인을 파악해 보는 것이다. 그림형제의 민담모음집에 실린 첫 번째 민담인 「개구리왕자 혹은 불굴의 하인리히」는[70] "소망하는 것이 아직 효력을 가졌던 옛날 옛적에, ... In den alten Zeiten, wo das Wünschen noch geholfen hat, ..."라는 민담 특유의 구절로 시작된다. 이 민담은 개구리가 종국에는 왕자로 변하는 '동물의 변신 Tierverwandlung'을 다루는 마술민담들 중 대표적 민담이기도 하다.

> 소망하는 것이 아직 효력을 가지고 있었던 옛날 옛적에, 한 왕이 살았다. 그의 딸들은 모두 아름다웠다. 하지만 수많은 얼굴들을 수없이 보아왔던 태양까지도 막내딸의 얼굴에 햇빛이 빛날 때마다 그 아름다움에 감탄할 정도로 막내딸은 너무나 아름다웠다. 왕궁근처에 크고 어두운 숲이 있었고, 그 숲속 오래된 보리수나무 아래에 샘이 하나 있었다. 날씨가 아주 더울 때면 어린공주는 바깥 숲속으로 가서 시원한 샘가에 앉았다. 그리고 심심해질 때면 황금구슬을 높이 던졌다 다시 받곤 하면서 놀았다. 이것은 그녀가 가장 좋아하는 장난감이었다. / 그런데 공주의 황금구슬이 그녀의 뻗은 손안에 떨어지지 않고 땅위에 튕겨서 바로 샘물 속으로 들어가 버리는 일이 생겼다. 공주는 구슬이 굴러들어가는 것을 바라볼 뿐이었다. 구슬은 사라져버렸고, 샘은 깊어서 그 바닥을 볼 수가 없었다. [...][71]

교과서에 제시된 민담의 시작부분을 바탕으로 학생들은 각자 기억하고 있는 대로 다음의 줄거리를 이야기한다. 가장 아끼는 장난감을 잃어버린 공주는 큰 소리로 슬프게 운다. 그때 물속에서 뚱뚱하고 못생긴 개구리가 나타나 그녀를 도와주겠다고 말하면서 구슬을 찾아주는 대가로 무엇을 해 줄 수 있느냐고 공주에게 묻는다. 이에 공주는 개구리가 원한다면 그녀의 옷과 온갖 보석 그리고 그녀의 금관까지도 주겠다고 말한다. 그러나 개구리는 대답한다. "네 옷들과 진주와 보석들 그리고 네 금관을 나는 원치 않아. 그러나 네가 나를 좋아한다면 나를 네 친구와 놀이동무가 되게 해줘. 식탁에서 네 옆에 앉아 네 금 접시로 음식을 먹고 네 금잔으로 마시고 네 침대에서 자게 해줘. 네가 이것을 약속한다면 나는 샘물 속으로 들어가 너의 황금구슬을 다시 가져다주겠다."[72] 공주는 황금구슬을 다시 찾고자하는 간절한 마음에 약속을 한다. 그러나 개구리가 황금구슬을 찾아주자 개구리와의 약속을 저버리고 흉측한 개구리를 절대 친구로 삼을 수 없다고 생각한다. 약속을 지켜줄 것을 간청하며 찾아온 개구리를 문전박대한다. 그동안에 일어난 일의 전말을 알게 된 왕은 다음과 같이 공주를 타이른다. "네가 약속한 것을 너는 지켜야한단다. 가서 문을 열어 주거라. Was du versprochen hast, das mußt du auch halten; geh nur und mach ihm auf."73 궁전 안으로 들어온 개구리는 공주와 식탁에 함께 앉아 공주의 그릇으로 함께 식사를 하고자 한다. 급기야는 공주의 비단침대에서 함께 잠을 자고자 한다. 이에 공주는 차가운 개구리의 몸에 접촉해야하는 두려움으로 울기 시작한다. 이에 왕은 화를 내며 꾸짖는다. "네가 어려움에 처했을 때 도와줬던 자를 나중에 멸시해서는 안 되느니라. Wer dir geholfen hat, als du in der Not warst, den sollst du hernach nicht verachten."74 왕의 꾸중을 듣고 공주는 할 수 없이 개구리를 자신의 침실로 데리고 간다. 함께 자고 싶다며 침대 위로 뛰어올라온 개구리를 공주가 들어서 던지는 순간 개구리는 아름답고 다정한 눈을 가진 왕자로 변신한다. 이제 왕의 뜻에 따라 왕자는 공주의 친구이자 신랑이 된다. 왕자는 사악한 마녀에게 저주를 받아 개구리로 되었으며, 공주이외에는 아무도 저주받은 샘으로부터 그를 구원해줄 수 없었다고 말한다.

　모든 학생들이 어릴 때부터 익히 알고 있는 이 민담은 공주가 결국 마지못해 약속을 이행하게 되고, 흉측한 개구리는 멋진 왕자님으로 변신해서 공주와 결혼하게 된다는 행복한 결말을 가지고 있다. 그러나 이 민담에는 쉽게 간과되어 온 동물학대의 내용이 담겨있다. 더 나아가 개구리, 즉 왕자 내지 남성에 대한 혐오 내지 천시경향이 들어있다. 이러한 남성천대는 민담의 결말에 개구리가 멋지고 쓸모 있는 사람으로 변한 후에는 환영을 받는 신랑감으로 바뀌게 된다. 이러한 관점에서 대표적 현대동화작가 야노쉬 (Janosch)는 그림민담 「개구리왕자 혹은 불굴의 하인리히」에 등장하는 동물과 인간의 역할, 여성과 남성의 역할을 정반대로 돌려놓는다.75

　야노쉬의 「개구리왕자」에서는 숲속 작은 연못왕국에 사는 개구리왕자가 황금풍선을 가지고 놀다가 그만 손에서 놓치게 된다. 풍선은 연못의 표면으로 떠올라 물 밖으로 사라져버린다. 개구리는 새가 아닌 이상 물 밖 어딘가를 떠돌고 있는 풍선을 찾으러갈 수 없다. 개구리왕자가 서럽게 울고 있을 때, 어떤 소녀가 갈대사이로 나타나 그 이유를 묻는다. "개구리야, 왜 슬피 우느냐? Was jammerst du, Frosch?" 사정을 들은 소녀는 무엇보다도 아름다운 청개구리가 너무 마음에 들었고 사랑에 빠지게 된다. 소녀는 제안한다. "만약에 네가 나와 결혼해 준다면 네 황금풍선을 찾아줄게. Wenn du mich heiratest, fang ich dir die goldene Luftkugel."76 그러나 개구리는 이 소녀가 마음에 들지 않았다. 그녀는 못생겼고 뚱뚱했으며 머릿결은 거칠었고 다리도 짧았기 때문이었다. 그럼에도 황금풍선을 찾고자하는 간절한 마음에 개구리는 소녀의 제안을 받아들인다. 그러나 소녀가 황금풍선을 찾아주기가 무섭게 개구리왕자는 물속으로 사라져버렸고 소녀와의 약속을 까맣게 잊어버린다. 소녀는 다급한 나머지 물속으로 뛰어 들어간다. 개구리왕자가 가족과 함께 식사하는 방의 문을 두드리며 들어갈 것을 요청한다. 이에 연로하고 지혜로운 개구리 왕이 그 연유를 묻자 개구리왕자는 대답한다. "이 사람은 정말 초라한 소녀입니다. 다리는 너무 짧고, 엉덩이는 너무 뚱뚱하고, 머리부터 발끝까지 예쁜 구석이라곤 없습니다. 그녀가 나와 결혼하고자 합니다. 그러나 나는 그녀가 싫어요. das ist so ein kümmerliches Mädchen, Beine zu kurz, Hintern zu dick, von oben bis unten keine Schönheit, die will mich heiraten. Aber sie gefällt mir nicht."[77] 그러나 소녀가 울부짖는 소리에 결국 사실을 알게 된 왕이 왕자를 엄하게 꾸짖으며 문을 열어주게 한다. 소녀는 초록빛으로 빛나는 개구리의 멋진 모습에 더욱 그를 사랑하게 된다. 그와 함께 식사를 하고 그의 침대에서 함께 자고자 간청한다. 마지못해 소녀를 데리고 자신의 침실로 돌아온 왕자는 소녀를 상자에 가두어 바다 속 깊은 곳에서 익사하게 만든다. 숨을 거두는 순간 그녀는 세상에서 가장 아름다운 초록빛 개구리공주로 변신한다. 그리고 개구리왕자의 아내가 된다. 사연인즉, 개구리공주는 어릴 때 집에서 너무 멀리 나갔다가 길을 잃고 사람들에게 붙잡혀 병 안에 갇히게 되었으며 그곳에서 죽기직전에 인간으로 변하게 되었다고 했다. 인간의 아내가 되지 않기 위해서 그녀는 아주 못생긴 모습으로 변했다고 했으며, 만약에 육지에서 결혼을 했었더라면 영원히 연못 물속으로 돌아오지 못했을 것이라고 말했다.

야노쉬의 「개구리왕자」에서는 동물과 인간의 역할 내지 그들이 처한 상황과 입장을 서로 바꾸어놓음으로써 동물과 그들의 세계가 서술배경의 중심이 된다. 이로써 동물은 인간과 더불어 사는 지구공동체의 구성원으로서, 또한 인간처럼 살아 움직이는 감각과 감정을 가진 생명체로서 부각되며 학생들로 하여금 동물에 대한 좀 더 깊은 이해와 공감을 획득할 수 있는 계기를 마련한다. 다른 한편으로 남성과 여성의 역할을 바꾸어 놓음으로써 남성 혹은 여성에 대한 고정관념 내지 사회적 편견에 다른 관점의 새로운 생각에로 전환할 수 있는 계기를 마련한다. 학생들은 구체적인 질문들을 통하여 학습주제에 접근할 수 있을 것이다. 즉 작가 야노쉬는 왜 등장인물들의 역할과 서술무대를 바꾸었는가? 그림민담 중 이러한 역할 바꾸기를 통해 이야기할 수 있는 민담은 무엇인가? 우선 <표4>의 예처럼 학생들은 각자 두 민담에서 이해한 바를 표로 정리해 봄으로써 전체적 구성의 유사성과 차이점을 체계적으로 이해할 수 있을 것이다. 또한 익히 알고 있는 민담 「빨간 모자」, 「늑대와 일곱 마리 어린 양」 등을 예로 역할 바꾸기를 시도할 수 있을 것이며 주변일상의 인물들 내지 다양한 사회적 역할들을 통해 새로운 상황의 이야기를 만들어볼 수 있을 것이다.

〈표4〉 그림민담과 야노쉬의 「개구리왕자」의 역할 바꾸기

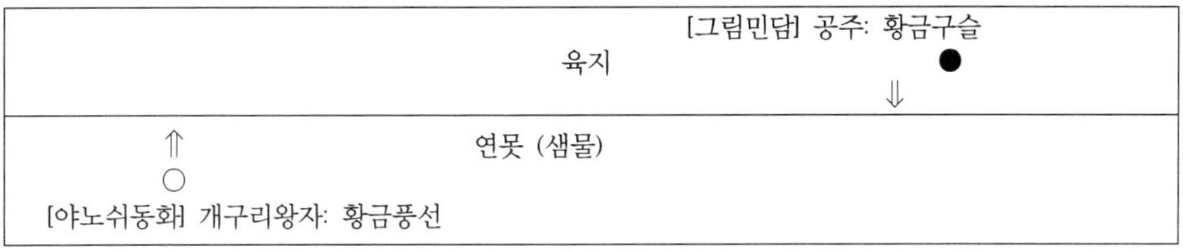

육지	[그림민담] 공주: 황금구슬 ● ⇓
↑ ○ [야노쉬동화] 개구리왕자: 황금풍선	연못 (샘물)

(* 물(연못/샘)의 표면: 양쪽 세계의 분리경계선)

1. 이미 알고 있는 민담(옛날이야기)의 주제를 기반으로 각자 새로운 소재와 내용의 텍스트를 써 보자.

2. 이미 알고 있는 민담들을 예로 역할 바꾸기를 시도해 보자. 오늘날의 일상적 상황들과 주변 인물들 내지 다양한 사회적 역할들(학생/선생님, 경찰/보행자, 보행자/운전자, 운전자/경찰, 노인/젊은이, 어머니/아이, 아이/낯선 사람 등등)을 통해 새로운 상황의 이야기를 만들어보자.

4) 숨겨진 진실

6학년 국어교과서에 수록되는 대표적 산문텍스트로서 사람처럼 행동하는 동물들의 이야기인 "우화 Fabeln"를 들 수 있다.[78] 우화는 가장 오래된 산문문학형식 중 하나이다. 익히 알려진 바 이 문학형식의 창시자는 이솝(Äsop)이다. 전승된 바에 따르면 이솝은 그리스의 노예 신분에서 풀려난 사람으로서 기원전 550년경에 사모스섬에서 살았다고 한다. 이솝의 우화문학은 그리스의 거대한 상업도시들이 상류귀족계급들에 맞서서 비약적 발전을 하기 시작했던 기원전 6세기경에 창작되었다. 이솝 이후에도 우화문학은 언제나 사회적으로 역동적인 변화와 발전을 이루는 시기에 그 전성기를 이루었으며 영향력도 최고점에 이르렀다. 우화는 실질적이고 교육적인 장르이며, 교훈적 요소는 우화문학이 지향하는 주된 목표이다. 우화 안에는 해학적 요소와 일화풍의 이야기가 서로 융합되어있다. 우화는 대부분 유사한 이야기 틀을 가지고 있으며 이야기소재는 상반적 인물들에게서 나타나는 상이한 행동방식들을 보여주는 것이다. 여기서 실제 사회적 계층에 대한 도덕적 입장은 역방향의 상황으로 묘사된다. 즉 "낮은 신분의 사람"은 착하게 행동하거나 선한 생각을 하고 "높은 신분의 사람"은 나쁜 생각과 옳지 않은 행동을 한다. 우화의 핵심은 대부분 교훈적 주제와 일치하는데, 인간적인 요소가 승리하고 그 상대는 속임수와 술수에 넘어가게 되고 그런 후 회개하거나 반성을 하면서 물러나게 된다. 다양한 인간유형들이 우화 속에서는 대부분 동물들로 묘사되는데, 그 이유는 형식과 서술의 기능적 측면과 관련된다. 우화의 교훈적 요소를 강조하는 간결한 서술형식은 통용성과 직접적 효력을 위한 필수적 전제가 된다. 바로 이러한 간결성 때문에 등장인물들, 즉 동물들의 폭넓은 성격묘사는 배제된다. 우화에 등장하는 동물들은 민중 속에 존재하는 보편적인 가치관에 따른 동물들의 특성들을 대변하게 된다. 독일계몽주의문학의 대표적 우화작가인 렛씽 (Gotthold Ephraim Lessing, 1729-1781)은 동물과 관련하여 다음과 언급한다. "일반적으로 알려진 고정된 동물들의 성격들이 우화작가가 동물들을 도덕적인 존재로 승격시키는 실제 이유이다 Die allgemein bekannten und unveränderlichen Charaktere der Tiere sind die eigentliche Ursache, warum sie der Fabulist zu moralischen Wesen erhebt"[79]. 6학년 국어교과서에는 고대 이솝우화 「까마귀와 여우 Der Rabe und der Fuchs」부터 라 퐁테느[80]의 「귀뚜라미와 개미 Die Grille und die Ameise」, 마르틴 루터[81]의 「도시 쥐와 들쥐 Stadtmaus und Feldmaus」, 렛씽[82]의 「까마귀와 여우 Der Rabe und der Fuchs」 그리고 제임스 터버[83]의 「여우와 까마귀 Der Fuchs und der Rabe」가 소개되고 있다.[84] 우선 주인공인 동물 짝이 서로 다르게 구성되어 있는 우화부터 감상해본다. 이솝의 「까마귀와 여우」에서는 여우가 까마귀가 먹고 있는 치즈를 빼앗아오는 과정이 서술된다.

한 까마귀가 치즈를 훔쳤고, 그것을 물고 어느 나무 위로 날아가서 그곳에서 그의 포획물을 조용히
먹으려고 했다. 그런데 까마귀는 천성이 그렇듯이 조용히 먹지를 못하기 때문에 근처를 지나가던
여우가 치즈에 대고 울어대는 까마귀소리를 듣게 되었다. 여우는 서둘러 그곳으로 가서는 까마귀를
칭찬하기 시작했다. "오 까마귀야. 네가 얼마나 훌륭한 새인지 몰라! 만약에 너의 노래솜씨가 네
깃털만큼 그렇게 멋지다면 틀림없이 사람들은 너를 모든 새들의 왕으로 추앙할거다!" 이러한 감언이
설이 까마귀의 마음에 들었다. 그래서 그는 여우에게 노래솜씨를 들려주기 위해 주둥이를 활짝
벌렸다. 그때 주둥이에서 치즈가 떨어지고 말았다. 그 치즈를 여우가 재빨리 집어서 먹어치웠다.
그리고 어리석은 까마귀를 조롱했다.

Ein Rabe hatte einen Käse gestohlen, flog damit auf einen Baum und wollte dort seine Beute
in Ruhe verzehren. Da es aber der Raben Art ist, beim Essen nicht schweigen zu können, hörte
ein vorbeikommender Fuchs den Raben über dem Käse krächzen. Er lief eilig hinzu und begann,
den Raben zu loben: "O Rabe, was bist du für ein wunderbarer Vogel! Wenn dein Gesang ebenso
schön ist wie dein Gefieder, dann sollte man dich zum König aller Vögel krönen!" Dem Raben
taten diese Schmeichelei so wohl, dass er seinen Schnabel weit aufsperrte, um dem Fuchs etwas
vorzusingen. Dabei entfiel ihm der Käse. Den nahm der Fuchs behänd, fraß ihn und lachte über
den törichten Raben.[85]

이 우화를 통해 특정동물로 대표되는 특성 내지 성격을 짐작할 수 있다. 텍스트에서 여우와
까마귀는 각각 어떤 특성을 대변하고 있는지 그리고 이러한 상징적 특성들이 어떻게 우리의
생활 속에 자리 잡게 되었는지 생각해 보자. 우화가 전달하고자하는 메시지를 파악하여 한국
의 격언이나 사자성어로 표현해 보는 것도 우화의 주제를 이해하는 효과적 방법이다. 이 이야
기에 관련된 독일 격언 "피해를 당한 후 똑똑해 진다. Aus Schaden wird man klug."와 "아첨꾼
을 멀리해라.(감언이설에 속지마라.) Hüte dich vor Schmeichlern."를 한국의 격언들과 비교해
보는 것도 상호문화를 이해하는 좋은 방법이 될 것이다.

대부분의 우화는 문학형식으로서 "발단상황 Ausgangssituation", "갈등상황 Konfli
ktsituation" 그리고 "해결책 내지 뜻밖의 전환 Lösung / überraschende Wende"이라는 뚜렷
한 세 단계의 서술구성을 가진다. 우화와 같은 짧은 이야기를 예로 각 단계의 내용을 요약해
보는 것도 문학작품의 구성을 분석하고 이해하는 능력을 향상시키는데 도움이 될 것이다.

우리에게 "개미와 베짱이"로 잘 알려진 라 퐁테느의「귀뚜라미와 개미」와 "서울 쥐와 시골
쥐"로 잘 알려진 마르틴 루터의「도시 쥐와 들쥐」에 등장하는 동물들을 오늘날에는 어떤 유
형의 인간들에 대비시킬 수 있는가 생각해 봄으로써 우화라는 문학텍스트의 현대적 의미를

살펴보자. 예를 들어「귀뚜라미와 개미」는 기존의 해석과는 다른 해석가능성을 제공한다. 우화 속 귀뚜라미는 생활의 계획도 세울 줄 모르고 어려운 시기를 대비해 준비할 줄도 모르는 경솔하고 놀기 만을 좋아하는 게으른 동물로 묘사된다. "귀뚜라미는 여름 내내 노래를 불렀다. 차가운 북풍이 불어왔을 때 완전히 빈털터리였다. 조그만 파리 한 마리도 지렁이 한조각도 없었다. 그녀는 너무 배가 고파서 이웃인 개미부인에게 하소연하면서, 내년 여름까지 입에 풀칠이라도 할 곡식을 좀 달라고 청했다. '저는 당신에게 다음 추수달이 오기 전에 귀뚜라미의 명예를 걸고 이자와 원금을 갚을 것입니다.'라고 그녀는 개미부인에게 말했다. Die Grille hatte den ganzen Sommer lang gesungen und fand sich völlig mittellos, als der kalte Nordwind kam. Nicht ein einzig kleines Stück Fliege oder Regenwurm. Sie klagte über großen Hunger bei Frau Ameise, ihrer Nachbarin, und bat sie, ihr etwas Korn zu geben, um zu überleben bis zur nächsten Sommerszeit. 'Ich werd euch zahlen', sprach sie zu ihr, 'noch vor dem Erntemond, auf Grillenehr, die Zinsen und das Kapital.'" 개미는 귀뚜라미의 간청에 조금도 마음이 흔들리지 않는다. 귀뚜라미의 온갖 다짐도 믿지 않는다. 부지런한 사람의 덕을 보고 살려고 하는 귀뚜라미를 게으름뱅이라고 모욕적으로 대한다. "가장 사소한 단점이긴 하지만, 빌려주는 것을 좋아하지 않는 개미는 간청하는 자에게 묻는다. '당신은 따뜻한 계절에 무엇을 했나요?' - '밤낮으로 저는 모든 사람들을 위해 노래를 불렀습니다. 실례입니다만.' - '노래를 불렀다고요? 정말 잘 하셨군요. 좋습니다. 그럼 이제 춤이라도 추셔야 되겠습니다.' Die Ameise, die leiht nicht gern; das ist noch ihr geringster Fehler. 'Was tatet ihr zur warmen Jahreszeit?', fragte sie die Bittstellerin. - 'Tag und Nacht für Jedermann hab ich gesungen, mit Verlaub.' - 'Gesungen habt ihr? Das freut mich sehr. Nun gut, dann tanzt doch jetzt."[86] 여름 내내 귀뚜라미가 한 일은 아무 쓸모가 없는 이기주의적인 쾌락으로 간주되며 그가 부른 노래도 사회적으로 유용한 예술적 행위로서 인식되지 않는다. 여기서 이 우화에 대한 기존의 해석과는 다른 해석을 생각해 볼 수 있다. 부지런한 개미와 게으르고 쾌락적인 귀뚜라미의 관계라는 기존의 대비는 개미의 태도를 인정이 없고 인색한 것으로, 노래 부르는 것을 좋아하는 귀뚜라미는 나름 자신의 "본업"을 잘 수행하는 것 등으로 해석할 수 있을 것이다. 저자 라 퐁테느는 오늘날 우리가 이해하는 작품의 현대적 수용과는 다른 관점에서 작품을 썼다. 그는 귀뚜라미를 통해서 보헤미안적 유형을, 개미에게서는 비정한 속물근성의 유형을 표현하고자했다. 그러나 시대적 가치가 변화함에 따라 예술적 쾌락을 즐기는 것보다는 성실하고 근면하게 일하는 것이 높이 평가될 수도 있고, 삶의 질을 높이는 수단으로써 예술의 가치와 그 유용성이 중요시되는 오늘날에는 이 우화에 대한 또 다른 다양한 해석이 가능해 질 것이다.

마르틴 루터의「도시 쥐와 들쥐」[87]의 내용은 다음과 같다. 도시에 사는 쥐가 산책을 하다 들쥐를 만난다. 들쥐가 손수 모은 도토리, 밤, 곡식알갱이들을 도시 쥐에게 대접하려하자, 도시 쥐는 말한다. "넌 가난한 쥐구나. 여기서 이렇게 가난하게 살고 싶냐? 나와함께 가자! 나는 온갖 맛있는 음식을 나와 너에게 충분히 제공할거다. Du bist eine arme Maus. Was willst du hier in Armut leben? Komme mit mir, ich will dir und mir genug schaffen von allerlei köstlicher Speise." 그래서 들쥐는 도시 쥐를 따라 그가 사는 한 크고 멋진 집으로 이사를 했다. 도시 쥐가 안내하는 방에는 빵, 치즈, 고기, 소시지 등 온갖 식품들이 가득 차 있었다. "이제 좋은 음식들 먹어봐라! 나는 매일 이런 음식들을 실컷 먹고도 남을 정도야. Nun iss und sei guter Dinge, solcher Speise habe ich täglich im Überfluss." 그때 식품창고담당 지배인이 들어오는 소리가 났다. 쥐들은 놀라서 달아났다. 도시 쥐는 금방 쥐구멍을 찾아 몸을 숨겼지만, 들쥐는 구멍을 찾지 못해 벽을 오르내리면서 목숨을 포기할 상황이 되었다. 그때 다행히 지배인이 방에서 나가자, 도시 쥐는 좋은 것을 누리기 위해 이런 일 정도는 감수해야한다고 말한다. 이에 들쥐가 응답한다. "너는 도망갈 구멍을 잘 찾을 줄 알지만 나는 공포에 떨며 거의 죽을 뻔했어. 내 생각을 말하자면, 너는 부유한 도시 쥐로 남아 소시지와 고기를 먹고 살아라. 나는 가난한 들쥐로 내가 주운 도토리를 먹으며 살 거야. Du wusstest dein Loch fein zu treffen, dieweil bin ich schier vor Angst gestorben. Ich will dir sagen, was die Meinung ist: Bleibe du eine reiche Stadtmaus und friss Würste und Speck, ich will ein armes Feldmäuslein bleiben und meine Eicheln essen." 그리고 덧붙여 말하기를, 도시 쥐는 쥐를 적대시하는 사람들과 쥐덫 등 온갖 위험한 상황에서 결코 안전하게 살지 못하겠지만 자신은 그런 위험이 없이 자신의 초라한 땅 구멍에서 안전하게 살 수 있다고 말한다.

1. 예로 든 이솝의 「까마귀와 여우」를 참고로 「귀뚜라미와 개미」와 「도시 쥐와 들쥐」의 서술 구성과 주제적으로 전달하고자하는 메시지를 말해 보자.
2. 이솝과 렛씽의 「까마귀와 여우」의 내용을 비교해 보고 차이점을 이야기해보자. (* 부록참고: 렛씽의 「까마귀와 여우」 전문번역)
3. 우화에서는 대부분 상대되는 두 동물이 주인공으로 등장한다. 여러분이 알고 있는 동물우화들과 그 내용을 이야기해 보자.
4. 우화의 문학적 특징들은 무엇인가? (서술구성, 소재, 주제 등)
5. 주변일상에서 일어나는 우화적 소재를 두 유형의 동물이야기로 만들어보자.

중학교(김나지움 하급과정) 교과서 (7–9학년)

중학교교육과정의 국어교과서에 실리는 문학텍스트는 문학의 주요장르인 '시문학 Lyrik', '서사문학 Epik', '희곡문학 Dramatik'에 따라 구분되어 다루어진다. 따라서 국어교과서의 학습단원들도 초등과정의 국어교과서에서처럼 주제핵심어에 따라 구분되지 않고 문학 장르별 특징과 각 장르별 대표적 작품을 중심으로 구분되어있다. 앞서 서론에서도 언급했듯이 국어 교과목을 통한 문학교육은 크게 "문학을 위한 교육"과 "문학을 통한 교육"으로 구분된다. 특히 "문학을 위한 교육"의 경우, 초등교육과정에서 주로 이루어지는 문학교육은 일차적으로 학생들의 읽기능력을 교육함으로써 책 읽는 즐거움과 독서에의 동기유발 나아가 독서하는 습관을 갖게 하는 것을 목표로 한다. 그런 후 문학적 텍스트들을 제대로 이해하고 작품들에 분석적으로 접근할 수 있도록 해당 지식들을 전달하는 것이 "문학을 위한 교육"의 근본적 목표라고 할 수 있다. 여기서 획득된 능력들은 문학적 교양을 획득하는 전제가 된다. 문학적 교양의 주된 요소인 미학적 감성, 즉 예술작품의 세련된 언어의 품격을 인지하고 문학적 텍스트를 즐길 줄 아는 능력을 발달시키는 것이다. 이에 따라 동기유발이나 인격형성과 같은 기본적 목표들은 대부분 초등학교에서, 다양한 문화에의 적응과 미학적 감수성을 위한 문학적 교양의 함양은 중, 고등학교의 문학수업에서 제시된다. 그러나 이와 같은 문학교육의 목표들은 특정 단계의 학교교육에만 국한되는 것이 아니라 초, 중, 고등학교의 모든 교육과정의 국어수업에 제시되고 있다. 다만 학교와 학년에 따라 각 목표들의 비중과 강도가 다르며 이에 따른 분배가 상이할 뿐이다. 여기서 다룰 중학교과정의 문학교육은 "문학을 위한 교육", 즉 문학적 교양함양에 목표를 두며, 따라서 중학교과정 국어교과서에 실린 문학텍스트의 문화읽기는 장르의 구분에 따라 문학 이론적 특징 및 장르별 대표적 작품의 언어 형식적 내지 주제적 특징들을 이해하고 분석하고 학습함을 통해 이루어질 것이다.

1) 시문학: 담시, 자연시, 사랑시

중학교과정의 국어교과서에서 다루는 시문학은 김나지움진학모색과정인 초등학교상급과정 5, 6학년 국어교과서에서 이미 학습된 시 장르의 기본적인 이론적 지식을 바탕으로 학습이 이루어진다. 7, 8, 9학년과정에서는 고전주의부터 현대에 이르기까지 다양한 시대의 시들을 만남으로써 다음과 같은 학습과제들을 실행한다. 시 장르와 다양한 표현형식들에 대한 학생들의 이해력을 심화하고 시문학에 대한 학생들의 관심을 강화함으로써 시 텍스트의 학습 경험을 통해 사고력과 감성을 폭넓게 향상시키는 것이다. 초등학교 상급과정에서 습득한 학습내용, 즉 시인들이 경험하고 느끼고 인식한 것을 작품들 속에 전달하면서 세계와 삶과의 관계를 예술적으로 다양하게 표현할 수 있다는 사실이 중학교과정에서는 더욱 넓은 범위로 확장된다.

중학교 국어교과서에 실린 시 텍스트들은 크게 두 그룹으로 분류된다. 하나는 독일 시문학의 대표적 형식 중 하나인 '담시 Balladen'[88]로서 하나의 완성된 드라마적 구성을 가지고 있으며 인간의 삶과 운명을 주제로 하는 시형식이다. 다른 한 그룹은 자연에 대한 관찰과 다양한 경험을 주 내용으로 하는 자연, 사랑, 정치를 주제로 하는 시들[89]과 대도시의 삶과 인간관계를 주제로 하는 시 텍스트들[90]로 구성된다.

담시를 중점적으로 다루고 있는 7학년 국어교과서에서는 고전주의(괴테, 실러), 19세기 사실주의(폰타네) 그리고 20세기 초 현대문학(브레히트)의 대표적 담시들이[91] 선별되어 수록되고 있다. 시 텍스트를 다루는 제7학습단원의 첫 페이지에는 테오도르 폰타네 (Theodor Fontane)의 담시 「존 메이나드 John Maynard」(1886)의 제1연이 삽화와 함께 소개된다.[92] 시 전문이 소개되기에 앞서 단원 첫 페이지에 다음과 같이 시작품의 이해를 위한 세 단계의 학습핵심이 제시된다. 1) 「존 메이나드」의 제1연을 큰소리로 읽은 후 각운을 찾아본다. 산문체로 예시된 제1연을 각운에 맞추어 원래의 시 형식으로 다시 써 본다. 2) 존 메이나드는 누구인가? 첫째 연을 다시 읽은 후 담시의 주제를 추측해 본다. 그리고 삽화에 그려진 상황과 결부시켜 설명해 본다. 3) 극적인 사건을 이야기하는 긴 시를 '담시 Balladen' 혹은 '이야기 시 Erzählgedichte'라고 한다. 여러분이 알고 있는 다른 담시들을 말해 본다.

그밖에도 제7단원의 첫 페이지에는 이 단원에서 배우고 수행해야할 학습과제가 소주제별로 요약되어 서술된다.[93] 이를 통해 학생들은 단원 전체의 구성과 학습내용을 미리 개관할 수 있다. 이에 따라 학생들은 담시의 형식적 특징들인 '연 Strophe'과 '행 Vers', '각운형식 Reimform', '운율 Metrum(Versmaß)'에 대해 학습하게 된다.[94] 담시형식의 문학적 특징들을 학습한 후 학생들은 괴테 (Johann Wolfgang von Goethe, 1749-1832)의 담시 「마법사제자 Der Zauberlehrling」와 프리드리히 쉴러 (Friedrich Schiller, 1759-1805)의 담시 「장갑 Der Handschuh」, 브레히트 (Bertolt Brecht, 1898-1956)의 사회비판적 담시 「해적 제니 Die Seeräuber - Jenny」를 예로 담시의 특징들을 연구하고 시의 주제를 파악한다. 또한 '요점정리 Merkwissen'항목을 통해 학습내용의 핵심을 총괄적으로 요약하고 있다.[95] 이로써 학생들은 담시의 형식 및 주제적 특징들을 학습하게 된다. 이 단원의 학습과정은 연이어서 학습한 내용을 바탕으로 학생 각자가 담시를 서술체의 보고문형식으로 재창작해 보며, 또한 담시를 연극적으로 연출해 보도록 구성되어있다.

중학교 국어교과서에서 시문학을 통한 문화읽기는 시 텍스트의 주제를 이해하는 것으로 집중된다. 1886년에 창작된 담시 「죤 메이나드 John Maynard」는 당시의 실제 사건을 소재로 한다는 점에서 역사적 소재와 자연 마술적 소재를 다루는 다른 담시들과 구별된다. 작가 폰타네는 미국신문에 실린 에리호수 (Eriesee)에서 발생한 선박사고를 작품소재로 택한다. 또한 용감한 한 인물을 다룸으로써 모티브의 변화도 보여준다. 담시의 제목은 이미 주제를 말해주고 있다. 죤 메이나드가 행한 일과 죽음 그리고 그의 영웅적 행위가 보고되고 있다. 작품의 기반이 되는 실제사건의 결말은 작품과는 다르다. 실제로 249명의 승객들이 희생된다. "항해장 루터 훌러는 배를 해안에 안착시켰다. 그리고 마지막으로 그 배를 떠났다. 그로인해 그는 심한 화상을 입게 되었지만 생명은 건졌다. Der Steuermann Luther Fuller hatte das Schiff auf den Strand gesetzt und es als letzter verlassen; er trug schwere Brandwunden davon, blieb aber am Leben."[96] 폰타네는 주인공의 이름을 "죤 메이나드"로 바꾸고 또한 비극적인 죽음을 맞도록 스토리를 변경했다. 작가는 작품의 초점을 주인공에게 둠으로써 독자들의 모든 관심이 그에게 집중되도록 하였다. 작가 폰타네는 담시 「죤 메이나드」를 통해 진정으로 이타적이고 인간적인 행위는 무엇보다도 평범한 사람들로부터 나온다는 사실을 보여주고자 한다. 따라서 담시의 구성은 주인공 죤 메이나드의 영웅적 행위를 높게 평가함으로써 동시대의 사람들에게 알리고 후세에까지 그의 영웅적 희생을 기리기 위한 목적에 초점을 맞추고 있다.

> 죤 메이나드! / '죤 메이나드는 누구인가?' / '죤 메이나드는 우리의 항해장이었다. 그는 해안에 닿을 때까지 견뎌냈고, 우리를 구했다. 그는 영예를 얻었다. 그는 우리를 위해 죽었으며, 우리의 사랑이 그가 받은 보수였다. 죤 메이나드.'
> John Maynard! / 'Wer ist John Maynard?' / 'John Maynard war unser Steuermann, aus hielt er, bis er das Ufer gewann, er hat uns gerettet, er trägt die Kron', er starb für uns, unsere Liebe sein Lohn. John Maynard.'[97]

첫 번째 연에서 그의 이름은 네 번이나 언급된다. 처음부터 그의 이름은 각인되어야 하며 앞으로 언급될 행위와 긴밀하게 연결되어야한다. 서문으로서 제1연에서는 주인공과 그의 행위 그리고 그의 운명이 소개된다. 독자들은 그가 행한 일을 알고 있다. 그리고 연이어 어떻게 그가 그 일을 행했는지의 과정이 서술된다. 담시의 중간부분(제2연-제6연)은 배안에서 일어난 사건을 객관적이면서도 감성을 움직이게 하는 문체로 보고한다. 처음에는 순탄한 항해가 이루어졌고("모든 이들의 마음은 자유롭고 즐겁다 Die Herzen aber sind frei und froh"),[98] 도착 반시간 정도를 앞두고 재앙이 닥친다. 배안에서 화재가 발생한 것이다. 배를 해안까지 운항해야지만 구조될 수 있는 상황이었다. 항해장이 있는 선미에까지 불길과 연기가 번졌고 승객들의 불안과 공포가 극도에 달하는 대혼란의 상황이었다. 그 와중에서도 항해장은 배가 구조될 때까지 자신의 자리를 지킴으로써 헌신적 임무를 수행한다. "예, 선장님, 제가 지키겠습니다! Ja, Herr, ich halt's!"[99] 그의 행위는, 전쟁에서 나라를 위해 적과 맞서 싸운 행위도 아니고 사랑하는 가까운 사람들을 구하기 위한 투쟁도 아닌 그에게는 낯선 승객들을 구하기 위해 행한 헌신적 희생이었다.

배와 승객들을 헌신적으로 지키려했던 항해장의 운명은 이미 시의 첫 연에서 암시되고 있다. 이로써 학생들은 죤 메이나드가 바로 이 항해장임을 즉시 알게 되며 그가 이 상황에서 행한 일에 대해 알게 된다. "죤 메이나드"라는 이름이 첫 연에서 수차례 언급됨으로써 사건의 전모를 알기 전에 이미 한 영웅의 이름으로서 각인된다. 이러한 사건서술에 뒤이어 제7연에서는 간결한 문체로 화재사건의 결과가 보고되고 있다.

> 배는 산산이 부서졌다. 불길은 꺼지고 연기를 내 뿜는다.
> 모든 사람들이 구조되었다. 단 한사람만을 제외하고.
> Das Schiff geborsten. Das Feuer verschwelt.
> Gerettet alle. Nur *einer* fehlt.[100]

화재선박에 탔던 모든 사람이 구조됐지만 단 한사람만 구조되지 못했다는 이야기의 절정은 읽는 이들의 감성에 강한 인상을 남긴다. 모든 독자들이 받은 이러한 감명은 뒤이어지는 제8연에서 합당한 보상을 받는다. 온 도시가 모든 이들에게 훌륭한 귀감이 된 항해장의 영웅적 행위를 기리며 그의 마지막 길을 함께하며, 제9연에서는 다음과 같이 그에 대한 감사의 마음을 전하고 있다.

> 사람들은 꽃으로 싸인 관을 무덤 속으로 내리고
> 꽃과 함께 무덤을 덮는다.
> 그리고 대리석묘비에 황금색글씨로
> 온도시가 그들의 감사를 새겨 넣는다.
> "여기에 죤 메이나드가 잠들고 있다! 연기와 불길 속에서
> 그는 항해키를 움켜잡고 굳건히 지켰으며,
> 그는 우리를 구했고, 그는 영예를 얻었다.

그는 우리를 위해 죽었으며, 우리의 사랑이 그가 받은 보수였다.
존 메이나드."
Sie lassen den Sarg in Blumen hinab,
Mit Blumen schließen sie das Grab,
Und mit goldner Schrift in den Marmorstein
Schreibt die Stadt ihren Dankspruch ein:
"Hier ruht John Maynard! In Qualm und Brand
Hielt er das Steuer fest in der Hand,
Er hat uns gerettet, er trägt die Kron',
Er starb für uns, unsre Liebe sein Lohn.
John Maynard."[101]

담시 「존 메이나드」의 예로 담시의 문학 형식적 특징을 알 수 있었다. 담시는 긴장감 넘치는 특별한 사건을 묘사하는 긴 시를 의미한다. 소재가 되는 사건은 픽션일수도 있고 실제로 일어난 사건일 수도 있다. 담시의 중심에는 난제를 해결하고 위험한 상황을 극복해야만 하는 인물이 자리한다. 길이가 길다는 이유이외에도 담시가 다른 시들과 구별되는 중요한 특징은 담시 안에 주요 문학 장르의 모든 요소, 즉 시적, 서사적 그리고 드라마적 요소를 모두 가지고 있다는 점이다. 담시는 다른 시들처럼 행과 연으로 구성되어있으며 일정한 운율과 각운을 가진다.(시 문학 Lyrik) 담시에서는 하나의 완전한 이야기가 서술된다.(서사문학 Epik) 그리고 대부분의 담시들이 긴장곡선에 따른 구성을 가지고 있으며, 사건의 발단에 이어 이야기는 극적 절정에 이르게 되고 마지막에 해결 혹은 예기치 않은 전환이 이루어진다. 또한 담시에는 연극의 대사인 등장인물들의 "독백 Monolog"이나 "대화 Dialog"가 삽입된다.(희곡문학 Dramatik) 괴테는 모든 문학적 장르가 그 속에 융합되어 있는 담시를 "문학의 근원적 알 Ur-Ei der Dichtkunst"[102]이라고 지칭했다.

역시 7학년 국어교과서에 실린 프리드리히 쉴러 (Friedrich Schiller, 1759-1805)의 담시 「장갑 Der Handschuh」(1797)[103]은 총 8연으로 이루어져있으며 전체적으로 두 부분, 즉 "동물부분 Tierstück"(1연-4연)과 "기사부분 Ritterstück"(5연-8연)으로 구성된다.[104] 담시의 배경은 16세기 전반 프랑스 왕 프란츠 1세(1515-1547년 재위)의 궁정이다. 작가자신은 이 담시를 단편소설로 지칭한다. 실로 사건전개의 긴장감 넘치는 역동성과 수시로 변화하는 분위기는 독자의 관심을 이끈다. 제1연은 드라마 도입부의 성격을 가진다. 극의 장소와 시간이 간접적으로 언급된다("프란츠 왕 König Franz"). 인물들과 그들의 의도와 계획이 소개된다. 즉 왕을 비롯한 귀족들과 궁정대신들이 사자정원 앞에 맹수들의 싸움구경을 즐기려고 모였다. 텍스트의 구조는 사건의 진행에 따라 전개된다. 제2연에서 제4연까지의 이야기는 왕의 손가락신호에 따라 전개된다. 형식적으로도 매 연마다 유사한 어휘와 문장구조, 각운이 반복됨으로써 왕이 이후 벌어지는 사건들을 지시하는 인물임이 드러난다. 2연에서는 그의 명령에 따라 구경거리가 시작되며 사자가 등장한다. 3연에서 왕이 다시 신호를 보내고 호랑이가 등장하며, 4연에서도 또 다시 왕이 신호를 보내자 표범들이 등장한다. 이제 맹수들은 살기가 달아오른 채 싸움터에 모여 있다. 연마다 반복적으로 언급되는 맹수들의 상세한 묘사는 제1부 "동물부분"이 지니는 중요한 기능을 가진다. 즉 제2부인 "기사부분"의 갈등구조를 준비하는 출발상황을 형성하고 있다. 중심이야기인 "기사부분"에서는 사건을 야기하는 인물이 왕에서 한 귀부인에게로 옮겨진다. 제5연에서 그녀의 장갑이 맹수들 한 가운데로 떨어지면서 갈등상황이 제시된다. 장갑이 떨어진 장소는 두 행으로 나누어 두 차례나 언급됨으로써("호랑이와 사자 사이 / 그 한 가운데로 떨어진다. Zwischen den Tiger und den Leu'n / Mitten hinein.") 상황의 위험성을 강조하고 있다. 귀부인 "쿠니군데 Kunigunde"는 "사랑의 증명"으로 그녀의 장갑을 가져오라고 기사에게 요구한다. 기사 "들로제 Delorges"의 목숨을 건 용기가 시험대에 오른다. 궁정인물들은 그 누구도 불만을 나타내거나 항의를 하지 않는다. 그냥 놀라움과 두려움의 반응만을 보일 뿐이다. 기사 들로제가 맹수의 우리로부터 장갑을 가져옴으로써 갈등상황이 전개된다. 마지막 연에서는 쿠니군데의 반응과 이에 대한 기사의 행동이 서술됨으로써 이야기의 클라이맥스와 갈등해결이 동시에 이루어진다.

1. 쉴러의 담시「장갑」의 제1연에서 제6연까지 읽은 후 기사가 어떻게 행동할지 서로 이야기 해보자. (* 부록참고: 전문번역)
2. 쿠니군데의 행동동기와 성격을 분석해 보자.(기사에 대한 태도의 변화 등)
3. 기사 들로제의 태도와 행동을 분석해 보자.(요구수행과정, 마지막 쿠니군데에 대한 두려움 없는 행동 등)
4. 작가 쉴러는 들로제와 쿠니군데의 갈등에서 누구의 편에 있는가? 작품의 어느 부분에서 그 이유를 찾을 수 있나?
5. 담시「죤 메이나드」의 문학적 특징들을 참고로 담시「장갑」의 특징들을 분석해 보자.
6. 담시「장갑」의 결말을 다양하게 각색해 보자. 그리고 각자가 구상한 결말에 대한 이유를 말 해보자. (* 특히 마지막 세 행과 관련: "그는 그녀의 얼굴에 장갑을 던진다./ "부인, 당신의 감사는 필요 없습니다."/ 그리고 이 말과 함께 그는 그녀를 떠난다.//")

2) 서사문학: 단편소설, 일화

서사문학의 유형 중 '단편소설 Erzählungen'들을 다루는 단원에[105] 수록된 텍스트들을 통해 학생들은 다양한 단편문학형식들을 접하게 된다. 현대문학에서는 인간간의 상호교류의 문제들, 상호이해의 어려움이 더욱 절실한 주제로 부각되는데, 단편문학의 유형들이 바로 이러한 소통의 장애를 다루는 중심장르가 된다. 학생들은 이 단원에서 대표적 단편유형인 '일화 Anekdoten'와 '달력이야기 Kalendergeschichten' 그리고 '짧은 이야기 Kurzgeschichten'의 서술구조와 형식적 특징들 그리고 주제 분석을 위한 다양한 접근방법들을 학습한다. 이러한 선행학습을 바탕으로 교과서에 제시된 작품들과 병행하여 교사의 재량에 따라 유사한 형식과 소재 및 주제를 가진 단편소설들을 추가로 다루는 것이 독일 중학교 국어수업에서 일반적으로 행해지는 방식이다.

역사적 상황과 삶 그리고 인간관계의 다양성을 접할 수 있는 작품들, 예를 들어 에프 쩨 봐이스콥프 (F. C. Weiskopf)의 일화「라벤스브뤽의 남매 Die Geschwister von Ravensbrück」(1945)는 효율적인 수업자료가 될 수 있다. 제2차 세계대전과 그 직후의 시기를 배경으로 하는 이 단편은 유사한 주제를 다루는 다른 단편들과는 달리 독특한 소재를 다루고 있다. 이 작품에의 주제는 주인공의 예상치 못한 행동이나 생각과 말에 의해서가 아니라 믿기지 않는 어떤 우연적 사건에 의해 규정된다. 독일단편문학의 대가 하인리히 폰 클라이스트 (Heinrich von Kleist)가 작품 속에 서술되는 "개연성이 전적으로 진실의 편에만 있는 것은 아니다 die Wahrscheinlichkeit durchaus nicht immer auf seiten der Wahrheit ist"[106]는 사실을 유사한 주제의 작품들을 통해 보여주고자 한 반면에 봐이스콥프는 우연이란 순전히 주관적인 범주일 수 없음을 강조하면서, 오히려 우연히 일어나는 사건들이 지니는 객관적인 실존을 인정하고 있다. 필연과 우연은 그에게 있어서 변증법적 일치를 이룬다. 우연이란 필연을 보충하는 요소이며 가시적 현상으로 나타나는 필연의 한 형태이다.

학생들은「라벤스브뤽의 남매」[107]의 이야기를 읽고 강한 감동을 받게 된다. 라벤스브뤽의 수용소에서 발견된 남매가 우여곡절 끝에 서로 다른 양부모에게 입양이 결정됨으로써 멕시코의 베라크루즈 (Veracruz)항구에 도착하게 되고 B씨의 가정으로 가게 된다. B씨 부인이 아이들이 입고 있었던 누더기 옷을 처분하려고 정리하던 중 옷 속에 감추어져있었던 쪽지하나를 발견하면서 기적과 같은 놀라운 사실이 드러나게 된다.

수업에서 작품을 주제적으로 접근하는 방법으로서, 우선 이야기의 서두에서 언급된 전쟁고아인 남매가 처한 상황을 통해 학생들은 제2차 세계대전과 전쟁후의 상황들을 단편적으로 접하게 되며, 이를 계기로 역사적 기록물이나 매체자료를 통해 국가사회주의와 나치정권의 유대인 학살 등 그 당시의 역사적 상황을 학습하게 된다. 작품의 시대적 배경이 되는 역사적 선제지식에 대한 학생들의 준비와 발표가 선행된 후에 이야기의 중심으로 들어간다. 중심적 이야기의 전개는 세 개의 단계로 특징지어진다. 첫 번째 단계에서는 두 아이, 즉 여섯 살 가량의 남자아이와 그보다 어린 여자아이가 베라크루즈항에 정박한 대형선박의 트랩을 내려와서 입양될 가정의 양부모에게로 간다. 유독 두 아이만이 신원을 파악할 수 없어서 백지의 이름표를 목에 걸고 있다. 사람들은 아이들을 라벤스브뤽 강제수용소 근처에서 발견했기 때문에 그들을 임시방편으로 "라벤스브뤽의 남매 Geschwister von Ravensbrück"[108]라고 명명한다. 두 번째 단계에서는 남매가 각기 다른 양부모에게 입양되었기 때문에 서로 헤어져야하는 상황에서 여자아이는 오빠의 품에 매달려 서럽게 울며 떨어지려하지 않는 안타까운 상황이 벌어진다.

> 오래 전에 확정된 계획에 따라 양부모와 고아들의 분배가 이루어졌을 때 라벤스브뤽의 남매가 […] 서로 헤어져야 되며 각기 다른 가정으로, 즉 남자아이는 아카풀코로, 여자아이는 푸에블라로 가야한다는 사실이 드러나게 된다. 누이동생은 절망적으로 오빠에게 매달리며 애절하게 울기 시작한다. 온갖 방법으로 위로하고 달래어보아도 소용이 없었다.[109]

이러한 상황에서 소녀를 입양하기로 한 B씨 부부는 차후에 생길 많은 어려움까지도 감수할 각오로 소녀의 오빠까지 입양하기로 결정한다. 이야기의 절정인 세 번째 단계에서는 B씨 부인이 아이들이 입고 온 낡은 옷들을 정리하고 세탁하는 과정에서 옷깃 속에 깊이 숨겨져 있던 쪽지를 발견하게 된다. 그리고 쪽지의 내용이 공개되기에 앞서, B씨 부인이 이 쪽지를 읽으면서 받은 충격을 어떻게 말로 설명할 수 있겠는가라고 서술하고 있다. 누군가가 연필로 어렵사리 쓴 쪽지의 내용은 다음과 같다.

> 가스실로 압송되기 한 시간정도 남겨두고 저는 이 글을 쓰고 있습니다. 내 두 아이가 살아서 이곳을 나갈 수 있기를, 그리고 자비로운 분들의 보호와 도움을 받을 수 있기를 바라는 너무나 터무니없는 희망을 저버리고 싶지 않기 때문입니다. 만약에 이런 제 소망이 이루어진다면, 제 아이들을 돌봐주시는 은인께 한 가지 부탁드리고 싶습니다. 우리가족들 중에서 유일하게 외국으로 망명해서 살아남은 제 여동생에게 저의 아이들이 살아있다는 사실을 알려주시기를…[110]

쪽지의 내용에 연이어 "외국에 산다는 그 여동생이 다름 아닌 바로 B씨 부인이었다. Diese Schwester im Auslande war aber niemand anders als Frau B."라는 간결하지만 그 때문에 더욱 감동과 충격의 폭을 확장시키는 단 하나의 문장으로 이 일화는 끝을 맺는다. 실제로는 결코 일어날 법하지 않는 이 기적과 같은 사건을 이해하기 위해 학생들은 이성적이고 합리적인 차원을 넘어선 더 높은 단계의 사고력을 발휘해야만 한다. 틀구조 이야기의 서두에 언급되는 안나 제거스 (Anna Segers)의[11] 부탁을 참고로 학생들은 불가사이하게 보이는 이야기의 결말에 대해 각자 나름의 다양한 해석을 시도해 볼 수 있을 것이다.

생각나누기!

1. 이 일화의 작가 봐이스콥프에게 이야기소재를 제공한 안나 제거스의 요청(* 일화의 서두 부분 참조)을 고려하면서 기적과도 같은 이 이야기의 결말에 대해 나름의 해석을 시도해보자. (*수업유인물 참고)

2. 이야기의 배경이 되는 제2차 세계대전을 전후한 시기의 역사적 상황에 대한 이해를 위해 독일 영화를 감상해 본다. (* 추천영화:≪나폴라 Napola - Elite für den Führer, 2004≫, ≪소피 숄 의 마지막 날들 Sophie Scholl - Die letzten Tage, 2005≫)

3. 헤르베르트 이어링(Herbert Ihering)의 일화「나쁜 성적 Die schlechte Zensur」를 읽고 어느 곳에 이야기의 반전이 있는지 생각해보자. 브레히트의 어떤 특성이 두드러지는가? 여러분 들은 학생 브레히트의 행동을 어떻게 평가하는가? (*수업유인물 참고)

3) 희곡문학: 드라마, 연극

문학텍스트의 의미가 읽기의 행위를 통해 비로소 성취될 수 있다는 프랑스의 철학자 장-폴 사르트르 (Jean-Paul Sartre)의 말은 드라마작품의 경우에는 완전히 적중되지 않는다. 그 이유는 드라마텍스트란 무대에서의 연출을 목표로 만들어졌기 때문이다. 희곡작품의 의미는 다층적인 소통과정, 즉 "연극상연"이라는 상호 교류적 시스템 속에서 실현된다고 할 수 있다. 따라서 국어교과목에서 다루는 희곡작품의 학습자, 즉 학생들은 작품을 학습하는 수용자로서 다양한 생산적 역할을 담당하게 된다. 드라마를 읽고 형식과 주제를 이해한 후 작품을 대상으로 연극상연을 시도해 봄으로써 학생들은 새로운 작가가 되며 연출자라는 창의적 생산자로서의 경험을 하게 된다. 드라마텍스트를 무대에서 예술적으로 전환하기 위해 총감독, 연출가, 무대감독, 배우 등 많은 창의적 생산자들이 참여해야한다. 희곡작품의 연극상연이라는 학습과정을 통해 학생들은 생산자로서 뿐만 아니라 연극을 감상하는 관객으로서 "무대"라는 매체의 소통조건들에 상응하여 "상연"이라는 다차원적인 표현체계를 수용하게 된다. 따라서 국어수업에서 드라마작품의 학습은 텍스트를 읽고 연구하고 이해하는 것에만 국한되지 않는다. 예를 들어 문학수업과 관련하여 학생들이 단체로 연극관람을 함으로써 "상연"이라는 복합적 상호교류시스템에서 얻은 직접적 경험을 학교수업에서 비판적이고 새로운 관점에서 접근하고, 학습대상인 드라마텍스트의 분석을 위해 그러한 경험들을 생산적으로 활용할 수 있을 것이다.

중학교 국어교과서에서 희곡문학을 다루는 학습단원의 세부적 구성을 살펴보면 드라마텍스트의 이해를 위한 주제, 구성, 인물, 갈등 등의 학습과 더불어 "텍스트 새로 써보기"와 "드라마텍스트 무대에 올리기", "드라마텍스트의 연극상연" 등의 세부목차로 구성되어 있다.112 드라마의 구성을 이끄는 요소는 "대화 Dialog"이다. 대화는 상징적인 상호소통의 형식으로서 견해와 반대견해, 인간관계의 갈등들, 상호행위의 장애와 그 해결가능성들을 지지하고 있다. 드라마텍스트가 지니는 이러한 특성이 바로 중학교국어교과서의 희곡문학을 다루는 학습단원에서 텍스트의 읽기이해와 병행해서 창의적인 연극적 활용을 학생들에게 학습하고 실행하게 하는 이유이다.

1. "텍스트 새로 써보기": 익히 알고 있는 민담(옛날이야기), 우화들의 주제를 기반으로 각자 새로운 소재와 내용의 드라마텍스트를 써 보자. (* II. 2. 3)과 II. 2. 4) 참고)

2. "텍스트 새로 써보기"를 통해 시도한 새로운 상황의 이야기를 연극으로 연출해보자.

   a) 그룹별로 작품을 선택해 배우, 연출가 등 역할을 분담한다.

   b) 특히 우화의 경우, 동물이 하는 대사와 동작을 연구한다. 필요한 경우 적합한 소품도 사용한다.

   c) 그룹별로 연습한 뒤 수업시간에 전체 수강생들 앞에서 상연한다.

1   독일의 중등교육과정 I, II은 한국의 초등학교 5, 6학년과 중학교 1-3학년, 고등학교 1-3학년의 교육과정을 말한다.

2   한국의 초등학교 1-4학년의 교육과정을 말한다. 단 베를린과 연방주 브란덴부르크의 경우는 1-6학년의 교육과정이다.

3   독일 중등교육과정 II에 속하는 직업교육제도에는 이원제 직업교육 (Duale Ausbildung), 직업준비학교, 직업전문학교 (Berufsfachschule), 전문고등학교 (Fachoberschule), 직업김나지움, 전문김나지움 (Fachgymnasium) 등이 있다.

4   Niedersächsisches Kultusministerium(Hrsg.), Kerncurriculum Deutsch für die Jahrgangsstufe 5-10 Gymnasium. Hannover 2006, p. 7: 인용된 내용은 독일 김나지움(인문고등학교) Gymnasium뿐만 아니라 모든 유형의 학교들의 핵심커리큘럼의 내용과도 동일하다.

5   Martin Leubner / Anja Saupe / Matthias Richter: Literaturdidaktik. Berlin 2010, p. 34: 이들처럼 국어교과목의 목표를 국어능력향상에 두는 교육자들은 문학수업에서 인격형성이라는 인성적 차원의 교육목표로부터 거리를 두고 있다.

6   Vgl. Christian Dawidowski, Literaturdidaktik Deutsch. Paderborn 2016, p. 185: "Literatur trägt also dazu bei, ein 'gesellschaftlich handlungsfähiges Subjekt' zu bilden, das die Wertvorstellungen seines sozialen Umfeldes kennt und sich kommunikativ handeln und sozial interagierend in ihm bewegen kann."

7   Vgl. Christian Dawidowski, Literaturdidaktik Deutsch, pp. 109ff.

8   본 연구에서는 독일의 교과서전문출판사인 Cornelsen출판사에서 발행되는 교과서들 중에서 베를린과 독일 북동부지역 연방주에서 사용하고 있는 읽기교과서(초등학교)와 국어교과서(중, 고등학교)를 일차문헌으로 사용한다.

9   Grundwissen Deutsch Klasse 2-4. Sprachfreunde und Lesefreunde. Berlin: Cornelsen, 2011.

10   Grundwissen Deutsch Klasse 2-4. Sprachfreunde und Lesefreunde, pp. 8-47.

11   Grundwissen Deutsch Klasse 2-4. Sprachfreunde und Lesefreunde, pp. 48-61.

12   Grundwissen Deutsch Klasse 2-4. Sprachfreunde und Lesefreunde, pp. 62-97.

13   Grundwissen Deutsch Klasse 2-4. Sprachfreunde und Lesefreunde, pp. 98-125.

14   Lesefreunde 2/3/4. Ein Lesebuch für die Grundschule. Berlin: Cornelsen, 2010/2010/2012.

15   교과서에 실린 계절의 순서가 한국에서의 순서와는 달리 가을, 겨울, 봄, 여름의 순서로 되어있는 이유는 독일의 모든 교육기관에서 입학과 첫 학기가 8월 말-9월에 시작되기 때문이다.

16   Harald Vogel (Hrsg.), Der Deutschunterricht in der Grundschule, Baltmannsweiler 1980, p. 47.

17   Lesefreunde 3, p. 26.

18   Lesefreunde 3, p. 26.

19   Lesefreunde 3, p. 161.

20   Lesefreunde 2, p. 22.

21   단원 '가을에 Im Herbst': Lesefreunde 2, pp. 29-44; Lesefreunde 3, pp. 27-40; Lesefreunde 4, pp. 25-36. 단원 '겨울에 Im Winter': Lesefreunde 2, pp. 77-90; Lesefreunde 3, pp. 71-86; Lesefreunde 4, pp. 67-82. 단원 '봄에 Im Frühling': Lesefreunde 2, pp. 105-118; Lesefreunde 3, pp. 113-124; Lesefreunde 4, pp. 125-138. 단원 '여름에 Im Sommer': Lesefreunde 2, pp. 173-186; Lesefreunde 3, pp. 181-194; Lesefreunde 4, pp. 181-192.

22   Lesefreunde 2, p. 29 (「가을 Herbst」).

23   Lesefreunde 3, p. 27 (「9월의 아침 Septembermorgen」).

24   Lesefreunde 4, p. 25 (「이제 가을이 왔구나 Es ist nun der Herbst gekommen」).

25	Vgl. 단원 '더불어 살기 Miteinander leben': Lesefreunde 2, pp. 45-60; Lesefreunde 3, pp. 41-54; Lesefreunde 4, pp. 51-66.

26	Lesefreunde 2, p. 50.

27	Lesefreunde 2, p. 52.

28	Lesefreunde 2, p. 53.

29	Lesefreunde 2, p. 53.

30	Lesefreunde 2, p. 54.

31	Lesefreunde 2, p. 45.

32	Lesefreunde 3, p. 41.

33	Lesefreunde 4, p. 51.

34	Vgl. Harald Vogel (Hrsg.), Der Deutschunterricht in der Grundschule, pp. 95f.

35	Lesefreunde 3, p. 161.

36	Lesefreunde 3, p. 161.

37	Lesefreunde 2, p. 119.

38	Lesefreunde 2, p. 73.

39	Lesefreunde 3, p. 53.

40	Lesefreunde 4, p. 113.

41	Lesefreunde 4, p. 113.

42	Lesefreunde 4, p. 141.

43	Vgl. Lesefreunde 3, pp. 125-138 (단원 '자연의 흔적을 따라 Der Natur auf der Spur'); Lesefreunde 4, pp. 139-152 (단원 '우리들의 세계 Unsere Welt').

44	Lesefreunde 3, p. 125.

45	Lesefreunde 3, p. 129.

46	Lesefreunde 3, p. 129.

47	Lesefreunde 3, p. 129.

48	Lesefreunde 3, p. 129.

49	Vgl. Lesefreunde 3, p. 134: "Er wird nicht gefragt,/ nicht bezahlt, nicht geehrt;/ er müht sich,/ und weißt du, wie leise?"

50	Lesefreunde 3, p. 134.

51	Lesefreunde 3, p. 135.

52	Lesefreunde 3, p. 135.

53	Lesefreunde 3, p. 136.

54	Vgl. Lesefreunde 3, p. 137.

55	Vgl. Lesefreunde 4, pp. 146-147.

56	Lesefreunde 4, p. 146.

57	Lesefreunde 4, p. 147.

58	Lesefreunde 4, p. 147.

59	Deutschbuch 5, p. 159 (단원 8 '구즈베리가 붉게 빛난다. 계절변화의 시들 분석, 낭송, 창작하기 Rot leuchten die Johannisbeeren. Gedichte im Jahreskreis untersuchen, vortragen und gestalten')

60   Deutschbuch 5, p. 170.

61   Deutschbuch 5, p. 170.

62   Deutschbuch 6, p. 156.

63   Deutschbuch 5, pp. 160-168 (단원 8.1 '시의 내용과 형식 발견하기 Inhalt und Form von Gedichten entdecken'); Deutschbuch 6, pp. 154-161 (단원 8.1 '언어놀이. 시의 특징 연구하기 Sprachspiele. Merkmale von Gedichten untersuchen').

64   Deutschbuch 5, p. 160.

65   시 텍스트는 운율을 가지고 있다. 각 행의 마지막에 일정하게 등장하는 각운의 형식은 세 가지 유형으로 구분된다. 1) 연이어지는 두 행이 같은 운율을 가진다면 '짝운 Paarreim' (a,a,b,b,)이라고 지칭되며, 2) 1행과 3행, 2행과 4행이 서로 운율을 맞춘다면 '교차운 Kreuzreim' (a,b,a,b)이라고 하고, 3) 짝운이 다른 동일한 운율을 가진 행으로 둘러싸여 있다면 '포옹운 Umarmender Reim' (a,b,b,a)으로 지칭된다.

66   Deutschbuch 5, p. 161.

67   Deutschbuch 5, p. 121 (단원 6 '옛날에... 민담 연구와 민담쓰기 Es war einmal... Märchen untersuchen und schreiben').

68   독일의 여러 지방에서 구전되어온 다양한 문체의 민담을 하나의 통일된 언어적 형식에 담았다. 예를 들어 대부분의 그림민담은 "옛날에 ... 살았다 Es war einmal ..."라는 일정한 형식으로 시작한다.

69   Deutschbuch 5, p. 120.

70   Jacob und Wilhelm Grimm, Die Märchen der Brüder Grimm. Vollständige Ausgabe. München 1980, pp. 16-19.

71   Deutschbuch 5, p. 120: "In den alten Zeiten, wo das Wünschen noch geholfen hat, lebte ein König, dessen Töchter waren alle schön, aber die jüngste war so schön, dass sich die Sonne selber, die doch so oft vieles gesehen hat, darüber verwunderte, sooft sie ihr ins Gesicht schien. Nahe bei dem Schlosse des Königs lag ein großer dunkler Wald und in dem Walde unter einer alten Linde war ein Brunnen. Wenn nun der Tag recht heiß war, so ging das Königskind hinaus in den Wald und setzte sich an den Rand des kühlen Brunnens und wenn sie Langeweile hatte, so nahm sie eine goldene Kugel, warf sie in die Höhe und fing sie wieder; und das war ihr liebstes Spielwerk. / Nun trug es sich einmal zu, dass die goldene Kugel der Königstochter nicht in das Händchen fiel, das sie ausgestreckt hatte, sondern vorbei auf die Erde schlug und geradezu ins Wasser hineinrollte. Die Königstochter folgte ihr mit den Augen nach, aber die Kugel verschwand und der Brunnen war tief und gar kein Grund zu sehen. [...]"

72   Die Märchen der Brüder Grimm, p. 16: "Deine Kleider, deine Perlen und Edelsteine und deine goldene Krone, die mag ich nicht － aber wenn du mich liebhaben willst, und ich soll dein Geselle und Spielkamerad sein, an deinem Tischlein neben dir sitzen, von deinem goldenen Tellerlein essen, aus deinem Becherlein trinken, in deinem Bettlein schlafen. Wenn du mir das versprichst, so will ich hinuntersteigen und dir die goldene Kugel wieder heraufholen."

73   Die Märchen der Brüder Grimm, p. 17.

74   Die Märchen der Brüder Grimm, p. 18.

75   Janosch, Janosch erzählt Grimm's Märchen. Weinheim und Basel 1996, pp. 70-75 (「개구리왕자 Der Froschkönig」).

76   Janosch erzählt Grimm's Märchen, p. 70.

77   Janosch erzählt Grimm's Märchen, p. 72.

78 Deutschbuch 6, pp. 137-152 (단원 7 '인간처럼 행동하는 동물들. 우화 읽기와 창작하기 Tiere, die wie Menschen handeln. Fabeln lesen und verfassen').

79 Gotthold Ephraim Lessing, Gebrauch der Tiere in der Fabel, in: Werke in fünf Bänden. Bd. 5. Berlin/Weimar 1975, p. 203.

80 라 퐁테느(Jean de La Fontaine, 1621-1695)는 프랑스의 대표적 우화작가로서 태양왕 루이 14세의 왕궁에 거주하면서 궁정의 귀족들을 위해 수많은 우화들을 창작했다.

81 마르틴 루터(Martin Luther, 1483-1546)는 독일의 종교개혁을 이룬 신교창시자로서 사람들로 하여금 자신의 생각과 행동방식에 대한 각성을 촉발시키기 위해 설교에 우화들을 인용했다.

82 렛씽(G. E. Lessing, 1729-1781)은 18세기 독일계몽주의문학을 대표하는 작가로서 "시민비극"을 창시했으며 대표적 작품으로는 『에밀리아 갈로티 Emilia Galotti』, 『현자 나탄 Nathan der Weise』등이 있다.

83 제임스 터버(James Thurber, 1894-1961)는 미국의 작가이며 삽화가이다. 또한 그는 20세기 가장 잘 알려진 희극배우 중 한사람이기도 하다. 그가 정기간행물 『The New Yorker』에 발표한 우화들과 단편 그리고 삽화들은 미국사회에 대한 비판적 측면도 담고 있다.

84 Deutschbuch 6, pp. 138-144.

85 Deutschbuch 6, p. 138.

86 Deutschbuch 6, p. 139.

87 Deutschbuch 6, p. 140.

88 Deutschbuch 7, pp. 135-156 (단원 7: "놀라움과 두려움에 싸여 - 담시의 이해와 창작 Mit Erstaunen und mit Grauen - Balladen verstehen und gestalten").

89 Deutschbuch 8, pp. 139-158 (단원 7: "자연, 사랑, 정치 - 시의 모티브 연구하기 Natur, Liebe, Politik - Motive in Gedichten untersuchen"): 중학교 2학년인 8학년 국어교과서에는 자연과 사랑 그리고 정치를 주제로 하는 시문학 텍스트들을 다루고 있다.

90 Deutschbuch 9, pp. 141-158 (단원 7: "대도시에서 - 노래와 시의 연구와 발표 In der Großstadt - Songs und Gedichten untersuchen und vortragen").

91 괴테의 『마법사제자 Der Zauberlehrling』와 실러의 『장갑 Der Handschuh』, 폰타네의 『죤 메이나드 John Maynard』, 브레히트의 『해적 제니 Die Seeräuber - Jenny』가 수록되어 있다.

92 Deutschbuch 7, p. 135: "죤 메이나드! '죤 메이나드는 누구인가?' 죤 메이나드는 우리의 항해장이었다. 그는 해안에 닿을 때까지 견뎌냈고, 우리를 구했다. 그는 영예를 얻었다. 그는 우리를 위해 죽었으며, 우리의 사랑이 그가 받은 보수였다. 죤 메이나드.' John Maynard! 'Wer ist John Maynard?' 'John Maynard war unser Steuermann, aus hielt er, bis er das Ufer gewann, er hat uns gerettet, er trägt die Kron', er starb für uns, unsere Liebe sein Lohn. John Maynard.'"

93 Deutschbuch 7, p. 135: "이 단원에서는... / - 너희들은 담시들에 대해 알게 되고 효과적으로 낭송하게 되고 / - 담시들이 어떤 특징들을 가지고 있는지를 알아내게 되며 / - 담시를 보고형식의 글로 다시 써보며 / - 담시들을 연극 혹은 라디오드라마 형식으로 만들어 본다. In diesem Kapitel... / - lernst du Balladen kennen und trägst sie wirkungsvoll vor, / - findest du heraus, welche Merkmale Balladen haben, / - schreibst du eine Ballade in eine Reportage um, / - gestaltest du Balladen als szenisches Spiel oder als Hörspiel."

94 Deutschbuch 7, p. 142: 특히 운율의 경우, 시행마다 다양하게 나타나는 강음(/)과 약음(v)의 순서와 간격에 따라 약강격 Jambus(v/), 강약격 Trocäus(/v), 강약약격 Daktylus(/vv), 약약강격 Anapäst(vv/)의 네 가지의 운율형식으로 구분된다.

95 Deutschbuch 7, p. 145: 담시만의 독특한 특징으로서, 담시는 시문학 Lyrik, 서사문학 Epik, 희곡문학

Dramatik의 특징들을 모두 가지고 있는 시 형식이다. 시문학적 요소로는 시행 Vers 과 연 Strophe 그리고 각운 Reim과 운율 Metrum을 들 수 있으며, 서사적 요소는 하나의 완성된 줄거리를 가지고 있다는 점이며, 희곡적 요소로는 극적인 구성의 전개와 등장인물들의 독백 Monolog과 대화 Dialog를 들 수 있다.

96 Unterrichtshilfen. Deutsche Sprache und Literatur. Lesen und Literatur. Klasse 6. Berlin 1989, p. 130.

97 Deutschbuch 7, p. 135(제1연).

98 Deutschbuch 7, p. 136(제2연).

99 Deutschbuch 7, p. 137(제6연).

100 Deutschbuch 7, p. 137(제7연).

101 Deutschbuch 7, p. 137(제9연).

102 Deutschbuch 7, p. 145.

103 부록 참고: 담시 「장갑 Der Handschuh」 전문번역

104 Unterrichtshilfen. Deutsche Sprache und Literatur. Lesen und Literatur. Klasse 7. Berlin 1985, p. 143: 이러한 구분은 쉴러의 친구인 쾨르너 Körner의 언급에 따른다.

105 Deutschbuch 7, pp. 111-134(단원 6 '영리한 유형의 사람들 ‒ 오래되고 새로운 단편소설들 Clevere Typen ‒ Alte und neue Erzählungen'); Deutschbuch 8, pp. 113-138(단원 6 '순간포착 ‒ 짧은 이야기 읽고 이해하기 Momentaufnahmen ‒ Kurzgeschichten lesen und verstehen'); Deutschbuch 9, pp. 117-140(단원 6 '인간관계들 ‒ 짧은 이야기 주제 분석하기 Beziehungen ‒ Kurze Geschichten erschließen')

106 Heinrich von Kleist, Ein Lesebuch für unsere Zeit. Weimar 1953, p. 48(Brief an Christian Ernst Martini vom 19. 03. 1799, Frankfurt/Oder). Zitiert nach F. C. Weiskopf, Unwahrscheinliche Wahrhaftigkeiten, in: Das Anekdotenbuch, Berlin 1955, p. 109.

107 Marcel Reich-Ranicki(Hrsg.), Erfundene Wahrheit. Deutsche Geschichten 1945-1960. München 1995, pp. 127-129. (* 부록참고: 단편 「라벤스브뤽의 남매」 전문번역)

108 Erfundene Wahrheit. Deutsche Geschichten 1945-1960, p. 128.

109 Erfundene Wahrheit. Deutsche Geschichten 1945-1960, pp. 128-129: "Als sich bei der nach einem lange vorher festgelegten Plan vorgenommenen Aufteilung der Waisen auf die Adoptiveltern herausstellte, daß die Geschwister von Ravensbrück [...] voneinander getrennt und bei verschiedenen Familien ‒ der Junge in Acapulco, das Mädchen in Puebla ‒ untergebracht werden würden, fing die Kleine, in dem sie sich verzweifelt an den Bruder klammerte, herzbrechend zu weinen an und konnte weder durch Zureden noch durch Liebkosungen beruhigt werden."

110 Erfundene Wahrheit. Deutsche Geschichten 1945-1960, p. 129: "Ich schreibe diese Zeilen eine Stunde vor meinem Abtransport nach dem Vergasungslager in der wahnwitzigen und doch nicht untergehenwollenden Hoffnung, daß meine zwei Kinder mit dem Leben davonkommen und Unterschlupf und Hilfe bei großherzigen Menschen finden könnten. Wenn diese Hoffnung sich erfüllt, bitte ich die Beschützer meiner Kinder, ein übriges zu tun und von ihrer Rettung meine Schwester, das einzige Mitglied unserer Familie, das sich ins Ausland retten konnte, zu benachrichtigen..."

111 Erfundene Wahrheit. Deutsche Geschichten 1945-1960, pp. 127-128: 망명 중 뉴욕에서 만난 두 독일작가 안나 제거스와 봐이스콥프. 안나 제거스는 자신이 알고 있는 이야기소재를 봐이스콥프에게 제공한다. 그는 이 소재를 「라벤스브뤽의 남매」라는 제목으로 단편모음집 『믿을 수 없는 진실들 Unwahrscheinliche Wahrhaftigkeiten』에 싣는다.

112 Deutschbuch 7, pp. 157-172; Deutschbuch 8, pp. 159-182; Deutschbuch 9, pp. 159-178.

외국 국어교과서로 창의적 문화읽기

러시아편

외국 국어교과서로 창의적 문화읽기

Ⅰ. 러시아의 교육제도와 교과서

1. 러시아의 교육제도

　러시아 교육제도[1]의 가장 큰 특징은 우리나라와 달리 초등학교 중학교 고등학교가 11학년제인 하나의 시스템으로 되어 있다는 것이다. 10년제도 있었으나 2005년에 11년제가 정착되어 지금은 이것이 일반적이다. 11년제 학교를 마치면 대학교에 입학하게 된다.

　11년제 학교에서 초급반, 중급반, 상급반으로 나뉜다. 초급반은 우리나라의 초등학교에 해당하는 1학년에서 4학년까지를 말한다. 이 교육을 초등교육이라고 한다.

　중급반은 우리나라의 중학교에 해당하는 5학년부터 9학년까지이다. 이는 부분중등교육이라고 말한다. 상급반은 우리나라의 고등학교에 해당하는 10학년부터 11학년까지를 말한다. 이때는 이론 중심의 교육을 받는다. 11학년을 마치면 전체중등교육을 마쳤다고 한다.

　초급반과 중급반의 교육, 즉 9학년까지의 의무교육을 다 받으면 부분중등교육과정을 이수했다고 말하고, 11학년 상급반까지 교육을 다 받으면 전체 중등교육과정을 마쳤다고 한다.

　이렇게 11년 동안 학교에서 공부하면서 학생들은 등록금을 내지 않는다. 무상교육이 행해지고 있기 때문이다. 등록금은 대학교까지 면제된다.

　우리나라에서는 등록금을 내지 않고 공부하는 학교교육을 의무교육이라고 부른다. 그렇다면 러시아에서는 대학교까지가 의무교육일까? 그렇지 않다.

　러시아에서의 의무교육은 1992년부터 초급반, 중급반에 해당하는 1학년에서 9학년까지로 규정했다.

9학년을 졸업 하면 어떤 학교로 갈지를 결정한다. 학생들은 9학년 말에 종합시험을 쳐서 자신의 진로를 결정한다. 종합시험에 합격하면 10학년-11학년으로 올라가 공부하게 된다. 이것이 일반 고등학교라고 할 수 있다. 이렇게 11학년을 졸업하게 되면 전체 중등교육과정을 졸업하게 되는 것이다.

종합시험에 떨어진 학생들은 우리나라의 실업계고등학교라고 할 수 있는 중등전문교육기관에 가서 10학년-11학년을 공부하기도 한다. 하지만 이 중등전문교육기관에는 종합시험에 떨어진 학생들만 오는 것은 아니다. 직업을 빨리 구하고자 하는 학생들은 이 실업계고등학교에 진학을 원하기 때문이다. 또한 야간학교가 있어서 이곳으로 진학하는 학생들도 있다. 이 모든 학교는 역시 무상교육으로 교육이 이루어진다.

2. 초등학교 교과서

새로운 학기를 시작하는 9월이 되면 러시아의 학교도서관 앞에서는 항상 긴 줄을 보게 된다. 무슨 까닭일까, 궁금해진다. 이것은 교과서를 빌리기 위해 서 있는 줄이다.

대학교를 포함하여 러시아의 모든 학교는 교과서를 학기 초에 도서관에서 대여해준다. 대여 기간도 무척 길다. 학기 내내 빌려준다. 한 학기가 지나면 이 교과서를 반납하게 된다. 이렇게 교과서를 물려가며 사용하기 때문에 러시아에서는 교과서를 따로 살 필요가 없다.

러시아의 교과서는 교육프로그램에 따라서 만들어진다. 초등학교교육프로그램은 다섯 가지가 있다. 그 가운데 가장 많이 따르는 것은 러시아시콜라 프로그램2과 프로스펙티바 프로그램3이다. 따라서 이 두 가지의 프로그램에 따라 많은 교과서들이 만들어진다.

이렇게 만들어지는 교과서들은 학교의 선택을 받게 된다. 학교마다 선택권이 주어지기 때문이다.

어떤 교과서를 선택하느냐 하는 것은 어떤 프로그램으로 만들어진 교과서를 선택하느냐 하는 것이다. 이것은 순전히 학교의 재량에 따라 선택된다. 따라서 학생들이 자신이 입학하는 학교에서 선택하는 교과서를 가지고 배우게 된다. 교장선생님을 비롯한 교사들의 기호가 교과서 선택에 많은 영향을 끼치게 된다. 따라서 지역마다 기호와 취향이 다르고, 학교마다 다 다를 수 있다.

일반초등교육[4]에서 사용하는 교과서[5]들을 살펴보자. 모스크바에 위치한 프로스베세니예에서 발행한 1학년 교과서들은 과목별로 1종에서 3종[6]에 이른다.

1학년에서 배우는 과목들로는 글자익히기, 영어, 살아있는 세계, 조형예술, 정보학, 문학읽기, 수학, 음악, 주변환경, 생활안전, 발음, 러시아어 알파벳, 러시아어, 기술, 만들기, 예술작품 만들기, 회화, 체육 등 18개의 과목이 있다. 이 가운데에서 학교에서 선택하여 배우게 된다.

대부분의 학교에서 영어과목은 2학년에서 배우기 시작한다. 체육교과목의 경우는 1학년에서 4학년까지 사용하기도 한다.

교과목별로 간단히 살펴보자.

글자익히기[7] 교과목은 아직까지 글자를 모르는 학생들에게 글자를 알도록 하는 과목이다. 러시아어 알파벳[8] 교과목과 비슷한 과목이다. 러시아어 알파벳 교과목은 처음 러시아어를 배우는 학생들에게 쉽게 러시아어를 가르치는 교과목이다.

이렇게 기초를 습득한 학생들은 러시아어[9]를 체계적으로 배우게 된다. 우리나라의 국어에 해당하는 이 과목에서는 대체로 문법을 배운다. 러시아어가 상당히 어려운 언어로 알려져 있듯이 러시아 학생들 역시 러시아어 문법을 체계적으로 배우게 된다. 이들이 초등학교에서 주로 배우는 것은 러시아어 명사에 있는 6개의 격변화이다. 학년이 올라가도 이 격변화를 반복하면서 완벽하게 구사할 수 있도록 가르친다.

언어 교과목 중에 있는 발음[10] 교과목에서는 발음공부를 가르친다. 발음 교과목이 있다는 사실은 러시아어를 후천적으로 습득할 수 있다는 것을 말해준다. 이로써 외국인 역시 러시아어를 잘 배울 수도 있을 것이라는 희망을 볼 수 있다.

또한 회화[11] 과목이 있어서 병원 등 특수한 장소에 갔을 때에 어떻게 대화를 이어가야 하는지에 대해서 배운다.

그리고 우리나라 국어 읽기에 해당하는 교과목으로는 문학읽기[12]가 있다. 이것은 1학년에서 4학년까지 배우는 교과목이다. 5학년 때부터는 문학과목으로 바뀐다.

외국어는 영어[13] 교과목이 있다. 주로 초등학교 2학년 때부터 외국어를 배우기 시작한다.

과학과목으로는 살아있는 세계[14], 주변환경[15]이 있다. 살아있는 세계에서는 지구 위의 꽃과 새 등 동식물의 세계와 사람에 대해 공부하고, 주변환경에서는 환경, 열매, 과일, 채소를 비롯하여 일상생활에서 사용되는 물건들에 대해서도 공부한다.

예술과목으로는 조형예술[16], 음악[17] 등의 과목이 있다. 우리나라의 미술에 해당하는 조형예술 과목에서는 그림을 비롯한 조각 등 만들어진 조형예술에 대해 공부하고, 음악에서는 악기 등 음악에 대한 공부를 한다.

수학과목으로는 정보학18, 수학19 등의 과목이 있다. 정보학과목에서는 컴퓨터와 인터넷 공부를 하고 수학에서는 학문의 기초가 되는 수학을 공부한다.

만들기과목으로는 만들기20, 예술작품만들기21 등의 과목이 있다. 만들기는 손으로 만드는 공작과목이고, 예술작품만들기는 이보다 한층 업그레이드된 과목이라고 할 수 있다.

체육과목인 체육22이 있다. 체육교과목에는 일반체육과 함께 체육맨손체조교과서도 있다.

이 외에도 생활안전23, 기술24 과목 등이 있다. 생활안전은 일상생활에서 필요한 안전수칙을 공부하고, 기술에서는 생활에 필요한 여러 기술을 공부하는 과목이다.

3. 문학읽기교과서

러시아문학 작품을 읽어보지 않은 사람들이 없을 것이라고 말하는 것은 러시아문학이 세계문학 속에서 그만큼 큰 위치를 차지하고 있음을 말해주는 것일 것이다.

러시아인들을 만날 때 부러운 것 중의 하나는 이들이 문학작품을 줄줄 외우고 다닌다는 것이다. 초등학교 문학읽기교과서를 들여다보면 어떻게 이들이 문학작품을 외울 정도가 되었는지를 조금은 알 수 있게 된다.

러시아 초등학교에서는 1학년에서 4학년까지는 문학이라는 교과목 이름을 사용하지 않는다. 대신에 문학읽기라는 명칭을 사용한다.

우리나라 중학교에 해당하는 5학년에 있는 문학수업에 들어가기 전에 초등학교에서 문학읽기 수업이 진행된다. 그러나 이 문학읽기 수업도 만만한 것이 아니다.

러시아 초등학교의 문학읽기교과서는 1학년 때부터 교과목에 포함되어 있다. 1학년 문학읽기교과서에는 유명 작가들의 작품들이 그대로 실려 있다. 따라서 학생들은 1학년 때부터 이들의 작품을 교과서로 대하게 된다.

1학년 문학읽기의 경우 프로스베세니예 출판사에서 발행하는 것만 3종류이다. 두 종류는 1학년 1학기, 2학기로 나뉘어져 있다.

클리마노바가 쓴 『문학읽기』 교과서가 2종인 것은 교육프로그램에 따라 다르게 만들어졌기 때문이다.

본서에서는 첫 번째의 러시아시콜라 프로그램에 따라 만들어진 교과서인 클리마노바의 『문학읽기』25 교과서를 분석대상으로 삼고 있다. 그 까닭은 첫째로 러시아 초등학교에서 가장 많이 선택되는 교과서 중의 하나가 바로 이 프로그램이기 때문이다. 둘째로는 이 교과서의 삽화가 예뻐서 눈길을 끌기 때문이다. 초등학교 교과서는 아이들의 관심을 끌기 위해서 삽화 또한 정성을 쏟아 만들고 있다는 것을 알 수 있다.

초등학교 1학년 때에는 친구, 우정, 동물 사랑 등에 대해 주로 배운다. 2학년 때에도 역시 우정이 강조된다. 그리고 러시아의 자연을 사랑하도록 가르친다. 봄, 여름, 가을, 겨울의 특성들을 교과서에 수록하고 그 계절마다의 특성을 익히도록 한다. 또한 식물, 동물 등 주변 환경에 대해서도 친숙해지도록 가르친다. 또한 가족관계와 친구와의 학교생활에 잘 적응할 수 있도록 정직성, 협동 등 좋은 품성들을 몸에 익히도록 도와주는 작품들을 많이 싣는다.

문학읽기교과서의 내용은 1학년과 크게 달라질 것은 없는데 쪽수는 엄청 늘어난다. 2학년 문학읽기교과서에는 꽤 긴 작품들이 실리게 되기에 쪽수가 늘어나게 된다. 그리하여 1학년 교과서의 전체 쪽수가 81쪽이었던 것이 2학년이 되면 226쪽으로 2배가 훨씬 넘어버린다. 이것만 보아도 러시아인들의 문학교육에 대한 애착을 잘 알 수 있다. 좋은 작품을 어린학생들에게 읽히고 싶어 하는 러시아인들의 애착으로 인해 긴 작품들이 선별된다. 그리하여 2학년 문학읽기교과서에는 작품 전체가 교과서에 실리지 못해서 부분적으로 실리게 된다.

3학년에는 러시아의 위대한 작가들이라는 장이 따로 만들어진다. 3학년 1학기[26]에 게재되어 있는 작가들[27]로는 우리에게 잘 알려져 있는 푸시킨[28], 크르일로프[29], 레르몬토프[30], 톨스토이[31] 등이 있다. 이들의 작품에만 교과서의 100쪽 이상을 할애하고 있다. 이렇게 많은 쪽수에 러시아의 유명 작가들 작품을 싣고 있다는 것은 이들 작가들을 러시아에서 얼마나 귀하게 생각하고 있고 이들의 작품을 학생들에게 어떻게 소중하게 교육시키고 있는지를 잘 보여주는 예라고 할 수 있다.

우리나라 중학교에 해당하는 5학년에 있는 문학수업에 들어가면 문학작품 전체를 전문적으로 읽기 시작한다. 이때부터는 문학읽기교과서가 없어지고 문학교과서가 사용된다. 문학교과목으로 들어가면 문학선집에 가까운 두꺼운 책에 깨알 같은 글씨를 생각하면 된다. 부분만 발췌해둔 교과서를 읽고 전체를 읽게 된다. 물론 이때 읽는 책들 역시 도서관에서 대여해준다.

중학교인 5학년부터 9학년까지 배우게 되는 작품들은 주로 고대와 중세 근대 작품들이다. 그 가운데 푸시킨의 작품은 빼놓을 수가 없다. 러시아문학의 아버지로 알려져 있는 푸시킨의 시, 희곡, 소설, 역사소설 등 모든 장르에 걸친 작품들과 학생들은 속속들이 알게 된다.

러시아 중학교 문학읽기 교과서의 내용을 알아보기 위해 우리나라 중학교 1학년에 해당하는 러시아 5학년 1학기 문학교과서[32]의 목차를 살펴보자. 목차는 다음과 같이 되어 있다.

이렇게 목차만을 보았을 때에도 5학년 문학읽기가 얼마나 광범위하게 문학을 다루고 있는지 잘 알 수 있다. 문학읽기 교과서에 실려 있는 작품들의 작가들은 대부분 세계적으로 알려져 있는 러시아 대표 작가들이다. 학교 교과서라는 의미에서 볼 때 일반적으로 동화작가들의 작품들이 실려 있을 것이라는 편견에 맞지 않는 것을 볼 수 있다.

5학년 문학읽기 교재에서는 문학작품 자체를 다룰 뿐 만 아니라 그 작품이 만들어지게 된 역사에 대해서도 별도의 장에서 언급하고 있다. 또한 문학에서 다루는 용어나 요소들을 가르치기도 한다. 시의 운이나 리듬 등을 다루기도 한다.

심도 있는 문학을 가르치고 있는 문학읽기 교과목은 교과목 이름이 문학읽기에서 문학이라는 교과목으로 바뀌면서 더욱 문학적으로 바뀐다. 10학년 때에는 문학전문가를 만들고 있다는 인상을 줄 만큼 문학교육이 강해진다. 우리의 고등학교에 해당하는 10학년 때에는 근대문학을 다루고 11학년 때에는 현대문학을 다룬다.[33]

10학년 때에는 세계문학사에서 봉우리를 차지했던 시대인 19세기의 거장들의 작품을 읽게 된다. 러시아의 유명한 문학가들인 레르몬토프, 고골, 톨스토이, 도스토옙스키, 투르게네프, 체호프 등의 작품을 다룬다.

11학년 때에는 20세기 현대문학을 다룬다. 부닌, 쿠프린, 안드레예프, 마야콥스키, 예세닌, 고리키, 불가코프, 츠베타예바, 파스테르나크, 아흐마토바, 숄로호프, 솔제니친 등의 작품을 공부한다. 이때는 예술문학의 언어에 대한 공부 역시 하게 된다. 현대작가들의 작품에 대한 전문적인 분석이 이루어진다. 문학 수업은 문학전공자들이 하는 수업과 비슷하게 이루어진다.

러시아 초등학교의 문학읽기교과서와 중학교와 고등학교에서 다루는 작품들을 살펴봄으로써 러시아 학교에서의 문학수업이 얼마나 체계 있고 심도 있게 이루어지고 있는지를 알게 되었다. 본서에서는 러시아학교의 문학읽기교과서의 이러한 특수성을 감안하여 문학읽기교과서 가운데 문학작품 전체가 실려 있는 1학년과 2학년 교과서를 주 분석대상[34]으로 삼고 있다.

러시아학생들은 정신적으로, 또 정서적으로 가장 가깝게 접하는 교과목인 문학읽기를 통해서 자신들의 문화를 체득하게 될 것이다. 러시아인들이 자신의 자녀들이 자연스럽게 접하였으면 하는 것이 무엇인지, 그들에게 꼭 심어주고 싶은 것이 무엇인지, 자연스럽게 알려주고 싶은 것이 무엇인지를 이들 작품들을 통해서 찾아볼 것이다. 학교생활을 막 시작하는 학생들이 갖추기를 바라는 것이 무엇인지를 알 수 있게 될 것이다. 따라서 러시아 초등학교의 문학읽기교과서에 있는 작품들을 분석함으로써 이들의 문화를 찾아보게 될 것이다.

외국 국어교과서로 창의적 문화읽기

<h1>II. 러시아 국어교과서의 문학작품과 문화읽기</h1>

러시아 초등학교 문학읽기교과서[35]에는 여러 가지 주제들이 나온다. 본 연구에서는 대체로 자주 등장하는 4가지 주제를 골라서 분석해볼 것이다.

1장은 주변 환경에 관한 것이다. 많은 작품들에서 동물과 자연에 대한 이야기와 주변에 있는 사물들에 대해서도 알려주고 있다.

2장은 가족과의 관계에 관한 것이다. 집안에서 처음 대하게 되는 가족에 대한 이야기를 한다. 동생을 놀리지 않고 돌봐주는 것과 가족은 누구이고 친척은 누구인지를 가르쳐주고 있다.

3장은 친구와의 생활에 관한 것이다. 가족 외에 공식적인 관계를 맺는 학교생활에서 친구와 어떻게 생활해야 하는지에 대해 말하고 있다. 함께 사는 사회인 공동체의 가치관인 협동과 우정을 알려주고 있다.

4장은 좋은 습성 갖기에 관한 것이다. 더 큰 사회로 나가기 위해 자신을 준비해 가는 과정이다. 첫째, 둘째, 셋째가 타인과의 관계라면 넷째는 자신 내부에서의 문제라고 할 수 있다. 좋은 마음을 가지는 것, 착한 행동을 하는 것, 나쁜 일 안하는 것, 약자라 할 수 있는 애완동물을 사랑하는 것, 그리고 자기 스스로 만족하는 삶을 사는 것 등을 살펴보고 있다.

1.

주변 환경과 친해지기

1장은 주변 환경에 관한 것이다. 신비한 동물의 세계를 보여주어 이들과 친해질 수 있는 기회를 주고, 계절을 친근하게 보여주고, 주변에 있는 사물들에 대해서도 알려주고 있다.

1) 신비한 동물의 세계

(1) 「꿀벌과의 대화」

「꿀벌과의 대화(Разговор с пчелой)」는 보로디츠카야[36]가 지은 1연으로 된 시이다. 이 시에서는 화자와 꿀벌의 대화가 이어진다. 먼저 시를 읽어보자.

> 꿀벌이 나를 쏘았다. / 내가 소리쳤다. "어떻게 너 이럴 수 있어?!" / 꿀벌이 내게 대답했다. / "넌 내가 좋아하는 꽃을 어떻게 꺾을 수가 있어? / 그 꽃은 내게 정-말-로 필요했단 말이야. / 나는 그걸 저녁으로 먹으려 아껴뒀단 말이야."
>
> Меня ужалила пчела. / Я закричал: "Как ты смогла?!" / Пчела в ответ: "А ты как мог / Сорвать любимый мой цветок? / Ведь он мне был уж-жасно нуж-жен: / Я берегл а его на уж-жин".　　　　　　　　　　　　　(『1-1』 14-15쪽)

이 시는 꽃을 꺾은 아이에게 꿀벌이 벌침을 쏘는 장면을 시로 적어놓은 것이다. 화자와의 직접적인 대화를 통해 꿀벌을 더 가까이서 관찰하는 효과가 나타난다.

원어로 읽게 된다면 꿀벌이 말할 때 꿀벌 소리가 들리는 것을 알 수 있다. "그 꽃은 내게 정-말-로 필요했단 말이야. / 나는 그걸 저녁으로 먹으려 아껴뒀단 말이야." 이 두 구절에서 우자-스나(уж-жасно) 누제-엔(нуж-жен) 우즈-진(уж-жин) 단어들을 러시아식으로 발음할 경우 꿀벌의 날갯짓하는 소리가 나기 때문이다. 꿀벌의 소리와 연관 지어 러시아어의 어려운 발음을 공부시키는 일석이조의 효과를 노리고 있다고 할 수 있다.

(2) 「아기개구리」

「아기개구리(Лягушата)」는 베레스토프[37]가 지은 1연으로 된 시이다. 이 시에서는 개구리가 되어 가는 알인 올챙이의 모습과 개구리가 된 모습이 회상조로 그려지고 있다. 먼저 시를 읽어보자.

예전에 우리는 알이었어, 개골개골! / 그런데 지금 우리 모두는 영웅들이야, 개굴개굴! / 올챙이였어, 개골개골! / 꼬리로 빠르게 헤엄쳤지, 개굴개굴! / 그런데 지금 우리는 개구리가 되었지, 개굴개굴! / 강변에서 뛰어내려, 애들아! 개골개골! / 꼬리를 가지고 있든 꼬리가 없든 / 세상에서 산다는 것은 아름다운 일이야!

Раньше были мы икрою, кваква! / А теперь мы все - герои, ать-два! / Головастиками были, ква-ква! / Дружно хвостиками били, ать-два! / А теперь мы - лягушата, ква-ква! / И с хвостом и без хвоста / Жить на свете - красота!　　　　　　　(『1-2』 68쪽)

이 시에서는 올챙이시절이든 개구리시절이든 세상에서 살아간다는 것 자체가 아름답다는 말로 결론을 맺음으로써 생에 대한 찬미를 하고 있다. 지극히 긍정적인 마인드를 지닌 개구리들은 꼬리가 있던 시절인 올챙이시절도 더 없이 좋은 시절이었다. 그때는 꼬리로 빠르게 헤엄칠 수 있었기 때문이었다. 지금은 개구리가 되어서 강변에서 폴짝 뛰어내릴 수 있게 되었기에 또 좋은 시절을 맞고 있는 것이다. 이 시는 자신의 처지에 만족하기 힘들어하는 사람들에게 작은 일에도 만족하는 것이 행복임을 가르쳐주는 교훈적인 시라고 할 수 있다. 어떤 처지에 처하든지 순응하며 만족을 찾아가는 개구리의 긍정적인 모습은 배울만한 것으로 여겨진다.

이 시에서 개구리는 우리나라의 "올챙이 적 시절을 모르는 개구리"와는 다른 모습의 개구리로 그려져 있다. 이 말은 옛 시절도 잊지 말고 기억하여야 한다는 교훈이다. 감사함도 잊지 말고, 첫사랑도 잊지 말아야 한다는 교훈이라고도 할 수 있다. 같은 동물이라도 나라마다 다르게 사용되고 있음을 알 수 있다.

2) 자연의 이치 알아가기

(1) 「하늘빛의 파란」

「하늘빛의 파란(Голубые, синие)」은 트루트네바[38]가 지은 2연으로 된 시이다. 「하늘빛의 파란」이라는 시에서 노래하는 것은 어느 계절일까 알아보자. 먼저 시를 읽어보자.

하늘빛의 파란 / 하늘과 개울들이 있어요. / 파란 웅덩이들 물을 / 참새들이 떼를 지어 튀기고 있어요. / 눈 위에는 / 투명한 레이스[39] 얼음조각들이 있어요. / 최초의 눈이 녹은 곳이에요. / 최초의 풀이 났어요. //

초원은 온갖 색깔로 된 / 사라사[40] 스카프 같은 초원은, / 어디에 나비가 있고, / 어디에 진짜 꽃이 있는지 알지 못할 거예요. / 푸르름 속에 숲과 들이 있고, / 파란 강이 있어요. / 뭉게뭉게 피어오른 하얀 구름은 / 하늘에 있어요...

Голубые, синие / Небо и ручьи. / В синих лужих плещутся / Стай кой воробьи. /

На снегу прозрачные / Льдинки-кружева. / Первые проталинки. Первая трава. // Луг, совсем как ситцевый / Всех цветов платок, – / Не пой мёш, где бабочка, Где и поле в зелени, / Синяя река. / Белые, пушистые / В небе облака...　　　(『1-1』70쪽)

시 「하늘빛의 파란」은 봄이 오는 모습을 자연현상을 자세히 묘사함으로써 한 폭의 수채화처럼 보여주고 있다. 넓은 평온 어디에서나 볼 수 있는 봄날이 시작되는 모습이다.

「하늘빛의 파란」 시 1연에는 이른 봄에 눈이 녹으면서 반짝이는 모습, 새싹이 하나씩 돋아나는 모습, 파란 하늘이 나타나는 모습 등의 자연현상을 노래하고 있다. 이런 배경 위에서 참새들이 떼를 지어서 파란 웅덩이 물을 튀기고 있는 모습이 보인다.

2연에서는 푸른 초원을 각양각색으로 만들어진 사라사 스카프에 비유하고 있다. 넓은 이곳 어디에서 나비가 날아다니고 생화가 피어나고 있는지는 알지 못하지만, 이곳에는 숲, 들, 강이 있고 그 위 하늘에는 하얀 구름이 뭉게뭉게 떠다니고 있음을 보여준다.

(2) 「봄이 우리에게 행진해오네요」

「봄이 우리에게 행진해오네요(К нам весна шагает)」는 토크마코바41가 지은 2연으로 된 시이다. 시 「봄이 우리에게 행진해오네요」는 봄이 행진하는 모습을 그리고 있다. 이 시가 어떻게 봄을 알려주는지 구체적으로 살펴보자. 먼저 시를 읽어보자.

봄이 우리에게 행진해오네요 / 빠른 걸음으로요, / 그리하여 눈 더미들이 녹아내리네요 / 그 발아래에서요. / 눈이 녹아 나온 검은 땅들이 / 들판에 보이네요. / 아마도 봄에게는 / 무척 따뜻한 발이 있는 모양이에요.

К нам весна шагает / Быстрыми шагами, / И сугробы тают / Под её ногами. / Чёрные проталины / На полях видны. / Верно, очень тёплые / Ноги у весны.　　　(『1-1』71쪽)

토크마코바의 시 「봄이 우리에게 행진해오네요」는 제목에서 보여주는 것처럼 봄을 알리는 시이다.

토크마코바의 시를 읽으면서 미소를 짓게 되었는가? 만약에 미소를 짓게 되었다면 어느 구절에서 그렇게 되는지 이야기해보자. 따뜻한 봄이 빨리 도래하는 모습을 시에서 어떻게 표현하고 있는지 찾아보자.

이 시에서는 봄이 소리 없이 조용히 걸어오는 것이 아니라 봄이 행진하면서 우리에게 다가오고 있음을 볼 수 있다. 봄이 행진하듯이 지나간 자리에 눈이 녹아서 검은 흙이 보이는 모습을 볼 수 있다. 눈의 발아래에서 눈 더미가 녹아내리는 모습이 이 짧은 시에서 마치 그림처럼 펼쳐지고 있다.

이 시에서는 자연현상 중의 하나인 봄을 사람처럼 표현하고 있다. 봄이 따뜻한 발을 가지고 있어서 지나가는 곳마다 눈이 녹아내린다는 표현을 함으로써 봄을 친근한 것으로 만들고 있다.

3) 주변 사물 익히기

(1) 「안녕」

「안녕(Привет)」은 드리스[42]가 지은 2연으로 된 시이다. 시 「안녕」은 안녕이라는 안부 인사를 찾고 있는 아이의 모습이 재미있게 그려진 시이다. 먼저 시를 읽어보자.

> 이모가 내게 선물을 보냈다 /과자 /사탕 /벙어리장갑 /목도리 /그리고 과자가 들어가 있는 사탕... /그런데 안부 인사는 어디에 있지? //
> 나는 참을성 없이 찾아보았다 /과연 무엇과 함께 들어있는 거지? /버섯이 들어있는 것 속에? /양배추가 들어있는 것 속에? /잼이 들어있는 것 속에? /아마도 엄마가 /이 안녕을 숨기셨나보다 /식히려고 /어쩌면 무척 뜨거운 모양이다
>
> Прислала мне тётя / Печенья, / Конфет, / Варежки, / Шарф / И горячий привет. Вот варежки, Шарф / И конфеты / С печеньем... Где же привет? //
> Я смотрю с нетерпеньем: / И с чем же он? / С грибами? / С капустой ? / С вареньем? / Наверное, мама / Привет этот прячет, / Чтобы остыл, – / Видно, очень горячий .
>
> (『1-2』13쪽)

시 「안녕」에서는 아이가 이모에게서 받은 선물을 여는 모습이 자세히 그려져 있다. 아는 과자, 사탕, 장갑 등을 열면서 그 가운데에서 안부 인사를 찾고 있다. 1연은 그것이 어디 있는지 궁금해 하면서 끝난다.

2연에서도 여전히 찾고 있는 모습이 그려진다. 1연에서는 보이는 물건들을 나열하고 있는 반면, 2연에서는 속에 들어있는 것들을 열거하고 있다.

버섯이 들어있는 파이라든지, 양배추가 들어있는 만두라든가 하는 것을 말함으로써 아이의 사고의 세계를 단순한 것에서 복잡한 것으로 확장시켜나가고 있음을 알 수 있다. 보이지 않는 안녕 인사말을 만두 안에 들어있는 만두 속 같은 것으로 비교하고 있는 것을 볼 수 있다.

시의 마지막 부분에서는 물건 들 속에 들어있는 것에서 더 확대되어 엄마가 어딘가에 숨긴 것으로 끝이 난다. 이렇게 세 번에 걸쳐 아이의 사고를 확대해가는 모습을 이 짧은 시 속에서 찾아볼 수가 있어 흥미롭다.

(2) 「덜거덕거리는 소리」

「덜거덕거리는 소리(Стук)」는 그리고리예프[43]가 지은 1연으로 된 짧은 시이다. 시 「덜거덕거리는 소리」는 종이 위에 그린 다리미를 물동이에 던져 넣었더니 그곳에서 소리가 나더라는 상상을 하면서 쓴 시이다. 먼저 시를 읽어보자.

나는 종이와 펜을 들고서 / 다리미를 그렸다 / 종이를 한 장 찢어서 / 물동이에 던졌다 / 그랬더니 물동이에서 덜거덕거리는 소리가 울려 퍼졌다.
Я взял бумагу и перо, / Нарисовал утюг, / Порвал листок, швырнул в ведро - / В ведре раздался стук.　　　　　　　　　　　　　　　　　　　　(『1-2』 14쪽)

이 시는 만화영화에서 볼 수 있음직한 것으로 재미있는 상상의 나래가 펼쳐져 있음을 알 수 있다. 종이와 펜만 있다면 무엇이든지 생생한 사물을 만들어 낼 수 있음을 상상할 수 있다. 팍팍한 세상에 이렇게 재미있는 상상의 나래를 펼쳐본다면 그 순간 마음의 경계가 무한하게 넓어지게 될 것이다.

1. 시「꿀벌과의 대화」를 여러 번 읽어보아라. 꿀벌이 화가 나 있는 상황이 들리는가?
2. 시「봄이 우리에게 행진해오네요」에서 봄이 행진하고 있다고 표현한 것은 봄의 어떤 모습에 초점을 맞춘 것이라고 생각하는지 이야기해보자.
3. 시「안녕」에서 뜨거운 안녕과 뜨거운 파이 사이의 차이점은 무엇인가?
4. 시「덜거덕거리는 소리」의 시인에게 이 시를 쓰도록 도와준 감정은 무엇이었을까? 상상력, 환상, 허구, 유머 중에 무엇이었을까?

가족과의 관계

2장은 가족과의 관계에 관한 것이다. 집안에서 처음 대하게 되는 가족 이야기를 한다. 동생을 놀리지 않고 돌봐주는 것과 가족은 누구이고 친척은 누구인지를 가르쳐주고 있다.

1) 동생 놀리지 않기

(1) 「짓궂은 아이 사샤」

「짓궂은 아이 사샤(Саша-дразнилка)」는 아르튜호바[44]가 지은 짧은 동화이다. 이 동화에서는 동생 놀리기를 좋아하는 짓궂은 아이인 화자의 이야기를 소개하고 있다. 먼저 작품을 읽어보자.

> 사샤는 자기 여동생을 놀리기를 무척 좋아했다. 여동생 랼랴는 화를 내며 울었다.
> 아빠가 물었다.
> "넌 왜 우는 거니, 랼랴?"
> "사샤 오빠가 나를 놀렸어요!"
> "그냥 놀리라고 놔둬라. 너는 놀림 당하지 않으면 되잖니."
> 그러나 놀림 당하지 않는다는 것은 너무 어려운 일이었다. 한 번은 랼랴가 시도를 해보았다. 그 결과가 이러했다.
> 아이들이 식탁에 앉아서 아침을 먹고 있었다.
> 사샤가 말했다.
> "나는 지금 밥 다 먹은 다음에 네 인형 다리를 샹들리에에 매달아둘 거야."
> 랼랴가 웃기 시작했다.
> "그라든가, 이건 정말 재밌겠는데!"
> 사샤는 놀라서 사레 들리기까지 했다.
> 사샤는 잠시 생각한 후에 말했다.
> "넌 코감기구나. 넌 내일 영화관에 못 가겠구나."
> "난 내일 가고 싶지 않아. 난 모레 갈 거야."
> 사샤가 떨리는 목소리로 말했다.
> "너희들 여자애들은 모두 끔찍하게 겁쟁이들이고 울보들이야."
> 랼랴가 조용하게 대답했다.
> "나 자신도 남자애들이 더 마음에 들어."

사샤는 주위를 둘러보고 외쳤다.

"내 오렌지가 네 것보다 더 크네!"

랼랴가 말했다.

"맛있게 먹어, 살로 가게."

그때 사샤는 참지 못하고 울기 시작했다.

엄마가 방으로 들어오며 물었다.

"사샤, 왜 우는 거니?"

사샤가 흥분하여 대답했다.

"나를 랼랴가 모욕했어요! 내가 랼랴를 놀렸는데, 놀림을 당하질 않아요"

Саша очень любил дразнить свою сестрёнку. / Ляля обижалась и плакала. / – О чём ты плачешь, Лялечка? - спрашивал папа. / – Меня Саша дразнит! / – Ну и пусть дразнит. А ты не дразнись. / Было очень трудно не дразниться, но один раз Ляля попробовала, и вот что из этого вышло. //

Ребята сидели за столом и завтракали. / – Вот я сей час поем, – начал Саша, – и твою куклу к люстре за ноги подвешу. / – Ну что ж, – засмеялась Ляля, – это будет очень весело! / Саша даже поперхнулся от удивления. / – У тебя насморк, – сказал он, подумав. - Тебя завтра в кино не возьмут. / – А мне завтра не хочется. Я пой ду послезавтра. / – Все вы, девчонки, – дрожащим голосом проговорил Саша, – все вы ужасные трусихи и плаксы. / – Мне самой мальчики больше нравятся, – спокой но ответила Ляля.

Саша посмотрел кругом и крикнул: / – У меня апельсин больше, чем у тебя! / – Ешь на здоровье, – сказала Ляля. - поправляй ся. / Тут Саша не выдержал и заплакал. / – О чём ты плачешь, Сашенька? - спросила мама, входя в комнату. / – Меня Лялька обижает! - ответил Саша, всхлипывая. - Я её дразню, а она не дразнится!

(『1-2』 (9-11쪽)

이 동화에서는 동생 랼랴를 울리기 좋아했던 사샤가 울게 되는 과정을 언급하고 있다. 랼랴는 아빠의 충고를 따라서 오빠인 사샤에게 더 이상 놀림을 받지 않게 된다. 이 일로 인해 답답함을 느낀 사샤는 결국 눈물을 터뜨리게 된다.

이 작품은 역지사지라는 단어를 상기시킨다. 이 단어의 뜻은 상대방의 입장에 서보자는 것이다. 자신만 생각하지 말고 남의 입장과 바꿔서 생각해보라는 것이다. 이것은 타인과의 관계를 원만하게 지속하기 위해서 꼭 필요한 요소 중의 하나라고 할 수 있다.

이 역지사지는 두 사람의 관계에서 약자 입장에서보다는 강자 입장에 선 사람이 가졌으면 바람직한 것으로 여겨진다. 강자가 약자의 입장을 살펴주는 것이 우선적으로 필요하다고 보인다. 동생이 오빠보다 약한 사람이기에 강한 사람인 오빠에게 매번 놀림을 받을 수밖에 없었지만, 약한 동생의 입장에 처해본 오빠는 더 이상 약한 동생을 놀리지 않게 될 것이다.

이 역지사지가 반드시 강자와 약자 사이에서 있어야 하는 기본적인 예의로 볼 수도 있지만, 인간과 인간의 만남에서 언제든지 기본적으로 깔려야 하는 매너로 보는 것이 더 합당하다고 보인다. 역지사지를 하게 되면 사람을 대할 때에 상대방에 대한 배려가 나올 것이기 때문이다.

아이들에게도 남매간의 사건을 통해서 이 사실을 가르쳐줌으로써 사회에 나가서도 잘 처신할 수 있는 기본을 쌓도록 도와주고 있다.

(2) 「만약에 내가 여자아이라면...」

「만약에 내가 여자아이라면...(Если был бы я девчонкой ...)」는 우스펜스키[45]가 지은 6연으로 된 시이다. 이 시에서는 소년인 화자가 여자아이였다면 하고 바라는 모습을 그리고 있다. 먼저 시를 읽어보자.

> 만약에 내가 딸이라면... / 나는 시간을 잃지 않을 텐데! //
> 나는 길거리에서 날뛰지 않고, / 셔츠를 빨고, //
> 부엌 마룻바닥을 닦고, / 방 청소를 하고, //
> 찻잔과 숟가락을 씻고, / 감자껍질을 직접 벗기고, //
> 내 장난감 전부를 스스로 / 제자리에 가져다 둘 텐데! //
> 도대체 왜 나는 여자아이가 아닌 거지? / 엄마를 많이 도울 텐데! //
> 엄마가 말씀하시겠지, / "참 잘 했어, 아들!"
> Если был бы я девчонкой , / Я бы время не терял! //
> Я б на улице не прыгал, / Я б рубашки постирал, //
> Я бы вымыл в кухне пол, / Я бы в комнате подмёл, //
> Перемыл бы чашки, ложки, / Сам начистил бы картошки, //
> Все свои игрушки сам / Я б расставил по метам! //
> Отчего ж я не девчонка? / Я бы маме так помог! //
> Мама сразу бы сказала: / – Молодчина ты, сынок!　　　　(『2-2』144-145쪽)

이 시에서는 아들인 화자가 여자아이가 되면 할 수 있는 일들을 열거하고 있다. 소년으로서 길거리에서 뛰어다니면서 보낸 시간이 아깝게 표현되고 있다. 소녀들이 할 수 있는 일로 셔츠를 빠는 일, 부엌 마룻바닥을 닦는 일, 방 청소를 하는 일, 찻잔과 숟가락을 씻는 일, 감자껍질을 벗기는 일, 장난감을 정돈하는 일을 할 수 있다고 말한다. 이런 일들을 하고 나면 엄마의 칭찬이 기다리고 있음을 알 수 있다.

"참 잘 했어, 아들!"

이 한 마디를 듣기 위해 소년은 자신의 눈에 보이는 집안 일 전체를 하고 싶어 한다. 이런 집 안일을 엄마가 하고 있기에 소녀가 할 수 있을 것이라고 소년은 생각한다. 그리하여 자신이 소 녀로 태어났다면 엄마를 열심히 돕고 엄마의 자랑스런 아들로서 칭찬을 들을 수 있을 것이라 고 확신하는 소년의 모습은 한편으로 자랑스럽기도 하다.

2) 가족과 친척

(1) 「내 혈연」

「내 혈연(Моя родня)」은 아킴[46]이 지은 7연으로 된 시이다. 이 시에서는 자신의 혈연에 관해서 소개하는 글이다. 자신의 혈연을 나열하고 있다. 혈연의 범위가 어디까지인지 살펴보 자. 먼저 시를 읽어보자.

> 엄마와 아빠는 내 혈연이다. / 나에게는 더 이상 혈연이 없다. //
> 누나도 혈연이고, 형도 혈연이고, / 강아지 못난이 티시카도 혈연이다. //
> 나는 내 혈연을 무척 사랑한다. / 곧 모두에게 선물을 사 줄 것이다. //
> 아빠에게는 모터보트를, / 엄마에게는 부엌에서 쓰는 마술 수세미를, //
> 친형에게는 망치를, / 누나에게는 공을, 강아지에게는 사탕을 사줄 것이다. //
> 그리고 내게는 친구도 있다, / 내 친구 세료시카 역시 내게 혈연이다. //
> 아침이면 나는 그에게 달려간다, / 그가 없이는 노는 게 노는 게 아니다. //
> 모든 비밀을 나는 그에게 말한다, / 이 세상 모든 것을 그에게 선물할 것이다.
> Мама с папой - моя родня. / Нет роднее родни у меня. //
> И сестрнка родня, и братишка, / И щенок лопоухий Тишка. //
> Я родных своих очень люблю. / Скоро всем подарки куплю. //
> Папе будет моторная лодка, / Маме в кухню волшебная щётка, //
> Молоток настоящий братишке, / Мяч сестрёнке, конфета Тишке. //
> Я ещё есть друг у меня, / Друг Серёжка мне тоже родня. //
> Я к нему прибегаю с утра, / Без него мне игра не игра. //
> Все секреты ему говорю, / Всё на свете ему подарю.　　　　　　　(『1-2』 41쪽)

이 시의 화자는 자신의 혈연을 일일이 나열할 뿐 아니라 그들의 역할과 그들의 중요성에 대 해서도 언급한다. 먼저 엄마, 아빠를 혈연으로 들고 있다. 그 후에는 누나와 형을 혈연으로 꼽는다. 재미있는 현상은 형제자매의 대열에 강아지도 나란히 들어간다는 것이다.

그리고 그들에게 선물을 할 계획도 하고 있다. 보통 자신에게 소중한 사람들을 열거하는 것으로 끝나기 쉬운데 이 시의 화자는 이 고마움을 행동으로 표현하려 한다. 말로만 끝내지 않는 점이 화자의 위대한 점이라고 볼 수 있을 것 같다.

이들을 향한 사랑을 고백하는 화자는 이들에게 선물을 사 줄 생각을 하고 그 선물 목록도 구체적으로 열거한다. 아빠에게는 모터보트를 사주고 엄마에게는 수세미를 사주고 싶어 한다. 또 친형에게는 망치를, 누나에게는 공을 사주고, 강아지에게는 사탕을 사주고 싶어 한다. 상대방이 꼭 원하는 것들도 채워져 있음을 느낄 수 있다.

이 시에서 독특한 점은 화자는 혈연의 범위를 가족으로 제한하고 있지 않다는 것이다. 그는 친구를 이 혈연 속에 넣는다. 자신이 매일 아침에 달려가서 함께 노는 친구, 자신의 모든 비밀을 털어놓는 친구인 친구에게 역시 선물을 할 생각을 한다.

친구에게 하는 선물이 그 누구에게 하는 선물보다 훨씬 더 큰 것을 알 수 있다. 친구에게는 이 세상 모든 것을 선물하고 싶어 한다. 친구를 사귀기 시작한 화자의 마음을 잘 읽을 수 있다. 친구가 얼마나 귀중한지를 느낄 수가 있다.

(2) 「좋은 날」

「좋은 날(Хороший день)」은 마르샤크[47]가 지은 7연으로 된 시이다. 이 시에서는 아빠가 쉬는 날 아빠와의 외출을 하는 화자의 상상과 그 상상이 실제로 연결되어 피곤하지만 기쁜 하루를 보내는 모습이 자세하게 펼쳐진다.

시의 시작에서 아빠의 휴일이 묘사되고 있다. 이 시에서는 화자가 아빠와 보낸 근사한 휴일을 하나도 빼놓지 않고 다 묘사를 하고 있다. 아침에 아빠와 보낼 하루를 생각하고 있는 화자의 들뜬 모습으로 이 시는 시작된다.

여기에 서류가방, /외투와 모자가 있다. /아빠가 /쉬는 날이다. /오늘 아빠는 /출근하지 않는다. /다시 말해 /아빠가 나와 함께 있을 것이다.
Вот портфель, / Пальто и шляпа. / День у папы / Выходной . / Не ушёл / Сегодня папа. / Значит, / Будет он со мной . (『1-2』 43쪽)

1연에서는 아빠의 출근을 보여주는 아빠의 서류가방, 외투와 모자가 있는 것을 보여주며 아빠가 쉬는 날임을 말하고 있다. 아빠가 화자와 함께 있을 것임을 말한다. 시간적인 배경을 보여주는 연이다.

2연부터는 하루의 계획이 드러난다.

지금부터 우린 /뭘 하지? /이건 우리가 /함께 의논할 것이다. /아빠 침대 옆에 /앉아서 /함께 /의논할 것이다.

Что мы нынче / Делать будем? / Это вместе / Мы обсудим. / Сяду к папе / На кровать - / Станем вместе / Обсуждать.　　　　　　　　　　　　　　　　　　(『1-2』 43쪽)

화자는 아빠와 하루일과를 계획하고 싶어 한다. 3연에서는 식물박물관에 갈지 집으로 손님을 초대할지 고민하는 모습이 보인다. 4연에서는 말의 머리를 고쳐주는 것과 바다거북을 사주리라는 기대도 보인다. 5연과 6연에서는 종이연을 만들어 띄우는 생각에 젖어있다.

7연에서는 엄마가 깨우는 소리에 상상에서 현실로 돌아온다. 8연과 9연에서는 나갈 채비를 하고 엄마에게 인사하는 모습이 보인다. 혼자 남는 엄마에게 심심해하지 말라는 작별인사를 하고 집을 나간다.

10연에서는 바깥풍경이 그려진다. 하루를 보내게 될 시간적인 배경과 공간적인 배경이 그려진다. 파란 하늘의 좋은 날씨에 모스크바의 공원에는 라일락이 피어 있다. 11연과 12연에서는 동물원 풍경이 그려진다. 악어, 닭, 영양, 해마, 코끼리, 하마를 보고, 13연에서는 포니를 타고 마차도 타는 모습이 보인다.

14연과 15연에서는 더운 여름날 레몬수를 마시는 모습이 보인다.

16연에서는 전차를 타고 집으로 돌아오는 모습이 그려진다. 엄마를 위해 라일락을 들고 왔다. 하루 종일 돌아다녀 다리를 절뚝거릴 정도로 피곤한 하루를 보낸 모습이다. 그러나 이 시의 제목이 좋은 날로 붙여진 것을 보았을 때 달콤한 피곤함이 아닐까 하는 생각이 든다. 그것은 아빠와 하루를 보낸 소년의 마음이기 때문일 것이다. 가족의 중요성, 그 가운데서도 아빠의 자리를 보여주는 시가 아닌가 한다. 이를 통해서 가족과 함께 하는 행복이라는 감정을 잘 느끼게 해주는 시로 여겨진다.

1. 「짓궂은 아이 사샤」를 읽고 자신은 이 작품의 주인공인 짓궂은 아이 사야와 닮은 적이 있는 지 이야기해보자.
2. 역지사지를 실천한 적이 있는지 이야기해보자.
3. 「내 혈연」에서 소년이 누구를 자신의 친척으로 여기는가? 1) 아버지 2) 어머니 3) 형제자매 4) 친구 5) 애완동물
4. 「좋은 날」에서 왜 저자가 자신의 작품을 「좋은 날」이라고 제목을 달았는지 생각해보아라.

3. 친구와의 생활

3장은 친구와의 생활에 관한 것이다. 가족 외에 공식적인 관계를 맺는 학교생활에서 친구와 어떻게 생활해야 하는지에 대해 말하고 있다. 함께 사는 사회인 공동체의 가치관을 알려주고 있다. 함께 협동해야 하며, 싸우지 않아야 함을 강조한다.

부모 가족을 떠나서 타인과의 공식적인 첫 만남을 하게 되는 곳이 초등학교 때이다. 이때는 또래의 타인이라고 할 수 있는 친구와 만나게 된다. 타인과 어떻게 지내야 하는지를 잘 배우는 것은 평생 타인을 어떻게 대할 수 있게 될지를 결정해주는 중요한 일이 된다. 그리하여 이때 친구와 맺게 되는 좋은 우정을 위해 초등학교 때에는 이를 집중적으로 가르친다.

좋은 우정을 배우고 몸에 익히게 하기 위해 여러 가지 예를 들어 설명한다. 이를 위해 때로는 많은 동물들을 등장시키기도 하고, 또 때로는 사물들을 들어 설명하기도 한다. 두 명이 모였을 때에는 함께 사이좋게 지내야 하는 것, 서로 도와야 하는 것, 협동정신, 양보하는 마음, 상대를 배려하는 마음, 자기 것을 나누는 마음 등 친구를 사귀는 데에 필요한 좋은 것들을 스스로 몸에 배도록 꾸준히 가르친다.

그리하여 러시아는 함께 사는 사회를 초등학교 1학년 때부터 체계적으로 가르치고 있다. 공동체라는 의미를 심어주고 공동체에서 지녀야 하는 올바른 가치관을 심어주는 일이 이때부터 시작되는 것을 볼 수 있다. 이는 러시아가 오랫동안 사회주의국가였다는 점을 굳이 들지 않더라도 이해할 수 있다. 사회생활을 시작하는 어린이들에게 공동체 의식을 가르침으로써 앞으로의 함께 사는 사회에서 쉽게 적응하도록 해준다고 볼 수 있다. 우리나라의 국어 읽기 과목에 해당하는 초등학교 교재 중의 하나인 문학읽기 과목에서는 타인들과 어울려서 함께 사는 모습을 여러 번 보여준다.

초등학교 1학년 문학읽기교과서에서부터 함께 협동하며 사는 것이 중요하다는 것을 잘 보여주는 작품들을 많이 싣고 있다. 또한 친구들과 함께 생활하면서 어떻게 하는 것이 바람직한지에 대해서 읽기를 통해서 교육하고 있다.

1) 협동하는 생활

(1) 「오두막 테레목」

러시아의 작은 오두막인 테레목은 톨스토이를 비롯한 러시아의 여러 작가들이 동화로 만들었다. 「오두막 테레목(Теремок)」은 차루신[48]의 동화이다. 「오두막 테레목」[49]에서는 타인과 함께 사는 사회가 중요하다는 것을 여러 동물들의 모습을 통해서 잘 보여주고 있다.

들판에 서 있는 테레목은 낮지도 높지도 않은 아담사이즈로 러시아의 작은 농가를 표현하고 있다. 들판에 있는 자그마한 오두막 테레목으로 쥐가 들어와 살게 되면서 이 민화는 시작된다. 들판을 뛰어다니던 쥐가 이 테레목의 첫 번째 주인이 된다. 먼저 「오두막 테레목」을 읽어보자.

> 들판에 오두막, 오두막 테레목이 서 있다, 테레목 하나가. 그 오두막 테레목은 낮지도 않고 높지도 않다, 높지 않다. 이 들판 저 들판을 뛰어다니던 쥐 한 마리가 문 옆에 멈춰 서서 찍찍거린다.
> "찍! 찍! 찍! 찍! 찍! 찍! 누가, 누가 오두막 테레목에 살고 있어요? 누가, 누가 나지막한 오두막에 살고 있나요? 누가 오두막 테레목에 살고 있냐고요?"
> 오두막 테레목에는 아무도 없다. 아무도 쥐에게 대답하지 않는다. 그리하여 쥐는 오두막 테레목 안으로 기어들어가 살기 시작했다.
> Стоит в поле теремок, теремок, / Он не низок, не высок, не высок. / Как по полю, пол. мышка бежит, / У дверей остановилась и пищит: / – Пик! Пик! Пик! Пик! Пик! Пик! Кто, кто в теремочке живёт? Кто, кто в невысоком живёт? Кто в тереме живёт? / Никого в тереме нет, никто мышке не отвечает. Залезла мышка в теремок, стала жить-поживать...
>
> (『1-1』 32쪽)

오두막 테레목에 자리 잡은 쥐에게 개구리가 찾아온다. 이들은 함께 살게 된다. 이런 식으로 토끼, 여우가 살게 된다. 「오두막 테레목」에서 등장인물들이 어떤 순서로 나타나는지를 살펴보자. 이 민화에서는 동물들이 나타나는 순서가 중요하다. 동물들이 오두막 테레목에 나타나는 순서를 보면 그들의 크기에 따른 것임을 알 수 있다. 처음에는 쥐가 나타나고, 그 다음에는 개구리가, 그 다음에는 토끼가, 마지막으로 여우가 나타난다. 이것은 동물의 세계가 덩치로 그 힘을 알 수 있다는 점을 감안하면 약한 순서대로 나타남을 알 수 있다.

이렇게 동물들을 작은 것부터 등장시키는 것은 어쩌면 생육강식의 원리로 지배되는 동물의 세계 이상의 것이 인간세계에 있음을 보여주고자 하는 민화의 의도라고 볼 수 있다. 작은 동물인 쥐가 자신보다 덩치가 더 큰 동물에게 자신의 자리를 양보하는 모습 속에서 함께 사는 사회에서 협동의 중요성과 배려의 가치를 가르치려는 의도가 엿보인다.

(2) 「벙어리장갑」

「벙어리장갑(Рукавичка)」은 「오두막 테레목」과 같은 러시아의 민화이다. 「오두막 테레목」에서 나타났던 협동의 중요성은 러시아 민화「벙어리장갑」에서도 나타난다. 두 작품을 비교하면서 읽어보는 것은 흥미로울 것으로 여겨진다. 1학년 문학읽기교과서에 실려 있는「벙어리장갑」은 작가가 개작한 작품이 아닌 민화 자체이다.

민화「벙어리장갑」에서도「오두막 테레목」에서와 같이 타인과 함께 사는 사회의 중요성에 대해서 여러 가지 동물의 모습을 통해서 보여준다. 러시아 민화「벙어리장갑」에서는 오두막 테레목이 벙어리장갑으로 대체된다. 오두막 테레목 안에 모두 모였던 동물들은 이번에는 벙어리장갑 안에 모이게 된다. 민화「벙어리장갑」을 읽어보자.

> 할아버지가 숲을 걸어가고 있었다. 할아버지 뒤를 따라 강아지가 뛰어가고 있었다. 할아버지가 벙어리장갑 한 짝을 떨어뜨리고 지나갔다.
> 새앙쥐 한마리가 뛰어가다가 이 벙어리장갑 속으로 기어들어갔다.
> 새앙쥐가 말했다.
> "여기에서 내가 살 거야."
> Шёл дед лесом, а за ним бежала собачка. Шёл дед, шёл да и обронил рукавичку.
> / Вот бежит мышка, влезла в эту рукавичку и говорит: / – Тут я буду жить.
>
> (『1-1』38쪽)

생쥐가 자리 잡은 벙어리장갑 속으로 개구리가 들어오고 뒤이어 토끼, 여우, 늑대, 멧돼지, 곰까지 7명이 들어오게 되었다. 그리하여 장갑은 곧 터질 것 같이 되었다.

> 곰도 기어들어왔다. 그리하여 7명이 되었다. 너무 비좁아서 벙어리장갑은 당장이라도 터질 지경이었다.
> Влез и этот – семеро стало, да так тесно, что рукавичка, того и гляди. разорвётся.
>
> (『1-1』41쪽)

이때 벙어리장갑을 잃어버린 것을 알게 된 할아버지가 되돌아와서 벙어리장갑을 찾아가게 된다.

이 시에서는 숲에서 할아버지가 잃어버린 벙어리장갑 한 짝 속으로 여러 동물들이 들어가서 함께 살려고 하는 모습을 재미있게 그리고 있다. 벙어리장갑이 아무리 크고, 숲속 동물들이 아무리 작다 하더라도 7마리의 동물들이 들어갈 수가 있을까? 동화이기에 가능한 이야기이다. 아니면 할아버지의 벙어리장갑이 마술장갑일 수도 있다.

상상의 나래를 펴면서 이 동화를 읽다보면 생각의 영역이 끝없이 넓어지게 된다. 몇 마리의 동물들이 들어온 후에는 이미 더 이상 들어올 수 없다는 생각보다는 안 찢어지고 다들 잘 들어와야 할 텐데 하는 생각까지도 하게 된다. 여기에서 협동이라는 단어와 배려라는 단어가 나오게 된다.

이 벙어리장갑 속에 맨 처음으로 자리를 잡은 것은 들판에 흔히 보이는 새앙쥐 한 마리였다. 생쥐 자신의 이름 날쌘돌이처럼 생쥐는 날쌔게 벙어리장갑 속으로 들어갔다. 그리고 폴짝폴짝 개구리, 깡충깡충 토끼, 아기여우, 회색빛 늑대, 그리고 엄니가 있는 멧돼지 순으로 들어왔다.

동물들에게 그 특징을 잡아서 별명을 붙여줌으로써 동물들을 잘 파악할 수 있도록 해주는 동시에 동물을 더 친근한 대상으로 만들어 주고 있다. 벙어리장갑 안으로 들어오는 동물들의 순서도 눈여겨볼 필요가 있다. 자신보다 덩치가 더 큰 동물은 두려워할 수도 있는데 이들에게 는 두려움이 보이지 않는다. 이것 역시 동물들이 주변에 있는 가까운 대상임을 보여주는 예라 고 할 수 있을 것이다.

벙어리장갑으로 들어오고자 하는 동물들에게 벙어리장갑 안의 자리를 양보해준다. 벙어리 장갑 안이 너무 비좁아서 당장이라도 터질 지경이었지만 장갑 안의 동물들은 그 누구도 거절을 하지 않는다. 자신에게도 비좁지만 작은 것을 함께 나누는 모습이라고 할 수 있다.

벙어리장갑 안에 있던 동물들의 모습을 통해서 상대방을 배려하고 양보하는 모습이 아름 답다는 것을 볼 수 있다. 비록 장갑이 할아버지의 손에 다시 가게 되어 이들 모두 거처를 잃게 되었지만 적어도 이들은 양보하고 배려하는 마음은 배웠을 것으로 보인다.

2) 함께하는 우정

(1) 「수탉과 개」

「수탉과 개(Петух и собака)」는 1학년 문학읽기교과서에 실려 있는 민화이다. 이 작품 에서는 수탉과 개가 함께 함으로써 위기를 모면하는 모습을 소개를 하고 있다. 이들의 우정을 말하는 동시에 여우의 욕심에 대해서도 말하고 있다. 먼저 작품을 읽어보자.

> 옛날 옛적에 할아버지와 할머니가 살고 있었다. 그들에게 짐승이라고는 늙은 개 한 마리와 늙은 수탉 한 마리밖에는 없었다.
> 어느 날 할아버지가 말했다.
> "할멈, 수탉을 팝시다."
> 그러자 할머니가 말했다.
> "그 늙은 닭을 얼마나 주겠어요! 그 닭을 잡아먹읍시다."
> 이때 수탉이 할아버지와 할머니가 수탉을 잡아먹겠다는 말을 듣고 놀랐다. 수탉이 개에게 가서 이 모든 이야기를 전했다.
> 개가 수탉에게 이야기했다.

“그래, 수탉 페탸야, 우리 숲으로 달아나자. 여기서 사는 것이 험악하니, 이보다 더 나쁠 수는 없을 게야.”

이른 아침에 수탉과 개는 농가를 떠나 숲으로 갔다. 하루 종일 걸어갔다. 밤이 되어서야 숲에 다가갔다. 나무 위에서 밤을 보내기로 생각해냈다. 그들은 커다란 참나무를 골랐다. 수탉은 큰 가지 위로 날아올라갔고 개는 구멍 속으로 숨어들었다. 그렇게 그들은 밤을 보냈다.

아침에 새벽노을이 떠오르자 수탉이 울기 시작했다.

“꼬-끼-요! 꼬-끼-요! 나는 가지 위에 앉아 사방을 보노라!”

수탉이 지저귀며 노래를 하고 있었다. 그러자 숲 전체에 수탉의 노래가 울려 퍼져 나갔다. 붉은 여우가 나무로 다가가 수탉을 칭찬했다.

“이봐, 수탉, 아름다운 볏, 화려한 무늬의 꼬리, 그물망이 달린 장화 같은 다리를 가지고 있구나. 이렇게 일찍 일어나 아름다운 노래를 하고 있구나!”

여우는 수탉을 잡아먹을 생각을 하고서 말했다.

“나한테 내려와라, 친구 페탸 수탉아.”

수탉이 물었다.

“무슨 일인데?”

“내 집에 손님으로 와라. 오늘 축일이잖니. 내가 너를 위해 곡물을 마련해두었지.”

수탉이 말했다.

“그래, 가자! 그런데 다만 나 혼자 가는 게 아니라 친구랑 같이 갈게.”

여우는 기뻐하며 생각했다.

“그래 이런 행운이 떨어지다니. 두 마리 수탉을 통째로 먹게 되었군!”

그리고 여우가 물었다.

“네 친구는 어디에 있니? 네 친구도 손님으로 부를게.”

수탉이 대답했다.

“저기 구멍 속에 앉아 있어.”

여우가 구멍 쪽으로 달려들어 머리를 들이밀었다. 그러자 개가 여우 머리를 물었다. 여우가 놀라서 혼비백산하여 숲으로 도망쳤다.

그리하여 수탉과 개는 숲 속에 남게 되었다. 지금도 그곳에서 살고 있다고들 말한다.

Давным-давно жили старик со старухой . И было у них скотинки, всей животинки - одна старая собака да старый петух. / Однажды старик говорит: / - Давай -ка, старуха, петуха продадим. / А старуха: / - Да что за него, старого, дадут-то! Давай его лучше зарежем и съедим. / Услыхал петух, что старик со старухой хотят его зарезать, испугал ся. Прибежал к собаке и всё ей рассказал. / Собака и говорит петуху: / - Ну, Петя-петуш ок, уй дём-ка в лес. Житьё здесь плохой , худе не будет. / Рано утром ушли они со двора в лес. Шли целый день. К ночи подошли к лесу. Ночевать надумали на дереве. Выбрали большой дуб. Петух взлетел на сук, а собака забилась в дупло. Тут и закочева ли. / Утром, как только занялась заря, петух запел: / Ку-ка-ре-ку! / Ку-ка-ре-ку! / На суку сижу, / Во все стороны гляжу! / Разливается петушок, поёт. По всему лесу раздаётся его песня. Услыхала рыжая лиса, прибежала к дереву и расхваливает петуха: / Ай да петушок, / Красный гребешок, / Хвост узорами, / Сапоги со шпорами. / Рано-ран о встаёт, / Красны песеник поёт! / Надумала лиса петухом полакомиться и говорит: / – Слети-ка ко мне, Петя-дружок. / – За каким таким делом? – спрашивает петух. / – Пой дём ко мне в гости, сегодня масленый праздник, я зерна для тебя припасла. / – Пой дём! – говорит петух. – Да только я не один, а с товарищем. / Обрадовалась лиса и думает: "Вот счастья-то привалило – целых два петуха съем!" / И спрашивает: / – Где твой товарищ? Я его позову в гости. / – Да вот, в дупле сидит, – отвечает петух. / Бросилась лиса к дуплу, голову просунула, а собака её хвать-хвать за морду. Испугалась лиса, еле живая в лес убралась. / А петух с собакой так и остались в лесу, говорят, и сей час там живут.

(『1-1』 54-56쪽)

이 민화에서는 수탉과 개가 협력하여 여우를 혼내주는 모습이 통쾌하게 그려져 있다. 이런 협력이 나오기까지 수탉과 개가 친한 모습을 먼저 찾아볼 수 있다.

우리나라에서 수탉과 개는 보통 친한 사이가 아니다. 러시아 민화에서는 수탉과 개가 친한 사이로 등장한다. 개는 할머니 할아버지 집에서 잡혀먹을 위기에 처한 수탉과 함께 집을 떠난다. 이들이 산에서 사는 어느 날 여우가 수탉을 잡아먹을 계획을 세우고 나무에서 내려오라고 유혹한다.

이때 수탉은 개에 대한 의리를 지킨다. 이것이 바로 수탉의 생명을 구해준다. 내 친구도 같이 초대해달라는 것이다. 자신에게 소중한 일을 해준 개를 함께 손님으로 데려가고 싶어 했던 수탉의 모습을 보게 된다. 이런 고마움을 기억하고 있는 수탉은 이른바 닭대가리라는 말을 더 이상 들어서는 안 될 것 같다. 그 덕분에 수탉은 여우의 꾀임으로부터 목숨을 건지게 된다.

은혜를 잊지 않아야 한다는 사실을 동물들의 삶을 통해서 보여주는 민화를 읽으면 수탉과 개의 우정이 오래 갈 것임을 느끼게 된다.

(2) 「가장 친한 친구」

「가장 친한 친구(Лучший друг)」는 예르몰라예프[50]가 지은 단편이다. 이 작품에서는 자신의 킥보드를 친구가 말없이 타자 화가 난 화자가 어떤 행동을 하는지 소개하고 있다. 먼저 작품을 읽어보자.

콜랴는 자기 킥보드를 공동마당[51]에 놔두고 점심을 먹으러 갔다. 점심을 다 먹기도 전에 콜랴는 자기 킥보드를 보프카 출코프가 타고 있는 것을 보았다. 콜랴는 화가 나서 마당으로 뛰어나갔다.

콜랴는 생각했다.

"가서 보프카를 때려줄 거야. 물어보지도 않고 다른 사람의 물건을 가져갔으니."

콜랴는 화가 나서 보프카에게 뛰어가서 주먹을 꽉 쥐고 있었다.

보프카가 콜랴를 보자 옆에 서 있던 소년에게 말했다.

"인사해, 이고료크, 얘는 내 가장 친한 친구 콜랴야."

콜랴는 당황해하며 쥐고 있던 주먹을 폈다.

콜랴는 자신도 예기치 못한 말을 했다.

"너희들은 왜 킥보드를 타지 않는 거니..."

Оставил Коля свой самокат во дворе, а сам пошёл обедать. Не успел поесть, как видит: на его самокате Вовка Чулков катается. Рассердился Коля и во двор побежал. / "Сей час, – думает, – отлуплю Вовку, чтоб чужие вещи без спроса не брал". / Подскочил к нему сердитый , даже кулаки сжал. А Вовка увидел его и сказал мальчику, который рядом стоял: / – Знакомься, Игорёк, это мой лучший друг Коля. / Смутился Коля, разжал кулаки и неожиданно для себя сказал: / – Что же вы на самокате-те не катаетесь...

(『1-2』 31-32쪽)

이 단편에서는 킥보드를 친구와 나눠 타야 한다는 것을 가르치고 있다. 콜랴는 밥 먹으러 잠시 집에 가면서 킥보드를 마당에 놔 누고 가는데 그것을 같은 반 친구인 보프카 출코프[52]가 허락도 받지 않고서 타고 있었다.

누구나 자신의 물건에 누군가가 손을 댄다면 무척 싫을 것이다. 특히 자동차나 카메라 등 고가의 물건일 경우에는 더욱 그럴 것이다. 콜랴에게 이 킥보드는 자신이 가지고 있는 가장 값비싼 물건이었을 것이다. 그것을 주인의 허락도 없이 반 친구가 가져가서 타고 있는 것이니 콜랴는 무척 화가 났을 것이다.

그리하여 킥보드를 보프카가 타고 있는 모습을 보고 먹던 밥을 내팽겨쳐두고 콜랴는 보프카와 싸우러 뛰쳐나가게 되는 것이다. 두 주먹을 불끈 쥐고 나가는 모습에서 콜랴가 얼마나 화가 나 있는지를 잘 알 수 있다.

그렇게 헐레벌떡 뛰어나간 콜랴에게 보프카는 웃으면서 "인사해, 이고료크, 얘는 내 가장 친한 친구 콜랴야."라고 말한다.

보프카가 이고료크에게 자신을 가장 친한 친구라고 소개하는 모습에 콜랴는 당황해한다. 그가 한 대 때리려고 불끈 쥐고 있던 주먹을 푸는 모습이 보인다. 아마 이때 콜랴는 보프카에게 미안한 마음도 생겼을 것이다. 자신은 보프카를 친한 친구로 생각하지 않았다는 점 때문이었을 것이고, 또 자신의 킥보드 때문에 보프카가 눈에 들어오지 않았던 점 때문이기도 했을 것이다.

비싼 물건에 가려서 그 물건을 점유하고 있는 사람을 못 보게 되는 경우가 많다. 그리하여 비싸고 화려한 옷만 보고 사람을 판단하면 안 된다는 말을 한다. 옷이나 킥보드나 다 소유하는 물건임을 감안할 때 콜랴가 자신의 물건을 아껴서 혼자 사용하고 싶어 하는 것은 당연하다. 그러나 콜랴는 자신을 친한 친구라고 불러주었을 때 자신의 소유물인 킥보드를 바로 공유할 생각을 하고 주먹을 풀게 된다. 여기에 콜랴의 가능성이 보인다고 할 수 있다.

자신에게 소용없는 물건들은 다른 사람들에게 싸게 팔거나 공짜로 주기도 한다. 하지만 자신에게 소중한 물건들을 실제로 나누는 것은 쉽지 않은 일이다. 이 어려운 일을 콜랴가 해내고 있다!

이 시는 가장 아끼는 물건을 친구와 나눔으로써 그 친구를 더 친한 친구로 받아들이게 되는 콜랴의 성장통 중의 하나를 보여주고 있다고 할 수 있을 것이다. 그 역할을 킥보드가 해주고 있는 시이다.

3) 싸우지 않는 우정

(1) 「누가 먼저지?」

「누가 먼저지?(Кто первый ?)」는 오를로프[53]가 지은 짧은 시이다. 이 시에서는 친구간의 싸움과 핑계에 대해 이야기하고 있다. 먼저 시를 읽어보자.

"누가 누구를 먼저 욕했지?" / "쟤가 저를요!" / "아니에요, 쟤가 저를요!" / "누가 누구를 먼저 때렸지?" / "쟤가 저를요!" / "아니에요, 쟤가 저를요!" /
"그런데 너희들은 예전에 무척 잘 지냈었지!" / "저는 잘 지냈어요!" / "저도 잘 지냈어요!" / "그런데 너희들은 무엇을 나눠가진 거니?" / "저는 잊었어요!" / "저도 잊었어요!"
- Кто кого обидел первый ? / - Он меня! / - Нет, он меня! / - Кто кого ударил первый ? / - Он меня! / - Нет, он меня! / - Вы же раньше так дружили! - Я дружил! / - И я дружил! / - Что же вы не поделили? / - Я забыл! - И я забыл!　　　　　(『1-2』 34쪽)

이 시에서는 친구인 두 사람이 서로에게 핑계를 대고 있는 모습이 그려져 있다. 욕하거나 때리는 일은 자신이 먼저 한 일이 아니라고 말하며 상대방에게 핑계를 댄다. 이들은 예전에 잘 지낸 친구들이었는데 함께 나눈 일이 무엇인지는 벌써 다 잊어버렸다고 말한다.

우리나라 속담에 "잘 되면 자신 탓, 못 되면 조상 탓!"이라는 말과 같은 맥락이라고 볼 수 있다. 타인에게서 그 원인을 찾으려 한다면 그 원인은 근본적으로 고쳐지지 못할 것이다. 따라서 잘못된 것에 대한 원인을 자기 자신 속에서 찾는 습관을 키우는 것이 중요할 것이다.

(2) 「충고」

「충고(Совет)」는 세프[54]가 지은 1연으로 된 짧은 시이다. 이 시에서는 친구가 서로 다투는 모습을 찻잔과 찻잔받침이 서로 다투는 모습으로 비유하여 그리고 있다. 먼저 시를 읽어보자.

> 찻잔과 받침이 / 다투었다. / 지금 / 이것들은 깨어질 것이다. / 곧 / 부엌의 선반 위에는 / 깨진 조각들이 / 놓이게 될 것이다. / 너도 / 쓸데없이 싸우지 마라. / 이것은 / 매우 / 위험하다.
> Поссорились / Чашка и блюдце. / Сей час / Они рабобьются, / Скоро / В кухне, на полке, / Будут лежать / Осколки. / И ты / Не ссорься напрасно - / Это / Очень / Опасно.
> (『1-2』 37쪽)

이 시에서는 서로 싸우게 되면 깨지게 되어서 아무 쓸모가 없게 된다는 것을 말하고 있다. 찻잔과 받침처럼 뗄레야 뗄 수 없는 친한 사이라 해도 자주 싸우다 보면 그 사이가 깨지고 말 것이라는 것이다. 결국은 깨진 조각이 되어서 아무 짝에서 소용없는 물건이 되어버린다는 이 교훈적인 시는 두 사람의 친구 사이에 비추어보았을 때 들어맞는다.

이 시에서는 결론으로 친구와 싸우는 것이 위험한 일이라고 말하고 있다. 따라서 친구와 싸울 일이 생겼을 때 감정적으로 싸워서 그 관계를 깨버릴 것이 아니라, 대화로 잘 해결해나가는 것이 옳은 길임을 보여주고 있다.

(3) 「우정에 관하여」

「우정에 관하여(Про дружбу)」는 엔틴[55]이 지은 7연으로 된 시이다. 이 시에서는 단짝 친구에 대해 이야기하고 있다. 먼저 시를 읽어보자.

> 바람은 햇빛과 사귀고, / 이슬은 풀잎과 사귀네. / 꽃은 나비와 사귀고, / 나는 너와 사귀네. //
> 친구들과 모든 것을 반으로 나누는 것을 / 우리는 기뻐하네! / 단지 친구들 간에 싸우는 일은 / 절대 해서는 안 되는 일이라네!
> Дружит с солнцем ветеок, / А роса - с травою. / Дружит с бабочкой цветок. / Дружим мы с тобою! //
> Всё с друзьями пополам / Поделить мы рады! / Только ссориться друзьям / Никогда не надо!
> (『1-2』 49쪽)

이 시의 1연에서는 우정을 나누는 사이는 어떤 것인가에 대해서 이야기하며, 2연에서는 진정한 친구라면 어떻게 해야 하는지에 대해서도 이야기하고 있다.

　이 시에서는 자연현상 속의 보이지 않는 바람과 햇빛이 친구가 된다는 것을 먼저 언급하고 있다. 그리고 풀잎 위에 내려앉는 이슬이 친구임을 말하고 있고, 꽃의 꿀을 따먹는 나비가 서로 친구임을 언급하고 있다. 자연 속의 친구들을 먼저 언급함으로써 친구라는 것이 얼마나 강하고 끈끈한 유대관계임을 미리 알 수 있다. 이런 배경 위에서 너와 내가 친구임을 마지막에 말한다.

　이렇게 서로 뗄 수 없는 친구가 된 이들은 무슨 일을 해야 하고, 또 무슨 일을 해서는 안 되는지에 대해서도 언급하고 있다. 친구라면 자신이 가진 것을 서로 반으로 나누어 가져야 한다고 말한다. 몇 가지만 나누는 것이 아니라 모든 것을 나누어야 한다고 말한다. 그리고 그 나눔을 억지로 해서는 안 되며 기쁜 마음으로 해야 함을 말한다. 기쁜 마음으로 나누지 않는다면 그것은 참된 우정이 아니기 때문이다. 친구지간에 해서는 안 되는 단 한 가지는 싸우는 것이다. 친구라면 싸우지 말고 사이좋게 지내야 하는 것을 시에서 강조하고 있다.

1. 민화 「오두막 테레목」을 읽고 이 오두막 테레목에 더 등장할만한 동물들을 상상해보자.
2. 다음의 속담들이 「수탉과 개」 민화의 주인공들 중의 누구에게 해당하는 것인지 말해보자.
   1) 100루블[56]을 가지지 말고 100명의 친구를 가져라. 2) 남을 잡기 위해 구멍을 파지 마라, 자신이 그 속에 빠지게 될 것이다.
3. 「가장 친한 친구」를 읽고 제일 친한 친구는 어떤 품성을 지녀야만 한다고 생각하는가?

4.

좋은 습성 갖기

4장은 좋은 습성 갖기에 관한 것이다. 더 큰 사회로 나가기 위해 자신을 준비해 가는 과정이다. 1장, 2장, 3장이 주변 환경, 가족, 친구 등 자신의 외부와의 관계에 관한 것이라면, 4장은 자신 내부에서의 문제라고 할 수 있다.

4장에서는 좋은 마음을 가지는 것, 착한 행동을 하는 것, 나쁜 일 안하는 것, 약자라 할 수 있는 애완동물을 사랑하는 것, 그리고 자기 스스로 만족하는 삶을 사는 것 등을 살펴보고 있다.

1) 좋은 마음 갖기

(1) 「까마귀와 까치」

「까마귀와 까치(Ворон и сорока)」는 우신스키[57]가 지은 동화이다. 이 작품에서는 말이 많으면 거짓말이 많을 수 있다는 사실을 동물들을 등장시켜 소개하고 있다. 먼저 작품을 읽어보자.

> 얼룩덜룩한 까치가 나무 가지 사이로 뛰어다니며 쉬지 않고 떠들고 있었으나 까마귀는 앉아서 침묵하고 있었다.
> 마침내 까치가 물었다.
> "헤이, 맨, 도대체 너는 왜 침묵하고 있는 거지? 아니면 너는 내가 네게 이야기하는 것을 믿지 않는 거니?"
> 까마귀가 대답했다.
> "이 사람아, 믿기 어렵군. 너처럼 그렇게 말이 많은 이가 어쩌면 거짓말을 많이 하지 않겠나!"
> Пёстрая сорока прыгала по веткам дерева и без умолку болтала, а ворон идел и молчал. "Что же ты молчишь, куманёк? Или ты не веришь тому, что я тебе рассказываю?" - спросила, наконец, сорока. / "Плохо верю, кумушка, - отвечал ворон. - Кто так много болтает, как ты, тот, наверно, много врёт!" (『1-2』 24쪽)

이 작품에서는 까마귀와 까치를 통해 말에 관해 이야기를 하고 있다. 까마귀는 까맣기만 한 외모를 가진 반면 흰색이 섞여 있는 까치는 얼룩덜룩한 까치로 표현되고 있다. 이것은 까마귀보다 까치가 화려한 외모를 가지고 있음을 보여준다.

겉모양이 화려한 까치는 혼자 떠들며 말이 없는 까마귀에게 왜 말이 없는지, 자기가 말하는 것을 믿지 않는 건지 묻는다. 까치의 질문에 까마귀는 까치를 믿지 못한다고 말한다. 까마귀는 까치가 말이 무척 많기에 거짓말도 섞여 있을 것이라는 나름대로 근거 있는 이유를 말한다.

이 동화에서는 말수가 적은 까마귀가 말 많은 까치에게 일침을 가하는 모습이 그려지고 있는 것을 볼 수 있는데, 이것은 이 동화에서 긍정적인 역할을 담당하고 있는 것이 까마귀라는 사실을 알 수 있다. 그것은 까치가 반가운 새인 우리나라와는 달리 러시아에서는 까마귀가 반가운 새로 여겨지기 때문인 것으로 보인다.

우리 옛말에 "말이 많으면 쓸 말이 없다."라는 말이 있다. 오늘날 언어를 하는 사람의 입장에서 보았을 때 이 말을 곧이곧대로 받아들이기는 어려울 수도 있다. 이 말은 말이 많고 적음을 떠나서 거짓말을 하지 않아야 된다는 점에 초점을 맞추는 것이 옳을 것으로 보인다.

(2) 「예의바른 새끼당나귀」

「예의바른 새끼당나귀(Вежливый ослик)」는 피보바로바[58]가 지은 1연으로 된 시이다. 이 시에서는 진정한 예의바름은 무엇인가에 관해 소개하고 있다. 먼저 시를 읽어보자.

> 새끼당나귀가, / 매우 예의바른 당나귀가 있었다. / 교양 있는 당나귀였다. / 모두에게 미소를 지었고 / 고개 숙여 절을 하며 / "안녕!"이라고 / 인사말도 했다. / 그 다음에는 / 한 걸음 멀어지면 / 이렇게 말했다. / "바다표범은 게으름뱅이고, / 토끼는 겁쟁이야. / 사자는 바보고, 코끼리는 먹보인 뚱뚱이야..." / 단 한 번도 그는 / 그 누구에 대해서도 / 좋은 말은 한 마디도 / 하지 않았다. / 친구야 / 너에게 부탁하는 것은 / 당나귀를 닮지 말기를!
>
> *Был ослик / Очень вежливый , / Воспитанный он был. / Всем улыбался, / Кланялся / И "здравствуй " / Говорил. / Потом / Он отходил на шаг / И говорил: / - Тюлень - тюфяк, / А заяц - трус. / А лев - дурак, / А слон - обжора / И толстяк... / Ни разу доброго / Словца / Он не сказал / Ни про кого, - / И я прошу тебя, / Дружок, / Не будь походим / На него!*　　　　　　　　　　　　　　　(『1-2』 39쪽)

이 시에서는 당나귀가 겉으로만 예의바른 척 하는 모습을 보여주고 있다. 앞에서는 공손하게 절을 하고 인사도 잘 하는 당나귀였지만 돌아서면 항상 흉을 보았다.

바다표범은 게으르다고 흉을 보았고, 토끼는 겁쟁이라고 흉을 보았다. 또 사자는 바보라고, 코끼리는 먹보에 뚱뚱이라고 했다. 당나귀는 좋은 말을 하는 방법을 모르는 동물처럼 나쁜 말만 하고 다녔다. 그리하여 당나귀를 닮지 말라는 말로 이 시는 끝이 난다.

진실은 언젠가는 밝혀지기 마련이다. 상대방에게서 단점을 찾아내는 분석적인 눈도 필요하겠지만, 장점을 찾아내어 칭찬을 해주는 긍정적인 마인드가 이 세상을 더 부드럽게 만들 것이라는 작가의 사상을 읽을 수 있는 시이다.

부드러운 말도 중요하지만 마음속의 진심 또한 중요하다. 어떤 것이 더 좋은가, 라는 질문에 대한 정답은 없겠지만, 마음속의 진실이 갖추어진 부드러운 말이라면 금상첨화가 아닐까 한다.

(3) 「누구도 모욕하지 마라」

「누구도 모욕하지 마라(Никого не обижай)」는 루닌[59]이 지은 1연으로 된 시이다. 이 시에서는 타인에 대한 존중에 대해 이야기하고 있다. 먼저 시를 읽어보자.

> 누구도 모욕하지 마라 / 꿀벌도, 사마귀도 / 달팽이도 / 어두운 배를 가진 딱정벌레도 / 풀 속에서 / 교묘하게 뛰어오르는 / 귀뚜라미도 / 나뭇잎 속에서 빛나는 무당벌레도 / 박새도, 개똥지빠귀도 / 눈먼 두더지도... / 그 어떤 이유로도 / 결코 / 살아있는 것은 모욕하지 마라.
>
> Никого не обижай - / Ни пчёлку, ни мушку, / Ни улитку, / Ни жучка - тёмненькое брюшко, / Ни кузнечика, / В траве / Скачущего ловко, / Ни блестящую в листве / Божию коровку, / Ни синицу, ни дрозда, / Ни крота слепого... / Ни за что, Никогда / Не обижай живого.
>
> (『1-2』 70쪽)

이 시에서는 미물도 중시하라는 생명존중사상이 보인다. 모든 만물에는 영혼이 깃들어있다고 여기는 물심론 사상까지 엿보인다. 이것은 동물에 영혼이 깃들어있다고 여기는 애니미즘의 확대라고 볼 수 있을 것이다.

하지만 애니미즘이나 물심론의 입장을 떠나서 자신이 존중을 받기 위해서는 자기 외의 모든 것을 함부로 대하지 말라는 인간존중의 사상의 하나라고도 볼 수 있을 것이다.

(4) 「여우와 고슴도치」

「여우와 고슴도치(Лисица и Ёж)」는 슬라트코프[60]가 지은 단편이다. 이 작품에서는 교활한 여우가 고슴도치와 대화를 하다가 자기 꾀에 넘어가고 있는 모습을 볼 수 있다. 먼저 작품을 읽어보자.

> "이봐, 고슴도치, 모두가 널 좋아하고 귀여워하지. 그런데 가시는 네게 어울리지 않아!"
> "그래, 여우야, 내가 가시 달고 있는 게 아름다워 보이지 않는다고?"
> "그래, 아름다워 보이지 않네..."
> "어쩌면 내가 가시를 달고 있는 게 못생겨 보일 수도 있다는 거지?"
> "그것 때문에 못생겨 보여!"
> "그렇다면 내가 그렇게 못생겨 보이는데 왜 가시를 달고 다니는 거지?!"
> "그건, 고슴도치야, 네가 그 가시를 달고 있어야 잡아먹히지 않으니까 그렇지..."

- Всем ты, Ёж, хорош и пригож, да вот колючки тебе не к лицу! / - А что, Лиса, я с колючками некрасивый , что ли? / - Да не то чтоб некрасивый ... / - Может, я с колючка ми неуклюжий ? / - На не то чтоб неуклюжий ! / - Ну так какой же я такой с колючками- то?! / - Да какой -то ты с ними, брат, несъедобный ... (『1-2』 73쪽)

이 작품에서 여우가 고슴도치를 잡아먹기 위해 꾀를 쓰고 있는 모습이 보인다. 자그마한 고슴도치를 한 입에 먹을 수 있겠지만 고슴도치의 찌르는 가시 때문에 여우는 고슴도치를 먹을 수가 없었다. 그래서 가시 때문에 못생겨 보인다고 말한다.

그러자 고슴도치는 순진하게 "그렇다면 내가 그렇게 못생겨 보이는데 왜 가시를 달고 다니는 거지?!"라고 여우에게 묻는 동시에 자신에게 말하듯이 혼잣말을 한다. 이 말에 여우는 자신의 속내를 드러내는 말을 하게 된다. 여우는 "그건, 고슴도치야, 네가 그 가시를 달고 있어야 잡아먹히지 않으니까 그렇지…"라고 고슴도치에게 대답한다. 여우의 말줄임표에는 먹지 못한 먹이에 대한 아쉬움이 잔뜩 담겨있는 것 같다.

남을 속이려는 자가 결국 자신을 속이게 되는 모습을 여우 속에서 볼 수 있다. 여우처럼 듣기 좋은 감언이설로 상대방을 속이려 애를 써도 진실을 본인의 입으로 드러내는 견본이 보인다.

(5) 「나뭇잎과 뿌리」

「나뭇잎과 뿌리(Листы и Корни)」는 크르일로프[61]가 지은 우화이다. 이 작품에서는 나뭇잎과 뿌리의 대화를 통해서 우리의 행동을 돌아볼 기회를 제공한다.

작품의 배경은 녹음이 우거진 여름날이다.

어느 멋진 여름날, / 계곡을 따라 그늘을 드리우고 / 나뭇잎들은 서풍과 속삭이며 / 자신의 울창한 녹음을 자화자찬하면서 / 자신에 대해 서풍에게 말했습니다.
В прекрасный летний день, / Бросая по долине тень, / Листы на дереве с зефирами шептали, / Хвалились густотой , зеленостью своей / И вот как о себе зефирам толковали:
(『6-1』 37쪽)

나뭇잎의 말에 의하면 그들은 그늘을 주고 시원한 서풍을 나르고 아름다운 녹음의 모습을 준다고 한다. 또한 나뭇잎은 나무의 존재 근거가 바로 자신들 나뭇잎이라고 말한다.

"사실, 우리가 이 계곡의 자랑거리 아니겠어요? / 우리 때문에 나무가 그토록 화려하고 울창하며, / 가지를 뻗고 당당하게 서 있는 것 아닙니까? / 나무에 우리 잎들이 없어 봐요, 사실, / 우리는

충분히 칭찬받을 만해요! / 우리가 없으면 목동들과 나그네들을 / 어떻게 찌는 듯한 더위로부터
서늘한 그늘로 감싸줄 수 있겠어요? / 아름다운 우리들 없이 / 어떻게 목동들을 춤추게 만들겠어요?
/ 우리들 곁에서 여명과 저녁놀이 물들 때 / 꾀꼬리가 지저귀지요. / 그래요, 서풍님도 / 한시도
우리 곁을 떠나지 않고 있잖아요." //

    "Не правда ли, что мы краса долины всей ? / Что нами дерево так пышно и кудряво,
/ Раскидисто и величаво? / Что б было в нем без нас? Ну, право, / Хвалить себя мы
можем без греха! / Не мы ль от зноя пастуха / И странника в тени прохладной укрывае
м? / Не мы ль красивостью своей / Плясать сюда пастушек привлекаем? / У нас же
раннею и позднею зарей / Насвистывает соловей . / Да вы, зефиры, сами / Почти не
расстаетесь с нами". //
(『6-1』 37쪽)

나뭇잎의 하는 일들에 대해 여러 가지를 늘어놓고 있다. 나뭇잎의 이야기를 들어보면 틀린
이야기는 아닌 것 같아 보인다. 그러나 나뭇잎이 놓치고 있는 아주 중요한 한 가지가 있음을
곧 알 수 있다.

이렇게 나무가 화려하고 울창한 이유가 바로 자신 덕분이라고 자랑하고 있을 때에 땅 아래
에서 나무가 말하는 소리가 들린다. 나무는 나뭇잎을 나무라지 않는다. 그 목소리로 알 수 있다.

그때 땅 아래쪽에서 온화한 목소리가 들려왔습니다. //
Им голос отвечал из-под земли смиренно. //
(『6-1』 38쪽)

나무의 화가 난 목소리가 아닌 온화한 목소리를 듣고 나뭇잎은 나무의 존재를 알아보지 못
한다. 그 가치를 인정하려 하지 않는다. 오히려 뻔뻔하고 오만하다고 말한다.

"정말 뻔뻔하고 오만하게 말하고 있군요!
"Кто смеет говорить столь нагло и надменно!
(『6-1』 38쪽)

뻔뻔하다는 말을 들은 나무뿌리는 나뭇잎들을 먹여 살리는 존재가 바로 자신임을 말해준다.

우리가 누구냐 하면, / 여기 그늘 속을 뒤져서, / 너희들을 먹여 살리는 존재야. 모르는 건 아니겠지?
/ 우린 너희들이 피어 있는 나무뿌리라고.
    "Мы те, - / Им снизу отвечали, - / Которые, здесь роясь в темноте, / Питаем вас.
Ужель не узнаете? / Мы корни дерева, на коем вы цветете.
(『6-1』 39쪽)

나무뿌리의 이야기는 나뭇잎의 기를 죽이기 위해서 하는 말은 아닐 것이다. 나뭇잎에게 근

본을 깨우쳐주기 위함일 것이다. 울창한 녹음을 스스로 자랑하던 나뭇잎은 뿌리가 없다면 존재할 수 없다는 사실을 뿌리로부터 듣고서 알게 된다. 자신의 주제를 알아야 한다는 확실한 주제를 보여주는 작품이다.

우화마다 숨은 뜻이 있듯이 이 우화에도 우리에게 주는 교훈이 있다. 자신을 정확하게 파악하지 못한다면 자신이 뿌리로 인해 존재한다는 사실을 알지 못한 채 뿌리 앞에서 잘난 척 하는 나뭇잎처럼 되기 쉽다. "번데기 앞에서 주름 잡는다"는 말처럼 자신을 성찰하고 자신의 모습을 정확하게 보고 자신의 분수에 맞게 행동하는 모습을 가져야 할 것을 이 우화는 잘 보여주고 있다.

자신이 전 세계, 전 우주라고 믿고 잘난 척하지만 "우물 안 개구리"가 될 때가 있을 수 있다. 그리하여 항상 자신을 돌아보는 겸손한 태도가 우리에게 필요한 것임을 이 우화는 나뭇잎과 뿌리의 대화를 통해 쉽게 가르쳐주고 있다.

2) 착한 행동하기

(1) 「누구에게도 선을 행하지 않는 사람은 나쁘다」

「누구에게도 선을 행하지 않는 사람은 나쁘다(Худо тому, кто добра не делает никому)」는 우신스키[62]가 지은 단편이다. 이 작품에서는 착한 일을 하는 것이 중요하다는 것을 가르치고 있다. 먼저 작품을 읽어보자.

> "그리세니카[63]! 나한테 잠깐만 연필 좀 빌려줘."
> 그러자 그리세니카는 대답했다.
> "네 것 가지고 다녀, 내 건 나한테 필요하단 말이야."
> "그리샤! 책을 가방에 넣는 것 좀 도와줘."
> 그러자 그리샤가 대답했다.
> "네 책이니 네 스스로 그것을 넣으렴."
> 친구들이 그리샤를 좋아했을까?
> "Гришенька! Одолжи мне на минутку карандаш". / А Гришенька в ответ: "Носи свой , мой мне самому нужен". / "Гриша! Помоги мне уложить книги в сумку". / А Гриша в ответ: "Книги твои, сам их и укладывай". / Любили ли Грушу товарищи?
> (『1-2』25쪽)

이 작품은 러시아의 속담인 "누구에게도 선을 행하지 않는 사람은 나쁘다."라는 제목으로 예를 들어 쉽게 설명하고 있다.

선을 행해야 한다는 적극적인 행동이 중요함을 이야기하면서 하지 않는 사람은 중간쯤 간다고 말하는 것이 아니라, 그것 역시 악을 행하는 것처럼 나쁜 일이라고 말하고 있다.

아이들은 행동을 어떻게 해야 할까?

나쁜 일을 하는 것은 나쁘다는 것을 잘 알고 있다. 하지만 나쁜 일을 하지 않았는데도 그 자체로 나쁜 일을 한 것이 될 때가 있다. 그것은 다음의 단편을 통해서 잘 알 수 있다. 이 단편은 무엇인가를 해야 할 때에 아무 행동도 하지 않는 것 역시 나쁘다는 것을 보여준다.

이것은 성경의 달란트 비유[64]와 연관지어볼 수 있을 것이다. 주인이 여행을 떠나며 한 달란트, 두 달란트, 다섯 달란트를 나누어주고 갔다. 주인이 여행하는 동안 한 달란트 받은 사람은 아무 짓도 하지 않았다. 그리하여 본전 그대로 가지고 있었다. 주인은 돌아와서 이 사람에게 게으르다고 야단을 친다. 무언가를 해야 할 때에 아무 짓도 하지 않는 것 역시 나쁜 일임을 말해주는 것으로 해석할 수 있을 것이다.

이 단편에서 말하는 것은 한 달란트 가진 사람처럼 아무 짓도 하지 않아서는 안 된다는 것이 아닐까 한다.

자신의 이익과 직접적인 관련이 없을 때에는 모르는 척하며 상관도 하지 않는 오늘날, 옆집에서 큰 일이 생겨도 눈길도 추지 않는 우리의 삭막한 모습을 볼 수 있다. 방관만 하는 사람들이 많은 오늘날에 큰 교훈을 주는 것이 아닌가 한다.

(2) 「양들」

「양들(Бараны)」은 미할코프[65]가 지은 3연으로 된 시이다. 이 시에서는 양 두 마리가 다리 위에서 만나 서로 비키지 않겠다고 우기는 모습을 소개하고 있다. 먼저 시를 읽어보자.

좁다란 산 비탈길을 따라 / 검은 양 한 마리가 집으로 가고 있었다. / 그 양은 구부러진 다리 위에서 / 흰 양 한 마리를 만나게 되었다. / 흰 양이 말했다. / "이봐, 잘 봐봐, / 여긴 둘이 지나갈 수가 없으니 / 네가 길을 양보해야겠다." / 검은 양이 대답했다. / "메에, 이봐, 너 제 정신이야? / 내 다리를 움직이지 않을 거니, / 네가 비켜!" //

양 한 마리는 뿔로 감아댔고 / 다른 양은 다리로 떠받쳤다... / 아무리 뿔로 버텨도 / 둘이 지나가기는 불가능했다. //

위에는 태양이 이글거리고 / 아래에는 강물이 흐르고 있었다. / 이 개울에는 이른 아침에 / 두 마리 양이 빠져죽고 있었다.

По крутой тропинке горной / Шёл домой бараше чёрный / И на мостике горбатом / Повстречался с белым братом. / И сказал барашек белый : / "Бартец, вот какое дело: / Здесь вдвоём нельзя прой ти – / Ты стоишь мне на пути". / Чёрный брат ответил: "Ме-е, Ты в своём, баран, уме-е? / Пусть мои отсохнут ноги, / Не сой ду с твоей дороги!" //

Помотал один рогами, / Уперся другой ногами... / Как рогами не курти, / А вдвоём нельзя прой ти. //

Сверху солнышко печёт, / А внизу река течёт. / В этой речке утром рано / Утонули два барана.

(『1-2』 35-36쪽)

이 시에서는 흰 양과 검은 양이 좁은 다리 위에서 서로 먼저 건너가겠다고 버티고 있는 모습이 보인다. 서로에게 양보를 요구하지만 그 누구도 양보를 먼저 하려는 생각은 하지 않는다. 결국 두 마리의 양은 뿔로 싸우고 다리로 버텨 상대방을 제압하려고 하지만 어떻게 해서도 좁은 다리를 둘이 함께 지나갈 수는 없었다.

결국 양 두 마리 모두 강물에 빠져죽게 되었다. 위에는 태양이 아래에는 강물이 아무 일도 없었다는 듯이 흘러가고 있었다. 두 마리의 양은 고집 한 번 잘못 부렸다가 목숨을 잃게 되는 결과를 맞게 되었다.

어지간하면 상대방의 요청이나 부탁을 들어주는 것이 좋지 않을까를 가르쳐주는 시이다. 상대방의 요구가 목숨을 걸어야 할 만큼 대단한 일이 아니라면 말이다. 잘난 사람이 참는다는 말처럼 조금만이라도 더 잘난 사람이 양보할 수 있다면 사회가 훨씬 더 부드러워질 수 있을 것이다. 아니면 반대로 조금이라도 더 많이 양보하는 사람이 더 잘난 사람이 될 수 있을지도 모르는 일이다.

3) 나쁜 일 안하기

(1) 「소년들과 개구리들」

「소년들과 개구리들(Мальчики и лягушки)」은 티호미로프[66]가 지은 단편이다. 이 작품에서는 약자를 괴롭히지 말자는 교훈적인 내용을 소개하고 있다. 먼저 작품을 읽어보자.

소년들이 연못가에서 놀고 있었다. 그들은 물속에서 개구리들을 보았다.
소년들은 돌을 집어 개구리들에게 던지기 시작했다. 소년들은 즐거웠다.
개구리 한 마리가 물에서 튀어나와 악동들에게 말했다.
"돌 던지는 것을 멈춰! 니들에게는 놀이지만 우리들에게는 죽음이잖니!"
악한 놀이였다. 맞는 말이었다. 개구리도 살기를 원한다.
Мальчики играли у пруда. Увидали они в воде лягушек. / Дети набрали камней и принялись бросать в лягушек. Детям было весело. / Одна лягушка высунулась из воды и говорит шалунам: / - Перестаньте камни бросать: Вам забава, а нам смерть! / Злая забава. Разумная речь. И лягушке жить хочется.

(『1-2』 50쪽)

이 작품에서는 소년들이 연못 속에 있는 개구리들에게 심심해서 돌을 던지는 모습이 그려져 있다. 이때 개구리 한 마리가 연못에서 튀어나와 한 마디 던진다. "소년들에게는 한갓 놀이지만 개구리들에게는 죽음"이라는 말을 한다.

모르고 하는 잘못을 말하는 "미필적고의"라는 말이 있다. 무지했다는 이유로 모든 것이 용서되는 것은 아니라는 것이다. "역지사지"라는 말이 이 작품에 어울리는 말이다.

약한 동물이나, 약한 상대에게 함부로 하는 일은 못난이들이 하는 짓이다. 자신보다 강한 상대에게는 굽실거리고 자신보다 약한 상대에게는 아무 짓이나 마구 하는 사람은 못난이 중의 못난이라고 할 수 있다.

아무리 작은 미물이라도 생명이 있다면 그 생명을 존중해 주어야 한다는 사실을 가르쳐주는 작품이다. 개구리들도 살기는 원한다! 단순히 즐기기 위해서 개구리들이 죽을 지도 모르는데 개구리들에게 함부로 돌을 던지는 행위는 반드시 삼가야 할 행동이다.

(2) 「늑대」

「늑대(Волк)」는 타이츠[67]가 지은 동화이다. 이 작품에서는 소녀의 상상 속 늑대를 대상으로 나쁜 짓한 늑대를 동물원에서 야단치는 소녀의 모습이 보인다. 먼저 작품을 읽어보자.

> 마샤가 동물원에 갔다. 거기에 늑대가 있었다.
> 마샤는 늑대를 즉시 알아보고 말했다.
> "넌 왜 빨간 모자를 먹었어?"
> 늑대는 아무 말도 하지 않았다.
> "넌 왜 아기돼지 3형제를 해쳤니?"
> 늑대는 꼬리를 내리고 있었다.
> "그러니 이제는 우리에 갇혀 있어야 해, 이 나쁜 회색 늑대야!"
> 늑대가 피해갔다. 그건 늑대가 창피하게 여기고 있다는 뜻이다. 그건 늑대가 더 이상 하지 않을 것이라는 말이다.
>
> Машу взяли в зоопарк. Вот волк. Маша сразу его узнала: / – Ты почему Красную Шапочку съел? / Волк молчит. / – Ты почему трёх поросят обижал? / Волк поджал хвост. / – Вот и сиди теперь в клетке, плохой серый волк! / Волк отвернулся. Значит, ему стыдно. Значит, он больше не будет.
>
> (『1-2』 7쪽)

이 동화에 등장하는 늑대에 대해서는 러시아 학생들 모두가 러시아민화를 통해 이미 잘 알고 있다. 늑대가 등장하는 두 편의 동화는 「빨간 모자」와 「아기돼지 3형제」 이야기이다. 따라

서「늑대」는 이런 전제 아래에서 교과서에「빨간 모자」와「아기돼지 3형제」에 대한 별도의
이야기 없이 바로 실리게 되었다.

마샤는 동물원에서 늑대를 보자마자 자신이 읽었던 동화들에 등장하는 늑대를 떠올리게
된다. 빨간 모자에게 나쁜 짓을 한 늑대, 아기돼지 3형제에게 나쁜 짓을 한 늑대와 오버랩 되어
동물원에 있는 늑대에게 왜 그런 나쁜 짓을 했는지를 따진다.

화자인 마샤는「마샤와 곰」에 등장하는 주인공의 이름이기도 하다. 늑대가 나쁜 짓을 했기
때문에 동물원에 갇혀 있다고 생각한다. 마샤는 자신의 말을 듣고 늑대가 꼬리를 내린다고 생
각한다. 꼬리를 내린다는 말은 창피하게 여긴다는 뜻으로 받아들인다. 더 이상 나쁜 짓을 늑
대가 하지 않을 것이라고 확신하는 마샤의 모습으로 시는 끝이 난다.

잘못한 일에 대한 창피함을 느끼고 후회를 하는 모습은 잘못한 사람 누구에게나 필요한 일
임을 보여주고 있다. 그리고 다시는 같은 잘못을 하지 않아야 된다는 교훈 역시 주고 있다.

[동화「빨간 모자」]

늑대가 나쁜 역할을 담당하는「빨간 모자」는 러시아 어린이들이 모두 알고 있는 동화이다. 이 동화는
프랑스의 동화작가 샤를 페로[68]의 작품으로 러시아어로 번역되어 러시아 민화처럼 잘 알려져 있다.

항상 빨간 모자를 쓰고 다녀서 빨간 모자라고 불리는 어린 소녀가 할머니에게 음식을 가져다 드리러
가던 중에 늑대를 만나게 된다. 늑대는 소녀를 잡아먹고 싶었지만 근처에 나무꾼들이 있었기 때문에
선뜻 그러지 못하고, 점잖은 모습으로 빨간 모자에게 다가가 어디 가는지를 묻는다.

순진한 빨간 모자가 할머니 댁이 어딘지 이야기해주자, 늑대는 지름길로 달려 소녀보다 먼저 할머니
댁에 도착한다. 그리고는 빨간 모자 행세를 하며 집에 들어가 할머니를 잡아먹는다. 그래도 배가
고팠던 늑대는 할머니의 모습을 하고 침대에 누워 빨간 모자를 기다린다. 마침내 소녀가 문을 열고
들어오자 늑대는 소녀마저 먹어 치운다.

이 작품은 "수상한 사람과 이야기하는 것은 늑대에게 저녁을 제공해주는 것과 같다."라는 강한
메시지를 전달한다.

점잖고 예의 바르게 보여도 위험한 사람일 수 있다는 경고를 주는 이 이야기는 오늘날 우리나라
여성가족부에서 제작한 텔레비전 공익광고에서도 사용되고 있다.

성범죄를 예방하는 차원에서 제작된 것으로 빨간 모자와 늑대의 모습이 재현되고 있다.

[만화영화「페탸와 빨간 모자」]

늑대가 악역으로 등장하는 또 하나의 동화는「빨간 모자」[69]이다. 이 동화는 러시아에서 1958년에
만화영화「페탸와 빨간 모자」로 제작된 이후 오늘날까지 꾸준히 만화영화와 텔레비전 드라마로
제작되고 있다.

만화영화「페탸와 빨간 모자」는「빨간 모자」가 액자소설[70]로 등장한다. 소년 페탸는 이 두 작품을
잇는 역할을 한다. 이 작품 속에서 소련시대 소년단 모습으로 등장하는 소년 페탸는 빨간 모자의

비극을 막아주는 역할을 담당하고 있다. 예를 들어 페탸는 늑대보다 앞서 할머니 집에 가서 할머니를 장롱 속에 숨기고 베개를 침대 속에 넣어 늑대를 속이는 등 역할을 한다. 결국 늑대는 사냥꾼들에게 잡혀 가고 할머니와 빨간 모자는 늑대의 먹이에서 벗어나게 된다.

[동화 「아기돼지 3형제」]
늑대는 「아기돼지 3형제」에서도 악역을 맡는다. 「아기돼지 3형제」는 늑대의 공격에 대처하기 위해 아기돼지 삼형제가 각각 집을 짓는 이야기이다. 강자에 속하지 못하는 약자들의 대표라 할 수 있는 새끼돼지들의 생존의 지혜를 읽을 수 있다.
첫째 돼지는 짚으로 집을 만들어서 늑대가 쉽게 집을 날려버렸다. 둘째 돼지는 집을 나무로 지었으나 늑대가 이 집 역시 쉽게 날려버렸다. 셋째 돼지는 벽돌로 집을 지어 늑대가 이 벽돌집을 날려버릴 수 없었다. 늑대를 혼내준 아기돼지들은 함께 벽돌집에서 행복하게 살았다.
「아기돼지 3형제」는 미국에서도 애니메이션으로 만들어서 큰 인기를 얻었다.

(3) 「개가 맹렬하게 짖었다」

「개가 맹렬하게 짖었다(Собака яростно лаяла)」는 오세예바[71]가 지은 단편이다. 이 작품에서는 개에게 쫓기는 새끼고양이의 모습을 구경하는 소년들이 등장한다. 먼저 작품을 읽어보자.

개가 앞발을 굽히며 맹렬하게 짖었다. 바로 개 앞에 작은 새끼 고양이 한 마리가 털을 곤두세우고 담장에 붙어서 앉아 있었다. 그 고양이는 입을 크게 벌리고 불쌍하게 야옹거리고 있었다.
멀지 않은 곳에 두 명의 소년이 서서 무슨 일이 일어날지를 기다리고 있었다. 창문에서 한 아주머니가 내다보다가 서둘러서 현관으로 달려갔다. 아주머니는 개를 쫓아내며 소년들에게 화를 내며 소리쳤다.
"너희들은 부끄럽지도 않니!"
소년들이 놀라서 말했다.
"뭐가 부끄럽단 말이에요? 우린 아무 짓도 안 했는데요!"
아주머니는 분개하며 대답했다.
"바로 그게 나쁘다는 거야!"
Собака яростно лаяла, припадая на передние лапы. Прямо перед ней, прижавшись к забору, сидел маленький взъерошенный котёнок. Он широко раскрывал рот и жалоб но мяукал. / Неподалёку стояли два мальчика и ждали, что будет. В окно выглянула женщина и поспешно выбежала на крыльцо. Она отогнала собаку и сердито крикнула мальчикам: / – Как вам не стыдно! / – А что стыдно? Мы ничего не делали! – удивилис ь мальчики. / – Вот это и плохо! – гневно ответила жениа.　　　　　(『1-2』 60쪽)

이 작품에서는 착한 일 솔선수범하기를 가르치고 있다. 개가 작은 새끼 고양이를 위협하고 있는 모습을 보면서도 소년 두 명이 아무 일도 하지 않은 것을 본 아주머니가 야단을 치고 있다. 약자를 돕지 않고 "강 건너 불구경하듯이" 보고 있는 소년들에게 그 행동이 잘못된 것임을 알게 해주는 아주머니의 행동은 본받아야 할 모습이다. 자신들의 행동이 뭐가 잘못 되었는지 조차 모르는 소년들은 아무 짓도 안 했다는 말을 한다. 그러나 작가는 이 소년들이 자신의 행동 속에 큰 잘못이 있음을 가르쳐 주고 싶어 한다.

남의 일에 참견하는 것이 필요 없는 일이라고 말하는 오늘날 자신과 이해관계가 전혀 없는 일에 개입을 하지 않는 것이 과연 맞는 일인지를 돌아보게 한다. 혹시 자신에게 닥칠지도 모르는 피해를 예상하고 마치 3자처럼 그렇게 살아가는 것이 맞는 일인지 한 번쯤 생각해 보도록 만드는 동화이다.

자신의 일이 아니라고 모르는 척하고 있는 것도 아주 큰 잘못이라는 것을 직선적으로 강하게 가르쳐주는 작품이다.

4) 애완동물 사랑하기

(1) 「강아지 나호트카」

「나호트카(Находка)」는 티호미로프[72]가 지은 단편이다. 이 작품에서는 집 없는 강아지를 집으로 데려와 돌보는 화자를 통해 약자를 잘 돌보는 마음을 소개하고 있다. 먼저 작품을 읽어보자.

언젠가 내가 골짜기를 지나가다가 무슨 소리를 듣게 되었다. 누군가가 골짜기에서 애처롭게 울고 있었다.

나는 골짜기로 내려갔다. 그곳에서 아주 작은 강아지 한 마리를 보게 되었다. 내가 강아지 쪽으로 다가갔을 때 그 강아지는 더욱 구슬프게 울어대기 시작했다. 나는 그 강아지를 품에 안았다. 그 강아지는 아직 아기였다. 강아지의 털은 주름이 져 있었다. 강아지는 온몸으로 떨고 있었고 내내 애처롭게 울고 있었다.

나는 강아지를 집으로 데려왔다. 어머니에게 우유를 좀 달라고 부탁했다. 나는 도자기 그릇에 우유를 따라서 강아지에게 놓아주었다. 그러나 강아지는 우유를 보지 않고 사방으로 머리를 돌려보았다. 어머니가 강아지 머리를 우유 속에 밀어 넣고 잠시 잡고 있었다. 강아지가 우유를 핥기 시작했고 울음을 멈추었다.

그때부터 나는 내 강아지와 친하게 되었다. 마실 것을 주고 먹을 것을 주었다. 우리는 강아지에게 나호트카[73]라는 이름도 지어 주었다.

강아지 나호트카는 우리 집에서 오랫동안 살았고 나를 무척 좋아했다.

Раз иду я мимо оврага и слышу: кто-то в овраге жалобно скулит.

Я спустился в овраг и вижу крошенчного щенка. Когда я подошёл к щенку, он ещё жалобнее стал плакать. Я взял щенка на руки. Он был ещё слепенький . Кожа на нём сморщилась. Он дрожал всем телом и всё плакал жалобно. / Принёс я щенка домой и выпросил у матери молочка. Налил в черепок и поставил щенку. Но щенок не видит молока и тычется во все стороны головой . Мать сунула щенка мордочкой в молоко и подержала немного. Щенок стал лакать и перестал плакат. / С тех пор я подружился с моей собачкой , поил и кормил её. Мы дали собачке кличку – Находка. / Находка жила у нас долго и очень любила меня.

(『1-2』 50-51쪽)

이 작품에서는 착한 일, 좋은 일을 하는 주인공의 모습을 직접 보여주고 있다. 골짜기에서 떨고 있는 어린 강아지를 집으로 데려와 돌봐주는 주인공의 모습이 보인다. 강아지를 집으로 데려와 어머니에게 부탁해 강아지에게 우유를 주고 먹도록 한다. 강아지에게 먹을 것과 마실 것을 주자 강아지가 주인공을 좋아하고 따르게 된다.

주인공은 강아지에게 먹을 것과 마실 것을 주었을 뿐만 아니라 이름까지도 지어주었다.

러시아에는 애완동물의 천국이라고 할 만큼 집에서 애완동물을 많이 키운다. 이 단편에서는 애완동물을 사랑하는 방법을 직접적으로 보여주고 있다. 입으로만 사랑한다고 말하고, 좋을 때만 좋아하고, 좋지 않으면 가져다 버려 유기견으로 만들어버리는 오늘날 이 시는 많은 시사점을 주고 많은 교훈을 준다고 볼 수 있다.

(2) 「강아지 트레조르」

「강아지 트레조르(Трезор)」는 미할코프[74]가 지은 5연으로 된 시이다. 이 시에서는 애완동물을 잘 돌보자는 내용을 소개하고 있다. 먼저 시를 읽어보자.

문에는 /자물쇠가 달려있었다. /강아지 한 마리가 /갇혀서 앉아 있었다. /모두들 나가고 /집안에는 /강아지 혼자만 /가둬두었다. //

우리는 강아지 트레조르만 남겨두었다 /감시도 하지 않고 /관리도 하지 않은 채 /그리하여 강아지는 /할 수 있는 모든 것을 망가뜨렸다. /인형이 입고 있는 옷을 조각조각 찢었고 /토끼인형을 갈기갈기 찢었고 /침대 아래 있던 우리 실내화를 복도로 끌고 갔다. //

고양이를 침대 밑으로 몰아넣어 /고양이는 꼬리를 내리고 있었다. /부엌에서 숯을 찾아내어 /머리를 숯 구덩이 속에 집어넣고 /검게 된 줄로 모르고 기어 나왔다. //

물통 속에 기어들어갔다가 /뒤집은 후에 /헐떡거리며 /침대에 가서 누워서 /잠을 청했다... //

우리는 강아지를 물과 비누 속에 넣고 /2시간동안 때수건으로 밀어주었다. /이제는 강아지를 /결코 혼자 놔두지 않을 것이다!

(『1-2』 57-58쪽)

На дверях висел / Замок. / Взаперти сидел / Щенок. / Все ушли / И одного / В доме / Заперли его. //

Мы оставили Трезора / без присмотра, / без надзора, / И поэтому щенок / Перепортил всё, что мог. / Разорвал на кукле платье, / Зай цу выдрал шерсти клок, / В коридор из-под кровати / Наши туфли уволок. //

Под кровать загнал кота – / Кот остался без хвоста. / Отыскал на кухне угол – / С головой забрался в уголь, / Вылез чёрный – не узнать. //

Влез в кувшин – / Перевернулся, / Чуть совсем не захлебнулся / И улёгся на кровать / Спать... //

Мы щенка в воде и мыле / Два часа мочалкой мыли. / ни за что теперь его / Не оставим одного!

(『1-2』 57-58쪽)

이 시에서는 반려동물이라고도 부르는 애완동물을 어떻게 대해야 하는지에 대해서 말하고 있다. 구체적인 행동들을 보여줌으로써 좋은 예시가 되는 시이다.

강아지 트레조르가 있는 집에서 강아지만 집안에 놔두고 자물쇠를 잠그고 모두들 집을 비워버린다. 강아지는 온 집안을 엉망으로 만들어 놓는다. 물통 속에 들어가 젖은 몸으로 침대에서 잠을 자고 있는 강아지를 발견하면 강아지 주인은 어쩌면 그 강아지를 때려줄지도 모른다.

그러나 이 시의 화자는 의외의 결론을 내린다. 2시간동안 강아지를 씻겨주고 결심을 한다. "이제는 강아지를 결코 혼자 놔두지 않을 것이다!"라는 화자의 결심은 앞으로 행동으로 이어질 것이라는 확신을 준다. 그것은 2시간의 강아지 목욕시간이 있었기 때문이다.

5) 스스로 만족하는 삶

(1) 「거위와 학」

「거위와 학(Гусь и журавль)」[75]은 우신스키[76]가 지은 짧은 동화이다. 이 작품에서는 잘 난 척하는 거위에게 학이 거위의 처지를 정확하게 짚어주고 있다. 먼저 작품을 읽어보자.

거위가 연못에서 헤엄치며 혼잣말을 크게 하고 있었다.
"사실 내가 얼마나 경탄할만한 새인 거야! 나는 말이지, 땅에서도 걸어 다니고 물에서도 헤엄치고 공중에서도 날아다니잖아. 이 세상에 그런 새는 전혀 없어! 나는 모든 새 중에 황제야!"
학이 거위의 말을 듣고 거위에게 말했다.
"거위야, 너는 정말이지 멍청한 새구나! 그래, 너는 물고기처럼 헤엄칠 수 있으며, 사슴처럼 뛸 수 있으며, 아니면 독수리처럼 날 수는 있기나 하니? 하나를 알더라도 잘 아는 것이 모든 것을 다 잘 모르는 것보다 더 낫지."

Плавает гусь по пруду и громко разговаривает сам с собою: "Какая я, право, удивител
ьная птица! И хожу-то я по земле, и плаваю-то по воде, и летаю по воздуху: нет
другой такой птицы на свете! Я всем птицам царь!" / Послушал гуся журавль и говори
т ему: "Прямой ты, гусь, глупая птица! Ну, можешь ли ты плавать, как щука, бегать,
как олень, или летать, как орёл? Лучше знать что-нибудь одно, да хорошо, чем всё,
да плохо".

(『1-1』 57-58쪽)

이 동화에서는 거위가 자기 자랑에 빠져 있다. 땅에서도 걷고, 물에서도 헤엄치고, 공중에
서도 날아다니는 거위는 새 중에 황제라고 자랑한다. 이 말을 듣고 있던 학은 거위가 걸어도
사슴처럼 빨리 뛸 수는 없고, 날아도 독수리처럼은 못 난다는 실제적인 예를 들어가면서 거위
의 현실을 말해준다.

학은 많은 것을 대충 알고 있는 것보다 하나를 정확하게 알아야 한다는 말을 한다. 사태를
정확하게 파악해야 하는 것이 중요하다는 뜻이다. 만약에 거위가 자신의 상태와 위치를 정확
하게 알고 있었다면 이런 잘난척하는 일은 없었을 것이다. 그렇다면 학에게서 신랄한 평가를
듣지 않았을 것이다. 자신감 있는 것은 좋은 일이지만 지나친 과신이나 엉뚱한 자신감이 불러
오는 창피함도 있다는 것을 가르쳐주고 있는 작품이라고 할 수 있다.

(2) 「토끼와 개구리」

「토끼와 개구리(Зайцы и лягушки)」는 톨스토이[77]가 지은 짧은 동화이다. 이 동화에
서는 동물을 통해 자족하는 삶을 살펴보고 있다. 먼저 작품을 읽어보자.

언젠가 토끼들이 만나서 자신의 생에 대해 한탄하며 울기 시작했다.
"우리는 사람들 때문에도, 개들 때문에도, 독수리들 때문에도, 다른 맹수들 때문에 죽고 있어.
공포 속에서 살며 고통당하는 것보다 차라리 죽는 게 더 나아. 빠져 죽자!"
그러고 나고 토끼들은 빠져죽으려고 호수로 뛰어들려 했다.
개구리들이 토끼들의 말을 듣고 물속으로 뛰어들기 시작했다.
토끼 한 마리가 말했다.
"애들아, 잠시만! 물에 빠져죽는 것을 잠시만 기다려보자. 여기 보니 개구리의 삶이 우리들의
삶보다 훨씬 더 나쁜 것 같구나. 개구리들은 우리도 무서워하고 있지 않니."
Сошлись раз зайцы и стали плакаться на свою жизнь: / - И от людей, и от собак, и
от ролов, и от прочих зверей погибаем. Уж лучше раз умереть, чем в страхе жить и мучитьс
я. Давайте утопимся! / И поскакали зайцы на озеро топиться. / Лягушки услыхали зайцев
и забултыхали в воду. / Один заяц и говорит: / - Стойте, ребята! Подождём топиться;
вот лягушачье житьё, видно, ещё хуже нашего: они и нас боятся.

(『1-1』 59쪽)

이 동화에서는 지나치게 자신감을 가지고 있는 「거위와 학」에 나오는 거위와는 달리 지나치게 위축되어 있는 토끼에 대해서 말하고 있다. 자신의 생이 너무 고통스러워 차라리 물에 빠져 죽자고 말한다. 사람들 때문에도, 개들 때문에도, 독수리들 때문에도, 다른 맹수들 때문에도 도저히 살 수가 없어 함께 죽자고 한다. 이 말을 듣던 개구리가 토끼를 무서워하면서 숨자 이때서야 토끼들은 개구리들이 자신들을 무서워한다는 사실을 알게 된다.

남과의 비교가 좋은 것은 아니지만 토끼의 경우는 이 비교가 자신의 삶에 도움이 되고 있다. 높은 곳만 바라보지 말고 자신의 처지를 더 낮은 곳과도 비교해보는 것이 삶에 도움이 될 수 있다는 것을 안다면 자신의 삶에 좀 더 만족하면서 살 수 있게 될 것이다. 자족하는 삶이 때로는 자신의 발전을 저해할 수도 있겠지만 자족하는 삶을 통해서 들어오는 행복이 작지 않은 것임을 생각한다면 우리 삶에서 꼭 필요한 요소가 아닌가 싶다.

(3) 「무엇이 좋고 무엇이 나쁜가?」

「무엇이 좋고 무엇이 나쁜가?(Что хорошо и что дурно?)」[78]는 우신스키[79]가 지은 1연으로 된 짧은 시이다. 이 시에서는 좋은 단어 익히기를 가르치고 있다. 이 시의 특징은 시 전체가 단어들로 이루어져 있다는 것이다. 먼저 시를 읽어보자.

근면. 자부심. 게으름. 노력. 자비. 질투. 거짓. 선량함. 악함. 온화함. 고집. / 인색함. 너그러움. 정직함. 감사함. 울적함. 기쁨
Тдрудолюбие. Гордость. Леность. Прилежание. Милосердие. Зависть. Ложь. Доброта. Злость. Кротость. Упрямство. / Скупость. Щедрость. Честность. Благодарность. Скука. Радость.
(『1-2』 25쪽)

「무엇이 좋고 무엇이 나쁜가?」 시에는 아이들이 몸으로 배웠으면 하는 단어들, 가지지 않았으면 하는 단어들이 섞여서 나온다. 한마디로 단어들을 대놓고 가르치고 있다고 할 수 있다. 좋은 단어의 뜻을 가르치는 동시에, 좋은 단어와 나쁜 단어를 통해 좋은 품성 배우기를 바라는 작가의 마음을 그대로 읽을 수가 있다.

또한 시의 제목인 「무엇이 좋고 무엇이 나쁜가?」는 러시아의 속담으로 선악의 판단이 명확한 러시아인들에게는 중요한 말이다. 러시아인들은 만화영화에서도 권선징악을 확실히 가르치는 민족이기에 이렇게 이른바 대놓고 가르치는 것이 그들에게는 이상한 일이 아닐 수도 있다. 이런 점이 미국의 디즈니 만화영화와 근본적으로 다른 점이라 할 수도 있을 것이다.

생각나누기!

1. 상황에 따라서 어쩔 수 없이 하게 되는 하얀 거짓말은 필요하다고 생각하는지 친구들과 이야기해보자.
2. 「예의바른 새끼당나귀」에서 왜 시인은 이런 "예의바른" 새끼당나귀를 닮지 말라고 충고하고 있는가? 친구와 이에 대해 논의해 보아라.
3. 「누구에게도 선을 행하지 않는 사람은 나쁘다」는 단편의 제목인 속담 속에 주제가 반영되어 있는가? 그 뜻에 대해 얘기해 보아라.
4. 「양들」에서 시인은 이 시 속에 어떤 지혜로운 생각을 감춰두고 있는가? "다툼과 고집은 좋은 일로 이어지지 않는다."인가 아니면 "항상 자신의 입장을 고수해야 한다."인가?
5. 약자와 강자의 입장에 대해서 이야기해보고 갑을관계의 예를 들어 보자.

1   러시아의 교육제도에 관한 것은 정막래, 아파나시예바, 『러시아의 기초 교육』, 서울: 대교출판, 2009, 3부 러시아의 초등학교, 4장 러시아의 11년제 학교, pp.129-135의 내용을 참고, 정리한 후 수정 보완한 것임.

2   러시아시콜라(Школа России) 프로그램은 러시아의 학교 프로그램이라는 뜻이다.

3   프로스펙티바(Проспектива) 프로그램은 전망 프로그램이라는 뜻이다.

4   러시아의 초등교육에 관한 것은 정막래, 아파나시예바, 『러시아의 기초 교육』, 서울: 대교출판, 2009, 3부 러시아의 초등학교, 6장 러시아의 교육 체계, pp.139-147의 내용을 참고, 정리한 후 수정 보완한 것임.

5   여기에 대해서는 http://catalog.prosv.ru/category/11?filter%5B11%5D%5B%5D%3D=2&filter% 5B16 %5D%5B%5D%3D=2를 참조할 것.

6   정보학이나 살아있는 세계 교과목의 경우는 1종을, 글자익히기, 조형예술, 문학읽기교과목의 경우는 3종을 프로스베세니예 출판사에서 출판하고 있다.

7   글자익히기교과서 3종이 프로스베세니예 출판사에서 출판된다.

8   러시아어 알파벳교과서 1종이 프로스베세니예 출판사에서 출판된다.

9   러시아어교과서 5종이 프로스베세니예 출판사에서 출판된다. 그 중에 하나는 러시아어말하기교과서이다.

10   발음교과서 1종이 프로스베세니예 출판사에서 출판된다.

11   회화교과서 1종이 프로스베세니예 출판사에서 출판된다.

12   문학읽기교과서 3종이 프로스베세니예 출판사에서 출판된다.

13   영어교과서 2종이 프로스베세니예 출판사에서 출판된다.

14   살아있는 세계교과서 3종이 프로스베세니예 출판사에서 출판된다.

15   주변환경교과서 3종이 프로스베세니예 출판사에서 출판된다.

16   조형예술교과서 1종이 프로스베세니예 출판사에서 출판된다.

17   음악교과서 2종이 프로스베세니예 출판사에서 출판된다.

18   정보학교과서 1종이 프로스베세니예 출판사에서 출판된다.

19   수학교과서 3종이 프로스베세니예 출판사에서 출판된다.

20   만들기교과서 1종이 프로스베세니예 출판사에서 출판된다.

21   예술작품만들기교과서 1종이 프로스베세니예 출판사에서 출판된다.

22   체육교과서 3종이 프로스베세니예 출판사에서 출판된다. 이중 2종은 1학년에서 4학년까지 함께 사용하는 체육교과서이고, 또 하나는 1학년에서 4학년까지 함께 사용하는 체육맨손체조교과서이다.

23   생활안전교과서 1종이 프로스베세니예 출판사에서 출판된다.

24   기술교과서 2종이 프로스베세니예 출판사에서 출판된다.

25   Климанова Л.Ф. и др. Литературное чтение. 1 класс. Учебник для общеобразовательных учреждений в 2 частях. Часть 1. Москва: Просвещение, 2012.; Климанова Л.Ф. и др. Литературное чтение. 1 класс. Учебник для общеобразовательных учреждений в 2 частях. Часть 2. Москва: Просвещение, 2012.

26   여기에 대해서는 Канакина В.П. и др. Русский язык. 3 класс. Часть 1. Москва: Просвещение, 2013. 221-223쪽을 참조할 것.

27   여기에 대해서는 Канакина В.П. и др. Русский язык. 3 класс. Часть 1. Москва: Просвещение, 2013. 62-167쪽을 참조할 것.

28   푸시킨(Пушкин, Александр Сергеевич 1799-1837)은 러시아의 시인, 극작가, 산문작가로 러시아 문학의 아버지라 불린다.

29 크르일로프(Крылов, Иван Андреевич 1769-1844)는 러시아의 우화작가, 시사평론가, 시인이다.

30 레르몬토프(Лермонтов, Михаил Юрьевич 1814-1841)는 러시아의 시인, 산문작가, 극작가, 화가이다.

31 톨스토이(Толстой , Лев Николаевич 1828-1910)는 러시아의 작가이자 사상가이다. 『사람은 무엇으로 사는가』, 『부활』, 『안나 카레니나』, 『전쟁과 평화』 등의 작품이 있다.

32 여기에 대해서는 Коровина В.Я и др. Литература. 5 класс. Учебник для общеобразовательны х учреждений с прил. на электрон. носителе. В 2 частях. Часть 1. Москва: Просвещен ие, 2013. 303с. 298-303쪽 목차를 참조할 것.

33 여기에 대해서는 Литература. 10 класс. Учебник в 2 ч. Под ред. Коровина В.И. 12-е изд. - М.: Пр освещение, 2012. Ч.1 - 414с.; Ч.2 - 384с.; Литература. 11 класс. Учебник в 2 ч. Под ред. Жур авлева В.П. 17-е изд. - М.: 2012. Ч.1 - 399с.; Ч.2 - 455с.를 참조할 것.

34 러시아 학교의 고학년의 문학 교과서에 실려 있는 대 작가들의 대작들에는 보통 그 주제가 하나가 아니라 여러 가지가 나타날 때가 많다. 따라서 하나의 문화적인 요소를 찾아내기에는 맞지 않는 것으로 여겨져서 여기에서는 제외하기로 한다.

35 러시아편 Ⅱ의 내용 중 초등학교에 해당하는 1학년부터 4학년까지의 작품에 관한 것은 다음의 문학읽기교과서의 내용을 참고할 것. Климанова Л.Ф. и др. Литературное чтение. 1 класс. Учебник для общеобразовательных учреждений в 2 частях. Часть 2. Москва: Просвещение, 2012.; Климанова Л.Ф. и др. Литературное чтение. 2 класс. Учебник для общеобразователь ных учреждений в 2 частях. Часть 1. Москва: Просвещение, 2012.; Климанова Л.Ф. и д р. Литературное чтение. 2 класс. Учебник для общеобразовательных учреждений в 2 частях. Часть 2. Москва: Просвещение, 2012.; Климанова Л.Ф. и др. Литературное чте ние. 3 класс. Учебник для общеобразовательных учреждений в 2 частях. Часть 1. Мос ква: Просвещение, 2013.; Климанова Л.Ф. и др. Литературное чтение. 3 класс. Учебник для общеобразовательных учреждений в 2 частях. Часть 2. Москва: Просвещение, 2013.; Климанова Л.Ф. и др. Литературное чтение. 4 класс. Учебник для общеобразова тельных учреждений в 2 частях. Часть 1. Москва: Просвещение, 2015.; Климанова Л. Ф. и др. Литературное чтение. 4 класс. Учебник для общеобразовательных учрежден ий в 2 частях. Часть 2. Москва: Просвещение, 2015.

36 보로디츠카야(Бородицкая, Марина Яковлевна 1954-)는 러시아의 시인, 시 번역가, 동화작가이다.

37 베레스토프(Берестов, Валентин Дмитриевич 1928-1998)는 러시아의 시인, 성인과 아이들을 위한 시를 쓴 서정시인, 번역가, 연구자이다.

38 트루트네바(Евгения Федоровна Трутнева 1884-1959)는 소설가이자 시인이다. 유명한 아동 여류시인이다.

39 레이스는 안이 비치는 모습을 표현한다. 요즈음의 시스루를 말한다.

40 사라사는 다섯까지 빛깔을 이용하여 인물이나 짐승과 새, 꽃이나 나무 또는 기하학적 무늬를 물들인 옷감이나 무늬를 말한다.

41 토크마코바(Токмакова, Ирина Петровна 1929-)는 아동 시인, 산문작가, 어린이 시 번역가이다.

42 드리스(Дриз, Овсей Овсеевич 1908-1971)는 유대어로 시를 쓴 유대인 출신 러시아 시인이다.

43 그리고리예프(Григорьев, Олег Евгеньевич 1943-1992)는 러시아의 시인이자 화가이다.

44 아르튜호바(Артюхова, Нина Михай ловна 1901-1990)는 러시아의 아동여류작가이다.

45 우스펜스키(Успенский , Эдуард Николаевич 1937-)는 러시아의 소설가, 시나리오작가, 동화작가이다.

46 아킴(Аким, Яков Лазаревич 1923-2013)은 러시아의 아동시인이다.

47 마르샤크(Маршак, Самуил Яковлевич 1887-1964)는 러시아의 시인, 극작가, 번역가, 문학비평가이다.

48 차루신(Чарушин, Евгений Иванович 1901-1965)은 산문 작가, 그래픽 화가, 아동 문학가이다.

49 민화「테레목(Теремок)」을 이해를 돕기 위해「오두막 테레목」으로 번역하였다.

50 예르몰라예프(Ермолаев, Юрий Иванович 1921-1996)는 러시아의 아동작가, 극작가, 배우이다.

51 공동마당은 아파트들이 둘러 선 공동으로 사용하는 공간을 말한다. 아이들은 이곳에서 많이들 논다.

52 보프카 출코프는 이름과 성이다. 러시아인의 이름은 이름과 성 외에도 아버지의 이름을 같이 부른다. 이반의 아들은 이바노비치, 딸은 이바노브나라는 부칭을 얻게 된다. 존경하는 마음으로 어른을 부를 때에는 이름과 부칭을 부른다. 초등학교에서는 부칭이 사용되지 않고 이름과 성이 출석부를 때의 공식적인 호칭으로 사용된다.

53 오를로프(Орлов, Владимир Натанович 1930-1999)는 러시아의 아동시인이자 극작가이다.

54 세프(Сеф, Роман Семёнович 1931-2009)는 러시아의 아동시인, 소설가, 극작가, 번역가이다.

55 엔틴(Энтин, Юрий Сергеевич 1935-)은 러시아의 시인, 극작가, 작사가, 시나리오작가이다.

56 루블은 러시아의 화폐 단위이다.

57 우신스키(Ушинский , Константин Дмитриевич 1823-1870)는 러시아의 교사, 작가이다.

58 피보바로바(Пивоварова, Ирина Михай ловна 1939-1986)는 러시아의 아동여류작가, 삽화작가이다.

59 루닌(Лунин, Виктор Владимирович 1945-)는 러시아의 아동시인, 작가, 번역가이다.

60 슬라트코프(Сладков, Николай Иванович 1920-1996)는 러시아의 작가이다. 자연에 대한 책이 60권이 넘는다.

61 크르일로프(Крылов, Иван Андреевич 1769-1844)는 러시아의 우화작가, 시인, 시사평론가이다.

62 우신스키(Ушинский , Константин Дмитриевич 1823-1870)는 러시아의 교사, 작가이다.

63 그리세니카는 그리샤를 더 친근하게 부르는 애칭이다.

64 신약성경 마태복음 25장 14-30절 말씀.

65 미할코프(Михалков, Сергей Владимирович 1913-2009)는 러시아의 작가, 시인, 우화작가, 극작가, 시사평론가이다.

66 티호미로프(Тихомиров, Дмитрий Иванович 1844-1915)는 러시아의 교사, 국민교육 활동가, 출판업자이자 편집자이다.

67 타이츠(Тай ц, Яков Моисеевич 1905-1957)는 러시아의 아동작가이다.

68 샤를 페로(Charles Perrault 1628-1703)는 프랑스의 동화작가이다.

69 동화「빨간 모자」는 2학년 2학기 문학읽기교과서 194-196쪽에 실려 있는 작품이다.

70 액자소설은 소설 속의 소설을 말한다. 이야기 속에 또 하나의 이야기가 액자처럼 끼어있는 소설을 말한다.

71 오세예바(Осеева, Валентина Александровна 1902-1969)는 러시아의 아동여류작가이다.

72 티호미로프(Тихомиров, Дмитрий Иванович 1844-1915)는 러시아의 교사, 국민교육 활동가, 출판업자이자 편집자이다.

73 나호트카의 뜻은 발견된 것, 습득물, 횡재한 것이다. 이 강아지를 길에서 발견했다는 의미로 소년은 강아지의 이름을 나호트카로 지은 것 같다. 잘 알려진 러시아의 항구도시 나호트카도 같은 이름이다.

74 미할코프(Михалков, Сергей Владимирович 1913-2009)는 러시아의 작가, 시인, 우화작가, 극작가, 시사평론가이다.

참고문헌

<1차 문헌>

[일본편]
甲斐睦朗ほか,『こくご一上　かざぐるま』, 東京: 光村図書出版, 2016.
甲斐睦朗ほか,『こくご一下　ともだち』, 東京: 光村図書出版, 2016.
甲斐睦朗ほか,『こくご二上　たんぽぽ』, 東京: 光村図書出版, 2016.
甲斐睦朗ほか,『こくご一下　赤とんぼ』, 東京: 光村図書出版, 2016.
甲斐睦朗ほか,『国語三上　わかば』, 東京: 光村図書出版, 2016.
甲斐睦朗ほか,『国語三下　あおぞら』, 東京: 光村図書出版, 2016.
甲斐睦朗ほか,『国語四上　かがやき』, 東京: 光村図書出版, 2016.
甲斐睦朗ほか,『国語四下　はばたき』, 東京: 光村図書出版, 2016.
甲斐睦朗ほか,『国語五　銀河』, 東京: 光村図書出版, 2016.
甲斐睦朗ほか,『国語六　創造』, 東京: 光村図書出版, 2016.
甲斐睦朗ほか,『国語1』, 東京: 光村図書出版, 2016.
甲斐睦朗ほか,『国語2』, 東京: 光村図書出版, 2016.
甲斐睦朗ほか,『国語3』, 東京: 光村図書出版, 2016.

[중국편]
課程敎材硏究所,『語文1-上』(義務敎育課程標準實驗敎科書), 北京: 人民敎育出版社, 2013.
課程敎材硏究所,『語文1-下』(義務敎育課程標準實驗敎科書), 北京: 人民敎育出版社, 2013.
課程敎材硏究所,『語文2-上』(義務敎育課程標準實驗敎科書), 北京: 人民敎育出版社, 2013.
課程敎材硏究所,『語文2-下』(義務敎育課程標準實驗敎科書), 北京: 人民敎育出版社, 2013.
課程敎材硏究所,『語文3-上』(義務敎育課程標準實驗敎科書), 北京: 人民敎育出版社, 2013.
課程敎材硏究所,『語文3-下』(義務敎育課程標準實驗敎科書), 北京: 人民敎育出版社, 2013.
課程敎材硏究所,『語文4-上』(義務敎育課程標準實驗敎科書), 北京: 人民敎育出版社, 2013.
課程敎材硏究所,『語文4-下』(義務敎育課程標準實驗敎科書), 北京: 人民敎育出版社, 2013.
課程敎材硏究所,『語文5-上』(義務敎育課程標準實驗敎科書), 北京: 人民敎育出版社, 2013.
課程敎材硏究所,『語文5-下』(義務敎育課程標準實驗敎科書), 北京: 人民敎育出版社, 2013.
課程敎材硏究所,『語文6-上』(義務敎育課程標準實驗敎科書), 北京: 人民敎育出版社, 2013.
課程敎材硏究所,『語文6-下』(義務敎育課程標準實驗敎科書), 北京: 人民敎育出版社, 2013.

課程敎材硏究所, 『語文7-上』(義務敎育課程標準實驗敎科書), 北京: 人民敎育出版社, 2013.

課程敎材硏究所, 『語文7-下』(義務敎育課程標準實驗敎科書), 北京: 人民敎育出版社, 2013.

課程敎材硏究所, 『語文8-上』(義務敎育課程標準實驗敎科書), 北京: 人民敎育出版社, 2013.

課程敎材硏究所, 『語文8-下』(義務敎育課程標準實驗敎科書), 北京: 人民敎育出版社, 2013.

課程敎材硏究所, 『語文9-上』(義務敎育課程標準實驗敎科書), 北京: 人民敎育出版社, 2013.

課程敎材硏究所, 『語文9-下』(義務敎育課程標準實驗敎科書), 北京: 人民敎育出版社, 2013.

[독일편]

Grundwissen Deutsch Klasse 2-4. Sprachfreunde und Lesefreunde. Berlin: Cornelsen, 2011.

Lesefreunde 2. Ein Lesebuch für die Grundschule. Berlin: Cornelsen, 2010.

Lesefreunde 3. Ein Lesebuch für die Grundschule. Berlin: Cornelsen, 2010.

Lesefreunde 4. Ein Lesebuch für die Grundschule. Berlin: Cornelsen, 2012.

Deutschbuch 5. Sprach- und Lesebuch. Berlin: Cornelsen, 2015.

Deutschbuch 6. Sprach- und Lesebuch. Berlin: Cornelsen, 2014.

Deutschbuch 7. Sprach- und Lesebuch. Berlin: Cornelsen, 2014.

Deutschbuch 8. Sprach- und Lesebuch. Berlin: Cornelsen, 2016.

Deutschbuch 9. Sprach- und Lesebuch. Berlin: Cornelsen, 2015.

[러시아편]

Баранов М.Т. и др. Русский язык. 6 класс. Часть 1. Москва: Просвещение, 2014.

Баранов М.Т. и др. Русский язык. 6 класс. Часть 2. Москва: Просвещение, 2014.

Баранов М.Т. и др. Русский язык. 7 класс. Москва: Просвещение, 2015.

Канакина В.П. и др. Русский язык. 1 класс. Москва: Просвещение, 2015.

Канакина В.П. и др. Русский язык. 2 класс. Москва: Просвещение, 2016.

Канакина В.П. и др. Русский язык. 3 класс. Часть 1. Москва: Просвещение, 2013.

Канакина В.П. и др. Русский язык. 3 класс. Часть 2. Москва: Просвещение, 2013.

Канакина В.П. и др. Русский язык. 4 класс. Часть 1. Москва: Просвещение, 2015.

Канакина В.П. и др. Русский язык. 4 класс. Часть 2. Москва: Просвещение, 2015.

Климанова Л.Ф. и др. Литературное чтение. 1 класс. Учебник для общеобразова тельных учреждений в 2 частях. Часть 1. Москва: Просвещение, 2012.

Климанова Л.Ф. и др. Литературное чтение. 1 класс. Учебник для общеобразова тельных учреждений в 2 частях. Часть 2. Москва: Просвещение, 2012.

Климанова Л.Ф. и др. Литературное чтение. 2 класс. Учебник для общеобразова тельных учреждений в 2 частях. Часть 1. Москва: Просвещение, 2012.

Климанова Л.Ф. и др. Литературное чтение. 2 класс. Учебник для общеобразова тельных учреждений в 2 частях. Часть 2. Москва: Просвещение, 2012.

Климанова Л.Ф. и др. Литературное чтение. 3 класс. Учебник для общеобразова тельных учреждений в 2 частях. Часть 1. Москва: Просвещение, 2013.

Климанова Л.Ф. и др. Литературное чтение. 3 класс. Учебник для общеобразова тельных учреждений в 2 частях. Часть 2. Москва: Просвещение, 2013.

Климанова Л.Ф. и др. Литературное чтение. 4 класс. Учебник для общеобразова тельных учреждений в 2 частях. Часть 1. Москва: Просвещение, 2015.

Климанова Л.Ф. и др. Литературное чтение. 4 класс. Учебник для общеобразова тельных учреждений в 2 частях. Часть 2. Москва: Просвещение, 2015.

Коровина В.Я и др. Литература. 5 класс. Учебник для общеобразовательных учр еждений с прил. на электрон. носителе. В 2 частях. Часть 1. Москва: Просвещен ие, 2013. 303с.

Коровина В.Я и др. Литература. 5 класс. Учебник для общеобразовательных учр еждений с прил. на электрон. носителе. В 2 частях. Часть 2. Москва: Просвещен ие, 2013.

Коровина В.Я и др. Литература. 6 класс. Учебник для общеобразовательных учр еждений с прил. на электрон. носителе. В 2 частях. Часть 1. Москва: Просвещен ие, 2012.

Коровина В.Я и др. Литература. 6 класс. Учебник для общеобразовательных учр еждений с прил. на электрон. носителе. В 2 частях. Часть 2. Москва: Просвещен ие, 2012.

Коровина В.Я и др. Литература. 7 класс. Учебник для общеобразовательных учр еждений с прил. на электрон. носителе. В 2 частях. Часть 1. Москва: Просвещен ие, 2009.

Коровина В.Я и др. Литература. 7 класс. Учебник для общеобразовательных учр еждений с прил. на электрон. носителе. В 2 частях. Часть 2. Москва: Просвещен ие, 209.

Коровина В.Я и др. Литература. 8 класс. Учебник для общеобразовательных учр
еждений с прил. на электрон. носителе. В 2 частях. Часть 1. Москва: Просвещен
ие, 2009.

Коровина В.Я и др. Литература. 8 класс. Учебник для общеобразовательных учр
еждений с прил. на электрон. носителе. В 2 частях. Часть 2. Москва: Просвещен
ие, 2009.

Ладыженская Т.А. и др. Русский язык. 5 класс. Часть 1. Москва: Просвещение, 2015.

Ладыженская Т.А. и др. Русский язык. 5 класс. Часть 2. Москва: Просвещение, 2015.

Литература. 10 класс. Учебник в 2 ч. Под ред. Коровина В.И. 12-е изд. - М.: Просве
щение, 2012. Ч.1 - 414с.; Ч.2 - 384с.; Литература. 11 класс. Учебник в 2 ч. Под ред. Жу
равлева В.П. 17-е изд. - М.: 2012. Ч.1 - 399с.; Ч.2 - 455с.

Тростенцова Л.А. и др. Русский язык. 8 класс. Москва: Просвещение, 2015.

<2차 문헌>

[일본편]

루스 베네딕트(Ruth, Benedict), 『문화의 패턴』, 김열규 역, 서울: 까치, 1993.

루스 베네딕트(Ruth, Benedict), 『국화와 칼』, 김윤식·오인석 역, 서울: 을유문화사, 2007.

마에다 아이(前田愛), 『문학 텍스트 입문』, 신지숙 역, 서울: 제이앤씨, 2010.

신지숙, 「일본초등학교 1학년 국어교과서의 구성과 문학작품 교재의 특징」, 『일본연구』 60호, 2014.

______, 「일본초등학교 2학년 국어교과서 문학교재의 특징 - 테마를 중심으로-」, 『일본언어문화』
　　　　27집, 2014.

______, 「일본초등학교 3학년 국어교과서 문학교재의 특징-테마 분석을 중심으로-」, 『일본어문
　　　　학』 69집, 2015.

______, 「일본초등학교 4학년 국어교과서 문학교재의 특징 - 테마를 중심으로-」, 『일본연구』, 64
　　　　호, 2015.

______, 「일본초등학교 5학년 국어교과서 문학교재의 특징 - 테마를 중심으로-」, 『일어일문학연
　　　　구』 96집, 2권, 2016.

______, 「일본 초등학교 국어교과서 문학 공간 속의 젠더 이미지」, 『일본연구』 68호, 2016.

제라르 주네트, 『서사 담론』, 권영택 역, 서울: 교보문고, 1992.

한국외국어대학교 일본연구소 편, 『교양으로 읽는 일본사회와 문화』, 서울: 제이앤씨, 2006.

学研教育出版編, 『もう一度読みたい教科書の泣ける名作)』, 東京: 学研教育出版, 2013.

内外教育編集部編, 「2011年度小学校教科書採択状況文科省まとめ」, 『内外教育』6045, 東京: 時事通信社, 2010.

内外教育編集部編, 「15年度小学校教科書採択状況-文科省まとめ」, 『データで読む 2014~2015 調査・統計解説集』, 東京: 時事通信社, 2015.

中根千枝, 『タテ社会の人間関係』, 講談社現代新書 105, 東京: 講談社, 1967.

二宮皓ほか, 『こんなに違う!世界の国語教科書』, メディアヤファクトリー新書002, 2010.

http://pliocena.com/index.html 검색일 2017.1.17. 「プリオシン海岸」, 『小学校学習指導要領 解説 国語編』, 東京: 東洋館出版社, 2006.

山内修編, 『年表作家読本 宮沢賢治』, 東京: 河出書房新社, 1989.

웹사이트

『文部科学統計要覧』(2016年版) / 「(2015年4月)平成26年度教科用図書検定結果の概要」「(参考)教科書の検定・採択・使用の周期」/「1916년(平成28年)8月26日中央教育審議会教育課程部会資料3」www.mext.go.jp/

東書文庫蔵書検索 http://www.tosho-bunko.jp/search/

神社と古事記　http://www.buccyake-kojiki.com/archives/1045455576.html

「プリオシン海岸」http://pliocena.com/index.html 검색일 2017.1.17.

「文部科学統計要覧(平成28年版)」(2016年版) http://www.mext.go.jp/b_menu/toukei/002/002b/1368900.htm

「(2015年4月)平成26年度教科用図書検定結果の概要」「(参考)教科書の検定・採択・使用の周期」http://www.mext.go.jp/a_menu/shotou/kyoukasho/kentei/1356470.htm

「1916년(平成28年) 8月26日中央教育審議会教育課程部会資料3」www.mext.go.jp/b_menu/shingi/.../1376580_3.pdf

'ごんぎつね'「東書文庫蔵書検索」http://www.tosho-bunko.jp/search/

http://www.edu.ru/

http://www.slideshare.net/YchebnikRU/1-lch1-kl-2012

http://www.slideshare.net/YchebnikRU/1-lch2-kl-2012

http://catalog.prosv.ru/category/11?filter%5B11%5D%5B%5D%3D=2&filter%5B16%5D%5B%5D%3D=2

[중국편]

구자억,『현대 중국교육의 심층적 이해』, 서울: 문음사, 1998.

류준필,「중국 소학어문교과서의 한시 교육과 그 특성」,『중국문학』54집, 2008.

박철완,「중국 중학교 어문 교과서에 대하여」,『한국어문교육』9집, 2000.

윤휘탁,「중국의 애국주의와 역사교육」,『중국사연구』18집, 2000.

한유 외,『당송 산문선』, 이종한 옮김, 대구: 계명대출판부, 2003.

두보,『두보시선』, 이종한 옮김, 대구: 계명대출판부, 2012.

한유,『한유산문역주』1, 이종한 역주, 서울: 소명출판, 2012.

____,『한유 서간문』, 이종한 옮김, 서울: 지식을만드는지식, 2010.

허성도,「중국의 국어 정책에 대하여」,『세계의 언어정책』, 서울: 태학사, 1993.

石鷗·李新,「新中國60年中小學敎材建設之探析」,『湖南師範大學敎育科學學報』8권 5기, 2009. 9.

周慧霞,「語文課程標準與語文敎學大綱比較」,『山東敎育』2002년 7호.

中華人民共和國敎育部制定(2011年版),「義務敎育語文課程標準」

中華人民共和國敎育部,「2015年敎育統計數據」, http://www.moe.gov.cn/

韓軍,「百年中國語文敎育十大偏失—對九十年代語文敎育大討論的全面回答」, http://www.being .org.cn/cla/bainian2.htm

[독일편]

Abraham, Ulf/Matthis Kesper: Literaturdidaktik Deutsch. Eine Einführung. Berlin 2006.

Dawidowski, Christian: Literaturdidaktik Deutsch. Paderborn 2016.

Franz, Kurt/Rupert Hochholzer(Hrsg.): Lyrik im Deutschunterricht. Grundlagen - Methoden - Beispiele. Baltmannsweiler 2010.

Grimm, Jacob und Wilhelm: Die Märchen der Brüder Grimm. Vollständige Ausgabe. München 1980.

Heinze, Norbert/Bernd Schurf: Deutschunterricht auf der Sekundarstufe II. Düsseldorf 1988.

Janosch: Janosch erzählt Grimm's Märchen. Weinheim und Basel 1996.

Leubner, Martin/Anja Saupe/Matthias Richter: Literaturdidaktik. Berlin 2010.

Lessing, Gotthold Ephraim: Werke in fünf Bänden. Bd. 5. Berlin/Weimar 1975.

Niedersächsisches Kultusministerium(Hrsg.): Kerncurriculum Deutsch für die Jahrgangsstufe 5-10 Gymnasium. Hannover 2006.

Reich-Ranicki, Marcel(Hrsg.): Erfundene Wahrheit. Deutsche Geschichten 1945-1960. München

1995.

Societäts-Verlag(Hrsg.): Tasachen über Deutschland. Frankfurt/M. 2015.

Unterrichtshilfen. Deutsche Sprache und Literatur. Lesen und Literatur. Klasse 6. Berlin 1989.

Unterrichtshilfen. Deutsche Sprache und Literatur. Lesen und Literatur. Klasse 7. Berlin 1985.

Vogel, Harald(Hrsg.): Der Deutschunterricht in der Grundschule. Konzepte und Modelle zu seiner didaktischen Begründung und Praxis. Baltmannsweiler 1980.

Weiskopf, F. C.: Das Anekdotenbuch. Berlin 1955.

[러시아편]

끄르일로프,『끄르일로프 우화집』, 정막래 옮김, 서울: 문학과지성사, 2006.

정막래, 아파나시예바,『러시아의 기초 교육』, 서울: 대교출판, 2009.

외국 국어교과서로 창의적 문화읽기

부록

외국 국어교과서로 창의적 문화읽기

[TEXT 1]
동화: 「여우 곤(ごんぎつね)」(1932)
작자: 니미 난키치(新美南吉, 1913-1943)
번역: 신지숙

1

이것은 내가 어렸을 때 모헤라는 마을 할아버지에게 들은 이야기입니다.

옛날에 우리 마을 근처 나카야마라는 곳에 작은 성이 있었고 나카야마님이라는 성주님이 계셨다고 합니다.

그 나카야마에서 조금 떨어진 산 속에, '곤'이라는 여우가 있었습니다. 곤은 외톨이 새끼여우로 조릿대가 우거진 숲 속에 구멍을 파고 살았습니다. 곤은 낮이나 밤이나 근처 마을에 나가서는 장난을 치고 다녔습니다. 밭에 들어가 감자를 파내어 흩어놓거나 유채 씨 껍질을 말리고 있는 데 불을 붙이거나 농가 뒤뜰에 매달아놓은 고추를 잡아채 가는 등 여러 장난을 쳤습니다.

한 가을 날의 일입니다. 이삼 일 비가 계속 내리는 동안 곤은 밖에 나가지 못하고 구멍 속에 쭈그리고 앉아 있었습니다.

비가 개자 곤은 살았다 하며 구멍에서 기어 나왔습니다. 활짝 갠 하늘 아래 때까치 우는 소리가 까까까까 울리고 있었습니다.

곤은 마을 안을 흐르는 작은 강의 둑까지 나왔습니다. 강 주변의 참억새 이삭에는 아직 빗방울이 빛나고 있었습니다. 여느 때는 물이 적은 강인데 사흘이나 내린 비로 물이 엄청나게 불어났습니다. 보통 때는 물에 잠기는 일이 없는 강변의 참억새나 싸리 포기가 누렇게 탁해진 강물에 옆으로 쓰러져 휩쓸리고 있습니다. 곤은 하류 쪽을 향해 진창 속을 걸어갔습니다.

문득 보니 강 속에서 사람이 뭔가 하고 있습니다. 곤은 들키지 않게 살짝 풀이 우거진 곳으로 다가가 거기서 가만히 엿보았습니다.

'효주로군.'하고 곤은 생각했습니다. 효주는 낡아빠진 검은 옷을 걷어 올리고 허리춤까지 물에 잠기며 물고기를 잡는 하리키리라는 그물을 흔들고 있었습니다. 이마를 천으로 동여매고 얼굴 옆 가에는 둥근 싸리 잎이 한 장 커다란 점처럼 붙어 있었습니다.

잠시 후 효주는 그물 후미의 주머니처럼 된 곳을 물 위로 들어 올렸습니다. 그 속에는 조릿대 뿌리와 풀 이파리, 썩은 나무토막 등이 뒤섞여 있었습니다만 군데군데 흰 것이 반짝반짝 빛나고 있습니다. 그것은 두툼한 장어 배나, 커다란 피라미의 배였습니다. 효주는 광주리 속에 그 장어랑 피라미를 쓰레기와 함께 털어 넣었습니다. 그리고 다시 주머니 주둥이를 묶어 물속에 넣었습니다.

그러고 나서 효주는 광주리를 가지고 강에서 올라와 광주리를 강둑에 놓고 무엇을 찾으려는지 강 상류로 뛰어갔습니다.

효주가 사라지자 곤은 폴짝 풀 속에서 뛰어나와 광주리 옆으로 달려갔습니다. 쪼금 장난이 치고 싶어진 것입니다. 곤은 광주리 속 물고기를 손으로 움켜쥐어 그물이 쳐진 장소보다 아래쪽을 향해 획획 던졌습니다. 물고기들은 첨벙 첨벙 소리를 내며 탁한 물속으로 사라졌습니다.

마지막으로 굵은 장어를 움켜쥐려 했는데 미끌미끌 미끄러져서 도무지 손으로는 잡을 수가 없습니다. 곤은 안달이 나서 얼굴을 광주리 속에 집어넣고 장어 머리를 입으로 물었습니다. 장어는 획 하며 곤의 목을 감아버렸습니다. 그 때 효주가 멀리서

"으악, 도둑 여우"

라고 고함을 쳤습니다. 곤은 깜짝 놀라 튀어 올랐습니다. 장어를 떨쳐버리고 도망치려 했습니다만 장어는 곤의 목을 휘감은 채 떨어지지 않습니다. 곤은 그 대로 옆으로 펄쩍펄쩍 뛰며 열심히 도망을 갔습니다.

굴 구멍 근처 오리나무 아래에서 뒤를 돌아보니 효주가 따라오지는 않습니다.

한숨을 돌린 곤은 장어 머리를 이빨로 꽉 씹어 장어를 목에서 겨우 떼어내 구멍 밖 풀 잎 위에 놓아두었습니다.

2

열흘쯤 지나 곤이 야스케라는 농부 집 뒤를 지나갈 때였습니다. 무화과나무 밑에서 야스케의 아내가 이빨염색을 하고 있었습니다. 대장장이 신베의 집 뒤를 지나니 신베 아내가 머리를 빗고 있었습니다. 곤은 '으흠, 마을에 뭔가 있구나.'하고 생각했습니다. '뭘까? 가을 축제인가? 축제라면 북이랑 피리 소리가 들릴 법한데. 게다가 먼저 신사에 기가 올라와야 하는 건데.'

이런 생각을 하며 걷다보니 어느새 바깥에 빨간 우물이 있는 효주의 집 앞에 왔습니다. 그 작고 쓰러져가는 집 안에 사람이 많이 모여 있습니다. 나들이옷을 입고 허리에 수건을 늘어뜨린 여자들이 바깥에 건 가마에서 불을 지피고 있습니다. 커다란 냄비 속에는 뭔가가 부글부글 끓고 있습니다.

'아아, 장례식이다.'하고 곤은 생각했습니다. '효주 집의 누가 죽은 거구나.'

점심이 지나자 곤은 마을 묘지에 가서 육지장보살 뒤에 숨어 있었습니다. 날씨가 좋아 멀리 저쪽에서는 성의 기와가 빛나고 있습니다. 묘지에는 석산 꽃이 나란히 빨간 천 조각처럼 피어 있습니다. 숨어 있노라니 마을 쪽에서 댕그렁 댕드렁 종소리가 울려왔습니다. 장례행렬이 나가는 신호입니다.

마침내 흰 옷을 입은 장례행렬이 나아오는 것이 어른어른 보였습니다. 이야기소리도 가까워졌

습니다. 행렬은 묘지로 들어왔습니다. 사람들이 지나간 뒷자리에는 석산 꽃이 밟혀 꺾여 있습니다.

곤은 발돋움을 하고 보았습니다. 효주가 상복인 하얀 가미시모를 입고 위패를 들고 있습니다. 늘 빨간 고구마 같이 힘찬 얼굴인데 오늘은 왠지 풀이 죽어 있습니다.

'아하, 죽은 것은 효주의 엄마구나.' 곤은 그렇게 생각을 하며 머리를 숨겼습니다.

그날 밤 곤은 구멍 속에서 생각했습니다. '효주 엄마는 몸져누워 장어가 먹고 싶다고 말한 게 틀림없어. 그래서 효주가 그물을 가지고 나온 거야. 그런데 내가 장난을 쳐서 장어를 뺏어 와버렸어. 그래서 효주는 엄마에게 장어를 먹여주지 못했어. 그대로 엄마는 죽어버린 게 틀림없어. 아아, 장어가 먹고 싶다, 장어가 먹고 싶다, 생각하면서 죽었겠다. 쳇 그런 장난 안 쳤으면 좋았다,'

3

효주가 빨간 우물가에서 보리를 씻고 있었습니다.

효주는 지금까지 엄마와 단 둘이 가난하게 살아왔는데 엄마가 돌아가셔서 이제 외톨이가 되었습니다. '나처럼 효주도 외톨이네.' 헛간 뒤에 숨어서 보고 있던 곤은 이렇게 생각했습니다.

곤이 헛간을 떠나 저쪽으로 가고 있는데 어딘가에서 정어리를 파는 소리가 들려왔습니다.

"싼 정어리가 왔소. 물 좋은 정어리요!"

곤은 기세 좋은 목소리가 나는 쪽으로 달려갔습니다. 그러자 야스케 아내가 뒷문에서

"정어리 주세요."

라고 말했습니다. 정어리 장수는 정어리 광주리를 실은 수레를 길에 두고 반짝반짝 빛나는 정어리를 양손으로 들고 야스케 집으로 들어갔습니다. 곤은 그 틈을 타서 광주리 안에서 대여섯 마리 정어리를 집어 들고 걸어온 길을 되돌아갔습니다. 그리고는 효주 집 뒤 출입구에서 집 안으로 정어리를 던져 넣고 자기 구멍을 향해 뛰어갔습니다. 도중에 언덕에서 뒤돌아보니 효주가 아직 우물에서 보리를 씻고 있는 것이 작게 보였습니다.

곤은 장어에 대한 속죄로 우선 한 가지 좋은 일을 했다고 생각했습니다.

다음 날에는 산에서 밤을 잔뜩 주워 그것을 들고 효주 집으로 갔습니다.

뒤 출입구에서 들여다보니 효주는 점심을 먹다 말고 밥공기를 든 채 멍하니 생각에 잠겨 있었습니다. 이상하게 효주의 볼때기에 긁힌 상처가 나 있습니다. 무슨 일일까, 곤이 생각을 하고 있자니 효주가 혼잣말을 했습니다.

"도대체 누가 정어리를 우리 집에 집어던지고 간 걸까? 덕분에 나는 도적놈으로 몰려 정어리장수한테 호되게 당했네."라고 중얼거립니다.

아뿔사, 하고 곤은 생각했습니다. '가엾게 효주는 정어리장수한테 얻어터져서 저런 상처까지 난 거구나.'

곤은 이렇게 생각하며 몰래 헛간 쪽으로 돌아가 그 입구에 밤을 놓고 갔습니다.

다음 날도, 그 다음 날도 곤은 밤을 주워 효주 집에 갖다 주었습니다. 그 다음 날은 밤뿐만 아니라 송이버섯도 두세 개 가지고 갔습니다.

<h3 style="text-align:center">4</h3>

달이 밝은 밤이었습니다. 곤은 어슬렁어슬렁 놀러 나갔습니다. 나카야마 성주님의 성 밑을 지나 조금 가니 좁은 길 저편에서 누군가 오는 것 같습니다. 이야기소리가 들려옵니다. 씩씨리 씩씨리 청 귀뚜라미가 울고 있습니다.

곤은 길가에 숨어 가만히 있었습니다. 이야기소리는 점점 가까워집니다. 그것은 효주와 농부 가스케였습니다.

"여보게, 여보게, 어이 가스케."

라고 효주가 말했습니다.

"어어,"

"나말이야 요즘 정말 이상한 일이 있어.

"무슨 일?"

"엄마가 돌아가신 후 누구인지는 모르겠는데 밤이랑 송이버섯 같은 걸 매일 매일 나한테 갖다 준다니까."

"으응, 누가?"

"그걸 모르겠는 거야. 내가 모르는 사이에 두고 간다니까."

곤은 둘의 뒤를 따라 갔습니다.

"정말이야?"

"정말이고말고. 거짓말로 생각되면 내일 보러 와. 그 밤을 보여줄 테니까."

"흠, 이상한 일도 있구면."

대화가 끊긴 채 둘은 잠자코 걸어갔습니다.

가스케가 휙 뒤를 보았습니다. 곤은 깜짝 놀라 움츠러지며 멈춰 섰습니다. 가스케는 곤을 알아차리지 못한 채 다시 쓱쓱 걸어갑니다. 기치베라는 농부 집까지 오자 둘은 그 집으로 들어갔습니다. 딱 딱 딱 딱 목탁 소리가 납니다. 장지문에 빛이 비쳐 커다란 중머리 그림자가 움직입니다. 곤은 '염불회가 있구나.'하고 생각하며 우물 옆에 쭈그리고 있었습니다. 얼마 후 또 세 사람이 나란히 기치베 집으로 들어갔습니다.

불경을 읽는 소리가 들려왔습니다.

5

곤은 염불이 끝나기까지 우물 옆에 쭈그리고 있었습니다. 효주와 가스케는 또 같이 돌아갑니다. 곤은 둘의 이야기를 들으려고 따라 갔습니다. 효주 그림자를 계속 밟으며 따라갔습니다.

"아까 이야기, 틀림없이 그건 가미사마(神樣)가 한 거야."

"어!"

라고, 효주는 깜짝 놀라 가스케의 얼굴을 보았습니다.

"내가 아까부터 쭉 생각했는데 아무래도 그건 사람이 아니야, 가미사마야. 가미사마가 네가 외톨이가 된 것을 가엾게 여기셔서 여러 가지 은혜로 베풀어주시는 거야."

"그런가?"

"그렇고말고. 그러니까 매일 가미사마한테 감사드리는 게 좋아."

"응."

곤은 '흥, 이거 재미없네.' 하고 생각했습니다. '내가 밤이랑 송이버섯을 갖다 주는 건데 그런 나한테는 감사하지 않고 가미사마에게 감사를 하면 나는 수지가 안 맞네.'

6

그 다음 날도 곤은 밤을 갖고 효주 집을 향했습니다. 효주는 헛간에서 새끼줄을 엮고 있었습니다. 그래서 곤은 뒤 출입구에서 안으로 살짝 들어갔습니다.

그 때 효주가 문득 얼굴을 들었습니다. 보니 여우가 우리 집 안으로 들어온 게 아닙니까. 요전에 장어를 훔쳐간 그 놈의 여우, 곤이 또 장난을 치려 왔구먼.

"좋아."

효주는 일어서서 헛간에 걸어 놓은 화승총을 손에 들고 화약을 채웠습니다. 그리고 발소리를 죽이며 다가가 지금 막 집 문을 나가려고 하는 곤을 땅하고 쐈습니다.

곤은 펄썩 쓰러졌습니다.

효주는 뛰어왔습니다. 집 안쪽을 보니 토방에 밤이 소복이 놓여 있는 것이 눈에 띄었습니다.

"이런!"

라고 효주는 깜짝 놀라 곤에게 시선을 떨구었습니다.

"곤, 너였던 거야, 계속 밤을 갖다 준 건?"

곤은 맥없이 눈을 감은 채 끄덕였습니다.

효주는 화승총을 뚝 떨어뜨렸습니다. 파란 연기가 아직 총구에서 가늘게 나오고 있었습니다.

1

これは、わたしが小さいときに、村の茂平(もへい)¹というおじいさんから聞いたお話です。

　昔は、わたしたちの村のちかくの、中山(なかやま)という所(ところ)に小さなおしろがあって、中山様というおとの様が、おられたそうです。

　その中山から、少しはなれた山の中に、「ごんぎつね」というきつねがいました。ごんは、ひとりぼっちの小ぎつねで、しだのいっぱいしげった森の中に、あなをほって住んでいました。そして、夜でも昼でも、辺りの村へ出てきて、いたずらばかりしました。畑へ入っていもをほり散らしたり、菜種がらのほしてあるのへ火をつけたり、百姓(しょう)家のうら手につるしてあるとんがらしをむしり取っていったり、いろんなことをしました。

　ある秋のことでした。二、三日雨がふり続いたその間、ごんは、外へも出られなくて、あなの中にしゃがんでいました。

　雨があがると、ごんは、ほっとしてあなからはい出ました。空はからっと晴れていて、もずの声がキンキンひびいていました。

　ごんは、村の小川のつつみまで出てきました。辺りの、すすきのほには、まだ雨のしずくが光っていました。川は、いつもは水が少ないのですが、三日もの雨で、水が、どっとましていました。ただのときは水につかることのない、川べりのすすきや、はぎのかぶが、黄色くにごった水に横だおしになって、もまれています。ごんは、川下の方へと、ぬかるみ道を歩いていきました。

　ふと見ると、川の中に人がいて、何かやっています。ごんは、見つからないように、そうっと草の深いところへ歩きよって、そこからじっとのぞいてみました。

　「兵十(ひょうじゅう)だな。」と、ごんは思いました。兵十は、ぼろぼろの黒い着物をまくし上げて、こしのところまで水にひたりながら、魚をとるはりきりというあみをゆすぶっていました。はちまきをした顔の横っちょうに、円い萩の葉が一まい、大きなほくろみたいにへばり付いていました。

　しばらくすると、兵十は、はりきりあみのいちばん後ろのふくろのようになったところを、水の中から持ち上げました。その中には、しばの根や、草の葉や、くさった木切れなどが、ごちゃごちゃ入っていましたが、でも、ところどころ、白い物がきらきら光っています。それは、太いうなぎのはらや、大きなきすのはらでした。兵十は、びくの中へ、そのうなぎやきすを、ごみといっしょにぶちこみました。そして、また、ふくろの口をしばって、水の中へ入れました。

　兵十は、それから、びくを持って川から上がり、びくを土手に置いといて、何をさがしにか、川上の方へかけていきました。

　兵十がいなくなると、ごんは、ぴょいと草の中から飛び出して、びくのそばへかけつけました。ちょいと、いたずらがしたくなったのです。ごんは、びくの中の魚をつかみ出しては、はりきりあみのかかっているところより下手の川の中を目がけて、ぽんぽん投げこみました。どの魚も、ドボンと音を立てながら、にごった水の中へもぐりこみました。

　いちばんしまいに、太いうなぎをつかみにかかりましたが、なにしろぬるぬるとすべりぬけるので、手ではつかめません。ごんは、じれったくなって、頭をびくの中につッこんで、うなぎの頭を口にくわえました。うなぎは、キュッといって、ごんの首へまき付きました。そのとたんに兵十が、向うから、

　「うわあ、ぬすとぎつねめ。」

　とどなり立てました。ごんは、びっくりして飛び上がりました。うなぎをふりすててにげようとしましたが、うなぎは、ごんの首にまき付いたままはなれません。ごんは、そのまま横っ飛びに飛び出して、一生けんめいににげていきました。

　ほらあなの近くのはんの木の下でふり返ってみましたが、兵十は追っかけては来ませんでした。

　ごんはほっとして、うなぎの頭をかみくだき、やっと外して、あなの外の草の葉の上にのせておきました。

2

　十日ほどたって、ごんが、弥助(やすけ)というお百姓のうちのうらを通りかかりますと、そこのいちじくの木のかげで、弥助の家内が、お歯黒を付けていました。かじ屋の新兵衛(しんべえ)のうちのうらを通ると、新兵衛の家内が、髪をすいていました。ごんは、「ふふん、村に何かあるんだな。」と、思いました。「なんだろう、秋祭りかな。祭りなら、たいこや笛の音がしそうなものだ。それにだいいち、お宮にのぼりが立つはずだが。」

　こんなことを考えながらやって来ますと、いつのまにか、表に赤いいどのある、兵十のうちの前へ来ました。その小さなこわれかけた家の中には、おおぜいの人が集まっていました。よそ行きの着物を着て、こしに手ぬぐいをさげたりした女たちが、表のかまどで火をたいています。大きななべの中では、何かぐずぐずにえていました。

　「ああ、そうしきだ。」と、ごんは思いました。「兵十のうちのだれが死んだんだろう。」

　お昼がすぎると、ごんは、村の墓地へ行って、六地蔵(ぞう)さんのかげにかくれていました。いいお天気で、遠く向こうには、おしろの屋根がわらが光っています。墓地には、ひがん花が、赤いきれのようにさき続いていました。と、村の方から、カーン、カーン、と、かね

が鳴ってきました。そうしきの出る合図です。

　やがて、白い着物を着たそうれつの者たちがやって来るのが、ちらちら見え始めました。話し声も近くなりました。そうれつは墓地へ入ってきました。人々が通ったあとには、ひがん花が、ふみ折られていました。

　ごんは、のび上がって見ました。兵十が、白いかみしもを着けて、いはいをささげています。いつもは、赤いさつまいもみたいな元気のいい顔が、今日はなんだかしおれていました。

　「ははん、死んだのは、兵十のおっかあだ。」ごんはそう思いながら頭を引っこめました。

　そのばん、ごんは、あなの中で考えました。「兵十のおっかあは、とこについていて、うなぎが食べたいと言ったにちがいない。それで、兵十がはりきりあみを持ち出したんだ。ところが、わしがいたずらをして、うなぎを取ってきてしまった。だから、兵十は、おっかあにうなぎを食べさせることができなかった。そのまま、おっかあは、死んじゃったにちがいない。ああ、うなぎが食べたい、うなぎが食べたいと思いながら、死んだんだろう。ちょっ、あんないたずらをしなけりゃよかった。」

3

　兵十が、赤いいどのところで、麦をといでいました。

　兵十は、今まで、おっかあと二人きりで、まずしいくらしをしていたもので、おっかあが死んでしまっては、もうひとりぼっちでした。「おれと同じ、ひとりぼっちの兵十か。」こちらの物置の後ろから見ていたごんは、そう思いました。

　ごんは、物置のそばをはなれて、向こうへ行きかけますと、どこかで、いわしを売る声がします。

　「いわしの安売りだあい。生きのいいいわしだあい。」

　ごんは、その、いせいのいい声のする方へ走っていきました。と、弥助のおかみさんが、うら戸口から、

　「いわしをおくれ。」

　と言いました。いわし売りは、いわしのかごを積んだ車を、道ばたに置いて、ぴかぴか光るいわしを両手でつかんで、弥助のうちの中へ持って入りました。ごんは、そのすき間に、かごの中から五、六ぴきのいわしをつかみ出して、もと来た方へかけだしました。そして、兵十のうちのうら口から、うちの中へいわしを投げこんで、あなへ向かってかけもどりました。とちゅうの坂の上でふり返ってみますと、兵十がまだ、いどのところで麦をといでいるのが小さく見えま

した。

　ごんは、うなぎのつぐないに、まず一つ、いいことをしたと思いました。

　つぎの日には、ごんは山でくりをどっさり拾って、それをかかえて兵十のうちへいきました。

　うら口からのぞいてみますと、兵十は、昼飯を食べかけて、茶わんを持ったまま、ぼんやりと考えこんでいました。変なことには、兵十のほっぺたに、かすりきずがついています。どうしたんだろうと、ごんが思っていますと、兵十がひとり言を言いました。

　「いったい、だれが、いわしなんかを、おれのうちへ放りこんでいったんだろう。おかげでおれは、ぬすびとと思われて、いわし屋のやつに、ひどいめにあわされた。」と、ぶつぶつ言っています。

　ごんは、これはしまったと思いました。「かわいそうに兵十は、いわし屋にぶんなぐられて、あんなきずまでつけられたのか。」

　ごんはこう思いながら、そっと物置の方へ回って、その入り口にくりを置いて帰りました。

　次の日も、その次の日も、ごんは、くりを拾っては兵十のうちへ持ってきてやりました。その次の日には、くりばかりでなく、松たけも二、三本、持っていきました。

4

　月のいいばんでした。ごんは、ぶらぶら遊びに出かけました。中山様のおしろの下を通って、少し行くと、細い道の向こうから、だれか来るようです。話し声が聞えます。チンチロリン、チンチロリンと松虫が鳴いています。

　ごんは、道のかた側にかくれて、じっとしていました。話し声は、だんだん近くなりました。それは、兵十と、加助(かすけ)というお百姓でした。

　「そうそう、なあ加助。」

　と、兵十が言いました。

　「ああん。」

　「おれあ、このごろ、とても不思議なことがあるんだ。」

　「何が。」

　「おっかあが死んでからは、だれだか知らんが、おれにくりや松たけなんかを、毎日毎日くれるんだよ。」

　「ふうん、だれが。」

　「それがわからんのだよ。おれの知らんうちに、置いていくんだ。」

　ごんは、二人の後をつけていきました。

「ほんとかい。」

「ほんとだとも。うそと思うなら、あした見に来いよ。そのくりを見せてやるよ。」

「へえ、変なこともあるもんだなあ。」

それなり、二人はだまって歩いていきました。

加助が、ひょいと、後ろを見ました。ごんはびくっとして、小さくなって立ち止まりました。加助は、ごんには気がつかないで、そのままさっさと歩きました。吉兵衛(きちべえ)というお百姓のうちまで来ると、二人はそこへ入っていきました。ポンポンポンポンと、木魚の音がしています。まどのしょうじに明かりが差していて、大きなぼうず頭がうつって動いていました。ごんは、「おねんぶつがあるんだな。」と思いながら、いどのそばにしゃがんでいました。しばらくすると、また三人ほど、人が連れ立って、吉兵衛のうちへ入っていきました。

おきょうを読む声が聞こえてきました。

5

ごんは、お念仏がすむまで、いどのそばにしゃがんでいました。兵十と加助は、またいっしょに帰っていきます。ごんは、二人の話を聞こうと思って、ついていきました。兵十のかげぼうしをふみふみ行きました。

おしろの前まで来たとき、加助が言いだしました。

「さっきの話は、きっと、そりゃあ、神様のしわざだぞ。」

「えっ。」

と、兵十はびっくりして、加助の顔を見ました。

「おれは、あれからずっと考えていたが、どうも、そりゃ、人間じゃない、神様だ。神様が、おまえがたった一人になったのをあわれに思わっしゃって、いろんな物をめぐんでくださるんだよ。」

「そうかなあ。」

「そうだとも。だから、毎日、神様にお礼を言うがいいよ。」

「うん。」

ごんは、「へえ、こいつはつまらないな。」と思いました。「おれが、くりや松たけを持っていってやるのに、そのおれにはお礼を言わないで、神様にお礼をいうんじゃあ、おれは、引き合わないなあ。」

6

　その明くる日も、ごんは、くりをもって、兵十のうちへ出かけました。兵十は、物置でなわを
なっていました。それで、ごんはうちのうら口から、こっそり中へ入りました。

　そのとき兵十は、ふと顔を上げました。と、狐がうちの中へ入ったではありませんか。こない
だ、うなぎをぬすみやがったあのごんぎつねめが、またいたずらをしに来たな。

　「ようし。」

　兵十は立ちあがって、なやにかけてある火なわじゅうを取って、火薬をつめました。そして、
足音をしのばせて近よって、今、戸口を出ようとするごんを、ドンとうちました。

　ごんは、ばたりとたおれました。

　兵十はかけよってきました。うちの中を見ると、土間にくりが固めて置いてあるのが、目につ
きました。

　「おや。」

　と、兵十は、びっくりして、ごんに目を落としました。

　「ごん、おまいだったのか。いつも、くりをくれたのは。」

　ごんは、ぐったりと目をつぶったまま、うなずきました。

　兵十は、火なわじゅうをばたりと取り落しました。青い煙が、まだつつ口から細く出ていました。

出처: 甲斐睦朗ほか, 『国語四下 はばたき』, 東京: 光村図書出版, 2016, 8-25쪽.

[TEXT 2]
소설: 「다카세부네(高瀬舟)」(1916)
작자: 모리오가이(森鴎外, 1862-1922)
번역: 신지숙

　　다카세부네(高瀬舟)는 교토(京都)의 다카세가와라는 강을 오르내리는 작은 배이다. 도쿠가와
시대 교토에서는 죄인에게 유배 언도가 내려지면 감옥으로 친척들이 호출되어 와 거기서 작별인
사를 하는 것이 허락되었다. 그런 후 죄인은 다카세부네에 태워져 오사카로 이송되는 것이었다.
그를 호송하는 것은 교토 마치부교(町奉行)2 휘하의 도신(同心)인데 이 도신은 죄인의 친척 중에
서 딱 한 사람만은 오사카까지 동선하는 것을 허락했다. 관례로 행해진 일로 위의 정식 허락을 받
은 일은 아니지만 소위 눈감아주는 암묵의 허가였다.

　　당시 유배 언도를 받는 죄인은 물론 중한 과실을 범한 자로 간주된 자들이긴 하지만 도둑질을
하려고 사람을 죽이거나 불을 내거나 하는 흉악한 인물이 다수를 차지한 것은 아니다. 다카세부네
에 오르는 죄인의 과반은 소위 순간의 과실로 의도치 않는 죄를 범한 사람들이었다. 흔한 예를 들
자면 정사 당시 말로 상대사(相対死)를 기도했다가 상대 여자를 죽이고 자신은 살아남은 남자 같
은 예이다.

　　그런 죄인을 태우고 절의 저녁 종이 울릴 무렵 출발하는 다카세부네는 강 양쪽으로 교토의 거무
스름한 집들을 바라보면서 동쪽으로 저어가다가 가모가와 강을 가로질러 내려가는 것이었다. 이
배 위에서 죄인과 그 친척은 밤이 새도록 신세 이야기를 한다. 언제나, 후회해도 소용없는 한탄이
이어진다. 호송 임무를 맡은 도신은 옆에서 그 이야기를 들으며 죄인이 생기고만 일가친척의 비참
한 상황을 자세히 알 수 있었다. 마치부교쇼(町奉行所)의 심문소에서 죄인에게 듣는 표면적인 진
술이나 관청 책상 위에서 읽는 자술서로는 꿈에도 알 수 없는 사연이다.

　　도신도 여러 성격의 사람이 있으므로 이럴 때 그저 시끄러워 귀를 덮고 싶은, 그런 냉담한 도신
도 있지만 죄인의 애절한 이야기가 절절이 남의일 같지 않아 직책상 표는 안 내지만 무언중에 몰
래 마음 아파하는 도신도 있었다. 어떤 때는 몹시 비참한 신세에 빠진 죄인과 그 친척을, 특히나 마
음이 약하고 눈물이 많은 도신이 호송하게 되어 참지 못하고 눈물을 보이고 마는 경우도 있었다.

　　그래서 다카세부네의 호송은 마치부교쇼의 도신들 사이에서는 불쾌한 하고 싶지 않은 직무였다.

　　언제쯤이었을까? 아마 에도에서 마쓰다이라 사다노부가 정무를 맡은 간세이(寛政1789-1801)
무렵이었을 것이다. 지온인(知恩院)의 벚꽃이 절의 저녁 종소리에 지는 봄 저녁에 지금까지 그 예

가 없는 희한한 죄인이 다카세부네에 올랐다.

기스케라고 하는 이름의, 서른 정도 된, 주소 불확정의 남자였다. 애당초 감옥으로 호출되어 올 친척조차 없어 배도 자기 혼자만 탔다.

호송을 명령받고 함께 배를 탄 도신 하네다 쇼베(羽田庄兵衛)는 기스케가 동생을 죽인 죄인이라는 사실만은 들어서 알고 있었다. 그런데 감옥에서 나루터까지 데리고 가면서 지켜보니 이 바짝 마르고 창백한 기스케의 태도가 참으로 깍듯하고 얌전하여 자신을 관청의 관리로서 존중하여 모든 일에 그대로 따르려고 한다. 더구나 그것이 죄인들에게 종종 보이는 온순함을 가장하여 권세에 아첨하는 그런 태도는 아니다.

쇼베는 이상했다. 그래서 배를 탄 후에도 단순히 표면적인 임무 수행상의 감시를 넘어 지속적으로 기스케의 거동에 세밀한 주의를 기울였다.

그 날은 저물녘부터 바람이 잠잠해져서 온 하늘을 덮은 엷은 구름 너머로 달의 윤곽이 비치고 점점 다가오는 여름의 훈기가 양쪽 둑의 흙에서도 강바닥 흙에서도 안개가 되어 피어오르는 듯한 밤이었다. 시모쿄를 벗어나 가모가와 강을 가로질러 가니 주위가 싹 조용해져 뱃머리에 갈라지는 물소리만 속삭이듯 들려왔다.

밤배에서 자는 것은 죄인에게도 허락되었는데 기스케는 누울 생각도 하지 않고 구름의 농담에 따라 빛이 환해졌다 약해졌다하는 달을 잠자코 올려다보고 있다. 그 얼굴은 맑고 눈에는 엷은 광채가 있다.

쇼베는 정면으로 쳐다보지는 않지만 계속 기스케의 얼굴에서 눈을 떼지 못한다. 그러면서 이상하다, 이상하다, 하고 마음속으로 되뇌었다. 왜냐하면 기스케의 얼굴이 가로 보아도 모로 보아도 즐거워 보이는 것이다. 만약 관리에 대한 조심만 없다면 휘파람을 불기시작하든지 콧노래를 부르기 시작할 것 같았기 때문이다.

쇼베는 마음속으로 생각했다. 지금까지 이 다카세부네로 임무를 수행한 일은 수도 없이 많다. 하지만 싣고 가는 죄인들은 늘 거의 똑같이 차마 쳐다볼 수 없는 불쌍한 모습들이었다. 그런데 이 남자는 어찌 된 일일까? 유람선이라도 탄 것 같은 얼굴을 하고 있다. 죄는 동생을 죽인 거라 던대, 설령 그 동생이 나쁜 놈이고 그걸 어찌하다보니 죽였다고 쳐도 사람 마음에 좋은 기분은 들지 않을 터이다. 이 창백한 마른 남자가 인간의 정이 완전히 결여된 세상에 드문 악인일 걸까? 아무래도 그런 것 같지는 않다. 혹시 미치기라도 한 게 아닐까? 아니아니. 그렇다고 하기에는 뭐 하나 앞뒤가 안 맞는 말이나 거동이 없다. 이 남자는 어찌 된 걸까? 쇼베 생각에는 기스케의 태도가 생각하면 생각할수록 이해가 안 되었다.

얼마 후 더 이상 참을 수가 없어 말을 걸었다. "기스케, 너는 무슨 생각을 하느냐?"

"예."라고 말하며 주위를 둘러 본 기스케는 뭔가 책망 받을 일을 했는지 염려하는 듯 자세를 바로 잡고 쇼베의 안색을 살폈다.

쇼베는 자신이 갑자기 질문을 던진 동기를 밝혀 직무를 떠난 대응을 요구한 것에 대해 변명을 해야 한다고 느꼈다. 그래서 이렇게 말했다. "특별히 이유가 있어서 물은 것은 아니네. 실은 아까부터 유배를 가는 네 심정을 듣고 싶어 그러네. 나는 지금까지 이 배로 많은 사람을 섬으로 보냈네. 참으로 여러 사연들이 있는 사람들이였지만 모두가 섬으로 가는 것을 슬퍼했지. 전송을 와서 함께 배를 탄 친척도 밤새도록 우는 게 일이었지. 한데 너는 섬에 가는 것을 괴로워하지 않는 모습이다. 도대체 너는 무슨 생각인 거냐?"

기스케는 빙긋 웃은 후 이야기한다. "친절하게 말씀해주셔서 감사합니다. 과연 그렇겠지요. 유배를 가는 것은 다른 이들에게는 슬픈 일이겠지요, 그 심정은 저도 짐작할 수 있습니다. 그러나 그것은 세상에서 편하게 산 사람들이라 그렇습니다. 교토는 훌륭한 곳입니다만 그 훌륭한 곳에서 지금까지 제가 해온 것 같은 고생은 어디에 가도 없을 거라 생각합니다. 나라님의 자비로 목숨을 살려주시고 섬에 보내주십니다. 섬이 고생스럽다 해도 악귀가 사는 곳은 아닐 겁니다. 저는 지금까지 어디 한 곳이라도 내가 있어도 좋을 곳이 없었습니다. 이번에 나라님이 섬에 있으라고 말씀해주셨습니다. 그 있으라고 하는 곳에 그대로 있을 수 있다는 것이 무엇보다도 우선 감사한 일입니다. 게다가 저는 이렇게 약한 몸이옵니다만 지금까지 병을 앓은 적은 없습니다. 섬에 가서도 어떤 힘든 일을 해도 몸이 상하는 일은 없을 것이라 생각됩니다. 그리고 이번에 섬에 보내시면서 이백 문(文)³의 엽전을 주셨습니다. 그 돈을 여기에 가지고 있습니다." 라고 하며 기스케는 가슴에 손을 얹었다. 유배를 언도 받은 자에게는 이백 문의 엽전을 주는 것이 법이었다.

기스케는 말을 이어 갔다. "부끄러운 말씀을 드립니다만, 저는 오늘까지 이백 문이라는 돈을 이렇게 품에 넣어 가져본 일이 없습니다. 일자리를 얻고 싶어서 일자리를 찾아다니다가 찾아지는 대로 뼈가 빠지게 일을 했습니다. 그리 해서 받은 돈은 늘 다른 사람 손으로 건너가게 됩니다. 그래도 현금으로 사서 먹을 수 있을 때는 형편이 좋은 때입니다. 대개는 빌린 것을 갚고 또 다시 빌렸습니다. 그런데 옥에 들어온 후 아무 일도 안 하는데 밥을 먹여주십니다. 저는 그것만으로도 나라님에게 너무 죄송한데 게다가 옥에서 나올 때 이 이백 문을 받은 것입니다. 옥에서 계속 나라님 것을 먹고 있으니 이 이백 문은 제가 쓰지 않고 간직할 수가 있었습니다. 이렇게 내 돈을 갖고 있는 것은 평생 처음입니다. 이제 섬에 가봐야 어떤 일을 할 수 있을지 알 수 있겠습니다만 저는 이 돈을 섬에서 할 일의 밑천으로 삼을 생각을 하니 기대가 됩니다." 이렇게 말하고 기스케는 입을 다물었다.

쇼베는 "음, 그렇구나." 라고 말했지만 들은 말이 일일이 너무나 의외여서 그 또한 잠시 아무 말도 못하고 생각에 잠겼다.

쇼베는 어느덧 초로를 눈앞에 둔 나이가 되었다. 아내를 얻어 자식을 넷 낳았고 게다가 노모가 살아 있어 식구가 일곱이다. 평소 남에게 인색하다는 말을 들을 정도로 근검절약하는 생활을 하고 있다. 옷은 근무할 때 입는 옷 이외에는 잠옷이 하나 있을 정도이다. 그러나 불행하게도 아내를 재산 있는 상인 집에서 맞았다. 그래서 마누라는 남편이 받은 녹봉으로 살림을 하려는 마음은 있지만 부유한 집에서 귀염 받고 자란 버릇이 있어 남편이 만족할 정도로 지갑을 조여서 살림을 하지 못한다. 자칫하면 월말에 돈이 모자란다. 그러면 마누라는 몰래 친정에서 돈을 가지고 와서 적자를 메운다. 남편이 빛이라는 것은 송충이처럼 싫어하기 때문이다. 그런 일은 어차피 남편 귀에 들어가게 된다. 쇼베는 명절이라고 처가에서 물건을 받거나, 아이들 시치고산 선물이라며 처가에서 아이들 옷을 받는 것조차 불편해 하는데 살림 적자를 메웠다는 것을 눈치 채면 안색이 달라진다. 특별히 큰소리 날 일이 없는 하네다의 집안에 이따금 풍파가 일어나는 것은 이것이 원인이었다.

쇼베는 기스케의 이야기를 듣고 기스케의 처지와 자신의 처지를 비교해보았다. 기스케는 일을 해서 급료를 받아도 바로바로 남의 손에 건네져 없어지고 만다고 했다. 정말 딱하고 불쌍한 처지이다. 그러나 눈을 돌려 내 처지를 보면 그와 나 사이에 과연 어느 정도의 차이가 있는가? 나도 위로부터 녹봉을 받아 바로바로 남의 손에 건네며 살고 있지 않은가. 그와 나와의 차이는 말하자면 주판의 자릿수가 다를 뿐이지 기스케가 고마워하는 이백 문에 상당하는 저축조차 이쪽은 없다.

자릿수를 달리하여 생각하면 이백 문이라도 기스케가 그것을 저축으로 보고 기뻐하는 것은 무리가 아니다. 그 심정은 나도 헤아릴 수가 있다. 그러나 아무리 자릿수를 달리하여 생각해보아도 이상한 것은 기스케의 욕심 없음, 족함을 안다는 점이다.

기스케는 옥살이를 하기 전 세상에서 일자리를 찾는 데 고생을 했다. 일자리를 찾기만 하면 뼈가 빠지게 일해 그렇게라도 입에 풀칠을 할 수 있다는 데에 만족했다. 그래서 감옥에 들어온 후는 여태껏 얻기 힘들었던 양식이 마치 하늘의 하사품인양 일을 하지 않고도 얻어진다는 데에 놀랐고 지금껏 알지 못 했던 만족을 느낀 것이다.

쇼베는 아무리 자릿수를 달리하여 생각해보아도 여기, 그와 자신 사이에는 커다란 간격이 존재함을 알았다. 생계를 자신의 녹봉으로 꾸려가다 보면 때로 부족한 적이 있다고는 하지만 대개 출납이 맞다. 빠듯한 살림이다. 그러나 거기에 만족을 느낀 일은 거의 없다. 다행이라고도 불행이라고도 평소 느끼지 않는다. 그러나 마음 깊은 곳에서는 이렇게 생활을 하다가 갑자기 내가 면직이 되면 어떻게 하나, 큰 병에라도 걸리면 어떻게 하나, 하는 걱정이 숨어 있어 때때로 아내가 친정에서 돈을 가져와 적자를 메운 일을 알게 되면 이 걱정이 의식의 영역 위로 고개를 쳐드는 것이다.

도대체 이 간격은 어째서 생겨난 것일까? 단지 표면만 보고 그건 기스케에게는 딸린 식구가 없지만 이쪽은 있기 때문이라고 해버리면 그 뿐이다. 그러나 그것은 거짓말이다. 설령 내가 홀몸이라 해도 아마도 기스케 같은 마음을 갖지는 못할 것 같다. 이 뿌리는 더 깊은 곳에 있는 것 같다.

쇼베는 막연히 사람의 일생에 대해 생각해보았다. 사람은 몸에 병이 있으면 이 병이 없었으면 한다. 그날그날의 양식이 없으면 먹고살 수 있었으면 한다. 만일에 대비한 저축이 없으면 조금이라도 저축이 있었으면 한다. 저축이 있으면 또 그 저축이 더 많았으면 한다. 이처럼 그 다음 그 다음을 생각해보면 사람은 어디까지 가야 멈출 수가 있는 건지 알 수 없다. 그런데, 멈출 수 있음을, 지금 내 눈 앞에서 보여주고 있는 것이 이 기스케다, 하고 쇼베는 깨달았다. 쇼베는 새삼스럽게 경이에 찬 눈으로 기스케를 바라보았다. 이 때 쇼베는 하늘을 올려다보고 있는 기스케의 머리에서 후광이 비치는 듯한 느낌을 받았다.

쇼베는 기스케의 얼굴을 지켜보면서 "기스케 씨"라고 다시 말을 걸었다. 이번에는 "씨"라고 했는데 충분히 의식적으로 호칭을 바꾼 것은 아니었다. 그 소리가 자기 입에서 나가 자기 귀로 들어오자마자 쇼베는 이 호칭이 부적절하다는 것을 깨달았지만 이미 나온 말을 다시 바꿀 수도 없었다.

기스케는 "예."라고 대답했지만 이상히 여긴 듯 조심조심 쇼베의 안색을 살폈다.

쇼베는 조금 어색한 것을 참고 말했다. "여러 가지 묻는 것 같은데 네가 이번에 유배를 가는 것은 사람을 해쳤기 때문이라는데 이왕 말이 나온 김에 내게 그 연유를 들려주지 않겠나."

기스케는 매우 황송해 하며 "예. 말씀드리겠습니다."라고 작은 목소리로 이야기를 시작했다. "참으로 당치도 않는 실수로 무서운 짓을 하고 말았습니다. 뭐라고 말씀을 올려야 할지 모르겠습니다. 나중에 생각해보니 어떻게 그런 일을 할 수 있었는지 저 자신도 이상해서 견딜 수가 없습니다. 하지만 그 당시는 아무 다른 생각도 할 수 없었습니다. 저는 어릴 때 아버지 어머니가 역병으로 세상을 떠나 남동생과 둘만 남았습니다. 처음에는 처마 밑에서 태어난 강아지를 불쌍히 여기듯이 마을 사람들이 은혜를 베풀어주었기 때문에 이웃집들의 심부름을 다니며 굶지도 얼지도 않고 자랐습니다. 점점 커서 일자리를 찾을 때에도 가능한 한 동생과 떨어지지 않고 같이 있으며 서로 도와가며 일했습니다. 작년 가을의 일입니다. 저는 동생과 니시진(西陣)의 직물 짜는 집에 들어가 실 잣는 일을 하게 되었습니다. 그런데 동생이 병에 걸려 일을 못하게 되었습니다. 그때 저희는 기타야마에 있는 움막에서 기거하며 가미야가와 강을 건너 일을 다녔습니다. 제가 저녁에 음식을 사들고 집에 돌아가면 저를 기다리고 있던 동생은 혼자만 돈을 벌게 해서 정말 미안하다며 미안해했습니다. 그러던 어느 날 여느 때처럼 아무 생각 없이 집에 돌아와 보니 동생은 이불 위에 푹 엎드려 있고 주위는 피투성이였습니다. 저는 깜짝 놀라 손에 든 음식 꾸러미를 내팽개치고 곁으로 가서 "왜 이래. 무슨 일이야?"라고 물었습니다. 그러자 동생은 새파란 얼굴, 양 볼에서 턱까지 피에 물든 얼굴을 들어 나를 보았습니다만 말을 하지는 못했습니다. 숨을 쉴 때마다 상처에서 휴, 휴 하는 소리가 날 뿐입니다. 영문을 알 수 없어서 "어쩐 일이야? 피를 토한 거니?"라고 하며 곁으로 가까이 다가가려고 하자 동생은 오른손을 바닥에 짚고 몸을 조금 일으켰습니다. 왼손은 턱 밑을 꽉 누르고 있는데 누르고 있는 손가락 사이로 검붉은 핏덩어리가 불거져 나와 있었습니다. 동생은 제게 다가오지 말하는 눈짓을 보내며 입을 열었습니다. 겨우 말을 할 수 있게 된 것입니다. "미안해. 용서해줘. 어차피 안 나을 병 빨리 죽어 조금이라도 형을 편하게 해주고 싶었어. 울대를 찌르면 바로 죽을 줄 알았는데 숨이 글로 새기만 하고 안 죽어져. 더 깊게 찌르려고 힘껏 눌렀더니 옆으로 빗나가버렸어. 칼날은 안 부러진 것 같아. 이거 잘 빼주면 죽을 수 있을 거야. 말 하는 게 괴로워. 제발 이거 좀 빼줘." 라고 말을 했습니다. 동생이 왼손에서 조금 힘을 빼면 거기서 다시 숨이 새어 나옵니다. 나는 말을 하려고 해도 말이 나오지를 않아서 잠자코 동생 목의 상처를 들여다보고 있었습니다. 아마도 오른 손으로 면도칼을 잡고 가로로 울대를 찔렀는데 그것으로는 숨이 안 끊어지자 그대로 면도칼을 후벼 파듯이 깊게 찔러 넣은 것 같았습니다. 면도칼 손잡이가 두 치쯤 목 밖으로 보였습니다. 상황은 파악이 되었습니다만 무슨 방법도 떠오르지 않아 동생 얼굴을 보았습니다. 동생은 가만히 나만 응시하고 있습니다. 저는 간신히 "기다려. 의사선생님 불러올게."라고 말했습니다. 동생은 원망스러운 눈빛을 보이더니 다시 왼손으로 목을 꽉 누르려 "의사가 무슨 소용이 있어. 아 괴로워. 빨리 빼줘. 제발."라고 말합니다. 나는 어찌 할 방도를 몰라 그저 동생의 얼굴만 쳐다보고 있습니다. 이런 때는 이상하게도 눈이 말을 합니다. 동생의 눈은 "빨리 해, 빨리 해." 하고 자못 원망스러운 듯이 저를 보고 있습니다. 제 머리 속에서는 뭔가 수레바퀴 같은 것이 빙빙 돌고 있는 것 같았습니다. 동생의 눈은 무서운 재촉을 멈추지 않습니다. 게다가 그 눈 속의 원망스러운 빛이 점점 험악해지더니 마침내 원수 얼굴이라도 노려보는 듯한 증오의 눈빛이 되어버렸습니다. 그것을 보며 나는, 결국 이것은 동생이 말하는 대로 해주어야 한다고 생각했습니다. 저는 "할 수 없다. 빼줄게."라고 말했습니다. 그러자 동생의 눈빛이 확 달라졌습니다. 맑고 정말 기쁜 듯한 눈이었습니다. 저는 아무튼 단 번에 빼야 한다고 생각해 무릎을 꿇고 몸을 앞으로 내밀었습니다. 동생은 바닥을 짚고 있던 오른손을 떼고 지금까지 목을 누르고 있던 왼손의 팔꿈치를 바닥에 짚으며 옆으로 몸을 눕혔습니다. 저는 면도칼의 손잡이를 단단히 쥐고 쑥 당겼습니다. 이 때 우리 집 안쪽에서 잠가둔 바깥문이 열리며 이웃 할머니가 들어왔습니다. 제가 집에 없는 동안 동생 약을 먹이고 돌봐주도록 부탁해 둔 할머니입니다. 이미 집안이 상당히 어두워졌던 때라 할머니가 어디까지 자세하게 봤는지는 모르겠습니다만, 할머니는 외마디소리를 지르시고는 문을 열어젖혀 놓고 뛰어나가 버렸습니다. 저는 면도칼을 뺄 때 재빨리 빼야지, 똑바로 빼야지 하고 주의는 했습니다만 아무래도 뺄 때 손에 온 느낌으로는 그때까지 날이 들어가지 않았던 곳을 자른 것 같았습니다. 날이 바깥쪽을 향하고 있었으므로 바깥쪽을 자른 것이겠지요. 저는 면도칼을 손에 쥔 채 할머니가 들어오셨다가 다시 뛰어나가시는 것을 멍하니 보고 있었습니다. 할머니가 가버린 후 정신이 들어 동생을 보니 동생은 숨이 멎어 있었습니다. 상처에서는 엄청나게 피가 흘러나와 있었습니다. 그 후 마을 이장이 오셔서 저를 관청에 데려갈 때까지 저는 면도칼을 옆에 놓고 눈을 반쯤 뜬 채 죽어

있는 동생 얼굴을 바라보고 있었습니다."

조금 고개를 숙인 채 쇼베의 얼굴을 아래에서 올려다보며 이야기를 해온 기스케는 이 말은 하고는 시선을 무릎위로 떨구었습니다.

기스케의 말은 매우 조리가 있었다. 너무 조리 있다고 말해도 좋을 정도이다. 이유인즉 반년 정도 사이에 당시의 일을 몇 번이고 떠올려본 것과 관청에서 심문을 받고 마치부교쇼에서 조사를 받을 때마다 주의에 주의를 기울여 다시 떠올려볼 수밖에 없었기 때문이다.

쇼베는 당시의 모습을 눈앞에 떠올리며 이야기를 들었다. 그런데 이야기를 반 쯤 들은 때부터 이것이 과연 동생살해인가, 살인인가 하는 의문이 생겨났다. 다 듣고 나서도 그 의문이 풀리지 않았다. 동생은 면도칼을 빼주면 죽을 수 있을 테니 빼달라고 했다. 그것을 빼주어 죽게 한 거다, 죽인 거다, 라는 말을 듣는다. 하지만 그대로 두었어도 어차피 죽을 동생이었던 것 같다. 그 동생이 빨리 죽고 싶다고 말한 것은 고통을 견딜 수 없었기 때문이다. 기스케는 그 고통을 차마 보고 있을 수가 없었다. 고통에서 구해주려고 숨을 끊었다. 그것이 죄일까? 죽인 것은 죄임에 틀림없다. 그러나 그것이 고통에서 구하기 위해서였다, 라고 생각하면 거기서 의문이 생겨나서 도무지 풀리지 않는 것이다.

쇼베는 여러 가지 생각을 해본 끝에 자신보다 위의 사람의 판단에 맡길 수밖에 없다는 생각, 오소리티에 따르는 수밖에 없다는 생각에 도달했다. 쇼베는 부교님의 판단을 그대로 자신의 판단으로 삼고자 생각한 것이다. 그리 생각하면서도 아직 어딘가 납득이 가지 않는 점이 남아 있어 가능하면 당장이라고 부교님에게 물어 보고 싶은 심정이다.

점차 깊어가는 으스름한 달밤에 침묵의 두 사람을 태운 다카세부네는 검은 수면 위를 미끄러져 갔다.

출처: 甲斐睦朗ほか, 『国語3』, 東京: 光村図書出版, 2016. 80-91쪽

[TEXT 1]
고전산문: 「도화원기(桃花源记)」(421년경)
작자: 도연명(陶淵明, 365-427)
번역: 이종한

　동진(東晉) 태원(太元, 376-396) 연간에 무릉(武陵)이란 고을에 사는 어부가 하루는 고기 잡으러 계곡을 따라 배를 타고 내려가다가, 얼마나 멀리 내려왔는지도 모르고 그만 방향을 잃고 만다. 갑자기 눈앞에 복숭아나무숲이 나타나는데 강가 양쪽의 수백 보 되는 넓은 땅에 펼쳐져 있다. 그 가운데 다른 나무는 없고 향기로운 풀들만 싱싱하고 아름답게 나 있으며, 꽃잎이 땅에 이리저리 가득 흩어져 있다. 어부는 매우 이상하게 여겨 계속 배를 저어 그 숲의 끝까지 가보고자 한다.

　숲이 끝나는 곳이 바로 계곡의 원천이고 거기에 큰 산이 가로 놓여 있다. 산에 조그마한 동굴이 있는데, 동굴 안에서 빛이 새어나오고 있는 것 같다. 그는 배에서 내려 곧장 동굴로 들어간다. 처음에는 동굴 입구가 너무 좁아 겨우 한사람이 지나갈 수 있을 정도다. 다시 몇 십 보를 더 걸어 들어가자 갑자기 앞이 확 트인다. 땅은 평탄하고 넓으며 집들은 가지런하게 늘어서 있고, 비옥한 논밭, 아름다운 연못, 뽕나무와 대나무 같은 것들도 있다. 밭 사이로 난 작은 길은 사방으로 통하고, 닭 우는 소리와 개 짖는 소리가 뒤섞여 들려온다. 그 사이를 오가며 경작하고 있는 남녀의 옷차림이 다 바깥세상 사람들과 꼭 같다. 누런 머리의 노인이나 머리를 늘어뜨린 어린이가 다 유쾌하게 저마다 즐거워하고 있다.

　마을 사람들은 어부를 보자 몹시 놀라면서 어디에서 왔느냐고 묻는다. 어부가 그들에게 사실대로 상세하게 대답해준다. 그러자 그들은 바로 그를 초대하여 술상을 차리고 닭을 잡아 대접한다. 마을 사람들은 바깥세상에서 사람이 왔다는 소식을 듣고는 모두들 찾아 와서 이것저것 물어본다. 그들은 전대에 선조들이 진(秦)나라 때의 난리를 피하여 처자식과 마을 사람들을 데리고 세상과 단절된 이곳에 왔다가 그 후 다시는 나가지 않아 마침내 바깥세상 사람들과 왕래가 끊어졌다고 한다. 그들은 어부에게 지금이 어느 왕조인가 묻는데, 한(漢)나라가 있었다는 것조차 모르거늘 위진(魏晉)에 대해서는 더 말할 필요가 없다. 어부가 그들에게 자기가 들어 알고 있는 것을 일일이 자세히 말해주자 모두들 탄식하며 놀랄 뿐이다. 마을의 다른 사람들도 각각 자기네 집에 초대하여 술과 음식을 대접한다. 어부는 그곳에서 며칠을 묵은 뒤에 마을 사람들과 작별하고 그곳을 떠난다. 마을 사람들은 그에게 "우리가 있는 이곳을 바깥세상 사람들에게 말할 필요는 없습니다." 하고 당부한다.

어부는 도화원에서 나온 뒤에 자기 배를 찾아 원래 왔던 길을 따라 돌아가면서 곳곳에 표시를 해둔다. 그는 군(郡)의 성문 아래에 이르러 태수를 찾아가 여차저차 자기가 겪은 이야기를 아뢴다. 태수는 즉시 사람을 파견하여 그를 따라 표시해둔 원래 돌아온 길을 찾아가도록 한다. 도중에서 그만 방향을 잃고 다시는 그 길을 찾지 못한다.

남양(南陽) 사람 유자기(劉子驥)는 뜻이 고상한 선비인데, 이 소식을 듣고 신이 나서 찾아가려고 계획하다가 뜻을 이루지 못하고 얼마 안 있어 병으로 죽고 만다. 그 뒤에는 다시는 도화원 가는 길을 묻는 사람이 나오지 않는다.

晋太元中, 武陵人捕鱼为业. 缘溪行, 忘路之远近. 忽逢桃花林, 夹岸数百步, 中无杂树, 芳草鲜美, 落英缤纷. 渔人甚异之. 复前行, 欲穷其林.

林尽水源, 便得一山, 山有小口, 仿佛若有光. 便舍船, 从口入. 初极狭, 才通人. 复行数十步, 豁然开朗. 土地平旷, 屋舍俨然, 有良田美池桑竹之属. 阡陌交通, 鸡犬相闻. 其中往来种作, 男女衣着, 悉如外人. 黄发垂髫, 并怡然自乐.

见渔人, 乃大惊, 问所从来, 具答之. 便要还家, 设酒杀鸡作食. 村中闻有此人, 咸来问讯. 自云先世避秦时乱, 率妻子邑人来此绝境, 不复出焉, 遂与外人间隔. 问今是何世, 乃不知有汉, 无论魏晋. 此人一一为具言所闻, 皆叹惋. 余人各复延至其家, 皆出酒食. 停数日, 辞去. 此中人语云："不足为外人道也."

既出, 得其船, 便扶向路, 处处志之. 及郡下, 诣太守, 说如此. 太守即遣人随其往, 寻向所志, 遂迷, 不复得路.

南阳刘子骥, 高尚士也, 闻之, 欣然规往. 未果, 寻病终, 后遂无问津者.

출처: 課程教材研究所, 『語文8-上』, 北京: 人民教育出版社, 2013, 163-166쪽.

[TEXT 2]
고전산문: 「악양루기(岳阳楼记)」(1046)
작자: 범중엄(范仲淹, 989-1052)
번역: 이종한

경력 4년(1044) 봄에 등자경(滕子京)이 악주(岳州) 주지사로 좌천되어 부임한다. 그 이듬해에
정치가 순탄해지자 백성들이 화합하여 온갖 방치되었던 사업들을 다시 다 실행에 옮긴다. 이에 악
양루(岳陽樓)를 다시 수리하여 그 본래의 규모를 확충하고, 당(唐)나라 때의 선현들과 당시 명사들
의 시와 부를 그 누각에 새기고서 나에게 글을 지어 이를 기록하도록 부탁한다.

내가 살피건대 저 악주의 빼어난 경치는 동정호(洞庭湖) 하나에 모여 있다. 호수가 먼 산을 물
고 있고 장강(長江)을 삼키는 것 같아, 물이 넓디넓고 물결이 세차게 흐르며 가로질러 끝이 없다.
아침 햇빛과 저녁 어스름에 기상과 경치가 천만 가지로 변한다. 이것이 바로 악양루에서 바라보이
는 장관이니, 이에 대해서는 예전 사람들이 묘사해놓은 것이 이미 더 보탤 게 없을 정도로 충분하
다. 그러나 이 호수가 북으로는 무협(巫峽)과 통하고 남으로는 멀리 소수(瀟水)와 상수(湘水)까
지 달하여, 좌천되어 귀양살이하는 나그네와 시름에 젖은 시인 묵객들이 많이 여기로 와 모이는
곳이니, 이 경치를 보는 나의 심정에 남다름이 없겠는가?

애꿎은 장마 비가 부슬부슬 내려서 여러 달 동안 개지 않자 음산한 바람이 성내듯 부르짖는다.
흐린 물결이 하늘 높이 치솟아, 해와 별이 그 빛을 감추고 크고 작은 산들이 형체를 가린다. 장사치
와 나그네들이 길을 나서지 못하여 돛도 기울고 노도 꺾인다. 황혼녘에 날이 어둑어둑해져 호랑이
휘파람 불고 잔나비 구슬피 울 제 이 누각에 오르면, 도성을 떠나 고향을 그리워하며 참소를 걱정
하고 시샘을 두려워하여 눈에 보이는 것 모두가 쓸쓸하게 느껴져 감정에 북받쳐 슬픈 마음이 일어
날 것이다.

봄날이 화창하고 햇살이 밝게 비쳐 물결이 일지 않자, 창공과 수면 아래에 하늘빛이 한결같이
푸르러 만 이랑으로 펼쳐져 있다. 모랫벌 갈매기는 날아올랐다가 내려앉았다가 하고, 비단비늘 물
고기는 헤엄치며 논다. 양쪽 기슭의 구릿대와 물가의 난초는 향내 자욱 풍기며 푸르디푸르다. 이
따금 긴 안개가 모두 걷히고 교교한 달빛이 천 리 밖까지 비친다. 물 위에 떠도는 달빛은 약동하는
금조각이요, 잔잔한 물속에 비친 달그림자는 물에 가라앉은 옥구슬이다. 어부들의 노래 소리가 서
로 화답하면 이 즐거움이 어찌 다할 수 있겠는가? 이럴 때에 이 누각에 오르면, 마음이 탁 트이고 정
신이 유쾌해져 영욕을 다 잊어버린 채 술잔을 손에 들고 불어오는 바람을 맞이하여 그 기쁨에 득의

양양함이 있을 것이다.

아아! 내가 일찍이 옛날 어진 사람의 마음을 탐구해보니 혹 앞의 두 가지 경우와 다르다. 무엇 때문에 그런가? 외물의 아름다움 때문에 기뻐하지 않고 자기의 불행 때문에 슬퍼하지도 않아서, 조정의 높은 자리에 앉으면 백성을 걱정하고 강호의 먼 곳에 머무르면 임금을 걱정한다. 이는 나아가 벼슬해도 걱정하고 관직에서 물러나도 걱정하니, 그렇다면 어느 때에 즐거워하는가? 그들은 반드시 말한다. "천하 사람들이 걱정하기에 앞서서 걱정하고, 천하 사람들이 즐거워하고 난 뒤에 즐거워한다." 아! 이런 사람이 아니면 내가 누구에게 귀의하겠는가?

때는 경력(慶曆) 6년(1046) 9월 15일이다.

庆历四年春, 滕子京谪守巴陵郡. 越明年, 政通人和, 百废具兴. 乃重修岳阳楼, 增其旧制, 刻唐贤今人诗赋于其上. 属予作文以记之.

予观夫巴陵胜状, 在洞庭一湖. 衔远山, 吞长江, 浩浩汤汤, 横无际涯；朝晖夕阴, 气象万千. 此则岳阳楼之大观也, 前人之述备矣. 然则北通巫峡, 南极潇湘, 迁客骚人, 多会于此, 览物之情, 得无异乎?

若夫霪雨霏霏, 连月不开, 阴风怒号, 浊浪排空；日星隐曜, 山岳潜形；商旅不行, 樯倾楫摧；薄暮冥冥, 虎啸猿啼. 登斯楼也, 则有去国怀乡, 忧谗畏讥, 满目萧然, 感极而悲者矣.

至若春和景明, 波澜不惊, 上下天光, 一碧万顷；沙鸥翔集, 锦鳞游泳；岸芷汀兰, 郁郁青青. 而或长烟一空, 皓月千里, 浮光跃金, 静影沉璧, 渔歌互答, 此乐何极! 登斯楼也, 则有心旷神怡, 宠辱偕忘, 把酒临风, 其喜洋洋者矣.

嗟夫! 予尝求古仁人之心, 或异二者之为. 何哉? 不以物喜, 不以己悲；居庙堂之高则忧其民；处江湖之远则忧其君. 是进亦忧, 退亦忧. 然则何时而乐耶? 其必曰："先天下之忧而忧, 后天下之乐而乐"乎. 噫! 微斯人, 吾谁与归?

时六年九月十五日.

출처: 課程敎材硏究所, 『語文8-下』, 北京: 人民敎育出版社, 2013, 195-199쪽.

[TEXT 1]
우화: 「까마귀와 여우 Der Rabe und der Fuchs」(1772)
작자: G. E. 렛씽 (Gotthold Ephraim Lessing, 1729-1781)
번역: 한복희

까마귀 한 마리가 독이 든 고깃덩이를 갈퀴발로 잡고 날라 갔다. 그 고기는 화난 정원사가 이웃 집 고양이들에게 던진 것이었다.

까마귀는 늙은 떡갈나무 위에서 이제 막 그 고기를 먹으려던 참이었다. 그때 여우 한 마리가 그곳으로 다가와서는 까마귀를 향해 외쳤다. "영광이네. 주피터 신의 새여!" 그러자 "나를 누구로 보고 말하는 거냐?"고 까마귀가 물었다. 이에 여우는 대답했다. "내가 자네를 누구로 보느냐고? 자네는 매일 제우스신의 오른편에 있다가 이 떡갈나무위로 내려와 불쌍한 나에게 먹을 것을 갖다 주는 그 건장한 독수리가 아니더냐? 그런데 왜 너는 신분을 감추는 거냐? 제우스신이 너를 시켜 나에게 보낸 하사품을 승리에 빛나는 네 갈퀴발로 잡고 갖다 주려는 것을 지금 내가 보고 있는 게 아닌가?"

까마귀는 자신이 대단한 독수리로 여겨지는 것에 놀랐고 내심 기뻤다. 그는 생각했다. "나는 여우가 계속 착각하도록 해야겠어." 그래서 까마귀는 너무나 어리석게도 여우에게 자신의 포획물을 떨어뜨려주었다. 그리고는 자랑스럽게 그곳을 떠났다.

여우는 웃으면서 그것을 받았고 고소해하면서 그것을 먹어치웠다. 그러나 곧 그 기쁨은 고통스러운 느낌으로 역전되었다. 독이 퍼지기 시작했던 것이다. 그리고 여우는 비참하게 죽어버렸다.

너희는 이제 독극물 이외에는 다른 그 어떤 것을 얻으려고 거짓 칭찬을 하지 말거라. 천벌 받을 아첨꾼들아!

Ein Rabe trug ein Stück vergiftetes Fleisch, das der erzürnte Gärtner für die Katzen seines Nachbarn hingeworfen hatte, in seinen Klauen fort.

Und eben wollte er es auf einer alten Eiche verzehren, als sich ein Fuchs herbeischlich und ihm zurief: "Sei mir gesegnet, Vogel des Jupiter!" "Für wen siehst du mich an?", fragte der Rabe. "Für wen ich dich ansehe?", erwiderte der Fuchs. "Bist du nicht der rüstige Adler, der täglich von der Rechten des Zeus auf diese Eiche herabkommt, mich Armen zu speisen? Warum verstellst du dich? Sehe ich denn nicht in der siegreichen Klaue die erflehte Gabe, die mir dein Gott durch dich zu schicken noch fortfährt?"

Der Rabe erstaunte und freute sich innig, für einen Adler gehalten zu werden. "Ich muss", dachte er, "den Fuchs aus diesem Irrtum nicht bringen." Großmütig dumm ließ er ihm also seinen Raub herabfallen und flog stolz davon.

Der Fuchs fing das Fleisch lachend auf und fraß es mit boshafter Freude. Doch bald verkehrte sich die Freude in ein schmerzhaftes Gefühl: Das Gift fing an zu wirken und er verreckte.

Möchtet ihr euch nie etwas anderes als Gift erloben, verdammte Schmeichler!

출처: Deutschbuch 6. Sprach- und Lesebuch. Berlin 2014, p. 142.

[TEXT 2]

담시: 「장갑 Der Handschuh」(1797)

작자: 프리드리히 쉴러 (Friedrich Schiller, 1759-1805)

번역: 한복희

왕의 사자정원 앞에서,	Vor seinem Löwengarten,
동물들의 격투경기를 기다리며,	Das Kampfspiel zu erwarten,
프란츠 왕이 자리하고 있고,	Saß König Franz,
그의 주위에 신분 높은 왕족들이,	Und um ihn die Großen der Krone
그리고 주위의 높은 발코니에는	Und rings auf hohem Balkone
귀부인들이 화려하게 둘러 앉아있다.	Die Damen in schönem Kranz.
그리고 왕이 손짓을 하자	Und wie er winkt mit dem Finger,
널따란 맹수의 우리가 열린다.	Auf tut sich der weite Zwinger,
그 안으로 경계하듯이	Und hinein mit bedächtigem Schritt
사자 한 마리가 들어온다.	Ein Löwe tritt,
그리고 소리 없이	Und sieht sich stumm
주위를 둘러본다.	Rings um,
길게 하품을 하며	Mit langem Gähnen,
갈기를 흔든다.	Und schüttelt die Mähnen,
그리고 사지를 뻗으면서,	Und streckt die Glieder,
자리에 눕는다.	Und legt sich nieder.
그리고 왕이 다시 손짓을 하자,	Und der König winkt wieder,
두 번째 대문이	Da öffnet sich behänd
재빨리 열리고,	Ein zweites Tor,
그 문으로부터	Daraus rennt
거칠게 날뛰면서	Mit wildem Sprunge
호랑이 한 마리가 등장한다.	Ein Tiger hervor.
사자를 보자,	Wie der den Löwen erschaut,
호랑이가 포효한다.	Brüllt er laut,
꼬리를	Schlägt mit dem Schweif

무섭게 내리치며

혀를 내민다.

두려운 듯 맴돌며

사자 주위를 서성인다.

화난 듯이 으르렁대면서.

그런 후 언짢은 듯이

옆에 가서 눕는다.

왕이 또다시 손짓을 한다.

그러자 이중으로 문이 열리고

갑자기 표범 두 마리가 튀어나와,

용감히 싸울 기색으로

호랑이에게 덤벼든다.

호랑이는 화난 앞발로 그들을 덮친다.

사자도 포효하면서

몸을 일으키니, 주위가 조용해진다.

주위에 원모양으로,

살기에 달아올라서,

무서운 맹수들이 눕는다.

그때 발코니 가장자리

아름다운 손에서 장갑 한 짝이

호랑이와 사자 사이

그 한 가운데로 떨어진다.

기사 들로제를 향하여, 빈정대듯

쿠니군데 양이 말한다.

"기사님, 매순간 제게 맹세하듯이

그대 사랑이 그토록 뜨겁다면,

이봐요, 제게 장갑을 가져다주세요.

Einen furchtbaren Reif

Und recket die Zunge,

Und im Kreise scheu

Umgeht er den Leu

Grimmig schnurrend,

Darauf streckt er sich murrend

Zur Seite nieder.

Und der König winkt wieder,

Da speit das doppelt geöffnete Haus

Zwei Leoparden auf einmal aus,

Die stürzen mit mutiger Kampfbegier

Auf das Tigertier,

Das packt sie mit seinen grimmigen Tatzen,

Und der Leu mit Gebrüll

Richtet sich auf, da wird's still;

Und herum im Kreis,

Von Mordsucht heiß,

Lagern sich die gräulichen Katzen.

Da fällt von des Altans Rand

Ein Handschuh von schöner Hand

Zwischen den Tiger und den Leu'n

Mitten hinein.

Und zu Ritter Delorges, spottender Weis',

Wendet sich Fräulein Kunigund:

"Herr Ritter, ist Eure Lieb' so heiß,

Wie Ihr mir's schwört zu jeder Stund,

Ei, so hebt mir den Handschuh auf."

그 기사는 빠른 걸음으로	Und der Ritter in schnellem Lauf
무시무시한 맹수우리로 내려간다.	Steigt hinab in den furchtbarem Zwinger
흔들림이 없는 걸음걸이로.	Mit festem Schritte,
그리고 괴물들의 한 가운데에서	Und aus der Ungeheuer Mitte
그는 담대하게 장갑을 집는다.	Nimmt er den Handschuh mit keckem Finger.
놀라움과 두려움에 싸여	Und mit Erstaunen und mit Grauen
기사들과 귀부인들이 보고 있다.	Sehen's die Ritter und die Edelfrauen,
침착하게 그는 장갑을 가져온다.	Und gelassen bringt er den Handschuh zurück.
모든 사람들에게서 찬사가 터진다.	Da schallt ihm sein Lob aus jedem Munde,
하지만, 그에게 행운을 의미하는	-Aber mit zärtlichem Liebesblick -
애정이 듬뿍 담긴 눈빛으로	-Er verheißt ihm sein nahes Glück -
쿠니군데 양은 그를 맞이한다.	Empfängt ihn Fräulein Kunigunde.
그는 그녀의 얼굴에 장갑을 던진다.	Und er wirft ihr den Handschuh ins Gesicht:
"부인, 당신 감사는 필요 없습니다."	"Den Dank, Dame, begehr ich nicht",
그리고 이 말과 함께 그녀를 떠난다.	Und verlässt sie zur selben Stunde.

출처: Deutschbuch 7. Sprach- und Lesebuch. Berlin 2014, pp. 143-144.

[TEXT 1]

민화: 「오두막 테레목 Теремок」

작자: 러시아 민화 (Народная сказка)

번역: 정막래

들판에 오두막 테레목이 서 있다. 그 곁을 쥐 한 마리가 뛰어가고 있었다. 그 쥐는 오두막 테레목을 보고 멈춰 서서 물었다.

"오두막 테레목, 오두막 테레목! 오두막 테레목 안에 누가 살고 있어요?"

누구도 대답하지 않았다. 그러자 쥐가 오두막 테레목 안으로 들어가서 살기 시작했다.

개구리 한 마리가 오두막 테레목 쪽으로 폴짝 뛰어와서 물었다.

"오두막 테레목, 오두막 테레목! 누가 오두막 테레목에 살고 있어요?"

"나야, 날쌘돌이 생쥐야! 그런데 넌 누구니?"

"난 폴짝폴짝 개구리야!"

"내 집에 들어와 살자!"

개구리가 오두막 테레목으로 폴짝 뛰어 들어갔다. 생쥐와 개구리는 둘이서 살기 시작했다.

깡충 뛰는 토끼가 그 곁을 지나가고 있었다. 토끼는 멈춰 서서 물었다.

"오두막 테레목, 오두막 테레목! 누가 오두막 테레목에 살고 있어요?"

"나야, 날쌘돌이 생쥐야!"

"나야, 폴짝폴짝 개구리야!"

"그런데 넌 누구니?"

"난 깡충깡충 토끼야!

"우리 집에 들어와 살자!"

토끼가 오두막 테레목 안으로 깡충 뛰어 들어갔다. 그들은 셋이서 오두막 테레목 안에서 살게 되었다.

그 곁을 회색빛 아기여우 한 마리가 지나가고 있었다. 아기여우가 창문을 두드리며 물었다.

"오두막 테레목, 오두막 테레목! 누가 오두막 테레목에 살고 있어요?" "나야, 날쌘돌이 생쥐."

"나야, 폴짝폴짝 개구리."

"나야, 깡충깡충 토끼."

"그런데 넌 누구니?"

"난 회색빛 여우야!"

“우리 집에 들어와 살자!”

여우가 오두막 테레목 안으로 쑥 기어들어갔다. 그들은 넷이서 오두막 테레목 안에서 살게 되었다.

그 곁을 회색빛 아기늑대 한 마리가 지나가고 있었다. 아기늑대가 문을 들여다보며 물었다.

“오두막 테레목, 오두막 테레목! 누가 오두막 테레목에 살고 있어요?” “나야, 날쌘돌이 생쥐.”

“나야, 폴짝폴짝 개구리.”

“나야, 깡충깡충 토끼.”

“나야, 회색빛 여우.”

“그런데 넌 누구니?”

“난 아기늑대야!”

“우리 집에 들어와 살자!”

늑대가 오두막 테레목 안으로 쑥 기어들어갔다. 그들은 다섯이서 오두막 테레목 안에서 살게 되었다.

갑자가 어기적대는 곰 한 마리가 걸어오고 있었다. 곰은 오두막 테레목을 보았다. 노래 소리를 듣고 멈춰 서서 목청껏 울부짖었다.

“오두막 테레목, 오두막 테레목! 누가 오두막 테레목에 살고 있어요?” “나야, 날쌘돌이 생쥐.”

“나야, 폴짝폴짝 개구리.”

“나야, 깡충깡충 토끼.”

“나야, 회색빛 여우.”

“나야, 회색빛 늑대.”

“그런데 넌 누구니?”

“난 어기적대는 굽은 곰이야!”

“우리 집에 들어와 살자!”

늑대가 오두막 테레목 안으로 기어들어갔다. 기고, 또 기었다. 하지만 어떻게 해서도 안으로 들어갈 수가 없었다. 곰이 말했다.

“나는 너희 집 지붕 위에서 사는 게 낫겠다.”

“그러면 네가 우리를 짓누를 텐데.”

“아니야, 짓누르지 않을 거야.”

“그래, 그럼 올라가!”

곰이 지붕으로 기어올라 앉자마자 우지직 소리가 났다. 오두막 테레목이 무너져버렸다.

오두막 테레목이 갈라지는 소리를 내기 시작하더니 옆으로 넘어지더니 전체가 붕괴되었다. 날쌘돌이 생쥐, 폴짝폴짝 개구리, 깡충깡충 토끼, 회색빛 여우, 회색빛 늑대가 여우가 오두막 테레목으로부터 간신히 빠져나왔다. 모두들 무사했다. 다치지 않았다.

그들은 통나무들을 가져와서 널빤지를 만들기 시작했다. 새로운 오두막 테레목을 짓고 있었다. 예전 것보다 더 좋은 것을 지었다!

Стоит в поле теремок. Бежит мимо мышка-норушка. Увидела теремок, остановилась и спрашивает:

— Терем-теремок! Кто в тереме живет? Никто не отзывается. Вошла мышка в теремок и стала там жить.

Прискакала к терему лягушка-квакушка и спрашивает:

— Терем-теремок! Кто в тереме живет?

— Я, мышка-норушка! А ты кто?

— А я лягушка-квакушка.

— Иди ко мне жить!

Лягушка прыгнула в теремок. Стали они вдвоем жить.

Бежит мимо зай чик-побегай чик. Остановился и спрашивает:

— Терем-теремок! Кто в тереме живет?

— Я, мышка-норушка!

— Я, лягушка-квакушка!

— А ты кто?

— А я зай чик-побегай чик.

— Иди к нам жить!

Заяц скок в теремок! Стали они втроем жить.

Идет мимо лисичка-сестричка. Постучала в окошко и спрашивает:

— Терем-теремок! Кто в тереме живет?

— Я, мышка-норушка.

— Я, лягушка-квакушка.

— Я, зай чик-побегай чик.

— А ты кто?

— А я лисичка-сестричка.

— Иди к нам жить!

Забралась лисичка в теремок. Стали они вчетвером жить.

Прибежал волчок-серый бочок, заглянул в дверь и спрашивает:

— Терем-теремок! Кто в тереме живет?

— Я, мышка-норушка.

— Я, лягушка-квакушка.

— Я, зай чик-побегай чик.

— Я, лисичка-сестричка.

— А ты кто?

— А я волчок-серый бочок.

— Иди к нам жить!

Волк влез в теремок. Стали они впятером жить. Вот они в теремке живут, пес
ни поют.

Вдруг идет медведь косолапый . Увидел медведь теремок, услыхал песни,
остановился и заревел во всю мочь:

— Терем-теремок! Кто в тереме живет?

— Я, мышка-норушка.

— Я, лягушка-квакушка.

— Я, зай чик-побегай чик.

— Я, лисичка-сестричка.

— Я, волчок-серый бочок.

— А ты кто?

— А я медведь косолапый .

— Иди к нам жить!

Медведь и полез в теремок. Лез-лез, лез-лез — никак не мог влезть и говорит:

— А я лучше у вас на крыше буду жить.

— Да ты нас раздавишь.

— Нет, не раздавлю.

— Ну так полезай !

Влез медведь на крышу и только уселся — трах! — развалился теремок.

Затрещал теремок, упал набок и весь развалился. Еле-еле успели из него выс
кочить мышка-норушка, лягушка-квакушка, зай чик-побегай чик, лисичка-сес
тричка, волчок-серый бочок — все целы и невредимы.

Принялись они бревна носить, доски пилить — новый теремок строить.

Лучше прежнего выстроили!

[TEXT 2]

민화: 「벙어리장갑 Рукавичка」

작자: 러시아 민화 (Народная сказка)

번역: 정막래

할아버지가 숲을 걸어가고 있었다. 할아버지 뒤를 따라 강아지가 뛰어가고 있었다. 할아버지가 벙어리장갑 한 짝을 떨어뜨리고 지나갔다.

새앙쥐 한마리가 뛰어가다가 이 벙어리장갑 속으로 기어들어갔다.

새앙쥐가 말했다.

"여기에서 내가 살 거야."

이때 개구리가 폴짝 뛰어오고 있었다.

개구리가 물었다.

"벙어리장갑 속에 사는 너는 누구니?"

"날쌘돌이 새앙쥐야. 그런데 넌 누구니?"

"난 폴짝폴짝 개구리야. 나도 들여보내줘!"

"들어와."

그리하여 벙어리장갑 안에는 두 명이 살게 되었다.

토끼가 뛰어가다가 벙어리장갑 쪽으로 다가왔다.

토끼가 물었다.

"벙어리장갑 속에 사는 너희들은 누구니?"

"날쌘돌이 생쥐와 폴짝폴짝 개구리야. 그런데 넌 누구니?"

"난 깡충깡충 토끼야. 나도 들여보내줘!"

"들어와."

그리하여 세 명이 되었다.

여우가 뛰어가고 있었다.

"벙어리장갑 속에 사는 너희들은 누구니?"

"날쌘돌이 생쥐, 폴짝폴짝 개구리, 그리고 깡충깡충 토끼야. 그런데 넌 누구니?"

"난 아기여우야. 나도 들여보내줘!"

그리하여 네 명이 벙어리장갑 안에 있게 되었다.

늑대가 뛰어가고 있었다. 늑대도 벙어리장갑 쪽으로 왔다.

늑대가 물었다.

 외국 국어교과서로 창의적 문화읽기

"벙어리장갑 속에 사는 너희들은 누구니?"

"날쌘돌이 생쥐, 폴짝폴짝 개구리, 깡충깡충 토끼, 그리고 아기여우야. 그런데 넌 누구니?"

"난 늑대야, 회색빛 늑대야. 나도 들여보내줘!"

"그래 들어와!"

늑대가 기어들어가자 다섯 명이 되었다.

어디서 나타났는지 모르게 멧돼지가 어슬렁거렸다.

멧돼지가 물었다.

"크렁, 크렁, 크렁, 벙어리장갑 속에 사는 너희들은 누구니?"

"날쌘돌이 생쥐, 폴짝폴짝 개구리, 깡충깡충 토끼, 아기여우, 그리고 회색빛 늑대야. 그런데 넌 누구니?"

"엄니가 있는 멧돼지야. 나도 들여보내줘!"

"넌 들어올 수가 없어!"

"어떻게든 들어갈 거야. 비켜봐!"

"그래, 너랑 도대체 무슨 말을 할 수 있겠니, 들어와라!"

멧돼지도 기어들어왔다. 그리하여 여섯 명이 되었다. 너무 비좁아서 돌아누울 수조차 없게 되었다.

그때 두드리는 소리가 들렸다. 곰이 기어 나와 역시 벙어리장갑 쪽으로 다가오고 있었다.

곰이 으르렁대며 말했다.

"벙어리장갑 속에 사는 너희들은 누구니?"

"날쌘돌이 생쥐,

폴짝폴짝 개구리,

깡충깡충 토끼,

아기여우,

회색빛 늑대,

그리고 엄니가 있는 멧돼지야.

그런데 넌 누구니?"

"으르렁, 으르렁, 으르렁, 여기에 많이 있군! 나는 곰 아저씨다. 나도 들여보내줘!"

"도대체 어떻게 너를 들여보내줄 수 있겠니? 보다시피 이렇게나 비좁은데 말이야."

"어떻게든지 좀 해 봐!"

"그래 들어와, 단지 귀퉁이에만!"

곰도 기어들어왔다. 그리하여 일곱 명이 되었다. 너무 비좁아서 벙어리장갑은 당장이라도 터질 지경이었다.

한편 할아버지가 벙어리장갑을 잃어버린 것을 알아차렸다. 할아버지는 벙어리장갑을 찾으러 되돌아갔다.

강아지가 앞서서 뛰기 시작했다. 강아지는 뛰고 또 뛰었다. 강아지는 떨어져 있는 벙어리장갑이 있는 곳에 와서 벙어리장갑이 꿈틀거리는 것을 보았다.

그때 강아지가 짖었다.

"멍, 멍, 멍!"

동물들이 놀라서 벙어리장갑에서 튀어 나왔다. 동물들은 숲으로 산산이 흩어졌다.

할아버지가 와서 벙어리장갑을 주웠다.

Шёл дед лесом, а за ним бежала собачка. Шёл дед, шёл да и обронил рукавичку. / Вот бежит мышка, влезла в эту рукавичку и говорит : / - Тут я буду жить. / А в это время лягушка - прыг-прык! - спрашивает : / - Кто, кто в рукавичке живёт? - Мышка-поскребушка. А ты кто? / - А я лягушка-попрыгушка. Пусти и меня! / - Иди. / Вот их уже двое. Бежит зай чик, побдежал к рукавичке, спрашивает : / - Кто, кто в рукавичке живёт? / - Мышка-поскребушка, лягушка-поскребушка. А ты кто? / - А я зай чик-побегай чик. Пустите и меня! / - Иди. / Вот их уже трое. Бе жит лисичка : / - Кто, кто в рукавичке живёт? / - Мышка-поскребушка, лягушка-попрыгушка да зай чик-побегай чик. А ты кто? / - А я лисичка-сестричка. Пусти те и меня! / Вот их уже четверо сидят. Глядь, бежит волчок - и тоже к рукавичк е, да и спрашивает : / - Кто, кто в ркуавичке живёт? / - Мышка-поскребушка, ляг ушка-попрыгушка, зай чик-побегай чик да лисичка-сестричка. А ты кто? / - А я волчок - серый бочок. Пустите и меня! / - Ну уж иди! / Влез и этот - уже стало их пятеро. Откуда ни возьмись - бредёт кабан. - Хро-хро-хро, кто в рукавичке живё т? - Мышка-поскребушка, лягушка-попрыгушка, зай чик-побегай чик, лисичк а-сестричка да волчок - серый бочок. А ты кто? / - А я кабан-клыкан. Пустите и меня! / Вот беда, всем в рукавичку охота! / - Тебе и не влезть! / - Как-нибудь вле зу, пустите! / - Ну, что ж с тобой поделаешь, лезь! / Влез и этот. Уже их шестеро, и так им тесно, что не повернуться! А тут затрещали сучья : вылезает медведь и тоже к рукавичке подходит, ревёт : / - Кто, кто в рукавичке живёт? / - Мышка-поскребушка, лягушка-попрыгушка, зай чик-побегай чик, лисичка-сестричка,

волчок - серый бочок да кабан-клыкан. А ты кто? / - Гу-гу-гу, вас тут многоват
о! А я медведаюшка-батюшка. Пустите и меня! / - Как же мы тебя пустим? Ведь
и так тесно. / - Да как-нибудь! / - Ну уж иди, только с краешку! / Влез и этот - семе
ро стало, да так тесно, что рукавичка, того и гляди. разорвётся. / А тем временем
дед хватился - нету рукавички. Он тогда вернулся искать её. / А собачка вперёд
побежала. Бежала, бежала, смотрит ： лежит рукавичка и пошевеливается. / Соб
ачка тогда ： "Гав-гав-гав!" / Звери испугались, из рукавички вырвались - да вра
ссыпную по лесу. / А дед пришёл и забрал рукавичку.

[TEXT 3]
동시: 「나뭇잎과 뿌리 Листы и Корни」 (1811)
작자: 크르일로프(Крылов Иван Андреевич, 1769-1844)
번역: 정막래

어느 멋진 여름날,
계곡을 따라 그늘을 드리우고
나뭇잎들은 서풍과 속삭이며
자신의 울창한 녹음을 자화자찬하면서
자신에 대해 서풍에게 말했습니다.
"사실, 우리가 이 계곡의 자랑거리 아니겠어요?
우리 때문에 나무가 그토록 화려하고 울창하며,
가지를 뻗고 당당하게 서 있는 것 아닙니까?
나무에 우리 잎들이 없어봐요, 사실,
우리는 충분히 칭찬받을 만해요!
우리가 없으면 목동들과 나그네들을
어떻게 찌는 듯한 더위로부터 서늘한 그늘로 감싸줄 수 있겠어요?
아름다운 우리들 없이
어떻게 목동들을 춤추게 만들겠어요?
우리들 곁에서 여명과 저녁놀이 물들 때
꾀꼬리가 지저귀지요.
그래요, 서풍님도
한시도 우리 곁을 떠나지 않고 있잖아요."
그때 땅 아래쪽에서 온화한 목소리가 들려왔습니다.
"그럼 우리들에게도 고맙다고 말할 수 있겠군."
"정말 뻔뻔하고 오만하게 말하고 있군요!
거기 누구시죠?
우리에게 어쩜 그렇게 뻔뻔하게 굴 수 있지요?"
잎사귀들이 나무를 뒤흔들며 겨우 말을 하자 밑에서 나무뿌리가 대답했습니다.
"우리가 누구냐 하면,
여기 그늘 속을 뒤져서,

너희들을 먹여 살리는 존재야. 모르는 건 아니겠지?
우린 너희들이 피어 있는 나무뿌리라고.
맘껏 잘난 척해봐!
그렇지만 우리들에게 차이가 있다는 것만 기억하거라.
새봄이 찾아오면 잎들은 다시 태어나겠지.
그런데 만약 뿌리가 말라버리면
나무도 너희들도 없어지는 거야."4

В прекрасный летний день,

Бросая по долине тень,

Листы на дереве с зефирами шептали,

Хвалились густотой , зеленостью своей

И вот как о себе зефирам толковали :

"Не правда ли, что мы краса долины всей ?

Что нами дерево так пышно и кудряво,

Раскидисто и величаво?

Что б было в нем без нас? Ну, право,

Хвалить себя мы можем без греха!

Не мы ль от зноя пастуха

И странника в тени прохладной укрываем?

Не мы ль красивостью своей

Плясать сюда пастушек привлекаем?

У нас же раннею и позднею зарей

Насвистывает соловей .

Да вы, зефиры, сами

Почти не расстаетесь с нами".

"Примолвить можно бы спасибо тут и нам", -

Им голос отвечал из-под земли смиренно.

"Кто смеет говорить столь нагло и надменно!

Вы кто такие там,

Что дерзко так считаться с нами стали?" -

Листы, по дереву шумя, залепетали.

"Мы те, -

Им снизу отвечали, -

Которые, здесь роясь в темноте,

Питаем вас. Ужель не узнаете?

Мы корни дерева, на коем вы цветете.

Красуй тесь в добрый час!

Да только помните ту разницу меж нас :

Что с новою весной лист новый народится,

А если корень иссушится, - Не станет дерева, ни вас".

외국 국어교과서로 창의적 문화읽기

초판인쇄 2017년 2월 15일
초판발행 2017년 2월 23일

저   자 신지숙·이종한·한복희·정막래
발 행 인 윤석현
책임편집 차수연
발 행 처 제이앤씨
　　　　　Address: 서울시 도봉구 우이천로 353 성주빌딩 3F
　　　　　Tel: (02) 992-3253(대)　　　　　Fax: (02) 991-1285
　　　　　Email: jncbook@daum.net
　　　　　Web: http://jncbms.co.kr
등록번호 제7-224호

ⓒ 신지숙·이종한·한복희·정막래, 2017. Printed in KOREA.

ISBN 979-11-5917-047-8 13800　　　　　정가 15,000원

1   일본 국어교과서는 세로쓰기를 하며 새로 나온 한자 옆에는 그 한자의 음을 나타내는 요미가나가 달려 있다. 부록에서는 그 요미가나를 ( ) 안에 병기하였다.

2   마치부교(町奉行): 에도시대에 막부 직할 주요 도시에 있었던 관직으로 행정과 재판을 관할함.

3   이백 문은 당시의 여관에서 1박 가능한 대금에 상당함.

4   본 번역문은 끄르일로프, 『끄르일로프 우화집』, 정막래 옮김, 서울: 문학과지성사, 2006.을 참조할 것.